U0898499

诗词名家讲

叶嘉莹 主编

陈斐 执行主编

唐诗精华评译

羊春秋

评 译

中国出版集团

東方出版中心

图书在版编目（CIP）数据

唐诗精华评译 / 羊春秋注译. —上海：东方出版中心, 2020.8

ISBN 978-7-5473-1640-5

Ⅰ. ①唐… Ⅱ. ①羊… Ⅲ. ①唐诗－诗集②唐诗－注释③唐诗－译文 Ⅳ. ①I222.742

中国版本图书馆CIP数据核字（2020）第069781号

丛书主编　叶嘉莹
执行主编　陈　斐
出版统筹　梁　惠
责任编辑　江彦懿　马晓俊
封面设计　今亮后声 HOPESOUND pankouyugu@163.com

唐诗精华评译

羊春秋　评译

出版发行　东方出版中心
地　　址　上海市仙霞路345号
邮政编码　200336
电　　话　021-62417400
印 刷 者　上海中华商务联合印刷有限公司

开　　本　890mm×1240mm　1/32
印　　张　16.125
字　　数　374千字
版　　次　2020年8月第1版
印　　次　2020年8月第1次印刷
定　　价　78.00元

“诗词名家讲”丛书总序

叶嘉莹

中国是一个诗的国度。孔子说：“不学诗，无以言。”读诗不仅可以雅化言辞，而且能够美化心灵。我之喜爱和研读古典诗词，本不出于追求学问、知识的用心，而是出于古典诗词中所蕴涵的一种感发生命对我的感召和召唤。在我看来，兴发感动的力量与作用，正是中国古典诗歌所具含的一种极可宝贵的质素。中国传统诗论早就对此做过深入阐发。《诗大序》述及诗歌创作时，即曾提出“诗者，志之所之也”及“情动于中而形于言”的说法，可见内心情志之有所兴起感发的活动，实在乃是诗歌创作的一种基本动力。真正伟大的诗人，不仅用生命来写作诗篇，而且用生活来实践诗篇。优秀的诗篇，往往蓄积了古代伟大之诗人的所有心灵、智慧、品格、襟抱和修养。所以，中国有着源远流长的“诗教”传统，非常重视读者读诗时兴发感动、变化气质的作用。孔门说诗，就一直重视诗之“兴”的作用，既说“兴于诗”，又说“诗可以兴”。在中国文化之传统中，诗歌最可宝贵的价值和意义，就正在于它可以从作者到读者之间，不断传达出一种生生不已的感发的生命，让人葆有一颗关怀宇宙万物与社会人生的不死的心灵。

而我们讲诗的人所要做的，就正是要引导读者体认诗歌中兴发感动的作用，使诗人的心魂得到又一次再生的机会。不过诗人的品质各不相同，写作能力也高下各异，因而一个优秀的说诗人，就不仅应具有能体认诗歌中之兴发感动之生命的能力而已，还需要有一种能分辨出其作品中之感发生命之品质与其写作艺术之高下的修养，并且能加以传述、说明，使聆讲者也能有此种感发与分辨，如此才可以说完成了一种对诗歌中感发生命之传承的责任与使命。

现在喜欢诗词的朋友越来越多，但市面上真正能够引导人领会诗篇所蕴涵的感发之生命的读物却极为罕见。有鉴于此，我们经过详细调查、反复斟酌，编选了这套“诗词名家讲”丛书，按专题分辑推出。所选书籍，大都是夏承焘、程千帆、钱仲联、霍松林等20世纪国学根底深厚、研究和创作兼擅的名家泰斗为大众撰写的诗词普及读物。这些读物，往往言简意赅，深入浅出，既能传达古典诗词的神髓，又可切合现代读者的需求。而且，它们已经经过时间的检验和淘洗，具备了和中华优秀诗词一样的“经典”属性。通过阅读它们，读者朋友们不仅可以了解关于诗词的基本知识，领略鉴赏和创作诗词的主要法门，而且可以“尚友古人”，与千百年来的诗人做朋友，感受那一颗颗关怀宇宙万物与社会人生的不死的心灵，让自己的心灵也得到陶冶、净化。

读诗的好处，就在于可以培养我们拥有一颗美好的活泼不死的心灵。我们作为一个现代人，虽然不一定要再学习写作旧诗，但是如果能学会欣赏诗歌，则对于提升我们的性情品质，实在可以起到相当的作用。孔子与他的学生子夏讨论“巧笑倩兮，美目盼兮，素以为绚兮”的诗句，可以使子夏联系到“礼后乎”的修养。王国维也从晏殊、欧阳修等人的相思怨别之词，联想到“古今之成大事业、大学问者”的三种境界。凡此种种都说明，在中国的诗词中，确实存在有一条绵延不已的、感发之生命的长流。希望这套“诗词名家讲”丛书，能够引领广大的读者朋友们，不仅可以体认到这条生命的长流，在兴发感动中获得生命的享受与快乐，而且可以汇入到这条绵延数千年的生命长流中来，为之推波助澜，使之永不枯竭！

前　言

我曾多次为大学本科的学生和古典文学研究生开过“诗歌欣赏”和“词曲欣赏”的课程，颇得到受业诸生的赞誉，以为“生公说法”、“金针度人”，不是过也。他们曾多次要求我把它写成教材，公开面世，以嘉惠来学，扩大社会效益，弘扬传统文化；甚至有的在卒业后，还殷殷以此意相叮咛、相期望。推许之诚，慰勉之切，感人至深。我虽以蝟务丛脞，无暇及此，而耿耿此心，固未尝忘怀也。新近告老离休，索居多暇，辄欲整理旧稿，偿还此一心理上之债务，以餍莘莘学子求知之雅望。又以生性疏慵，授课时从无成文的讲稿，只在篇端记上前人之卓识，时贤之妙悟，以及个人之浅见，零罗碎锦，不成片段，只能唤起某些记忆，而不能作为整理的粉本。工程浩大，作而又辍者屡矣。今年春，岳麓书社选中了此项出版课题，并多方予以鼓励和支持，使予迎难而上，穷十阅月之力，得以偿还这一拖欠多年的心债，确有“如释重负”之感，喜上眉梢，快可知也。

《唐诗精华评译》一书，既然源于“诗歌欣赏”的课程，从接受美学的原则上考虑得较多，因而凸现如下的几个特点：

第一，在选材方面，选的都是篇幅很短，韵律很美，格调很高，足以代表唐代诗歌最高成就的近体诗。这不仅因为近体诗是唐人的革新和创造；而且因为我手无教材，便于板书，非敢薄古体而厚近体也。我们知道近体诗分为绝句和律诗。绝句滥觞于南北朝，经过声律化的漫长过程，到了唐代才正式定型，并且出现了像李白、王昌龄那样的“七绝圣手”，正如王世贞在《艺苑卮言》中说的：“七言绝句，王江宁（昌龄）与李太白争胜毫厘，俱是神品。”田雯在《古欢堂集杂著》中亦说：“太白、龙标（王昌龄），无以加矣，它如旗亭雪夜，画壁斗奇，非其自信者深乎？”律诗亦导源于齐、梁的俪句，定型于唐初的“四杰”和沈、宋。初唐、盛唐间，运用五律形式者多，如摩诘之恬洁精微，浩然之亦整亦暇，至老杜而登峰造极，诸法俱备。运用七律的形式就比较少了，《孟浩然集》只有七律二首，《李太白集》也只有七律三首，可见它还没有被时人所习用。七律在杜甫手里，才极尽变化之能事，达到了很高的艺术境界。但这种形式并没有引起诗人们足够的重视，白居易公开声称律诗“非平生所尚”，元稹甚至流露轻蔑的口气说“律诗卑庳，格力不扬”（《上令狐相公诗启》）。张籍、王建，则勠力于乐府；孟郊、贾岛，则属意于五言；韩愈以其深厚之学、桀骜之才，驰骋其笔力于古体之中，直到李商隐出来，创作了一百二十首极为秾丽、极为精审的七律，这个形式才百美毕备，风行一时。清代袁枚在《随园诗话》中说：“七律始于盛唐，如国家缔造之初，宫室初备，故不过树立架子，创建规模；而其中之洞房曲室，网户罘罳，尚未齐备，至中、晚而始备，至宋、元而愈出愈奇。”赵翼在《瓯北诗话》中说得更加具体：“少陵以寂寞穷愁之身，藉诗遣日，于是七律益尽其变。”“其后刘长卿、李义山、温飞卿诸人，愈工雕琢，尽其才于五十六字中，而七律遂为高下通行之具，如日月饮食之不可离矣。”它们有力地说明近体诗乃唐人真正的创造，唐诗真正的代表，则是编皆选近体，至少亦不失为一得之见，一家之言。

第二，在作家小传方面，我认为小传不仅要“传人”，即记载一个人的生卒仕履；而且要“传道”，要“传衣钵”，即要将传主的思想倾向、艺术特点，以及前人对他的诗歌评论，择其尤要者加以介绍；将传主在诗歌创作中的理论导向、实践经验，以及表现的方法和技巧，择其尤要者加以阐述。这才叫作“传道”、“传衣钵”，才叫作“金针度人”。古人以“小传”名者，若李商隐的《李长吉小传》，陆游的《姚平仲小传》，皆以极其经济的笔墨，略述其生卒仕履，而以重彩浓墨传其特立独行。如说李贺“苦吟疾书”，“未尝得题然后为诗”，“恒从小奚奴，骑巨驴，背一古破锦囊，遇有所得，即书投囊中”。说姚平仲功成不受赏，隐居青城山，朝廷多次访求他，都不肯出山。“时为人作草书，颇奇伟”。这才是“小传”应写的内容。所以我从接受美学的角度出发，举凡诗词中习用的掌故，如“夺锦袍”、“旗亭画壁”、“诗家天子”、“五言长城”、“赵倚楼”、“郑鹧鸪”、“八叉手”、“一字师”等，以及历代诗话对诗人的重要评论，都写进了作家的小传，以提高趣味性、可读性，扩大读者的知识领域。

第三，在今译方面，我以为唐人的近体诗审美价值很高，但比较含蓄，比较典雅，言近而旨远，言少而义多，不易为读者所理解、所接受，因此运用现代汉语这个载体，采取今译的办法，进行艺术的再创造，忠实地把它的内容和风貌传达出来，以充分发挥接受主体在整个艺术活动中的积极作用。近人对于翻译提出“信、达、雅”三原则，“信”就是要忠于原作；“达”就是要文从字顺，流畅爽朗；“雅”就是要浅而不俚，言之有文。以诗而言，就是要有诗味、诗境。为了更好地体现原诗的精神，传达原诗的艺术技巧，我在翻译时基本上采取格律诗的形式，用整齐的句子，押口头的韵脚，律诗的中间两联尽可能用对偶，以求其不但译出内容，而且译出诗味。因此，对于词语的转换、韵律的调谐、情志的吞吐、意象的印合、结构的安排、形象的刻画等评说，都不敢出以“怠心”、“浮心”，而是经过反复的推敲，反复的锤炼，才定的稿。虽面目已改，而韵味犹存；掷地无声，而涉口成趣。在处理“信”和“达”、“达”和“雅”之间的关系和矛盾上，还算是得心应手的。

第四，在评析方面，我以为提高鉴赏者的审美素质和审美水平，可以美化读者的精神世界，使读者牢牢把握我们时代诗歌的主旋律，形成一种健康的、向上的、积极进取的时代审美风尚，在社会主义精神文明建设方面做出自己应有的贡献。唐代的诗歌就是在不断提高审美的原则和标准中，纠正各种各样不良的倾向和误导中发展起来的。唐初的陈子昂在《修竹篇》中，尖锐地批评了统治诗坛近五百年的形式主义诗风，说它们“采丽竞繁，而兴寄都绝”，即片面地追求华丽的词藻，而忽视反映现实生活的内容，以致造成“文章道弊五百年”的局面，从而提出恢复“汉魏风骨”、“正始之音”的现实主义传统。主张诗歌要“骨气端翔”、“音情顿挫”，即既有现实的内容，又有真挚的情感。这个审美的标准，对于改变唐初的诗风起了积极的作用。所以宋代刘克庄推崇他说：“独陈拾遗（子昂）首倡高雅清淡之音，一扫六代之纤弱，趋于黄初、建安矣。”李白和杜甫都是开创“以诗论诗”的先导，是内容和形式高度统一论的倡导者。李白是在复古的旗号下，提出革新诗歌的理想和抱负的。他竭力推崇“风雅”为“正声”，主张恢复“风雅”的现实主义传统，而对于建安以后的诗歌，则采取否定的态度，所谓“自从建安来，绮丽不足珍”，就是他对六朝文学的总的评价。杜甫对于六朝的诗歌则是采取具体分析的态度，无论对庾信、鲍照、谢朓、阴铿，以至“初唐四杰”的艺术经验，都给予了历史的肯定。如他认为庾信兼有“老成”和“清新”两种艺术风格，所谓“清新庾开府”，“庾信文章老更成”，就是他对庾信诗歌艺术风格的概括。后来杨慎在《丹铅总录》中解释“老成”时说：“子山（庾信）之诗，绮而有质，艳而有骨，清而不薄，新而不尖，所以为老成也。”过去的许多评论家，一提到庾信，就用“绮丽”两个字把他框住，而没有发现他的艺术风格是“老成”和“清新”的结合，这便是老杜高人一等的地方。在创作上，李白主张独创，反对模仿；主张自然，反对雕琢。他用“丑女来效颦”和“寿陵失故步”两个寓言来嘲笑那些以模仿为能事的人；又用“清水出芙蓉，天然去雕饰”来表明他对诗歌的美学观点。这对于促进唐代诗歌的艺术发展是有积极意义的。杜甫的道路更加宽广，他既主张“亲风雅”，又主张“转益多师”；既“不薄今人”，又“爱古人”；既欣赏“掣鲸碧海”的雄浑、豪放风格，又赞美“翡翠兰苕”那样纤秾、绮丽的作品。因而能够“海汇百川，兼涵众长”，成为诗歌史上的“集大成”者。其后白居易提出“文章合为时而著，歌诗合为事而作”（《与元九书》），“为君、为民、为物而作，不为文而作也”（《新乐府序》）的总纲领；特别是在这个总纲领下，又提出“但伤民病痛，不识时忌讳”（《伤唐衢》），“欲开壅塞达人情，先向歌诗求讽刺”（《采诗官》）的要求，以达到“补察时政，泄导人情”的目的，为中唐以后诗歌创作的主旋律定下了基调。至于以皎然、司空图为代表的诗歌理论家，则主要总结陶、谢、王、孟一派的艺术经验，写出了《诗式》、《诗品》那样的诗歌理论，比较注意于诗歌形式的探讨，包括炼字、修辞、协律、造境以及各种传达手法，虽有偏至，然而如果没有《诗式》、《诗品》那样的审美理论，就没有沧浪的“以禅喻诗”，渔洋的“唐贤三昧”，更没有后来的“性灵派”、“神韵派”了。为了提高读者的审美素质和审美水平，我在每一首诗之后，作了三五百字的评析。对同一题材、同一意境、同一表现手法的篇什，作了比较，并指出其优劣高下的关键，试图以此来揭示出诗人的匠心。还尽可能引用自宋以来的诗歌理论家对某诗的评论，或肯定其审美的妙言要道，或指出其审美视角的偏至之处，企图以此来提高读者的审美修养。总之，从炼字之微到立意之大，从布局之妙到创格之奇，都尽可能从审美的角度来加以赏析，让读者能够较多地领悟到诗歌作者的崇高理想、优美感情和强大的艺术魅力。

第五，在注释方面，我也不敢掉以轻心，总想多少体现出自己的一些特色。我不敢希冀郦道元之注《水经》，裴松之之注《三国》，李善之注《文选》，成为“不朽之盛业”，但对于钱锺书注《宋诗选》之用心，颇亦有志焉。当然，像钱先生那样的博通中外，腹笥充溢，随手拈来，都成妙谛，我亦不敢心存奢望。不过我在注释中，除了词语的解释力求准确，典故的出处力求探源外，还有两点是我始终把握得紧紧的。一是前人对某诗的一字之妙，一韵之奇，一句之警策，一意之深沉，有所评论，必加甄录，把它当作“诗眼”和“文心”介绍给读者。二是某诗某句的立意相似，手法相近，或脱胎前人，或沾被后世，必明其因袭之迹，以此来疏瀹读者的灵根，叩开读者的心扉，提高读者的审美能力和写作水平。云亭山人在《桃花扇凡例》中说得好：“桃花扇譬则珠也，作《桃花扇》之笔譬则龙也。穿云入雾，或正或侧，而龙睛龙爪，总不离乎珠。”我在整理这部旧稿时，总是把提高读者的审美素质和审美水平当作“珠”来看，选材、注释、今译、评析以及作者小传的撰写，都始终没有离开这颗“珠”的。但由于个人的“睛”“爪”不利，是否真的得到了“珠”，则连我自己也不敢自信。主观的愿望和客观的实际总是有距离的，如果我在吸取前哲和时贤的成果方面，有不够郑重、不够准确的地方，尚希广大读者有以是正。

羊春秋于湘潭大学之迎旭轩

一九九六年十月

目录

"诗词名家讲"丛书总序(叶嘉莹) / 1

前言(羊春秋) / 1

虞世南

蝉 / 1

王　绩

野望 / 3

王　勃

送杜少府之任蜀川 / 5

蜀中九日 / 6

杨　炯

从军行 / 8

卢照邻

九月九日旅眺 / 10

骆宾王

在狱咏蝉 / 12

易水送别 / 14

陈子昂

送魏大从军 / 16

杜审言

和晋陵陆丞早春游望 / 19

赠苏绾书记 / 20

渡湘江 / 21

宋之问

题大庾岭北驿 / 23

渡汉江 / 24

沈佺期

杂诗 / 26

独不见 / 28

张　说

深渡驿 / 30

蜀道后期 / 31

苏　颋

将赴益州题小园壁 / 33

汾上惊秋 / 34

金昌绪
春怨 / 36
张九龄
望月怀远 / 38
湖口望庐山瀑布水 / 39
自君之出矣 / 40
孟浩然
临洞庭湖赠张丞相 / 43
过故人庄 / 44
岁暮归南山 / 45
留别王维 / 47
与诸子登岘山 / 48
宿桐庐江寄广陵旧游 / 49
春晓 / 51
宿建德江 / 52
王之涣
登鹳雀楼 / 53
凉州词 / 54
贺知章
回乡偶书 / 56
咏柳 / 57
王　翰
凉州词 / 59
王　湾
次北固山下 / 61
崔　颢
黄鹤楼 / 63
行经华阴 / 65
长干曲 / 66
君家在何处 / 66
家临九江水 / 66
祖　咏
望蓟门 / 68
李　颀
送魏万之京 / 71
张　旭
桃花溪 / 73
山中留客 / 74
王昌龄
出塞 / 77
从军行 / 78
青海长云暗雪山 / 78
大漠风尘日色昏 / 78
长信秋词 / 80
春宫曲 / 82
西宫春怨 / 83
闺怨 / 84
芙蓉楼送辛渐 / 85
储光羲
江南曲 / 87
绿江深见底 / 87
日暮长江里 / 88
王　维
山居秋暝 / 91

辋川闲居赠裴秀才迪 / 92
终南山 / 93
汉江临泛 / 95
观猎 / 96
使至塞上 / 97
春日与裴迪过新昌里访吕逸人不遇 / 99
积雨辋川作 / 100
杂诗 / 102
山中送别 / 103
九月九日忆山东兄弟 / 104
送元二使安西 / 105
李　白
赠孟浩然 / 108
渡荆门送别 / 110
送友人 / 111
送友人入蜀 / 112
听蜀僧濬弹琴 / 113
登金陵凤凰台 / 115
静夜思 / 116
独坐敬亭山 / 117
陪侍郎叔游洞庭醉后 / 118
闻王昌龄左迁龙标遥有此寄 / 119
黄鹤楼送孟浩然之广陵 / 120
望庐山瀑布 / 121
望天门山 / 122
早发白帝城 / 123
高　适
使青夷军入居庸关 / 126
东平别前卫县李寀少府 / 127
送李少府贬硖中王少府贬长沙 / 129
夜别韦司士 / 130
营州歌 / 131
别董大 / 132
塞上听吹笛 / 133
除夜作 / 134
岑　参
陕州月城楼送辛判官入秦 / 137
寄左省杜拾遗 / 138
行军九日思长安故园 / 139
见渭水思秦川 / 140
逢入京使 / 141
碛中作 / 142
武威送刘判官赴碛西行军 / 143
春梦 / 144
常　建
题破山寺后禅院 / 146
三日寻李九庄 / 147

塞下曲 / 149

张　谓

杜侍御送贡物戏赠 / 150

题长安主人壁 / 152

刘长卿

送李中丞归汉阳 / 154

穆陵关北逢人归渔阳 / 155

饯别王十一南游 / 156

送严士元 / 157

过贾谊宅 / 159

逢雪宿芙蓉山主人 / 160

送灵澈上人 / 161

酬李穆见寄 / 162

张　继

枫桥夜泊 / 164

吴门即事 / 166

元　结

欸乃曲 / 168

湘江二月春水平 / 168

千里枫林烟雨深 / 169

景　云

画松 / 170

刘方平

春雪 / 172

月夜 / 173

春怨 / 174

杜　甫

房兵曹胡马 / 178

春日忆李白 / 179

月夜 / 180

春望 / 181

秦州杂诗 / 183

天末怀李白 / 185

月夜忆舍弟 / 186

春夜喜雨 / 187

旅夜书怀 / 188

登岳阳楼 / 190

蜀相 / 191

客至 / 192

闻官军收河南河北 / 193

登楼 / 195

秋兴八首之一 / 196

登高 / 198

又呈吴郎 / 199

咏怀古迹五首之一 / 200

咏怀古迹五首之三 / 202

小寒食舟中作 / 204

八阵图 / 205

江南逢李龟年 / 206

钱　起

裴迪书斋玩月之作 / 208

送夏侯审校书东归 / 210

归雁 / 211
郎士元
送李将军 / 213
柏林寺南望 / 214
听邻家吹笙 / 215
张　潮
江南行 / 217
韩　翃
寒食 / 219
司空曙
云阳馆与韩绅宿别 / 221
喜外弟卢纶见宿 / 222
江村即事 / 223
戴叔伦
除夜宿石头驿 / 225
三闾庙 / 226
苏溪亭 / 227
韦应物
淮上喜会梁州故人 / 230
寄李儋元锡 / 231
滁州西涧 / 232
卢　纶
送李端 / 234
晚次鄂州 / 236
塞下曲 / 237
顾　况
忆故园 / 240
听刘安唱歌 / 241
过山农家 / 242
皎　然
寻陆鸿渐不遇 / 244
李　益
喜见外弟又言别 / 247
江南曲 / 248
夜上受降城闻笛 / 249
写情 / 250
于　鹄
江南曲 / 252
孟　郊
古别离 / 254
登科后 / 255
刘采春
啰唝曲 / 257
不喜秦淮水 / 257
莫作商人妇 / 258
那年离别日 / 259
韩　愈
秋字 / 262
左迁至蓝关示侄孙湘 / 263
早春呈水部张十八员外 / 264
湘中酬张十一功曹 / 265
题木居士 / 266
游太平公主山庄 / 267

张　籍

夜到渔家 / 270

秋思 / 271

凉州词 / 272

蛮中 / 273

王　建

新嫁娘 / 276

江陵使至汝州 / 276

十五夜望月 / 277

宫词 / 279

贾　岛

题李凝幽居 / 281

忆江上吴处士 / 282

剑客 / 283

访隐者不遇 / 284

李　贺

示弟 / 287

南园 / 288

咏竹 / 289

南园十三首之一 / 290

南园十三首之五 / 291

南园十三首之六 / 292

崔　护

题都城南庄 / 294

薛　涛

筹边楼 / 297

送友人 / 298

柳宗元

登柳州城楼寄漳汀封连四州刺史 / 301

别舍弟宗一 / 302

江雪 / 304

零陵早春 / 305

柳州二月榕叶尽落偶题 / 306

与浩初上人同看山寄京华亲故 / 307

刘禹锡

蜀先主庙 / 309

西塞山怀古 / 310

酬乐天扬州初逢席上见赠 / 312

石头城 / 314

乌衣巷 / 315

再游玄都观 / 316

竹枝词 / 317

竹枝词九首之七 / 318

元　稹

三遣悲怀 / 321

行宫 / 324

菊花 / 325

闻乐天授江州司马 / 326

白居易

赋得古原草送别 / 329

除苏州刺史别洛城东花 / 330
秋雨夜眠 / 332
自河南久经丧乱，关内阻饥，兄弟离散，各在一处。因望月有感，聊书所怀。寄上浮梁大兄、於潜七兄、乌江十五兄，兼示符离及下邽弟妹 / 333
欲与元八卜邻先有是赠 / 335
放言五首之三 / 336
钱塘湖春行 / 338
与梦得沽酒闲饮且约后期 / 339
问刘十九 / 340
邯郸冬至夜思家 / 341
暮江吟 / 342
白云泉 / 343

刘　皂

旅次朔方 / 345

张　祜

宫词 / 347
题金陵渡 / 349

朱庆馀

闺意呈张水部 / 350
宫词 / 351

雍　陶

到蜀后记途中经历 / 353
题君山 / 355

李　涉

再宿武关 / 357
井栏砂宿遇夜客 / 358

陈　陶

陇西行 / 360

许　浑

秋日赴阙题潼关驿楼 / 362
金陵怀古 / 364
咸阳城西楼晚眺 / 365
谢亭送别 / 367

杜　牧

早雁 / 369
题宣州开元寺水阁 / 371
九日齐山登高 / 372
河湟 / 373
润州 / 375
过华清宫 / 376
赤壁 / 378
泊秦淮 / 379
题乌江亭 / 380
寄扬州韩绰判官 / 381
赠别 / 382
清明 / 383

温庭筠

商山早行 / 386
处士卢岵山居 / 387
送人东归 / 388
过陈琳墓 / 389

经五丈原 / 391
苏武庙 / 393
蔡中郎坟 / 394
过分水岭 / 395
李群玉
黄陵庙 / 397
引水行 / 399
方　干
旅次洋州寓居郝氏林亭 / 401
题君山 / 403
赵　嘏
长安秋望 / 405
江楼感旧 / 407
马　戴
落日怅望 / 409
李　频
湖口送友人 / 411
李商隐
晚晴 / 414
蝉 / 416
重有感 / 417
哭刘蕡 / 419
安定城楼 / 421
筹笔驿 / 423
隋宫 / 424
马嵬 / 426
无题 / 428
无题 / 430
锦瑟 / 431
贾生 / 433
夜雨寄北 / 434
曹　松
已亥岁 / 436
章　碣
焚书坑 / 438
罗　隐
魏城逢故人 / 441
秦韬玉
贫女 / 443
崔　涂
巴山道中除夜书怀 / 445
春夕 / 446
杜荀鹤
春宫怨 / 448
送人游吴 / 450
山中寡妇 / 451
乱后逢村叟 / 452
陆龟蒙
和袭美春夕酒醒 / 454
新沙 / 455
钱　珝
未展芭蕉 / 457
韦　庄
台城 / 459
陪金陵府相中堂夜宴 / 460

郑　谷

中年 / 462

淮上与友人别 / 464

司空图

退栖 / 466

来　鹄

云 / 469

薛　媛

写真寄外 / 471

陈玉兰

寄夫 / 473

贯　休

题某公宅 / 476

齐　己

早梅 / 479

登祝融峰 / 480

王　驾

社日 / 482

韩　偓

残春旅舍 / 485

春尽 / 486

张　泌

洞庭阻风 / 488

寄人 / 489

翁　宏

春残 / 491

谭用之

秋宿湘江遇雨 / 493

虞世南

虞世南(558—638),字伯施,越州余姚(今属浙江)人。早年学于著名学者顾野王,受知于著名文学家徐陵,学问博赡,文章婉缛,为世所重。隋亡入唐,得到太宗的信任,官至秘书监,封永兴县子,故又称“虞永兴”。《旧唐书·虞世南传》载:太宗尝称其有“五绝”,即“一曰德行,二曰忠直,三曰博学,四曰文辞,五曰书翰”。卒谥文懿,是图影于凌烟阁的“十八学士”之一。

诗人在文化建设方面,有两大不可磨灭的功绩。一是编写大型类书《北堂书钞》一百七十三卷,书至北宋时已多散佚,经清严可均、孙星衍、王引之等校辑,尚存一百六十卷。二是抵制浮艳的“宫体诗”。他尝拒绝赓和太宗的诗云:“圣作诚工,然体非正。上之所好,下必有甚者。臣恐此诗一传,天下风靡,不敢奉诏。”太宗只好苦笑着加以掩饰说:“朕试卿耳。”见《新唐书·虞世南传》。《全唐诗》共收其诗三十一首,在隋所作者七首,余皆入唐后所作,诗风亦随之而大变。

蝉

垂緌饮清露[1],流响出疏桐[2]。
居高声自远,非是藉秋风。

✤ 注释

[1] 垂緌:垂喙。喙:鸟兽昆虫类长形的嘴。 [2] 流响:传出的鸣声。疏

桐：梧桐树高、干直、枝少、叶稀，故称“疏桐”。

✤ 今译

有口只饮清凉的露珠，有声传自那梧桐高树。
居高声音自然闻得远，不是依靠秋风来相助。

✤ 评析

这是一首有名的咏物诗。咏物诗要有寄托，所以周济在《宋四家词选序论》中说：“有寄托则表里相宜，斐然成章。”咏物诗要诗中有人，所以阮葵生在《茶余客话》中说：“咏物诗须诗中有人，尤应诗中有我。”这首诗之所以传诵千古，正是因为它体现了咏物诗“不粘不脱，不即不离”的艺术手法。它的第一、二句是写蝉的生活习性：饮的是清露，栖的是高梧，叫的声音传得很远。第三、四句是在前两句的基础上，从蝉的品德着眼生发出来的一番议论。明是咏蝉，暗是言志，句句是咏蝉，句句又是写我。诚如清沈德潜在《唐诗别裁》中评此诗说：“咏蝉者每咏其声，此独尊其品格。”我们读了这首诗，恍惚看到了唐太宗所赞美的“当代名臣，人伦准的”的那个人。施补华在《岘佣说诗》中将唐人三首咏蝉的名作加以比较说：“三百篇比兴为多，唐人犹得此意。同一咏蝉，虞世南‘居高声自远，端不（非是）藉秋风’，是清华人语；骆宾王‘露重飞难进，风多响易沉’，是患难人语；李商隐‘本以高难饱，徒劳恨费声’，是牢骚人语。比兴不同如此。”诗言志，诗品即人品。诗人的声名远扬，完全是心灵的美，是人格的力量，所谓“不假良史之辞，不托飞驰之势，而声名自传于后”（曹丕《典论·论文》）。跟那些“好风凭借力，送我上青云”的人是不可以相提并论的。

王　绩

王绩(585—644),字无功,绛州龙门(今山西河津)人。是隋末大儒王通的弟弟,唐初大诗人王勃的叔祖。尝耕于东皋,因自号为“东皋子”。曾任隋秘书省正字,及唐统一天下,以原官待诏门下省。侍中陈叔达知其嗜酒,日给酒一斗,故当时称之为“斗酒学士”。他听说太乐署史焦革会酿酒,便要求到那里去工作。不幸焦革死了,他叹息说:“天不使我酣美酿耶?”于是把焦革的酿酒术撰为《酒经》,收集仪狄、杜康等善酿酒者为《酒谱》,并建立杜康祠,以焦革配享。又作《五斗先生传》以配陶潜的《五柳先生传》,作《醉乡记》以配刘伶的《酒德颂》,其脱落形骸、不拘礼俗的志趣,概可想见。

野　望

东皋薄暮望[1],徙倚欲何依[2]。
树树皆秋色,山山惟落晖。
牧人驱犊返[3],猎马带禽归。
相顾无相识,长歌怀采薇[4]。

✤ 注释

[1] 东皋:东面的水边高地。当为诗人隐居故乡时经常游息之处。晋阮籍《奏记诣蒋公》:“方得耕于东皋之阳,输黍稷之税,以避当途者之路。”陶潜《归去来辞》:“登东皋以舒啸,临清流而赋诗。”诗人自命为“东皋子”,不仅因其地以自名,亦当有仰慕阮、陶的志趣。　[2] 徙倚:犹言徘徊。　[3] 牧人:一作“牧童”。

[4] 采薇：用伯夷、叔齐不食周粟、采薇而食的典故。《史记·伯夷列传》载：伯夷、叔齐作歌曰："登彼西山兮，采其薇矣。以暴易暴兮，不知其非矣。神农虞夏忽焉没兮，我安适归矣。吁嗟徂兮，命之衰矣。"薇，羊齿类草本植物，嫩叶可食。怀采薇，意即怀念采薇而食的伯夷、叔齐。从这个结句来看，此诗当作于隋亡以后。

✤ 今译

太阳落了，我登上东皋远眺，徘徊一阵，我感到空虚无聊。
千山的树，皆抹上秋的颜色。四围的山，只留下落日余照。
牧童啊，赶着那回家的牛犊，猎人呀，带着那射杀的禽鸟。
相互一看啊，谁也不招呼谁，我轻轻地哼着那采薇的歌谣。

✤ 评析

王绩的诗多以田园山水为题材，抒写幽静闲适之趣。此诗扣紧题中的"望"字，颔联和颈联，皆望中所得之景。但由于生当王朝更迭之际，仕途上不甚得意，故在景物上涂上了主观的惆怅的色彩，如开篇的"徙倚欲何依"，篇中的"树树皆秋色"一联，篇末的"长歌怀采薇"，既抒发了"绕树三匝，无枝可依"的感慨，又寄寓了"不食周粟，高尚其事"的情怀。这是他诗中最为脍炙人口的一篇，也是最早出现的唐人五律中的成熟作品之一。它清新自然，不带六朝锦色。对唐诗的健康发展，起到了积极的作用。

王　勃

王勃（649—676），字子安，绛州龙门（今山西河津）人。兼有祖父王通、叔祖王绩之长，成为唐初的学者兼诗人，也是“初唐四杰”之首。相传他为文前，磨墨数升，然后饮酒酣卧，一觉醒来，援笔立就，不易一字，时人谓之“腹稿”。他曾往交趾探望其父，路过南昌，适都督阎伯屿于九月九日大宴宾客于滕王阁，预先命其婿作了序，以便在宾客面前夸耀其婿的文才。又故意遍请宾客作序，皆逊谢不敢从命，及勃，便欣然命笔，写至“落霞与孤鹜齐飞，秋水共长天一色”时，阎公叹曰：“天才也。”遂尽欢而散。可惜他渡海溺水，惊悸而死，年仅二十八岁，著有《王子安集》。

送杜少府之任蜀川[1]

城阙俯三秦[2]，风烟望五津[3]。
与君离别意，同是宦游人[4]。
海内存知己，天涯若比邻[5]。
无为在歧路，儿女共沾巾[6]。

✤ 注释

[1] 杜少府：名不详。唐人称县尉为少府。之任：赴任。蜀川：一作“蜀州”。　[2] 城阙：城墙上的望楼叫阙，此指长安。三秦：指陕西一带地区。项羽灭秦，分其地为雍、塞、翟三国，封秦将章邯、司马欣、董翳为王，故称“三秦”。[3] 五津：岷江上的五大渡口。《华阳国志·蜀志》：“其大江自湔堰下至犍为，有五津：始曰白华津，二曰万里津，三曰江首津，四曰涉头津，五曰江南津。”

[4] 宦游人：外出做官的人。 [5]“海内”二句：曹植《赠白马王彪》：“丈夫志四海，万里犹比邻。”此从这里脱胎出来。比邻：近邻。古代五家相连为比。 [6]“无为”二句：《孔丛子·儒服篇》：鲁人子高游赵，及返，其友邹文、季节，泪流满面。子高说：“始吾谓此二子丈夫尔，今乃知其妇人也。”此暗用其典。无为：不要。歧路：岔路。儿女：指儿女之态，即妇人之爱。

✣ 今译

三秦拱卫着帝京，风烟笼罩着五津。
与君同怀离别之意，只因都是宦游的人。
海内如果有了知己，远隔天涯也像比邻。
不要像儿女那样，分手时泪湿佩巾。

✣ 评析

诗的首联，即以高远宏阔的气象，工致严整的对仗，变儿女惜别之情，为豁达乐观之语，凌空突起，点出送别和赴任的地点，命笔不同凡响。颔联用“流水对”，与首联的工对对照，更显出参差疏密之妙。颈联从“海内”之至大，与“知己”之至小，“天涯”之至远，与“比邻”之至近，形成鲜明的对比。惜别中见真情，真情中有至理，遂成为千古传诵的名句。一首好诗，不仅要求起得好，更要求结得好。王勃这首五律，起得挺拔，能够笼罩全诗，结得圆浑，饶有余味，读起来有一种清新健康、引人向上的审美愉悦。

蜀中九日

九月九日望乡台[1]，他席他乡送客杯[2]。
人今已厌南中苦[3]，鸿雁那从北地来[4]？

✣ 注释

[1] 九月九日：是我国传统的重阳佳节。古人以“九”为阳数，重叠两个“九”

字，故称为“重阳”或“重九”。 [2] 他席：他乡的酒席。王勃是绛州龙门人，在北地，而蜀中在我国西南地区，故称他乡。 [3] 南中：泛指我国五岭以南地区。 [4] 北地：泛指我国的北部。

✤ 今译

我在重阳佳节，登上望乡的高台，在他乡的席上，端起送别的酒杯。

人们哟，已经厌倦了南方的生活，鸿雁呀，为什么还要从北方飞来？

✤ 评析

这首诗把他乡送别、佳节思亲的游子心情，通过“已厌”和“那从”的“加一倍”写法，细腻而深刻地表现了出来，与王维的《九月九日忆山东兄弟》同为脍炙人口之作。结尾两句，对鸿雁北来，提出疑问。似乎问得无理，但却问得多么的痴情。正是这种痴情，表现了他的真情；这种无理，反衬了他的有理。这叫作“无理而妙”。如果没有这样的发问，它就不可能有这么强大的艺术生命力。清沈德潜在《唐诗别裁》中评这首诗说：“似对非对，初唐标格，不得认作律诗之半。”盖言其一、二句作对，三、四句又作对，但对得不甚工整。这是初唐尚未定型的格律。然其命意清新，抒情真切，构思细致，结构完整，是唐人绝句的杰作。

杨 炯

杨炯(650—693),华州华阴(今属陕西)人。他与王勃、卢照邻、骆宾王,号为“初唐四杰”,简称“王杨卢骆”。他对这个排列次序,深表不满,扬言“吾愧在卢前,耻居王后”。著名诗人张说从而为之辞说:“‘耻居王后’,信也;‘愧在卢前’,谦也。”可见他是很自负的。他的诗文,好以古人名字作对,故时人讥其作品为“点鬼簿”。因为他曾做过盈川令,故其诗文集叫《盈川集》。

从军行

烽火照西京[1],心中自不平。
牙璋辞凤阙[2],铁骑绕龙城[3]。
雪暗凋旗画[4],风多杂鼓声。
宁为百夫长[5],胜作一书生。

✤ 注释

[1] 烽火:古代边防传递寇警的信号。有寇则燃火燔烟以相告。昼则燔烟,夜乃举烽。西京:指长安。唐制,根据敌情的轻重缓急,逐级增加烽火的炬数。一炬传至所辖州县,两炬以上传至京城。 [2] 牙璋:兵符的一种。古代调动军队的玉制凭证,分为阴阳两块,一块留在朝廷,一块分给主帅,两块合缝处呈牙状,故称“牙璋”。《周礼·春官》:“牙璋以起军旅,以治兵守。”汉阙:汉代的宫阙,后来泛指皇宫,这里指长安。《关中记》:“建章宫圆阙临北道,有金凤在阙上,高丈馀,故号凤阙。” [3] 铁骑:精锐的骑兵。龙城:亦叫龙庭。汉时匈奴会盟祭天的地方。故址在今蒙古国和日门塔拉三连城址。 [4] 凋旗画:指军旗上

的彩画在大雪中也暗淡失色。 [5] 百夫长：泛指下级军官，所辖仅一百人。

✣ 今译

边防的烽警已传到西京，心中的激愤自难以平静。
主帅奉命辞别了这长安，将军率兵包围了那龙城。
大雪使得旌旗黯然失色，狂风夹杂着高亢的鼓声。
我宁可做一个下级军官，也强如现在这一介书生。

✣ 评析

《从军行》是乐府旧题，多写军旅生活。诗人借乐府旧题，写现实生活。开了李白大量运用乐府旧题反映现实的先河。史载唐高宗永隆二年(681)，突厥侵扰固原、庆阳一带，礼部尚书裴行俭奉命出征。杨炯此诗，即以此为背景写的。诗的首联，形象地表现了军情的紧急、将士的激愤；颔联以典重之笔，烘托出师场面的庄严隆重，以及想象中的辉煌胜利；颈联描绘战争的激烈和战士的英勇；结语抒发了投笔从戎的壮志豪情，开了盛唐气象的先河。

卢照邻

卢照邻(636? —695?),字昇之,号幽忧子,幽州范阳(今河北涿州)人。文章与王勃、杨炯、骆宾王齐名,天下称"王、杨、卢、骆"四杰。他不仅在政治上失意,只做过短时的新都尉;而且得了恶疾,足挛手废,曾求诊于大医药家孙思邈,也没有奏效。于是撰《释疾文》、《五悲文》以自解,并预为墓穴,与亲属诀,自沉颍水而死,年只四十。他的诗歌成就,主要体现在七言歌行和骚体创作上,胡震亨《唐音癸签》卷五赞美他"领韵疏拔"、"一往任笔",著有《幽忧子集》。

九月九日旅眺[1]

九月九日眺山川,归心相望积风烟[2]。
他乡共酌金花酒[3],万里同悲鸿雁天。

✤ 注释

[1] 旅眺:客中远望。题一作《九月九日登玄武山旅眺》,诗当作于诗人任新都(今属四川)尉时,约在咸亨元年(670)九月。不久,即离蜀入洛。 [2] 积风烟:谓故乡隐约在凝聚的风烟之中。积:凝聚。 [3] 金花酒:即菊花酒。菊花有金花、黄花之称。重阳节饮菊花酒,是我国的传统习俗。

✤ 今译

九月九日哟,我客中眺望那故乡的山川,
归心归意啊,我飞越那隐隐约约的风烟。
远在他乡哟,我和大伙喝着节日的菊酒,
身隔万里啊,伤心地望着鸿雁飞向南天。

✤ 评析

此诗人在益州新都尉任上的思归之作，可与其《赠益府群官》的“日夕苦风霜，思归赴洛阳。明月流客思，白云迷故乡。谁能借风便，一举凌苍苍。”对参来读，更可了解诗人此时的心境。明杨慎《升庵诗话》卷八云：“唐人诗句，不厌雷同，绝句尤多。”随即举出此诗与王勃《蜀中九日》为例。其实王、卢的《九日》诗，虽然题材相同，构思相似，但王诗的结句以问得“无理而妙”，卢诗的结句，以雁可南飞反衬人不能北归而脍炙人口。各有自己的艺术特色，非剿袭雷同者可比。应该把它们看作时代的标格，所谓“王杨卢骆当时体”也。其实卢氏的诗，“以适意为宗”，“不以繁辞为贵”，诗人杜甫曾经不断向卢氏学习，前人早已有所论述。如宋人吴开在《优古堂诗话》中说：“杜诗‘影着啼猿树，魂飘结蜃楼’，盖用卢照邻《巫山高》云：‘莫辨啼猿树，徒看神女云。’”明人王世贞在《艺苑卮言》卷四中亦说：“卢照邻语如‘衰鬓似秋天’……绝似老杜。”亦可从一个侧面说明老杜是向卢氏学习的。

骆宾王

骆宾王(626—?),婺州义乌(今属浙江)人。唐高宗时,供职道王府,历武功、长安两县主簿,迁侍御史。因上书议论朝政,触怒武后,谪临海丞。故其诗集叫《骆临海集》或《骆丞集》。徐敬业起兵扬州,反对武则天,他写了一篇《讨武曌檄》,痛斥武氏的丑行,武后读至"一抔之土未干,六尺之孤何托"时,惊问曰:"谁为之?"或以宾王对,后曰:"宰相安得失此人?"见《新唐书·骆宾王传》。及敬业兵败,不知所终。唐孟棨的《本事诗》及《太平广记·异僧》中有关于他的传说云,宋之问游灵隐寺得诗两句:"鹫岭郁岧峣,龙宫锁寂寥。"欲足成之,终不如意。遇一老僧代为续之云:"楼观沧海日,门对浙江潮。"宋为之愕然,及旦访之,已不知所往,寺僧有知之者告曰:"此骆宾王也。"据此则敬业兵败后诗人隐于僧了。但骆集中与宋之问赠答之什甚多,岂有当面为之续诗而不相识之理?显系好事者为之,是不足征信的。他在诗文中喜欢用数字作对,如《帝京篇》中的"秦塞重关一百二,汉家离宫三十六","小堂绮帐三千户,大道青楼十二重","且论三万六千是,宁知四十九年非"等,所以又被称为"算博士"。

在狱咏蝉[1]

西陆蝉声唱[2],南冠客思深[3]。
那堪玄鬓影[4],来对白头吟[5]。
露重飞难进,风多响易沉[6]。

无人信高洁，谁为表予心[7]。

✤ 注释

[1] 在狱：被囚禁在御史台的监狱里。调露元年(679)秋，诗人官侍御史，因讽谏得罪武后，被加以贪赃罪入狱。 [2] 西陆：指秋天。《隋书・天文志》中："日循黄道东行，一日一夜行一度，三百六十五日有奇而周天。行东陆谓之春，行南陆谓之夏，行西陆谓之秋，行北陆谓之冬。" [3] 南冠：指囚徒。《左传》成公九年："晋侯观于军府，见钟仪，问曰：'南冠而絷者谁也？'有司对曰：'郑人所献楚囚也。'"后遂以"南冠"作为囚徒的代称。 [4] 玄鬓影：指蝉影。"玄"谐"蝉"声。蝉鬓：古代妇女的一种发型。崔豹《古今注》："魏文帝宫人，绝所爱者有莫琼树、薛夜来、田尚衣、段巧笑四人，日夕在侧。琼树乃制蝉鬓，缥缈如蝉，故曰蝉鬓。" [5] 白头吟：乐府《相和歌》的曲名。按《白头吟》古辞的结句云："男儿重意气，何用钱刀为？"唐吴兢《乐府古题要解》云："自伤清正芬馥，而遭铄金玷玉之谤。"可见诗人是暗用此意，以明以贪赃罪被囚之诬。 [6]"露重"二句：梁沈约《听蝉鸣应诏诗》："叶密形易扬，风回响难住。"此借其词语之结构形式，而赋予新的内容。 [7]"无人"二句：亦取沈约《咏竹》诗的"无人赏高节，徒自抱真心"的句意。

✤ 今译

秋风送来寒蝉的悲鸣，加深了我的思乡之情。
我禁不住缥缈的鬓影，唱着那含冤的白头吟。
露重了有翅也难奋飞，风高啊声音容易低沉。
无人相信我的高洁啊，谁肯为我表白这寸心。

✤ 评析

咏物诗，既要写出物的特点，求其形似；又要语意双关，写出诗人自己的人格、品德和思想感情，收到"言在此而意在彼"的艺术效果。此诗以闻蝉起兴，借蝉自喻，因蝉寄慨，融物我于一体，冶比兴于一炉，不粘不脱，是咏物诗的上乘之作。它的前半幅，是一句写蝉，一句写自己，而分别用"唱"字和"深"字、用

"那堪"与"来对"把两者关合起来。五、六句明写寒蝉的境遇艰难,暗寓诗人的遭遇坎坷。"露重",喻武后的专横;"风高",比谗臣的构陷。使诗人有翅难飞,有口莫辩。七、八句结出全诗的正意。全诗对仗工整,音调凄清,悲愤满怀,哀感伤人。

易水送别[1]

此地别燕丹[2],壮士发冲冠[3]。
昔时人已没,今日水犹寒[4]。

✤ 注释

[1] 易水:水名。昔河北省安国境内有"荆轲渡",今已湮没,传即荆轲乘舟入秦处。 [2] 燕丹:燕太子丹,曾为质于秦,怨秦之为难于己,逃归后,思得壮士刺秦以报之。因遣荆轲入秦,以燕督亢之地图及樊於期之首为贽,献给秦王以求见,乘便刺杀之。 [3]"壮士"句:言太子及宾客在易水上送别荆轲时,"士皆瞋目,发上指冠"。见《史记·刺客列传》。此用其事。 [4]"昔时"二句:《史记·刺客列传》:"至易水之上,既祖,取道,高渐离击筑,荆轲和而歌,为变徵之声,士皆垂泪涕泣。又前而为歌曰:'风萧萧兮易水寒,壮士一去兮不复还。'"昔时人:指荆轲。

✤ 今译

荆轲曾经在这里辞别了燕丹,送的人没有一个不怒发冲冠。
昔时的勇士已经壮烈地牺牲,直到今日易水还是一样清寒。

✤ 评析

这首送别的小诗,在艺术构思上不落恒蹊,别开生面,借送别而吊古,托吊古而伤今,既吊古人,又勉别者,将吊古与伤今融为一体,完全没有一点儿女之态。我们不妨想象诗人是反对武后专政、志在恢复李唐王朝的人，那么他所送的，可能也是一位荆轲式的勇士，甘心以一死报答知己的人。昔司马迁称赞荆轲是“立意较然，不欺其志”，陶渊明也赞美他“其人虽已没，千载有余情”。诗人正是这样勉励和希望他的友人，发扬荆轲那种不畏强暴的精神的。

陈子昂

陈子昂(661—702),字伯玉,梓州射洪(今属四川)人。少时以富家公子任侠使气,弋博自如,十八岁尚未知书。一日偶入乡校,忽感叹悔悟,折节读书。二十四岁中进士,得到武后的赏识,擢为灵台正字,后转为右拾遗。他直言敢谏,所陈多切中时弊。王夫之《读通鉴论》曾说:"陈子昂以诗名于唐,非但文士之选也,使得明君以尽其才,驾马周而颉颃姚崇,以为大臣可矣。"说明他是有政治才能的。可惜在他解职归里后,被县令段简所害,死于狱中,走完了他短暂的人生。陈子昂在诗歌发展史上的建树,一是以《修竹篇序》为代表的诗歌理论,他主张恢复"汉魏风骨"、"正始之音"的现实主义传统,反对片面追求辞藻、堆砌典故的形式主义诗风。一是以《感遇》三十八首为代表的诗歌创作,"尽割浮靡,一振古雅"(胡应麟《诗薮》),"奇奥变化,莫可端倪"(谭元春《唐诗归》)。正因为他有这么大的贡献,所以在唐代就获得极高的评价。杜甫说他"有才继《骚》《雅》,哲匠不比肩",韩愈说他是"国朝盛文章,子昂始高蹈",白居易把他与杜甫并提,说是"杜甫陈子昂,才名括天地"。著有《陈子昂集》。

送魏大从军

匈奴犹未灭[1],魏绛复从戎[2]。
恨别三河道[3],言追六郡雄[4]。
雁山横代北[5],狐塞接云中[6]。
勿使燕然上,徒留汉将功[7]。

✤ 注释

[1] 匈奴：这里借指唐代北方的突厥。垂拱年间，突厥屡次入寇，武后也不断派遣将军前去讨伐。魏大从戎，可能是参加讨伐突厥之战。此句暗用霍去病的典故。《史记·卫将军骠骑列传》："天子为治第，令骠骑（霍去病）视之，对曰：'匈奴未灭，无以家为也！'由此，上益爱之。" [2] 魏绛：春秋晋国的大夫。他主张"和戎有五利"，晋悼公采纳他的意见，命其和戎。事见《左传·襄公四年》。此以魏绛代指魏大。 [3] 三河：汉人称河东、河内、河南三郡为"三河"。 [4] 六郡雄：六郡的英雄健儿。《汉书·地理志下》："汉兴，六郡良家子选给羽林、期门，以材力为官，名将多出焉。"颜师古注："六郡谓陇西、天水、安定、北地、上郡、西河。" [5] 雁山：即雁门山，在今山西代县西北三十五里。山崖峭拔，盘旋崎岖，唐于山巅置关，号雁门关，为戍守重地。代：唐州郡名，辖境相当于今山西的代县、繁峙、五台、原平四县的地域。 [6] 狐塞：即飞狐塞，亦称飞狐口，在今河北省涞源县北四十里。其地两崖峭立，一线微通，蜿蜒百有余里，为古代要塞之一。云中：唐州郡名，在今山西省大同市。 [7]"勿使"二句：《后汉书·窦宪传》：窦宪与北单于战于稽落山，大破单于军，斩名王以下一万三千人，获马牛骆驼百余万头。单于八十一个部落的头领率众来降，前后二十余万人。于是窦宪等至燕然山，并由班固作铭文，刻石勒功，记汉威德。燕然：山名，即今蒙古国境内的杭爱山。

✤ 今译

匈奴还没有消灭，魏绛又要去从戎。
离别了三河地区，追赶那六郡英雄。
雁门山横亘代北，飞狐塞远接云中。
莫让燕然的刻石，只纪汉将的丰功。

✤ 评析

这是一首成熟的五言律诗。词意激昂，风格遒劲，读之令人振奋。元代方回《瀛奎律髓》说："陈拾遗子昂，唐诗之祖也。不但《感遇》诗三十八首为古体之祖，其律诗亦近体之祖也。"是很有眼光的。此诗以汉喻唐，以魏绛比魏大，连主张和戎的魏绛，也要奋起杀敌，说明了战争的正义性。颔联点明送别之地，并以六郡的豪雄来勉励友人。颈联点出魏大的征战之地，它是中原的屏障，国家的咽喉，以表明责任的重大。结语以东汉车骑将军窦宪立功绝域，勒石燕然，进一步激励魏大，完全摆脱一般送别诗的儿女之态，突出了建功立业的风云之气。

杜审言

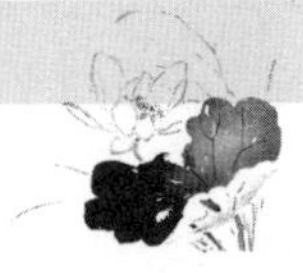

杜审言(645—708),字必简,原籍襄阳(今属湖北),后迁巩县(今属河南)。高宗咸亨元年进士,累官至膳部员外郎,加修文馆直学士。是大诗人杜甫的祖父。杜甫常常以此自豪,一则曰"吾祖诗冠古",再则曰"诗是吾家事"。审言擅长五言,工于书翰,与李峤、苏味道、崔融,俱以"文章显时",号称"文章四友",而他是"文章四友"中最有成就的一个。特别是在五言律诗的定型和七言绝句的完善方面,做出了卓越的贡献。王夫之《姜斋诗话》说:"近体梁、陈已有,至杜审言而始叶于度。"这评价是符合实际的。然恃才傲物,好作大言,不为人所喜。据《新唐书》本传载:审言尝曰:"吾文章当得屈、宋作衙官,吾笔当得王羲之北面。"及病甚,宋之问等前去省候,他说:"甚为造化小儿所苦,尚何言!然吾在,久压公等,今且死,但恨不见替人也。"《全唐诗》录存其诗一卷。

和晋陵陆丞早春游望[1]

独有宦游人,偏惊物候新[2]。
云霞出海曙,梅柳渡江春[3]。
淑气催黄鸟[4],晴光转绿蘋[5]。
忽闻歌古调[6],归思欲沾巾。

✤ 注释

[1] 晋陵:县名,在今江苏常州境内。"陆丞",一作"陆丞相"。闻一多《唐诗

大系》:“唐宰相有陆元方,与审言同时,然诗中语气殊不类。晋陵陆丞者,晋陵县丞也,唐江南常州有晋陵县。” [2]“独有”二句:言春天的景物,在宦游他乡的人看来,反而容易触发思乡之情。故以“独有”和“偏惊”把它关合起来。物候新:随着春光的到来而呈现出来的全新的景象。 [3]“云霞”二句:言海边破晓的云霞辉映成彩,梅柳枝头的春意,渐渐延伸到了江北。曙:破晓。 [4]淑气:祥和的气候。黄鸟:黄鹂,黄莺。言气候和暖,黄莺的啼声叫得更加欢畅。 [5]转绿蘋:蘋草的绿色越来越浓了。转:转变,变化。蘋:水草。 [6]古调:格调高雅的诗歌,此指陆丞的诗。

✤ 今译

只有长期作客他乡的人,对景物偏偏特别的锐敏。
朝霞托出那海面的旭日,梅柳传播着江南的春讯。
黄莺在春天里叫得更欢,绿蘋在晴光下显得更青。
听到你格高调雅的古曲,我思乡的清泪湿透衣襟。

✤ 评析

此诗写早春二月的江南风光,真正摄取了“春”的神。起联用一“新”字扣住题目的“早”,用一“惊”字显出物的“新”。全诗都是从“物候新”着眼,引发出各种物态和心态。中间两联,诗人用了“出”、“渡”、“催”、“转”四字,把“游望”所得的春的气息,完美地表达了出来。结联以“归思”照应“宦游”,把题中“和”字的意义显示给读者。虚词的关合,颜色的变化,建构的完整,字句的锤炼,无不匠心独运,而又通体浑成,堪称初唐五律的杰构。

赠苏绾书记

知君书记本翩翩[1],为许从戎赴朔边[2]。
红粉楼中应计日,燕支山下莫经年[3]。

✤ 注释

[1] 书记：唐元帅府及节度使的属官，有“掌书记”，主撰写文字，简称书记。翩翩：形容美好的风度和文采。三国魏曹丕《与吴质书》：“元瑜（阮瑀）书记翩翩，致足乐也。”语本此。 [2] 朔边：北方的边陲。 [3] 燕支山：以产燕支草而得名。匈奴曾有歌云：“夺我燕支山，使我妇女无颜色。”“燕支”亦作“胭脂”。

✤ 今译

深知你有着美好的风度和文采，让你投笔从戎去那北方的瀚海。
倚楼娇妻天天在计算你的归期，你可不要迷恋那燕支滞留在外。

✤ 评析

此诗以真挚的感情，诙谐的语言，于临别赠言之际，寓箴诫规劝之意，谑而不虐，恰到好处，完全摆脱了送别诗的传统框架。首句赞誉友人的文采风流，次句点明从戎的目的地，三、四两句，言家中的红粉佳人天天在倚楼盼望，计算归期，你可不要在燕支山下惹草沾花，滞留不归。语虽谐而情至真，足征相知之深，相爱之切。沈德潜评此诗说：“‘燕支’‘红粉’，略见映带。”对其炼句之工，铸意之妙，做出了很高的评价，是有艺术眼光的。

渡湘江[1]

迟日园林悲昔游[2]，今春花鸟作边愁[3]。
独怜京国人南窜[4]，不及湘江水北流。

✤ 注释

[1] 此诗当作于唐中宗神龙元年（705），诗人被流放到峰州（今越南境内）时。湘江：是湖南省内最大的水系。水皆东流，此独北向。 [2] 迟日：春日。语本《诗经·豳风·七月》：“春日迟迟，采蘩祁祁。” [3]“今春”句：花鸟本来可以赏

心悦目，而今反而触发了远谪边州的愁思。此与杜甫《春望》的“感时花溅泪，恨别鸟惊心”同一构思。 [4] 京国：国都。三国魏曹植《王仲宣诔》：“我公实嘉，表扬京国。”因诗人曾在京城任职，故云。

✤ 今译

春日的园林，成了回忆过去游乐的哀愁，
今天的花鸟，触发远谪边远地区的离忧。
只可怜京都的人哟，流窜到南荒的边州，
不像滔滔的湘江呵，一个劲儿向着北流。

✤ 评析

此诗通篇运用对比、反衬的手法，抒发了今昔之感，流放之愁，是具有高度艺术表现力的好诗。清沈德潜评论此诗说：“北人南窜，归日无期，唯湘江向北，为可羡也。”其实此诗不仅后两句，是人与水的对比，南与北的反衬；前两句也是今与昔的对比，哀与乐的反衬，因而增强了艺术感人的力量。明胡应麟在《诗薮·内编》中说得好：初唐七绝“初变梁、齐，音律未谐，韵度尚乏。惟杜审言《渡湘江》、《赠苏绾》二首，结句皆作对，而工致天然，风味可掬”。说明它是有很高的艺术造诣的。王世贞在《艺苑卮言》卷四中还拿他与沈宋作比，认为“杜审言华藻整栗，小让沈宋，而气度高逸，神情圆畅，自是中兴之祖，宜其矜率乃尔”。又在“气度”和“神情”方面，给予他以很高的评价。

宋之问

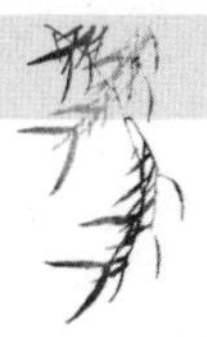

宋之问(656？—712？)，字延清，又名少连，汾州隰城(今山西汾阳)人。也有说是虢州弘农(今河南灵宝)人的。高宗上元二年(675)进士。武后时，与沈佺期等谄事张易之，官尚书监丞，左奉宸内供奉，及易之败，坐贬泷州参军。后入朝，官至考功员外郎，知贡举，因受贿，贬越州长史，流钦州，被杀。

他口才辩给，擅长五言诗。《旧唐书·文苑传》说他"弱冠知名，尤善五言诗，当时无能出其右者"。相传有一次，武后游洛阳龙门，诏群臣赋诗，东方虬最早完卷，武后赐以锦袍。不久，他交了卷，武后看了，极为赞赏，竟夺袍以赐之。他对五言律诗的定型，确实做出了历史的贡献，是应该肯定的，但他的品格卑下，至为张易之捧"溺器"，又上书告密，出卖朋友，以故"天下丑其行"。甚至对他的外甥刘希夷也不放过，相传他看到刘的《代悲白头翁》诗，非常喜欢，知其尚未出以示人，便欲攫为己有，其甥不与，之问怒，竟令家奴以土袋压杀之。这事虽然王若虚等为之辩解，但杨慎认为刘希夷的诗"柔情绮语，妙绝一时，宜乎宋延清之妒也"。说明这事也不是无风起浪的。有《宋考功集》行世。

题大庾岭北驿[1]

阳月南飞雁[2]，传闻至此回。
我行殊未已，何日复归来？
江静潮初落[3]，林昏瘴不开[4]。
明朝望乡处，应见陇头梅[5]。

✤ 注释

[1] 大庾岭：在今江西大余县南二十里，岭上多梅，亦称梅岭。岭北岭南，都有驿站，供官商住宿。此诗作于神龙元年(705)十月。大臣张柬之发动宫廷政变，武后被迫退位，张易之等被处死，宋之问亦被贬泷州(今广东罗定县东)，十月，途经大庾岭。 [2] 阳月：阴历十月。《尔雅·释天》："十月为阳。"相传鸿雁飞到这里，就不再往南飞了。 [3] 江：此指赣江上游的章水，源出大庾岭北麓。[4] 瘴：瘴气，南方山林中一种湿热蒸郁散发出来的气体，往往能够致病。 [5] 陇头梅：此指岭头梅。庾岭地处亚热带，阴历十月，即有早梅开放。

✤ 今译

十月里飞向南方的大雁，听说飞到这里便要飞回。
我流放的行程还远得很，不知什么时候才能归来！
章江的早潮已开始回落，林间的瘴气还没有散开。
明天登上岭头遥望故乡，应当看到那初开的早梅。

✤ 评析

此诗语言通俗，不用典故，写得自然清新，而感情真挚。中间两联，善于融情于景，就地取材。上联疏落，下联严整，信手拈来，有行云流水之妙。《旧唐书·文苑·宋之问传》："之问再被窜谪，途经江、岭，所有篇咏，传布远近。"可见他的这些作品，在当时就赢得了广大群众的喜爱。

渡汉江[1]

岭外音书绝[2]，经冬复历春。
近乡情更怯，不敢问来人。

✤ 注释

[1] 汉江：即汉水，长江最大的支流，发源于陕西宁强县的蟠冢山。《书·禹

贡》："嶓冢导漾东流为汉。"这是诗人从贬所泷州逃回洛阳，途经汉水时所作的一首诗。 [2]岭外：泛指五岭以南的地区，也称岭南、岭表。此特指诗人的贬所泷州，今广东省罗定市。

✣ 今译

远谪岭南，完全断绝音信，屈指算来，已经一个冬春。
离乡越近，反而更加担心，渴望消息，却又不敢问人。

✣ 评析

开头两句，诗人以极其寻常的语言，展示出距离之远，时间之长，思念之切，以强化自己对亲人魂牵梦萦的感情。接着两句，却出人意料地来了一百八十度的大转弯，把自己心理上的变化和感情上的矛盾，通过"近乡情更怯，不敢问来人"的话，细腻而深刻地表现了出来。这种生活上常有的矛盾现象，具有极大的典型性和普遍性，因而能够很好地触发人们的生活经验和审美意识，引起感情上的共鸣。杜甫《述怀》的"自寄一封书，今已十月后。反畏消息来，寸心亦何有?"是从这里脱胎出来的；陈后山《寄外舅郭大夫》的"巴蜀通归使，妻孥且定居。深知报消息，不敢问何如"也是从这里脱胎出来的。皆能真切感人，焕发出艺术生命的光辉。

沈佺期

沈佺期(656—714),字云卿,相州内黄(今河南安阳内黄县)人。上元二年(675)进士,官考功员外郎,以贪污受贿,又因依附张易之,流放驩州(今越南荣市)。后遇赦回朝,拜起居郎,兼修文馆直学士,太子少詹事。一次趁着侍宴的机会,作《回波乐》以取悦于中宗。词云:"回波尔时佺期,流向岭外生归。身名已蒙齿录,袍笏未复牙绯。"中宗听了,立即赐予绯鱼袋。他的诗,确实有很高的艺术成就。他的七律《独不见》,曾被何景明推为唐人"七言律诗之压卷"。"燕许大手笔"的张说也不能不承认"沈三兄诗,须还他第一"。他在七言律诗的定型方面,做出了历史的贡献。《新唐书》本传说:"及(宋)之问、沈佺期又加靡丽,回忌声病,约句准篇,如锦绣成文。学者宗之,号为沈宋。"元稹《唐故工部员外郎杜君墓系铭》也说:"沈宋之流,研练精切,稳顺声势,谓之律诗。"其后王世贞更加明确地指出:"沈詹事、宋考功始裁成六律,彰施五彩,使言之而中伦,歌之而成声,缘情绮靡之功,至是始备。"我们不应以人废言,对于他们在律诗定型方面的贡献,自当给以恰如其分的评价。

杂　诗[1]

闻道黄龙戍,频年不解兵[2]。
可怜闺里月,长在汉家营。
少妇今春意,良人昨夜情[3]。
谁能将旗鼓[4],一为取龙城[5]。

✤ 注释

[1] 杂诗：以“杂诗”为标题的内容，涵盖面一般较大，诸如写人生的感慨、征妇的哀怨，既不愿袭用乐府旧题，又不宜标出新目。汉魏以来，多以“杂诗”标目。《文选》即有“杂诗”一类。 [2] 黄龙戍：驻守在黄龙的戍所。戍在今辽宁省开原市西北。山势蜿蜒起伏，东连巨岭，西抵辽河，宛如游龙，因以得名。黄龙戍一带，经常遭到突厥、契丹的侵扰，樊衡《为幽州长史薛楚玉破契丹露檄》云：“然自黄龙举烽，无岁不战。”可为下句的“频年不解兵”印证。频年：连年，多年。 [3] 良人：丈夫。《孟子·离娄下》：“齐人有一妻一妾而处室者，其良人出，则必餍酒肉而后返。” [4] 将旗鼓：率领军队。将：率领；旗鼓：指引军队前进或进攻的号令，因以代指军队。 [5] 龙城：指匈奴的政治中心。顾炎武《京东考古录》：“《汉书·匈奴传》：匈奴诸王长少，五月大会龙城，祭其先、天地、鬼神。”

✤ 今译

听说黄龙这个要塞，连年都在发生战争。
可怜闺中一轮明月，老是照着汉家兵营。
那少妇今春的相思，这良人昨夜的离情。
谁能带领一支军队，一举攻占那座龙城。

✤ 评析

这首诗，以儿女之情，写征戍之怨。柔情婉曲而哀怨自深，属对精切而意脉甚贯。首联挺拔自然，足以笼盖全篇。中间两联，均以流水对的形式，写少妇对征夫的思念。圆通流转，自然天成。语虽含蓄，意甚凄婉，一种缠绵悱恻之情，感人至深。结联以无可奈何之情，寄渺茫无望之思，而敌忾同仇，灭此后食的胸怀，略见于字里行间。明陆时雍在《诗镜总论》中说：“沈佺期吞吐含芳，安详合度，亭亭整整，喁喁叮叮，觉其句自能言，字自能语，品之所以为美。”读此而倍感真切。

独不见[1]

卢家少妇郁金堂[2]，海燕双栖玳瑁梁[3]。
九月寒砧催木叶[4]，十年征戍忆辽阳[5]。
白狼河北音书断[6]，丹凤城南秋夜长[7]。
谁为含愁独不见，空教明月照流黄[8]。

✤ 注释

[1] 题一作《古意》，一作《古意呈乔补阙知之》。乔知之，诗人，武后时官右补阙。乐府《杂歌曲词》有《独不见》。 [2] “卢家少妇”句：《乐府诗集》梁萧衍《河中之水歌》：“河中之水向东流，洛阳女儿名莫愁。莫愁十三能织绮，十四采桑东陌头。十五嫁为卢家妇，十六生儿字阿侯。卢家兰室桂为梁，中有郁金苏合香。”《艺文类聚》卷四十三引此题作《古歌》。郁金：香草名。古代富贵人家以郁金香和泥涂壁叫郁金堂。此句“堂”一作“香”。 [3] 海燕：又名越燕，产于南方滨海地区，即古百越之地，因而得名。玳瑁梁：以玳瑁为饰的画梁。玳瑁：海中动物，形似海龟，其甲呈褐色和淡黄色相间的花纹，光滑透明，可作装饰品。 [4] 寒砧：深秋的捣衣声。唐代的妇女，每于深秋捣练，赶制寒衣，寄给征人。 [5] 辽阳：今辽宁省辽阳市一带。是当时东北的边防要地，有着重兵把守。 [6] 白狼河：即今大凌河，在辽宁省南部，源出凌源市，流经朝阳市、凌海市，注入渤海。 [7] 丹凤城：指京城长安。相传秦穆公有女名弄玉，从箫史学箫，有凤凰来降，因称长安为凤城。唐时长安，宫廷在城北，住宅在城南，故曰“城南”。 [8] 流黄：黄紫相间的丝织品，此指帷帐。

✤ 今译

少妇独居在郁金涂壁的华堂，海燕双栖在玳瑁装饰的画梁。
九月砧声催落了枯黄的木叶，十年征戍回忆着战斗的辽阳。
那白狼河北的音信早已断绝，这长安城南的秋夜特别漫长。
谁料含愁不能和我丈夫相见，偏教一轮明月照着我这空床。

✤ 评析

这是写一位少妇怀念久戍不归的丈夫。诗人以夸张的手法，重彩浓墨描绘出女主人公闺房的富贵华丽：四壁涂以郁金，玳瑁装饰画梁，连海燕也被逗引得到这里来双栖双宿了。颔联从上面的"双栖"生发开去，让少妇从九月的捣衣声中，想起十年远征不归的丈夫。眼前的物质生活越富裕，心里的精神生活越空虚；客观的景物越欢快，主观的感情越伤感。颈联从"忆"字上做文章，继续深化这位少妇的感情。"白狼河北"是征夫的戍所，那里的音书已断，生死未卜；"丹凤城南"是思妇的住处，这里空床独守，离恨满怀。结联转为思妇的独白，自己不胜其愁，无以自解，反而迁怒于月，愈无理而愈显得有情，愈有情愈觉得诗味盎然。调高韵响，字烹句炼，笔意流动，结体完整，是最早出现的一首成熟的优秀七律。

张 说

张说(667—730),字道济,一字说之。世居河东(今山西永济),后迁洛阳。武后策贤良方正,说所对第一,累官至凤阁舍人。他博学多识,勤劳国事,有胆识,敢直言,敦义气,重然诺。张易之诬陷御史大夫魏元忠谋反,张说不顾易之兄弟势焰熏天,炙手可热,毫无顾忌地说:"元忠实不反,此是易之诬构耳。"一句话挽救了魏元忠,而他自己却因此忤旨,被流放至钦州。中宗朝召还,睿宗朝同中书门下平章事。玄宗朝因不附太平公主,罢知政事。复拜中书令,封燕国公,屡迁至尚书左丞相。

他是初唐入盛唐的一个重要作家,为文精壮,骈散皆工,与许国公苏颋齐名,当时朝廷重要文告,多出自二人之手,号称"燕许大手笔"。王世贞在《艺苑卮言》中说:"开元彩笔,无过燕许。"是符合实际的。

他的五、七言抒情小诗,平淡而有深意,清新而有韵味。特别是谪岳州以后的诗,更加真挚感人。《新唐书》本传说:"既谪岳州,诗益凄婉,人谓得江山之助云。"胡应麟在《诗薮》中亦说:"张说巴陵之什,王翰出塞之吟,局格成就,渐入盛唐。"这是很有见地的。

有《张说之集》行世。

深渡驿[1]

旅宿青山夜,荒庭白露秋[2]。
洞房悬月影[3],高枕听江流[4]。
猿响寒岩树[5],萤飞古驿楼。

他乡对摇落[6]，并觉起离忧[7]。

✤ 注释

[1] 深渡驿：驿名，在今安徽歙县。《读史方舆纪要·徽州府》："新安江歙浦口东南四十里有深渡，唐时属江南东道歙州。"张说武后时流放钦州，玄宗时谪贬岳州，均可能经过此地。 [2] 白露：秋天的露水。《礼记·月令》："孟秋之月……凉风至，白露降。" [3] 洞房：深邃的寝室，此指驿舍的客房。《楚辞·招魂》："姱容修态，絙洞房些。"《文选》五臣注："洞，深也。" [4] 江流：指新安江的水流，因深渡驿临新安江。 [5] 猿响：犹言猿啼。 [6] 摇落：形容深秋的树木黄落。宋玉《九辩》："悲哉秋之为气也，萧瑟兮草木摇落而变衰。" [7] 并觉：犹言倍觉。离忧：迁谪的愁思。《史记·屈贾列传》："离骚者，犹离忧也。"则"离忧"又有牢骚之意。

✤ 今译

夜里投宿在青山的荒宇，庭中凝结着白色的寒露。
深沉的卧室里明月高悬，高耸的客枕上江流听潮。
哀猿在寒岩的树上悲啼，流萤在古驿的楼头飞舞。
面对着他乡萧瑟的秋天，加倍地引起我愁思满腹。

✤ 评析

此诗能够曲尽人情，以秋夜旅宿的所见所闻，寄寓迁客的幽愁忧思。发前人未发之意，造前人未造之境，凄婉哀怨，真切动人。各联上下句的第三字，尤见炉锤之功。杜甫《客夜》前半幅的"客睡何曾著，秋天不肯明。卷帘残月影，高枕远江声。"无论造语和选境，都是从这首诗的前半幅脱胎出来的。说明他的诗在当时就有着广泛的影响，后人从他那里吸取营养的，真是指不胜屈。

蜀道后期

客心争日月[1]，来往预期程[2]。

秋风不相待[3]，先到洛阳城。

✤ 注释

[1] 争日月：抢时间。言争取早日回到洛阳。 [2] 预期程：预计归期，预算旅程。 [3] 不相待：不肯等待我。相：我。解见杨树达《词诠》。

✤ 今译

客子怀着争分抢秒的心情，预先计算着那归来的日程。
无奈秋风一刻也不肯相待，抢先回到了我的故乡洛城。

✤ 评析

这首诗是诗人出使西蜀，因事羁留，不能按时回洛所抒发的乡思。“争日月”表现出客子思归的紧迫心情，“预期程”反映了游子预先定下归期的如意算盘。然而客观情况的变化，不是以客子的主观愿望为转移的。一些阻碍归期的因素，使得他秋前回到洛阳的希望成了泡影。但诗人并没有直接抒发这种焦急的乡思，而是让“秋风”人格化，把自己的满腔离愁，归咎于秋风的不肯相待，抢先到了洛阳。这种感情越含蓄越显得深沉，越痴绝越感到妙绝，也越耐人寻味。

苏　颋

苏颋(670—727),字廷硕,京兆武功(今属陕西)人。幼颖悟,一览千言,过目成诵。相传他很小的时候,有人送给他父亲一只兔子,悬于廊庑之下,其父要他以此为题作一首诗,他略加思索便说:“兔子死阑弹,持来挂竹竿。试将明镜照,何如月中看?”(见《太平广记·幼敏》)一次,有京兆尹前来探望他的父亲,以“尹”字为题,要他作一首诗,他应声立就,极尽诙谐讥刺之能事:“丑虽有足,甲不全身。见君无口,知伊少人。”每一句话,都含一个“尹”字。这两首诗,都收在《全唐诗》内,并且注明了他的背景,说明他的才华的确是出类拔萃的。后来中了进士,官工部侍郎、中书舍人,及至居相位,主朝政,封许国公,与张说并称“燕许大手笔”。

将赴益州题小园壁[1]

岁穷惟益老[2],春至却辞家。
可惜东园树,无人也作花。

✣ 注释

[1] 益州:州名,治所在今四川成都市。唐玄宗开元八年(720)正月,诗人被免去宰相职务,出任益州大都督府长史,在离京赴任时,题诗于宅东花园的墙壁上,以抒发其幽愁忧思。 [2] 岁穷:岁尽,年末。益老:更加老了。

✣ 今译

看看到了年尾,我又更加老大,正是阳春烟景,却要别井离家。

最爱东边小园，花木已经萌芽，不管有无主人，到时依旧开花。

✤ 评析

诗人任相三年，励精图治，勤劳国事，卓著勋绩。年过五十，无罪远谪，自然有一种抑郁不平之感。但诗人没有把牢愁写入诗中，只抓住“岁穷益老”和“春至辞家”两个典型的生活感受，抒发了垂老别家的怅惘之情，体现了诗人的胸襟和风度。着墨不多，而情致缠绵，具有感人的艺术魅力。

汾上惊秋[1]

北风吹白云，万里渡河汾。
心绪逢摇落[2]，秋声不可闻[3]。

✤ 注释

[1] 汾上：汾水之上。汾水，黄河支流，源出西宁武县管涔山，南流至曲沃县西折，在河津市入黄河。 [2] 摇落：草木黄落的深秋。此用宋玉《九辩》的“萧瑟兮草木摇落而变衰”及汉武帝《秋风辞》的“草木黄落兮雁南归”的语意。 [3] 秋声：秋天的风声、虫声及草木摇落所形成的肃杀之声。欧阳修有《秋声赋》。

✤ 今译

北风驱散了白云，远道来到了河汾。
心像摇落的木叶，忍听肃杀的秋声？

✤ 评析

这是诗人任礼部尚书时，参加汾阴祭祀后土的典礼后所作。这诗多化用汉武帝的《秋风辞》，曲折地表达出诗人的隐微之情。它的首二句，显然是从

“秋风起兮白云飞”和“泛楼船兮济河汾”点化出来的，使人自然地联想到汉武帝穷兵黩武的历史往事，与唐明皇的“开边意未已”的勃勃雄心挂起钩来，题中的一个“惊”字，便画龙点睛似的点明了诗人的隐忧。后两句，也是化用“草木黄落兮雁南归”的句意，抒发诗人的感伤。正在诗人情绪摇落的时候，听到那肃杀的秋声，自然会使人的心情更加悲伤，更加纷乱，更加“不可闻”了。这秋声与其说是自然现象，毋宁说是诗人内心隐忧的象征。这种隐约迷离的幽思，在似虚而实、似晦而显的意境中透露出来，愈觉得饶有韵味，耐人咀嚼。

金昌绪

金昌绪，余杭（今浙江杭州）人。生平仕履不详。计有功《唐诗纪事》将其列在张九龄之前，当是开元、天宝间人。

春　怨[1]

打起黄莺儿[2]，莫教枝上啼。
啼时惊妾梦[3]，不得到辽西[4]。

✤ 注释

[1] 春怨：一题作《伊州歌》。按《伊州歌》乃唐玄宗时西凉府都督盖嘉运所进，故又认为作者乃盖嘉运。 [2] 打起：一作“打却”，赶走、驱散之意。 [3] 啼时：一作“几回”。妾：旧时妇女对自己的谦称。 [4] 辽西：辽河以西，故址在今辽宁省锦州市。此代指征人征戍之地。

✤ 今译

快赶走那黄莺儿，莫让它在枝上啼。
惊醒了我的美梦，梦不到他那辽西。

✤ 评析

这首诗的特点是构思新颖，语言本色，只截取了生活中最动人的一个侧面，便把少妇的内心活动，活脱脱地刻画了出来。特别是她把满腔幽恨，发泄在饶舌的黄莺身上，情愈痴，意愈真，愈能扣人心弦。又用两个“啼”字，形成“顶针格”，显得更加流转自然，气脉贯通。这首诗的影响深远，后人模仿他而成就名篇的不少，如晚唐令狐楚《闺人赠远》的“绮席春眠觉，纱窗晓望迷。朦胧残梦里，犹自在辽西。”五代冯延巳《菩萨蛮》的“浓睡觉来莺乱语，惊回好梦无寻处。”北宋苏轼《水龙吟》的“梦随风万里，寻郎去处，又还被、莺呼起”等，都是从这首诗得到启迪的。

张九龄

张九龄(678—740),字子寿,又名博物,韶州曲江(今广东韶关市)人。唐中宗景龙间进士,累迁右拾遗。开元二十一年(733),被任为中书侍郎、同中书门下平章事、中书令。他直言敢谏,是唐代一个著名的贤相,时人"称曲江公而不名",在当时享有很高的声誉。后为李林甫所排挤,开元二十五年,贬荆州长史,卒于任所,有《张曲江集》。

他在诗坛上是初唐的殿军,盛唐的先导。宋严羽在《沧浪诗话》中把他的诗叫作"曲江体",追求的不是词藻的美丽,而是平淡自然的风格。明代胡震亨在《唐音癸签》中说:"陈子昂独开古雅之源,张子寿首创清淡之派。盛唐继起孟浩然、王维、储光羲、常建、韦应物,本曲江之清淡,而益之以风神者也。"就是说他是"王孟诗派"的奠基人。清人刘熙载在《艺概》中甚至说他"独能超出一格,为李、杜开先"。就是说李白、杜甫也是他导夫先路的。

望月怀远

海上生明月,天涯共此时[1]。
情人怨遥夜[2],竟夕起相思[3]。
灭烛怜光满,披衣觉露滋[4]。
不堪盈手赠[5],还寝梦佳期[6]。

✤ 注释

[1]"海上"二句:谢庄《月赋》:"隔千里兮共明月。"这里化用其意。天涯:天边,

远方。 [2] 遥夜：漫长的夜。即《古诗》“愁多知夜长”的意思。 [3] 竟夕：终夜，整晚。 [4] “灭烛”二句：此乃“怜光满而灭烛，觉露滋而披衣”的倒文。怜：爱。滋：多，重。 [5] “不堪”句：言月不可把握，难以为赠。此从晋陆机《拟明月何皎皎》的“照之有余晖，揽之不盈手”中化来。不堪：不能。 [6] “还寝”句：意言欲去寻梦。佳期：美好的约会。语本《楚辞·九歌·湘夫人》：“与佳期兮夕张。”

✤ 今译

一轮明月，已从海上升起，各在天涯，望月想同此时。
多情的人，总是埋怨夜长，整整一夜，无法驱散相思。
为爱月满，我把银烛灭掉，忽觉露重，方才披上寒衣。
月华虽好，不能拿来相赠，还是睡吧，去寻梦里佳期。

✤ 评析

这首诗的特点，是墨光所射，始终不离“望月”和“怀远”两个内容。一、二句是“望月”，三、四句写“怀远”；五、六句写“望月”所感，七、八句写“怀远”之情。景中寓情，情中有景，情景无垠，浑然一体，给人以极好的审美享受。

湖口望庐山瀑布水[1]

万丈红泉落[2]，迢迢半紫氛[3]。
奔流下杂树，洒落出重云。
日照虹霓似[4]，天清风雨闻[5]。
灵山多秀气[6]，空水共氤氲[7]。

✤ 注释

[1] 湖口：在九江市隔江之东，以其当鄱阳湖之口而得名。瀑布水：一作“瀑

布泉”。庐山：一名匡山，又称匡庐，在九江市南。 [2] 红泉：指日光照耀下的瀑布。以其发出红色的光彩，故云。 [3] 紫氛：紫霄，紫色的高空。形容万丈瀑布，从半空降落下来。 [4] 虹霓：阳光射入空中的浮游水珠，经过折射、反射而成。有主虹、副虹之别。主虹叫虹，色带是外红内紫；副虹叫霓，色带是内红外紫，位于主虹的外侧。 [5]“天清”句：言瀑飞泻，虽天空晴朗，亦似听到风雨之声。 [6] 灵山：仙山，这里指庐山。庐山是道教所谓三十六洞天之八，见《云笈七签》卷二十七。故云。 [7]“空水”句：言瀑布从山顶奔泻而下，好像悬挂空中，水汽和烟云融成一片。氤氲：水汽弥漫貌。

✤ 今译

万丈红泉空中飞飘，好像悬挂在那九霄。
从杂树间奔流而下，在浮云中飞洒喧嚣。
日光映成一条彩带，晴天如闻风雨潇潇。
仙山景色多么秀丽，云气水汽一片缭绕。

✤ 评析

这是一首出色的山水诗，一幅美丽的风景画。瀑布是庐山的胜景，历来诗人多所题咏，留下了不少脍炙人口的名篇，如盛唐李白的“海风吹不断，江月照还空”和“飞流直下三千尺，疑是银河落九天”，晚唐徐凝的“千古犹疑白练飞，一条界破青山色”。此诗写景状物，能摄客观事物之神，使人得到极大的审美愉悦。“奔流”一联，写瀑布的动态，令人惊心动魄；“日照”一联，写瀑布的声色，又令人心旷神怡，真有着壁成画之妙。清沈德潜评论此诗说：“任华爱太白《瀑布》诗，系‘海风吹不断，江月照还空’二句，此诗正足相敌。”（见《唐诗别裁》卷九）可谓曲江公的知音。

自君之出矣[1]

自君之出矣，不复理残机[2]。
思君如满月[3]，夜夜减清辉。

✣ 注释

[1] 自君之出矣：系乐府杂曲歌辞的旧题。题前一有“赋得”二字。 [2] 残机：没有织完的布机。 [3] 满月：农历十五夜的月亮。

✣ 今译

自从你离开了家里，再也无心摆弄布机。
我好比十五的月亮，夜夜为你减却光辉。

✣ 评析

此诗表面上看来，是一首设喻甚巧的爱情诗，其实是诗人利用乐府旧题，抒发了他被贬以后“身在江湖，心存魏阙”的依恋心情。他化用了《诗经·伯兮》的“自君之东，首如飞蓬。岂无膏沐，谁适为容”的诗意，以夫妇之情，写君臣之义，把自己那颗皎洁得像明月的心，消瘦得像缺月的形，十分形象地表达了出来。特别是他那美妙的比喻，明白如话，而又富有生活气息。不说思妇如何“为伊消得人憔悴”，而说他像一轮团圆的明月，逐日逐夜在减却自己的清辉，终于变成一弯缺月。真是出人意表，匪夷所思。沈德潜在《唐诗别裁》中评此诗说，此诗的巧思“全在‘满’字生出”，因为它与下句的“减”字前后互相呼应，便显自然流转，浑然一体了。后人模仿它的甚多，然无此深厚，无此自然矣。如雍裕之的同题诗云：“自君之出矣，宝镜为谁明？思君如陇水，长闻呜咽声。”韵味就差多了。

孟浩然

孟浩然(689—740),襄州襄阳(今属湖北)人。他在四十岁时,曾经赴长安应举,失意而归,隐居鹿门山,以诗歌自适。开元二十八年(740),王昌龄游襄阳,两人相聚甚欢,时诗人病疽,“食鲜疾动”,卒于故乡之南园,年五十二。他的才名很高,赢得许多著名诗人的赞美。诗仙李白推崇他是“高山安可仰,徒此揖清芬”,诗圣杜甫称许他是“清诗句句尽堪传”,“赋诗何必多,往往凌鲍谢”,王维还把他的像画于郢州刺史亭内,名其亭曰“浩然亭”。他能得到“一时豪杰,翕然慕仰”(吴师道语),而“竟沦落明代”(殷璠语),是有其偶然性,也有其必然性的。据王定保《唐摭言》载:有一次,诗人被王维私自邀至内署,恰巧碰上唐明皇驾到,诗人只好匿于床下,王维如实告诉了明皇。明皇喜曰:“朕闻其人而未见也,何惧而匿?”因索诗,诗人诵至《岁暮归南山》诗的“不才明主弃”时,明皇怒曰:“卿不求仕,而朕未尝弃卿,奈何诬我!”因放还。假如诗人诵的是另一首诗,就有可能平步青云,这就是偶然性。又据《新唐书·文苑传》载:采访使韩朝宗约与偕往京师,欲荐之于朝。会故人至,浩然与之欢饮,有人提醒他说:“君与韩公有期。”浩然斥曰:“业已饮,遑恤他!”卒未赴约,朝宗怒而去,诗人也丝毫没有后悔的意思。这种“红颜傲轩冕”的孤高性格,必然造成他的悲剧结局,这就是必然性。

孟浩然是把唐代山水诗创作的艺术成就推到新的高峰的第一人,在诗歌发展史上有着卓越的贡献。皮日休在《孟亭记》中说:“明皇世,章句之风,大得建安体。论者推李翰林、杜工部为尤,介其间能不愧者,惟我乡之孟先生也。”宋许顗在《彦周诗话》中说:“孟浩然、王摩诘诗,自李、杜而下,当为第一。”明李东阳在《麓堂诗话》中亦说:“唐诗李、杜之外,孟浩然、王摩诘足称大家。王诗丰缛而不华靡，孟却专心古淡，而悠远深厚，自无寒俭枯瘠之病。”说明他和王维是李、杜以外的第一人。

临洞庭湖赠张丞相[1]

八月湖水平[2]，涵虚混太清[3]。
气蒸云梦泽[4]，波撼岳阳城[5]。
欲济无舟楫，端居耻圣明[6]。
坐观垂钓者，徒有羡鱼情[7]。

✤ 注释

[1] 张丞相：指张九龄。张于唐明皇开元二十二年(734)起为丞相。诗人在这期间西游长安，写了这首“干谒”的诗给张，希望能得张的援引，但写得委婉含蓄，不卑不亢，淡化了“干谒”的痕迹。临，一作“望”。 [2] 平：湖水上涨，水与岸平。 [3] 涵虚：包含着广阔的空间。太清：犹言太空、天空。《文选》左思《吴都赋》：“回曜灵(太阳)于太清。”刘渊林注：“太清，谓天也。” [4]“气蒸”句：谓洞庭湖附近都在水汽笼罩之中。云梦泽：古泽名，在今湖北之安陆、云梦以南，湖南之华容、岳阳以北的广大地区，方圆八九百里，后来淤塞成为今日之水网地带。 [5]“波撼”句：宋范致明《岳阳风土记》：“孟浩然《洞庭》诗有‘波撼岳阳城’。盖城居湖东北，湖面百里，常多西南风，夏秋水涨，涛声喧如万鼓，昼夜不息。漱啮城岸，岸常倾圮。”可为此句注脚。[6] 端居：犹言平居、闲居，这里指隐居。圣明：圣明的时代，即承平盛世。 [7]“坐观”二句：言外之意，是希望得到张丞相的援引，出来做一番事业。《淮南子·说林训》：“临河而羡鱼，不如归家结网。”此用其典。徒，一作“空”。

✤ 今译

八月洞庭，涨得水与岸平，湖水浩渺，看去水天不分。
水汽弥漫，笼罩云梦大泽，波涛汹涌，摇撼岳阳古城。
欲渡大湖，可惜没有舟楫，闲居故里，又怕辜负圣明。

因看渔翁，垂钓在那湖滨，不胜向往，空怀得鱼心情。

✤ 评析

此诗托兴观湖，抒发了诗人积极用世的雄心壮志。清沈德潜在《唐诗别裁》中评此诗说："起法高浑，三、四雄阔，足与题称。"就是说他的前半幅描绘了"洞庭天下水"的壮观景象，八百里洞庭和万里长空，通过一个"混"字、一个"撼"字，就把它的气象和声势，完美地传达给读者的视觉和听觉。诗的后半幅，由写景转到抒情，向张丞相发出了求援的呼吁，但又含而不露，引而不发，绝无"口将言而嗫嚅"的乞怜之态，几乎抹尽了"干谒"的痕迹，是孟诗中气象最为开阔的一首。宋曾季悝在《艇斋诗话》中说："老杜有《岳阳楼》诗，孟浩然亦有。浩然虽不及老杜，然'气蒸云梦泽，波撼岳阳城'，亦自雄壮。"元方回在《瀛奎律髓》中说："予登岳阳楼，此诗大书左序毬门壁间，右书杜诗，后人不敢复题也。刘长卿有句云：'叠浪浮元气，中流没太阳。'世不甚传，他可知也。"这就足以说明它在诗歌发展史上无可争议的地位。

过故人庄

故人具鸡黍[1]，邀我至田家。
绿树村边合，青山郭外斜[2]。
开轩面场圃[3]，把酒话桑麻[4]。
待到重阳日[5]，还来就菊花[6]。

✤ 注释

[1] 故人：老朋友。具：备办。鸡黍：农家招待客人的丰盛饭菜。《论语・微子》："子路从而后，遇丈人…… 止子路宿，杀鸡为黍而食之。"范云《赠张徐州谡》："恨不具鸡黍，得与故人挥。" [2] "绿树"二句：村庄被绿树包围，故曰"合"，此是近景；青山横亘郭外，故曰"斜"，此是远景。 [3] 开轩：打开窗户。轩：窗。面：对着。场圃：打谷的场地和菜园。 [4] 把酒：端起酒杯。桑麻：

代指农事。陶潜《归田园居》："相见无杂语，但道桑麻长。" [5] 重阳日：农历九月九日。九为阳数，重了两个"九"，故曰"重阳"。 [6] 就菊花：犹言来吃菊花酒。古人在重阳日有饮菊花酒的习俗。《西京杂记》："菊花舒时，并采茎叶，杂黍米酿之，至来年九月九日始熟，就饮焉，谓之菊花酒。""就"，盖本此。杨慎《升庵诗话》卷八云："'还来就菊花'之句，刻本脱一'就'字，有拟补者，或作'醉'，或作'赏'，或作'泛'，或作'对'，皆不同。后得善本是'就'字，乃知其妙。"

✤ 今译

老朋友杀了鸡鸭，邀我去到了他家。
村庄被绿树包围，青山在郭外横斜。
开窗面对着场圃，举酒闲话着桑麻。
等到那明年重阳，还要来喝那菊花。

✤ 评析

这是一幅田园风景画，也是一幅生活情趣图，不愧是诗人田园诗的代表作。村庄周围，绿树成荫，一个"合"字，化静为动，使静静的绿树，具有动的态势；郭外青山，隐隐在望，一个"斜"字，也赋予了静静的青山以飞动的气韵。后半幅把田家的生活情趣，朋友之间的亲密友谊，以及谈话时的那副"风神散朗"的情态，活脱脱地表现了出来。句句接近口语，句句真朴可爱，语言愈质朴而感情愈深厚，愈平淡而生活气息愈浓，可谓学陶得其神了。

岁暮归南山[1]

北阙休上书[2]，南山归敝庐[3]。
不才明主弃，多病故人疏。
白发催年老，青阳逼岁除[4]。
永怀愁不寐，松月夜窗虚。

✤ 注释

[1] 南山：应指诗人隐居的鹿门山，山在襄阳城东南。题作《归终南山》者非，下句的“南山归敝庐”，就是明证。殷璠的《河岳英灵集》正作《归故园作》。 [2] 北阙：朝见皇帝的宫阙。《汉书·高帝本纪》：“萧何治未央宫，立东阙、北阙……”颜师古注：“尚书奏事，谒见之徒，皆诣北阙。”这是诗人于开元十六年(728)赴长安应进士考试，失意而归时所作。 [3] 敝庐：破房子，指诗人破败的家园。其《涧南园即事》有云：“敝庐在郭外，素业唯田园。左右林野旷，不闻城市喧。” [4] 青阳：春天。青是春的颜色，阳是春的气候。言春天一到，旧岁便被新年催逼着更换了。

✤ 今译

不要再向北阙上书，还是回到南山破屋。
不才已被明主抛弃，病多也觉故人生疏。
白发催人日益老大，青阳逼着旧岁更除。
长怀深忧不能入睡，松间明月照进窗户。

✤ 评析

这诗是感叹自己的坎坷遭遇，只好退居林泉，自适其适，但又不甘寂寞，常常有感于美人迟暮，壮志未酬。这种矛盾的心态，只好运用正话反说的手法，来婉曲地表达自己的无穷感慨。首联的“休上书”，正是诗人“身在江湖，心存魏阙”的心理反应，是“上书”而没有受到重视的牢骚。“归敝庐”是被“放归”而不得不归，是无可奈何的自怨自艾之辞。颔联的“不才”正是“有才”，殷璠在《河岳英灵集》中不是说他“才名日高，天下籍籍”么？可惜“有才”而不被人识，而这个不识才、不用才的人，恰恰就是这个“明主”。可见“明”也是“不明”的反语。接着把“故人疏”委之于自己的“多病”，更是用心良苦，本来是埋怨“故人”援引不力，他在《留别王维》的诗中，不是有“当路谁相假，知音世所稀”的话么？这个“故人”，正是不肯“相假”的“当路”者啊。一种世态炎凉、人情冷暖之感，浸透在字里行间。颈联将“白发”“青阳”人格化，着一“催”字、“逼”字，而蹉跎岁月，终老布衣的结局，完全出于被动，出于无可奈何之感，昭然若揭，这就是诗人“永怀愁不寐”的真正原因。

留别王维[1]

寂寂竟何待，朝朝空自归。
欲寻芳草去[2]，惜与故人违。
当路谁相假[3]，知音世所稀[4]。
只应守寂寞，还掩故园扉。

✤ 注释

[1] 王维：与孟浩然齐名的大诗人，世称“王孟”。详见本书作者小传。[2] 芳草：《楚辞·淮南小山·招隐士》：“王孙游兮不归，春草生兮萋萋。”此化用其意，言欲归隐故园。 [3] 相假：相宽容，相假借。意即没有人援引。 [4] 知音：知己。《列子·汤问》：“伯牙善鼓琴，钟子期善听。伯牙鼓琴，志在高山，钟子期曰：‘善哉，峨峨兮若泰山。’志在流水，钟子期曰：‘善哉，洋洋兮若江河。’”后人因以为知音难遇之典。

✤ 今译

孤零零地究竟等待什么，一天天地独自空手而回。
本想找一个归隐的去所，只可惜要与老朋友分开。
当权的人谁肯加以援手，知心的人世上少得可哀。
看来我只应该自甘寂寞，回去把柴门紧紧关起来。

✤ 评析

《旧唐书·文苑传》载：诗人“年四十来游京师，应进士不第，还襄阳”。以诗人的生年推算，“年四十”，当是开元十六年(728)冬，大概诗人应举失意后，还想献赋求官，所以在《题长安主人壁》中有“欲随平子去，犹未献《甘泉》”之句。王维《送孟六归襄阳》诗亦有“醉歌田舍酒，笑读古人书。好是一生事，无劳献《子虚》”的话，说明诗人在长安淹留了一段时间，才于开元十七年秋经洛阳回襄阳的。则此诗当作于离开长安、留别王维时。

这首诗自抒胸臆，不假雕饰，却能把失意时的心境，写得如此细腻，如此深刻，而又如此自然，给人以言浅意深的美感享受。起联用偶句，用口语，表示希望已经破灭，不必再等待了。颔联用流水对，自然流转，泯尽针线痕迹，把归隐之心和惜别之情，完美地表达了出来。颈联刻画了世态的炎凉，是悲愤语，是辛酸泪，是饱受冷遇之后的醒悟，因而是全诗的警句，具有强烈的艺术感染力。结联进一步表明自己归隐的决心，认为归隐是自己的本分，求仕是历史的误会。言外之意，耐人寻味。

与诸子登岘山[1]

人事有代谢，往来成古今。
江山留胜迹[2]，我辈复登临。
水落鱼梁浅[3]，天寒梦泽深[4]。
羊公碑尚在[5]，读罢泪沾襟。

✣ 注释

[1] 岘山：一名岘首山，在今湖北省襄阳市南。晋羊祜镇守襄阳时，尝登此山，置酒吟咏。 [2]“江山”句：羊祜死后，其部属在祜平时游赏的地方，立碑建庙，留下了供人凭吊游览的名胜古迹。 [3] 鱼梁：本为一种捕鱼的工具，用土石横截水流，留一缺口，以笱承之，鱼随水流入笱中，不得复出。此指庞德公所居的鱼梁洲。 [4] 梦泽：即云梦泽，古人在诗词中多简称“梦泽”。如白居易《岳阳楼》诗：“春水绿时连梦泽，夕波红处近长安。”详见《临洞庭赠张丞相》之“气蒸云梦泽”注。 [5] 羊公碑：又名堕泪碑。羊祜生前政绩卓著，死后人们为之立碑建庙，岁时享祭，见其碑者，莫不流涕。杜预因名之为“堕泪碑”。

✤ 今译

人事一代代在替和兴，寒来暑往形成了古今。
江山留下了名胜古迹，我们又到此凭吊登临。
水落了鱼梁显得更浅，天寒时梦泽觉得越深。
纪念羊公的碑还在啊，读罢涕泪沾满了衣襟。

✤ 评析

这是一首吊古的诗。起联富于理趣，初看似乎是游离在题外，其实正是登岘山的题中应有之义。《晋书·羊祜传》载：祜在登岘山时，曾对同游者慨然叹曰："自有宇宙，便有此山，由来贤达胜士，登此远望如我与卿者多矣，皆湮没无闻，使人悲伤。"这一联正是针对羊公这些话而发的议论。言人事代谢，古今递嬗，是自然的规律，有何悲伤之可言。颔联紧承此意，言羊公踏着古人的足迹来此游赏，我辈又沿着羊公的足迹到此登临，你留下堕泪碑的胜迹，我辈又将留下什么供后人凭吊呢？意余言外，感喟遥深。颈联即景抒情，既描绘了游山时目之所见，更抒发了即景时心之所感。结联对羊公的盛德，表示由衷的景仰；对自己的遭遇，感到无穷的伤悲。语淡味浓，言浅意深。

宿桐庐江寄广陵旧游[1]

山暝听猿愁，沧江急夜流[2]。
风鸣两岸叶，月照一孤舟。
建德非吾土[3]，维扬忆旧游[4]。
还将两行泪，遥寄海西头[5]。

✤ 注释

[1] 桐庐江：钱塘江流经桐庐县一带的别称。广陵：扬州的别名。 [2] 沧江：江水的泛称。因江水一般呈苍青色，故称。梁任昉《赠郭桐庐》诗："沧江路穷此，湍险方自兹。"正指桐庐江。 [3] 建德：县名，今属浙江，在汉代的富春县

地，隋时并入金华县，唐武德四年复置县。 [4] 维扬：今江苏扬州市的别称。《书·禹贡》有“淮海惟（维）扬州”之句，后人因取“维扬”为扬州之别称。 [5] 海西头：大海的西头，此指扬州。

✤ 今译

夜幕笼罩的丛山，愁听叫声凄绝的猿猴，
舟行青苍的大江，不堪夜来汹涌的急流。
风刮两岸的树叶，在我耳际索索地作响，
月照着一叶孤舟，在这江上静静地漂流。
建德的景物虽好，只可惜不是我的故土，
维扬这古代名都，我曾多次在那里淹留。
掬着这两行清泪，远远地寄向海的西头。

✤ 评析

这诗的前半幅，着眼于题中的“宿”字，所闻、所见、所感，无一不是从夜宿桐庐江的亲身感受而来。山幽、日暝、猿啼、江碧、夜深、流急，既描绘了桐庐江清寂的夜景，更抒发了诗人幽独的感情，也为全诗定下了基调，起到了笼罩全篇的统摄作用。接着以“风鸣万木”、“月照孤舟”，把听觉、视觉和感觉串通起来，以突出诗人的孤寂之感，是写景，也是抒情。正如王夫之在《姜斋诗话》中所说的：“善言景者，情景无垠。”谁能在这四句诗中把情和景明确地划出一条界线来呢？后半幅着眼于题中的一个“寄”字，是以抒情为主，墨光所射，不是乡情，便是友情；而乡情与友情，又都建立在诗人的失落感和孤寂情上面，因而更加容易激起人们感情上的共鸣，收到能感人、能动人的艺术效果。“建德非吾土”，在这里诗人巧妙地用了王粲《登楼赋》的“虽信美而非吾土兮，曾何足以少留”的典故，把失落感和故乡情表现得更加完美，更有深度。第六句的“维扬忆旧游”，与上句之间表面上有着很大的跳跃性，而在感情的脉络上却又是那样的吻合。它不仅点明了题中的“寄维扬旧游”，而且把他失意长安、出游吴越的往事，轻轻地勾了起来，使读者自然联想起诗人那种“山水寻吴越，风尘厌洛京”（《自洛之越》）的失意之情。但他只是点到即止，使之尽量淡化。最后揭出一个“寄”字，寄的是两行清泪，一颗爱心，于是一片纯真的友情，浸透在字里行间，娓娓道来，如话家常；淡淡写出，若不经意，而韵味弥长，格调弥高，这就是孟诗的独特风格。

春　晓

春眠不觉晓，处处闻啼鸟。
夜来风雨声，花落知多少[1]？

✤ 注释

[1]“夜来”二句：一作“欲知昨夜风，花落无多少”。

✤ 今译

昨夜浓睡不觉天晓，醒来听到处处啼鸟。
整夜风声和着雨声，不知枝头花落多少？

✤ 评析

这是一首传诵千古的名篇，寥寥二十个字，好像蕴含着挖掘不尽的艺术宝藏。看似平淡无奇，而诗味醇厚，耐人咀嚼。诗人截取了生活中的一个片段，让春鸟、春风、春雨、春花，通过人们的听觉和想象，透露出无边的春意，无限的春情，把读者引向广阔的大自然，一同领略大自然的真趣，欣赏大自然的神妙。后来不少的诗人，从这里得到启迪，创作了许多闪耀着艺术光辉的好诗。晚唐诗人韩偓《懒起》的“昨夜三更雨，临明一阵寒。海棠花在否？侧卧卷帘看”显然是从这里获得优美的意境的。北宋著名女词人李清照《如梦令》的“昨夜雨疏风骤，浓睡不消残酒。试问卷帘人，却道海棠依旧。知否知否？应是绿肥红瘦”也是从这里脱胎出来的。

宿建德江[1]

移舟泊烟渚[2]，日暮客愁新。

野旷天低树[3]，江清月近人。

✤ 注释

[1] 建德江：江名，指新安江流经建德（今属浙江）的一段江水。 [2] 烟渚：烟雾笼罩着的小洲。 [3] 野旷：寥廓的原野。

✤ 今译

把孤舟移泊到烟雾笼罩的小洲，在夜色苍茫中引起了新的客愁。

寥廓的原野远天比近树还要矮，澄澈的江面冷月似更接近孤舟。

✤ 评析

此诗当作于诗人失意长安、出游吴越的时候，心情是抑郁的、苍凉的，客观的景物，无不抹上诗人主观的色彩。起句点题，把“宿”字隐藏在“移”和“泊”的两个富于动态的细节中。二句起到承上启下的桥梁作用，日暮江寒，他乡独宿，自然容易引起游子的乡思和客愁，这是许多人都有的生活经验。它不仅丰富和深化了上句的意蕴，也为下面的写景做好了铺垫。后两句是一幅生动形象的画，远近、高低、明暗、层次，无不是以画家之笔，写诗人之心；以诗人之眼，观自然之妙。在寥廓的原野上，远处的天空似乎比近处的树木还要低，在澄澈的江面上，水底的冷月似乎比空中的冷月，距离我们更加近了。这“旷”和“低”，“清”和“近”，是相比较而存在，相映衬而生辉的，没有此便没有彼，没有形便没有神。如此形神兼备，动静咸宜，在动态中领略到幽静的美，在静观中觉察到江月的运行，并把它变成诗中的画，确实是难能可贵的。清沈德潜评此诗说：“下半写景，而客愁自见。”就是说景中含情，情景相生，把情和景冶为一炉，从而产生了情景相融、物我一体的艺术效果。

王之涣

王之涣(688—742),字季稜,原籍并州晋阳(今山西太原市),后迁居绛郡(今山西新绛县)。幼而聪慧,秀发颖悟,与其兄之咸、之贲,皆有文名。开元初,做过冀州衡水县(今河北省衡水市)主簿。去官后,过了十五年的漫游生活,足迹遍及黄河南北。他留下的虽然只有六七首绝句,包括一作张旭的《山行留客》在内,但都意境高妙,音韵优美,称得上唐人绝句中的瑰宝。明王世懋《艺圃撷余》甚至推崇他的《凉州词》是唐人绝句中的"压卷",说明他的诗在我国诗歌发展史上的地位是不易企及的。

登鹳雀楼[1]

白日依山尽[2],黄河入海流[3]。
欲穷千里目,更上一层楼[4]。

✤ 注释

[1] 鹳雀楼:唐代河中府的名胜之一,在蒲州城(今山西省永济市)上,以常有鹳雀(鹤类水鸟)栖其上而得名。地处高阜,楼高三层,面对中条山,下临黄河。登楼远眺,晋南风光,尽收眼底。 [2] 依山:沿着山势。 [3] 入海流:即"流入海"之倒文,不仅为了押韵,且因"入"为入声字,短促有力,正好突出黄河一泻千里的雄浑气势。 [4]"欲穷"二句:寓说理于写景之中,将艰深的人生哲理,在生活经验中揭示出来,使诗意得到升华。

✤ 今译

淡淡的白日沿山落，滚滚的黄河向海流。
想要看到那千里外，还得再攀登一层楼。

✤ 评析

这首诗境界开阔，气势磅礴，不仅歌颂了祖国山河的壮丽雄伟，而且反映了诗人积极向上的胸襟抱负。前两句写景，写得莽莽苍苍，描绘了最美的山河；后两句抒情，抒得蓬蓬勃勃，蕴藏着极深的哲理。全诗都用对仗，却写得流利自然，调高韵响，既无板滞之感，更无斧凿之痕，已将唐人小绝提高到炉火纯青的境界。中唐畅当亦有五律《鹳雀楼》诗，中间两联亦写得雄浑高远，不愧为传世之作，联云："迥临飞鸟上，高出世尘间。天势围平野，河流入断山。"但比起王诗来，就显得刻意着力，不是那么举重若轻了。

凉州词[1]

黄河远上白云间[2]，一片孤城万仞山[3]。
羌笛何须怨杨柳[4]，春风不度玉门关[5]。

✤ 注释

[1] 凉州词：唐代乐府曲名，内容多写凉州一带的边塞生活。《新唐书·礼乐志》："而天宝乐曲，皆以边地名。若《凉州》《伊州》《甘州》之类。"凉州的州治，在今甘肃武威。此诗《乐府诗集》将其编入《横吹曲调》，题作《出塞》。 [2] 黄河远上：唐宋以前的选本或诗话，多作"黄沙直上"。如《唐人选唐诗·国秀集》，宋人《全唐诗话》、《唐诗纪事》等。明清以来多作"黄河远上"，如明人的《唐诗品汇》、清人的《唐诗别裁》等。 [3] 万仞：极状其高。古人以八尺为"仞"。 [4] 羌笛：古代羌族的一种管乐器，长尺余，上有数孔。"怨杨柳"语义双关，一是说羌笛哀怨地吹奏《折杨柳》的曲子，乐府《横吹曲》有《折杨柳》的曲调。与李白《塞下曲》

的“五月天山雪，无花只有寒。笛中闻折柳，春色未曾看”中的“折柳”同义。一是指边地春迟，杨柳尚未发青，与下文的“春风不度”意脉相连。 [5] 玉门关：汉置关名，在今甘肃省敦煌市西北的小方盘城西，当时是通往西域的要道。《汉书·西域传》：“（西域）东则接汉，扼以玉门、阳关。”

✤ 今译

黄河远远地伸向白云中间，一座孤城耸立在万丈高山。
羌笛何须埋怨那杨柳曲调，春风哪会度过这玉门边关。

✤ 评析

这是唐代边塞诗中最脍炙人口的作品之一，曾被明人评为唐人绝句的压卷之作。前两句是赞，是写景，赞美大西北边塞的雄伟壮丽，把雄关写得立天拔地。后两句是叹，是抒情，又抒得含蓄委婉，意味深长。明杨慎《升庵诗话》卷二：“此言恩泽不及于边塞，所谓‘君门远于万里’也。”可见诗人是感叹边地军民生活的困苦的。薛用弱《集异记》载：诗人与王昌龄、高适共诣旗亭饮酒，适有艺伶十数人在那里宴会，三人因赌艺伶歌其诗多者为优，最后一色艺俱佳者歌“黄河远上白云间”，三人大笑，竟醉终日。这就是“旗亭画壁”的故事。

贺知章

贺知章（659—744），字季真，自号“四明狂客”。越州永兴（今浙江杭州萧山区）人。武后证圣年间进士，曾任礼部侍郎，累官至太子宾客、秘书监，故又被称为“贺监”或“秘书外监”。玄宗天宝三载，自请还乡为道士，归隐镜湖。诏赐镜湖剡溪一曲，以给渔樵。少以文辞知名，性旷放，善谈笑，晚尤诞纵。擅长草书和隶书，与“草圣”张旭，同为“吴中四士”之一。陆象先说：“季真清谈风韵，吾一日不见，则鄙吝生矣。”（《新唐书·贺知章传》）杜甫则说：“知章骑马似行船，眼花落井水底眠。”（《饮中八仙歌》）可以想见其风韵和狂态。他还勇于奖掖后进，当李白自蜀来京，舍于逆旅，他一读到《蜀道难》，就赞美李白为“谪仙人”，于是解下金龟，换取美酒，与李白尽醉而返。正因为他对李白有着没齿难忘的知遇之恩，所以李白在他去世以后，写了《对酒忆贺监二首》来纪念他，其一云：“四明有狂客，风流贺季真。长安一相见，呼我谪仙人。昔好杯中物，今为松下尘。金龟换酒处，却忆泪沾巾。”至今读起来，还可以想见他们倾盖如故，把酒结欢的情景。

回乡偶书[1]

少小离家老大回[2]，乡音无改鬓毛衰[3]。
儿童相见不相识，笑问客从何处来。

✤ 注释

[1] 此诗当作于天宝三载（744）。《旧唐书·玄宗纪下》：天宝二年“十二月

乙酉，太子宾客贺知章请度为道士，还乡”；天宝三载正月“庚子，遣左右将已下祖别贺知章于长乐坡上，赋诗赠之”。盖贺氏表请还乡在天宝二年十二月，离开长安在天宝三载正月。原作二首，此为第一首。 [2]“少小”句：《新唐书·本传》：“证圣初，擢进士。”按证圣仅一年(695)，时贺已三十九岁。在这以前，他已离开故乡，告老还乡时，已八十余岁。 [3]鬓毛衰：两鬓的毛发，已经雪白。

✤ 今译

少小便离开了爹娘，老大才回到了故乡；
乡音虽然至今未改，两鬓早已染上浓霜。
看到一群俏皮小孩，谁也不认我这家长，
一个个咧开那小嘴，笑问客人来自何方。

✤ 评析

此诗抒发了久客还乡，感慨万千的心情。前两句用对比的手法，突出了时间距离之长。以“少小”对比“老大”，以“乡音未改”对比“鬓毛已衰”。从这两个极端的对比中，既塑造了怀乡恋土的老翁形象，又概括了宦海浮沉的惊险历程。后两句通过儿童们不经意的一问，引出了诗人无穷的感慨，那种戏剧性的场面，充满了生活的情趣，给人以美好的艺术享受。范晞文《对床夜话》卷三：“卢象《还家》诗云：‘小弟更孩幼，归来不相识。’贺知章云：‘儿童相见不相识，笑问客从何处来。’语益换而益佳，善脱胎者宜参之。”两者一经比较，便觉贺诗以白描的手法，接近口语的文字，把自己久客还乡的复杂心情，儿童天真无邪的活泼神态，刻画得活灵活现，不愧是唐诗中的精华。

咏 柳

碧玉妆成一树高[1]，万条垂下绿丝绦[2]。
不知细叶谁裁出，二月春风似剪刀。

✤ 注释

[1] 碧玉：古代美女的名字。乐府《吴声歌曲》有《碧玉歌》。这里是形容碧绿的垂柳，像一株玉树，又像一位系着绿色丝带的美人。 [2] 绿丝绦：绿色的丝带，用以比喻柳丝。

✤ 今译

嫩绿的垂柳像碧玉一样的苗条，千万条绿色的丝带在随风飘摇。
是哪一个裁出那眉儿似的细叶，原来这二月春风像神奇的剪刀。

✤ 评析

此诗用了一连串的形象比喻形容垂柳的婀娜多姿，把柳树比作玉树，比作美人，把柳丝比作绿色的丝绦，把二月的春风，比作神奇的剪刀，设想新奇，出人意表。末二句一问一答，倍增诗味。不仅写出了春风绽柳的活泼形象，即赏柳者的愉悦心情，亦在传神写照的形象和流水行云的音节中，完美地表达了出来，自是唐人咏物诗中的一颗明珠。《南史》载益州刺史刘悛之献蜀柳数枝，“条甚长，状若丝缕”，齐武帝赞美它“风流可爱”。诗人咏柳的构思，当从这里得到启发。

王　翰

王翰，《旧唐书》作“王澣”。字子羽，并州晋阳人（今山西太原市）人。景云元年（710）进士，先后受知于并州长史张嘉贞及张说。及说知政事，召翰为秘书正字，擢通事舍人，迁驾部员外郎。翰少年豪荡，恃才不羁，“枥多名马，家蓄妓乐”，声名藉甚，诗圣杜甫《奉赠韦左丞丈二十二韵》有“李邕求识面，王翰愿卜邻”之句，杜华之母崔氏也说：“吾闻孟母三迁，吾今欲卜居，使汝与王翰为邻，足矣。”可见翰的才名是很高的。张说称赞他的文辞之美，有“如琼杯（林）玉斝”，“烂然可珍”。及张说罢相，翰亦被出为仙州别驾，日与文士祖咏、杜华“纵情击鼓，恣为欢赏”，坐贬道州司马，卒于途。《全唐诗》录其诗一卷。

凉州词

葡桃美酒夜光杯[1]，欲饮琵琶马上催[2]。
醉卧沙场君莫笑，古来征战几人回[3]！

✤ 注释

[1] 葡桃酒：凉州一带所酿的美酒。葡桃：与“葡萄”、“葡陶”同。《史记·大宛传》：“宛左右以葡陶为酒。俗嗜酒，马嗜苜蓿。汉使取其实来，于是天子始种苜蓿、葡陶肥饶地。”夜光杯：玉制的精美酒杯。《十洲记·凤麟洲》：周穆王时，“西域国献昆吾割玉刀及夜光常满杯。刀长一尺，杯受三升。刀切玉如切泥，杯是白玉之精，光明夜照”。　[2] 琵琶：古代拨弦乐器之一，创始于西域。本作“枇杷”。《释名·释乐器》：“枇杷本出于胡中，马上所鼓也。推手前曰‘枇’，引手却曰‘杷’，像其鼓时，因以为名也。”琵琶马上，“马上琵琶”的倒文。催：侑助

之意，指用音乐侑酒助兴。李白《襄阳歌》："车边倒挂一壶酒，凤笙龙管行相催。""催"字正用此义。 [3]"醉卧"二句：清施补华《岘佣说诗》：此二语"作悲伤语读便浅，作谐谑语读便妙"。细玩"醉"字，便可领悟。

✤ 今译

手捧着夜光杯，满斟上葡萄酒，为了助我酒兴，马上把琵琶奏。

醉卧在沙场上，不用你来笑逗，从来为国守边，生还几人能够！

✤ 评析

诗人以豪放的语调，写军中的悲壮生活，既欢快，又沉郁；既热烈，又哀伤。他们捧着葡萄美酒，奏着马上琵琶，醉卧在沙场上，早已把宝贵的生命奉献给了国家和民族。马革裹尸，沙场浴血，是他们应有的抱负，也是他们最后的归宿。壮志凌云，豪言惊座，而感慨之意自见，矛盾之情毕露。"古来征战几人还"，是伤心语，也是自我解嘲语。明王世贞在《艺苑卮言》卷四中称此诗是"无瑕之璧"，是具有艺术的慧眼的。

王　湾

王湾，洛阳人。先天元年（712）进士，官荥阳主簿，调洛阳尉。与綦毋潜、武平一（武元衡之祖父）有唱酬。他的文辞秀美，甚得张说的赞誉，往来吴楚间，多有题咏，惜多散佚，《全唐诗》录存其诗十首。

次北固山下[1]

客路青山外，行舟绿水前[2]。
潮平两岸阔[3]，风正一帆悬。
海日生残夜[4]，江春入旧年[5]。
乡书何处达，归雁洛阳边[6]。

✤ 注释

[1] 北固山：在今江苏镇江市以北，三面临江，是历来的游览胜地。题目芮挺章《国秀集》、殷璠《河岳英灵集》均作《江南意》。　[2]“客路”二句：芮、殷选编中作“南国多新意，东行伺早天”。　[3] 阔：芮、殷选本作“失”。　[4]“海日”句：言残夜未尽，旭日已出。海：指东海。　[5]“江春”句：言江南春早，旧年未去，新春已来。[6]“乡书”二句：言诗人看到鸿雁北飞，引起雁足传书的联想。此二句芮、殷选本作“从来观气象，惟向此中偏”。言同一季节的自然景象，江南江北从来是有差异的。

✤ 今译

驿路绕出青山以外，客舟航行绿水之前。
潮涨长江两岸更阔，风正桅杆一帆高悬。
海上旭日生于残夜，江畔春光闯进旧年。
若问家书寄到哪里，雁儿捎到洛阳城边。

✤ 评析

诗以对偶句发端，既突兀，又工致，既点明了题意，又描绘了江南的早春景色。颔联寥寥十字，就将长江的壮丽风光，点染成一幅绝妙的图画。一个“阔”字，将春潮上涨，水与岸平，一望无际的开阔江面展现在读者的面前。一个“悬”字，又将万里长江、一帆风顺的景色摄入笔底。颈联是千古名句，唐殷璠在《河岳英灵集》卷下评此两句云：“诗人已来，少有此句。张燕公（说）手题政事堂，每示能文，令为楷式。”晚唐郑谷题其自编诗集卷末云：“何如‘海日生残夜’，一句能令万古传。”它之所以能得到如此崇高的评价，是因为构思新颖，能发前人之所未发，不仅状出江上日出的奇观，而且传出北人初到江南那种惊奇和喜悦的心情。炼意炼句，虽然镂心雕肾，却又妙语天成，不见丝毫斧凿痕迹，所以不可企及。结亦异想天开，余韵悠然，言有尽而意无穷，是唐人五律达到了十分成熟的标志。

崔　颢

崔颢(704?—754),汴州(今河南开封市)人。唐玄宗开元十一年(723)进士,累官至尚书司勋员外郎。他少有才名,然品性不端,嗜酒好蒱博,喜新厌旧,数易其妻,为世所诟病。李肇《国史补》上说:“崔颢有才名,李邕欲一见,开馆待之。及颢至,献文,首章曰:‘十五嫁王昌。’邕叱起曰:‘小子无礼!’遂不见之。”他早期的诗歌,流于浮艳。后来从军出塞,又漫游长江中下游,诗风大变,转而为雄浑豪宕。殷璠在《河岳英灵集》中评其诗说:“晚节忽变常体,风骨凛然。”是符合他后期诗歌的实际的。相传他“游武昌,登黄鹤楼,感慨赋诗。及李白来,曰:‘眼前有景道不得,崔颢题诗在上头。’无作而去,哲匠为之敛手云。”辛文房《唐才子传》卷一的这段记载,有人怀疑它是出于后人附会,然先于《唐才子传》的宋胡仔的《苕溪渔隐丛话》、计有功的《唐诗纪事》,后于《唐才子传》的明杨慎《升庵诗话》、王世懋的《艺圃撷余》和瞿佑的《归田诗话》,都有类似的记载。虽然计氏在李白“遂作《凤凰台》诗,以较胜负”之后,加了一句“恐未必然”,以存其疑;杨氏也只承认李白见崔诗而袖手,去而赋《登金陵凤凰台》诗,而指出“崔颢题诗在上头”的话,是一个和尚针对此事而作的偈语,偈云:“一拳捶碎黄鹤楼,一脚踢翻鹦鹉洲。眼前有景道不得,崔颢题诗在上头。”然《凤凰台》诗,是效崔颢体,则是有目共睹的。

黄鹤楼[1]

昔人已乘黄鹤去,此地空余黄鹤楼。

黄鹤一去不复返，白云千载空悠悠。
晴川历历汉阳树[2]，芳草萋萋鹦鹉洲[3]。
日暮乡关何处是？烟波江上使人愁。

✤ 注释

[1] 黄鹤楼：江南三大名楼之一，故址在今武汉长江大桥桥头处，历来为游览胜地。《南齐书·州郡志》称“仙人子安乘黄鹤过此”，故名；《太平寰宇记》称“费文祎登仙，每乘黄鹤于此楼憩驾”，故名。自然都是附会之谈，然流传久远，为游览胜地增添了神秘色彩。 [2] 晴川：阁名，在武汉市汉阳区，与黄鹤楼隔江相望。历历：清晰的样子。 [3] 鹦鹉洲：洲名，在汉阳西南二里的长江中。至明代，已被江水冲没。汉末，黄祖杀祢衡于此。祢衡曾作过《鹦鹉赋》，后人因以“鹦鹉”名洲，以寓悼惜之意。萋萋：草茂盛的样子。

✤ 今译

仙人早已乘着黄鹤去了，这里剩下一座黄鹤空楼。
黄鹤一去已经不复返啊，白云千载还是那样悠悠。
晴川阁畔的树历历在目，鹦鹉洲上的草绿得滴油。
向晚我到哪里去望故乡，那烟雾勾起了我的客愁。

✤ 评析

此诗前半以古体入律，既不讲声律，又不顾对仗，更不忌重复，而一气流转，古朴浑厚，所谓“气盛言宜”，“气足神完”，正不必“以词害意”也。后半幅对仗工整，音律协调，写景如在目前，抒情如见肺肝，是一首奇正相生、古律共存的好诗。前人往往将此诗与李白的《登金陵凤凰台》诗，加以比较评说，好恶不同，抑扬各异，然足以见两诗在诗歌史上的地位是不容置疑的。宋严羽《沧浪诗话》说“唐人七言律诗，当以崔颢《黄鹤楼》为第一”，自然是扬崔的；刘克庄认为崔、李的诗“真敌手棋”，元方回也说：崔、李的诗，“格律气势，难以甲乙”。算是不作抑扬，难分上下；明瞿佑在《归田诗话》中，则认为李白“登凤凰台作诗，可谓十倍曹丕矣。盖颢结句云‘日暮乡关何处是？烟波江上使人愁’，而太白结句为‘总为浮云能蔽日，长安不见使人愁’，爱君忧国之心，善占地步矣”。显然是扬李的；清沈德潜在《唐诗别裁》中则说崔诗“意得象先，纵笔所到，遂擅古今之奇”。纪昀在批语中也说：“崔氏偶然得之，自然流出，此是有意为之，语多衬贴，虽效之而实多不及。”又是扬崔的。可谓论者纷纭，莫衷一是。我则认为有了奇句，虽平仄、虚实、对偶，可以不去讲究，然究非诗之正，况结语李确胜崔一筹呢！

行经华阴[1]

岧峣太华俯咸京[2]，天外三峰削不成[3]。
武帝祠前云欲散[4]，仙人掌上雨初晴[5]。
河山北枕秦关险[6]，驿路西连汉畤平[7]。
借问路旁名利客[8]，何如此处学长生[9]。

✤ 注释

[1] 华阴：市名，今属陕西，因其位于华山之北。水北为阴，故名。 [2] 岧荛：高耸貌。太华：即西岳华山。因其西有少华山，故名。咸京：咸阳为秦汉建都之地，故称“咸京”。在今陕西咸阳市东北二十里。 [3] 三峰：晋郭缘生《述征记》：“华山有三峰，芙蓉、玉女、明星也。其高若在天外，非人工所能削凿也。” [4] 武帝祠：指汉武帝所建的巨灵祠。《华山志》：“汉武帝观仙掌，于县内特立巨灵祠。” [5] 仙人掌：相传华山为巨灵所开，其手迹尚存于华山东顶峰，五指俱全，因名“仙人掌”。《清一统志》引《华岳志》：“岳顶东峰曰仙人掌，峰侧石上有痕，自下望之，宛然一掌，五指俱备，人呼为仙人掌。” [6] 秦关：指函谷关。秦置，在华山东北，当陕西、山西、河南三省要冲，形势险要。戴延之《西征记》：“东自崤山，西至潼津，通名函谷，号曰天险。” [7] 汉畤：古代帝王祭祀天地五帝的地方。畤：神灵之所止。汉有鄜畤、密畤、吴阳上畤、吴阳下畤、北畤。 [8] 借问：是问人，亦是自嘲。名利客：追逐名利的人。此本曹植《蝦䱇篇》“俯观上路人，势利唯是谋”的句意。 [9] 学

长生：学长生不老之术。《云笈七签》卷二十七云：华山为道家三十六洞天的第四洞天。此本阮籍《咏怀》"愿登太华山，上与赤松游"的句意。

✤ 今译

高峻的华山俯视着咸京，天外的三峰谁也削不成。
武帝祠前乌云逐渐消散，仙人掌上已经雨过天晴。
北靠河山秦关多么险要，西连驿路汉畤显得宽平。
请问途经这里的名利客，何不留在此间学道养生？

✤ 评析

这诗当作于开元十年(722)，诗人赴京应试途经华阴时。它的前六句写景，后两句抒情。写景层次分明，远近如绘。首联形象突兀，气势雄浑，总摄华山横空出世之态，拔地拄天之势。颔联分写云情雨景，境界空阔，气象壮丽。颈联正面描写华阴地形的险要，把辽阔悠远的时空，浓缩在寥寥十四字中，给人以深沉的历史感。尾联忽出奇笔，对那些为名缰利锁所羁的人，是当头一棒，寄感慨于谐谑之中，既是嘲人，又是自嘲，语意双关，颇饶奇趣。清人方东树评此说："写景有兴象，故妙。"盖诗人融神灵、古迹于一体，冶眼前景、意中景于一炉，是眼中的丘壑，也是胸中的丘壑，是景物的描绘，也是感情的抒发，所以说"有兴象"。

长干曲[1]

（一）

君家在何处？妾住在横塘[2]。
停船暂借问，或恐是同乡。

（二）

家临九江水[3]，来去九江侧。
同是长干人，生小不相识。

✤ 注释

[1]长干曲：乐府旧题，属“杂曲歌辞”。来源于长干地方的民歌，内容都是写爱情的。长干：地名，在今南京市秦淮河之南。其地为狭长的山岗，吏民杂居，号长干里。左思《吴都赋》：“长干延属，飞甍舛互。”《文选》五臣注：“建业之南有山，其间平地，吏民居之，故号为‘干’。中有大长干、小长干，皆相属。疑是‘居’称‘干’也。”崔氏原作四首，此选其一、二两首。 [2]横塘：地名，在长干附近。《实录》：“自江口沿秦淮筑堤，称横塘。” [3]九江：泛指长江下游一段，非专指江西之九江。古时大江流至浔阳，分为九派，即九条支流。

✤ 今译

（一）

你的家乡在哪里？我家就住在横塘。
停住船儿问一声，也许我俩是同乡。

（二）

我家紧靠长江边，来往九江年复年。
原来同是长干人，因何从来未见面？

✤ 评析

这是两首船家儿女的恋歌。它纯用白描的手法，把一个天真无邪的船家少女的神态，栩栩如生地描绘了出来。第一首有问无答，第二首有答无问。问答之际，有声有形。使读者如闻其声，如见其人。“或恐是同乡”，是船家少女的托词，藉以掩饰自己真正的动机，内心的活动，那种既大胆又羞怯，既泼辣又腼腆的神态，跃然纸上。诚如《唐诗品汇》引刘须溪的话说：“只写相问语，而情自见。”

第二首是船家青年的答词。坦诚质朴，全无芥蒂，别有一番情趣。妙在结尾两句，既是答复“或恐是同乡”的问语，又复提出为什么“生小不相识”的问题。两情缱绻，大有“相见恨晚”之感。所以沈德潜在《唐诗别裁》中评此诗说：“此答前问词。”此诗篇幅虽短，而韵味极长。所以王夫之在《夕堂永日绪论》中评此诗说：“墨光所射，四表无穷，无字处皆其意。”并把它作为短诗有“咫尺万里之妙”的适例提了出来，是有深邃的艺术眼光的。

祖　咏

祖咏，洛阳（今属河南）人。开元十二年（724）进士。少有文名，而流落不偶，曾南游江南，北上蓟门，与王维交最深。维在《赠祖三咏》诗中说："结交二十载，不得一日展。贫病子最深，契阔予不浅。"哀怜之情，溢于言表。又与卢象、王翰、丘为，皆有唱酬。终以仕途失意，移家汝坟（今河南汝阳、临汝间），以渔樵自终。他在《归汝坟山庄留别卢象》诗中说："沤麻入南涧，刈麦向东菑。"在《汝坟别业》诗中又说："独贫常废卷，多病久离群。"其贫病之状，盖可想见。但他的诗清新洗净，意尽即止。相传他在应进士试时，题为《终南山望余雪》，只作了四句，即"终南阴岭秀，积雪浮云端。林表明霁色，城中增暮寒"，便交了卷，有人问他为什么不写完五言六韵呢？他说意思已写完了。也许正是这样的不合时宜，才使他终身贫病不遇的。殷璠在《河岳英灵集》卷下评他的诗说："咏诗剪刻省净，用思尤苦，气虽不高，调颇凌俗。至如'霁日园林好，清明烟火新'，亦可称为才子也。"可以说明他的诗风和成就。

望蓟门[1]

燕台一望客心惊[2]，箫鼓喧喧汉将营[3]。
万里寒光生积雪，三边曙色动危旌[4]。
沙场烽火侵胡月，海畔云山拥蓟城[5]。
少小虽非投笔吏[6]，论功还欲请长缨[7]。

✤ 注释

[1] 蓟门：即蓟丘，现名土城关，在今北京市德胜门外，是当时东北边防要地。明蒋一葵《长安客话》："今都城德胜门外有土城关，相传是古蓟门遗址，亦曰蓟丘。蓟丘旧有楼馆并废，仅存二土埠，旁多林木，蓊郁苍翠。" [2] 燕台：指黄金台，故址在北京市朝阳门外。诗人由此而联想到燕昭王为了招纳贤才在河北易县筑黄金台，因而心情激动。下文均由此生发出来。 [3] 箫鼓：一作"笳鼓"，笳，古管乐器，流行于塞北和西域，军中多用之。汉将营，指唐营。唐人诗中多以"汉"代"唐"。 [4] 三边：汉代以幽、并、凉三州为"三边"。这里泛指西北边陲。危旌：高高树立起来的大旗。 [5] "海畔"句：蓟城北依燕山，南临渤海，形势险要。蓟城：唐蓟州的州治，以西北有蓟丘而得名。唐《元和郡县图志》："蓟城南北九里，东西七里。"即今天津市蓟州区。 [6] 投笔吏：指东汉班超。《后汉书·班超传》：超"尝为佣书养母，久劳苦，投笔叹曰：'大丈夫无他志略，犹当效傅介子、张骞立功异域，以取封侯，安能久事笔砚间乎？'"后来他出使西域，以功封定远侯。 [7] 请长缨：西汉终军为汉武帝说服南越王入朝。《汉书·终军传》："军自请，'愿受长缨，必羁南越王而致之阙下'。"

✤ 今译

遥望燕台，不禁触目惊心，喧天笳鼓，说是汉家兵营。
万里积雪，映出一片寒光，三边日色，照着十丈危旌。
沙场烽火，直射胡天明月，海畔云山，紧紧拥抱蓟城。
惭愧过去，我未投笔从戎，今天有志，还想立功请缨。

✤ 评析

这是一首边塞诗。全诗扣紧一个"望"字，写望中所见，抒望中所感。见的是山川的形胜，壮丽阔大，带山襟海；感的是个人的雄心，气宇轩昂，志慨振奋，给人以极大的壮美享受。诗的开头，用"客心惊"三字生发开去，无论营中的笳鼓，万里的积雪，三边的曙色，胡天的烽火，海畔的云山，都足以使人惊奇、惊叹。诗的结尾，又以投笔从戎，请缨杀敌，自勖自勉，格调高昂，令人感奋。中间两联，概括蓟门一带的险要，既险如弦上之箭，又稳如泰山之石。“沙场烽火”，状形势之紧急；“海畔云山”，写地利之可凭。使人由“惊”转到“不惊”，从而引出“投笔”“请缨”的壮志来。看来诗人是有为而发的，清方东树《昭昧詹言》说：“收托意，有澄清之志，岂是范阳已有萌芽耶?”“范阳已有萌芽”，是说“安史之乱”已有朕兆。这个评语，对了解此诗的写作背景，是很有启发的。

李 颀

李颀(690？—751？)，赵郡(今河北赵县)人，寄居颍川(今河南登封西)。唐玄宗开元二十三年(735)进士。与崔颢、綦毋潜、王昌龄、王维、高适等著名诗人均有交往。曾任新乡尉，长期不得升迁，因弃官归隐，厌薄世务，慕神仙，饵丹砂，希望能羽化轻举。王维《赠李颀》诗有"闻君饵丹砂，甚有好颜色"的话可证。他的诗秀丽而又雄浑，理深而又辞达。唐殷璠《河岳英灵集》卷上评其诗云："颀诗发调既清，修辞亦秀，杂歌咸善，玄理最长。"他的七言歌行及律诗，尤为后世所推重。《全唐诗》录其诗三卷。

送魏万之京[1]

朝闻游子唱离歌[2]，昨夜微霜初渡河[3]。
鸿雁不堪愁里听，云山况是客中过[4]。
关城树色催寒近[5]，御苑砧声向晚多[6]。
莫见长安行乐处[7]，空令岁月易蹉跎。

✣ 注释

[1] 魏万：即魏颢，上元初进士。家住王屋山(今山西阳城县西南)，因自号王屋山人。他比李颀晚一辈，故诗的后半幅，多叮咛告诫之语。京：指长安。 [2] 游子：游宦他乡的人。此指魏万。离歌：告别的歌。亦作"骊歌"。《汉书·儒林传》："客歌《骊驹》，主人歌《客毋庸归》。"逸诗《骊驹》篇："骊驹在门，仆夫具存；骊驹在路，仆夫整驾。"此"骊歌"之所本。 [3] 河：指黄河。魏万家住王屋山，在黄河北岸，赴长安须

渡河。这两句是跨句倒装，言昨夜微霜，朝闻离歌，游子赴京要渡河了。 [4] 云山：指中条山，在山西省西南角。过，读平声，经过的意思。 [5] 关城：指潼关城，在今陕西潼关县东北。此设想魏万行近长安，已是树木摇落的深秋。“树色”一作“曙色”。[6] 御苑：宫禁里的庭院，即皇家禁苑。向晚：傍晚。 [7] 莫见：一作“莫是”，意即不要把长安看作是行乐之地，或莫以为长安是行乐之地。

✤ 今译

昨夜下了一层薄薄的白霜，今朝你唱着离歌要渡黄河。
怀愁人最怕听到鸿雁鸣叫，云山冷寂更不堪落寞过客。
潼关的树色应已枯黄摇落，京城的砧声偏向傍晚增多。
不要把长安看作行乐之地，白白让大好时光浪费蹉跎。

✤ 评析

这首诗在构思布局上，颇具特色。前半写实，写魏万渡河赴京时的所历所感。把离愁隐藏在鸿雁声中和烟雾笼罩的旅途里。后半设想魏万行经潼关、到达长安时的所见所闻，把自己的经历和感慨，溶化在字缝里，暗寓岁月易得、美人迟暮之感。最后一结，纯以长者口吻，深致诗人对魏万的叮咛期望之意。诗中没有正面去写离情别绪，而以重彩浓墨去描绘魏万在途中所见的秋色和所闻的秋声，去设想魏万达到长安后所看到的景物、所听到的砧声，从而引起的乡思客愁。这就在言外之意、弦外之音中强烈地把他们之间的友情表达了出来，正是这首诗以炼意炼句的精湛技巧，赢得后人称道的原因。

张　旭

张旭，字伯高，吴郡（今江苏苏州市）人。曾任常熟尉及金吾长史，故又称“张长史”。他是著名的书法家，尤以草书著名，世称“草圣”。相传他往往在大醉后，以头着墨中，然后书写，时称“张颠”。杜甫在《饮中八仙歌》中说：“张旭三杯草圣传，脱帽露顶王公前，挥毫落纸如云烟。”可以想见其狂放之态。《全唐诗》录存其诗六首，都是绝句，都是描写自然景物的。以构思精巧、意境幽深见长，与他的草书有异曲同工之妙。

桃花溪[1]

隐隐飞桥隔野烟[2]，石矶西畔问渔船[3]。
桃花尽日随流水，洞在清溪何处边[4]？

✣ 注释

[1] 桃花溪：水名，在湖南桃源县西南的桃花山下，溪岸多桃林，暮春时节，落英缤纷。相传晋陶渊明的《桃花源记》就是以此为自然环境的蓝本的。 [2] 隐隐：隐隐约约，看不清晰的样子。飞桥：高架在两岸的桥梁。 [3] 石矶：水边突出的大石。 [4] “桃花”二句：陶渊明《桃花源记》：“晋太元中，武陵人捕鱼为业。缘溪行，忘路之远近，忽逢桃花林，夹岸数百步，中无杂树，芳草鲜美，落英缤纷。渔人甚异之，复前行，欲穷其林。林尽水源，便得一山。山有小口，恍惚若有光，便舍船，从口入。”此暗用其意。尽日：整日。

✣ 今译

一座飞桥隔着朦胧的野烟，我到石矶西边去寻找渔船。

桃花整天随着那溪水流去，不知桃源到底在溪的哪边。

✤ 评析

这是一幅山水图画，所有景语，都是情语，情趣深幽，画意甚浓。首句写远景，静止的桥和浮动的烟，相映成趣，着一“隔”字，既突出了画面的朦胧美，又点明了人物的观察点。二、三句写近景，水边突出的岩石，溪上漂流的落英，渔船轻摇，人物问讯，既见山水之容光，又见人物之情态。把远景和近景连接起来，构成一幅动静相衬、远近相映的天然画图。第四句关合题旨，笔力千钧，把桃花源写得迷离恍惚，若有若无，戛然而止，给人留下种种美妙的遐想。情含景中，趣在墨外，所谓无笔墨处，都是天趣，都是妙境。

山中留客

山光物态弄春晖[1]，莫为轻阴便拟归[2]。
纵使晴明无雨色[3]，入云深处亦沾衣。

✤ 注释

[1] 山光物态：山的容光，物的情态。春晖：和煦的春光。 [2] 轻阴：微阴，略微有一点阴云。拟归：打算回去。 [3] 雨色：将要下雨的天色。

✤ 今译

山光物态都在那春光中争艳，不要看到一片阴云就要打转。
纵使天气晴朗没有一点雨意，到了云雾深处也要湿透衣衫。

✤ 评析

这首诗以巧于构思、善于立言见称于世。题为“山中留客”，当然要着眼于一个“留”字，要留住客人，就要了解客人的心理状态。欣赏山中的美景，是客人的本来愿望；担心阴雨湿衣，又是客人眼前的顾虑。既然欣赏山景是客人的素愿，自然就不要多花笔墨去描写山容物态了。“山光物态弄春晖”，虽只寥寥七字，但却极富概括性，它有春花争放，也有春鸟争啼；它有流水潺潺，也有芳草萋萋；它有春风拂面，也有花香扑鼻。着一“弄”字，而一片生机，万般春意，都被囊括无余了。但客人害怕阴雨湿衣的顾虑，并未因此而涣然冰释，如果你打包票，说不会下雨，明明已经出现了“阴云”，自然解决不了客人的顾虑；如果你强调山景的美丽，即使表现出极大的诚意，也不是解决矛盾的办法，于是诗人以退为进，索性把问题挑开，正面告诉客人说，即使是晴朗的日子，游到山深、云深、树深、草深的地方，空中的水汽，叶上的露珠，也会沾湿你的衣服的。这句富有哲理意味的诗，把情、景、理熔为一炉，具有极强的说服力。诗到这里，便戛然而止，没有再说下去。但它的余韵余味，却久久地留在读者心中。

王昌龄

王昌龄(698—757),字少伯,京兆(今陕西西安市)人。二十七岁时,到过河陇、玉门一带,对边塞的风光和征戍的生活有着亲身的体验,为他创作以边塞为题材的诗歌打下了深厚的生活基础。开元十五年(727)中进士,授汜水尉。二十二年(734),又中博学鸿词科,为校书郎,出为江宁令,故世称“王江宁”,后以“不护细行”,被贬为龙标尉(今湖南洪江市西南),所以后人又称之为“王龙标”。对于他的被贬,表示无限同情的是李白的“我寄愁心与明月,随君直到夜郎西”;认为他是蒙冤受屈的,要数常建的“谪居未为叹,谗枉何由分”;推崇他心清如水的,则是岑参的“王兄尚谪官,屡见秋云生。孤城带后湖,心与湖水清”。而在他自己的诗中,除了“洛阳亲友如相问,一片冰心在玉壶”,为自己有所洗刷外,其他如“皇恩暂迁谪,待罪逢知己”(《留别武陵袁丞》),“明时无弃才,谪去随孤舟”(《九江口作》),“辰阳太守念王孙,远谪沅溪何可论”(《留别司马太守》),这些诗有的是抱着不切实际的幻想,有的是故作旷达之语,有的则采取玩世不恭的态度,对统治阶级所加的迫害,表示蔑视和抗争。然皆足以说明诗人的胸襟和品德。

诗人最大的悲剧是安史乱起,归隐乡里,为濠州刺史闾丘晓所杀。两唐书《张镐传》:张镐按军河南,檄各州率兵会救睢阳,谯郡太守闾丘晓后期,睢阳陷落,张巡、许远殉国,镐将戮闾以殉军。闾以老母在,乞贷死。镐曰:“王昌龄之亲,欲与谁养?”闾默然,卒杖杀之。是为王昌龄雪恨者乃张镐。但范摅《云溪友议》上卷《严黄门》条则云:“章仇大夫兼琼为陈拾遗(即陈子昂)雪狱,高适侍御与王江宁昌龄申冤,当时同为义士也。"王世贞《艺苑卮言》卷八引此语后不胜感慨地说："此事殊快人，足立艺林一帜，但不见正史及他书耳。"则为王昌龄雪恨者乃高适。岂当时高适所部归张镐指挥，两《唐书》以其事系于主帅，而《云溪友议》则归之于具体执行者之高适欤？

王昌龄有"诗家天子"（一作"夫子"）之誉，是"七绝圣手"。明、清学者，认为唐人七绝，以李白、王昌龄为最。如明杨慎说："唐人乐府，多唱诗人绝句，王少伯、李太白为多。"（《升庵诗话》）此就两人诗歌在艺人中流传的情况而言。王世贞说："七言绝句，王江宁与李太白争胜毫厘，俱是神品。"（《艺苑卮言》）胡震亨说："少伯天才流丽，音唱疏越，几与太白比肩。"（《唐音癸签》）此就两人在艺术上的造诣而言。胡应麟说："大概李写景入神，王言情造极。"（《诗薮》）陆时雍则说："昌龄得之锤炼，太白出于自然，然昌龄之意象深矣。"（《诗镜总论》）清叶燮又说："李俊爽，王含蓄，两人辞意俱不同，各有至处。"（《原诗》）此就两人各自的艺术特色而言。然皆足以说明王昌龄在盛唐诗人的七言绝句中，具有极其崇高的地位。

出　塞[1]

秦时明月汉时关[2]，万里长征人未还[3]。
但使龙城飞将在[4]，不教胡马度阴山[5]。

✤ 注释

[1] 出塞：乐府《横吹曲》旧题。唐人乐府中还有《前出塞》《后出塞》《塞上曲》《塞下曲》等，都是从此曲孳生出来的。 [2]"秦时"句：秦和汉，月和关，错举见义。犹言秦汉的明月，秦汉的关塞，还和过去的一样。 [3] 长征：唐代戍边

战士，称为“长征健儿”。言长征健儿，戍守于万里之外。 [4] 龙城飞将：分指卫青和李广。《汉书·武帝纪》：“元光五年……青至龙城，获首虏七百级。”《史记·李将军列传》：李广为右北平太守，匈奴呼之为“汉之飞将”。这里将“龙城”与“飞将”连用，是合二者而言。 [5] 阴山：指阴山山脉。西起河套西北的狼山，横亘于今内蒙古自治区中部，东接内兴安岭，全长两千余里。汉时，匈奴常由此入侵，故汉武帝在此屯兵驻守，以御匈奴。

✤ 今译

秦时的明月哟汉时的关，长征的健儿呵远戍未还。

要有卫青、李广那样的将，就不会让胡人偷渡阴山。

✤ 评析

这首诗曾被明代大诗人李攀龙誉为唐人七绝的压卷之作，杨慎《升庵诗话》也说此诗“可入神品。‘秦时明月’四字，横空盘硬语也，人所难解”。清沈德潜亦说：“秦时明月一章，前人推之而未言其妙。盖言师老力竭，而功不成，由将非其人之故；得飞将军备边，边烽自熄，即高常侍《燕歌行》归重‘至今人说李将军’也。”他们所说的“人所难解”，“推之而未言其妙”，说穿了，就是不了解诗人以极其精练的语言，浓缩了时空的关系，把“秦汉”悠远的时间距离，“万里”广阔的空间距离，即把历史与现实糅合在一起，而以震慑人心的警戒，要求最高统治者善于任用边将。只要边将得人，则边关自固，边烽自熄，边民自安，何愁“胡马”南下呢！这首诗工于发端，从互文见义中，在人们面前展开历史的画卷；善于结尾，议论正大，感慨遥深，妙有理境，而又不落言诠，含蕴丰富，耐人玩味。

从军行[1]

青海长云暗雪山[2]，孤城遥望玉门关[3]。

黄沙百战穿金甲[4]，不斩楼兰终不还[5]。

大漠风尘日色昏[6]，红旗半卷出辕门[7]。
前军夜战洮河北[8]，已报生擒吐谷浑[9]。

✤ 注释

[1] 从军行：乐府《相和歌辞·平调曲》的旧题。王诗原为七首绝句组成的组诗，这里选的是第四、第五首。 [2] 青海：指青海湖，在今青海西宁市西。古名鲜水或仙海，北魏时始称今名。唐哥舒翰筑城于此，置军戍守。雪山：即祁连山，在今甘肃西部和青海东北部，绵延两千里。 [3] 玉门关：汉置关名，在今甘肃省敦煌市西北。 [4] 金甲：铁甲。 [5] 楼兰：汉西域国名，后来更名鄯善，唐时更名纳缚波。故址在今新疆维吾尔自治区若羌县。楼兰国王尝与匈奴沟通，多次遮杀通西域的汉使。昭帝元凤四年（前 77），大将军霍光派傅介子前往楼兰，计杀楼兰王。这里借指侵略西北地区的吐蕃。 [6] 大漠：指河西走廊的沙漠地带。[7] 辕门：营门。古代行军，夜以车辕相向为门，故称"辕门"。 [8] 洮河：在甘肃的西南部，源出西倾山东麓，流经碌曲、临潭、岷县、临洮，至永靖入黄河，全长一千余里。 [9] 吐谷浑：鲜卑族所建立的地方政权。唐时与河西节度使、剑南节度使的辖地相邻，故地在今青海省与四川省毗邻地带。这里借指入侵的敌酋。

✤ 今译

青海的云层笼罩着雪山，那天边的孤城就是玉关。
百战的铁甲虽早已磨破，不消灭敌人我决不还乡。

大漠的风沙弥漫日色昏沉，半卷着红旗悄悄离开军营。
先头部队昨夜在洮河激战，报道已经活捉了敌军将领。

✤ 评析

这是两首洋溢着"盛唐气象"的边塞诗，前一首写长征健儿裹尸沙场、报效祖国的英雄气概，后一首写洮河大战、活捉敌酋的喜悦心情。它以境界阔大、气概悲壮、格调高昂、音调雄浑，千百年来为世人所传诵，不知鼓舞了多少将士和人民为国捐躯、立功异域，构写了幅幅壮丽的历史画卷。

第一首诗的一、二句，描绘了塞外的特殊风光：青海湖上，长云弥漫；大雪山前，一片银装；再向东方眺望，那就是著名的要塞玉门关。“青海”是吐蕃盘踞之地；“玉关”乃将士还乡必经之途。着一“暗”字，而边境之紧张气氛全出；着一“望”字，而将士乡思之情毕见。这两句是情景交融的妙笔。三、四句由情景交融的环境描写转为直接的抒情。“黄沙百战穿金甲”一句，是西北边塞将士战斗生活的艺术概括。举凡边地之荒凉，戍守之漫长，战斗之频繁，生活之艰苦，无不包孕其中。“不破楼兰终不还”一句，是战士的誓言，是必胜的决心。目空万里，气吞狂虏，是盛唐边塞诗的一个重要的思想特色。

第二首诗，是截取战斗生活中的一个片段，把一次夜袭敌军、大获全胜的战斗，有声有色地描绘了出来。一支唐军在风沙弥漫、日色昏沉中，红旗半卷，衔枚疾走，去执行一次战斗的任务。诗人惜墨如金，不从正面去写奔袭、激战，而是把笔锋一转，去写迂回洮河、活捉敌酋的捷报，让读者在紧张的气氛中获得胜利的喜悦。诗人善于构思，巧于剪裁，通过侧面的烘托，把唐军的气势和威力，充分地表现了出来。

长信秋词[1]

奉帚平明金殿开[2]，且将团扇共徘徊[3]。
玉颜不及寒鸦色，犹带昭阳日影来[4]。

✤ **注释**

[1] 长信秋词：《乐府诗集》编入《相和歌·楚调曲》，题作《长信怨》，原作五首，这是第三首。长信：汉宫殿名。汉成帝时，班婕妤美秀能文，受到成帝宠爱。后来成帝宠幸赵飞燕和赵合德。班婕妤知道赵氏姊妹不能容己，便请求到长信宫侍奉太后，以摆脱自己的危险处境。《长信怨》多以上述历史题材，对帝王的喜新厌旧，宫娥的入宫见嫉，表示极大的愤慨和同情。 [2] 奉帚：捧着扫帚，打扫宫殿。《乐府诗集·杂曲歌辞》梁吴均《行路难》：“班姬失宠颜不开，奉帚供养长

信台。”此正用其事。平明：天刚亮。 [3] 团扇：也叫宫扇。乐府《相和歌·楚调曲》中有《怨歌行》一首，一名《团扇诗》，相传为班婕妤所作，其辞是：“新裂齐纨素，皎洁如霜雪。裁为合欢扇，团团似明月。出入君怀袖，动摇微风发。常恐秋节至，凉飚夺炎热。弃捐箧笥中，恩情中道绝。”盖以团扇因秋凉而见弃，喻君恩因新宠而中断。“且将”一作“暂将”。 [4] 昭阳：汉宫殿名，赵昭仪（合德）所居。日影：喻君恩。古人以日象征君，故以“日影”象征君恩。

✤ 今译

天一亮我就捧着扫帚打扫宫殿，暂且挥着宫扇我独自徘徊一圈。
可怜如花似玉的人还不及乌鸦，犹能背着日影来自那昭阳深院。

✤ 评析

这是一首宫怨诗。全诗纯用自白的方式，抒发宫女内心的苦闷。她自言自语，自怨自艾。前两句写她的刻板生活，平明捧帚，扫除宫殿，闲极无聊，只好手执团扇，徘徊一圈。团扇，喻失宠之可悲；徘徊，写心情之不定。其满腔幽愤，完全从团扇共徘徊中得到充分的表现。盖只有袖中团扇，与自己同病相怜，可以徘徊与共。后两句用一个巧妙的比喻，进一步抒发其苦闷的生活与幽怨的心情。“寒鸦”之黑与“玉颜”之白，恰好形成强烈的反衬。上用“不及”，下用“犹带”，显得更加婉曲，更加深沉，这是深一层的写法，不说己不如人，而说人不如物，使“日影”由单纯的写景，扩大为暗喻君恩，从而多了一层曲折，多了一分含蕴。所以后来的诗人往往不惜袭其意、用其句，孟迟的《长信宫》诗亦云：“自恨身轻不如燕，春来还绕御帘飞。”陆游《枕上偶成》也说：“自恨不如云际雁，南来犹得过中原。”虽一把“鸦”改成“燕”，说的还是宫怨；一把“鸦”换成“雁”，说的已是国恨，但其模拟之迹，昭然可见。《唐诗品汇》卷四七引谢叠山评此诗说：“此篇怨而不怒，有风人之义。”《唐诗别裁》卷十九沈德潜评此诗说：“昭阳，赵昭仪（合德）所居，宫在东方。寒鸦带东方日影而来，见己之不如鸦也。优柔婉丽，含蕴无穷，使人一唱而三叹。”“含蓄委婉”，“优柔婉丽”，仍然是诗歌审美的一大艺术标准。

春宫曲

昨夜风开露井桃[1]，未央前殿月轮高[2]。
平阳歌舞新承宠[3]，帘外春寒赐锦袍。

✤ 注释

[1]露井桃：露井旁边的桃树。露井，没有井亭覆盖的井。《宋书·乐志》引古乐府《鸡鸣桑树颠》："桃生露井上，李树生桃旁。" [2]未央：汉宫殿名，汉高帝七年（前200）建。故址在今陕西西安市西北。 [3]平阳歌舞：卫子夫原是平阳公主的歌女。汉武帝路过平阳公主家，公主出歌女侑酒，武帝看中子夫，公主就把子夫送入宫中，大得武帝宠幸，后来立为皇后。见《汉书·外戚传》。诗人以汉喻唐，借这段历史题材，为他讽刺现实的诗，蒙上一层"宫怨"的薄纱。

✤ 今译

一夜春风吹开了露井的红桃，未央宫的明月显得分外的高。
公主家的歌女新近得了恩宠，唯恐受了春寒皇上特赐锦袍。

✤ 评析

这是一首讽刺最高统治者喜新厌旧的宫怨诗。首句点明时令，切入题中的"春"字，明桃花已开，春寒已过。次句点明地点，切入题中的"宫"字，言明月高悬，无由接近。透露了失宠宫女的无限孤寂、无比哀怨的心曲，是比兴手法的妙用。后两句写得宠新人蒙受恩宠的典型事例。新人得宠，旧人失宠，荣枯对比，感慨自深。清沈德潜在《唐诗别裁》中评此诗说："只说他人之承宠，而己之失宠，悠然可会。"王尧衢在《唐诗合解》中评此诗说："不寒而寒，赐非所赐，失宠者思得宠者之荣，而愈加愁恨，故有此词也。"这样只从侧面着笔，不从正面说破，怨思自深，韵味自长，明陆时雍在《诗境总论》中说得好："王龙标七言绝句，自是唐人骚语。深情苦恨，襞积重重，使人测之无端，玩之不尽。"这首诗正好体现了他的这一艺术特色。

西宫春怨[1]

西宫夜静百花香，欲卷珠帘春恨长。
斜抱云和深见月[2]，朦胧树色隐昭阳[3]。

✤ 注释

[1] 西宫：国君妃嫔居住的地方。《公羊传・僖公二十年》："西宫者何？小寝也。"古代天子、诸侯所居之宫都叫作寝，在中央的叫路寝、大寝，在东西两旁的叫内寝、小寝。 [2] 云和：本山名，以产琴瑟著称，后因以云和代琴瑟等弦乐器。 [3] 昭阳：宫殿名，注见前一首。

✤ 今译

西宫夜深人静，百花送来了扑鼻的香气，
想把珠帘卷起，又怕勾起了春天的愁思。
只好斜抱琴儿，遥遥地望着碧空的新月，
可惜树色朦胧，遮断我通向昭阳的情丝。

✤ 评析

这首诗通过青年宫娥一系列的动作和意态，刻画了她细微曲折的内心活动。首句用花气袭人的宜人春色，反衬青年宫娥的寂寞的幽居生活。次句透过夜香扑鼻的描述，自然想到要卷起珠帘去看，着一"欲"字，则看只是一个意念，而不是一个事实，因为闻香已觉"恨长"，见花更觉恼人，于是只好"斜抱云和"，想借琴声以排遣内心的苦闷，然而这同样只是一个意念，并没有真正去弹。因为她遥望长空，那月亮的清辉正洒在丛林深处的昭阳，而那正是得意宫娥新承恩宠的地方，也是她最不愿意看到的一个所在。这样以情结景，情在语外，使人味之有余，玩之不尽，正如谭元春在《唐诗归》中评此诗说："以态则至媚，以情则至苦。"可谓善于说诗的了。

闺 怨

闺中少妇不知愁[1]，春日凝妆上翠楼[2]。
忽见陌头杨柳色[3]，悔教夫婿觅封侯[4]。

✤ 注释

[1] 不知愁：一作"不曾愁"。 [2] 凝妆：犹言严妆、盛妆，言十分讲究的打扮。翠楼：青楼，指十分豪华精致的楼房。曹植《美女篇》："青楼临大路，高门结重关。" [3] 陌头：路边。杨柳色：《诗·小雅·采薇》："昔我往矣，杨柳依依。"盖因见"柳色"而想到夫婿离家之时。又古代有"折柳赠别"的习俗，"柳"谐"留"音，暗喻"留恋"、"留住"之意。 [4] 觅封侯：指从军。古人以立功万里、取得封侯的爵赏，为人生的极大荣幸。

✤ 今译

闺中的少妇哪里知道愁的滋味，在明媚的春天打扮得十分美丽。
蓦地里看到那路边的杨柳依依，悔不该让他从军去把封侯来觅。

✤ 评析

诗题明明标着《闺怨》，诗人不去正面写愁写怨，反而说"闺中少妇不知愁"，这就超出了常人的思维模式，更加地突出了少妇内心的思想矛盾。正因她"不知愁"，才凝妆登楼，去领略大好的春光。谁知乘兴而来，却扫兴而去，反而被那"陌头"的"柳色"，勾起无限的春愁。心理的变化，如此突然，诗人却把那心理变化的过程与原因，统统略去，留给读者自己去寻味、去探索，这是透过一层的写法，诗的妙处也正在这里。事物的变化，总是由渐变到突变，包括人的心理变化在内。这位闺中少妇，在“功名只应马上取，真是英雄一丈夫”的盛唐时代，鼓励丈夫从军万里，觅取封侯，是充满着希望与幻想的，自然是“不知愁”的，但时间一久，封侯无望，美丽的幻想被无情的现实所粉碎，思想上就逐渐产生了矛盾，只要一接触到导火线，愁怨就会爆发出来。“陌头柳色”正是少妇爆发愁怨的导火线，它说明又是一年春了，杨柳依依，正是征人离家的时候，一去万里，归期无定，怎么能令人不产生愁怨呢？这首诗之所以脍炙人口，就是抓住少妇由“不知愁”到“忽见”再到“悔教”的心理变化，加以细腻的刻画，让诗中的人，呼之欲出，才取得这种艺术的效果的。所以这后两句是“诗眼”，它使全诗有了灵气，有了精神。模仿它的也不少，与他同时的李颀在《春闺怨》中也有“自怨愁容长照镜，悔教征戍觅封侯”的句子，就是一个适例。

芙蓉楼送辛渐[1]

寒雨连江夜入吴[2]，平明送客楚山孤[3]。
洛阳亲友如相问[4]，一片冰心在玉壶[5]。

✤ 注 释

[1] 芙蓉楼：在唐润州（今江苏镇江市）城西北。辛渐：诗人的好友。王昌龄于唐玄宗天宝元年（742）被贬为江宁（今江苏南京市）丞，这次送辛渐由江宁乘舟东下，经润州渡江，取道扬州，北归洛阳。诗当作于此时。 [2] 吴：指唐时的润州，春秋时属吴。 [3] 平明：天色大亮时。楚：指唐扬州，战国时属楚。 [4] 洛阳亲友：诗人曾在洛阳生活一段时间，当他离开洛阳时，写有《东京府县诸公与綦毋潜李颀相送至白马寺宿》及《洛阳县尉刘晏与府县诸公茶集天宫寺岸道上人房》等诗，可见綦毋潜、李颀、刘晏及府县诸公，即所说的“洛阳亲友”。 [5]“一片”句：言自己冰洁玉清，心地光明，以表明自己的心迹。此用鲍照《白头吟》“直如朱丝绳，清如玉壶冰”及姚崇《冰壶诫序》“内怀冰清，外涵玉润，此君子冰壶之德也”的典实。

✤ 今译

在寒雨蒙蒙的夜里我们到了东吴，清晨送你北上我像楚山似的孤独。
洛阳的亲友们如果问到我的近况，就说我仍然像一片冰心贮在玉壶。

✤ 评析

首二句写送友人由江宁至润州的所见所感。迷蒙的烟雨笼罩着吴地的江空，萧瑟的寒意浸透了离人的心胸，天一大亮，客人就要北上洛阳，隐没在楚地的重岭叠嶂中，一种孤独寂寞的感觉，自然涌上心头。这一幅水天相连、烟雨如晦的“夜雨送客图”，就在诗人的视觉、听觉和感觉中，形象地勾画了出来。末二句别开生面，一不赠言，二不惜别，而是回过头来写自己；写自己也别出心裁，一不写别后相思，二不写客中孤寂，却道自己是“一片冰心在玉壶”，为自己洗雪“谗枉”，澄清“谤议”，于是诗人岸介的形象，廉正的品德，便在读者面前树立了起来，写到这里，便戛然而止，收到了“余音绕梁”的艺术效果。宋荦《漫堂说诗》：“太白、龙标，绝伦逸群，龙标更有‘诗家天子’之号。”信然。

储光羲

储光羲(707? —762),延陵(今江苏丹阳)人,一说兖州(今属山东)人,开元十四年(726)进士,做过监察御史。安禄山攻陷长安,被迫接受伪职。两京收复后,被贬岭南。他与孟浩然、王维、韦应物、柳宗元被称为唐代“田园诗派”的代表作家,写了大量的“田园诗”,如《田家即事》《田家杂兴八首》《田家即事答崔二东皋作》等,观察缜密,风格质朴,受到历代诗人的好评。但他也还有反映现实、批判现实的好诗,如他的“群鸥随天车,夜满新丰树。所思在腐馀,不复畏霜露”,是讽刺杨国忠兄弟姊妹的;他的“妇人役州县,丁男事征讨。老幼相别离,哭泣无昏早”,是揭露战争给人民带来深重的灾难的。殷璠在《河岳英灵集》中评他的诗说:“格高调逸,趣远情深,削尽常言,挟风云之迹,浩然之气。”主要是说的他这一类讽刺现实的作品。至于他的田园诗,则议论纷纭,抑扬参半。清贺贻荪《诗筏》云:“储韵远而王(维)韵隽;储气恬而王气洁;储于朴中藏秀,而王于秀中藏朴;储于厚中有细,而王于细中有厚;储于远中含淡,而王于淡中含远。”此对比两家的风格异同,无所抑扬。李慈铭《越缦堂读书记》则说:“远逊王、韦(应物),次惭孟、柳(宗元)。”就有抑扬了。

江南曲[1]

(一)

绿江深见底[2],高浪直翻空[3]。

惯是湖边住,舟轻不畏风!

（二）

日暮长江里，相邀归渡头。
落花如有意，来去逐轻舟。

✤ 注释

[1] 江南曲：古乐府《相和曲》旧题。吴竞《乐府古题要解》卷上："《江南曲》古辞云'江南可采莲'云云，盖美其芳晨丽景，嬉游得时。"所谓《江南曲》，就是江南一带的民歌，其辞纯用白描，多写江南的风土人情。原作四首，这里选的是第一首和第三首。 [2] 绿江：形容碧绿的江水。 [3] 直：唐宋人的诗词用语，有即使、就使的意思，言即使高浪翻空，因为"惯在湖边住"而"不畏风"了。羊士谔《乱后曲江》"游春人尽江空在，直至春深不似春"，言即使到了春深也不似春了；李商隐《无题》"直道相思了无益，未妨惆怅是清狂"，也是即使相思无益，也要清狂下去。"直"，都是"即使"、"就使"的意思。

✤ 今译

（一）

碧绿澄澈的江水一望到底，高高的波浪直欲掀到半空。
住在湖边看惯了这种天气，我一叶轻舟哪怕恶浪狂风！

（二）

在暮色笼罩下的长江上，你我相邀回到那渡口旁。
落花片片好像别有情愫，傍着一叶轻舟来回飞翔。

✤ 评析

这是两首描写江南水乡生活的小诗。它清新自然，不加雕饰，而诗中人物的口吻情态，栩栩如生，呼之欲出，具有极强的艺术感染力。

第一首诗，写江南水乡的天气和人情。在一个平静如镜、水清见底的湖面上，忽然狂风呼啸，高浪翻空。这一静一动，显出了画面的巨大变化，而诗中的抒情主人公，由于长期生活在湖边，见惯了这种狂风恶浪，所以面对这种突然而来的变化，却似闲庭信步，悠然自得。这是写自然气候的变化，也是写政治生活的变化；是写水乡人民的生活经验，也是写诗人政治生活的坎坷历程，融情于景，把自己恬静的胸襟、艰苦的历程、处变不惊的情操，不着痕迹地融化到这些自然景物中去，所以显得更有深度和广度。

第二首诗，写船家男女青年的爱情生活。他们在暮色笼罩下的长江，吆喝着、呼唤着并排地把小船划回到渡口。一种欢乐的气氛，在“相邀”两字中渲染了出来。末二句，把一个船家少女欲藏还露、欲说还休的微妙感情，通过“如有意”、“逐轻舟”的落花，含蓄地表达了出来，使人在诗化的自然景物中，感受到诗化的爱情。

王　维

王维(701—761),蒲州(今山西永济)人。开元九年(721)进士。他向往《维摩诘经》中的维摩居士,过着世俗贵族的奢华生活,而身为佛门弟子,故以“摩诘”为字。他少有才名,蜚声于开元、天宝间。当时有“朝廷左相笔(指其弟王缙),天下右丞(王维做过尚书右丞)诗”之誉,他自己也十分自负地说:“夙世谬词客,前身应画师。”以词和画作为自己独擅的绝技。他受到宰相张九龄的知遇,擢为右拾遗,累官至给事中。安禄山攻陷长安,唐明皇仓皇入蜀,诗人未及扈从,为贼所得,乃服药取痢,伪称瘖病。禄山素重其才,迎置洛阳,拘于普救寺,强迫其接受伪职。会禄山召集梨园子弟于凝碧池,歌舞庆贺,梨园乐工,相对泣下。乐工雷海青投乐器于地,西向痛哭,禄山将其肢解示众,闻者莫不悲泣。诗人为诗以纪之云:“万户伤心生野烟,百官何日更朝天。秋槐叶落空宫里,凝碧池头奏管弦。”及两京收复,“凡污于贼者,以五等定罪”,诗人因为有这首诗,加之其弟王缙表请削去其刑部侍郎,以赎兄罪,才得到肃宗的宽宥,并授以太子中允。从此他便摒除世事,一心奉佛,以求得精神上的解脱。

王维有“诗佛”之称,他的诗是禅理和诗意的结合,所以清徐增《而庵诗话》说:“摩诘精大雄氏之学,篇章字句,皆合圣教。”他又是“文人画”的始祖,“南宗画”的开山,他在诗中以颜色、线条为媒介,唤起人们丰富的联想,最大限度地发挥直接诉诸视觉形象的艺术魅力,给人以高层次的美感享受。所以殷璠在《河岳英灵集》中说他的诗“在泉为珠,着壁成画”,苏轼在《题蓝田烟雨图》中说他“画中有诗”,“诗中有画”，阮阅在《诗话总龟》中说得更加具体：“顾长康善画而不能诗，杜子美善作诗而不能画，从容二子之间者，王右丞也。”诗人还是著名的音乐家，出任过大乐丞，《新唐书》本传说：“人有得奏乐图，不知其名，维视之曰：‘此霓裳第三叠第一拍也。’好事者集乐工按之，无一差，咸服其精思。”说明他在音乐上的造诣是很高的。能够把诗歌的情韵、绘画的色彩、音乐的旋律、禅宗的哲理冶为一炉，自有诗人以来，没有超过王维的。

山居秋暝

空山新雨后，天气晚来秋。
明月松间照，清泉石上流。
竹喧归浣女[1]，莲动下渔舟。
随意春芳歇，王孙自可留[2]。

✤ 注释

[1] 浣女：浣纱或洗衣的少女。此句先闻竹林的喧声，后见浣纱的少女，从听觉到视觉，使人感到更加真切。 [2]“随意”二句：此反用淮南小山《楚辞·招隐士》“王孙兮归来，山中兮不可以久留”的句意，以表现诗人厌恶官场、洁身自好的情怀。

✤ 今译

一阵新雨洗净了山丘，顿觉凉爽像到了深秋。
半轮明月高挂在松间，一股清流淌过了石沟。
听到竹喧才发现浣女，看到莲动方见到渔舟。
任凭那春光一齐凋谢，自爱秋景在山中勾留。

✤ 评析

这是诗人最著名的一首田园诗，通过一系列的景物描写，不仅绘出了雨后新晴的山中秋景，也寄托了诗人厌恶官场、向往林泉的高洁情怀。中间两联，可谓“诗中有画”。它的特色是“动中显静”。诗人用了许多动的字面，如月照、泉流、竹喧、莲动、浣女归、渔舟下等等，给人的印象却不是热闹嘈杂的场面，而是恬静幽美的林泉佳致，确有画笔所不能到处。结尾两句，由写景转到抒情，表明诗人宁肯蛰居山中，而不愿恋栈朝中；宁可与萧条的秋景为伴，而不愿与争妍斗艳的春芳共存，从而实现了他以自然美来表现人格美的艺术构想。

辋川闲居赠裴秀才迪[1]

寒山转苍翠[2]，秋水日潺湲[3]。
倚仗柴门外，临风听暮蝉。
渡头余落日，墟里上孤烟[4]。
复值接舆醉[5]，狂歌五柳前[6]。

✤ 注释

[1] 辋川：水名。在今陕西省蓝田县终南山下。初唐诗人宋之问在这里建有蓝田别墅，后为王维所得，并隐居于此。裴迪：关中人，与王维相友善，跟孟浩然、李颀、杜甫也有交往。安史乱后，做过蜀州刺史。秀才：这里泛指士阶层的人。 [2] 寒山：秋山，因秋来气候转凉，故称。转苍翠：变得深绿。 [3] 潺湲：小的流水声。 [4] 墟里：村落。此将陶渊明《归田园居》之“暧暧远人村，依依墟里烟”浓缩为一句，而形象更加鲜明。 [5] 接舆：即楚国的隐士陆通，佯狂遁世，《论语・微子》曾经载其为歌以嘲孔丘曰：“凤兮凤兮，何德之衰！往者不可谏，来者犹可追。已而已而，今之从政者殆而！”这里借指裴迪。 [6] 五柳：陶渊明《五柳先生传》：“先生不知何许人也，亦不详其姓字。宅边有五柳树，因以为号焉。”这里是王维借以自谓。

✤ 今译

寒山反而变得更加幽青，秋水整日发出潺湲之声。
我倚仗伫立在柴门之外，迎风听取那暮蝉的哀鸣。
渡头剩下了淡淡的斜日，村里升起了缕缕的炊烟。
又逢楚狂喝得酩酊大醉，放声高歌在我那柴门前。

✤ 评析

这是一幅辋川秋景图，也是诗情、画意、旋律结合得完美无缺的上乘之作。诗人以“柴门”为定点，摄取眼前的现成景物，随意点染，着壁成绘，而闲适恬淡之情可掬。前六句写景，用“寒山”、“秋水”、“柴门”、“暮蝉”、“落日”、“孤烟”等景物，构成一幅谧静淡远的境界，墨光所射，总不离一个“闲”字。颈联是名句，它的形象和意境，都不是容易企及的。正如《红楼梦》第四十八回香菱谈学诗的体会时所说的：“还有‘渡头余落日，墟里上孤烟’，这个‘余’字合‘上’字，难为他怎么想来？我们那年上京来，那日下晚便挽住船，岸上又没有人，只有几棵树，远远的人家做晚饭，那个炊烟竟是青碧连云。谁知我昨晚看到了这两句，倒像我又到了那地方去了。”因为香菱在自己的记忆中，储存着这样一幅生活图景，读到这两句诗，往日的一段生活经历，又在脑子里浮现出来，所以特别感到真切。说明这两句诗，是别具匠心、感人至深的。结联转入抒情，以古人作比，衬出诗人和裴迪的疏狂，而欣然物外、忘怀得失之情，见于言外。

终南山[1]

太乙近天都[2]，连山接海隅。
白云回望合，青霭入看无[3]。
分野中峰变[4]，阴晴众壑殊。
欲投人处宿，隔水问樵夫。

✤ 注释

[1]终南山：即秦岭，又名南山或中南山。山脉很长，西起今甘肃临潭县，东至安徽明光市。 [2]太乙：山名，古名太乙或太一，今名太白山，是终南山的主峰，在今陕西省太白县东南与周至县交处，东北距京城长安约二百里。天都：天帝所居之处，极言其高。一说天都指长安。 [3]“白云”二句：谓从远处看，满山都弥漫着白色的云；步入山中，那些云雾又看不见了。霭：雾气。白、青、云、霭，均互文见义。 [4]分野：古天文学家用语。古人将天上的星宿和地上区域联系起来，把地上的各个区域，划在某一星宿的范围之中，叫作“分野”。如秦岭之北，分野是秦；秦岭之南，分野是楚。

✤ 今译

那太白山高耸到了云天，山脉一直延伸到了海岸。
远望是茫茫一片的白云，走到近处云雾又已飘散。
中峰两侧分野各自不同，众壑四周阴晴也是多变。
我想要找一个人家投宿，只好隔水问打柴的老汉。

✤ 评析

此诗从秦岭主峰太乙着笔，以夸张的手法，从不同的侧面，写出了终南山起伏奔腾之状，雄伟磅礴之势，移步换形，富于变化，是以画家之笔，写诗人之心的杰构。颔联状高山之上，云雾多变，随开随合，遥看近无，写得真切细致。颈联接得雄浑，极写山区之寥廓，地域则北秦而南楚，气候则西晴而东雨，给人以尺幅千里、瞬息万变的美感享受。结联写看山不厌，不觉日晚，山大人稀，欲宿无处的彷徨心情。既富诗意，又得画理。诚如王夫之在《姜斋诗话》卷二说：“‘欲投人处宿，隔水问樵夫’，则山之辽阔荒远可知，与上六句初无异致，且得宾主分明，非独头意识悬相描摹也。”沈德潜在《唐诗别裁》卷九说：“或谓末二句与通体不配，今玩其语意，见山远而人寡也，非寻常写景可比。”是很有艺术眼光的。

汉江临泛[1]

楚塞三湘接[2]，荆门九派通[3]。
江流天地外，山色有无中[4]。
郡邑浮前浦[5]，波澜动远空。
襄阳好风日[6]，留醉与山翁[7]。

✤ 注释

[1] 汉江：即汉水，源出今陕西宁强县，流经襄樊，至武汉入长江。“泛”一作“眺”。 [2] 楚塞：楚地的边塞。荆门、襄阳一带，古为楚国的边塞。三湘：说法不一，一般指蒸湘、潇湘、沅湘。此泛指湘江流域一带。 [3] 荆门：指荆门山，在今湖北省宜都市西北、长江南岸。九派：江河的支流称派，此指长江的九大支流。传说大禹治水，凿荆门，通九派。《文选》郭璞《江赋》：“流水派于浔阳。” [4] “江流”二句：“江”指汉水，“山”指荆门。江流望不到尽头，故曰“天地外”，山色若隐若现，故曰“有无中”。 [5] 郡邑：郡城。此指襄阳城。言波澜远与天连，郡邑好像浮在水面上。浦：水边之地。 [6] 襄阳：在汉水北岸，即今湖北襄阳。 [7] 山翁：指晋代的山简。简字季伦，曾任镇南将军，镇守襄阳，常在习氏园池游赏，好饮酒，每饮必醉，因名其池为高阳池，盖以“高阳酒徒”自命。

✤ 今译

楚国的边塞南接三湘，荆门的水系东通九江。
汉水像流到天地以外，山色也好像时露时藏。
郡城像漂浮在那水上，波澜往往震撼着远方。
襄阳的风光多么的美，留待给山翁大醉一场。

✤ 评析

这是王维“诗中有画”的代表作。首联从“泛”字着眼，形象地勾勒出汉江南接三湘、东通九派的浩渺水势。颔联以水光山色作为画幅的远景，把荆门山水的宏阔景象，摄入笔端。陈子昂《度荆门望楚》诗有“巴国山川尽，荆门烟雾开”，李白《渡荆门送别》诗有“山随平野阔，江入大荒流”，皆极雄浑，极壮丽，写出了荆门的形势和神气。然陈诗以雄劲称，李诗以俊逸著，王诗以淡远胜，各擅其妙。明王世贞说得好：“‘江流天地外，山色有无中’，是诗家俊语，却入画家三昧。”真是一语见道，极具审美的慧眼。颈联分别着一“浮”字、“动”字，巧妙地把轻舟的随波上下，说成是郡邑在漂浮；把洪波的拍岸击空，说成是天空也在摇动。于是在动静的错觉中，进一步渲染了水势的浩渺。结联转入抒情，把对襄阳山水的热爱，融入这壮丽无比的景色中。全诗以动衬静，以形写意，以轻笔淡墨，绘远山大江，在读者面前展示出一幅咫尺千里的山水画卷。

观　猎

风劲角弓鸣[1]，将军猎渭城[2]。
草枯鹰眼疾，雪尽马蹄轻。
忽过新丰市[3]，还归细柳营[4]。
回看射雕处[5]，千里暮云平。

✤ **注 释**

[1] 角弓：以角为饰的硬弓。拉弓时所发出的声响叫“鸣”。　[2] 渭城：即长安故城，在长安西北渭水北岸，今陕西咸阳市东北三十里。汉高帝时改咸阳为新城，汉武帝时又改为渭城。　[3] 新丰：地名，汉置新丰县，故址在今陕西省西安市临潼区东新丰镇。　[4] 细柳营：长安附近昆明池南有细柳聚，又名柳市，是西汉名将周亚夫的驻军处，在今陕西省咸阳市西南二十里。　[5] 射雕处：即射猎的地方。《北齐书·斛律光传》：“尝从世宗于洹桥校猎，见一大鸟，云表飞扬，光引弓射之，正中其颈，此鸟形如车轮，旋转而下，至地乃大雕也。世宗取而观之，深壮异焉。丞相属邢子高见而叹曰：‘此射雕手也。’当时传号落雕都督。”

✤ 今译

北风强劲角弓鸣，将军打猎到渭城。
草枯鹰眼增敏锐，雪尽马蹄更轻盈。
一忽过了新丰市，转眼又回细柳营。
回头再看射雕处，千里暮云与地平。

✤ 评析

这是一首写游猎生活的诗。前半写出猎，后半写猎归，起得矫健，结得悠远，有着韵长味深的艺术效果。沈德潜在《唐诗别裁》中评此诗说："章法、句法、字法，俱臻绝顶，盛唐诗中，亦不多见。"足为这首诗的定评。

首联突兀而来，逆起得势。先闻弓鸣，后写人物，确是下笔不凡。清方东树评此句说："如高山坠石，不知其来，令人惊绝。"沈德潜认为这两句"若倒转，便是凡笔"。盖以"风劲弓鸣"起，再反插点明猎者和猎所，是控勒蓄势，是先声夺人，把紧张肃杀的气氛渲染得淋漓尽致。颔联具体描写狩猎的过程，"鹰眼"因"草枯"而更"疾"，"马蹄"因"雪尽"而更"轻"，着一"疾"字"轻"字，而纵鹰击捕，驱马追逐的热烈场面，毕见于字里行间。颈联从"轻"字生发出来，极写将军的英气逼人、豪气凌云，从"忽过"和"还归"中，把"将军"的风度与胸襟，透过画面表现了出来。结联写猎归回首，千里云平，与首联遥相呼应，使结构更加紧凑，意脉更加流贯，而又饶有余味，饶有远神，确是画家所不能到，歌者所不能表的妙笔。

使至塞上[1]

单车欲问边[2]，属国过居延[3]。
征蓬出汉塞[4]，归雁入胡天[5]。
大漠孤烟直[6]，长河落日圆[7]。
萧关逢候骑[8]，都护在燕然[9]。

✤ 注释

[1] 使至塞上：开元二十五年(737)春三月，河西节度副大使崔希逸挫败吐蕃人侵部队于青海。这年秋天，王维以监察御史的身份奉命出塞劳军。这诗即作于此时。 [2] 单车：轻车简从。问边：慰问边防将士。问：存问，慰问。 [3] 属国：附属国。《汉书·武帝纪》："匈奴昆邪王杀休屠王，并将其众合四万余人来降，置五属国以处之。"颜师古注曰："凡言属国者，存其国号而属汉朝，故曰'属国'。"《后汉书·郡国志》："凉州有张掖、居延属国。"居延：古边塞名，汉太初三年(前102)筑于居延泽上，以截断匈奴由此入侵河西走廊的通道，故又名"遮虏障"。在今内蒙古自治区额济纳旗西北。 [4] 征蓬：远飞的蓬草，比喻远行的人，这里是诗人自况。汉塞：指居延塞。 [5] 胡天：胡人的天地。此指吐蕃的领域。 [6] 大漠：大的沙漠。从长安至居处，中间要经过几处大沙漠，此当指腾格里沙漠。孤烟直：一根直上的烟柱。清赵殿臣注此句云："边外多回风，其风迅急，袅烟沙而直上，亲见其景者，始知'直'字之佳。" [7] 长河：即黑河。它发源于张掖，注入居延海，全长一千余里，故称"长河"。何逊《学古诗三首》之一："阵云横塞起，赤日下城圆。"维句当脱胎于此。 [8] 萧关：在今宁夏回族自治区固原市东南三十里。候骑：在前方担任侦察、通讯的部队。 [9] 都护：官名，是都护府的最高长官。这里借指河西节度使。燕然：山名，即今蒙古境内的杭爱山。后汉窦宪远击匈奴，大破北单于，曾至燕然山，勒石记功而还。这里借指正在胜利进军的前线指挥部。

✤ 今译

我轻车简从去慰问三边，不觉便到达了属国居延。
像一株蓬草飘出了汉塞，见几行鸿雁飞到了胡天。
大漠上升起笔直的烟柱，长河的落日显得特别圆。
行经萧关碰上侦察部队，说是长官已经到了燕然。

✤ 评析

这是一首描写塞外风光的绝妙作品，一直活在人们的口头。前半幅诗人以"征蓬"和"孤雁"自比，抒发其在张九龄罢相后受到排挤的郁闷心情，但又出之以风云之气，所以是积极向上的。五、六句写出塞外的典型风光，画面开阔而壮丽，意境雄浑而悲凉，一直是脍炙人口的千古名句。《红楼梦》第四十八回香菱谈自己的体会说得好："想来烟如何直？日自然是圆的。这'直'字似无理，'圆'字似太俗。合上书一想，倒像见了这景似的。要说再找两个字换这两个，竟再也找不出两个字来。"这就是"似俗而雅"、"无理而妙"的艺术手法。近人王国维称之为"千古壮语"，实在是当之无愧的。最后两句，表达了诗人对守卫边疆、立功绝域的崇敬心情，自己也由抑郁悲愤转变为慷慨激昂的爱国情态，体现了盛唐边塞诗健康向上的独特风格。

春日与裴迪过新昌里访吕逸人不遇[1]

桃源一向绝烟尘[2]，柳市南头访隐沦[3]。
到门不敢题凡鸟[4]，看竹何须问主人[5]。
城上青山如屋里，东家流水入西邻。
闭门著书多岁月，种松皆作老龙鳞[6]。

✤ 注释

[1] 新昌里：地名，在长安城内。吕逸人：是一个姓吕的隐士，生平不详。[2] 桃源：晋陶潜所写的《桃花源记》，言有人避秦时乱，率妻子、邑人隐居于此，遂与世人隔绝。借以比况吕逸人的住处。 [3] 柳市：即长安附近之细柳聚，亦即西汉名将周亚夫屯军之细柳营。在今陕西省咸阳市西南二十里。隐沦：隐居不仕的人。南朝宋谢灵运《入华子冈是麻源第三谷》诗："既枉隐沦客，亦栖肥遯贤。"肥遯，亦指隐居避世的人。 [4]"到门"句：《世说新语·简傲》：嵇康和吕安是好朋友，有一次吕安来访，适康外出，由其兄嵇喜出来接待，安在门上题一"凤(鳳)"字而去，以讥刺喜乃一"凡鸟"。此维表示对吕逸人的尊敬。 [5]"看竹"句：《晋书·王羲之传》：王羲之的儿子徽之，听说吴中某家有好竹，坐车直造其门，讽啸良久，竟不晤主人而去。此维自言即使没有遇到主人，也可尽兴而返。 [6] 老龙鳞：形容老松之皮如龙鳞之状。言其隐居已久，手种之松，皆已开裂如龙鳞了。

✤ 今译

桃源仙境一直隔绝了红尘，我们来到柳市去访问隐沦。
怎敢在门上大书凡鸟字样，赏竹何须定要去会见主人！
虽在城边但是被青山环抱，门前活水从东家流入西邻。
长期间总是关起门来著书，手种的青松苍皮已化龙鳞。

✤ 评析

这一首诗抒发了访人不遇的景仰之情，同时也寄寓了诗人的林泉之趣，虚实结合，人我一体，构成了一幅富于象外之趣的幽静图景。首联扣题，点明访问的地点是“柳市”，访问的对象是“隐沦”。而这个“隐沦”所住的地方，是与世隔绝的桃源，一下便把读者带进了一个超尘脱俗的生活境界。颔联通过吕安的简傲、王徽之的疏狂，表明自己对吕逸人的无限景仰，是虚写。颈联写吕逸人的生活环境，青山环抱，绿水萦绕，极富林泉之趣，是实写。结联写吕逸人隐居多年，不慕荣利，与世隔绝，以闭户著书作为自己的生活追求，与首联的“一向绝风尘”遥相呼应，从而使诗的结构更加完整，诗的韵味更加优美。

积雨辋川作[1]

积雨空林烟火迟，蒸藜炊黍饷东菑[2]。
漠漠水田飞白鹭，阴阴夏木啭黄鹂[3]。
山中习静观朝槿[4]，松下清斋折露葵[5]。
野老与人争席罢，海鸥何事更相疑[6]？

✤ 注释

[1] 辋川：地名。《陕西通志》卷九引《雍大记》：“辋川在（蓝田）县西南二十里，……二谷并有细路通上洛。商岭水流至蓝桥，复流至辋谷，如车辋环凑，落叠

嶂，入深潭。有千圣洞、茶园、栗岭。唐右丞王维庄在焉，所谓辋川也。” [2] 蒸藜炊黍：烧好野茶粗饭。藜：一年生草本植物，初夏开花，新苗嫩叶可食。东菑：东边田里。菑：开垦一年的土地。《尔雅·释地》：“田一岁曰菑。” [3]“漠漠”二句：唐李肇《国史补》卷上认为“水田飞白鹭，夏木啭黄鹂”，乃李嘉祐诗，便讥笑王维“好取人文章嘉句”。明胡应麟《诗薮·内编》卷五为之辩解说：“摩诘盛唐，嘉祐中唐，安得前人预偷来者？此正嘉祐用摩诘诗。”按王、李同时而年辈略晚（王为开元进士，李为天宝进士），似难确定谁剿袭谁的诗句。叶梦得《石林诗话》卷上从另一角度为王辩解说：“此诗好处，正在添‘漠漠’、‘阴阴’四字，此乃摩诘为李嘉祐点化，以自见其妙。如李光弼将郭子仪军，一号令之，精彩数倍。”似更有说服力。 [4] 朝槿：即木槿，夏季开花，朝开暮落。言从木槿的忽开忽落，悟出人生的变化无常。 [5] 露葵：露水打过的葵。葵：植物名，有春葵、秋葵、冬葵，均可食。 [6]“野老”二句：《庄子·杂篇·寓言》：阳子居南之沛，途遇老子教以去其骄矜。当他去的时候，旅舍的人见他骄矜威容，先座者为之避席。回来时，因受老子的教诲，和光同尘，于是舍息之人亦不拘礼仪与他争席而坐了。这就是“野老争席”的出典。野老：作者自指。争席：争座次。又《列子·黄帝篇》：“海上之人有好鸥鸟者，每旦之海上，从鸥鸟游，鸥鸟之至者百数而不止。其父曰：‘吾闻鸥鸟皆从汝游，汝取来，吾玩之。’明日之海上，鸥鸟舞而不下也。”这就是“海鸥相疑”的出典。海鸥：比喻邻近的村民。

✤ 今译

久雨阴潮，那林间的烟火缓缓上升，烧好饭菜，送往东边田里去饷夏耕。
一行白鹭，在宽广的水田上空飞翔，几处黄莺，在那茂密的树枝上和鸣。
从朝槿的开落，我悟出人生的变化，摘带露的野菜，到松林下去做斋羹。
我已参禅习静，早就没有什么机心，你要真诚相待，不须心里打个疑问。

✤ 评析

这是诗人隐居辋川后的生活和情趣，通过习静和禅悟，将自身融化在纯真幽静的大自然中，曲折地表达了诗人厌倦宦海、向往林泉的心态。首两句写田家的生活，蒸藜炊黍，送往东边田里，一片和平宁静的景象，历历如绘。三、四句写辋川的自然风光，白鹭低飞，黄鹂娇啼，使人从视觉上看到五彩缤纷，从听觉上感到五音和奏，真是“诗中有画”。五、六句写自己的生活情趣，观木槿而感悟，摘露葵而斋食，恬淡寡欲，自得其乐，较之尔虞我诈的宦海生活，自然要适意得多。最后两句，诗人公开宣称：自己早已没有机心，没有俗虑，是一个与人无忤、与世无争的人了。大概当时有人议论诗人“机心未尽”，所以诗人以此来自我解嘲吧。此诗形象鲜明，韵味深远，所以前人赞美它说：“淡雅幽寂，无过右丞《积雨》。”

杂　诗[1]

君自故乡来，应知故乡事。
来日绮窗前[2]，寒梅著花未[3]？

✤ 注释

[1] 杂诗：古人往往把没有具体标明题目的诗，或不写于一时、不专于一事的组诗，叫作“杂诗”。 [2] 来日：出发前来的日子。绮窗：雕有花纹的窗户。[3] 寒梅：梅花在寒冷的季节开放，故叫“寒梅”。著花：开花。未：表示疑问，义同“否”、“么”。

✤ 今译

你刚刚从故乡出来，应当知道故乡的事。
来的时候我那窗前，寒梅是否著了花卉？

✤ 评析

这首诗写得很别致，很有风趣，浅而能深，真切感人。全诗采用问答式，却有问无答。故乡的情况，事事堪问，而诗人独问寒梅是否著花，其对故乡一草一木的深厚感情，通过特殊体现一般的典型化技巧，毫发无遗地表现了出来，所以千百年来，一直流传在人们的口头。

它继承了古乐府的传统，却是青出于蓝而胜于蓝。无名氏的《十五从军征》，中间有"道逢乡里人：'家中有阿谁？'""遥望是君家，松柏冢累累"也是向故乡的人问讯，却是有问有答。晋陆机的《门有车马客行》，也是问故乡的来客，答案在正面的叙述中，具体地表现出来："借问邦族间，恻怆论存亡。亲友多零落，旧齿皆凋丧。市朝互迁易，城阙或丘荒。坟垄日月多，松柏郁芒芒。"把亲友的凋零，故乡的萧条，一一作了叙述，自然也真实感人，但着笔过实，没有回味和想象的余地。陶渊明的《问来使》，见于《沧浪诗话·考证》，也对来使提出了四个疑问："尔从山中来，早晚发天目。我屋南山下，今生几丛菊？蔷薇叶已抽，秋兰气当馥？归去来山中，山中酒应熟。"问的只是花和酒，在典型化方面做了有益的探索。王维这首杂诗，显然受了它的影响，但更加省净，更富诗味。唐初的王绩有一首《在京思故园见乡人问》，一连提出了十一个问题，向那"道发故乡来"的"门前客"作了详尽的询问，把一个漂泊他乡的游子思念故乡的真情表现得十分真切。诗云："衰宗多弟侄，若个赏池台？旧园今在否？新树也应栽。柳行疏密布，茅斋宽窄裁。经移何处竹？别种几树梅？渠当无绝水，石计总生苔。院果谁先熟？林花那后开？……"但却尽情倾泻，细大不捐，在典型化方面是一个倒退，不若维诗以少总多，由此及彼，更加诗化，更加典型化。倒是王安石学此诗，可谓得其神韵，诗云："道人从何来，问松我东冈。举手指屋脊，云今如许长。"把"梅"换成"松"，把"著花未"的问，变成"如许长"之答，虽未泯去模拟的针线痕迹，但"举手指屋脊"一语，在形象化方面，又有了新的发展。从这些诗的比较中，不仅可以了解诗歌继承和发展的轨迹，也可以悟出诗歌创作"以少总多"的典型化技巧。

山中送别[1]

山中相送罢，日暮掩柴扉[2]。
春草明年绿，王孙归不归[3]？

✤ 注释

[1] 山中送别：一作"送别"。 [2] 柴扉：用荆条做的简陋之门，指贫者或隐者之居，也叫"柴荆"、"柴关"。晋陶渊明《癸卯岁始春怀古田舍》："长吟掩柴门，聊为陇亩民。"唐戴叔伦《遣兴》："诗名满天下，终日掩柴关。" [3]"春草"二句：语出淮南小山《招隐士》："王孙游兮不归，春草生兮萋萋。"后人往往沿袭此语，略加改造，以抒发其友情，如陆机的"芳草久已茂，佳人竟不归"。谢朓的"春草秋更绿，公子未西归"。王孙：犹言公子，表示对友人的尊称。

✤ 今译

在山中送走了你以后，到黄昏悄悄关着柴门。
当明年春草绿的时候，你是不是打点着归程？

✤ 评析

诗人善于截取生活中的某些片段，作为诗歌的素材，往往语浅情深，言近旨远，味外有味，感人至深。此诗不写别时的留恋，不写别后的思量，而是匠心独运，把相送到送罢，送罢到掩扉的两段时间跨距，全部删落在楮墨之外，使两句临别问归的寻常话头，变成翻腾在诗人内心深处的思潮，不言惜别，而惜别之情自现，从而大大地提高了诗的艺术感染力。唐汝询在《唐诗解》中解析此诗说："扉掩于暮，居人之离思方深；草绿有时，行人之归期难必。"盖以"掩扉"这一寻常的举动，把送者的怅惘心情、寂寞神态，婉转地表现了出来；而"归不归"这一寻常的发问，又把送者的留恋之意、盼望之情，深刻而细腻地表达在语言之外。不结之结，韵外有致，给人留下了回味无穷的许多悬念。

九月九日忆山东兄弟[1]

独在异乡为异客，每逢佳节倍思亲。
遥知兄弟登高处，遍插茱萸少一人[2]。

✤ 注释

[1] 山东：泛指华山以东地区。诗人家在蒲州(今山西省永济市)，在华山以东。故曰“山东”。题一作《九日忆山东兄弟》。 [2] 茱萸：一名樧椒，有着浓烈的香气。古人有重阳节插茱萸的习俗，说是可以延年益寿。

✤ 今译

独个儿做客在遥远的他方，每一遇到佳节便思念故乡。

料想你在遍插茱萸的时候，因为少了一人而感到惆怅。

✤ 评析

这是诗人十七岁时候的作品，以节令联系两地，从对方的想念着笔，“每逢佳节倍思亲”，道出了游子的心声，因而一直活在人们的口头。诗的一、二句，以极大的艺术概括力，把游子的寂寞情怀、佳节的热闹场面、往日的美好记忆，统统包孕在这两个七言句里面。“佳节思亲”的感情，本是人所共有。但在诗人以前，从来没有人这样说过写过，诗人把这种最普通、最深厚的共同生活经验，最朴质、最浅近地道了出来，使人“不啻若自其口出”，因而能够极大限度地引起人们感情上的共鸣，具有强烈的艺术感染力。三、四句，没有沿着“佳节思亲”的感情线索继续延伸下去，而是“易地而处”，从对方着墨，写兄弟们在“遍插茱萸”之后，一定会因为少了“一人”而感到遗憾和惆怅，体察入微，曲折有致，语愈浅而情愈深，思愈近而韵愈远，显得感情更加深厚，构思更加新颖。杜甫《月夜》的“遥怜小儿女，未解忆长安”，白居易《邯郸冬至夜思家》的“想得家中深夜坐，还应说着远行人”，都是同一机杼、同一手法，大有异曲同工之妙。

送元二使安西[1]

渭城朝雨浥轻尘[2]，客舍青青柳色新。

劝君更尽一杯酒，西出阳关无故人[3]。

✤ 注释

[1] 安西：唐中央政府为统辖西域地区而设置的安西都护府的简称，治所在龟兹城（今新疆库车）。元二：未详。 [2] 渭城：地名。注见《观猎》。浥：沾湿。 [3] 阳关：关名。故址在今甘肃敦煌西南。自古与玉门关同为出塞的必经之地。因其在玉关以南，故称“阳关”。

✤ 今译

一阵朝雨洗净了渭城的尘沙，客舍旁的杨柳更加青翠堪夸。

请您再一次干了这送别的酒，出了阳关便没有熟悉的人呀！

✤ 评析

这支小曲在当时就赢得了广大艺人的热爱，成为歌场上最流行的乐曲。因为它首句有“渭城”二字，所以叫作《渭城曲》，刘禹锡《与歌者何戡》的“旧人惟有何戡在，更与殷勤唱《渭城》”，白居易《南园试小乐》的“高调管色吹银字，慢拽歌声唱《渭城》”，就可以说明它是中唐歌坛最流行、最红火的曲子。又因为它的末句有“阳关”二字，所以又名《阳关曲》或《阳关三叠》，白居易《晚春欲携酒寻沈四著作》的“最忆《阳关》唱，珍珠一串歌”，诗人自注云：“沈有讴者，善唱‘西出阳关无故人’词。”李商隐《赠歌妓二首》之一的“红绽樱桃含白雪，断肠声里唱《阳关》”说明此曲直至晚唐都是长盛不衰的。

这首诗的前半幅写景，点明送别的地点和时令，并故意用朝雨洗尘、柳色呈青，来渲染送别时的美好环境和明媚的春光，以收到王夫之在《姜斋诗话》中所说的“以乐景写哀，以哀景写乐，一倍增其哀乐”的艺术效果。后半幅抒情，诗人只用了“更尽一杯”和“西出阳关”的寻常话头，捕捉了主客双方感情高潮的镜头，无论造语和命意都具有极大的张力和弹力，送别时的千愁百感、浓情密意，都在这里得到极好的表现，真可谓以最短小的篇幅，包含了最丰富的内容；以最典型的语言，抒发了最典型的感情，因而具有最强大的艺术生命力。

李 白

李白（701—762），字太白。据说其母在分娩的前夕，“长庚入梦，故生而名白，以太白字之”。原籍陇西成纪（今甘肃秦安西北），隋末其先人因故被流放西域，出生在碎叶城（今巴尔喀什湖以南，唐时属安西都护府）。五岁时，随父迁居绵州昌明县（今四川江油）之青莲乡，故又自称为“青莲居士”。他接受前人的思想是比较复杂的。自称：“五岁诵六甲，十岁观百家。”（《上安州裴长史书》）“十五观奇书，作赋凌相如。”（《赠张相镐》）说明道家思想从小就对他产生了影响。后来李白又熟读了儒家和法家的许多经典著作，而且怀着“使寰区大定，海县清一”的积极用世精神，出蜀漫游，欲以“平交诸侯”，一展抱负。经洞庭，过江夏，趋扬州，转吴越，以后北游洛阳、太原等地，但都没有什么结果。天宝元年（742）得道士兼诗人的吴筠推荐，奉召赴京，自以为从此可以实现自己的政治理想了，满怀着抑制不住的内心喜悦，喊出了“仰天大笑出门去，我辈岂是蓬蒿人”（《南陵别儿童入京》）。到了长安，太子宾客贺知章一见而“奇其姿”，当李白拿出《蜀道难》给他看时，他“读未竟，称叹数四，号为谪仙人”。并“解金龟换酒，与倾尽醉”。（见孟棨《本事诗》）李白对他的知音之感，一直铭记在心，后来他写了一首回忆的诗说：“四明有狂客，风流贺季真（即贺知章）。长安一相见，呼我谪仙人。”（《对酒忆贺监》）从此，“李谪仙”的名字就流传千古了。

李白在长安三年，抱着“戏万乘若僚友，视俦列如草芥”（苏轼《李太白碑阴记》）的傲岸态度，日与贺知章、张旭等纵酒豪饮，号为“饮中八仙”。杜甫曾作《饮中八仙歌》以咏之云：“李白斗酒诗百篇，长安市上酒家眠，天子呼来不上船，自称臣是酒中仙。”据说他为唐明皇写《清平调》，曾要求高力士为之脱靴，力士深以为耻，谗之于贵妃，因而李白得不到重用。事见乐史《李翰林别集序》。

李白离开长安后，又在梁、宋一带漫游了十年，与杜甫、高适等建立了亲密的友谊，杜甫后来回忆这段生活时说：“醉眠秋共被，携手日同行。”（《与李十二同寻范十隐居》）安史乱起，他以“为君谈笑净胡沙”的气概，参加了永王璘幕府，以此获罪，流入夜郎。杜甫在秦州听到诗人被流放的消息，写下了“文章憎命达，魑魅喜人过”（《天末怀李白》）和“世人皆欲杀，吾意独怜才”（《不见》）那样一些洋溢着真挚感情的诗句。幸好中途遇赦释归，已经是五十八岁的人了。晚年漂泊东南一带，在他的族叔当涂令李阳冰家里停止了呼吸。

诗人以丰富的想象、奔放的热情、大胆的夸张、生动的语言、惊世绝俗的笔墨、豪迈爽朗的风格，把自己炽热的感情倾注到他所描写的对象之中，借以抒发个人的抑郁不平，鞭挞社会的魑魅魍魉，表现了强烈的爱憎之情和动人心魄的艺术魅力，达到了“笔落惊风雨，诗成泣鬼神”的艺术境界，也构成了他积极浪漫主义诗歌的艺术特色。韩愈在《调张籍》的诗中说：“李杜文章在，光焰万丈长。”杜荀鹤在其《经谢公青山吊李翰林》的诗中又称他为“千古一诗人”，说明他在唐代诗人心目中的地位是十分崇高的。

赠孟浩然

吾爱孟夫子[1]，风流天下闻[2]。
红颜弃轩冕[3]，白首卧松云[4]。

醉月频中圣[5]，迷花不事君[6]。
高山安可仰[7]，徒此揖清芬[8]。

✤ 注释

[1] 孟夫子：指孟浩然。夫子：古代对男子的敬称。《尚书・泰誓》："勖哉夫子！" [2] 风流：风标、风度、风范。庾信《枯树赋》："殷仲文风流儒雅，海内知名。" [3] 红颜：代指青年。轩冕：古时卿大夫的车服。轩：车。冕：冠。 [4] 白首：代指老年。卧松云：指隐居。孟浩然晚年隐居襄阳之涧南园与鹿门山。 [5] 中圣：喝醉了酒。《三国志・魏书・徐邈传》：曹魏建国初年，严禁饮酒。徐邈私饮大醉。有人去问公事，他醉后说："中圣人。"这事被曹操知道了，大为震怒。度辽将军鲜于辅说："平日醉客，谓酒清者为圣人，浊者为贤人。徐邈平日为人谨慎，或是醉后失言。"因得免予处分。 [6] 迷花：指隐居，似用《桃花源记》事。不事君：不做官。《易大传・蛊卦・上九》："不事王侯，高尚其事。" [7]"高山"句：《诗・小雅・车舝》："高山仰止，景行行止。"又《史记・孔子世家》："太史公曰：《诗》有之，'高山仰止，景行行止'，虽不能至，然心向往之。" [8] 揖：钦佩之意。清芬：美好的德行。陆机《文赋》："咏世德之骏烈，诵先人之清芬。"

✤ 今译

我最敬爱孟老先生，潇洒风流天下闻名。
青年即抛弃了利禄，白首已高卧在松云。
邀着明月喝得大醉，迷恋林泉不事明君。
德高如山安可仰望，只能略表钦佩之情。

✤ 评析

这诗当写于诗人寓居湖北安陆时期，对近在襄阳的孟浩然表示由衷的景仰和赞美。这首诗情深而词显，流转而自然，于豪迈中寓叹惋之情，于疏宕中见精审之致，不求工而自妙，不求文而自雅，直抒胸臆，自然流走，深得风骚的遗意。首联开门见山，直言对孟浩然之"爱"，接着便铺陈其所爱的内容，即爱其好风范，爱其薄利禄、弃轩冕，爱其隐山林、卧松云，爱其隐于酒、隐于花，完全摆脱了名缰利锁的羁绊，是一个真正脱离低级趣味的人。结联进一步抒发其对孟浩然的景仰之情，与首联互相呼应，使诗的整个结构显得更加严谨，更加完整。

渡荆门送别[1]

渡远荆门外，来从楚国游[2]。
山随平野尽，江入大荒流[3]。
月下飞天镜[4]，云生结海楼[5]。
仍怜故乡水[6]，万里送行舟。

✤ 注释

[1] 荆门：指荆门山，在今湖北宜都西北、长江南岸，与北岸的虎牙山隔江对峙。此诗当是诗人于开元十四年(726)由三峡出蜀，沿江东下时所作。 [2] 楚国：指今湖北、湖南一带，秦以前为楚地。 [3]“山随”二句：湖北地势，大致西高东低，到了荆门，地势逐渐平坦，长江流入江汉平原。大荒：广阔无际的原野。 [4] 飞天镜：指江中的月影，有如明镜从天空飞来。李白《古朗月行》：“小时不识月，呼作白玉盘。又疑瑶台镜，飞在青云端。”正是这种奇特的想象。 [5] 结海楼：指多变云彩，结成瞬息万变的“海市蜃楼”。 [6] 故乡水：指从蜀东流的万里长江。李白为蜀人，故云。

✤ 今译

独自远渡荆门山外，来作楚地千里漫游。
山势渐随平野而尽，江水顿向大荒奔流。
月儿像飞来的明镜，云儿结成海市蜃楼。
仍然热爱故乡的水，万里为我来送行舟。

✤ 评析

这是诗人由三峡出蜀、船渡荆门后所作。首联点出其出蜀的水程及其所要达到的目的地，随口道来，不加文饰，而那种欢快之情、潇洒之致，自然洋溢于笔墨间。颔联写船出三峡、远渡荆门的特殊景色：山势渐低，眼中呈现出一望无际的平原；江流渐缓，像要流向荒漠辽阔的大野。一下把变化的山势，奔腾的江流，全部摄入神奇的笔端。颈联写昼夜变化、远近各异的长江景色：晚间月影倒映江中，像从碧空飞下的一块明镜；日里云层变化，忽然形成瞬息万变的海市蜃楼。字里行间，无不浸透诗人开朗的胸怀和进取的精神。结联微露离情别意，又不说自己留恋故乡的山水，而说故乡的江水不远万里为他送行，构思更加深入一层，感染力也更加强烈。全诗一气呵成，形象生动，境界雄阔，最能体现诗人"仗剑去国，辞亲远游"的蓬勃朝气。

送友人

青山横北郭[1]，白水绕东城[2]。
此地一为别，孤蓬万里征[3]。
浮云游子意，落日故人情[4]。
挥手自兹去，萧萧班马鸣[5]。

✤ 注释

[1] 青山：此指安徽宣城城北十里的敬亭山。郭：外城。古代的城有两重，内为城，外为郭。 [2] 白水：此指宣城城东三至五里的勾溪和苑溪。 [3] 孤蓬：蓬草冬枯，随风旋转，飘扬无定，诗人用以比喻游子。 [4]"落日"句：陈后主乐府诗有"思君如落日，无有暂还时"，与此同意。故人：诗人自指。 [5] 萧萧：马鸣声。班马：离群的马。

✤ 今译

一抹青山斜横北郭，一湾白水萦绕东城。

打从此地分别以后，独自天涯万里远行。
您像浮云飘忽不定，我如落日依恋含情。
彼此挥手从此分道，离群马儿萧萧长鸣。

✤ 评析

这是送别诗的名篇，历来为人所称誉。诗一开头，便用工对，点明送别的地点，“青”、“白”绘色彩，“北”、“东”定方位，“横”、“绕”表动态，形象之鲜明，色彩之绚丽，已非丹青所易到。颔联用流水对，一气呵成，流转自如，与上联之工整，恰成强烈的反衬，从对称之美转为参差之美，而对友人的漂泊生涯，表现了亲切的关怀。颈联又工于对仗，巧于比喻，以“浮云”之无定，喻“游子”之漂泊；以“落日”之徐缓，象“故人”之依恋。情景交融，诗味深醇，历来为人们所传诵。尾联即景生情，推陈出新，以马犹不忍分离而长鸣，象征“挥手自兹去”的无限缱绻之情，这是深一层的写法。

送友人入蜀

见说蚕丛路[1]，崎岖不易行。
山从人面起，云傍马头生。
芳树笼秦栈[2]，春流绕蜀城[3]。
升沉应已定，不必问君平[4]。

✤ 注释

[1] 见说：听说。蚕丛路：入蜀的道路。《文选》左思《蜀都赋》五臣注引扬雄《蜀王本纪》：“蜀之先王名蚕丛。”后因以“蚕丛”代蜀。 [2] 秦栈：由秦（陕西）入蜀（四川）的栈道。我国古代在悬岩绝壁上凿孔、架木、铺板而成的架空道路叫栈道。 [3] 春流：此指流绕成都的郫江和沱江。蜀城：指成都。成都在唐时为蜀郡郡城。 [4] 君平：汉代著名相士严遵的字号，他隐居不仕，曾在成都卖卜为生。

✤ 今译

听说蜀中的道路，崎岖不平难通行。
高峰迎着人面起，浮云靠近马头生。
绿树笼罩着秦栈，碧江环绕着蜀城。
升沉早已定了局，不用再去问君平。

✤ 评析

这首诗曾被前人推为“五律正宗”（见《唐宋诗醇》卷一）。起句雄浑，开门见山，指明“蜀道之难”，让入蜀的朋友有着充分的思想准备。颔联具体描绘蜀道之险，是“崎岖不易行”的惊险画面。状奇丽之景，而无刻画之迹，画面生动，是李白写景的名句。颈联从惊险的画面，转为绮丽的风光，形象地描绘出“秦栈”、“蜀城”的典型景色，绿树葱茏，碧江环绕，字烹句炼，生动传神，把由秦入蜀的山光水色搬到了一个画面，大有“咫尺应须论万里”的艺术概括力。结联委婉含蓄，真挚深切，摆脱名缰利锁，自甘淡泊清贫，既以规友，更以自勉，其中洋溢不平之气，不乏悲愤之情。

听蜀僧濬弹琴[1]

蜀僧抱绿绮[2]，西下峨眉峰。
为我一挥手[3]，如听万壑松。
客心洗流水[4]，馀响入霜钟[5]。
不觉碧山暮，秋云暗几重。

✤ 注释

[1] 蜀僧濬：一个四川的和尚法名叫濬的人。此诗当作于乾元元年（758）诗人长流夜郎、遍游五岳时所作。见黄锡圭《李太白编年诗集目录》。 [2] 绿绮：古琴名。《文选》张载《拟四愁诗》，李善注引傅玄《琴赋序》：“司马相如有绿绮。”

这里代指名贵的琴。 [3] 挥手：这里是指弹琴的动作。嵇康《琴赋》："伯牙挥手，钟期听声。" [4]"客心"句：客心：梵语，又叫客尘，犹言烦恼、俗念。洗流水：《列子·汤问篇》："伯牙善鼓琴，钟子期听。伯牙鼓琴，……志在流水。钟子期曰：'善哉！洋洋兮若江河。'"意谓蜀僧的琴声能洗涤尘念俗虑。 [5]"馀响"句：形容不绝如缕的琴音，飘散在广漠的空间。霜钟：《山海经》卷五："(丰山)有九钟焉，是知霜鸣。"郭璞注曰："霜降则钟鸣，故曰知也。"

✤ 今译

蜀僧抱着一把名琴，走出峨眉山的深林。
为我随手弹了一曲，好像听到万壑松声。
一切俗念都被涤荡，四围原野荡漾余音。
不觉暮色已经苍茫，长空笼罩几重阴云。

✤ 评析

唐人描写音乐的佳作很多，李颀《听安万善吹觱篥歌》、韩愈《听颖师弹琴》、白居易《琵琶行》、李贺《箜篌引》等，都是传诵千古的名篇，李作用不同季节的不同景物，来形容曲调的变化；韩诗用"儿女低语"、"勇士赴敌"，来形容乐音的阴柔之美和阳刚之美；白歌用"嘈嘈如急雨"、"切切如私语"、"间关莺语"、"幽咽泉流"以及"大珠小珠落玉盘"等一系列的比喻，来形容琴声的刚柔、通塞和清脆；贺诗用"空山凝云"、"芙蓉泣露"、"石破天惊"等奇特的想象，来象征乐音的艺术效果，而太白这首诗则遗象存神，突出听者的主观感受、弹听双方的感情交流。于自然之中，见清新之致。构思之精巧，是迥异寻常的。清赵翼在《瓯北诗话》卷一中说："盖(李白)才气豪迈，全以神运，自不屑束缚于格律对偶，与雕绘者争长。然有对偶处，仍自工丽；且工丽中别有一种英爽之气，溢出行墨之外。"这首诗的颔联如行云流水，不求工而自工；颈联用典入诗，如盐着水，不求对而自妙。足证赵氏的评语是切中肯綮的。

登金陵凤凰台[1]

凤凰台上凤凰游，凤去台空江自流。
吴宫花草埋幽径[2]，晋代衣冠成古丘[3]。
三山半落青天外[4]，一水中分白鹭洲[5]。
总为浮云能蔽日，长安不见使人愁[6]。

✤ 注释

[1] 凤凰台：在今南京凤凰山上。相传南朝宋永嘉年间，有凤凰集于此山，因筑台以纪其瑞。 [2] 吴宫：三国时东吴的宫殿。孙权在此建有太初宫，孙皓在此建有昭明宫。 [3] 晋代衣冠：指东晋的豪门贵族。衣冠：士阶层人物，如东晋的王、谢世家。 [4] 三山：在今南京市西南五十余里的长江岸边，三峰并列，南北相连。陆游《入蜀记》："三山，自石头及凤凰山望之，杳杳有无中耳。及过其下，距金陵才五十余里。" [5]"一水"句：言白鹭洲把长江分割为二。一水：指长江，一作"二水"。白鹭洲：在今南京市水西门外，相传白鹭常栖其上，因而得名。 [6]"总为"二句：比喻小人当道，谗佞蔽明。陆贾《新语·慎微第六》："邪臣之蔽贤，犹浮云之障日月也。"

✤ 今译

凤凰台上曾有凤凰来游，凤去台空长江依旧东流。
旧日吴宫已经变成荒径，东晋人物也只剩下古丘。
三山并列半露青天之外，一水分流中夹白鹭之洲。
总是因为浮云蔽了白日，见不到那长安使人发愁。

✤ 评析

这是诗人离开长安、漫游金陵时所作。相传诗人很赞赏崔颢的《黄鹤楼》诗，欲拟之以决胜负，乃作此诗。已在崔诗的评析中作了详细的评介，可以参阅。这诗的前半幅点题和吊古。凤去台空，长江依旧；吴宫花草，已埋幽径；晋代衣冠，亦成古丘。无限今昔之感，溢于楮墨。后半幅写景并抒情。三山时隐时露于青天之外，一水又分又合于白鹭之洲，写景如画，情在景中，意谓三国六朝如梦，只有这三山一水依旧。一结感慨遥深，在吊古览胜之中，寄寓着强烈的伤时之感。总之，诗人十分自然地把历史的掌故、眼前的景物、心中的烦忧，交织在一幅画面、一个载体中，使人在强烈的历史感和时代感中，受到深刻的启迪。

静夜思[1]

床前明月光，疑是地上霜。
举头望明月[2]，低头思故乡。

✤ 注释

[1] 此诗被郭茂倩编入《乐府诗集·新乐府辞》，并说："新乐府者，皆唐世新歌也。以其辞实乐府，而未尝被于声，故曰新乐府也。" [2] 望明月：《李太白全集》、《乐府诗集》均作"望山月"，诸家选本多作"望明月"。后者似较胜。

✤ 今译

床前皎洁的月亮，疑是地上的白霜。
抬头凝望着明月，低头沉思着故乡。

✤ 评析

静夜思，说的是在静寂之夜所引起的乡愁客思。诗人用最通俗的语言，最明快的笔调，抒写最深沉的乡思。它的内容是那样的单纯，却又是那样的丰富；它是那样的容易理解，却又是那样的挹之不尽，味之无穷；它说出的是那样的少，而墨光所射的面却又是那样的广；它不用比喻，不用象征，不用夸张，而是通过特定环境下的一个错觉，由“疑”而“望”，由“望”而“思”。脉络的发展，心理的变化，无不跃然纸上，见诸画面。盖“疑霜”则时令又届霜降之期；“望月”则“天涯共此时”的感觉油然而生；“思乡”则客愁恹恹之状自见。这些都在有意无意之间，信手拈来，随口吟成，而自成妙境。明胡应麟《诗薮·内编》卷六说得好：“太白诸绝句，信口而成，所谓无意于工而无不工者。”《静夜思》的妙处正在于此。

独坐敬亭山[1]

众鸟高飞尽，孤云独去闲。
相看两不厌，唯有敬亭山。

✤ 注释

[1] 敬亭山：一名昭亭山。在今安徽省宣城市北。《元和郡县志》卷二十九：“敬亭山，州（指宣州）北十二里，即谢朓赋诗之所。”此诗作于天宝十二载（753）秋，诗人被迫离开长安已经十年。

✤ 今译

鸟儿消失在云端，云儿悠悠自往还。
彼此相看两不厌，看来只有敬亭山。

✤ 评析

这首诗浸透了太白的漂泊之情、孤寂之感。前两句看去是在写眼前之景，众鸟在高空中消失，孤云在那里独来独往，正好勾画出诗人动中见静的心态，“独坐”传神的形象。骨子里却是以“众鸟飞尽”喻贤良斥退，鸱鸮翱翔，如张九龄之被贬，李林甫之得势。“孤云独闲”，是诗人以之自喻，他像一片“孤云”，漂泊无定，一种“美人迟暮”、“众芳芜秽”的不平之感，在字里行间浸透了出来。后二句抒情，表现了诗人对敬亭山的热恋之情，使人联想起辛弃疾《贺新郎》的“我见青山多妩媚，料青山、见我应如是”，可谓异代萧条，同声一叹。诗人愈是写山的“有情”，愈显出人的“无情”，而他那被迫出京，浪游吴越的孤寂心态，也就透露出来了。而沈德潜只推崇此诗是“传独坐之神”，未免有些皮相。

陪侍郎叔游洞庭醉后[1]

划却君山好[2]，平铺湘水流。
巴陵无限酒[3]，醉杀洞庭秋。

✤ 注释

[1] 侍郎叔：指刑部侍郎李晔。时晔因事贬官岭南，因与同游洞庭。此诗作于肃宗乾元二年（759）秋，诗人因参加永王李璘幕，被长流夜郎，途中遇赦，在岳州与李晔相会。 [2] 划却：削掉，铲平。君山：在洞庭湖的东面，唐时距岳州府治四十余里。杨齐贤《分类补注李太白集》卷二十云：“君山在洞庭湖东，距巴陵四十余里。登岳阳楼望之，横陈其前。君山之后，乃大湖，渺茫无际。” [3] 巴陵：山名，又叫巴丘。在今湖南省岳阳市，故又以“巴陵”代指岳阳。

✤ 今译

我看铲掉君山更妙，让那湘江流得更好。
巴陵有着无限美酒，不妨在这湖边醉倒。

✤ 评析

这不是诗人的醉后狂言，而是诗人的醒时豪语。构思之奇，着笔之妙，富有积极浪漫主义的精神。首两句表面上是铲却君山，为了让湘水毫无阻挡地浩荡北流，实际上是要冲破一切樊笼，让志士仁人走上宽广平坦的大道。然这毕竟是诗人的浪漫幻想，君山无法铲平，正像人生旅途不能永远洒满阳光一样。于是只好借酒消愁，以消除胸中的磊块。这“巴陵无限酒，醉杀洞庭秋”，正是联结这种感情线索的天外奇情、笔底奇文。仔细吟诵这两句诗，恍惚听到了诗人在低吟着“大道如青天，我独不得出”，恍惚看到了诗人在哀叹着“大鹏飞兮振八裔，中天摧兮力不济”。这就是情外有情，味外有味。

闻王昌龄左迁龙标遥有此寄[1]

杨花落尽子规啼[2]。闻道龙标过五溪[3]。
我寄愁心与明月，随君直到夜郎西[4]。

✤ 注释

[1] 左迁龙标：指王昌龄被谪为龙标尉。左迁：贬官。古人尚右，以左为下。龙标：今湖南省怀化市。 [2] 子规：鸟名。一名杜鹃、杜宇，春日哀鸣，声似“不如归去”。 [3] 五溪：湘西五条河流的总称。《水经注·沅水》：“武陵（今常德市）有五溪，谓雄溪、樠溪、沅溪、酉溪，辰溪其一焉。” [4] 夜郎：唐县名，唐贞观五年所置，治所在今湖南省怀化市芷江县西南。

✤ 今译

杨花儿落了杜鹃儿啼，听说去黔阳要经五溪。
我把愁心托给了明月，随着您直到夜郎以西。

✤ 评析

诗的前半幅写景，兼点明时令与贬所。这漂泊无定的杨花，“不如归去”的杜鹃，或以喻友人的行踪，或以明自己的愁心。融情于景，意余于言，不着悲怜之语，而悲怜之意毕见。后来朱放《送魏校书》的“杨花撩乱扑流水，愁杀行人知不知”，郑谷《淮上别友人》的“扬子江头杨柳春，杨花愁杀渡江人”，似乎都是从这里得到启发，而语言的省净、含义的丰厚，则有上下之别。后半幅抒情，设想奇特，构思新颖。言自己心中充满了愁思，无以自解，只好将它托给明月，一路送你到贬所去了。这里所构造的意境，似乎前人已经有过，如谢庄《月赋》的“美人迈兮音尘缺，隔千里兮共明月”，张若虚《春江花月夜》的“此时相望不相闻，愿逐月华流照君”。或言明月分照两地，友人和自己可以“天涯共此时”；或将明月人格化，使之随君远行，而此则兼有二者之长，富有创新的精神。

黄鹤楼送孟浩然之广陵[1]

故人西辞黄鹤楼，烟花三月下扬州[2]。
孤帆远影碧空尽，唯见长江天际流。

✤ 注释

[1] 黄鹤楼：江南三大名楼之一，在今湖北省武汉市长江大桥的南端。广陵：即扬州。此诗当作于诗人初游江夏时。 [2] 烟花三月：形容暮春的艳丽景色。扬州：今属江苏。是唐代整个东南地区最繁华的都会。

✤ 今译

老朋友就要告别这黄鹤楼头，在繁花似锦的三月去那扬州。
孤舟上的帆影已渐渐地消失，只见长江在那天的尽处奔流。

✤ 评析

这首诗被诗人用“烟花三月”的迷人景色、目送孤帆的深情细节，十分传神地表达了他们的得意心态和惜别神情。意境的优美、感情的深厚、手法的奇妙、语言的清丽，使它赢得了“千古丽句”的声誉。首句点题，次句写景，把送别的环境渲染得春意浓郁、春光明媚，使人联想起那“暮春三月，江南草长，杂花生树，群莺乱飞”的美好画面。三、四句抒情，而又情在景中，景为情设，情和景密合无垠，分不清何者为景，何者为情。王维《齐州送祖二》的“解缆君已遥，望君犹伫立”，与“孤帆远影碧空尽，唯见长江天际流”，是一个用意、一种手法，但李诗没有“望君”、“伫立”等词语，只用“帆尽碧空”、“惟见江流”加以烘托，而惜别之情洋溢在字里行间，因而更为出色。

望庐山瀑布

日照香炉生紫烟[1]，遥看瀑布挂前川。
飞流直下三千尺，疑是银河落九天[2]。

✤ 注释

[1] 香炉：指庐山北部的香炉峰。乐史《太平寰宇记》：“在庐山西北，其峰尖圆，烟云聚散，如博山香炉之状。”这就是它命名的由来。惠远《庐山纪略》：“东南有香炉山，孤峰秀起。游气笼其上，则氤氲若香烟。”这可以作为“生紫烟”的注脚。 [2] 银河：天河。九天：指天的最高层。古代传说，天有九重。这里极言其高。

✤ 今译

日光照到香炉，变成了紫色的云烟，遥看一道瀑布，高高地挂在那山巅。
像在三千尺的高度，飞流直奔而下，疑是那天上的银河，忽然落自九天。

✤ 评析

这首诗用夸张的手法、新奇的构想、变化着的色彩、铿锵有力的音韵，写下了一首脍炙人口的祖国山河颂，艺术魅力感人至深，令人百读不厌。首两句是点题，为庐山瀑布绘出一幅烟笼雾绕、石破天惊的神奇而壮丽的景色；后两句用奇特的比喻，写出自己视觉的感受，自然真切，给人留下十分深刻的印象。魏庆之在《诗人玉屑》中说："七言诗第五字要响。"这诗第一句的"生"、第二句的"挂"、第四句的"落"，既形象，又响亮；既能化静为动，又能化实为虚，把瀑布的神传了出来。古人咏庐山瀑布的诗不少，晚唐徐凝《庐山瀑布》的"千古长如白练飞，一条界破青山色"。"白练"之喻，"界破"之炼，自有其不可及处，但苏轼在《戏徐凝瀑布诗》中却诋之为"恶诗"，而认为"帝遣银河一派垂，古来唯有谪仙辞"，就是因为徐诗写得太实，第五字也不响。

望天门山[1]

天门中断楚江开[2]，碧水东流至此回[3]。
两岸青山相对出，孤帆一片日边来。

✤ 注释

[1] 天门山：在今安徽境内长江两岸，东叫东梁山(博望山)，在当涂县西南；西叫西梁山，在和县南面。两山夹江对峙，像一座天设的门户，因而得名。
[2] 楚江：指长江。安徽是古代楚地，故流经这一地段的长江，又被称作楚江。
[3] 至此回：长江流至天门山附近，向北拐了个弯。

✤ 今译

滚滚浪涛把天门山从中劈开，长江东流到了这里突然北拐。
两岸青山隔着长江互相对峙，孤帆一片像是从那日边驶来。

✤ 评析

这首诗描绘了天门山一带的江上风光，诗人紧紧抓住一个"望"字，分别用了"开"、"回"、"出"、"来"四个动词，把仰望、俯望、侧望和遥望的视觉感受，搬到山峙水回的画面上来，层次分明，气势雄伟，使人如见“青山对峙”、“碧水东流”的壮丽景色。

诗的起句，描绘了楚江劈开天门、奔腾而去的雄伟气势，次句反过来状写天门的险峻，把汹涌澎湃的江水驱向北拐。以水势之大衬托山势之险，又以山的屹立约束水的流向。于是山和水在诗人的笔下，都成了有巨大生命力的东西，能够冲决一切阻碍，也能够约束一切具有破坏性的力量。三、四句不仅把静止的山写成了动态美，而且把行舟过程中的视觉感受表现了出来，不仅写出了“孤帆一片”乘长风、破万里浪的景象，而且摄取了诗人兴会淋漓、豪袂当风的神情。总之，此诗组织的精巧、构思的奇妙，出人意表，大有尺幅千里之势。

早发白帝城[1]

朝辞白帝彩云间[2]，千里江陵一日还[3]。
两岸猿声啼不住[4]，轻舟已过万重山。

✤ 注释

[1] 唐肃宗乾元二年(759)春，李白因永王璘案，长流夜郎，行至白帝城遇赦，即放舟东下江陵。这诗是他在江行途中所作，以抒发其喜悦的心情。故诗题一作《下江陵》。 [2] 白帝：城名。故址在今重庆市奉节县东白帝山上。东汉末年，公孙述割据此地，自称白帝，并以此山为白帝山，此城为白帝城。彩云间：言白帝城地势高峻，从船中回首遥望，初日照射，如同在彩云中间。 [3] 江陵：唐时府治名，治所在今湖北省荆州市。北魏郦道元《水经注・江水》：“有时朝发白帝，暮到江陵，其间千二百里，虽乘奔(快马)御风，不以疾也。” [4] 两岸猿声：《水经注・江水》：“每至晴初霜旦，林寒涧肃，常有高猿长啸，属引凄异，空谷传响，哀转久绝。”

✤ 今译

早上我辞别了高耸云霄的白帝城，一天就走完了到江陵的千里航程。
那两岸的猿声还在耳畔不停地叫，轻舟一叶早已飞过了云山千万层。

✤ 评析

这是唐人绝句中传诵千古的名篇。首句点明出发的时间和地点，经过“彩云间”三个字的渲染，不仅写出白帝城地势的高峻，也烘托出诗人对前程的美好向往，还为一叶轻舟像“乘奔御风”飞流而下的动态做了铺垫。次句写舟行之速，通过“千里”的空距之长和“一日”的时差之短，形成悬殊的对比，使人强烈地感到“江流似箭，舟行如飞”的景象，而诗人那种轻松愉快的心情也得到了充分的反映。这《下江陵》的“千里江陵一日还”与《上三峡》的“三朝又三暮，不觉鬓成丝”，形成了鲜明的对照，说明同样的客观景物，被诗人注入了不同的主观感情，而悲欢忧喜之心态毕见。结尾二句，尤觉精彩。“猿鸣三声泪沾裳”，从来就是船经三峡者的共同感受，而此时的诗人却把“猿声”当作送行的乐曲，产生了“纵有啼猿听却幽”的快感。难怪清人桂馥在《札补》中叹美它道：“妙在第三句，能使通首精神飞越。”总之，诗人在经历了“山重水复疑无路”的艰难处境，忽然到了“柳暗花明又一村”的美好境界，所激发出来的豪情壮志，欢心快意，完全从这诗欢快的语调和旋律中体现了出来，所以杨慎在《升庵诗话》中说它可以“惊风雨而泣鬼神”。

高适

高适(702—765),字达夫,渤海蓨(今河北省景县)人。少年落魄,三十岁曾赴长安应试,铩羽而归。他以十分愤激的心情,叙述了失意而归的狼狈相与失落感,“许国未成名,还家有惭色”(《酬庞十兵曹》),“兔园为农岁不登,雁池垂钓心常苦”(《别韦参军》)。在这样的生活环境中,他也曾产生过消极的、动摇的情绪。“耕耘有山田,纺绩有山妻。人生若如此,何必组与圭。”(《宋中遇林虑杨十七山人因而有别》)这种隐退的思想,显然与他的“鸿鹄志”、“庙堂谟”是矛盾的。不过这段清苦的生活,使他有机会接近下层群众,并了解他们的愿望和痛苦。“试听野人言,深觉农夫苦”(《自淇涉河途中作》),“酒肆或淹留,渔潭屡栖泊”(《淇上酬薛三据兼寄郭少府微》)。这些“野人”、“酒肆”、“渔潭”,恰好成了诗人了解社会、体察“民瘼”的窗口,与他创作反映人民疾苦的作品,以及他那“拜迎长官心欲碎,鞭挞黎庶令人悲”(《封丘作》)的民主思想,有着直接的关系。这一段时期,他也与李白、杜甫等人共游梁、宋之间,互相切磋诗艺,使他的诗歌创作有了更加辉煌的成就。杜甫曾经赞美他说:“当代论才子,如公能几人?骅骝开道路,鹰隼出风尘。”(《奉简高三十五使君》)两《唐书》本传说“适年过五十,始留意诗什”,“五十始为诗,即工”,是不符合事实的。在高适现存的诗歌中,有二十岁左右的《行路难》二首和《宋中》十首,有三十岁作的为殷璠所深爱的《邯郸少年行》,有三十五岁作的边塞诗的代表作《燕歌行》,可见“年过五十始留意诗什”的说法是不足据的。

他毕竟是一个“大笑向文士,一经何足穷”(《塞下曲》)的政治家和军事家,一有机会便脱颖而出。他被河西节度使任为记室参军,迁左拾遗,转监察御史，协助哥舒翰防守潼关，迁侍御史，擢谏议大夫。后以平段子璋之乱有功，任成都尹兼剑南节度使，累官至刑部侍郎、散骑常侍，封渤海县侯，使得大展其“王佐之才”。

高适是盛唐边塞诗派一个最负盛名的人。他所写的四十多首边塞诗，以强烈的报国思想和立功愿望为主调，闪耀着理智的火花。一方面鼓励人们“料君终自致，功业在临洮”（《送蹇秀才赴临洮》），“长策须当用，男儿莫顾身”（《送董判官》），要求自己的友人立功万里、奋不顾身；另一方面又希望结束流血战争，向往和平的生活，“到处尽逢欢洽事，相看总是太平人”，“青海至今将饮马，黄河不用更防秋”（《九曲词》之一及之三），便是他当时所憧憬所追求的和平生活。所以殷璠在《河岳英灵集》中说他的诗“多胸臆语，兼有气骨”。严羽《沧浪诗话》说“高、岑（参）之诗悲壮，读之使人感慨”。就是指他的诗所表现出来的感情是从肺腑中流出来的，所创造的意境和格调，是雄浑悲壮、足以鼓舞人心的。因而“朝野通赏其文”，“每吟一篇，已为好事者称诵”。

著有《高常侍集》。

使青夷军入居庸关[1]

匹马行将久，征途去转难。
不知边地别[2]，只讶客衣单。
溪冷泉声苦，山空木叶干。
莫言关塞极，云雪尚漫漫[3]。

✤ 注释

[1] 唐玄宗开元二十四年（736）冬，高适以封丘县尉奉使送兵于幽州之青夷

军。因为这年春天，张守胄命部将安禄山攻奚、契丹，为其所败，故高适奉命送兵，以补充其伤亡。青夷军：范阳节度使所辖边防军之一，驻妫州城内，管兵万人，马三百匹。见《旧唐书·地理志》。居庸：关名，又名蓟门关、军都关，在今北京市西北。 [2] 不知：不管。王维《桃源行》："坐看红树不知远，行尽清溪忽值人。" [3] 漫漫：漫长，旷远，无边无际貌。

✤ 今译

骑着瘦马已经走了很远，遥远的征途多么的艰难。
不管离乡别井去到边地，只讶穿的衣服太薄太单。
那冰冷的溪水流得不畅，摇落的木叶也已经枯干。
莫说已经到了穷边极塞，云海雪山还是望不到边。

✤ 评析

这是描写征途艰苦、行人孤寂的诗。首联开门见山，以"匹马"、"行久"、"去难"，直接点明戎马倥偬、旅途艰难的感受。颔联"透过一层"，进一步描写旅况的苦寒。边地苦寒，自然要感到衣单，而诗人偏用"不知"和"只讶"把心理上的乡愁撇在一边，把生理上的感受突了出来，不仅把塞外的苦寒和边风的凛冽表现得很充分，而且把征人的忘我精神也写得很生动。颈联继续状写边塞的寒冷与荒凉，诗人通过"冷"、"苦"、"空"、"干"等字眼，把主观的感情注之于客观的景物中，即景即情，情在景中；亦物亦人，人随物化。因而加强了艺术的感染力。尾联与首联遥相呼应，把"征途去转难"写得更加生动、更加形象，以情结景，饶有余味，使结构更加严整完善。

东平别前卫县李寀少府[1]

黄鸟翩翩杨柳垂[2]，春风送客使人悲。
怨别自惊千里外，论交却忆十年时。
云开汶水孤帆远[3]，路绕梁山匹马迟[4]。
此地从来可乘兴[5]，留君不住益凄其[6]。

✤ 注释

[1] 东平：唐郡名，天宝年间置。治所在无盐（今山东东平东），辖境相当于今山东的济宁、汶上、东平等地。少府：县尉的别称。 [2] 黄鸟：黄莺，又名黄鹂、仓庚。翩翩：鸟飞轻疾貌。 [3] 汶水：即大汶河。源出山东省莱芜市北，西南流至东平县，西流至梁山县入济水，北流入黄河。汶水，是李寀东去的地方。 [4] 梁山：山名，在今山东省梁山县南。它是诗人西归的方向。 [5] 乘兴：乘兴游览。语本《世说新语·任诞》：晋王徽之居山阴，忽然想起在剡溪的戴逵，连夜乘舟往访，经一夜，到戴门口，没有进门，便回来了。人问其故，王说："吾本乘兴而来，兴尽而返，何必见戴？" [6] 凄其：寒凉貌。《诗·邶风·绿衣》："凄其以风。"引申有悲凉、辛酸的意思。

✤ 今译

黄鸟翻飞杨柳又已垂丝，春风多情送别使人伤悲。
每恨分手常在千里以外，算来订交已有十年之期。
云开汶水孤帆就要远航，路绕梁山匹马想必迟迟。
这里从来就可趁兴游览，留你不住更添我的愁思。

✤ 评析

这是诗人在唐明皇天宝六载（747）春末，在东平与老友李寀久别重逢，随即分别时所写的一首诗。首联点明时令，以"黄鸟"、"杨柳"和"春风"等最具时令特色的景物，描绘出一幅春光明媚、生气蓬勃的景象，为下文的"使人悲"作了有力的反衬，是以"乐境写哀"，工于发端。颔联回忆交往的过程：一别千里，订交十年，聚少离多，别情无限，所谓"情不深而自远"。颈联分写主客各自的去向，帆出汶水，马绕梁山，又以"远"字系愁之长，以"迟"字状恋之深，所谓"景不丽而自佳"。尾联补申别愁，进一步扣紧题目，抒发离恨。一片真情，纯自肺腑流出，具有感人至深的艺术力量。

送李少府贬硖中王少府贬长沙[1]

嗟君此别意何如？驻马衔杯问谪居。
巫峡啼猿数行泪[2]，衡阳归雁几封书[3]。
青枫江上秋帆远[4]，白帝城头古木疏[5]。
圣代即今多雨露[6]，暂时分手莫踌躇[7]。

✤ 注释

[1] 硖中：即今重庆市的巫山县。 [2] 巫峡：长江三峡中最长的一峡。[3] 衡阳归雁：今衡阳市南有回雁峰，是衡山的七十二峰之一，相传雁至此而止，待春而回。又《汉书·李广苏建传》有“雁足传书”的故事，此合二者而用之。[4] 青枫江：即青枫浦，又名双枫浦，在今湖南浏阳市南三十五里处。 [5] 白帝城：古城名，在今重庆市奉节县东白帝山上，为东汉初年公孙述所筑。 [6] 雨露：代指君王的恩泽。 [7] 踌躇：迟疑，犹豫，徘徊不前。宋玉《九辩》：“蹇淹滞而踌躇。”

✤ 今译

此次分别你俩的心情何如？我停马衔杯慰问你的谪居。
莫跟啼猿流下那两行清泪，要凭这归雁寄来几封音书。
青枫江上呀一片秋帆远去，白帝城边啊遍山古木萧疏。
当今的皇上常常施着恩泽，暂时的谪迁切莫迟疑踌躇。

✤ 评析

这是一首送别被贬谪者的诗。一诗同时送别两人，又分别在不同的地方。对友人的谪居，既要表示惋惜，又要给以安慰；对朝廷的处分，不能妄加评论，又要希望恩典，下笔的难度是很大的。此诗巧于布局，首联和尾联是合写，颔联和颈联是分写。合写是李、王的共性，分写是李、王的特性，在一般中见特殊，在特殊中见一般。写王少府则用衡阳归雁、秋浦远帆，以切所贬之地；写李少府则用巫峡啼猿、古城落木，以抒谪迁之悲。妙在是分写又是互文，托雁寄书，既是对王少府的希望，也是对李少府的要求；因猿落泪，既是对李少府的嘱咐，也是对王少府的叮咛。有分有合，舒转自如，写景写情，友谊洋溢，真有意到笔随，情至文生之妙。

夜别韦司士[1]

高馆张灯酒复清，夜钟残月雁归声。
只言啼鸟堪求侣[2]，无那春风欲送行[3]。
黄河曲里沙为岸[4]，白马津边柳向城[5]。
莫怨他乡暂离别，知君到处有逢迎。

✤ 注释

[1] 司士：地方官的属员。唐制在府为士曹参军，在州为司士参军，在县为司士。主管河津、营造、桥梁、建筑等。 [2] 啼鸟堪求侣：语出《诗·小雅·伐木》："嘤其鸣矣，求其友声。"言鸟啼是为了找朋友。 [3] 无那：即无奈、奈何。急读为"那"。王昌龄《从军行》："更吹羌笛关山月，无那金闺万里愁。" [4] 黄河曲里：即黄河曲折处。高适《九曲词序》："河水九曲，长九千里，入于渤海。"又《御览诗》卢纶《边思》："黄河九曲流，缭绕古边州。" [5] 白马津：又名黎阳津、鹿鸣津。在今河南省滑县北，旧为河水分流处，今已湮没。城：指唐白马城，在滑县东北。

✤ 今译

宾馆酒绿又灯红，残月啼雁杂晚钟。
只言鸟鸣为求友，无奈送行有春风。
九曲黄河沙作岸，半城绿柳映长空。
莫怨暂在他乡别，知君到处有友朋。

✤ 评 析

高适的送别诗，往往在依依送别的离愁中，流露出高昂欢乐的情调，给人是力量而不是哀怨，是鼓舞而不是消沉，基调是健康的，是向上的。如《别董大》则说："莫愁前路无知己，天下谁人不识君？"《送李少府贬硖中王少府贬长沙》则说："圣代即今多雨露，暂时分手莫踌躇。"这首诗的尾联也说："莫怨他乡暂离别，知君到处有逢迎。"这种豁达的胸怀、昂扬的格调，既反映了盛唐的风貌，也体现了诗人的艺术特色。

这首诗的首联，扣紧题中的"夜"字，通过"张灯"、"夜钟"、"残月"等场景，构成有色有声的夜宴图。图中以热衬冷，以动显静，把深深的离愁隐寓在淡淡的哀怨中。颔联扣紧题中的"别"字，妙在以"嘤鸣求友"反衬自己的衔杯别友；把催发送别的责任，一股脑儿推给"不解事"的"春风"，此理之所必无，而情之所常有，因而最具有艺术的魅力。颈联写送别的自然环境。上句写黄河九曲，浩荡东流，然而终有达到彼岸的时候，以象征人生旅途，虽然坎坷曲折，聚少离多，终有会首之期，言近旨远，耐人玩味。下句言津边绿柳，笼罩长堤，围绕古城，已经呈现柳暗花明之势。是写景，也是抒情，是对朋友的宽解，也是对朋友的祝福。不假雕琢，自成名句。

营州歌[1]

营州少年厌原野[2]，狐裘蒙茸猎城下[3]。
虏酒千钟不醉人，胡儿十岁能骑马[4]。

✤ 注 释

[1] 营州：州名，唐时治所在柳城，今辽宁省锦州市西北。 [2] 厌原野：满足于原野的生活，习惯于原野的游猎活动。厌，同"餍"。满足，习惯。 [3] 狐裘蒙茸：毛茸茸的狐皮袍子。翻过来穿的狐皮袄子。语出《诗·邶风·旄丘》"狐裘蒙戎"及《左传·僖公五年》"狐裘庞茸"。"蒙戎"、"庞茸"，均是散乱的意思。 [4] 胡儿：指西北少数民族中的青年。我国古代对北方边地及西域的少数民族习称为胡。

✤ 今译

营州少年习惯生活在原野，翻穿着皮袄到城外去游猎。
豪饮千钟心不乱来脸不红，刚满十岁便能纵马去驰射。

✤ 评析

这首诗以粗犷的笔墨、豪放的语言，赞美边地少数民族少年的尚武精神，洋溢着浓郁的生活气息和边塞情调，却又不是从正面去描写，而是通过“千钟不醉”、“十岁能骑”的典型细节，形象地刻画出营州少年的粗犷性格；通过“狐裘蒙茸”、“游猎原野”，生动地描绘营州少年的生活情趣，夸张而又准确，朴实而又风趣，构思巧妙，词采飞扬，是不可多得的边塞风情诗，不可多得的边塞风景画。

别董大[1]

千里黄云白日曛[2]，北风吹雁雪纷纷。
莫愁前路无知己，天下谁人不识君？

✤ 注释

[1] 董大：指当时的著名琴师董庭兰。曾以琴艺受知于宰相房琯。与诗人的交谊甚深，他在《别董大》之二云：“六翮飘飖私自怜，一离京洛十余年。丈夫贫贱应未足，今日相逢无酒钱。”可以想见他们是贫贱之交，是“以气质自高”的人。
[2] 曛：日色昏黑。形容边地黄沙漫天，白日失去了光彩。

✤ 今译

黄云千里白日显得昏沉，北风吹雁大雪终日纷纷。
莫愁前路没有你的知音，天下何人不知你的姓名。

✤ 评析

赠别的诗,类多低回凄婉、哀感愁绪,像这样的豪迈俊逸、充满信心和力量是很少见的。这首诗的前半幅写塞外的荒寒,黄云千里,落日一轮,断雁点点,大雪纷纷,此情此景,人已难堪;况复骊歌初唱,别酒方斟,游子何之的感觉,如何可言。诗人以朴素无华的白描、涂天寒日暮的景色,以烘托诗人送别时的怅惘心情,而友情之深厚,别意之凄其,自溢于言辞之外。后半幅以豪迈的笔调、开阔的胸襟、激奋人心的语言、充满信心的祝福,于慰藉之中,寓劝勉之意,给落魄不偶的友人,以抗争的力量和生活的勇气。是胸臆语,是豪放语,是至情动人的慰藉语。

塞上听吹笛

雪净胡天牧马还[1],月明羌笛戍楼间[2]。
借问梅花何处落[3],风吹一夜满关山。

✤ 注释

[1] 牧马还:指边境和平谧静的气氛。古代北方少数民族往往以"牧马"为名,率兵南侵。故贾谊《过秦论》有"胡人不敢南下而牧马"的话。 [2] 羌笛:羌族的乐笛,长二尺四寸,有三孔或四孔。王之涣《凉州词》:"羌笛何须怨杨柳,春风不度玉门关。"戍楼:边防驻军的瞭望楼。 [3] 梅花何处落:系将"梅花落"拆开。梅花落,又名"落梅花",羌族乐曲名。李白《与史郎中钦听黄鹤楼上吹笛》:"黄鹤楼中吹玉笛,江城五月落梅花。"

✤ 今译

胡地的大雪融了牧马已回,月夜下的戍楼有羌笛传来。
为问那梅花落在什么地方?北风一夜吹遍了长城内外。

✤ 评析

这是一首闻笛有感的抒情诗，抒的是塞外的情思、征人的乡思。深厚而不浅露，开朗而不低沉，自是盛唐的风格。首句扣紧题旨“塞上”，把塞上特有的风光一下摄入笔底，冰雪初融，牧马方回，是实景；在实景中隐藏着边烽已熄、人民乐业的和平喜悦，是景外之情。次句扣紧题目“听吹笛”，月色朦胧，羌笛悠扬，隐隐地从戍楼间传来，也是实写。但由笛声而引起征人的乡思，又是虚写。虚实相衬，情景相生，进一步丰富了诗的内容，提高了诗的艺术感染力。三、四句以呼问的方武，借用“梅花”字面，将一个羌族乐曲的曲名拆开，恍惚风吹的不是笛声，而是凋谢了的梅花；它落的不是一处，而是长城内外的关山；它是有形的花片，又是无形的乡思。这样从听觉转为视觉，又从视觉转为感觉，极尽“通感”的美学作用，诗的丰富性和深刻性，也就达到了极致。

除夜作[1]

旅馆寒灯独不眠，客心何事转凄然[2]？
故乡今夜思千里，霜鬓明朝又一年[3]。

✤ 注释

[1] 唐玄宗天宝九载(750)秋，诗人以封丘县尉的身份送戍卒至青夷军，事毕回到居庸关，正值旧历除夕，感而赋此。居庸关至封丘一千五百里，故有“故乡今夜思千里”之句。 [2] 客心：怀念家乡的心情。凄然：凄怆的情绪，冷落的感觉。 [3] 霜鬓：两鬓的白发，耳根的白发。

✤ 今译

对着旅馆的寒灯我怎么也不能成眠，思念家乡的心情为何反而更加凄然？
故乡的亲人正在想念千里外的游子，到了明朝我的两鬓又将要白于往年。

✤ 评析

除夜，是我国一个最隆重的传统节日，人们往往要排除万难，跋涉千里，赶了回去吃团年饭，而诗人却独在异乡，独对寒灯，自然要触景生情、感慨万端了。妙在诗人并不去着重写自己如何思家，而是写家人如何想他。思想更加深邃，韵味更加浓厚，表现的技巧也更加精湛。明胡应麟《诗薮·内编》评此诗说："高达夫'故乡今夜思千里，霜鬓明朝又一年'，添著一语不得，乃可。"高棅《唐诗品汇》评此诗说："谢叠山云：'客中除夜闻此诗者，无不凄然。'"清沈德潜《唐诗别裁》评此诗说："作故乡亲友，思千里外人，愈有意味。"这样设身处地去悬想家人思念自己，以更好地表达自己的深厚感情的，唐诗中指不胜屈，前于此的有王维的"遥知兄弟登高处，遍插茱萸少一人"，后于此的有王建的"家中见月望我归，正是道上思家时"，都是采用这种表现手法。

岑　参

岑参(715—770),祖籍南阳(今属河南),移居江陵(今属湖北)。他出生在一个官僚家庭,曾祖父、伯祖父、堂伯父都做过宰相。但因他的伯父获罪被杀,受到株连,家庭逐渐衰落下来。他奋发图强,以恢复"世业"为己任,三十岁(744)进士高第,授右率府兵曹参军。三十五岁出塞至安西,在节度使高仙芝幕中掌书记,以"寂寞不得意"而感到彷徨、苦闷,两年后回到长安,僻居终南,过着亦官亦隐的生活。四十岁第二次出塞,任北庭都护、伊西节度使封常清幕中的判官。诗人跟主帅的关系很和谐,情绪因而高涨,那些豪气横溢的歌行,如被人誉为"鼎足三杰作"的《走马川行奉送出师西征》、《轮台歌奉送封大夫出师西征》和《白雪歌送武判官归京》等,都是这个时期创作的。在北庭大约生活了六年才回到长安,出任过右补阙,因直言敢谏,受到排挤,出为虢州长史。到了代宗大历元年(766),诗人入蜀为剑南节度使陆鸿渐的僚属,不久,转嘉州(今四川乐山)刺史,世称"岑嘉州"。秩满罢官,流寓成都,卒于旅舍。

岑参与高适齐名,都是以边塞诗著称于唐代的诗坛,世称"高岑"。诗人早年的诗歌以绮丽风华见长,后来两度出塞,久佐戎幕,对于征战的生活,边地的风光,举凡火山的酷热,雪海的奇寒,万里黄沙,满眼白草,以及千变万化的自然气候,都被他以奔腾浪漫的热情写入诗中。他所写的不仅是过去的诗人"未写之景,未辟之境",而且是"古今传记所不载"的。难怪殷璠在《河岳英灵集》中说:"参诗语奇体俊,意亦造奇。"宋代大诗人陆游在《跋岑嘉州诗集》中也说:"予自少时,绝好岑嘉州诗。往在山中，每醉归，倚胡床睡，辄令儿童诵之，至酒醒，或睡熟，乃已。尝以为太白、子美之后，一人而已。”明胡应麟《诗薮》也说：“高岑并工起语，岑尤奇峭。”说明他的诗，无论在当时还是后世，都赢得了诗人崇高的评价。

陕州月城楼送辛判官入秦[1]

送客飞鸟外[2]，城头楼最高。
樽前遇风雨，窗里动波涛[3]。
谒帝向金殿[4]，随身唯宝刀[5]。
相思霸陵月[6]，只有梦偏劳。

✤ 注释

[1] 宝应元年（762），岑参以太子中允、殿中侍御史充关西节度判官。是年十月，天下兵马元帅雍王李适（即德宗）会师陕州讨史朝义，以岑参为掌书记。这首诗即作于此时。陕州：今河南省三门峡市。月城：筑城为偃月形，以资防守。《通鉴·隋纪》：“李密兵败，率精骑走洛南，馀众东走月城。”胡注：“月城，盖临洛水筑偃月城。”可证。 [2] 飞鸟外：鸟飞不到处，极言其高。 [3]“窗里”句：城楼下临黄河，故云“动波涛”。《元和郡县志》卷六引《西征记》曰：“陕县，周、召分职处。南倚山原，北临黄河，悬水百馀仞，临之者皆为悼栗。” [4] 金殿：即金銮殿的省称。唐大明宫紫宸殿北为蓬莱殿，其西曰还周殿。还周殿北曰金銮殿，殿与翰林院相接，故召见学士常在此殿。 [5]“随身”句：王粲《刀铭》：“君子服之，式章威灵。”此用其意。 [6] 霸陵：即灞陵，故址在今陕西省西安市东。《史记·李将军传》：“（广）还至霸陵亭，霸陵尉醉，呵止广。”即此。

✤ 今译

我送别你是在鸟飞不到的地方，偃月形的土城是这最高的楼房。
衔杯送别恰好碰上了风疏雨骤，打开窗户便可看到翻滚的波浪。
拜谒天子当被召见在金銮宝殿，随身佩带的只有那闪光的刀枪。
我把相思寄托给霸陵上的明月，只好在梦里向你倾诉我的衷肠。

✤ 评析

明胡震亨《唐音癸签》引陈曾绎的话说:“高适诗尚质主理,岑参诗尚巧主景。”清王士祯《师友诗传续录》说:“高岑迥别,高悲壮而厚,岑奇逸而峭。”方东树《续昭昧詹言》也说:“高岑二家,大概亦是尚兴象。”这里所说的岑参诗歌的艺术特色是“尚巧主景”,“奇逸而峭”,“是尚兴象”,我以为在这首诗里都可以得到印证。它不受音律的束缚,打破传统的送别诗的框架,以高迈奇崛、发越飞动取胜,笔挟风云,气吞河岳,触景即兴,因物兴感,把自己从戎报国的豪情壮志,一寓于诗。“樽前遇风雨,窗里动波涛”,是眼前景,也是心中志。末联微露别后相思之意,亦构思奇特,形象鲜明,具有“尚巧”、“尚兴”、“尚逸”的艺术风格。

寄左省杜拾遗[1]

联步趋丹陛[2],分曹限紫微[3]。
晓随天仗入[4],暮惹御香归[5]。
白发悲花落,青云羡鸟飞。
圣朝无阙事,自觉谏书稀。

✤ 注释

[1] 唐肃宗至德二载至乾元元年(757—758),诗人和杜甫同在朝廷供职,杜任左拾遗,是谏官,属门下省,居左署,故称“左省”。 [2] 丹陛:皇宫的红色玉砌台阶,代指朝廷。 [3] 分曹:分别在不同的官署。时诗人任右补阙,属中书省;杜甫任左拾遗,属门下省,故曰“分曹”。曹:官署。紫微:古人以紫微星垣比喻皇帝的居处。此指朝会时皇帝所居的宣政殿。中书省在殿西,门下省在殿东,故曰“限”。 [4] 天仗:皇帝的仪仗。 [5] 御香:朝会时殿中金炉内所焚的香。

✤ 今译

我俩联袂走上那红色的阶梯,在不同的官署担任谏官之职。

早上随着皇帝的仪仗队进宫，晚来沾满了御香又回到官邸。
看到落花想到鬓毛已经染霜，见了飞鸟又羡慕它青云得意。
在这太平时代没有什么弊政，自然感到进谏的书一天天稀。

✤ 评析

这是一首抒情的诗。前半幅是写诗人和杜甫的谏官生活。诗人用反语正说的手法，叙述了他们从早到晚的朝官生活，"趋丹陛"、"随天仗"和"惹御香"，似乎是多么的高华，多么的惬意，然而那只是一种因循守旧的陈规，没有一点起衰救弊、便民利国的实质性的内容，白白地浪费人的岁月，消磨人的壮志而已，从而透露了诗人对官僚生活的厌倦。五、六句以两个生动形象的"兴象"，即"悲花落"与"羡鸟飞"，直抒胸臆，通过悲"白发"之渐多，叹"青云"之无路，把上半幅的意蕴进一步加以深化。结尾二句，仍以反语正说的手法，对所谓"圣朝"、"明君"作了以歌颂为讽谕的揭露。哪一个朝代没有"阙事"？言"无"者，正是讥刺其掩盖缺点，文饰错误；哪一个谏官没有言责？言"稀"者，正是讥刺其限制言论，多所忌讳，使人箝口卷舌而不敢言。这和杜甫《题省中壁》的"衮职曾无一字补"，是同一浩叹，同一愤慨。

行军九日思长安故园[1]

强欲登高去，无人送酒来[2]。
遥怜故园菊，应傍战场开。

✤ 注释

[1] 天宝十四载(755)爆发了安史之乱，次年长安陷贼。至德二载(757)二月肃宗由彭原行军至凤翔，岑参随行。此诗当于是年重阳写于凤翔。诗人本为江陵人，以久居长安，故称长安为"故园"。 [2]"强欲"二句：《南史・隐逸・陶潜》："(陶潜)尝九月九日无酒，出宅边菊丛中坐久之。逢(江州刺史王)弘送酒

至，即便就酌，醉而后归。”此反其意而用之。言自己也想登高饮酒，可惜没有王弘那样的人来送酒助兴。

✤ 今译

我想勉强去登高，可惜无人送酒肴。
遥怜故园的秋菊，在那战火中飘摇。

✤ 评析

首句紧扣题中的“九日”，着一“强”字，隐寓“行军”的特殊环境。次句紧承前句，暗用典故，却又衔接自然，明白如话，所谓着盐水中，视之不见其色，尝之而知其味。不知者赏其承接自然，精新有致；知之者赏其用事之妙，不啻若自其口出。醇厚典雅，增加了一层韵味。三、四句由陶潜的有人送酒，联想到故园的丛菊；又由故园的菊联想到菊花在战火纷飞的长安，“寂寞开无主”的凄凉景象。不言思乡之深，而浓浓的乡思却透过纸背渲染了出来；不言人民遭受战火的蹂躏，而对平息安史之乱的渴望，又在言语之外表现了出来。这样丰富的联想、深厚的意蕴、巧妙的手法，使诗的意境和韵味得到了升华。

见渭水思秦川[1]

渭水东流去，何时到雍州[2]？
凭添两行泪，寄向故园流。

✤ 注释

[1] 渭水：水名，黄河的主要支流之一。源出甘肃省渭源县西北的鸟鼠山，东南流入陕西境，横贯渭水平原，东流至潼关，入黄河。秦川：地名。自大散关以北达于岐雍，夹渭川南北两岸，沃野千里，以其乃秦的故地，故称“秦川”。《全唐诗》题前有“西过渭州”四字。 [2] 雍州：州名。治所在今陕西省西安市西北，辖境相当于

今陕西中部、甘肃东南部、宁夏南部及青海黄河以南的一部。唐代范围逐渐缩小，只辖有今陕西秦岭以北、乾县以东，铜川市以南，渭南市以西地区。开元中改为京兆府。

✤ 今译

滔滔东流的渭水啊，何时才能流到雍州？
把两行思乡的清泪，捎到我故乡的河流。

✤ 评析

这是一首写乡愁的诗。诗人以巧妙的构思、明白如话的语言，通过呼问的方式，提出渭水何时流到雍州的问题，既扣紧了题旨，又洋溢着乡思，情真而痴，辞婉而达，着笔便自不凡。三、四句构思之巧，更加出人意料。他痴心地想把自己思乡的两行清泪，托渭水捎带流向故乡的河流中去，让故乡人了解他多么地思念故乡、热爱故乡。赋予渭水以知觉，使之人格化，无理而妙，有情而痴，与将音书托雁、愁心托月，同一痴绝。

逢入京使[1]

故园东望路漫漫[2]，双袖龙钟泪不干[3]。
马上相逢无纸笔，凭君传语报平安。

✤ 注释

[1] 唐明皇天宝八载(749)，安西四镇节度使高仙芝奏调岑参为右威卫录事参军，充节度使府掌书记。这诗是诗人赴安西时途中所作。 [2] 故园：指长安。辛文房《唐才子传》："(参有)别业在杜陵山中。"并有《宿蒲关东店忆杜陵别业》、《过酒泉忆杜陵别业》等诗，说明诗人在出塞之前，已置别业于杜陵山中，故以长安为故园。漫漫：长远貌。 [3] 龙钟：泪水沾湿貌。王褒《与周弘让书》："援笔

揽纸，龙钟横集。”

✤ 今译

东望长安旅途遥远，双袖湿透泪犹未干。
马上相逢没有纸笔，捎个口信代报平安。

✤ 评析

这首抒情小诗，语言朴素，感情真挚，万般体贴，无尽辛酸，十分动人。诗的前两句是逆入法。本是先逢京使，后望故乡，再下乡思之泪，现在却先写望乡，后写下泪，再写马上逢人。这样倒插逆入，便自突兀不凡。如果改成顺叙，便平板而无韵味了。三、四句写出了戎马倥偬、行色匆忙的情景，没有纸笔，无法修书，只好捎个平安口信回家。至情流露，自然成文，自能深入人心，历久不忘。总之，此诗的妙处，在于诗人善于从寻常的生活中，发掘别人要说而没有说过的话，用艺术手法加以提炼和概括，使之具有典型的意义。

碛中作[1]

走马西来欲到天[2]，辞家见月两回圆。
今夜不知何处宿，平沙万里绝人烟[3]。

✤ 注释

[1] 碛中：大沙漠中，大戈壁中。当指新疆的哈顺沙漠。诗人辞家出塞，已经两月，面对莽莽的平沙，抒发浓浓的乡思。 [2] 欲到天：像要走到天边了，极言征途之遥远以及野旷天低的感觉。诗人另有《过碛》诗云：“黄沙碛里客行迷，四望云天直下低。为言地尽天还尽，行到安西更向西。”“欲到天”正是“地尽天还尽”的意思。 [3]“平沙”句：一作“平沙莽莽绝人烟”。

✤ 今译

走马西来好像到了天边，离开故乡已见两度月圆。
今夜不知又寄宿在哪里，万里平沙一望了无人烟。

✤ 评析

天宝十三载(754)诗人赴北庭都护府伊西节度使封常清幕府任判官，途经哈顺大沙漠，看到平沙万里、人烟断绝的荒凉景象，想到告别家园、月圆两度的孤寂生活，不觉感从中来，写下了这首情与景契、语淡情浓的诗篇。首句向读者展示了大漠辽阔、天与地平的图画。“走马”言戎马的倥偬，“西来”指行进的方向，“欲到天”写“过碛觉天低”(《碛西头送李判官入京》)的感觉，无一闲字，而又雄浑壮丽。次句由壮丽的景象转入细腻的抒情，既交代了离家的时间，又隐藏着“月圆人不圆”的乡愁，含而不露，因而特别耐人咀嚼。三、四句忽由思家的意念转到眼前的现实，这莽莽平沙，一望无际；敻敻旷野，万里无人，要找一个宿头，眼见也很困难。诗人并不平铺直叙，而是故设疑问，又不作答，留下一个悬念，让读者去驰骋丰富的想象。塞外的荒凉、行军的艰苦、立功异域的豪情壮志，都在字里行间得到充分的表现。

武威送刘判官赴碛西行军[1]

火山五月行人少[2]，看君马去疾如鸟。
都护行营太白西[3]，角声一动胡天晓。

✤ 注释

[1] 天宝十载(751)五月，石国(在今乌兹别克斯坦塔什干一带)太子引大食部入侵，武威太守、安西节度使高仙芝将兵三十万出征。诗人于武威送其僚友刘判官赴军时所作。武威：郡名，今属甘肃。刘判官：名单。碛西：大漠之西。[2] 火山：即新疆吐鲁番的火焰山，海拔四五百米，岩石火红，气候炎热，远望如

火焰腾空。 [3] 太白：星名，即金星，又叫启明星。相传太白星主杀伐，故诗文中多以喻兵戎。《史记·天官书》："其出西失行，外国败。"此言入侵的石国、大食必败。

✤ 今译

五月的火焰山行人很少，看着您骑了马迅如飞鸟。
都护的行营在太白以西，号角一声胡天就要破晓。

✤ 评析

这是一首用口语写的押上声韵的送别小诗。语言质朴无华，旋律爽朗欢快，意境雄浑，格调高昂，信手拈来，矢口而出，而又含比兴、象征的意味，特别使人感到别致清新。首句点明友人行军的时间是"五月"，目的地是"火山"，那里是烈日炎炎、朝阳似火、"鸟飞千里不敢来"(《火山云歌送别》)的地方，所以"行人"视为畏途，自然来往的也就少了。下句言刘判官不畏艰险，知难而进，在那鸟不敢来的地方，却纵马前往，义无反顾，其"疾如鸟"，不言刘判官之孔武有勇，而刘判官的飒爽英姿已活跃在画面上。三、四句接得突兀，而又潜气内转，都护的行营在太白的西边，不仅显其威武，状其遥远；而且暗示"外国败"、唐军胜的征兆，大有"气吞万里如虎"之概。末句以象征的手法，说"角声一动"，"胡天"就要由黑暗转向黎明，显出唐军将士气吞胡虏、威震塞外的壮志，既写出了诗人的胸襟，也歌颂了友人的勇武，从而使诗的意蕴更加深厚、更加丰富。

春　梦

洞房昨夜春风起，遥忆美人湘江水[1]。
枕上片时春梦中，行尽江南数千里[2]。

✤ 注释

[1] 美人：美好的人，或言其颜色的姣好，或言其品德的高尚。此当指丈夫。湘江：水名，源出广西灵川东海洋山西麓，东北流贯湖南的东部，入洞庭湖。[2] 江南：泛指长江南部地区。

✤ 今译

昨夜春风吹进了我的洞房，想起伊人还在遥远的湘江。
我在枕上做了片刻的春梦，为他走遍江南辽阔的地方。

✤ 评析

这首诗的重点是记梦。前半幅是写梦前的思念，后半幅是写思后之梦境。一气呵成，构思极为别致，是借梦抒情的很成功的作品。首句扣紧题中的“春”字，又点明了形成梦境的时令。“春风”吹进了“洞房”，则陌头园内已经是“春色满”、“春意闹”了。在这明媚的春天，独守深闺，让春光白白地在身边溜走，怎么能不想起远方的亲人呢？“遥忆美人湘江水”，一个“遥”字，说明距离之远；一个“忆”字，说明思念之深。日有所思，夜有所梦，因忆成梦，梦里寻觅那远在湘江之滨的“美人”，不惮“数千里”之遥，走遍了江南辽阔的地方。妙在诗人以“片时”与“千里”的对比，形成时间与空间的巨大反差，给人以强烈的艺术感染力。宋晏几道《蝶恋花》的“梦入江南烟水路，行尽江南，不与离人遇”，无论从创意、造境和表现手法诸方面，显然都是从这里得到启发的。

常　建

常建，长安（今陕西省西安市）人。唐明皇开元十五年（727）进士，代宗大历间任盱眙（今属江苏）县尉，因有“常尉”之称。殷璠《河岳英灵集》叹其“有高才，无贵位”，“沦于一尉”，《唐诗纪事》、《唐才子传》均有大致相同的引述。宦途失意，乃放浪琴酒，往来于太白、紫阁诸峰，尝遇一女子，遍体绿毛，自言是秦时宫人，秦亡，流亡入山避乱，采食松叶，遂不饥寒，即授以辟谷之方。后来流寓鄂渚，作《鄂渚招王昌龄张偾》诗，约与偕隐。他的诗，以边塞、山水为主要题材，风格接近王孟一派，写边塞则苍凉悲壮，写山水则清寂幽深，名重当时，《河岳英灵集》即以常诗冠首。《全唐诗》录存其诗五十七首。

题破山寺后禅院[1]

清晨入古寺，初日照高林。
曲径通幽处[2]，禅房花木深。
山光悦鸟性，潭影空人心[3]
万籁此俱寂[4]，惟余钟磬音。

✤ 注释

[1] 破山寺：即兴福寺，在今江苏省常熟市虞山上。原为南齐倪德光住宅，倪后皈依佛教，遂舍宅为寺。　[2] 曲径：曲折的小路。一作“竹径”，又作“一径”。[3] “潭影”句：意谓空明澄澈之潭水，能使人俗念全消。朱长文《吴郡图经续记》：“（破）山中有龙斗洞，唐贞观中山中妪生白龙，与一龙斗于此而成此涧。有空心潭，因

常建诗而立名。” [4] 万籁：自然界的一切声响。凡能发出声响的孔窍都叫“籁”。

✤ 今译

我一大早就来到了古寺，初升的太阳照耀着丛林。
曲折的小路通向那深处，幽静的禅房花木已成荫。
山光空灵百鸟怡然自乐，潭水澄澈洗尽俗虑尘心。
一切声响全都静了下来，传到耳畔只有钟磬余音。

✤ 评析

这诗描写寺院的朝景，一派空灵，满眼幽寂，一向脍炙人口，为世人所称道。首联点明入寺的时间是“清晨”，映入眼帘的大景是“初日”，娓娓道来，不加雕饰，而自能引人入胜。颔联是名句，是一篇之警策，曲径通幽，繁花成荫，把禅房的幽情、雅致，全部摄入诗人的笔底。欧阳修《题青州山斋》云：“吾尝喜诵常建诗‘竹径通幽处，禅房花木深’。欲效其语作一联，久不可得，乃知造意者为难工也。”一代文宗如欧阳公尚为之倾倒如此，真所谓“文章本天成，妙手偶得之”，不是着意经营所能写出来的。颈联是景语，更是情语；是一时的感受，更是全心地悟入。鸟乐山光，人空潭影，前者是羡万物之得时，后者是写一己之禅悟，一经诗人的艺术处理，使人顿觉心灵得到了净化。结联进一步写悟彻禅悦的奥妙，寄托自己遁世遗俗的高尚情怀。

三日寻李九庄[1]

雨歇杨林东渡头[2]，永和三日荡轻舟[3]。
故人家在桃花岸，直到门前溪水流[4]。

✤ 注释

[1] 三日：指农历三月三日，俗称“上巳节”。在这一天，人们到郊外踏青，到

水边洗濯、喝酒，被认为可以袯除不祥。唐徐坚《初学记》卷四“三月三日”条引南朝梁宗懔《荆楚岁时记》云：“三月三日，士人并出水渚，为流水曲觞之饮。”李九：名未详，排行第九。 [2] 杨林：渡口名，故址在今安徽省和县城东二十五里。《纪胜》云：“郡人春游，自城南横江门出，至杨林江口，凡三十五里。” [3] 永和三日：这是诗人借用历史上著名的“山阴兰亭之会”的典故，以引起读者美丽的联想。晋王羲之《兰亭集序》云：“永和九年，岁在癸丑，暮春之初，会于会稽山阴之兰亭，修禊事也。”永和，是晋穆宗的年号，这里亦取其字面的意义，给人以和平谧静、和煦温暖的感觉。 [4]“故人”二句：这里既是描写李九庄的胜景，又是暗用《桃花源记》的典故，把李九写成超尘绝俗的高士，其庄园写成远离尘世的仙境。

✤ 今译

杨林东边渡口，春雨才停不久，趁着上巳良辰，摇着一叶轻舟。
遥望桃花岸边，便是故人居处，直到他家门口，都有溪水长流。

✤ 评析

此诗以三月三日踏青寻芳为契机，写诗人荡舟访友的所见所感。诗题曰“寻”，却不花笔墨去写“寻”的过程，只是暗用“永和”、“桃源”两典，以显其迷离惝恍之境、超尘绝俗之致，两个高士的形象便树立在读者的面前。殷璠说常建的诗“其旨远，其兴僻，佳句辄来，惟论意表”，说明他的诗的妙处，全在于善于造意。这首诗正是造意极妙，才有如此强烈的艺术感染力。它的前半幅写出发寻友的气候、地点和使用的交通工具，春雨初晴，嫩柳滴翠，满眼春光，一片生机，烘托出诗人的愉快心境，荡着轻舟，乘兴而往，又是多么的惬意啊。接着诗人又巧妙地标举“永和三日”，让读者联想起那“天朗气清，惠风和畅”的明媚春光，以补充画面的不足。后半幅写李九庄的幽静、雅致：桃花吐艳，流水绕屋，山光水色，迷人欲醉，使人自然联想夹岸桃花的桃花源来，从而烘托出那位高士李九的闲情雅致。通首都是用烘云托月的手法，或以烘托诗人的兴致，或以烘托故人的高雅。这就是所谓味外有味。

塞下曲[1]

玉帛朝回望帝乡[2]，乌孙归去不称王[3]。

天涯静处无征战，兵气销为日月光[4]。

✤ 注释

[1] 汉乐府《横吹曲》有《出塞》、《入塞》，多写边塞的战斗生活。唐代新乐府的《塞上曲》、《塞下曲》来源于此。常诗原有四首，这里选的是第一首。 [2] 玉帛：玉器和束帛，古代祭祀、会盟、朝聘时所用的礼品。《左传》僖公十五年："使我两君匪以玉帛，而以兵戎。"执玉帛而朝，是一种宾服和归化的表示。 [3] "乌孙"句：汉武帝元狩四年（前 119）使张骞通西域，出使乌孙，与结和好。接着又两次以宗女为公主出嫁乌孙，乌孙从此与汉朝礼节往来，通问不绝，并愿意取消王号，对汉称臣。乌孙：汉代西域国名，在今伊塞克湖东南。 [4] 兵气：指刀兵戾气。古代迷信说法，认为天上有某种星气出现就要发生战争。《后汉书·天文志》："客星芒气白为兵。"

✤ 今译

朝会回国犹自依恋帝乡，乌孙归去从此不再称王。

极边要塞早已没有战争，刀兵戾气化为和平祥光。

✤ 评析

这首诗以高瞻远瞩的历史眼光，站在民族和睦的高度，讴歌了化干戈为玉帛的和平生活。汉武帝曾经采纳张骞的建议，与乌孙结好，从此不以兵戎相见，而以玉帛相聘，在一段时间内，出现了民族团结、边境安宁的太平景象。诗人对这段民族交往的历史，作出了由衷的歌颂；同时也对唐玄宗好大喜功，开边不已，不断发动穷兵黩武的不义战争，进行讽谕。既写得冠冕堂皇，又写得委婉含蓄，淡言微讽，耐人寻味。

张　谓

张谓（？—778?），字正言，怀州河内（今河南沁阳）人。少年读书嵩山，博览群书，既富才华，又有骨气，曾为陈胜祠堂撰写《陈隐王祠堂记》，惜其文已佚。登天宝二年（743）进士。天宝后期曾随北庭都护、伊西节度使封常清从戎西域，元结谓其“在西域，主人能用其一言，遂开境千里，威震绝域”（见《别崔曼序》）。可见张谓是有智能的。肃宗乾元中为尚书郎，在夏口与长流夜郎之李白泛舟游于武昌之南湖，见李白《泛沔州城南郎官湖》诗之小序。代宗大历中累官为礼部侍郎，典七年、八年、九年贡举。不久，出为潭州刺史，著有《长沙风土记》，惜已失传。后又入朝任左庶子，常衮在《授张谓太子左庶子制》中说：“往以鸿笔礼藻，列于近侍，典谟训诰，多所润色。皎然素节，郁有盛名。”说明张谓是参与了朝廷文告的撰写工作的。常衮在《授张谓礼部侍郎制》中又说他“宏达有检，和平有容”，“博涉群籍，通其源流，振起鸿藻，正其声律”。说明张谓是有气节、有修养的，是博通群书、擅长诗文的。惜两《唐书》无传，致其事迹多不传。仅《全唐文》录其文八篇，《全唐诗》录其诗四十首。

杜侍御送贡物戏赠[1]

铜柱朱崖道路难[2]，伏波横海旧登坛[3]。
越人自贡珊瑚树[4]，汉使何劳獬豸冠[5]。
疲马山中愁日晚，孤舟江上畏风寒。
由来此物称难得[6]，多恐君王不忍看。

✤ 注释

[1] 杜侍御：名不可考。侍御，官名。诗人另有《送杜侍御赴上都》诗云："避马朝中贵，登车岭外遥。还因贡赋礼，来谒大明朝。"则所谓"送贡物"乃将岭外珍宝专程送往长安。诗题"戏赠"，实寓微讽之意，从诗的结语中可以看出。诗当作于任潭州刺史时。 [2] 铜柱朱崖：指南方边远地区。铜柱：汉伏波将军马援曾率兵南征交趾，立铜柱，为汉之极界。按所立铜柱在今广西防城港。朱崖：又称珠崖，汉郡名，即今海南省海口市琼山区一带。 [3] 伏波：汉马援曾为伏波将军，韩说曾为横海将军，两人都曾率兵南征。登坛：古代封拜大将，都要筑坛受命，然后出师。 [4] 越人：泛指南方人。五岭以南，古为百越之地。珊瑚树：《太平御览》卷八百零七引《海中经》："珊瑚生于海中。……岁高二三尺，有枝无叶，形如小树。"古人以为珍饰之物。 [5] 獬豸冠：御史所服之冠。《旧唐书·舆服志》："法冠一名獬豸冠，以铁为柱。其上施珠两枚，为獬豸之形，左、右御史台流内九品以上服之。"獬豸：类似羊的神兽，据说它能辨是非曲直。 [6] 难得（之货）：指稀世的珍宝。《老子·上篇》："不贵难得之货，使民不盗。"言古代明君屏绝稀奇珍宝，免使臣下逢迎其欲，以图恩宠。

✤ 今译

通往铜柱朱崖的道路艰险崎岖，登坛封拜的伏波横海曾效驰驱。
百越的土人自愿进贡珊瑚宝树，汉代的使者何劳又去辩诬洗污。
奔驰山中的驿马担心日已向暮，航行江上的孤舟生怕遇上风雨。
这些珍奇宝物从来都很难得到，只恐贤明的君主顾也不肯一顾。

✤ 评析

这是一首讽刺地方官员以进贡方物为名，行市恩买宠之实的诗，词微义显，言正行方，具有很强的现实意义。首联以怀古领起，暗含讽今之意。颔联以"珊瑚树"与"獬豸冠"对举，互文见义，暗寓马援曾以"薏苡含冤"，对杜御史进行规讽，从而赋予此诗深厚的历史感。颈联以"疲马愁日晚"、"孤舟畏风寒"形容运送贡物的旅途辛劳，表面上是慰藉，是同情；骨子里是热讽，是冷嘲。结联形似歌颂，实亦规谏，与顾况《露青竹杖歌》的"圣人不贵难得货，金玉珊瑚谁买恩”同一立意，同一浩叹！

题长安主人壁[1]

世人结交须黄金，黄金不多交不深。
纵令然诺暂相许[2]，终是悠悠行路心[3]。

✤ 注释

[1] 长安主人：指诗人寄居长安的逆旅主人。长安：今陕西省西安市。 [2] 纵令：即使。然诺：许诺，答应。《史记·张耳陈馀传》：“上贤贯高为人，能立然诺。” [3] 悠悠：庸俗，世俗。陶潜《饮酒》诗之十二：“摆脱悠悠谈，请从予所之。”行路：行路之人，陌生的人。

✤ 今译

如今的人交朋友要看金钱，金钱不多啊交情便不能坚。
即使暂时答应了你的请求，到底是陌生人的随便敷衍。

✤ 评析

这是一首揭露世风日下的讽刺诗。长安，是“丝绸之路”的集散地，是政治、文化的中心，随着对外贸易的日趋繁荣，朝廷政治的日益腐败，征歌选艳的富商、趋炎附势的热客，都在自觉不自觉地扮演着一副拜金主义者的嘴脸，像“长安主人”这样的市侩，原是社会生活中的寻常现象，不足为奇的。但诗人在前两句中运用寻常的语言，揭示深刻的真理，是人人眼中所共见，人人心中所欲言，经过诗人的艺术处理，便具有普遍意义，成了典型形象。诗的后两句进一步把这种庸俗的人际关系，刻画得入木三分、淋漓尽致。“暂时然诺”的笑脸，“终是行路”的冷漠，不愧是中唐社会的一面镜子。王世贞说张谓的诗“不作奇事丽语，以平调行之，却是一唱三叹”。这首诗便是很好的印证。

刘长卿

刘长卿(?—789?),字文房,河间(今属河北)人。天宝间进士,授苏州长洲尉。以"刚而犯上",两次被谪。第一次在肃宗时,由苏州长洲尉贬潘州南巴尉。第二次在代宗大历间,由鄂岳转运留后贬为睦州司马。最后做到随州刺史。故又被称为"刘随州"。他的交游很广,李白、张继、严维、薛据、包佶、皇甫曾、独孤及等著名诗人,以及灵澈、灵一等著名诗僧和名妓李季兰,都跟他有诗词唱和。他在当时的诗名很大,尝"自谓五言长城",《唐才子传》说他"每题诗,不言姓,但书长卿,以天下无不知其名者"。《云溪友议》载他的话说:"今人谓:'前有沈、宋、王、杜,后有钱、郎、刘、李。'李嘉祐、郎士元,焉得与予齐称也?"其自负有如此者。别人对他的诗评价也很高。唐皇甫湜在《答李翱第二书》中说:"诗未有刘长卿一句,便呼曹操为老兵矣;语未有骆宾王一字,已骂宋玉为罪人矣。"宋张戒《岁寒堂诗话》说:"随州诗,韵度不能如韦苏州之高简,意味不能如王摩诘、孟浩然之胜绝,然笔力豪赡,气格老成,则皆过之。与杜子美并时,其得意处,子美之匹亚也。"明陆时雍《诗镜总论》也说:"刘长卿体物精深,工于铸意,其胜处有迥出盛唐者。"这些评价虽未免过当,但其诗歌一直受到人们的喜爱和推崇,则是毫无疑义的。当然也有对他的诗提出批评的,如唐高仲武在《中兴间气集》说他"大抵十首以上,语意稍同,于落句尤甚,思锐才窄也"。明王世贞在《艺苑卮言》中也持同样的观点说:"刘随州五言长城,如'幽州白日寒'语,不可多得。惜十章以还,便自雷同,不耐检。"这也确实是他的弱点。著有《刘随州集》。

送李中丞归汉阳[1]

流落征南将，曾驱十万师。
罢归无旧业[2]，老去恋明时[3]。
独立三边静[4]，轻生一剑知[5]。
茫茫江汉上，日暮欲何之[6]！

✤ 注释

[1] 李中丞：名不详。中丞是御史中丞的简称。唐时边将往往加御史中丞、御史大夫一类的虚衔。题一作《送李中丞之襄州》。 [2] 旧业：指原籍的祖业，如田园庐舍之类。此怜李中丞生活上的困穷。 [3] 明时：犹言太平时代。此言李已“罢归”，为朝廷所遗弃，而犹依恋不已，欲报国而无门。 [4] 三边：汉以幽、并、凉三州为三边，后来泛指穷边极塞。 [5]“轻生”句：言为了保卫国家而轻视自己的生命。“知”一作“随”。 [6] 日暮：兼含“日暮”与“途穷”两重意思。

✤ 今译

到处漂泊的南征健儿，曾经指挥过十万雄师。
罢官归田哪还有祖业，告老还乡犹依恋明时。
独镇一方叫三边宁静，为国轻生唯一剑长随。
在茫茫的江汉平原上，日暮途穷你将何所之！

✤ 评析

这首诗是送给一位解甲归田、老境凄凉的将领的。诗中对他过去守边御侮的功勋推崇备至；对他漂泊江汉、日暮途穷的境遇给以深刻的同情。所以诗的首联，即以强烈的对比手法，猛扣读者的心扉。今日的“流落”和昔年的手握重兵、叱咤风云，前后判若两人，从一个侧面揭露了封建王朝遗弃功臣的丑恶现象。“罢归”一联，以“无旧业”状老将的廉洁，以“恋明时”写老将的忠诚。进一步以老将的崇高品德，反衬中唐为政的不公，含蓄蕴藉，极得风人之旨。“独立”一联，以“三边”的狼烟尽熄，写老将的英勇无双、威震绝域；以手提三尺剑，立功万里外，写老将甘愿以自己的宝贵生命，保卫国家的神圣领土。崇敬之情，溢于言表。末联写首句的“流落”遥相呼应，以老将如此之品德、才能和功勋，而终不免于穷愁潦倒，此诗人所以为其惋惜，为其鸣不平。不难看出这是诗人借李中丞的酒杯，浇自己胸中的块垒，所以笔锋常带感情，造语每多愤激。

穆陵关北逢人归渔阳[1]

逢君穆陵路，匹马向桑干[2]。
楚国苍山古[3]，幽州白日寒[4]。
城池百战后[5]，耆旧几家残[6]。
处处蓬蒿遍，归人掩泪看。

✤ 注释

[1] 穆陵关：在今湖北省麻城市东北约一百里，唐时是中原通往东北的重要关口。渔阳：郡名，治所在今天津市蓟州区。 [2] 桑干：河名，是永定河的上游。相传每到桑葚成熟时，河即干涸，因而得名。源出山西，流经北京怀柔一带。[3] 楚国：楚地。湖北省古属楚地。时诗人任淮西鄂岳转运留后，经常活动在湘鄂一带。 [4] 幽州：即渔阳，当时是安史叛军的巢穴。安史之乱平定后，又长期沦为藩镇割据的地区。 [5] 城池：城谓城垣，池谓护城河。此指渔阳郡所属的城邑。 [6] 耆旧：指土著的士族，年高而有声望的人。残：存。

✤ 今译

无意中在穆陵关遇到了您，只身匹马向着桑干河奔驰。

楚地的青山还是那样苍翠，幽州的白天显得格外凄其。
城市经过多次战争的蹂躏，士族保存下来的还能有几？
到处都长满了飞蓬和乱草，您回去看了定要流泪含悲。

✤ 评析

这首送人回乡的诗，是诗人在安史之乱后，深知叛军的巢穴渔阳一带，惨遭战火的蹂躏，城市遭破坏，耆旧被屠杀，蓬蒿遍地，骨骸成丘，而这正是诗人的故乡，也是那位北归行人的家园。于是诗人不禁感慨万分地把这满目疮痍的惨象，告诉这位老乡，使之做好心理准备。情至真诚，语极沉痛，因而能够感人动人，引起读者对故乡的怀念，对战争的憎恨。诗的首联，交代相逢的地点和归人的去向，语言极其省净，感情亦甚沉郁。颔联是千古传诵的名句，在写景中，勾勒出南北的政治形势。“楚国苍山古”，言楚地的江山依旧，没有受到什么破坏，这是实写，是诗人的目之所见。“幽州白日寒”，不仅说那里的气候寒冷，更是说那里的满目荒凉，是虚拟，是诗人的心之所想。义兼比兴，意极深沉。颈联继续写北方战后的惨象，城市在拉锯战中，变成一片废墟；耆旧在屠戮声中，没有几家幸存。因此看到“园庐但蒿藜”的景象时，不要过于悲苦。这是诗人的遥想，也是对归者的宽解。结联是对惨象的补充描绘，也是对归人的进一步宽解，字字带血，语语含泪，充分体现了诗人对故乡的关注，对国计民生的无比忧愤。

饯别王十一南游

望君烟水阔，挥手泪沾巾。
飞鸟没何处，青山空向人。
长江一帆远，落日五湖春[1]。
谁见汀洲上[2]，相思愁白蘋[3]。

✤ 注释

[1] 五湖：此当指江苏之太湖，或太湖及其附近之四湖。 [2]“谁见”句：此从南朝梁柳恽《江南曲》的“汀洲采白蘋，落日江南春。洞庭有归客，潇湘逢故人”的语意化出。汀洲：水中或水边的平地。 [3] 白蘋：水中浮草。

✤ 今译

在茫茫的烟水中凝望着君，挥手向你告别我泪湿罗巾。
那天际的飞鸟消失在哪里？这苍翠的青山空依恋着人。
长江上一片白帆渐行渐远，五湖中半轮落日灿烂如春。
有谁知道伫立在汀洲的我，满腔离愁对着满眼的白蘋。

✤ 评析

题为“饯别”，诗人却省略了饯别的场面，而是通过遥望和凝思，来表达依依的别情、款款的离愁，构思新颖，手法高超，不愧为大手笔。首联以“望”字为诗眼，写挥手与王十一话别后，诗人伫立在烟水茫茫的江滨，目送着孤帆远影消失在视线之外，不言别而别情离绪毕见。颔联以“飞鸟”喻行者，它将依于何枝，宿于何处，则难以预料，体现了诗人对友人前途的无限关注。以“青山空向人”，象征诗人此时的寂寞心境。着一“空”字，而孤舟已远、青山依人的孤独岑寂之感，洋溢在楮墨之外。颈联借景抒情，万里长江，一帆渐远，友人的轻舟已经消失在长江的尽头；半轮落日，五湖春光，诗人的心已经随着江水陪伴着友人达到了目的地。尾联与首联遥相呼应，诗人站在汀洲之上，凝视着洲上的白蘋，引起无限的愁思，情与景契，饶有余韵。

送严士元[1]

春风倚棹阖闾城[2]，水国春寒阴复晴[3]。
细雨湿衣看不见，闲花落地听无声。
日斜江上孤帆影，草绿湖南万里情。
东道若逢相识问[4]，青袍今已误儒生[5]。

✤ 注释

[1] 严士元：吴（今江苏苏州）人，曾官员外郎，终国子司业。题一作《别严士元》、《送严员外》、《送郎士元》。此诗当是肃宗至德年间（756—758）诗人任长洲尉时所作。 [2] 倚棹：乘船。阖闾城：即苏州城，在今江苏省苏州市。相传春秋时，伍子胥为吴王阖闾所筑。 [3] 水国：水乡。苏州一带，多江河湖泊，故称“水国”。 [4] 东道：东道主的省称。《左传·僖公三十年》：“若舍郑以为东道主，行李之往来，共（供）其乏困，君亦无所害。”东道主，本指行旅投宿的主人家，这里泛指旧友。 [5] 青袍：低级官服。《唐会要》卷三十一：“贞观四年（630）八月十四日诏曰：‘三品以上服紫，四品、五品服绯，六品、七品以绿，八品、九品以青。妇人从夫之色。’”长洲尉是八九品官员，穿的是青色。儒生：是对知识分子的称呼。这里是诗人自指。

✤ 今译

在春风中泛舟阖闾古城，水乡的早春变换着阴晴。
雨丝湿透衣裳却看不见，花片落在地上也听无声。
江上斜阳照着远帆的影，湖南草绿勾起惜别之情。
如果碰上故人问到了我，便说青袍已经误了儒生。

✤ 评析

这是一首赠别的诗，但主要是写别前的依恋之情，而不是别后的相思之苦。与普通赠别的诗沉浸在缠绵悱恻的离愁别绪中相比，显得更加清新别致。诗的首联写旧雨相逢，停棹倾谈的环境和时令。时令是乍晴乍阴的早春，环境是江湖交错的水乡。颔联是名句，看不见的湿衣细雨，听不到的落地闲花，既体现了诗人写景的体察入微，又表现了两人倾谈之深、交情之厚，对于那些雨丝花片都视而不见、听而不闻了。颈联的前一句，以“日斜帆没”写自己独立岸边，眼看友人的帆影已经消失在天的尽头，是实写；后一句以“草绿湖南”写友人将要达到的目的地，是虚拟。结联与王昌龄《芙蓉楼送辛渐》的“洛阳亲友如相问，一片冰心在玉壶”同一机杼，两诗都是转托友人将自己的近况告诉亲友，但王诗目的在于“辩诬”，故以“冰心玉壶”表示自己的高洁；刘诗在于抒发自己的怀才不遇之感，故以“青袍已误”表示自己的不幸。依据身份的不同而各有所侧重，因而有真性情、真境界。

过贾谊宅[1]

三年谪宦此栖迟[2]，万古惟留楚客悲[3]。
秋草独寻人去后，寒林空见日斜时[4]。
汉文有道恩犹薄[5]，湘水无情吊岂知[6]？
寂寂江山摇落处，怜君何事到天涯！

✤ 注释

[1] 贾谊宅：故址在今湖南省长沙市。贾谊，洛阳人，西汉著名的政治家，汉文帝时为大中大夫。因年少才高，受到老臣“绛灌之属”的妒忌，被谪为长沙王太傅。此诗当作于诗人由长洲尉贬潘州南巴（今广东省茂名市南）县尉，路过长沙时所作。 [2] “三年”句：贾谊谪居长沙，前后四年，实际为三年整，故云。栖迟：留滞。 [3] “万古”句：楚客：流落在楚地的客子。长沙为古楚国地。言贾谊“三年”的谪宦，引起“万古”的悲愤。 [4] “秋草”二句：化用贾谊在长沙所写的《鹏鸟赋》中的“庚子日斜兮，鹏集予舍……野鸟入室兮，主人将去”。伤今吊古，融化无迹，从而丰富了诗的内涵。 [5] “汉文”句：汉文帝一直被称为历史上的“有道”之君。曾在一岁之中，超迁贾谊为大中大夫，然而经不起别人对贾谊的谗毁，将他贬为长沙王傅，致其忧郁而死。故曰“犹薄”。 [6] “湘水”句：贾谊谪贬长沙时，过湘曾作《吊屈原赋》，既以吊屈，复以自伤。见《史记·贾谊列传》。

✤ 今译

您谪到长沙只淹滞了三秋，留给了万古游客无限哀愁。
寻到故居剩下了一片芳草，只见半轮寒日挂在那松楸。
号称明君的汉文犹然寡恩，本来无情的湘水何以解忧？
草木摇落啊江山如此寂寞，可怜你呀被谪到天的尽头。

✤ 评析

这是诗人途经长沙凭吊贾谊的咏怀古迹之作，明吊贾谊，暗伤自己，句句同情贾谊的遭遇，切合贾谊的身世；又句句在哀伤自己的迁谪，抒发自己的悲愤，巧妙地将自己的抑郁情怀融化在诗歌形象中去，含而不露，深而不晦，所以为妙。诗的首联紧扣题中的"贾谊宅"，"三年谪宦"，"万古留悲"，都是在"此"发生的往事。一个"悲"字，奠定了全诗的凄凉基调，也为暗寓自己的伤感做好铺垫。颔联把写景和用事融为一体，知者美其善于点化贾赋的句意，以斜日寒林渲染一片荒凉寂寞的景色，从而益觉其深厚；不知者亦觉其辞采华丽，对仗工整，把情和景写得如此密合无垠，而击节不置。颈联发议论，表面上是分写贾谊和屈原，实际上是说贾谊遇到有道的汉文而恨其"恩犹薄"，自己遇到"无道"的君主那就更加无话可说了；屈原不知道贾谊过湘要为赋来凭吊他，并以自伤其遇；贾谊也同样不知道诗人路过长沙，作了这首诗来凭吊他，同时也在自伤其遇。萧条异代，坎坷同命，因而写得如此动情。结联是吊古，更是伤今；是怜人，更是怜己。言外之意，是你和我都是无罪被贬到这"天涯"来的啊。含蓄蕴藉，感喟遥深。

逢雪宿芙蓉山主人[1]

日暮苍山远，天寒白屋贫[2]。
柴门闻犬吠，风雪夜归人。

✤ 注释

[1] 芙蓉山：今湖南安化、宁乡、桂阳境内有芙蓉山，或为诗人被贬为潘州南巴县尉时，旅途投宿所作。 [2] 白屋：平民的房子，与"朱门"相对立，以其没有任何涂饰。《汉书・吾丘寿传》："三公有司，或由穷巷，起白屋，裂地而封。"

✤ 今译

苍翠的山，到黄昏好像越走越远，寒冷的天，在白屋好像越久越冷。
那柴门外，几声犬吠打破了寂静，这风雪中，一个倦客闯进了家门。

✤ 评析

诗人以画家之笔、诗人之心，寥寥数语，描绘了一幅风雪夜归的图画。前半幅写途中所感、店中所见，是昼景；后半幅写耳间所闻、心间所想，是夜景。一句构成一个独立的画面，而又互相联系形成一个整体。这类小诗，诗人在远景造境方面，与王维异曲同工，既得画中三昧，又往往为画工所不能到。这首诗的“苍山日暮”、“白屋天寒”、“柴门犬吠”和“风雪夜归”，是画工所能够移到画面上来的；但诗中所表现的山居荒寒之感，孤客静夜之情，征途艰苦之思，则是画工所不能到的。

送灵澈上人[1]

苍苍竹林寺[2]，杳杳钟声晚。
荷笠带斜阳，青山独归远。

✤ 注释

[1] 灵澈上人：中唐时期的一位著名诗僧。俗姓汤，字源澄，会稽（今浙江绍兴）人，出家于会稽云门山云门寺。灵澈与刘长卿订交时，诗名未著，诗人谪贬南巴（广东茂名南），宦途失意，儒释虽然殊途，遁隐却是同归，因而写了这首真感情、真境界的小诗。 [2] 竹林寺：在润州（今江苏镇江），是灵澈此次游方挂单的寺院，也是诗人送别他的地方。

✤ 今译

苍凉的古寺在竹林深处，向晚的钟声从古寺传出。
你戴着斗笠啊背着夕阳，独个儿向着那青山走去。

✤ 评析

这首即景抒情的送别小诗，构思新颖，构图别致，不仅画面上的“竹林”、

"夕阳"、"青山"历历如绘，画面上的那个"荷笠"、"负日"、"独归"的人物栩栩如生，而且隐藏在画面以外的诗人自我形象：闲适淡泊的情怀，超尘脱俗的胸襟，亦呼之欲出。这叫作"诗外有诗，画外有画"，令人挹之不尽，味之无穷，所以成为中唐山水诗的名篇。至于"青山"呼应前面的"竹林"，"夕阳"照应前面的"钟声晚"，"独归远"表明诗人伫立山头，目送灵澈荷着斗笠，背着夕阳，踽踽独行的情景，流露出依恋之情，惜别之意，尚非此诗的精妙处、神奇处。

酬李穆见寄[1]

孤舟相访至天涯，万转云山路更赊[2]。
欲扫柴门迎远客，青苔黄叶满贫家。

✤ 注释

[1] 李穆：诗人的女婿，淮南人。《唐才子传》称其"有清才"。诗人尚有《登迁仁楼酬子婿李穆》、《送子婿崔真父李穆往扬州》及《送李穆归淮南》等诗，都洋溢着他们翁婿之间的真挚感情。《全唐诗》收有李穆《寄妻父刘长卿》一绝云："处处云山无尽时，桐庐南望转参差。舟人莫道新安近，欲上潺湲行自迟。"就是《酬李穆见寄》的原唱。 [2] 路更赊：路更远。赊：远的意思。李白《扶风豪士歌》："我亦东奔向吴国，浮云四塞道路赊。"

✤ 今译

驾着一叶孤舟，相访到天的尽头，面对万叠云山，千回百转路悠悠。
本想打扫柴门，迎候远方的来客，无奈黄叶青苔，堆满我家的门口。

✤ 评析

诗人当时在新安（今安徽歙县），李穆从桐庐（今属浙江）来访，是逆水行舟，而且江流曲折，颇为艰险。故诗人用了“万转云山”来形容这一带的水程，用“路更赊”来状写实际的路程比想象中的还要远。一种爱怜的心情，洋溢在字缝里，而又巧妙地酬答了原唱的“处处云山无尽时，桐庐南望转参差”的语意。后两句写闻讯爱婿远道来访，张罗接待的喜悦心情。诗人的“欲扫柴门迎远客”，是虚拟，是未雨绸缪；与杜甫《客至》的“花径不曾缘客扫，蓬门今始为君开”不同，那是实写，是与客人周旋揖让之辞。而亲切之情、热烈之状，两者都得到了恰当的表现。结句的“青苔黄叶满贫家”，既表现了诗人的“门庭寂寞”、“车马稀少”的清贫生活；又表现了诗人杜门谢客、超尘绝俗的高怀雅致。语俭意丰，具有极大的语言张力和弹力。与魏野的“君作贫官我为客，此中离恨更难收”，林逋的“迟留更爱吾庐近，只待重来看雪天”，皆趣向博远，而韵外之致、味外之旨，则莫之与京。

张　继

张继，字懿孙，襄州（今湖北襄樊）人。天宝十二载（753）进士，大历间，官检校祠部员外郎，又曾在洪州（今江西南昌）做过盐铁判官。他傲骨凌霜，不肯与权贵往来。他在《感怀》诗中说："调与时人背，心将静者论。终年帝城里，不识五侯门。"正因为他这么矜持气节，自然不能一展其"博览有识"的才能，而不得不归隐林泉，过着"心事数茎白发，生涯一片青山"（《归山》）的隐退生活。

他的诗，不事雕饰，而韵味深长。高仲武在《中兴间气集》中说他的诗"事理双切"、"比兴深矣"。叶梦得在《石林诗话》中说他的诗"往往多佳句"，是切中肯綮的。他的诗歌和品德受到同辈诗人刘长卿的推崇说："独继先贤传，谁刊有道碑。"（《哭张员外继》）他对后辈诗人顾况也加以由衷的奖掖说："吴乡岁贡足嘉宾，后进之中见此人。"（《送顾况泗上觐叔父》）说明他在当时诗坛的地位和影响，都是不容忽视的。

枫桥夜泊[1]

月落乌啼霜满天，江枫渔火对愁眠[2]。
姑苏城外寒山寺[3]，夜半钟声到客船[4]。

✤ **注释**

[1] 枫桥：原名"封桥"，在今江苏苏州城西，因张继此诗而改为"枫桥"。原桥已毁，现存的桥是清代重建的。题一作《夜泊枫江》。张继至德（756—757）年间曾游吴中，诗当作于此时。　[2] 江枫渔火：江边的枫树，渔舟的灯火。

[3] 姑苏城：苏州城的别称。因城西南的姑苏山而得名。《元和郡县志》："隋开皇九年平陈，改为苏州。因姑苏山为名。山在州西四十里，其上阖闾起台，外郭城云是伍子胥所筑，周回十七里。"寒山寺：在今苏州市姑苏区，始建于南朝梁，原名"妙利普明塔院"，后因初唐诗僧寒山曾居于此，因改今名。 [4] 夜半钟声：欧阳修在《六一诗话》认为它"句则佳矣，其如三更不是打钟时"。宋吴聿在《观林诗话》中驳之曰："《南史》邱仲孚喜读书，常以中宵钟鸣为限。乃知夜半钟声，不独见唐人诗句。"陈岩叟在《庚溪诗话》中也驳之说："燕予昔官姑苏，每三鼓尽四鼓初，则诸寺钟皆鸣，想自唐时已然也。后观于鹄诗云：'定知别后家中伴，遥听维山半夜钟。'白乐天云：'新秋松影下，半夜钟声后。'温庭筠云：'悠然旅榜频回首，无复松窗半夜钟。'则前人言之，不独张继也。"

✤ 今译

明月西沉，乌鸦惊啼，严霜满天，江畔枫林，渔舟灯火，伴着我眠。

姑苏城外，寒山寺里，一片静寂，夜半钟声，若断若续，传到客船。

✤ 评析

这首诗通过月落乌啼、霜天寒夜、江枫渔火、孤舟游客等一系列形象，表现了诗人羁旅孤独的情怀。特别是"夜半钟声"一语，不仅把夜的谧静、清冷和幽寂的氛围表现了出来，而且把人的孤零、凄凉和愁苦的心态也描绘得淋漓尽致。全诗纯用白描的手法，把自己的所见、所闻、所感，层次分明地组织在一个和谐统一的画面中，使读者觉得是一首情味隽永的好诗，又是一幅有声有色的好画。这就是《枫桥夜泊》诗"世多传诵"的道理。不知一代文宗的欧阳公何以认为"夜半钟声""理有未通"，除在这首诗的注中引用宋代的吴聿、陈岩叟的反对意见以外，唐代诗人写过"半夜钟"的真是指不胜屈，如皇甫冉的"秋深临水月，夜半隔山钟"，司空曙的"杳杳疏钟发，中宵独听时"，王建的"未卧尝闻半夜钟"，陈羽的"隔水悠悠半夜钟"，许浑的"夜照千山半夜钟"，说明"半夜钟"乃唐代寺院的风习，欧阳公大概是"千虑一失"罢了。清人马位在《秋窗随笔》中说得好："今吴中山寺，实以夜半打钟。然亦何必深辩？即不打钟，不害诗之佳也。"诗人借景抒情，重在意与象合，情与景惬，这"夜半钟声"，正好创造了远方游子愁绪满怀所需要的氛围和意境，让诗的色彩、音响，与人的心境相融合，从而提高了诗的感染力量，便是好诗。

吴门即事[1]

耕夫召募逐楼船[2]，春草青青万顷田。
试上吴门看郡郭[3]，清明几处有新烟[4]？

✣ 注释

[1] 吴门：古吴县城（今苏州市）的别称。吴县，为春秋时的吴都，因称吴县城为吴门。《韩诗外传》："颜回从孔子登日观，望吴门焉。"即事：就眼前事物所引起的感想。 [2] 召募：召集。《三国志·吴书·吕岱传》："召募精健，得千馀人。"楼船：有叠层的大船。 [3] 郡郭：郡城的外城。《孟子·公孙丑下》："三里之城，七里之郭。" [4]"清明"句：农历清明节的前一二天有个寒食节。相传春秋晋国的介子推辅佐晋公子重耳有功，重耳回国执政后，没有封赏他，他便隐居于绵山，晋文公（即重耳）烧山逼他出来做官，他竟抱树被烧而死。晋文公为了悼念他，便下令禁止在这一天举火，让大家吃冷食。之后相沿成俗，叫作"寒食节"。到了清明，才让生火做饭。所以叫作"新烟"。见南朝梁宗懔《荆楚岁时记》。

✣ 今译

农民们都应征打仗去了，万顷良田已长满了春草。
请你登上郡楼纵目四望，到清明有几家炊烟缭绕？

✣ 评析

这是一首反映战乱频仍、民生凋敝的现实主义诗歌。前半幅是写实，是直叙诗人的目之所见。壮丁应募，田园荒芜，生产遭到极大的破坏，必然导致哀鸿遍野、饿殍载途的饥荒岁月，与杜甫《兵车行》中的"君不闻汉家山东二百州，千村万落生荆杞。纵有健妇把锄犁，禾生陇亩无东西”，是同样的哀民生之疾苦，叹社会之疮痍。后半幅是设想，是在前两句的基础上，进一步深化主题，言即使在苏州的城郊，也没有几家能够揭开锅了。语缓而情急，意悲而言婉，与孟云卿《寒食》的“二月江南花满枝，他乡寒食远堪悲。贫居往往无烟火，不独明朝为子推”对照来读，虽然前者是哀民生，后者是叹寒儒，而其反映的社会现实，则同样是十分深刻的。

元　结

元结(719—772),字次山,汝州鲁山(今属河南)人。自幼倜傥不羁,年十七,始折节读书,举天宝十二载进士。天宝之乱,率家人邻里南逃至猗玗洞,得以保全的有千余家。在那里著有《猗玗子》一卷,因自号为“猗玗子”。当地的平民又亲昵地呼之为聱叟、漫叟、漫郎、浪士。后来得到了国子司业苏源明的推荐,被肃宗召见,随上《时议》三篇,肃宗大悦,擢为右金吾兵曹参军摄监察御史,充山南东道节度使参谋,以战功累迁御史、道州刺史、容广经略使。罢官以后,他在湖南祁阳浯溪筑了几椽茅屋,名其堂曰“三吾”,即“因水而吾之,则曰浯溪;因屋而吾之,则曰㾶亭;因石而吾之,则曰峿台”。

他的诗多反映人民的疾苦,不尚雕饰,不事声律,古朴简淡,自成一格。所写组诗《系乐府十二首》、《舂陵行》、《贼退示官吏》等,都深刻地揭露了民不聊生的惨象,被诗圣杜甫誉为“道州忧黎庶,词气浩纵横。两章对秋月,一字偕华星”。宋葛立在《韵语阳秋》中也说:“元结刺道州,承兵乱之后,征税烦重,民不堪命,作《舂陵行》。”“以传考之,结以人民困甚,不忍加赋,尝奏免税租及和市杂物十三万缗,又奏免租庸十馀万缗,困乏流亡尽归,乃知贤者所存,不特空言而已。”说明他是儒家“仁政爱民”思想的积极推行者,因而赢得人们的高度评价。

欸乃曲[1]

湘江二月春水平,满月和风宜夜行。

唱桡欲过平阳戍[2]，守吏相呼问姓名。

千里枫林烟雨深，无朝无暮有猿吟。
停桡静听曲中意，好是云山韶濩音[3]。

✤ 注释

[1] 欸乃曲：船歌，棹歌。原作五首，这里选的是第二、第三两首。原作有序云："大历丁未(767)中，漫叟结为道州刺史，以军事诣都使(即长沙都督府)。还州，逢春水，舟行不进，作《欸乃》五首，令舟子唱之，盖以取适于道路云。" [2] 平阳戍：在今湖南衡阳以南，唐时在此设戍，驻有防守的部队。 [3] 韶濩音：泛指古乐、雅乐。韶：舜乐。濩：汤乐。

✤ 今译

二月湘江啊水与堤平，月圆风和哟最宜夜行。
唱着船歌快到平阳戍，守吏吆喝着查问姓名。

烟雨弥漫着千里枫林，朝朝暮暮都听到猿吟。
停住了桨玩味着曲意，恰便是古代的雅乐音。

✤ 评析

前一首是以乐境写愁，诗人以水平、月满、风和，写自己在"夜行"中的感受。本来是"舟行不进"，才作歌"以取适道路"，但诗人却偏偏要在读者面前展示出一幅春水平堤、满月当空、和风拂袖的欢快画面，把自己的乐观精神感染给读者。特别是三、四句，竟把守吏吆喝，查问姓名的插曲，也写得诗意盎然，妙趣横生，将"九州道路尽豺虎"、"普天有吏夜索钱"的现实，化为一笑，真是神来之笔。第二首以"烟雨深"、"暮猿吟"写旅途之岑寂，三、四句，又忽发奇想，把船歌描绘成舜乐和汤乐，是古代的高雅曲调。所以元遗山在《论诗绝句三十首》中评此说："浪翁水乐无宫徵，自是云山韶濩音。""无宫徵"就是不讲究声律，跟诗人在《箧中集序》中所反对的"拘限声病，喜尚形似"的主张是一致的。

景　云

景云，僧人，岑参有《偃师东与韩樽同诣景云上人即事》诗，说明景云与岑参同时，他善草书，事见《宣和书谱》和《书史会要》。但《岑嘉州集》题作"景云晖上人"，据《古今图书集成·方舆汇编·职方典》卷四三四：景云寺在河南巩县西南罗口堡，地正在偃师东。则景云为寺名。又《白氏长庆集》卷四三《东林寺经藏西廊记》所称"景云律师"，乃景云寺僧上弘。未审是否此人。

画　松

画松一似真松树[1]，且待寻思记得无[2]？
曾在天台山上见[3]，石桥南畔第三株。

✤ 注释

[1] 一似：完全像。 [2] 寻思：仔细回忆。 [3] 天台山：浙江省天台县北，是栖霞岭山脉的东支，东南的名山。孙绰有《游天台山赋》。

✤ 今译

画上的古松简直就像真的，待我仔细想来还记得起吗？
原来是我曾在那天台山上，看到石桥南畔的第三株啊。

✤ 评析

诗人以通俗的语言，把画家的妙趣，观者的会心，很好地表达了出来。

"画松一似真松树",是点题,是直叙自己的第一印象,"一似真松",说明它不完全是虚构出来的,而是把一株真的古松摄入到画家的笔头,一种"似曾相识"的感觉,强烈地冲击着诗人的心扉。这"且待寻思记得无?"正是诗人要从自己的记忆中证实画的这棵松树,就是自己曾经看到的某棵真松。三、四两句,是诗人在记忆深处重新浮现出来的那棵松树,它不仅写出了自己惊喜的心态,也给读者传达出那棵松树苍老遒劲的形态,妙在虚中见实,虚处传神,本以夸张的手法,来写画松之妙,却硬要坐实它就是"石桥南畔第三株",以加强读者对画松的真实感。

刘方平

刘方平，洛阳（今属河南）人。本为匈奴后裔，汉高祖以宗女妻冒顿，其俗贵者皆从母姓，因姓刘氏。清王士祯《居易录》、俞樾《茶香室续抄》皆言“唐诗人刘方平家世最贵”，盖其高祖政要随李渊起兵，封邢国公，仕至洪州都督。祖刘奇官至吏部侍郎，父刘微任吴郡太守、江南采访使，子刘符，官至户部侍郎，赠司徒，曾孙刘岳，后唐吏部侍郎，亦赠司徒。功名累叶，相继不衰。独方平隐居不仕，善画山水，墨妙无前，与元德秀、李颀、严维、皇甫冉交善，有诗歌往来。并得到萧颖士和李勉的赏识。《全唐诗》存其诗一卷。

春　雪

飞雪带春风，徘徊乱绕空[1]。
君看似花处，偏在洛城中[2]。

✤ 注释

[1] 绕空：在空中回旋飞舞。　[2] 洛城：即洛阳，唐时洛阳为东都。

✤ 今译

春风带着飞舞的雪花，盘旋在空中飘洒如麻。
这象征着丰年的瑞雪，偏偏落在洛阳的官家。

✤ 评析

咏物诗要有寄托，要从形似中超脱出来，借题发挥，才有深意，才有艺术生命力。这首写“春雪”的诗，前两句是写景，春风料峭，雪花乱飞，不言“寒”而寒意逼人。后两句是抒情，是借此大发感慨，“君看似花处，偏在洛城中”。这象征丰年的瑞雪，偏偏落在洛阳的富贵人家，是现实的概括，是真理的升华，意含讥刺，而语极委婉。较之罗隐《雪》诗的“长安有贫者，为瑞不宜多”，在立意造语方面，虽有异曲同工之妙，而一则以含蓄见长，更加耐人咀嚼；一则以径情直遂自高，不免一览无余，这就是盛唐与晚唐在风格上的区别。

月　夜

更深月色半人家[1]，北斗阑干南斗斜[2]。
今夜偏知春气暖[3]，虫声新透绿窗纱。

✤ 注释

[1] 半人家：言月影西移，半照人家。 [2] 北斗：星宿名，即大熊星座。七星聚于北方，成斗形，故名。阑干：纵横的意思。与下文的“斜”为互文。南斗：星宿名。六星聚于南方，亦成斗形，故称。 [3] 偏知：犹独知。言窗外虫声传来，始知春回大地。

✤ 今译

夜深的人家一半笼罩在月色之下，天空的北斗星和南斗星已经横斜。
虫儿今晚独知春来的气候渐渐暖，它们的叫声隐隐透过淡绿的窗纱。

✤ 评析

诗人是以画家之笔，写月夜之景。着墨不多，而诗情画意，宛然在目。首句点题，“更深”藏“夜”字。言人家的庭院一半已笼罩在朦胧的月色之中，显出一片夜的谧静。次句承“更深”二字，进一步描绘了夜深的景色，也把读者引向了寥廓的天空。三、四两句，构思新颖，表意别致，诗人不是从正面去描绘春的明媚、春的温煦、春的生意盎然，而是通过昆虫的人格化，赋予它以“独知”之明，让它的叫声把春的信息传播出来，使人乍一听来，油然产生一种新鲜感、欢快感，觉得那充满生机、充满活力的春天，又降临了人间。同时这两句又是因果倒装，虫声从窗外传来，才惊奇地感到大地春回，枝头春闹。又连用了“新”字、“透”字、“绿”字，把乍暖还寒的春意，从感觉、听觉和视觉上撞击读者的心扉，从而给人以极大的美的享受。

春 怨

纱窗日落渐黄昏，金屋无人见泪痕[1]。
寂寞空庭春欲晚，梨花满地不开门。

✤ 注释

[1] 金屋：极其华丽的屋宇。汉班固《汉武故事》记载：汉武为太子时，长公主欲以女配之，问曰：“阿娇好否？”帝曰：“好。若得阿娇为妇，当以金屋贮之。”

✤ 今译

日头落了纱窗显得更加阴沉，金屋无人谁看到我满脸泪痕。
春光将晚偌大的庭院多寂寞，梨花满地我只得轻轻关上门。

✤ 评析

首句写少女所处的自然环境。“黄昏”是愁人最难消遣的时刻，纱窗日落，黄昏降临，眼前一片暗淡，心中无限空虚，更增添了几许凄凉的况味，为“春怨”渲染了气氛。次句点破主题，“金屋”表明是与世隔绝的深宫，而那“泪痕”满面的则是被长期幽闭的少女。她独处深宫，断送青春，无人爱怜，无处倾诉，终朝以泪洗面，来打发这寂寞无聊的日子。寥寥七字，便把诗中主人公的身份、处境和哀怨都写出来了。三、四句用烘云托月的手法，进一步写女主人公的怨情。空庭寂寞，春意阑珊，梨花满地，重门深闭，这凄凉的况味，是人所难堪的。为了更好地表现女主人公的伤春情绪，诗人还采取意象重叠、反复渲染的手法。写日落又写黄昏，写春晚又写花落，写金屋无人又写空庭寂寞，以加强表现的力度，深化凄凉的意境，从而赢得更好的艺术效果。

杜　甫

杜甫（712—770），字子美，原籍襄阳（今属湖北），寄居巩县（今属河南）。祖父杜审言，初唐的著名诗人，杜甫受他的影响很深，并常以此自豪。他曾赴长安应进士举，不第，客居长安十年，郁郁不得意。安史乱起，流离兵燹中。肃宗朝，做过左拾遗的官，因直言极谏，改华州司功参军。后来西川节度使严武又表举他做了检校工部员外郎，所以后人称他为“杜拾遗”、“杜工部”。又因为他的十三世祖杜预，世居京兆杜陵（今陕西长安），所以他自称为“杜陵布衣”，以示慎终追远之义。又因客居长安时，住在杜陵附近的少陵，故又称为“少陵野老”。他避乱入蜀，流寓成都时，构草堂于浣花溪畔，紧靠着草堂寺，所以他的诗集又称为“草堂诗集”。后由夔州（今重庆奉节）携家出峡，投亲靠友，历尽艰辛，病卒于湘江途中。

杜甫生活在唐王朝由盛转衰的大动乱时代，他的最伟大、最有价值的地方，是他把一生的智慧和活力，都贡献给诗歌的艺术，让诗歌走向人民，走向现实生活；是他把许多富有社会意义的题材，带进了诗歌领域，忠实地反映了那个时代，成为我国古代最伟大的现实主义诗人；是他用血和泪重绘了一个战乱频仍、民不聊生的社会，被后世称为“诗史”；是他转益多师，博采众长，把前人的艺术成就加以吸收、熔铸和创造，形成“无体不备”、“无法不具”的艺术宝库。唐元稹评其诗云：“上薄风骚，下该沈、宋，言夺苏、李，气吞曹、刘，掩颜、谢之孤高，杂徐、庾之流丽，尽得古今之体势，而兼众人之所独专矣。”（《唐故检校工部员外郎杜君墓系铭》）宋秦观进一步加以论述说：“杜子美之于诗，实集众流之长，适当其时而已。昔苏武、李陵之诗，长于高妙；曹植、刘公干之诗，长于豪迈；陶潜、阮籍之诗，长于冲淡；谢灵运、鲍照之诗，长于峻洁；徐陵、庾信之诗，长于藻丽。于是子美穷高妙之格，极豪迈之气，包冲淡之趣，兼峻洁之姿，含藻丽之态，而诸家之作，所不及焉。然不集诸家之长，子美亦不能独至于斯也。”（见蔡梦弼《草堂诗话》卷一引）明胡应麟更对他吸收当代诗人的技艺作了具体的论述说：“唐人则王（勃）杨（炯）之繁富，陈（子昂）杜（审言）之孤高，沈（佺期）宋（之问）之精工，储（光羲）孟（浩然）之闲旷，高（适）岑（参）之浑厚，王（维）李（白）之风华，昌龄之神秀，常建之幽玄，云卿之古苍，任华之朴拙，皆所专也，兼之者杜也。”（《诗薮》）这就有力地说明杜甫在诗歌艺术上如何继承古人，学习今人，所谓“泰山不让土壤，故能成其高；河海不择细流，故能就其深”。这就是“诗圣”之所以成为“诗圣”的道理。

杜甫诗歌的影响极其深远，中唐以后没有一个诗人不受他的影响。宋孙仅在《读杜工部诗集序》中说：“公之诗支而为六家：孟郊得其气焰，张籍得其简丽，姚合得其清雅，贾岛得其奇僻，杜牧、薛能得其豪健，陆龟蒙得其赡博，皆出公之一偏耳。”汪立名在《白香山诗集序》中也说：“昔人谓大历以后，以诗名家者，靡不由杜出。韩（愈）之《南山》，白（居易）之讽谕，其最著矣。就二公论之，大抵韩得杜之变，白得杜之正，盖各得其一体而造乎其极者。”清冯浩在《玉溪生诗笺序》中还说：“商隐感时伤事，颇得风人之旨。故《蔡宽夫诗话》载王安石之语，以为唐人能学老杜而得其藩篱者，惟商隐一人而已。”可见以韩愈为代表的“险怪诗派”，以白居易为代表的“乐府诗派”，以李商隐为代表的“唯美诗派”，无一不从老杜那里得到沾溉的。

总之，杜诗雄视百代，光焰万丈，有如长江大河，万古长流。其崇高的价值，历久弥彰，自有诗人以来，一人而已。

房兵曹胡马[1]

胡马大宛名[2],锋稜瘦骨成[3]。
竹批双耳峻[4],风入四蹄轻[5]。
所向无空阔,真堪托死生。
骁腾有如此[6],万里可横行。

✤ 注释

[1] 房兵曹：名不可考。兵曹是管理州郡军事的官员。胡马：指大宛所产的名马。 [2] 大宛：汉时的西域国名,以产名马著称,尤以汗血马(所谓天马)最为有名。故址在今中亚细亚费尔干纳盆地。 [3]“锋稜”句：即“瘦骨成锋稜”的倒文。意谓骨架突出,好似刀刃的锋稜。 [4]“竹批”句：后魏贾思勰《齐民要术》卷六:“(马)耳欲小而锐,如削筒。”我国古代相马之法,忌大头缓耳。两耳瘦削,是良马的特征之一。批：削;峻：锐。 [5]“风入”句：意谓马跑的时候,四蹄生风,极其轻快。晋王嘉《拾遗记》卷七:“曹洪所乘马曰白鹄。此马走时,唯觉耳中风声,足似不践地,时人谓乘风而行也。” [6] 骁腾：骏马的代称。语本颜延年《赭白马赋》:“料武艺,品骁腾。”

✤ 今译

大宛产的骏马从来很著名,骨架突出犹如刀刃的锋稜。
双耳尖锐得像削成的竹片,四蹄生风多么的矫捷轻盈。
它从没有逾越不了的障碍,它真可以在患难中共死生。
有了这么雄健的千里马啊,自当要立功绝域万里横行。

✤ 评析

这是一首咏物诗。大约作于开元二十八至二十九年(740—741)间,这时正是诗人漫游齐赵、裘马轻狂的青年时期。诗中极写骏马的雄姿和品德，抒发了诗人渴望建功立业的伟大抱负。诗的前半幅是实写，是写马的骨相和矫健，它瘦骨嶙峋，状如锋棱；它双耳如削，四蹄生风。寥寥两笔，就把马的形态和神态，十分逼真地勾勒了出来。后半幅是虚写，由咏物转到了言志。“所向无空阔，真堪托死生”，明是写马的品德，实是写自己的抱负。可谓物我一体，形神两全。钱泳《履园诗话》：“咏物诗最难工，太切题则粘皮带骨，不切题则捕风捉影，须在不即不离之间。”因为咏物诗，不仅要见物，而且要见人；不仅要有形态，而且要有神韵，所谓“无寄托不入，专寄托不出”，就是这个道理。元赵汸评此诗说：“前辈言，咏物诗戒粘皮着骨。公此诗，前言胡马骨相之异，后言其骁腾无比，而词语矫健豪纵，飞行万里之势，如在月中。所谓索之于骊黄牝牡之外者。”“索之于骊黄牝牡之外”，就是要看到它的寄托所在。

春日忆李白

白也诗无敌[1]，飘然思不群。
清新庾开府[2]，俊逸鲍参军[3]。
渭北春天树[4]，江东日暮云[5]。
何时一樽酒，重与细论文。

✤ 注释

[1] 白也：指李白。如子路被称为“由也”，冉雍被称为“雍也”，是一种亲密无间的称呼。 [2] 庾开府：指庾信，北周文学家，官至骠骑大将军，开府仪同三司，世称“庾开府”。有《庾子山集》。 [3] 鲍参军：指鲍照，刘宋文学家，曾任宋临海王刘子顼前军参军，世称“鲍参军”。他的诗气骨遒劲，词采俊逸，擅长七言歌行。 [4] 渭北：指渭水流域北部地区，这时杜甫正在这一带游历。 [5] 江东：指吴越一带。这时李白正在江浙一带漫游。

✤ 今译

你的诗歌超凡绝伦，你的才华卓尔不群。
清新就像那庾开府，俊逸好比那鲍参军。
你想的是渭北的树，我望的是江东的云。
什么时候端着杯酒，再来和你讨论诗文。

✤ 评析

这是一首怀念和赞美李白的抒情诗，大约作于天宝六载（747）的春天，这时诗人正滞留在长安。诗的前半幅是对李白诗歌的由衷赞美，说他没有敌手，是自愿让一头地；将他比之庾信、鲍照，是钦佩景仰到了极点。杨伦在《杜诗镜铨》中评此诗说："窃谓古今诗人，举不能出杜之范围；惟太白天才超逸绝尘，杜所不能压倒，故尤心服，往往形之篇什也。"这话是颇中肯綮的。诗的后半幅是写两人的亲密交情。"暮云春树"一联，即事抒情，天然高妙。清黄生在《杜诗说》中评此联说："五句悬度彼忆己，六句寓言己忆彼。"两句诗，牵连着双方的无限情思，感情深厚，思致缠绵，因而被后世用作怀念远方友人的典故。

月　夜[1]

今夜鄜州月，闺中只独看[2]。
遥怜小儿女，未解忆长安[3]。
香雾云鬟湿[4]，清辉玉臂寒[5]。
何时倚虚幌[6]，双照泪痕干。

✤ 注释

[1] 天宝十五载（756）六月，安史叛军攻陷长安，杜甫携家逃至鄜州（今陕西富县）。七月，肃宗即位于灵武（今属宁夏回族自治区），杜甫前去投效，在途中为叛军所俘，困居长安。这诗就是写长安月夜思念妻儿的心情。 [2] 闺中：闺

中人，指诗人的妻子杨氏。这时杜甫四十五岁，杨氏三十五岁。 [3]“遥怜”二句：清纪昀说：“言儿女未解忆，正言闺人相忆耳。故下文直接‘香雾云鬟’一联。”“未解”句：包含两层意思：一指儿女幼小，还不知道怀念长安的父亲；一指儿女还不理解母亲思念长安的心情。 [4]“香雾”句：言夜雾因云鬟而香，云鬟因夜雾而湿。香雾：从头发里散发出来的膏泽香味。云鬟：稠密如云的头发。 [5]清辉：指月亮的光辉。玉臂：指洁白如玉的手臂。言诗人遥想妻子久立月下，定会感到秋夜的寒意。 [6]虚幌：透明的窗帘。

✤ 今译

今夜鄜州上空的那轮明月，只有她一个人在那里傻看。
可怜那寄居他乡的小儿女，还不懂得为啥要思念长安。
她的云鬟料应被浓雾沾湿，她的玉臂当在月露下受寒。
何时才能靠着透明的窗帷，照着我俩欢聚一堂的笑颜。

✤ 评析

本来是写自己见月思亲的悲愁，却从对方落笔，不言自己身陷贼中、生死未卜的苦闷，不言自己举头望月、低头思亲的心绪，而写妻子对自己的处境如何焦虑，她会看到月圆而想到人缺，看到月明而想到人晦，想象得愈细腻，愈显得思念之深，这是“深一层”的写法。“遥怜”一联，插入小儿女的天真无知，既以反衬妻子深深地思念着独处长安的亲人，又为“香雾”一联搭桥过渡，这叫作“暗接法”。颈联写夜半雾浓，云鬟沾湿；月下露重，玉臂生寒。写得语丽情悲，言少意多，一则悬想妻子的“独看”，二则暗写自己的深思。这是“加一倍”的写法。尾联兼含“回忆”与希望，是虚写。“双照”回映“独看”，写得语婉情切，曲折有致。诚如黄生评此诗所说的：“五律至此，无忝诗圣矣。”

春　望[1]

国破山河在[2]，城春草木深。

感时花溅泪，恨别鸟惊心[3]。
烽火连三月[4]，家书抵万金。
白头搔更短，浑欲不胜簪[5]。

✤ 注释

[1] 这是唐肃宗至德二载(757)三月，杜甫在长安时所作。长安陷贼后，被安史叛军焚掠一空，诗人感而有作。 [2]“国破”句：天宝十五载(756)六月，安史叛军攻破潼关，长安陷落。国：指京都长安。 [3]“感时”二句：文义互见，言由于感时恨别，而对花溅泪，听鸟惊心。一说，此为拟人法，言花感时而溅泪，鸟恨别而惊心。 [4]“烽火”句：至德二年正月，“安庆绪将尹子奇寇睢阳，张延败之”。二月，“李光弼及安庆绪之众战于太原，败之”。“关西节度兵马使郭英乂及安庆绪战于武功，败绩，庆绪陷冯翊郡，太守萧贲死之”。“郭子仪及安庆绪战于潼关，败之”。“郭子仪及安庆绪战于永丰仓，败之”。三月，“尹子奇复引大兵攻睢阳”，“安守忠将骑二万寇河东，郭子仪击走之”。以上史实，分别见《新唐书·肃宗纪》及《通鉴》卷二百一十九。 [5] 浑：完全，简直。不胜簪：连簪子也插不住。鲍照《行路难》：“白头零落不胜簪。”

✤ 今译

国家残破河山还依旧，长安春深草木又丛生。
感时看到花开而流泪，恨别听罢鸟啼便惊心。
烽火延续整整三个月，家书值得足足一万金。
白发年来我愈搔愈少，简直连簪子也插不稳。

✤ 评析

这是唐诗的名篇，是杜诗中最脍炙人口的佳什之一。诗一开头，就把读者带进一种感时恨别、忧国思家的氛围中。司马光《温公续诗话》说：“山河在，明无余物矣；草木深，明无人迹矣。”说明长安旧日的繁华，已被安史叛军践踏无余。这一联思想深沉，对偶精巧，“国破”自然是血污大地，满目荒凉；

"城春"则是繁花似锦,风物宜人。两意相反,对举成文,反差极为强烈。"国破"原应写断壁残垣的惨象,而继之以"山河在";"城春"原应写鸟语花香的美景,而缀之以"草木深",两意相悖,出人意表。诚如胡震亨在《唐音癸签》卷九中评此联说:"对偶未尝不精,而纵横变幻,尽越陈规;浓淡浅深,动夺天巧。"颔联满目春光,却显得一片凄凉。花香鸟语,本来是迷人的春景,但由于时局的混乱,战火的燃烧,国家已经没有春天;豺虎横行,骨肉离散,家庭也已经没有春天。现实的春天,已经成了水深火热的岁月;繁华的往日,已经成了风流云散的烟尘,所以只有"见花溅泪"、"闻鸟惊心"了。前四句都是从"望"字生发出来,或触目兴感,或借景抒情,在景与情的变化中,我们恍惚看到了诗人翘首若有所思、低头若有所感的心态。后四句是直抒情愫,心潮澎湃,因感时而虑烽火,伤别而盼家书,以"烽火"承"感时","家书"承"恨别",自然流转,逐步深化,把忧国和思家两种感情有机地结合在一起,沉痛之至,自然能引起读者的共鸣,因而成为千古名句。结联在白发稀疏中含有不尽的家仇国恨,具有强烈的时代气息,深刻的社会内容,真可谓写景则情景交融,浑然一体;抒情则诚挚动人,一语百媚。

秦州杂诗[1]

莽莽万重山[2],孤城山谷间[3]。
无风云出塞,不夜月临关[4]。
属国归何晚[5]?楼兰斩未还[6]。
烟尘独长望,衰飒正摧颜[7]。

✤ 注释

[1] 秦州:唐属陇右道,治所在今甘肃的天水市,位于陇山之西,是西北的边防要地。乾元二年(759)秋,杜甫寓居秦州,把当时的见闻和感想,写成包含二十首之多的组诗《秦州杂诗》,这里选的是第七篇。 [2] 莽莽:广大貌。山:指陇山。陇山绵亘不断,山路九折。 [3] 孤城:此指天水城。 [4] "无风"二句:西北地区,气特高

爽，日照又长。气高爽，则微风而人不觉，云却在流；日照长，则天色未暗，月已升起。仇兆鳌在《杜诗详注》中说："山多，故无风而云常出塞；城高，故不夜而月先临关。" [5] 属国：典属国的简称，是掌管藩属国家事务的官。此指唐朝派往吐蕃的使臣，往往被其扣留。这里暗用苏武出使匈奴，被留十九年，饮雪吞毡，节旄尽落，始终不肯屈服，回国后被封为典属国的典故。 [6] 楼兰：汉西域国名。汉武帝时，遣使通西域，往往被楼兰遮杀。昭帝元凤元年（前 77）大将军霍光派平乐监傅介子前往楼兰，用计斩其王。事见《汉书·傅介子传》。 [7] 摧颜：摧损容颜。

✤ 今译

在那苍苍莽莽的万山丛中，一片孤城坐落在陇山以东。
没有风儿浮云却飘出塞外，天色未暗月儿已高悬碧空。
出使的官员归来为啥太晚，杀敌的勇士也还音信未通。
独自看着弥漫塞上的烽火，使我呈现出那愁苦的衰容。

✤ 评析

这是一首描绘西北山川景物的诗，从实见实感中提炼出富于地方特色和时代气息的意境，饱含着诗人伤时忧国的感情，因而富有艺术感染力。诗的首联写的是大景，概括了秦州险要雄浑的地理形势，透露了严峻紧张的气氛。颔联单写"孤城"的特殊景象，是一篇之警策。仿佛"孤城"的云，无风而能飘到塞外；"孤城"的月，不夜便已降临关头。不但表达了边城的紧张气氛，也抒发了诗人的特殊感受。浦起龙在《读杜心解》评此联说："三、四警绝，一片忧边心事，随风飘去，随月照着矣。"可谓得杜之心、得诗之神了。颈联连用两典，同赋一事，暗寓诗人对国势日衰的感叹。结联从前六句生发出来，是因文生情。诗人看到边城的烽烟弥漫，想到使节的不断失利，不禁感慨无端，悲从中来，连自己的容颜也感到黯淡无光了。全诗寓悲凉之情于雄浑之景中，表现为一种悲壮的艺术美。

天末怀李白[1]

凉风起天末，君子意如何？
鸿雁几时到[2]，江湖秋水多[3]。
文章憎命达，魑魅喜人过[4]。
应共冤魂语，投诗赠汨罗[5]。

✤ 注释

[1] 乾元二年秋，杜甫时在秦州，闻李白以参与永王璘幕府，被长流于夜郎，因作此诗以示怀念。其实作此诗时，李白已遇赦放回。天末：犹言天边。 [2]“鸿雁”句：旧谓鸿雁可以传书，此意为秋雁北飞，几时能捎个信来。 [3]“江湖”句：既寓怀人之思，又喻仕途之险，盖言秋水时至，怀山襄陵；秋水伊人，念子为劳。时李白情况不明，故有此语。 [4]“文章”二句：言正人迍邅，邪恶横行。诗穷后工，古今同慨，故曰“憎”。魑魅搏人，暗中伺机，故曰“喜”。魑魅：山泽间的精怪，以喻谗佞。 [5]“应共”二句：冤魂，指屈原。屈原被谗见放，自沉汨罗（今湖南省汨罗市）。《汉书·贾谊传》：贾谊以不世之才，遭到大臣们的嫉妒，被谪为长沙王太傅，路过湘水，投赋以吊屈原。此用其事。言李白的冤情，只能向屈原倾诉了。

✤ 今译

遥远的边城已经刮起了凉风，老朋友啊我真担心你的吉凶。
北飞的鸿雁几时能带来消息，秋天的江湖想来已浊浪排空。
出类的文章往往会遭到厄运，谗邪的小人总是爱寻衅起哄。
应当向屈原去倾诉你的不幸，像贾谊把诗歌投到汨罗江中。

✤ 评析

诗人对李白的长流夜郎情况不明、吉凶未卜，不胜眷念和疑惧，因作此诗以怀之。诗的首联以凉风起兴，以呼问抒情，看似不甚着意，而言浅情深，天末揣想，益见关切之殷。颔联以鸿雁未到，江湖水多，喻音讯隔绝，世路艰险，进一步表达诗人的忧虑之情。李慈铭说："楚天实多恨之乡，秋水乃怀人之物。"诗人遥望洞庭，自然不胜惆怅了。颈联是悲愤语，是沉痛语，是对历史事实和现实生活的高度概括，既是对李白的无限同情，更是对自己的无限伤感，不愧是千古名句。邵长蘅评此联说："一憎一喜，遂令文人无置身地。"文愈高而命愈蹇，一有过而小人便喜，这便是"鸾凤伏窜，鸱鸮翱翔"的道理。结联以想象之辞，抒不平之感，屈原以造为宪令，改革弊政，遭到既得利益集团之谗毁，而横遭放逐，自沉汨罗；李白以投身平叛大业，使寰宇澄清，而获罪长流夜郎，萧条异代，放逐同命，所以诗人驰骋想象，认为李白一定要向屈原倾诉自己的冤情。代人着想，切合情理，意虽深微，情实激烈，因而感人至深。

月夜忆舍弟[1]

戍鼓断行人[2]，边秋一雁声。
露从今夜白，月是故乡明[3]。
有弟皆分散，无家问死生。
寄书长不达，况乃未休兵。

✤ 注释

[1] 这首诗是乾元二年(759)秋杜甫在秦州怀念他弟弟的作品。那时史思明引军南下汴州，西进洛阳，分散在山东、河南的诸弟，都因为战火阻隔，音信不通，引起诗人十分的焦虑。这首诗正是诗人当时心态的真实写照。 [2] 戍鼓：边地驻军的鼓声。南朝梁刘孝绰《夕逗繁昌浦》："隔山闻戍鼓，傍浦喧棹讴。" [3]"露从"二句：乃"今夜露白"、"故乡月明"的倒文。

✤ 今译

戍所的鼓声，断绝了路上的行人，边地的秋天，传来了塞雁的叫声。

冷露到了今夜，就显得更加洁白，皓月挂在长空，总觉得故乡最明。

可怜几个小弟，都已像蓬飞萍散，还有什么老家，到哪里去问死生。

平时寄了信去，也长期收不到手，何况战火纷飞，到处是叛军横行。

✤ 评析

这首诗完全是至情的流露，纯用白话，不假藻饰，而自然感人。首联以“戍鼓”、“雁声”的所闻，以行人断绝、边城秋色的所见，来烘托战事的频仍、道路的阻隔，为抒发见月思亲之情做好铺垫。颔联即景抒情，用常景常语，写出了不寻常的佳句。“露从今夜白”，是点明时令，也抒发了“草木零落”、“美人迟暮”的感慨。“月是故乡明”，是把自己的心理幻觉和主观感情，融入客观景物之中，虽经不起科学的检验，却得到了古今的认同，成为表现乡情的千古名句。颈联转到抒情，过渡十分自然。“有弟皆分散，无家问死生。”是生活的现实，是战争给诗人带来的灾难的高度概括，伤心之至，沉痛之至，令人不忍卒读。结联无限惆怅，无限深情。“寄书不达”上承“无家”，“况未休兵”紧承“问死生”，盖“无家”则书无从寄达，“未休兵”则无法“问死生”，一句一承，一句一转，章法谨严，语法细腻，思想之深度，感情之强度，表现之力度，可谓尽善尽美了。

春夜喜雨

好雨知时节，当春乃发生。
随风潜入夜[1]，润物细无声。
野径云俱黑[2]，江船火独明。
晓看红湿处，花重锦官城[3]。

✤ 注释

[1]“随风”句：雨细如丝，随风而来，使人不容易感觉得到，故曰“潜入”。[2]“野径”句：阴云密布，星光暗淡，四野漆黑一团，道路不分东西。[3]“花重”句：繁花经雨，饱含水分，低垂枝头，故曰“重”。锦官城：成都市的别称。

✤ 今译

那多么好的及时雨啊，正在这节骨眼上降临。
偷偷地随风飘进屋里，细细地润物没有声音。
原野呈现出一片漆黑，只有渔火在船上照明。
朝看那湿漉漉的红萼，沉甸甸地开遍了锦城。

✤ 评析

诗题是“春夜喜雨”，但全诗不着一个“喜”字，却又无处不是春的气息、喜的心情，所以为妙。首联即把雨拟人化，说它“知时节”，在“贵如油”的春天降了下来。颔联进一步申足“好”字，也进一步把雨拟人化。“潜入夜”、“细无声”，都是雨的自觉行动，是雨的主观意志。它“潜入”而使人不觉，“润物”而不居功自傲，真是“天何言哉”，“而万物兴焉”，那该有多好啊。颈联即景之作，是实写，阴云密布，原野俱黑，阡陌莫辨，渔火独明，看来这不是短暂的阵雨，而是有利于春耕生产的透雨，这就好到底了。尾联是想象之辞，是虚拟。满城红花，低垂枝头，春意将在锦官城中闹起来，那又该多好啊。全诗各联，无一不在歌颂雨的好，又无一不在字里行间，透露出诗人的喜悦心情。

旅夜书怀[1]

细草微风岸，危樯独夜舟[2]，
星垂平野阔，月涌大江流[3]。
名岂文章著[4]，官应老病休[5]。
飘飘何所似？天地一沙鸥[6]。

✤ 注释

[1] 代宗永泰元年(765)夏,杜甫由成都草堂携家至云安(今重庆市云阳县),这诗便是舟行途中所作。 [2] 危樯:高高的桅杆。危:高。独夜舟:孤舟夜泊。 [3]“星垂”二句:平阔的原野,仰看天空,好像星宿挂在天幕上一样,故曰“垂”。明月的倒影,倒映江中,好像月亮从水底涌了出来,故曰“涌”。 [4]“名岂”句:《汉书·扬雄传》:“(雄)实好古而乐道,其意欲求文章成名于后世。”此暗用其事,而略致微词。 [5]“官应”句:此“老病应休官”之倒语。广德二年(764)六月,西川节度使严武表杜甫为节度参谋,检校工部员外郎,第二年三月,杜甫即因病辞官。 [6] 沙鸥:水鸟名,栖息沙洲,飞翔海上。

✤ 今译

微微的夜风吹拂着江岸的细草,高高的桅杆矗立在夜泊的孤舟。
星宿好像倒挂在那平野的天幕,月亮又恰似涌现在翻腾的江流。
个人的名望难道靠文章来光大?我老而多病早就应该告老退休。
这么样到处漂泊究竟像个什么?真正是苍茫天地间的一只沙鸥。

✤ 评析

此诗前四句扣紧题中的“旅夜”,以细致的体察,精巧的笔致,分别写出夜间所见的近景、小景和远景、大景,而又能寓情于景,暗寓自己像细草一样的任风吹拂,像孤舟一样的到处漂泊。诗人当时的孤独之感,便在弦外拨出。野阔星垂,江流月涌,是写大景、远景,写得气象雄浑,充满生气,恰与首联形成强烈的对比。构思之妙,全在“垂”字和“涌”字上。它和李白《渡荆门送别》的“山随平野尽,江入大荒流”,在构句和炼字上,都极其形似。但杜是写夜景,写老病漂泊,故深沉雄健;李是写日景,写少年远游,故超脱豪迈。清洪亮吉在《北江诗话》中说得好:“李青莲(白)之诗,佳处在不着纸;杜浣花(甫)之诗,佳处在力透纸背。”是有真知灼见的。诗的后四句,是扣紧题中的“书怀”。“名岂文章著”,仇兆鳌在《杜诗详注》中说是“自谦”,“官应老病休”,仇又说是“自解”。其实是诗人的不平之鸣,诗人本想“致君尧舜上,再使风俗淳”,因文章而得浮名,是诗人所不愿的;因老病而早退休,是诗人所不甘的。尾联自伤漂泊,自比沙鸥，正是诗人的点睛之笔。

登岳阳楼[1]

昔闻洞庭水，今上岳阳楼。
吴楚东南坼[2]，乾坤日夜浮[3]。
亲朋无一字，老病有孤舟[4]。
戎马关山北[5]，凭轩涕泗流[6]。

✤ 注释

[1] 这诗作于大历三年(768)冬，时杜甫漂泊在江湘一带，登岳阳楼有感而作。岳阳楼，即湖南岳阳市的西门城楼，唐开元中张说所建，宋滕子京重修，中华人民共和国成立后又大修一新。楼高三层，下瞰洞庭，碧波万顷，衔远山，吞长江，茫无涯际，是游览胜地。 [2]“吴楚”句：洞庭湖东接于吴，南尽于楚，吴、楚两地，以此湖为分界。坼：裂开。 [3]“乾坤”句：洞庭下涌于地，上接于天，水势浩大，好像天地都在其中浮动。《水经注·湘水》：“(洞庭)湖水广圆五百余里，日月若出没于其间。” [4]“老病”句：诗人时年五十七岁，除肺病外，又患风痹症，左臂偏枯，右耳已聋。出蜀后，未尝宁处，全家都生活在舟中，故云。 [5]“戎马”句：这年八月，吐蕃以十万大军进犯灵武(今属宁夏回族自治区)，二万大军侵犯邠州(今陕西省彬州市)，京师戒严。郭子仪将兵五万驻奉天(今陕西乾县)防守。戎马：代指战争。 [6] 凭轩：靠着窗槛。轩：有窗槛的长廊。

✤ 今译

早就听说过壮阔的洞庭水，今天才登上雄伟的岳阳楼。
东吴南楚在这里划分界线，上天下地在这里日夜飘浮。
至亲好友没有人寄来一字，既老且病我只有一叶孤舟。
大西北又一次燃起了烽火，我靠着栏杆不禁涕泗横流。

✤ 评析

这是古今写岳阳楼最脍炙人口的名篇。诗在无限感慨悲愤中，具有雄伟壮阔的境界，给人以悲壮的美感享受。首联以“昔闻”、“今上”表达了诗人夙愿终偿的愉快心情。颔联是千古名句，只有孟浩然《临洞庭赠张丞相》的“气吞云梦泽，波撼岳阳城”，堪与比美，然就全诗而论，孟诗后半格局不高，亦有逊色。杜诗此联用夸张的手法，把洞庭湖浮天涌地、吞月吐日的壮丽景象，表现得淋漓尽致，较之刘长卿的“浪叠浮元气，中流没太阳”，僧可朋的“水涌天影阔，山拔地形高”，虽亦表现了洞庭湖的雄伟气象，但太着力，太斲削，不免微露竭蹶之状，不及杜、孟之自然也。颈联转入抒情，不胜迟暮之感，飘零之叹，心极悲愤，笔极沉郁，深深撞击着读者的心扉。尾联由身世之感，转到忧国伤时，使诗的境界得到进一步的升华，自是黄钟大吕之音。

蜀　相[1]

丞相祠堂何处寻？锦官城外柏森森[2]。
映阶碧草自春色，隔叶黄鹂空好音。
三顾频烦天下计[3]，两朝开济老臣心[4]。
出师未捷身先死[5]，长使英雄泪满襟。

✤ 注释

[1] 蜀相：指蜀汉的丞相诸葛亮。这诗是唐肃宗乾元三年(760)春，杜甫初至成都瞻仰武侯庙的吊古之作。祝穆《方舆胜览》：“成都府，武侯庙在府城西北二里。武侯初亡，百姓遇节朔，各私祭于道中。李雄称王，始为庙于少城内。”
[2] 锦官城：成都的别称。柏森森：武侯祠前有老柏一株，相传为诸葛亮所手植。森森：高长茂盛的样子。杜甫《古柏行》云：“孔明庙前有老柏，柯如青铜根如石。霜皮溜雨四十围，黛色参天三千尺。”正是咏这株古柏的。　[3]“三顾”句：诸葛亮未出山时，隐居南阳的隆中(在今湖北襄阳市西)，刘备三次访问他于茅庐，商

议天下大事，诸葛亮为他筹划三分天下的大计，这就是有名的《隆中对》。诸葛亮《出师表》："（先主）三顾臣于草庐之中，咨臣以当世之事。"频烦：一再烦劳。[4]"两朝"句：诸葛亮先辅佐刘备开创蜀汉基业，刘备死后，又辅刘禅支撑危局。开济：开创大业和匡济艰危。 [5]"出师"句：建兴十二年（234）春，诸葛亮出师伐魏，据五丈原（今陕西省岐山县西南斜谷口），与魏军相持百余日。这年八月，病死军中。

✤ 今译

丞相祠堂到哪里去寻？锦官城外的古柏森森。
映阶碧草透露着春意，隔叶黄鹂送来了好音。
为三顾提供三分大计，向两朝奉献一片丹心。
出师未捷便溘然长逝，使得英雄也泪流满襟。

✤ 评析

诗的前四句写景，后四句抒情。首联以呼问起，表明诗人怀着崇敬的心情，早就想来瞻仰丞相的祠堂了。颔联用碧草自春，莺声空好，暗示祠宇的荒凉，祀典的寂寥，与诸葛亮的功业全不相称，与自己想象中的景况也相距甚远，因而不无惆怅之感。颈联以极高的史识，极佳的史笔，高度概括了诸葛亮的一生遭遇、抱负和功业，凝练精确，是一篇最好的史论。结联把诸葛亮"鞠躬尽瘁，死而后已"高风亮节，写得十分充分，也把后人对诸葛亮的"功高三分，才雄百代"的景仰心情，抒发得非常充分。宋朝爱国将领宗泽在临终前还口诵这两句诗，三呼"渡河"而死，说明它的感人之深。

客 至[1]

舍南舍北皆春水，但见群鸥日日来。
花径不曾缘客扫[2]，蓬门今始为君开。
盘飧市远无兼味[3]，樽酒家贫只旧醅[4]。
肯与邻翁相对饮，隔篱呼取尽馀杯[5]。

✤ 注释

[1] 作者题下自注:“喜崔明府相过。”明府:县令的代称。上元二年(761)杜甫在成都浣花草堂接待嘉宾崔明府时所作。 [2] 花径:花圃中的小路。缘:由,为。 [3] 盘飧:盘中的菜。飧,熟食。兼味:两种以上的菜肴。 [4] 旧醅:没有过滤的陈酒。 [5] 呼取:叫着。取:唐宋诗词习惯用语,“着”的意思。如“记取”、“认取”、“画取”。

✤ 今译

宅前宅后弥漫着一湾春水,只见成群的沙鸥日日飞来。
花间的小路从未因客打扫,茅舍的前门今始为你敞开。
市场太远盘中没有两个菜,家境清贫杯里只有点旧醅。
如果愿和隔壁老头相对饮,便隔着篱笆请他来喝两杯。

✤ 评析

这是一首洋溢着生活情趣的即事之作。首联描绘宅外的风光,春水环绕,群鸥飞翔,煞是一个幽静的所在;同时也表明了门前冷落,车马稀少,为下文的高轩过,嘉宾至,激发出来的喜悦心情,巧妙地做了铺垫。颔联托出“客至”的主题,花径不扫,蓬门不开,一则表现了主人的门庭冷落,谢绝世事;再则表现了嘉宾到来,喜出望外,破例为之打扫花径,打开蓬门,不言喜,而喜气洋溢在字里行间。颈联写主人的殷勤待客,一种朴素而真挚的感情,感人至深。虽然盘无兼味,樽只旧醅,而欢快的心情,生活的气息,充溢其中。尾联以隔篱呼邻,把酒尽欢作结,将席间觥筹交错的气氛推向一个高潮,表现了诚挚真率的友情。

闻官军收河南河北[1]

剑外忽传收蓟北[2],初闻涕泪满衣裳。
却看妻子愁何在,漫卷诗书喜欲狂[3]。
白日放歌须纵酒[4],青春作伴好还乡[5]。
即从巴峡穿巫峡[6],便下襄阳向洛阳[7]。

✣ 注释

[1] 唐代宗宝应元年(762)十月,唐朝各路大军由陕州发动总反攻,再度收复洛阳,以次平定河南诸郡县。十一月,进军河北,叛军将领李抱玉、李宝成、田承嗣、李怀仙等纷纷纳地归降。次年正月,史朝义(史思明之子)兵败自杀。安史之乱,至此平息。时杜甫在梓州(今四川省三台县),听到消息后,喜而有作。 [2] 剑外:即剑阁以南,此泛指蜀地。蓟北:泛指蓟门以北地区,大约相当于京津一带,当时是安史叛军的老巢。 [3] 漫卷:胡乱地卷起,随手卷起。谓自己因过于高兴而失去常态。 [4] 白日:一作"白首"。放歌:纵情高歌,放声歌唱。 [5] 青春:此指秀丽的春光。还乡:指回到洛阳。此句自注云:"余田园在东京。"唐以洛阳为东京。 [6]"即从"句:此预计出蜀还楚的路线。巴峡:此指今湖北省巴东县西的巴峡。《太平御览》卷六五引《三巴记》:"曲折三曲,形如巴字,亦曰巴江,经峻峡中,谓之巴峡。"巫峡:长江三峡之一,在今重庆市巫山县东。 [7]"便下"句:此预计由楚向洛的路线。襄阳:今属湖北襄阳。

✣ 今译

剑门关外传来收复蓟北的捷报,乍听消息我的热泪湿透了衣裳。
回头看到妻子的愁容已经消失,我胡乱地收拾着书籍欢欣欲狂。
白天里我放声歌唱啊开怀痛饮,还有那明媚的春光伴着我还乡。
从这巴峡顺流东下穿过那巫峡,掉转船头经过襄阳便到了洛阳。

✣ 评析

浦起龙《读杜心解》评此诗是杜甫"平生第一首快诗"。这个"快"字包含两层意义:一是乍闻捷报,心情感到无比的欢快;二是一气呵成,笔意显得无比的畅快。首联以"忽传"和"初闻"两个寻常的词语,表现了诗人极不寻常的心态变化。即惊定而喜,喜极而悲的感情波涛。七八年来,胡骑横行,山河破碎,黎民生活在水深火热之中,诗人也长期漂泊在西南天地间,如今叛乱已平,一场浩劫终于像噩梦一般的过去了,诗人哪能不痛快呢?哪能不欣喜若狂呢?三、四句化悲为喜,全家都沉浸在"喜欲狂"的氛围中,妻子失去了愁容,自己卷起了诗书,这一"看"一"卷"两个带戏剧性的动作,把欢快的气氛推向了新的高潮。五、六句进一步抒发“喜欲狂”的心情，白日放歌，尽情痛饮；青春做伴，携眷还乡，是结束颠沛流离生活的当然喜悦，是幻想胜利还乡的自然心境。七、八句是虚拟，是预计，是掀起欣喜感情的更大高潮，身寄梓州，心回洛阳，是全诗抒情的最酣畅处，他的这些浮想联翩，正反衬出长期流离转徙的哀愁。至其这一联包含“巴峡”“巫峡”与“襄阳”、“洛阳”四个地名，用“即从”、“便下”加以绾合，而形成活泼流走的流水对，工力之强度、深度，更是不可企及的。全诗一气连贯，略无停顿，而又千回百转，曲折有致。诚如《杜诗详注》引王嗣奭评此诗的话说：“此诗句句有喜跃意，一气流注，而曲折尽情，绝无妆点，愈朴愈真，他人决不能道。”

登　楼[1]

花近高楼伤客心，万方多难此登临[2]。
锦江春色来天地[3]，玉垒浮云变古今[4]。
北极朝廷终不改[5]，西山寇盗莫相侵[6]。
可怜后主还祠庙[7]，日暮聊为梁父吟[8]。

✤ 注释

[1] 这首诗写于广德二年(764)春，时诗人客蜀已经五个年头，安史之乱虽已平定，接着又有吐蕃入侵，长安陷落，代宗奔陕州的事。诗人新从梓州回到成都，登楼有感而作。　[2] 万方多难：指吐蕃入侵，藩镇割据，国家的内忧外患，纷至沓来。[3] 锦江：水名，在四川成都，自郫县流经成都东南。　[4] 玉垒：山名。在成都平原的都江堰市西北。山下有玉垒关，也叫七盘关，是西蜀通往吐蕃的要道。　[5] 北极朝廷：比喻唐室。北极：即北辰，居北天正中，象征大唐政权。此言广德元年(763)十月，吐蕃攻陷长安，代宗出奔陕州，吐蕃立广武郡王承宏为傀儡皇帝。郭子仪旋即收复长安，代宗复位。　[6] 西山寇盗：指吐蕃侵略军。广德元年十二月，吐蕃攻陷松、维、保三州(均在四川北部)。　[7] 后主：蜀汉的刘禅。刘禅信任宦官黄皓，终致亡国。此暗喻代宗李豫重用宦官程元振、鱼朝恩等，造成藩镇割据，吐蕃入

寇的局面。 [8]梁父吟：汉乐府《楚调曲》名，亦作梁甫吟。《三国志·蜀书·诸葛亮传》："亮躬耕陇亩，好为《梁甫吟》。"此伤国家多难，纾难无人。

✤ 今译

花枝靠近高楼令我看了伤心，正当万方多难又到这里登临。
大地春回像锦江卷起的波浪，世事多变像玉垒山上的浮云。
唐家的政权永远也改变不了，西山的寇盗不要来冒险入侵。
后主那样的昏君还享有祠庙，对着黄昏我聊且唱着梁甫吟。

✤ 评析

这是一首触景生情、感时伤乱的诗歌，寓深沉的悲愤于壮阔的景物之中。万方多难，百感交集，表现了诗人爱国忧民的崇高襟怀。历代的诗家，对此诗有着很高的评价。沈德潜在《唐诗别裁》中评它说："气象雄伟，笼盖宇宙，此杜诗之最上者。"浦起龙在《读杜心解》中亦说："声宏势阔，自然杰作。"首联笼罩全篇，"万方多难"是全诗写景抒情的聚焦点。先写见花伤心，后写万方多难，是因果倒置，词语倒装，更见健笔，更见深心，更见不同凡响。颔联写登楼所见，在山河壮丽的景色中，寓世事变幻的感叹，语壮景阔，旨远韵高，是千古不可多得的杰句。颈联义正词严，信心百倍，对"北极朝廷"的坚如磐石，毫不怀疑；对"西山寇盗"的枉费心机，给以蔑视。一片浩然之气，充溢在字里行间。尾联吊古伤时，寄托遥深，借后主以讽代宗，吟梁父而抒抱负，诗人沦落天涯、报国无门的感慨，尽在言外。

秋兴八首之一[1]

玉露凋伤枫树林[2]，巫山巫峡气萧森[3]。
江间波浪兼天涌，塞上风云接地阴[4]。
丛菊两开他日泪[5]，孤舟一系故园心[6]。
寒衣处处催刀尺[7]，白帝城高急暮砧[8]。

✤ 注释

[1] 秋兴八首，是唐代宗大历元年(766)秋诗人流寓夔州(今重庆奉节)时所写的一组抒情诗。这里选的是第一首。秋兴，是因秋而起兴。兴者是言在于此，而意寄于彼。这时国运仍未好转，诗人长期漂泊，感时恨别，触景伤情，故有此作。 [2] 玉露：白露，指霜。隋李密《淮阳感秋》："金风飏初节，玉露凋晚林。" [3] 巫山：在今重庆市巫山县东南，首尾百六十里，悬岩绝壁，绵延江岸，形成险峻的巫峡。气萧森：气象萧瑟而阴森。 [4] 塞上：关隘险要处。此指夔州的巫山。接地阴：遍地阴森，见不到阳光。《水经注·江水》："自三峡七百里中，两岸连山，略无缺处，重岩叠嶂，隐天蔽日，自非亭午夜分，不见曦月。" [5] "丛菊"句：杜甫于唐代宗永泰元年(765)五月离开成都，至作此诗时已历两年，故曰"两开"。开：既指花开，又指眼开。 [6] 孤舟一系：孤舟长系。故园心：指怀念长安的心情。杜甫在长安有产业，并以长安为第二故乡。系：既指系舟岸边，又指系心故乡。 [7] 催刀尺：催人赶置寒衣。刀尺：剪刀与尺子，裁剪的工具。 [8] 白帝城：故址在今重庆市奉节县东白帝山上，东汉初年公孙述所建。砧：捣衣石。

✤ 今译

严霜凋残了两岸的枫林，三峡的气象多么的阴森。
那江上的波浪连天涌起，这峡中的云层到处皆阴。
丛菊两开淌下忆往的泪，孤舟长系引起思乡的心。
都在赶制着御寒的衣服，城边又传来捣衣的砧声。

✤ 评析

秋兴组诗融高华沉郁于一体，冶写景抒情于一炉，婉转低回，反复慨叹，后人论唐人七律，多以此为极致，以其既有创体(一题八咏，有合有分)，又有创意也。"玉露凋伤枫树林"一首，是组诗的序曲，为以下七首奠定了基调。它通过巫山巫峡秋声秋色的描绘，烘托出农村凋敝、社会动荡的政治氛围，抒发了诗人忧国之情和思乡之感。前四句，因秋起兴，读起来大有秋色扑面、秋声惊心之感。"江间"一联，意境壮阔，明写秋景，暗托愁心，明言夔府，实忆京华，言在此而意在彼，耐人咀嚼。后四句，触景伤情，感情激烈，"丛菊"一联，把诗人的漂泊之感、思乡之情、忧国之泪、伤时之心，一齐涌到笔端，极沉郁顿挫之致，而且启发了组诗第二首和第三首的诗心，所以是千古名联。

登　高[1]

风急天高猿啸哀，渚清沙白鸟飞回[2]。
无边落木萧萧下[3]，不尽长江滚滚来。
万里悲秋常作客，百年多病独登台[4]。
艰难苦恨繁霜鬓[5]，潦倒新停浊酒杯[6]。

✤ 注释

[1] 杜甫于大历二年(767)，在夔府(今重庆奉节)的东屯养病，九月九日，扶病登高，感而有作。 [2] 渚：水中的小沙洲。鸟飞回：鸟在急风中回旋。 [3] 萧萧：状声词，此指风吹木落的声音。 [4]"百年"句：这年杜甫五十五岁，肺病、风痹、疟疾、糖尿病等不时发作，故云。登台：登上江边的高台。杜甫《九日五首》"抱病起登江上台"可参。 [5]"艰难"句：言时局艰难，壮志未酬，而头发已经白了很多。繁霜鬓：两鬓白发如霜，一天多似一天。 [6]"潦倒"句：时杜甫因病戒酒，故曰"新停"。潦倒：失意貌，衰病貌。

✤ 今译

风紧天高猿声多么悲哀，水清沙白鸟在空中徘徊。
无边的落叶萧萧地飘下，不尽的长江滚滚地流来。
做客万里又到悲秋季节，老病一身登上江边高台。
在苦闷中白了多少头发，如此潦倒还要戒酒停杯。

✤ 评析

诗以开阔的意境，雄健的笔力，写天涯倦客重九登高的心绪。那无边无际的秋声秋色，和诗人家愁国恨的伤感，互相映衬，高度融合，形成杜诗沉郁顿挫、悲壮苍凉的独特风格。明胡应麟在《诗薮》中称它为“古今七言律第一”，清杨伦在《杜诗镜铨》中也称它为“杜诗七言律诗第一”，是很有艺术眼光的。诗的前四句写景，写登高时的所见所闻；后四句抒情，写登高时的百感交集。写景处观察细腻，变化很多。如第一、二句从细处着笔：风是急的，天是高的，渚是清的，沙是白的，猿声是哀的，鸟飞是回旋的，有声有色，有动有静，写得形象生动，历历如绘。第三、四句从大处落墨，落木萧萧，长江滚滚，气势何等磅礴，境界何等阔大，情寓景中，意余言外，遂成传诵千古的名句。后半抒情，一波三折，一唱三叹。“万里悲秋”一联，罗大经说它写了八层意思：“万里，地辽远也；秋，时惨凄也；做客，羁旅也；常做客，久旅也；百年，暮齿也；多病，衰疾也；台，高迥处也；独登台，无亲朋也。十四字之间，含有八意，而对偶又极精确。”真可谓丝丝入扣，层层加深，把诗人登高悲秋之情，写得淋漓尽致。最后一结，无限悲凉，言有尽而意无穷，留有广阔的回味余地，让读者去驰骋想象的翅膀。总之，这首诗四联皆对，八句皆律，而又一意贯串，一气呵成，骤视之，若未尝属对；细考之，则铢两悉称，真不愧是旷代的奇作。

又呈吴郎[1]

堂前扑枣任西邻，无食无儿一妇人。
不为困穷宁有此？只缘恐惧转须亲。
即防远客虽多事[2]，便插疏篱却甚真。
已诉诛求贫到骨[3]，正思戎马泪盈巾。

✤ 注释

[1] 杜甫于大历二年(767)漂泊到四川夔府，住在瀼西的一所草堂里，后来他搬到距此十几里路的东屯，便把瀼西草堂让给一位姓吴的去住。吴郎：姓名无可考，《杜诗详注》云：“吴必公之姻娅，故称为郎，亲之也。”题云“又呈”，因为此

前诗人写了《简吴郎司法》的诗。司法，官名，唐代的府州，都设有司法参军。[2] 远客：指吴郎。主语是诗中的寡妇。多事：多心。 [3] 诛求：征求，需索。杜甫《送王信州崟北归》诗："朝廷防盗贼，供给愍诛求。"

✤ 今译

任凭西邻扑枣到草堂，没吃没儿一个老孤孀。
不为困穷哪得这么做？只因怯懦也该多体谅。
她防着你固然是多心，插上篱笆你也太莽撞。
需索过多民已不堪命，战火不息我心真忧伤。

✤ 评析

这是一首写真情至性的诗简，语淡而意厚，心慈而情笃，既煦育邻妇，又开脱邻妇；既批评吴郎，又回护吴郎，百折千转，莫非仁者之言，足征诗人具有民胞物与之怀，哀时济世之意。一、二句开门见山，表明自己过去是如何对待前来扑枣的邻妇的。因果倒置，不落凡蹊，更见笔力。三、四句为扑枣的邻妇开脱，也对插篱的吴郎进一忠言。说明诗人同情穷苦大众，关心孤寡老人。五、六句是流水对，两句一气，互相补充。上句的主语是寡妇，说她处处提防，固然是多心；而你插上疏篱，也太认真。话说得很委婉，意却是很深沉。七、八句站得更高，想得更远，指出老百姓"困穷"的根源，一是"诛求"无度，一是"戎马"不息，是进一步从大处、远处为邻妇开脱，也是进一步从大处、远处为吴郎打开眼界，开豁胸襟，既是全诗的结穴，也是全诗的高潮。

咏怀古迹五首之一[1]

支离东北风尘际[2]，漂泊西南天地间[3]。
三峡楼台淹日月[4]，五溪衣服共云山[5]。
羯胡事主终无赖[6]，词客哀时且未还[7]。
庾信平生最萧瑟[8]，暮年诗赋动江关[9]。

✤ 注释

[1] 这是诗人的大型组诗之一，全是借古咏怀。第一首怀庾信，第二首怀宋玉，第三首怀明妃，第四首怀刘备，第五首怀诸葛亮。这是第一首。组诗大约作于广德二、三年(767—768)，诗人准备出峡时。 [2]"支离"句：言流离在战火纷飞的东北。安史之乱，诗人避兵鄜州，步往灵武，被俘至长安，逃至凤翔。长安收复，被贬华州，旋又移居秦州，然后入川。故曰"支离东北"。支离：流离。[3]"漂泊"句：言漂泊在西南一带。诗人入蜀后，先后在成都、梓州、阆州、忠州、云安、夔州等地居住过，故云。 [4] 三峡：瞿塘峡、巫峡、西陵峡总称。淹日月：言淹留很长的岁月。 [5]"五溪"句：言生活在崇山峻岭的五溪，也穿起五溪蛮的服装来了。《后汉书·南蛮传》："武陵五溪蛮，好五色衣服，制裁皆有尾形。"五溪：雄溪、樠溪、酉溪、沅溪、辰溪，在今湘西及黔、渝、鄂三省市交界地区。[6]"羯胡"句：言安禄山侍奉唐明皇表现得异常狡猾。安禄山：胡人，初名轧荦山，故称"羯胡"。无赖：狡猾，奸诈。 [7] 词客：杜甫自称。 [8] 庾信：北周文学家，字子山。初仕梁，避侯景之乱于江陵，旅居宋玉的故宅。梁元帝派他出使西魏，被留，历仕西魏、北周，在北朝达二十七年之久。《周书·庾信传》说他"常有乡关之思，乃作《哀江南赋》，以致其意"。 [9] 动江关：即在长江南北造成很大的影响。

✤ 今译

我流离在战火纷飞的东北之际，又漂泊到了这辽阔的西南之间。
在三峡的丛山峻岭中送走日月，穿着五溪蛮人的服装优游云山。
安禄山的狡猾奸诈终于露了馅，词客伤时忧国啊至今仍没有还。
可怜庾信的一生虽然潦倒寂寞，但他晚年的诗赋却轰动了乡关。

✤ 评析

这是借庾信以自抒怀抱。前六句都是诗人自伤漂泊，最后两句才带出庾信，盖诗人与庾信的遭遇，有某些相似，故咏怀而先及之。禄山的叛唐，犹侯景的叛梁；诗人思念故乡之什，犹庾信之《哀江南》；诗人避安史之乱，由东北而西南，淹留近十年之久，亦犹庾信羁留北朝多历年所也。首联概括安史乱后诗人十年的漂泊生活。虽只叙事实，而感慨自深。颔联具体描写“漂泊西南”的景况，在三峡中度日，与五溪蛮共处，而故国之思和乱离之感，自在言外。以上四句，是写漂泊的景况。颈联叙流离漂泊的原因，因为杜甫、庾信遭遇略同，故语带双关，既是哀时，又是咏史；既是自抒怀抱，又是代庾信书愤。尾联表面上是歌颂庾信，骨子里仍是以斯文为己任，仍是“晚岁渐于诗律细”的自负和自白。以上四句，是写漂泊的感慨。

咏怀古迹五首之三

群山万壑赴荆门[1]，生长明妃尚有村[2]。
一去紫台连朔漠[3]，独留青冢向黄昏[4]。
画图省识春风面[5]，环珮空归月夜魂[6]。
千载琵琶作胡语，分明怨恨曲中论[7]。

✤ 注释

[1] 群山万壑：指三峡两岸的山峰山谷。荆门：山名，在今湖北宜都市西北五十里、长江南岸。 [2] 明妃：即王嫱，字昭君，汉元帝时的宫女。西晋时避司马昭讳，改称明君，后人又称为明妃。村：指南郡秭归昭君村，在今湖北省兴山县的香溪边。相传是昭君的故乡。 [3] “一去”句：言明妃一出汉宫，就永远留在漠北。《汉书·匈奴传》：汉元帝竟陵元年（前33），匈奴呼韩邪单于来朝，请求和亲，元帝将王嫱嫁给了他。成帝即位后，王嫱求归，不许，死在匈奴。紫台：紫色的宫殿，指宫廷。朔漠：北方的沙漠。 [4] 青冢：即昭君的墓。在今内蒙古呼和浩特市南郊。《归州图经》：“边地草多白，昭君冢独青。”《太平寰宇记》也说：“其（昭君冢）上草色常青，故曰‘青冢’。” [5] “画图”句：《西京杂记》：“元帝后宫既多，不得常见，乃使画工图其形，案图召幸之。诸宫人皆赂画工，多者十万，少者亦不减五万，独王嫱自恃容貌不肯与。画工乃丑图之，遂不得见。后匈奴入朝，求美人为阏氏。于是上案图，以昭君行。及去，召见，貌为后宫第一，善应对，举止娴雅，帝悔之。而名籍已定，方重于外国，故不复更人。乃穷案其事，

画工皆弃市。"省识：略知。春风面：光彩照人的容颜。 [6] 环珮：妇女所佩的玉器，行动时发出叮叮咄咄的响声。月夜魂：明妃未能生还，能够回来的只是她在月明之夜的魂魄，故曰"空归"。 [7]"千载"二句：昭君出塞时，戎装骑马，手抱琵琶，弹着思归的曲子，即《琴曲歌辞》中的《昭君怨》。一说此曲是昭君在匈奴作的，后来在国内广泛流传。如《琴操》："昭君在外，恨帝始不见遇，心思不乐，心念乡土，乃作怨思之歌，后人名为《昭君怨》。"胡语：胡音。论：倾诉。

✤ 今译

三峡的山脉一齐走向荆门，秭归至今还有你生长的村。

一出汉宫便生活在那沙漠，留得青冢对着塞外的黄昏。

画图里认识你美丽的容貌，珮声中迎来你月夜的芳魂。

千载下的怨歌依旧作胡音，分明是你倾诉心中的悲愤。

✤ 评析

这是借昭君出塞的往事，来讽刺时事，抒写怀抱。肃宗为了借助回纥的兵力，曾将幼女宁国公主远嫁回纥。代宗又以仆固怀恩之女崇徽公主下嫁回纥，以缓和民族矛盾。宋欧阳修为诗以讽之云："玉颜自古为身累，肉食何人与国谋。"这就是借历史往事来讽刺现实。昭君以容貌出众，不肯贿赂画工，因而遭到丑化，被排挤出宫；诗人以才华超群，不肯媚事权贵，因而抑居下僚，志不得伸。萧条异代，千古同感，这就是借历史陈迹来抒自己的怀抱。此诗发端甚妙，从山水钟灵产一明妃说起，是为明妃占一地位。下一"赴"字，极其形象地状出群山万壑向江汉奔赴的态势。"一去"两句，概述昭君的一生，不着半字的议论，而感慨无穷。昭君生前的失意、死后的凄凉，都从弦外之音中传了出来。以上四句，是寓感慨于记叙之中。"画图"二句，一刺元帝的昏庸，一写昭君不忘故土。言元帝未识昭君之面，死后魂归也没有什么意思了。最后一结，以琵琶胡语，千载传恨，而汉之无恩，己之不幸，尽在其中了。此诗只叙明妃，始终不加议论，而意无不包，言无不达，远非其他写昭君的诗所能企及。《杜诗详注》引陶开虞评此诗说："此诗风流摇曳，杜诗之极有韵致者。"是很中肯的。

小寒食舟中作[1]

佳辰强饮食犹寒[2]，隐几萧条戴鹖冠[3]。
春水船如天上坐，老年花似雾中看[4]。
娟娟戏蝶过闲幔[5]，片片轻鸥下急湍[6]。
云白山青万馀里[7]，愁看直北是长安[8]。

✤ 注释

[1] 小寒食：寒食的次日，清明的前一天。此诗作于大历五年（770）春，诗人去世前约半年。 [2] 佳辰：冬至后一百五日为寒食，禁火三天，次日清明，开始生火，故曰佳辰。强饮：勉强打起精神来过节饮酒。 [3] 隐几：凭几。鹖冠：鹖羽所做的冠，隐者所服。 [4]“春水”二句：言春水浩漫，舟像在云中漂浮；老眼昏蒙，人像在雾里看花。这是损益沈佺期的名句“船如天上坐，人似镜中行”和“船如天上坐，鱼似镜中悬”，而更切年迈多病、舟中观景的实际。 [5] 娟娟：美好的样子。闲幔：宽大的帘幕。 [6] 急湍：飞流直下的江流。 [7]“云白”句：此用沈佺期“云白山青千万里，几时重谒圣明君”的句意，而次句更贴近自己的生活与思想。 [8] 直北：正北。

✤ 今译

在这美好的日子里，我打起精神来痛饮几觞，
靠着椅子戴上鹖冠，又感到十分寂寥和惆怅。
春水浩渺坐在舟中，真好比在那云层中飘荡，
春花明媚老眼昏蒙，就像是隔着浓雾在欣赏。
美好的蝴蝶，好玩似的飞过了那宽大的布幔，
轻盈的鸥鹭，像片片的白羽直下奔流的江湘。
遥看那白的云青的山，远隔在那千万里之外，
那正北的地方，是我一心眷恋着的朝廷中央。

✤ 评析

这诗表现了诗人身在江湖、心存魏阙的思想感情。上面四句，写寒食的舟景。时逢寒食，头戴鹖冠，诗人强打精神起来痛饮几杯。春江水涨，恍如坐在天上；老眼昏蒙，真像雾里观花。生动地表现了诗人穷愁潦倒、忧愁国事的心情。下面四句，写即景感怀。“娟娟戏蝶”，是舟中的近景；“片片轻鸥”，是舟中的远景，戏蝶轻鸥，往来多么自在，正以衬托自己的不自在、不自由。“过闲幔”，所以兴己之飘零；“下急湍”，所以伤己之淹泊。读者不应作闲笔看，而应该看到这些深层次的用意。《读杜心解》引朱翰的评语说：“蝶鸥自在，而云山空望，所以对景生愁。”是很有见地的。他不仅看到了诗人的言外之意，而且看到了它是尾联的过渡。尾联是全诗的结穴，是全诗的高潮。云山万里，空望长安，而戏蝶轻鸥，往来自在，两相对比，怎么不对景生愁呢？

八阵图[1]

功盖三分国[2]，名成八阵图[3]。
江流石不转[4]，遗恨失吞吴。

✤ 注释

[1] 这是大历元年(766)诗人在夔州写的一首凭吊诸葛亮的诗。“八阵图”是诸葛亮所创的一种作战阵图，由天、地、风、云、龙、虎、鸟、蛇八种阵势所组成。[2]“功盖”句：东汉末年，魏、蜀、吴分别建立了政权，鼎足而三，史称“三国”。[3] 八阵图：在今重庆奉节西南七里的长江边。《荆州图副》：“永安宫南一里渚下平碛上，周围四百一十八丈，中有诸葛武侯八阵图。聚细石为之，各高五尺，广十围，历然棋布，纵横相当，中间相距九尺，正中开南北巷，悉广五尺，凡六十四聚。或为人所散乱，及为夏水所没，冬水退，复依然如故。”又《荆州记》：“垒西，聚石为八行，行八聚，聚间相去二丈许，谓之‘八阵图’。” [4]“遗恨”句：诸葛亮的外交政策是“联吴抗魏”，及关羽为吕蒙所袭杀，先主举兵伐吴，破坏了这个基

本国策，终于被魏各个击破，先后被灭，所以说是“遗恨”，是“失”。

✤ 今译

你的功勋超过了三分国，你的大名完成于八阵图。
江水冲不乱滩边的石块，遗恨是不该去吞灭东吴。

✤ 评析

这是一首以议论为诗的史诗，是以诗人之笔，写史家之评。前三句是褒，是赞扬，后一句是贬，是惋惜。言“联吴抗魏”的基本国策，没有坚持到底，以致统一大业未能实现，成了千古的遗恨。诗的前半幅，是站在历史的高度，以对偶的形式，高度概括了诸葛亮的丰功伟绩。功高三分，名成八阵，是历史的真实，是客观的评价，也是对诸葛亮由衷的歌颂。后半幅是感叹，是史论，是春秋笔法。“石不转”，与其说是“八阵图”神奇传说的诗化，毋宁说是对诸葛亮忠贞不贰、心如磐石的歌颂。“失吞吴”，是对诸葛亮未能坚持“联吴抗魏”的基本国策所发出的惋惜，是对刘先主感情用事，破坏既定国策的批评。精确老到，不愧是炳耀千古的二十字史论。

江南逢李龟年[1]

岐王宅里寻常见[2]，崔九堂前几度闻[3]。
正是江南好风景，落花时节又逢君。

✤ 注释

[1] 这诗当作于大历五年（770）暮春，杜甫漂泊潭州时。《云溪友议》：“明皇幸岷山，百官皆窜辱，李龟年奔泊江潭，杜甫以诗赠之。”可参。江潭，即诗题中的江南，此特指长沙，它是唐时潭州的州治所在。李龟年是唐明皇时代的著名歌手。《明皇杂录》：“上素晓音律，时有马仙期、李龟年、贺怀智皆洞知律度。安禄山亦献

白玉箫管数百事，皆陈于梨园。自是音响殆不类人间，而龟年特承恩遇。其后流落江南，每遇良辰胜景，常为人歌数阕，座上闻之，莫不掩泣罢酒。” [2] 岐王：名叫李范，睿宗的第四子，玄宗的弟弟，他好学工书，雅爱文章之士。 [3] 崔九：即殿中监崔涤，排名第九，是中书令崔湜的弟弟。他与玄宗关系甚密，经常出入禁中，后赐名为澄。

✤ 今译

岐王宅里我们曾经几度谈心，崔九堂前多次听到你的歌声。

正是这江南风景最好的时候，谁知落花时节又碰到了故人。

✤ 评析

这是诗人留下的最后一首绝句，寥寥二十八字，包含着丰富的时代内容，深沉的盛衰感叹。“岐王宅里”、“崔九堂前”的繁华往事，歌舞盛会，如今已是烟消云散，只剩下了美好的回忆。一种“流水落花春去也，天上人间”的伤感，充溢在字里行间。江南好景，乃骚人韵士的快游之地，而今天涯漂泊，沿街鼓板，既是对李龟年的同情，更是诗人暮年衰病、旅食江南的自我感叹。“落花时节”，是即景抒情，又是别有寄托，唐代的繁荣之“花”，自己的青春之“花”，看来都已“花事阑珊”了。“同是天涯沦落人”，“落花时节又逢君”，叫人如何不“黯然魂消”呢？全诗表面上只言合，不言离；只言欢，不言悲，而国事的盛衰离乱，人事的悲欢离合，无不在其中。黄生评此诗说：“今昔盛衰之感，言外黯然欲绝。”孙洙评此诗说：“世运之治乱，华年之盛衰，彼此之凄凉流落，俱在其中。”真可谓知言。

钱　起

钱起(722?—780),字仲文,吴兴(今属浙江)人,天宝九载(750)进士,授校书郎,官至考功郎中,有《钱考功集》。他幼而聪敏,颇有时誉,与王维、裴迪、陆贽、夏侯审等均有唱酬。他的儿子钱徽,曾孙钱珝,均是晚唐著名诗人,从侄僧怀素,是唐代著名的书法家。

他是"大历十才子"之一。与郎士元齐名,当时诗坛上有"前有沈、宋,后有钱、郎"的话。高仲武编《中兴间气集》,以钱起为首列,并给予很高的评价,说他的诗"体格新奇,理致清赡","芟齐、宋之浮游,削梁、陈之靡嫚",认为"右丞(王维)没后,员外为雄"。但他的诗,多流连光景之作,缺乏深刻的社会内容,沉雄的诗歌格调,是无法与王维相提并论的。又因为他长于五言律诗,与"五言长城"刘长卿齐名,世称"钱刘"。王世贞在《艺苑卮言》中说:"钱、刘并称固尔,钱似不及刘。钱意扬,刘意沉;钱调轻,刘调重。"从钱诗的总体来看,王氏的评论是符合实际的。钱起曾以《省试湘灵鼓瑟》的"曲终人不见,江上数峰青"两语,赢得很高的声誉。但据《旧唐书·钱徽传》说,这两句是钱起在月夜听到的"鬼谣",因见"诗题中有'青'字,起即以鬼谣十字为落句。"深得试官的嘉许,称为"绝唱",才被擢为高第的。元辛文房《唐才子传》卷四,亦有类似的记载。

裴迪书斋玩月之作[1]

夜来诗酒兴,月满谢公楼[2]。

影闭重门静，寒生独树秋[3]。
鹊惊随叶散，萤远入烟流[4]。
今夕遥天末，清辉几处愁[5]。

✤ 注释

[1] 裴迪：工诗，与王维相友善，两人唱和之作甚多。关中（今陕西境内）人。《全唐诗》录存其诗二十九首。 [2] 谢公楼：此指曾作《月赋》的谢庄楼台。借以言月光照耀下的裴迪的书斋。 [3]“影闭”二句：言重门下的月影，特别静谧；独树间的秋色，颇饶凉意。此从陶渊明《和郭主簿》的“蔼蔼堂前林，中夏贮清阴”中化来，但陶写的是日光，此写的为月影。 [4]“鹊惊”二句：言栖鸟惊月而飞，枯叶随之散落；流萤隔远来看，就像在烟雾中闪烁。“鹊惊随月散”即王维《鸟鸣涧》中“月出惊山鸟”的意境。 [5]“今夕”二句：化用谢庄《月赋》“美人迈兮音尘绝，隔千里兮共明月。临风叹兮将焉歇，川路长兮不可越”的句意。遥天末：遥远的天边。

✤ 今译

夜来的诗兴酒兴交斗，月光洒满了谢公楼头。
重门锁月更显得静谧，独树生寒又到了早秋。
月惊鹊飞枯叶随着落，萤远烟重流光到处浮。
今晚在那遥远的天际，清辉照得几多人发愁。

✤ 评析

这是玩月抒情之作。句句是写月，但又不从正面去写，而是从他物着笔，做侧面描绘。句句是写愁，而又用全力去写景，只在空灵静寂的景色中，透露出一点“愁”的意味。这就出人意表，不落恒蹊，给人以清新的美感。首联暗挈全诗，只在“兴”字、“月”字上，微露“玩月”之意，而全诗便由此生发出来。颔联紧承“月满”二字，字雕句琢，刻画入微；意到笔随，铢两悉称。化用陶句，而不见其迹；寄兴深微，而能会其心。所以是佳句，是妙联。颈联继续写“玩月”时所见之景，以“鹊惊”、“叶散”、“萤远”、“烟流”，突出月夜的动态，与上联的静态，恰成鲜明的对比。动静相形，声色相映，而月夜的景色全出。尾联结出“愁”意，余味无穷。

送夏侯审校书东归[1]

楚乡飞鸟外[2]，独与片帆还[3]。
破镜催归客[4]，残阳见旧山[5]。
诗成流水上，梦尽落花间。
倘寄相思字[6]，愁人定解颜[7]。

✤ 注释

[1] 夏侯审：亳州谯县（今安徽亳州）人。建中元年（780）试军谋越众科第一，授校书郎，终侍御史。韦应物、钱起、韩翃、李端、李嘉祐等均有赠送他的诗。《极玄集》卷上李端小传、《新唐书・女艺传下・卢纶传》均将他列入“大历十才子”中。《全唐诗》仅收其诗一首，题作《咏被中绣鞵》。 [2] 楚乡：指夏侯审的故乡谯县。谯县旧属楚地。飞鸟外：形容很远。 [3] 片帆：孤舟。 [4] 破镜：指月亮。《古乐府・槁砧诗》：“槁砧今何在？山上复有山。何当大刀头，破镜飞上天。”这里是借以喻时光。 [5] 旧山：故乡。 [6] 相思字：指想念故人的文字，包括诗歌和书信。 [7] 解颜：欢笑。

✤ 今译

家乡远在鸟飞不到的地方，却要挂起片帆独自个回乡。
时光在不停地催着你归去，料想你到家时要背着残阳。
告别我的诗在孤客舟中写，想念你的梦在落花时节翔。
倘若能寄给我相思的歌什，那一定会使愁人欢喜若狂。

✤ 评析

这是一首送别的诗，写友人登舟东归时所触发的感情。其中的清词丽句，世多叹为警绝，洗练之中，不伤自然之美；唱酬之际，犹见性情之真。语言的修饰，音调的和谐，给人以深美婉约的美感享受。“楚乡飞鸟外”一联，起得突兀，出人意表，而关切之情，见于言外。山远水长，片帆独往，自然是令人担心的。“破镜催归客”一联，一直脍炙人口。雕琢而不伤自然，典丽而别有风致。以“破镜”喻月之缺，正以烘托归客见到月缺而思家的心态，着一“催”字，而月的几度圆缺，人的长期离别，婉曲隐约之情，跃然纸上。“诗成流水上”一联，上句写友人归心之切，告别的诗只能在舟中去写；下句写自己想念之诚，相思的梦一定要在落花时节飞到你的身边。信笔点染，情与景合；即事抒怀，意巧句工。“倘寄相思字”一联，是虚拟，是悬想未来，是对友人的叮咛，情真意切，饶有韵味，颇具大历诗歌的特色。

归　雁[1]

潇湘何事等闲回[2]？水碧沙明两岸苔[3]。
二十五弦弹夜月[4]，不胜清怨却飞来。

✤ 注释

[1] 归雁：指从南方归来的春雁。此借旅雁毅然离开环境优美、水草丰富的潇湘，表达诗人宦游他乡的羁旅之思。 [2] 潇湘：二水名，在今湖南境内。此指潇湘一带的广大地区。等闲：轻易，随便。 [3] 水碧沙明：《太平御览》卷六五引《湘中记》：“湘水至清，虽深五、六丈，见底了了然。……白沙如雪。”此用其说。水深而清，故曰碧。苔：苔藓类植物，生长水边，雁所喜食。 [4] 二十五弦：琴瑟的代称。《史记·封禅书》：“泰帝使素女鼓五十弦瑟，悲，帝禁不止，故破其瑟为二十五弦。”又《淮南子·泰族训》：“琴不鸣而二十五弦各以其声应。”这里是暗用“湘灵鼓瑟”的传说。

✤ 今译

你为啥要从潇湘随便飞回？那里水碧沙明长满了莓苔。

莫不是湘水女神月夜弹瑟，听不惯那种悲声才飞回来？

✤ 评析

这首诗借物喻人，别有寄托。下笔便劈空设问，对大雁的离湘北归表示极大的疑惑。那里环境优美，水草丰富，不是很适合于你的生长繁衍么？这样就有力地逼出下面的答案。诗人通过丰富的想象和优美的传说，用拟人化的手法，着力渲染舜的二妃娥皇、女英，殉情自沉，成为湘水之神，月夜弹瑟，不胜悲惋的传说故事，并把大雁塑造成为通晓音乐和富于感情的灵物，再也不忍听那清怨的哀音才飞回的，以烘托诗人"虽信美而非吾土兮，曾何足以少留"的乡愁羁思。笔特空灵，情极婉转，一反借"归雁"抒发怀乡之情的传统表现手法，而成为唐人咏雁诗的名篇。高仲武说他的某些警句"特出意表，标雅古今"，我觉得他的艺术构思，特别新颖，不落俗套，卓然独立，尤具特色。

郎士元

郎士元（？—780?），字君胄，中山（今河北定州）人。天宝十五载(756)进士，初授渭南尉，官至郢州刺史。他和钱起齐名，世称“钱郎”。亦擅长五律，现存七十多首诗中，五律占了四十多首，内容亦多题赠之作。他写景抒情的七言小诗，也别有风致。《郡斋读书志》说他“与钱起俱有诗名，而士元尤更娴雅。时朝廷公卿出牧奉使，若两人无诗祖行，人以为愧”。说明他们在当时的社会影响是很大的。高仲武在《中兴间气集》评他的诗说，“工于发端”，可使谢朓感到“惭沮”。《唐音癸签》卷七引刘辰翁语云：“士元诸诗殊洗练有味。虽有浓景，别有淡意。”

送李将军[1]

双旌汉飞将[2]，万里独横戈。
春色临关尽，黄云出塞多[3]。
鼓鼙悲绝漠[4]，烽戍隔长河[5]。
莫断阴山路[6]，天骄已请和[7]。

✤ 注释

[1] 这是送人奉命出镇北方之作。李将军，一作“彭将军”，皆不可考。题一作《送李将军赴定州》。定州，州治在今河北省定州市。 [2] 双旌：节度使所用的两面大旗。《新唐书・百官志》：“（节度使）辞日，赐双旌双节。”汉飞将：指李广。这里借指李将军。《史记・李将军列传》：“广居右北平，匈奴闻之，号曰汉之飞将军。” [3]“春色”二句：此化用王维《送平淡然判官》“黄云断春色”

的句意。清纪昀说："（王诗）以苍莽取神，此诗衍为二句，又以对照见意，繁简各有其妙。" [4]鼓鼙：大鼓和小鼓，古代军中所用的乐器。绝漠：绝远的沙漠。 [5]烽戍：烽火和堡垒。长河：黑河。王维《使至塞上》："长河落日圆。" [6]"莫断"句：一作"想到天山北"。阴山：指阴山山脉，在今内蒙古自治区中部及河北省北部，西起狼山、乌拉山，东至大马群山，绵亘二千四百里。阴山北部，唐时为突厥、回纥等族的疆域。 [7]天骄：天之骄子的缩语。《汉书·匈奴传》："单于遣使遗汉书云：'南有大汉，北有强胡。胡者，天之骄子也。'"后人因以"天骄"代匈奴。这里指突厥和回纥。

✤ 今译

威武的双旌飞将军啊，跃马横戈去保卫山河。
邻近边关春色渐渐少，到了塞上黄云慢慢多。
鼓声震撼遥远的沙漠，长河隔断报警的烽火。
不要截断阴山的通道，强敌已经向大唐请和。

✤ 评析

这是一首宣扬唐朝的声威、歌颂边将的雄姿的送别诗。首联以"双旌飞将"、"万里横戈"突出将军临边的雄伟气派和飒爽英姿，具有极大的威慑力量，可以"不战而屈人之兵"，是造声势。颔联写边塞的自然风光，寓肃杀于雄浑之中，见严整于对偶之间，着一"尽"字而"春色"之阑珊毕见，着一"多"字而"黄云"之笼盖全出。颈联以"鼓鼙之声"、"烽火之警"状写边关的紧张氛围。这是写将军运筹帷幄、决胜千里的神机妙算，故有尾联的"天骄请和"的喜剧结局。不发一个字的议论，而对将军的神武给予了由衷的歌颂，对边防政策做了透辟的阐述。

柏林寺南望

溪上遥闻精舍钟[1]，泊舟微径度深松[2]。
青山霁后云犹在，画出东南四五峰。

✤ 注释

[1] 精舍：僧道修炼居住的场所。《三国志·吴书·孙策传》："策阴袭许，迎汉帝。"裴松之注引《江表传》："时有道士琅琊于吉，先寓居东方，往来吴会，立精舍，烧香读道书。"此为道士所居者。《晋书·孝武帝纪》："帝初奉佛法，立精舍于殿内，引诸沙门以居之。"此为僧人所居者。 [2] 微径：细小的山路。

✤ 今译

在溪上远远地听到佛寺的钟声，靠了船沿小路穿过密密的松林。

雨后新晴山那边飘着片片云彩，像在东南边画出了四五座峰陵。

✤ 评析

这首写景的小诗，深得画法的藏露、虚实、浓淡、远近之妙。柏林寺是诗的中心，也是画的主体。但诗人却没有正面去写寺，而是遥闻钟声，远度松林，引起寻山的兴致。接着又从"望"字着眼，只见青山如洗，浮云若飞，远处的四五座山峰，矗立在东南面，像自然之神用丹青妙笔画出来的一样。全诗没有一句正面写佛寺，而佛寺的幽深庄严，恍惚就在眼前；全诗没有一字写内心的喜悦，而诗人那种欢快之情、赞美之声，仿佛可以看得见、听得到似的；而且通过这生动的画面、优美的韵律，很好地传达到读者的心灵深处，引起极大的美感和快感。

听邻家吹笙

凤吹声如隔彩霞[1]，不知墙外是谁家。

重门深锁无寻处，疑有碧桃千树花[2]。

✤ 注释

[1] 凤吹：笙乐的声音。笙管参差如凤翼，笙音清亮如凤鸣。《列仙传》说仙

人王子乔好吹笙，作凤凰鸣，故有“凤吹”之称。 [2]“疑有”句：一说此当用唐孟棨《本事诗·情感》的“崔护谒浆”故事，但以时考之，则郎为天宝末进士，崔为贞元间进士，郎用崔事的可能性不大。碧桃：重瓣的桃花，又名千叶桃，只开花，不结子，是一种观赏植物。

✤ 今译

凤鸣似的笙声隔着彩霞隐约可闻，不知墙的那一边到底是谁家娉婷。
千门万户都落了锁叫我何处去找，猜想那吹笙的应是桃花如面的人。

✤ 评析

这是因听到邻家吹笙而写的一首抒情小诗。白居易的《琵琶行》、元稹的《琵琶歌》、韩愈的《听颖师弹琴》、李贺的《李凭箜篌引》，都是唐代诗人描写音乐的名篇，但他们都是从听觉感受上来描绘弹吹技巧的高妙，而这首诗则是将听觉感受转化为视觉感受，给读者以更加具体的生动形象。诗人没有花费笔墨去描写吹笙的高妙技巧，而是从优美的乐声中，悬想到吹笙的人；又从“重门深锁”中，悬想吹笙的一定是“人面桃花相映红”的女郎。完全是通过悬想，心造出来的一种幻境。妙在诗人交错运用联想、通感的手法，由“隔彩霞”而联想到“此曲只应天上有”；从“天上有”而联想到“天上碧桃和露种”；又从“天上碧桃”而联想到“人面不知何处去，桃花依旧笑春风”，一路浮想联翩，构成诗人的浪漫情怀。而用一个“疑”字，将其如真如幻的感觉，转化成为可以摸得着看得到的具体形象，真可谓匪夷所思，善于用巧的了。

张　潮

张潮，曲阿（今江苏丹阳）人，开元、天宝、大历间有诗名，当时有名的处士。《全唐诗》录存其诗五首，余不可考。

江南行[1]

茨菰叶烂别西湾[2]，莲子花开犹未还[3]。
妾梦不离江上水，人传郎在凤凰山[4]。

✤ 注释

[1] 江南行：即《江南曲》，乐府旧题，与《采莲曲》同属《江南弄》七曲之一。是长江以南地区的情歌。　[2] 茨菰：即慈姑。春生球茎，萌芽生叶。夏季自叶丛中抽梗，开白色小花。入秋霜降，茎叶俱萎。　[3]“莲子”句：谓次年夏日莲花又开，而离人犹未归来。“莲”谐“怜”。　[4] 凤凰山：今苏、浙、皖、赣、川、辽等省均有凤凰山，未能确指。

✤ 今译

茨菰叶烂的时候我俩分别在西湾，如今莲子花又开了你却仍没回还。
我每次梦见你总离不开长江的水，可别人说你已到了遥远的凤凰山。

✤ 评析

此诗从游子的行踪无定着笔，把思妇的相思之苦描绘得一往情深，饶有民歌意味和生活气息。前半幅以“茨菰叶烂”与“莲子花开”相对照，说明离别之久。不言相思而相思之情自深。后半幅以“妾”与“郎”对比，说明妾之多情，郎之薄幸，不写怨而怨自见。这首民歌式的抒情小诗，影响极其深远，明谢榛《远别曲》的“郎君几载客三秦，好忆侬家汉水滨。门前两株乌桕树，叮咛说向寄书人”，就是从它的意境中脱化出来的，所以沈德潜在《明诗别裁》中评谢诗说：“写情极真，方之‘茨菰叶烂’一篇，可云新声古意。”好一个“新声古意”，说穿了，就是从“茨菰叶烂”的“古意”中翻出“郎君几载客三秦”的“新声”来。

韩　翃

韩翃，字君平，南阳（今河南沁阳）人。“大历十才子”之一，天宝十三载（754）进士。曾任淄青节度使侯希逸幕府从事，侯为部将驱逐，韩随之入京，闲居十年。及李勉镇夷门，又署为幕吏。时韩已是迟暮之年，同职者皆新进后生，都把他看作“恶诗韩翃”，殊不得意，因辞职家居。一日，夜将半，有人叩门甚急，开门接见，其人贺以新擢驾部郎中，知制诰。韩以为是一个与之同姓名的，闹此一场误会，辞不肯受。当时果有一同姓名者任江淮刺史。中书问皇上把这个官职给谁？德宗批曰：与“春城无处不飞花，寒食东风御柳斜”的作者。见《本事诗》及《全唐诗话》。这是有关他的一个故事。又传韩有一爱妾柳氏，因战乱频仍，留居都下，久未能迎，乃寄以诗云：“章台柳，章台柳，往日青青今在否？纵使长条似旧长，也应攀折他人手。”柳氏读了此诗后复之曰：“杨柳枝，芳菲节，可恨年年赠离别。一叶随风忽报秋，纵使君来岂堪折？”不久，果然为番将沙陀利所劫，宠以专房。后得虞侯许俊劫持柳氏以归，并得到德宗的批示云：“沙陀利宜赐绢二千匹，柳氏却归韩翃。”他们终于得以破镜重圆。亦见《本事诗》。这是关于他的又一个故事。

他的诗歌十之八九是送行赠别的诗。高仲武在《中兴间气集》中，一则以“兴致繁富”、“讽比深于文房（刘长卿）”称其诗有讽谕功能，再则以“芙蓉出水”喻其诗有清新风韵。

寒　食[1]

春城无处不飞花[2]，寒食东风御柳斜[3]。

日暮汉宫传蜡烛[4]，轻烟散入五侯家[5]。

✤ 注释

[1] 题一作《寒食即事》。《荆楚岁时记》："去冬节(冬至)一百五日，即有疾风甚雨，谓之寒食。"我国古代风俗，寒食前后禁火三天，以纪念春秋时晋国的大夫介之推自焚而死。 [2] 春城：指春光明媚的京城长安，在今陕西省的西安市。 [3] 御柳：宫苑里的杨柳。 [4] 传蜡烛：依次递送蜡烛。寒食禁火，夜间不得点烛，但受到皇帝的特赐者例外。《西京杂记》："寒食禁火日，赐侯家蜡烛。" [5] 五侯：泛指当权的外戚或宦官。《汉书·元后传》：成帝封诸舅王谭、王商、王立、王根、王逢为侯，时称"五侯"。又《后汉书·宦者传》：桓帝时，宦官单超、徐璜、具瑗、左悺、唐衡，同时封侯，世称"五侯"。

✤ 今译

长安春来到处是锦堆花丛，东风吹得那御柳横斜空中。

一到黄昏便挨次发放蜡烛，权豪家里依旧是酒绿灯红。

✤ 评析

寒食禁火，是我国相沿已久的风俗，但得到皇帝的特许和恩赐的权豪势要之家，却可以例外。元稹《连昌宫词》的"特敕街中许燃烛"，韦庄《长安清明》的"内官初赐清明火"，正是对这种特权的揭露和讽刺。诗人目击这种不合理的现象，以极其含蓄的笔墨、极其深邃的思想，借汉讽唐，写了这首脍炙人口的小诗。写节日的诗很多，写寒食的诗也很多，但少见像诗人这么寓意深远的，使人在充满春意的美好风光下面，意识到真正沐浴皇帝恩光的，只有豪门贵族而已。所以与其说它是一首节日诗，毋宁说它是一首讽谕诗。

司空曙

司空曙，字文明，一说字文初，广平（今河北永年）人。曾举进士，历任洛阳主簿、左拾遗等。韦皋节度剑南，辟致幕府。贞元中，任水部郎中，终虞部郎中。家境贫困，性情耿介，尝以病中不给，遣其爱妾，其《病中嫁女妓》云："万事伤心在目前，一身垂泪对花筵。黄金用尽教歌舞，留与他人乐少年。"可见其穷愁潦倒的一般。但此诗一作韩滉诗，题为《听乐怅然自述》，见《全唐诗》卷二六二。未知孰是。他是"大历十才子"之一，以情词真切见长。

云阳馆与韩绅宿别[1]

故人江海别，几度隔山川。
乍见翻疑梦，相悲各问年[2]。
孤灯寒照雨，深竹暗浮烟[3]。
更有明朝恨，离杯惜共传。

✤ 注释

[1] 云阳：县名，在今陕西省泾阳县北。韩绅：一作韩升卿。生平不详。韩愈的四叔名绅卿，曾任泾阳县令，与诗人同时。疑即其人。 [2]"乍见"二句：极状相别甚久，意外相逢的惊喜心情。兵乱频仍，消息隔绝，相会出于意外，故曰"翻疑梦"；阔别多年，音容俱变，故有"各问年"之句。 [3]"孤灯"二句：写孤馆寂寥，黯然相对的情景。孤灯照雨，显得特别清冷，故曰"寒"。夜雾笼竹，显得格外阴晦，故曰"暗"。

✤ 今译

漂泊江湖与老友很少周旋，多少次隔着那千万重山川。
乍一相见反而怀疑在梦里，音容变了只好互问着华年。
孤灯对着夜雨感到很清冷，浓雾笼着深竹显得很昏暗。
何况还要在明朝握手言别，快干一杯吧勉强扮作欢颜。

✤ 评析

这是诗人抒写与韩绅多年睽隔，乍逢又别的惆怅情怀。“乍见翻疑梦，相悲各问年”一联，是传诵千古的名句。它把久别乍逢、悲喜交集的心情，兵乱频仍、音容俱变的悲叹，在“翻疑梦”、“各问年”中表现得淋漓尽致、十分传神。上与杜甫《羌村三首》的“夜阑更秉烛，相对如梦寐”，下与晏几道《鹧鸪天》的“今宵剩把银釭照，犹恐相逢是梦中”，虽有承传关系，但各有至情，各有至性，均足以感人动人。谢榛《四溟诗话》认为这两句超过了戴叔伦的“还作江南会，翻疑梦里逢”，是很有艺术眼光的。

喜外弟卢纶见宿[1]

静夜四无邻，荒居旧业贫[2]。
雨中黄叶树，灯下白头人。
以我独沉久，愧君相见频。
平生自有分，况是蔡家亲[3]。

✤ 注释

[1] 外弟：表弟。卢纶：“大历十才子”之一，详见本书作者小传。 [2] 旧业：祖业。 [3] 蔡家亲：中表之亲。晋朝羊祜是蔡邕的外孙，后人因称表亲为蔡家亲。

✤ 今译

在这幽静的夜里四面都没有人，荒凉的书斋中我独自守着清贫。
黄了叶子的枯树在风雨中飘摇，白了头发的老人像残烛在孤坐。
只因为我已经沉沦了大半辈子，多亏你屡次到这儿来殷勤探问。
我俩平生自有那解不开的缘分，更何况你我还有着这中表之亲。

✤ 评析

这首诗的前半幅，专从自己着眼，以静夜枯坐，荒居守贫，雨中枯树，灯下老人，状自己的潦倒衰迈，透露出无限的悲意。后半幅专从卢纶来访着笔，以“相见频”、“蔡家亲”写相见之喜。悲喜互陈，反正相生，从而取得了更好的艺术效果。“雨中黄叶树，灯下白头人”一联，用形象的比喻，烘托的手法，来喻人之衰老，既贴切，又富有诗味，因而成了唐诗中的警句。它虽然与王维《秋夜独坐》的“雨中山果落，灯下草虫鸣”结构相似，形式相同，但王诗是赋，是白描，此诗是比兴，是设喻，意境手法，都是有别的。晚唐马戴《灞上秋居》的“落叶他乡树，寒灯独夜人”，似在刻意模仿此作，亦只写出漂泊灞上的孤独情怀，不含比兴之意。谢榛《四溟诗话》卷一云：“韦苏州曰：‘窗里人将老，门前树已秋。’白乐天曰：‘树初黄叶日，人欲白头时。’司空曙曰：‘雨中黄叶树，灯下白头人。’三诗同一机杼，司空为优：善状目前之景，无限凄感，几乎言表。”归根究底，此诗之所以较韦、白之句为优，在于他善于用比兴，加强了“无限凄感”的气氛。

江村即事

钓罢归来不系船[1]，江村月落正堪眠[2]。
纵然一夜风吹去，只在芦花浅水边。

✤ 注释

[1] 不系船：不用把船系在岸边的树上。极状其疏懒闲散、无牵无挂的心态。

[2] 正堪眠：正好睡觉。堪：可。

✤ 今译

钓罢回来懒得系船，江村月落正好贪眠。
即使夜风把船吹走，也在芦花浅水旁边。

✤ 评析

这首诗妙在诗人不肯花笔墨去写江村的景物，而是通过“不系船”这样一个细节，描绘出一个高士的形象，一个逸人的生活。全诗都是从“不系船”三个字生发出来的，构思之巧，出人意表。而且在说明“不系船”的原因时，又不是径情直遂地把它一语道破，而是通过“纵然”、“只在”这样的关联词，曲折而含蓄地表达出来，使得诗一样的画面，诗一样的生活，生动而形象地展现在读者的面前。这首诗纯用白描，不加雕饰，看似平淡，而诗意极浓；看似寻常，而构思极奇，所以长期以来，一直活在人们的口头。

戴叔伦

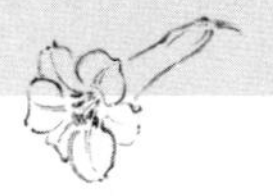

戴叔伦(732—789),字幼公,润州金坛(今属江苏)人。尝师事萧颖士,并拔之于诸门生之上。举进士及第,累迁抚州刺史,容管经略使,清明仁恕,所至称贤。他在当时的诗坛,联系极为广泛,“大历十才子”中的钱起、郎士元、卢纶、皇甫冉、耿湋、崔峒等都跟他有唱酬,李贺、孟郊、刘禹锡、郑谷也跟他有交谊,并得到他们的赞美和尊重。他在诗歌的创新方面也做了有益的尝试,如他的《调笑令》(一作《转应词》):“边草,边草,边草尽来兵老。山南山北雪晴,千里万里月明。明月,明月,胡笳一声愁绝。”就是一首比较成熟的词,就是从诗到词的一座里程碑。特别值得一提的,是他那些写景抒情的小诗,形象生动,构图优美,真切动人,给读者以极好的美的享受。

除夜宿石头驿[1]

旅馆谁相问[2],寒灯独可亲。
一年将尽夜,万里未归人[3]。
寥落悲前事,支离笑此身[4]。
愁颜与衰鬓,明日又逢春。

✤ 注释

[1] 题一作《石桥馆》。石头驿:即石头津的驿馆,又称石头渚、石步镇,在今江西南昌赣江西岸。 [2] 问:存问,安慰。 [3]“一年”二句:语本梁萧衍《子夜冬歌》:“一年漏将尽,万里人未归。” [4] 支离:本以指形体不全,此言衰弱。

《庄子·人间世》:“夫支离其形者,犹足以养其身,终其天年,又况支离其德者乎?”

✤ 今译

独居客馆没有一个人来慰问,一盏凄凉的残灯是我的近亲。
面对这一年的最后一个晚上,可怜漂泊在万里之外的行人。
想起潦倒的往事我不胜悲痛,看到衰弱的身体我欲笑无声。
让一脸的愁容和两鬓的稀发,到了明朝又在他乡来迎新春。

✤ 评析

这首诗抒发了诗人长期漂泊又逢除夕的惆怅之情。从诗的内容和旅居的地点来看,当作于诗人晚年任抚州刺史时期。首联起得突兀,问得有理。孤馆独坐,一灯相依,在这万家欢聚的除夕,举目无亲,四顾寂寥,有谁来问寒问暖呢?颔联虽脱胎于萧衍的《子夜冬歌》,但以“夜”和“人”缀在句末,就显得更加贴切,更加深沉,更加具化了沦落天涯的心态。颈联是回忆往昔,也是嘲笑现在,忆往则不胜“寥落”,抚今则自笑“支离”。这笑,是饱含辛酸的苦笑,也是鄙视现实的冷笑。一结,尤寄慨深远,不尽天地悠悠、苍茫涕下之感。

三闾庙[1]

沅湘流不尽,屈子怨何深[2]!
日暮秋风起,萧萧枫树林[3]。

✤ 注释

[1] 三闾庙:即屈原庙,因为屈原曾任楚国的三闾大夫,主管屈、昭、景三大贵族的事务。题一作《过三闾庙》,一作《题三闾大夫庙》。 [2]“沅湘”二句:此化

用屈原《怀沙》的“浩浩沅湘，分流汩兮。修路幽蔽，道远忽兮”和《史记·屈贾列传》的“信而见疑，忠而被谤，能无怨乎”的句意。言屈原虽死，而他的哀怨像流不尽的沅湘一样。 [3]“日暮”二句：此化用《楚辞·招魂》“湛湛江水兮上有枫，目极千里兮伤春心。魂兮归来哀江南”的句意。但却易“春”为“秋”，以增强其萧索的气氛，提高幽怨的感染力。

✤ 今译

千古流不尽的沅湘巨浸，屈子的哀怨像你那么深。
秋风在黄昏中轻轻刮起，萧索的秋声回荡在枫林。

✤ 评析

这是凭吊屈原的史诗。“怨何深”是这首诗的主旨。诗人悬空落笔，融化古人的句意，直把屈子一生的忠愤、满腔的哀怨，写得虽死犹生，可谓摄取了屈子之神。结尾二句，似怨非怨，似悲非悲，而所写的景、所造的境，萧瑟凄清，悲怨自深。清施补华《岘佣说诗》评道：“并不用意，而言外自有一种悲凉感慨之气，五绝中此格最高。”“不用意”就是不加评论，不作褒贬，意余言外，情在景中。如果像汪遵《屈祠》的“至今祠畔猿啼月，了了犹疑恨楚王”，周昙《屈原》的“满朝皆醉不容醒，众浊如何拟独清”，意尽言中，言无余蕴，虽非泛泛之言，终觉过于浅露。

苏溪亭[1]

苏溪亭上草漫漫，谁倚东风十二阑[2]？
燕子不归春事晚，一汀烟雨杏花寒[3]。

✤ 注释

[1] 苏溪：溪名。在今浙江义乌附近。 [2]“谁倚”句：这是化用《西洲曲》

的“鸿飞满西洲,望郎上青楼。楼高望不见,尽日阑干头。阑干十二曲,垂手明如玉”的句意。 [3] 一汀:满川,全洲。汀:水中的小洲。

✤ 今译

春草又长满了苏溪的两岸,是谁斜倚在十二曲的栏杆?
燕子没有回来那春光已老,满汀的烟雨摧得杏花阑珊。

✤ 评析

这是一首苏溪即景的抒情小诗,写少妇斜倚栏杆,眺望征人的怨别之情。首句即景,点明地点和时间,给人以“暮春三月,江南草长”的美好印象。次句设问,烘托出那少妇在东风的吹拂下,倚栏沉思的神态。不着痕迹地运用江南民歌的歌意,给这位倚栏人平添了多少浪漫的情调。三句设喻,以燕子不来,春事已晚,暗喻游子不归,红颜将老。景中含情,贴切自然。末句以景结情,使倚栏人的一腔哀怨,通过“一汀烟雨”摧残杏花的具象,传达出美人迟暮、花开堪折的闲愁与幽恨。通首都是景语,也都是情语,融情于景,密合无垠。通首都是写的艳景,通首也都是写的怨情,乐景写哀,倍增惆怅。这便是此诗的艺术特色。

韦应物

韦应物(737—791),京兆万年(今陕西西安)人。少尚侠义,狂放不羁,曾任“三卫郎”,扈从过唐明皇,后来他回忆这段历史说:“少事武皇帝,无赖恃恩私。身作里中横,家藏亡命儿。朝持摴蒱局,暮窃东邻姬。司隶不敢捕,立在白玉墀。”(《逢杨开府》)这诗十分形象地画出了自己少年时代的无赖相和泼皮相,那时他还只有十五岁呢!直到“武皇升仙去,憔悴被人欺”,他才折节读书,终于举了进士。历官滁州、江州、苏州刺史,后人因称他为“韦江州”或“韦苏州”。又因为他曾经任过左司郎中,所以又被称为“韦左司”。他与顾况、刘长卿、秦系、李端、豆卢、皎然、畅当、孟云卿、吉中孚、司空曙等诗人均有唱酬,是当时诗坛上最活跃的人物。因为他长期担任刺史之职,深知民间疾苦,写了不少讽刺现实、同情人民的诗篇。白居易在《与元九书》中赞美他说:“近岁韦苏州歌行,清丽之外,颇近兴讽;其五言诗,又高雅闲淡,自成一家之体。”白氏甚至在答刘禹锡的诗中说:“敢有文章替左司。”苏东坡也说:“乐天长短三千首,却爱韦郎五字诗。”说明白居易是非常敬爱他的作品的。他的诗以写山水田园为主,效法陶渊明,写了不少“效陶”的诗,故世称“陶韦”。又因为他的诗风与柳宗元很相近,所以又被称为“韦柳”。宋周紫芝《竹坡诗话》说:“韦苏州效陶体,不惟语似,而意亦似,善意到而语随之也。”葛立方在《韵语阳秋》中则持相反的意见:“韦应物诗拟陶渊明,作者甚多,然终不近也。”明陆时雍在《诗镜总论》中则针对周、葛的论点提出自己的看法说:“韦苏州有色有韵,吐秀含芳,不必渊明之深情,康乐之灵悟,而已自佳矣。”他们的褒贬虽异,但却说明韦应物诗歌的主导倾向，是接近“陶谢”和“王孟”的，是属于田园诗派的。

淮上喜会梁州故人[1]

江汉曾为客，相逢每醉还。
浮云一别后，流水十年间[2]。
欢笑情如旧，萧疏鬓已斑。
何因不归去？淮上有秋山[3]。

✤ 注释

[1] 淮上：通指今江苏淮安一带。梁州：州名。在今陕西汉中。 [2]“浮云”二句：化用苏武、李陵的赠答诗。李诗云：“仰视浮云驰，奄忽互相逾，风波一失所，各在天一隅。”苏诗云：“俯视江汉流，仰视浮云翔。” [3]“淮上”句：淮上秋山，红树丹枫，最足令人留恋。诗人《登楼》诗云：“坐厌淮南守，秋山红树多。”可资印证。

✤ 今译

我俩曾经做客在江汉平原，每一相逢便喝得酩酊而还。
一别像浮云似的漂泊无定，十年若流水似的滔滔不返。
欢笑的情怀还像过去一样，两边的鬓毛已经萧疏不堪。
到底是什么原因留住了你？淮上的秋山早已桔绿枫丹。

✤ 评析

这是一首“他乡遇故知”的抒情诗。诗题说的是“喜会”，而诗中所表现的主导倾向却是“伤逝”。诗的前半幅是回忆，江汉做客，每逢必醉，这是多么欢快的生活、美好的回忆。然而结果却引起了萍踪无定、蹉跎岁月的感伤。“浮云一别后，流水十年间”是流水对，它概括了别后十年的漂泊生活，人间沧桑，不言悲而悲自深，不言感而感自见，“浮云”喻漂泊不定，何等形象；“流水”喻韶华易逝，何等贴切。用典不着痕迹，设喻至为自然，不愧是千古名句。“欢笑情如旧”一联，不胜今昔之感，悲喜之情。欢情不减，是喜；鬓毛已斑，是悲。这里有十年漂泊的辛酸，有一旦相逢的喜悦。十字之中，包孕无穷。尾联自问自答，饶有余味。

寄李儋元锡[1]

去年花里逢君别，今日花开又一年。
世事茫茫难自料[2]，春愁黯黯独成眠[3]。
身多疾病思田里[4]，邑有流亡愧俸钱[5]。
闻道欲来相问讯[6]，西楼望月几回圆。

✤ 注释

[1] 李儋：字幼远，给事中李昇期之子，官至殿中侍御史，排行十九。韦应物与他唱酬之诗甚多。元锡：字君贶，河南人。擅长书法，历任福州、苏州刺史，宣歙观察使，淄王李协的师傅，卒后赠尚书仆射。李、元两人的诗均已失传，《全唐诗》未见著录。此诗当作于唐德宗贞元六年（790）春，诗人任苏州刺史时。 [2]“世事”句：包涵诗人对国家和个人前途的忧虑。时朱泚称帝，德宗出奔；个人由比部员外郎外调地方行政长官，故有“茫茫难料”之感。 [3] 黯黯：心神沮丧的样子。 [4] 思田里：想要告老还乡。田里：乡里。 [5] 流亡：逃荒的难民。 [6] 问讯：探望。

✤ 今译

去年花开时节与你相别，今日百花盛开又是一年。
世事茫茫难以预先料到，春愁恹恹只想终日高眠。
身多疾病早应告老还乡，州有灾民真个愧拿俸钱。
听说你俩打算前来看我，使我盼到月亮缺了又圆。

✤ 评析

这是寄给好友的一首抒情诗。语语出自肺腑，句句不假雕饰，而真挚感人，百读不厌。首联以“去年”、“今日”对比，言相别之久，相忆之深。有意重复“花”字和“年”字，既可以增加旋律美，又可以加强紧凑感。即景生情，感慨自深。次联写别后的世事沧桑，心事沉重，前景渺茫，无法自解。“难自料”言忧之远，“不成眠”言愁之深。“身多疾病思田里”一联，是唐人警句。范仲淹赞其“仁”，朱晦庵称其“贤”，黄彻在《砻溪诗话》中说得更为具体：“韦苏州《赠李儋》云‘身多疾病思田里，邑有流亡愧俸钱’，《郡中宴集》云‘自惭居处崇，未睹斯民康’。余谓有官君子，当切切作此语。彼有一意供租，专事土木，而视民如仇者，能无愧此诗乎？”这些评论，说明此联的思想深度和感人力度，都是值得学习的。

滁州西涧[1]

独怜幽草涧边生[2]，上有黄鹂深树鸣[3]。
春潮带雨晚来急，野渡无人舟自横[4]。

✤ 注释

[1] 滁州：州名，在今安徽省滁州市。西涧：俗名上马河。在滁州城的西门外。韦应物于建中四年（783）任滁州刺史，诗当作于此时。 [2] 幽草：深深的草，青青的草。生：一作“行”。 [3] 深树：枝叶茂密的树。 [4] 野渡：荒僻的渡口。

✤ 今译

我特别喜欢在长满青草的涧边闲行，那枝叶茂密的树上有只黄莺在低吟。
春雨挟着春潮到晚来更加奔腾迅急，荒僻渡口的小船儿悠闲地横在水滨。

✤ 评析

这是一首即兴的抒情小诗。诗人把涧边的幽草、树上的黄莺、带雨的春潮、横舟的野渡，组成一幅有声有色的天然图画。并通过一个“怜”字、一个“自”字，把诗人恬淡闲适的生活情趣，隐约地透露出来。幽草是自生，黄莺是自鸣，春潮是自来，孤舟是自横，而诗人所“怜”的，正是这种自生自荣的自然美。特别是它的后两句，幽情充溢，幽趣横生，完美地表达了诗人向往自然和自由的生活情趣，后人从这里袭取其意境的很多，如寇准的《春日登楼晚归》“野水无人渡，孤舟尽日横”，史达祖的《绮罗香·咏春雨》“还被春潮晚急，难寻官渡”。因袭的痕迹，是显而易见的。

卢　纶

卢纶(748—799?),字允言,河中蒲(今山西永济)人。安史乱起,避寇南行,客居鄱阳十年。代宗大历间,三考进士不中。宰相元载素赏其文学,取其文进之,得补阌乡尉。宰相王缙又奏为集贤学士,秘书省校书郎,累迁检校户部郎中,监察御史。浑瑊镇河中,辟为元帅府判官。一日,德宗复问卢纶之舅韦渠牟曰:“卢纶、李益何在?”答以在河中浑瑊的戎幕。驿召之,适纶以病卒。佚名《卢纶墓碑》云:“元和中,章武皇帝(即唐宪宗)命侍臣采诗第名家,得三百一十篇。”文宗尤爱其诗,尝问宰相曰:“卢纶文章几何?亦有子否?”李德裕对曰:“纶四子,简能、简辞、弘止、简求,皆擢进士第,在台阁。”于是文宗使人索其家笥,得诗五百篇。见新、旧《唐书·卢简辞传》及《全唐诗话》卷二。说明卢纶虽屡困场屋,不得一第,却得到德宗、宪宗、文宗的赏识。

他是“大历十才子”之一,与钱起、李端、耿湋、苗发、吉中孚、夏侯审、皇甫冉等均有诗歌唱酬。历来的诗论家,都把他看作钱起后的亚军,然而像他那些写边塞风光、写自然风景的小诗,在钱起的诗歌中是找不到的。

送李端[1]

故关衰草遍,离别自堪悲。
路出寒云外,人归暮雪时。
少孤为客早,多难识君迟[2]。
掩泪空相向,风尘何处期[3]?

✤ 注释

[1]李端：字正己，赵州(今河北省赵县)人。大历进士，授秘书省校书郎，官终杭州司马，“大历十才子”之一，有《李端集》。　[2]“少孤”二句：据陕西省西安市长安区韦曲北塬出土之《大唐故卢府君墓志铭》云：“府君(指卢纶之弟卢绶)生未毁齿，失临黄府君(即绶父之翰)荫。”墓志的作者即卢纶的次子卢简辞。可见纶父弃世时，卢绶仅五六岁，纶亦不过七八岁。卢纶《赴池州拜觐舅氏留上考功郎中舅》云：“孤贱易蹉跎，其如酷似何！衰荣同族少，生长外家多。……”又《纶与吉侍郎中孚……兼寄夏侯侍御审侯仓曹钊》云：“禀命孤且贱，少为病所婴。八岁始读书，四方遂有兵。”诗中的内容，与墓志所云正合。“四方遂有兵”当指安史之乱，亦即诗中所说的“多难”。　[3]风尘：比喻战乱。《汉书·终军传》：“边境时有风尘之警，臣宜被坚执锐，当矢石，启前行。”

✤ 今译

城关在战乱中已经长满了衰草，离别在这样的环境怎能不伤悲。
目送你步出天幕低垂的寒云外，我独自归来在那暮雪纷飞之时。
少时失了父爱所以作客特别早，四方多难我只恨与你结交太迟。
捂着面孔流着眼泪空自两相对，如今在兵荒马乱中后会安可期？

✤ 评析

这是一首感人至深的送别诗。首联以衰草遍野，满目凄凉，加深了送别的悲愁。下文即从“悲”字引发出来，无景不悲，无语不悲，线索分明，色调和谐，具有撞击人们心扉的艺术感染力。颔联景中含情，以“寒云”、“暮雪”绘出送别时的景色，显得特别压抑，特别沉重，不言悲而悲自在语言之外。“少孤为客早，多难识君迟”，是由景入情，是感情的高潮，是饱经忧患后的悲鸣，是扣人心弦的警句，既直叙身世，又庆遇知音，“早”、“迟”二字，何等准确，何等真率，何等自然！结联是预卜未来，是想象在风尘扰攘的乱离之世，后会难期，“悲”的感情又被推进到一个新的高潮，令人不忍卒读。

晚次鄂州[1]

云开远见汉阳城[2]，犹是孤帆一日程。
估客昼眠知浪静[3]，舟人夜语觉潮生。
三湘愁鬓逢秋色[4]，万里归心对月明。
旧业已随征战尽，更堪江上鼓鼙声。

✤ 注释

[1] 鄂州：即今湖北省武汉市的武昌区。此当是安史之乱的前期，诗人避兵南行，在途中所写的一首诗。 [2] 汉阳城：在汉水北岸，鄂州之西。 [3] 估客：贾客，商人。 [4] 三湘：一般指沅湘、潇湘、蒸湘。这里泛指湘江流域。

✤ 今译

云开雾散之后远远地望到了汉阳城，但要达到那里还足足有一天的水程。
客商白天睡得很安稳知是风平浪静，船夫在夜里呼唤感到江潮已经发生。
漂泊三湘鬓发白了又逢萧瑟的秋色，远隔万里心系故乡空对长空的月明。
旧时的产业已经在战火中毁灭殆尽，又怎忍听到那江上的咚咚战鼓之声！

✤ 评析

这首诗是写离乱中漂泊他乡的心情。诗人巧妙地截取了漂泊生涯中的一个片段，深刻地反映出当时的社会背景，语浅意深，言近旨远，是思想性和艺术性结合得相当完美的好诗。首联写漂泊的心情。远见汉阳，看到暂时可以结束行旅生活的希望，自然感到喜悦；"犹是孤帆一日程"，是可望而不可即，又在希望中抹上一层暗淡的颜色，自然又感到愁苦。悲喜的交错，感情的起伏，使之跌宕有致，曲折生色。次联写舟中的见闻。估客昼眠，舟人夜语，是寻常的事，但诗人却从这些寻常事物中，觉察到"浪静"、"潮生"的不寻常的现象，道出了人们没有说出过的生活体验；从而透露出诗人满怀愁绪、日夜不宁的神情。言少意多，语淡情浓，成了脍炙人口的名句。颈联浮想联翩，上句写身在三湘，愁生双鬓，又碰上萧瑟的秋天，自然是人情之所难堪；下句写心系万里，情在故园，空对着皎洁的明月，如何不产生“低头思故乡”的感情呢？尾联把思乡之情和伤时之意结合起来，使诗的主题得到了升华。旧业已尽，而战火未息；愁思难解，而我行未已。人非木石，谁能遣此啊！

塞下曲[1]

林暗草惊风，将军夜引弓[2]。
平明寻白羽[3]，没在石棱中[4]。

✤ 注释

[1] 塞下曲：乐府旧题。卢诗原作六首，这里选的是第二首。题一作《和张仆射塞下曲》。张仆射，指张建封。他曾任徐州刺史，徐、泗、濠节度使，加封检校右仆射。据权德舆《送张仆射朝觐毕归徐州序》云：“中朝贤士大夫皆举酒为寿，征诗为礼，盖悦公之风而惜别也。”卢纶此诗当亦“为寿”、“为礼”而作，则应作于贞元十四年（798）。 [2] 引弓：拉开弓。引：拉。此指夜间射猎。 [3] 平明：天色大亮的时候。白羽：指箭。箭杆上饰以白羽，以利远射。 [4] 石棱：石的突出部，蹲石的折叠处。棱：尖锐的角。

✤ 今译

夜昏林暗大风吹起草动，疑是猛虎将军拉开雕弓。
天色大亮前去寻找那箭，原来一半射进石棱之中。

✤ 评析

这是赞美张建封的勇武的。诗写将军在夜间出猎，看到丛林深处风吹草动，以为是虎，乃引弓发箭，对准它猛射过去。天亮一看，箭镞竟陷入石棱中去了。通过这一典型的情节，描绘出将军的英武形象。此诗取材于司马迁的《史记·李广列传》："广出猎，见草中石，以为虎而射之，中石没簇，视之石也。"诗人把司马迁这段文章，用诗的语言，美的旋律，写成这首小诗。遂使一文一诗，珠联璧合，后先辉映。但文是炊米而为饭，诗是酿米而为酒，两者的韵味是不同的。

顾　况

顾况(727?—820),字逋翁,海盐(今属浙江)人。一说苏州人。善为歌诗,兼工山水,性诙谐,不修边幅。至德二年(757)进士。与刘长卿、张继、皎然、包佶为诗友,又与柳浑、李泌有交谊。柳浑辅政,荐为秘书郎。及泌为相,自以当获重用,“久之方迁著作郎”,意颇不快。及泌卒,不哭,作《海鸥咏》以讽之云:“万里飞来为客鸟,曾蒙丹凤借枝柯。一朝凤去梧桐死,满目鸱鸢奈尔何!”大为权贵所嫉,被贬为饶州司户,郁郁不得志,乃隐居茅山,自号华阳山人,亦称华阳真逸。卒年九十四岁,是唐代诗人中享年最高的一个。

他的诗,颇重视社会作用,主张诗乃“理乱之所经,王化之所兴,信无逃于声教,岂徒文采之丽耶?”(《悲歌序》)他在创作实践中也忠实地贯彻了自己的诗歌主张。《囝》就是运用口头语言,不加任何文采,揭露了当时福建一种掠卖奴隶的野蛮风俗。皇甫湜曾序其集云:“偏于逸歌长句,骏发踔厉,往往若穿天心、出月胁,意外惊人语,非寻常所能及。”有《华阳集》行世。

关于他的传说很多,往往跟他诙谐滑稽的性格联系在一起,而且多被后世诗人作为典故来引用,兹录其尤著者三则如下:

一是白居易未成名时,希望得到他的延誉和提携,便拿了自己创作的诗歌去拜谒他。他一看到“居易”这个名字便嘲笑说:“长安米贵,居大不易!”及读到白的“野火烧不尽,春风吹又生”时,又加以赞叹说:“有才如此,居亦何难?老夫前言,特戏之耳。”事见《幽闲鼓吹》、《唐摭言》、《全唐诗话》以及瞿佑的《归田诗话》等。

二是说他在洛阳与二三友人游于苑中，水中流出一大片梧叶，上有诗云："一人深宫里，年年不见春。聊题一片叶，寄与有情人。"他便题一诗于叶上，在上游放之波上曰："花落深宫莺亦悲，上阳宫女断肠时。帝城不禁东流水，叶上题诗欲寄谁？"后十余日，有人于苑中寻春，又于叶上得一诗云："一叶题诗出禁城，谁人酬和独含情？自嗟不及波中叶，荡漾寻春取次行。"这就成了"红叶题诗"的典故，与《云溪友议》所载卢渥和于佑赴京应举，偶临御沟拾得红叶一片，上有诗云"流水何太急，深宫尽日闲。殷勤谢红叶，好自到人间"的故事，共同演绎而成了美丽的爱情传说，后人还把它敷衍成为传奇《题红记》、《红叶记》等，事见孟棨《本事诗》。

三是说他暮年丧子，悲不自胜。因作诗云："老人丧一子，日暮泣成血。心逐断猿惊，迹随飞鸟灭。老人年七十，不作多时别。"其子魂游，听到了他的悲吟，十分感动，因自誓："忽若作人，当再为顾家子。"过了一天，其子似被人执至一处，令其再生顾家，开目一开，无论屋宇亲戚，都是他很熟悉的，只是口不能言而已。这个孩子就是后来的进士顾非熊。事见段成式《酉阳杂俎》。

忆故园

惆怅多山人复稀，杜鹃啼处泪沾衣[1]。
故园此去千馀里[2]，春梦犹能夜夜归。

✤ 注释

[1] 杜鹃啼处：杜鹃叫的时候。杜鹃又名子规，鸣声似"不如归去，不如归去！"处：时候。 [2]"故园"句：此当是诗人在长安任著作郎时所作。皇甫湜序

其集云："入佐著作，不能慕顺，为众所排。"《旧唐书》本传亦曰："久之乃迁著作郎，况心不乐，求归于吴。"正与诗合。长安距其故园，约千余里。

✣ 今译

感到难过的是云山万叠来人稀，听到杜鹃的叫声我便眼泪沾衣。
此间距离我的家乡远隔千余里，片时的春梦哟犹能使我夜夜归。

✣ 评析

这是一首写乡思的抒情小诗。诗人宦游长安，久抑下僚，又为同侪所排，自然会引起无穷的乡思。诗的前半幅，是即景即事，云山的阻隔，杜鹃的悲鸣，是诗人眼之所见、耳之所闻，是引起乡思的导火线。诗的后半幅，全是性灵语。不加雕饰，而神采飞扬，全诗为之皆活。与岑参的"枕上片时春梦中，行尽江南数千里"以及诗人的"归梦不知湖水阔，夜来还到洛阳城"，同一构思，而各有韵致，读者并不嫌其因袭，更不厌其雷同，以其有真感情真境界也。

听刘安唱歌

子夜新声何处传[1]？悲翁更忆太平年[2]。
即今法曲无人唱[3]，已逐霓裳飞上天[4]。

✣ 注释

[1] 子夜：即《子夜歌》，乐府《吴声歌曲》名。《宋书·乐志》："子夜哥（歌）者，有女子名子夜，造此声。"今所存《子夜歌》多写爱情生活中的悲欢离合。[2] 悲翁：一云作者自指。诗人另有《八月五日歌》"悲翁回首望承明"之句。一曰：指歌者刘安。 [3] 法曲：据《新唐书·礼乐志》：唐玄宗酷爱法曲，曾选坐部伎三百，教于梨园。文宗开成三年，改法曲为仙韶曲。当时有《圣明乐》、《破

阵乐》、《云韶乐》、《倾杯乐》等数十种，中唐以后，法曲渐衰。 [4] 霓裳：即霓裳羽衣曲，唐乐曲名。传自西凉，名婆罗门。开元中河间节度使杨敬述所献，经唐明皇润色，于天宝十三载改为《霓裳羽衣曲》，宫中多演此乐。演奏时，配以杨贵妃排练的《霓裳羽衣舞》，令人叹为观止。白居易《长恨歌》有“渔阳鞞鼓动地来，惊破霓裳羽衣曲”，杜牧《过华清宫》有“霓裳一曲千峰上，舞破中原始下来”，似都是批评此曲的诗句。

✤ 今译

这子夜歌的新声不知从何处传，使我蓦地想起了往昔的太平年。

到现在法曲啊早就没有人唱了，它们大概已随着霓裳飞上了天。

✤ 评析

读了这首诗，使人很容易联想到杜甫的《江南逢李龟年》、刘禹锡的《与歌者何勘》两首诗来。它们都是通过歌者的生活遭遇，反映了当时的社会变化，朝代的兴衰历史，具有很大的历史意义和现实意义。这首诗也是写诗人听了歌手刘安唱的“子夜新声”，不禁回忆起“法曲”盛行时期的开元盛世来。唐明皇早年本来是一位有所作为的贤君，任用贤相，革新政治，出现了社会安定、生产发展、文化繁荣的黄金时代。可惜他晚年骄傲了，生活腐化了，被一群小人包围了，终于导致了长达八年之久的安史之乱，遂令生民涂炭、社会凋敝、文化摧残，国运也随之一蹶不振。诗人面对刘安的歌声，不禁油然而生兴衰治乱之感，用了“至今法曲无人唱，已逐霓裳飞上天”两语，寄托了自己的无穷感慨，也给予了唐明皇以深刻的讽谕。它和刘禹锡《与歌者米嘉荣》的“唱得凉州意外声，旧人惟数米嘉荣”，《听旧宫人穆氏唱歌》的“休唱贞元供奉曲，当时朝士已无多”，有异曲同工之妙。

过山农家[1]

板桥人渡泉声[2]，茅檐日午鸡鸣。

莫嗔焙茶烟暗[3]，却喜晒谷天晴。

✤ 注释

[1] 一作张继诗，题为《山家》。 [2] “板桥”句：言人在泉声中踱过板桥。[3] 嗔：怨，嫌。焙茶：烘炒茶叶。

✤ 今译

人在潺湲的泉声中踱过了板桥，鸡到了中午在茅檐下咯咯欢叫。

甭埋怨焙茶的烟熏得喘不过气，却是咱农家晒谷的最好的天了。

✤ 评析

这是一首六言绝句，每句一般都是三个“音步”，因而节奏感特别强。这首诗以“板桥”、“人渡”、“泉声”，“茅檐”、“日午”、“鸡鸣”构成六幅移动着的画面，把山家的简朴而幽静的自然环境，展现在我们的面前；并且把诗人初到山家时的喜悦心情，浸透在每一组的情事里面。诗的末二句，富有生活气息，是一幅简洁明快的风俗画。通过“焙茶”和“晒谷”两项农事，反映了“山农”的劳动者的本色，树立了“山农”的劳动人民的形象，他淳朴、爽朗，内心的活动和外部的表情是完全一致的，因而深深为诗人所喜爱。

皎　然

皎然(720？—？)俗姓谢，南朝刘宋诗人谢灵运的十世孙。名昼，字清昼，一字皎然。人称之为昼公、昼上人、皎公、皎然上人。湖州长城(今浙江湖州吴兴)人。因湖州有霅溪，故亦有称之为霅昼者。是唐代中叶的诗僧，以诗名于大历、贞元间。韦应物赞美他“诗名徒自振，道心长晏如”(《寄皎然上人》)，李端自居门生之列，其《忆皎然上人》诗云：“未得从师去，人间万事劳。”又《送皎然上人归山》诗云：“法主欲归须有说，门人流泪厌浮生。”刘禹锡在《澈上人文集纪》中也说：“世之言诗僧多出江左，灵一导其源，护国袭之；清江扬其波，法振沿之。如么弦孤韵，瞥入人耳，非大乐之音，独吴兴昼公能备众体。”他如皇甫曾、李萼、梁肃、薛逢等，都与之交结，说明他在当时诗坛的声名和影响是很大的。于頔序其诗集说他“得诗人之奥旨，传乃祖之菁华，江南词人，莫不楷范”。辛文房《唐才子传》称其“诗兴闲适，居第一流第二流不疑也”。不是没有根据的。他还著有《诗式》、《诗议》等理论著作，多为《文镜秘府论》所引用，论者至谓其超过了沈约之《品藻》、惠休之《翰林》、庾信之《诗箴》，虽不免溢美，亦可见其成就了。

寻陆鸿渐不遇[1]

移家虽带郭[2]，野径入桑麻。
近种篱边菊，秋来未著花。
扣门无犬吠，欲去问西家[3]。
报道山中去[4]，归来每日斜。

✤ 注释

[1] 陆鸿渐：即陆羽(733—804)，夏州竟陵(今湖北天门)人。号竟陵子。至德中避乱至湖州，与皎然为“缁素忘年之交”，又自号桑苎翁。闭门著书，吟诗自乐。所著《茶经》三卷，尤为世所称诵。 [2] 带郭：靠近城郭。今湖州尚有桑苎园遗址，为陆羽故居。 [3] 欲去：想要离去。去，离开。问西家：向西邻探问陆的行止。 [4] 报道：回答道。以下皆西邻答词。《陆羽自传》：“往往独行野中……夷犹徘徊，自曙达暮，至日黑，兴尽号泣而归。”正好作为西邻答词的印证。

✤ 今译

靠着城郊有你的新家，一条小路连接着桑麻。
近在篱边种了些黄菊，可到深秋还没有开花。
敲着柴门听不到狗叫，想要离开去打听西家。
回答道你早已进了山，归来往往要红日西斜。

✤ 评析

这首五言律诗，中间两联不对，纯用行云流水的散文句式，读来又妙合音律，叫作“散律”或“古律”，唐人律诗中有此一格。前四句从“寻”字着笔，新家带郭，野径入陇，是“寻”的第一印象；疏篱种菊，深秋未花，是“寻”的细致观察。后四句从“不遇”着眼，轻叩柴门，细问西邻，是“不遇”时的两个细节，寻药山中，归来日斜，是“不遇”的唯一原因。妙在通过这些细节的描写，一个放浪形骸、浮云野鹤的高士形象，栩栩如生地被勾画了出来。轻灵的笔致，恬淡的情趣，简直可以使读者的心灵得到净化。

李　益

李益(748—827),字君虞,陇西姑臧(今甘肃武威)人。大历四年(769)进士,官郑县尉,岁久不调,弃职游燕赵间。大历九年(744),幽州节度使刘济辟为从事,此为李益第一次从军;建中十二年(781)秋,又入朔方节度使李怀光幕,从军北上,此为李益第二次从军;贞元元年(785),入灵州大都督杜希全幕,出上郡、五原四五年,此为李益第三次从军;贞元六年前后,又入邠宁节度使张献甫幕,这是李益第四次从军。他在《从军诗并序》中云:"出身二十年,三受末秩,从事十八载,五在兵间,故其为文咸多军旅之思。"这就是他的诗风不同于其他"大历十子",颇多雄浑豪放之作的原因。他的诗名很大,每有新作,辄被教坊乐工以赂求取,谱之管弦;或被好事者画为屏障。见新、旧《唐书》本传。韦应物在《送李侍御益赴幽州幕府》中说:"二十挥翰墨,三十穷典坟。辟书五府至,名为四海闻。"可以说是实录。张为在《诗人主客图》中尊之为"清奇雅正主",严羽《沧浪诗话·诗评》认为李益是"大历以后"他"所深取者"之一,吴师道《吴礼部诗话》认为李益和卢纶"在大历十才子中号为翘楚",杨慎《升庵诗话》说他的诗"不坠盛唐风格,不可以晚唐目之",王世贞《艺苑卮言》卷四云:"绝句,李益为胜,韩翃次之。"甚至认为他的某些绝句,"何必王龙标、李供奉"。胡应麟《诗薮》卷六,也持相似的观点,认为唐人七绝,李益是盛唐以后第一人,"可与太白、龙标竞爽"。可见他的诗歌,得到了历代诗歌评论家很高的评价。

唐宪宗雅闻其名,召为秘书少监,集贤殿学士。李益自负其才,多所凌忽，众不能堪，暴其“不上望京楼”诗，有怨望意，因降职。李益少有疾病，防闲妻妾，过于苛酷，有散灰扃户之说，闻于遐迩，故时谓妒痴为“李益疾”，又因李益致仕，曾加礼部尚书衔，故又称为“妒痴尚书李十郎”。事见新、旧《唐书·李益传》。

喜见外弟又言别[1]

十年离乱后[2]，长大一相逢。
问姓惊初见，称名忆旧容。
别来沧海事[3]，语罢暮天钟[4]。
明日巴陵道[5]，秋山又几重。

✤ 注释

[1] 外弟：表弟，姑母的儿子。言别：话别。 [2]“十年”句：唐玄宗天宝十四载(755)爆发了安史之乱，至代宗广德元年(763)方才平定。此举其成数而言。 [3] 沧海事：比喻社会大动乱，人事大变化。葛洪《神仙传·王远》：“麻姑自云：‘接待以来，已见东海三为桑田。向到蓬莱，又水浅于往日会时略半耳，岂将复为陵陆乎？’远叹曰：‘圣人皆言海中行复扬尘也。’”此用其事。 [4] 暮天钟：寺院敲响了晚钟。形容诗人与表弟畅谈时间之久。 [5] 巴陵：唐郡名，即岳州巴陵郡，治所在今湖南岳阳。

✤ 今译

经过十年战乱的大苦痛，直到各自长大才一相逢。
问了姓还惊疑是初相见，通了名才记起了旧仪容。
别后的世事变化多么大，说完话不觉寺院已敲钟。
明朝你就要走向巴陵道，萧瑟的秋山又要隔几重。

✤ 评析

这是一首十分出色的惜别诗，妙在能够把乱世人生的感慨，久别乍逢的心态，艺术地表达了出来。诗的前六句，都是从“喜见”落墨。十年离乱，一朝相逢，自然是喜出望外。“问姓惊初见，称名忆旧容”与司空曙的“乍见翻疑梦，相悲各问年”，都真切地表现了久别乍逢那一刹那间的悲喜交集的内心活动，是天地间的第一流真诗，也是天地间第一流好诗。这两联是人们生活中常常遇到的情景，也是诗人常常要捕捉的诗料，一经他们用传神之笔描摹出来，惊喜之情，悲欢之感，便跃然纸上，具有强烈的生活真实感。诗人抓住了典型的生活细节，从“问”到“惊”，从“称”到“忆”，细腻地绘出了初步接谈到恍然大悟的心理变化过程，情真语挚，十分传神，所以能够传诵千古。长期的离乱，多年的阔别，人事的变化，社会的沧桑，真是千头万绪，该有多少话要说。所以在互相问讯、互相倾诉中，不觉日已西沉，钟已晚鸣，不言畅叙之喜、欢聚之乐，而喜乐之情已经见于言外，传于读者。后两句才落到“言别”上来。“明日巴陵道”点明聚散的匆匆，征途的迢迢；“秋山又几重”，是从诗人的悬想中，构绘出一幅秋色满眼、云山万重的新的离别图，伤别的情怀，充溢在字里行间。

江南曲[1]

嫁得瞿塘贾[2]，朝朝误妾期[3]。
早知潮有信[4]，嫁与弄潮儿[5]。

✤ 注释

[1] 江南曲：《乐府相和歌》旧题，是清商曲《江南弄》的七曲之一，多写男女恋情，来源于江南的民歌。 [2] 瞿塘贾：入蜀经商的人。瞿塘，长江三峡之一。[3] 误妾期：误了和自己约定的归期。意谓“商人重利轻别离”，为了逐利，往往耽误归期。 [4] 潮有信：潮水的来去有一定的时候，叫作“潮信”。 [5] 弄潮儿：熟悉水性的年轻人，在潮水到来的时候，乘着小船或者裸着身子，迎着汹涌的浪涛，表演各种水上游戏，叫作“弄潮儿”。

✤ 今译

悔不该嫁给一个入蜀经商的，常常耽误了和我约定的归期。
早晓得潮水的来去那么可靠，何不嫁给那个年轻的弄潮儿。

✤ 评析

这是一首富有民歌意味的闺怨诗。诗歌是来源于生活的，有什么样的社会生活，就一定要反映到诗歌中来。唐代的商业相当发达，在商品流通过程中从事商业活动的人，往往经年在外，长期不归，独守空闺的"商人妇"自然就要产生哀怨的情绪，这样的社会问题，也就必然要被诗人所关注。这便是此诗所产生的社会背景。

这首诗纯用白描的手法，生动形象地表现了商人妇的内心活动。诗的前半幅，是以商人妇的口吻，自道其不幸的爱情生活。是赋，是直叙。诗的后半幅，这位商人妇，忽然妙想天开，宁嫁弄潮儿，不作商人妇，这自然是痴情，是苦语，是无可奈何之辞，但却是真情，是实感，是"无理而妙"。钟惺在《唐诗归》中评此诗说："荒唐之想，写怨情却真切。"黄叔灿在《唐诗笺注》中说："不知如何落想，得此急切情至语。"说得多么中肯啊。其实这样的悲语、苦语、荒唐语，上有《诗经·郑风·褰裳》的"子不我思，岂无他人"，下有张先《一丛花令》的"沉恨细思，不如桃杏，犹解嫁东风"。"他人"、"东风"，不就是"弄潮儿"么？所有这些，都是恨之至的气话，也是爱之至的昏话。

夜上受降城闻笛[1]

回乐烽前沙似雪[2]，受降城下月如霜。
不知何处吹芦管[3]，一夜征人尽望乡。

✤ 注释

[1] 受降城：贞观二十年，唐太宗亲临灵州接受突厥一部的投降，故灵州也称

受降城。灵州的州治在今宁夏回族自治区的灵武市，也是朔方节度使和灵州大都督府的所在地。故此诗当作于李益参朔方节度使李怀光幕或灵州大都督李希全幕的时候。 [2] 回乐烽：回乐县附近的烽火台。《唐诗纪事》卷三十《夜上受降城闻笛》诗下小注："烽，烽火台也。"回乐在灵武西南。诗人另有《暮过回乐烽》诗："烽火高飞百尺台，黄昏遥自碛西来。昔时征战回应乐，今日从军乐未回。"以"回乐"二字颠倒重复使用，以歌颂今日从军之乐，亦有新意。 [3] 芦管：即胡笳。《太平御览》卷五百八十一引《晋先蚕仪注》："笳者，胡人卷芦叶吹之以作乐也，故谓胡笳。"

✤ 今译

回乐烽前的白沙皑皑似雪，受降城外的月色皎皎如霜。
不知何处传来恼人的胡乐，惹得征人们日夜都在望乡。

✤ 评析

这首诗抒发了久戍边关的征人的思乡之情。前两句写登楼所见，沙白如雪，月明似霜，从颜色上绘出了边塞的特有风光，也为下文的征人思乡做好了铺垫。第三句写登楼所闻，月夜闻笳，乡思转深，逼出诗的主旨"一夜征人尽望乡"。着一"尽"字，则勾起了乡思的不是个人，而是一个群体的共同感情，从而加强了诗歌艺术的感人形象。此与王昌龄《从军行》的"琵琶起舞换新声，总是关山离别情"，李白《春夜洛城闻笛》的"此夜曲中闻折柳，何人不起故园情"，是同一构思，或因闻笳而引起乡思，或因琵琶而勾起离愁，或因笛声而拨动故园之情，而气宇胸襟、风致韵度，却有盛唐与中晚唐之别，所谓"文变染乎世情"，于此可以悟出一些端倪来的。

写　情

水纹珍簟思悠悠[1]，千里佳期一夕休[2]。
从此无心爱良夜，任他明月下西楼。

✤ 注释

[1] 水纹珍簟：织有细密花纹的珍贵的竹席。悠悠：想得很深，忧得很远。
[2] 佳期：语本屈原《九歌·湘夫人》："登白薠兮骋望，与佳期兮夕张。"《楚辞》注："佳，谓湘夫人也。"本意谓与佳人相约会。后因以指欢会和婚期。唐赵嘏《昔昔盐》之十二："何年征戍客，传语报佳期。"

✤ 今译

躺在华丽的竹簟上我忧深思远，千里迢迢来赴婚约竟一旦生变。
从此再没有心情去爱好夜良天，任凭那一轮明月漫漫沉向西院。

✤ 评析

这是抒发失恋心情的小诗。前半幅是实写，一、二句因果倒装：千里赴约，一夕生变，是因；躺在珍簟，忧深思远，是果。把因果关系倒装起来，是为了更好地突出那位辗转反侧、耿耿不寐的失恋者的形象，也是为了改变平铺直叙的表现手法，以增加诗的艺术感染力。后半幅是虚拟，是"思悠悠"的生动形象的补充，不爱好天良夜，不管月圆月缺，是心灰意冷的表现，也是无可奈何的表现，有辛酸，有哀愁，也有悲愤，但却写得很含蓄，很婉转，也很一往情深。不加任何渲染，而孤独、怅惘之情毕现纸上，自是言情高手。

于 鹄

于鹄，与张籍同时交好，是大历、贞元间的诗人。大历间，曾于庐山访道士黄洞元；贞元间，曾漫游长安；又尝参荆南节度使樊泽幕；早岁曾买山汉阳，隐居林泉，是一位穷困潦倒的诗人。《自述》诗云："三十无名客，空山独卧秋。"应该是他的生平实录。张籍《哭于鹄》诗有"我初有章句，相合者唯君"，"野性疏时俗，再拜乃从军"和"今来吊嗣子，对陇烧新文"的句子，说明他们相知之深，也说明于鹄的疏狂而不合时宜。他的诗清新冷隽，时有警语，以近体诗为长。

江南曲[1]

偶向江边采白蘋[2]，还随女伴赛江神[3]。

众中不敢分明语，暗掷金钱卜远人[4]。

✤ **注释**

[1] 江南曲：《乐府古题要解》："江南古辞，盖美芳辰丽景，嬉游得时也。"此诗以"采白蘋"、"赛江神"为背景，写少妇的情思，颇饶生活情趣。参阅李益《江南曲》注。 [2] 白蘋：一种水中浮草。诗词中往往作为闺怨的兴辞，如南朝梁柳恽《江南曲》："汀洲采白蘋，日暖江南春。"唐温庭筠《梦江南》："过尽千帆皆不是，斜晖脉脉水悠悠，肠断白蘋洲。" [3] 赛江神：一种沿袭已久的民间风俗。所赛之神，随时随地而异。一般用仪仗、鼓乐、杂戏迎神出庙，周游村巷，民众聚观，商贾云集，叫作"迎神赛会"。 [4] 金钱卜：旧时民间占卜的一种方式，一般在问神祷祝之后，将钱币抛掷空中，视其阴阳面出现的情况或排列的次序，推断吉凶。

✤ 今译

偶尔到江边去采白蘋，也随着女伴去赛江神。

不敢在人前透露心事，却暗抛金钱去占远人。

✤ 评析

这是一首饶有民歌风味的情诗。诗的上半幅，通过“采白蘋”和“赛江神”的两次具体活动，把少妇神情恍惚、思绪万千的神态活灵活现地描绘了出来。“偶然”也好，“还随”也好，都是那个少妇别有所属、心不在焉的表现。“白蘋”又是暗用唐赵征明《古别离》的“惟见分手处，白蘋满芳洲”的典故，为思念远人作引子，“赛神”是祈求幸福的民间风俗，又为下文的“金钱卜”作铺垫。下半幅生动地再现这位少妇的内心活动，只一个“暗”字，便把她那“不敢分明语”的秘密，十分传神、十分风趣地揭示了出来，何等细腻！何等深情！这就是诗心，这就是画意。

孟　郊

孟郊(751—814),字东野,湖州武康(今属浙江)人。喜为穷苦之言,以苦吟著名。曾在湖州与皎然组织诗社,互相唱酬。四十六岁才中进士,五十岁出任溧阳尉。又终日行吟,不问政事,县令只好“分其半俸”,另觅雇员代行他的职务,他也只好挂冠辞归。以“穷愁不能养其亲”,在河南尹郑庆馀的推荐下,出任水陆运从事,试协律郎。后郑氏出镇兴元,又奏为其军参谋,试大理评事,暴卒于赴任途中,时年六十四,韩愈为之经营丧事,张籍私谥之为“贞曜先生”。孟郊耿介孤直,不肯与世俗同流合污,虽有韩愈、李翱、李观、张籍等为之游扬,终不免于穷愁潦倒。

他的诗极为韩愈所推重,以古淡险怪见称,被称为“险怪诗派”或“韩孟诗派”。韩氏在《送孟东野序》中说:“孟效东野始以其诗鸣。其高出魏晋,不懈而及于古,其他浸淫乎汉氏矣。”李观在《上梁补阙荐孟郊崔宏礼书》中亦说:“孟氏之诗,五言高处,在古无上;其有平处,下顾两谢。”推崇可谓极矣。韩氏在与孟郊的唱和诗中,更是赞不绝口,或说他“横空盘硬语,妥帖力排奡”(《荐士》),或说他“规模背时利,文字覷天巧”(《答孟郊》)。欧阳修说他的诗“初如食橄榄,真味久愈在”,苏东坡则说他的诗“诗从肺腑出,出辄愁肺腑”,严羽《沧浪诗话·诗评》亦说:“孟郊之诗刻苦,读之使人不欢。”都是说他的诗思苦而句涩,险怪而新奇。

古别离[1]

欲别牵郎衣,郎今到何处?

不恨归来迟，莫向临邛去[2]！

✤ 注释

[1] 古别离：乐府旧题，郭茂倩《乐府诗集》卷七十二收入《杂曲歌辞十二》中。 [2] 临邛：唐县名，在今四川邛崃，自来为蜀中的商业重镇。《史记·司马相如传》：临邛的富人卓王孙之女卓文君新寡，司马相如以琴心挑之，因私奔相如。于是后世的诗文，多以"临邛"为花花世界的代称。

✤ 今译

牵着你的衣望你再留一下，你如今究竟要到哪里去呀？
我并不担心你归来得太晚，只怕你到临邛去惹草拈花。

✤ 评析

这首小诗，古淡质朴，自然天成，继承了乐府的真挚精神，运用了民歌的表现手法，代表了孟郊诗歌的又一侧面。临邛是一个繁华的地方，是司马相如与卓文君一见倾心的地方，女主人公之所以要"牵郎衣"，之所以要叮嘱他"莫向临邛去"，就是怕他的心上人在那里惹草拈花，被卓文君那样的美人迷住了心窍。只一句话便把女主人的声口和心态生动地刻画了出来。这种担心，是封建社会的妇女的共同心态，因而具有典型的意义。白居易《怨词》的"不知移旧爱，何处作新恩"，薛道衡《豫章行》的"不畏将军成久别，只恐封侯心更移"，不正是这种心理的流露？这首小诗之所以成为不朽的名篇，绝不是偶然的。宋人曾季貍在《艇斋诗话》中说：孟郊的诗"精深高妙，诚不易窥，方信韩退之（愈）、李习之（翱）尊敬其诗，良有以也"。张戒在《岁寒堂诗话》中也说："郊之诗苦寒则信矣，然其格致高古，词意精确，其才亦岂可易得？"从这首小诗中可以得到印证。

登科后[1]

昔日龌龊不足夸[2]，今朝放荡思无涯[3]。

春风得意马蹄疾，一日看尽长安花。

✤ 注释

[1] 登科后：孟郊四十六岁始举进士，时贞元十二年（796），见《登科记》及《唐摭言》。此诗当作于此年。 [2] 龌龊：犹言“窝囊”。指生活上的穷愁潦倒，科场中的失意落第，仕途上的偃蹇迍邅。 [3] 放荡：恣意放任，不加检束。此指不拘礼俗，不循常规，放任不羁，称心而行。

✤ 今译

不要说那过去多么窝囊，今朝也让我来恣意放荡。
春风得意连马也跑得快，一朝便把长安的花看完。

✤ 评析

这首诗与其说是诗人发自内心的喜悦，毋宁说是诗人发自内心深处的苦笑，以解过去落第时的失意感和愤激情，“失意容貌改，畏途性命轻”（《下第东南行》），“两度长安陌，空将泪见花”（《再下第》），“弃置复弃置，情如刀剑伤”（《落第》），这些和着血泪的诗句，正是促使诗人写作“春风得意马蹄疾，一日看尽长安花”的逆反心理的原因，也融合着人们对他的轻蔑、讪笑的报复，以回答那些“有财有势即相识，无财无势同路人”（《伤时》）的市侩们的。而《诗林广记》前集卷七竟以“东野气宇不宏，至于如此，何其鄙邪”相讥，自是皮相之谈。

刘采春

刘采春，贞元、元和间的著名歌伶，淮甸（今江苏淮安一带）人，一作越州（今浙江绍兴）人。善歌唱，深得诗人元稹的赏识，其《赠刘采春》诗云："言词雅措风流足，举止低回秀媚多。""更有恼人肠断处，选词能唱望夫歌。""望夫歌"就是《啰唝曲》。据说"采春一唱是曲，闺妇行人，莫不叹息"。说明她的歌唱，感人甚深。但这里只说她善唱《啰唝曲》，并没有说她是《啰唝曲》的作者。所以明胡应麟在《诗薮·内编》中指出六首中的"四首皆工，非晚唐调"。并进一步肯定"今系采春，非也"。《啰唝曲》的作者为谁存疑，本书按目前大多数说法，将其收于刘采春名下。

啰唝曲[1]

（一）

不喜秦淮水[2]，生憎江上船。
载儿夫婿去[3]，经岁又经年。

✤ 注释

[1] 啰唝曲：又名《望夫歌》。明方以智《通雅》卷二十九《乐曲》云："啰唝，犹来罗。"即思妇盼望行人早日归来之意。原作六首，这里选的是第一、第三和第四首。 [2] 秦淮水：水名。东源南流，南源北流，两源会合于方山，西经金陵（今南京市）城中，北入长江。 [3] 儿：青年男女的自称，此指诗中的女主人公。《木兰辞》："愿借明驼千里足，送儿还故乡。"

✤ 今译

我不喜欢秦淮河的水，也最讨厌长江上的船。

它把我的丈夫载了去，动辄一别就是几多年。

✤ 评析

这是一首写闺中少妇离愁别恨的诗。诗以民歌的风调、通俗的语言、真挚的感情、细腻的笔触，把少妇的声调口吻，描写得惟妙惟肖，正如清沈德潜在《唐诗别裁》中评此诗说："不喜、生憎、经岁、经年，重复可笑，的是儿女子口角。"这是此诗的一个艺术特点。

少妇思远，本是最寻常最陈旧的题材，但它能于常中见奇，陈中出新，让思妇不去怨自己的丈夫远游不归，而去责怪秦淮的水、江上的船，怪得无理，怪得违反人的常情。然而正因为这种无理的怪，这种违反常情的怪，更加深刻地反映这位少妇的深情和痴意。正像施肩吾《望夫词》所说的："自家夫婿无消息，却恨桥头卖卜人。"明人周在的《闺怨》也说："应是子规啼不到，故乡虽好不思归。"也都是把自己的满腔哀怨，错误地转嫁给"卖卜人"和"子规鸟"，看来是不合情理的，但正因为它痴到了极点，憨到了极点，所以为佳。这是此诗的第二个艺术特点。

（二）

莫作商人妇，金钗当卜钱[1]。

朝朝江口望，错认几人船[2]。

✤ 注释

[1] 卜钱：古代以钱记爻，至唐始掷金钱占问吉凶。 [2]"错认"句：南朝齐谢朓《之宣城郡出新林浦向板桥》："天际识归舟，云中辨江树。"当从此句脱胎出来。

✤ 今译

不要嫁给重利的商贩，每每拔下金钗当卜钱。

我天天朝着那江口望，不知错认了几人的船。

✤ 评析

李益《江南曲》的“嫁得瞿塘贾”，白居易《琵琶行》的“老大嫁作商人妇”以及《啰唝曲》的“莫作商人妇”，都对“商人重利轻别离”，表现了内心的不满和埋怨，说明在商业比较繁荣的唐代，独守空闺的“商人妇”，已经成了一个带有普遍性的社会问题。这首诗以极其真切的感情，极其朴质的语言，金钗当卜，江头伫望，表现少妇的别之久、望之切、爱之深、怨之甚，而又能不怒、不伤、不为已甚，体现了封建社会中我国妇女的温顺品德。诗的后两句，“朝朝江口望，错认几人船”，把少妇的希望之火，一次一次地升起，又一次一次地破灭。盼望得越久，失望的次数越多，内心的愁苦也就愈大。着墨不多，而含蕴极其丰富，所以能成为传诵千古的名句。后代诗人从这里得到启发的很多，如温庭筠《望江南》的“梳洗罢，独倚望江楼。过尽千帆都不是，斜晖脉脉水悠悠，肠断白蘋洲”。柳永《八声甘州》的“想佳人、妆楼颙望，误几回、天际识归舟”。因袭的痕迹，是很明显的。

（三）

那年离别日，只道住桐庐[1]。
桐庐人不见，今得广州书[2]。

✤ 注释

[1] 桐庐：县名。在今浙江杭州西南部，钱塘江沿岸。 [2] 广州：府名，秦汉时为南海郡，唐置广州府，即今广东广州。

✤ 今译

记得那年离我远去，只说你将住在桐庐。
桐庐一直找不着你，却得广州寄来的书。

✤ 评 析

这是写少妇埋怨丈夫言而无信、二三其德的诗。说的是到桐庐，而去的却是广州。怨而不怒，点到便罢，而又耐人咀嚼，余味无穷。诚如李锳在《诗法简易录》中所分析的那样："桐庐已无归期。今在广州，去家益远，归期益无日矣。只淡淡叙事，而深情无尽。"这是分析得很细腻的。但这首诗的构思，明杨慎在《升庵诗话》卷八中说，是从"何斯违斯"的《诗疏》中得到启发的，《疏》云："君子既行王命于彼远方，谓适居此一处，今复乃去此，更转远于余方。"谢榛在《四溟诗话》卷四中则认为它是从陆机《为周夫人寄车骑》的诗中脱胎出来的，诗云："昔者得君书，闻君在高平。今者得君书，闻君在京城。"不管它是从《诗疏》中得到启发也好，是从陆诗中脱胎出来的也好，都较原作更加深婉有致。清潘德舆在《养一斋诗话》中说得好，此曲为"天下之奇作"。

韩　愈

韩愈(768—824),字退之,河南河阳(今河南孟州南)人。昌黎是他的郡望,世称韩昌黎,其诗文集亦称《昌黎先生集》。贞元八年(792)进士,先后任宣武、宁武节度使判官。贞元末,官监察御史,因上书言事,贬阳山令。宪宗时累官至太子右庶子,随宰相裴度平淮西,迁刑部侍郎。因上书谏阻宪宗迎佛骨,贬潮州刺史,量移袁州。穆宗时召为国子监祭酒,历任京兆尹、兵部、吏部侍郎。卒谥"文",世又称韩文公。

他是"文起八代之衰"的古文大家,也是"以文为诗"的诗歌革新派。对于他的诗歌,评价极不一致。推崇他的人很多,如唐司空图在《题柳柳州集后》说:"韩吏部歌诗数百诗,其驱驾气势若掀雷挟电,撑抉于天地之间,物状奇怪,不得不鼓舞而徇其呼吸也。"宋欧阳修在《六一诗话》中也说:"退之笔力,无施不可。……其资谈笑,助谐谑,叙人情,状物态,一寓于诗,而曲尽其妙。"张戒在《岁寒堂诗话》中说他的诗:"能擒能纵,颠倒崛奇,无施不可。……姿态横生,变怪百出,可喜可愕,可畏可服也。"近人陈三立在《题韩诗臆说》中也说他的诗有"雄直之气,恢诡之趣","不能病其以文为诗,而损其偏胜独至之光价",可见扬之者无不从其气势雄伟、笔力强劲方面着眼,来加以赞美;而抑之者则无不从"以文为诗"着眼来加以批评。宋陈师道在《后山诗话》中说:"诗文各有体,韩以文为诗,杜以诗为文,故不工尔。"又说:"退之以文为诗,子瞻以诗为词,如教坊雷大使之舞,虽极天下之工,要非本色。"《冷斋夜话》引沈括的话批评韩诗说:"退之诗,押韵之文耳。虽健美富赡,然终不是诗。"窃以为这些评论,都没从诗歌革新的角度来加以抑扬,因而没有真正搔到痒处,只有清代的赵翼和叶燮分别在《瓯北诗话》和《原诗》中做了精辟的分析，明乎此，则韩氏在诗歌发展史上的地位，自然是无可怀疑的了。赵氏之言曰：“至昌黎时，李、杜已在前，纵极力变化，终不能再辟一径。惟少陵奇险处，尚有可推扩，故一眼觑定，欲从此辟山开道，自成一家，此昌黎注意所在也。”叶氏更进一步分析其革新的原因说：“愈尝自谓陈言之务去，想其陈言之为祸，必有出于目不忍见，耳不堪闻者，使天下人之心思智慧，日腐烂埋没于陈言中，排之者比于救焚拯溺，可不力乎?”果然在韩愈的倡导下，孟郊、贾岛等又从而羽翼之，在诗坛上输入了新的活力，形成了一个重要的诗歌流派——险怪诗派。正如叶氏所说的：“韩愈为唐诗之一大变，其力大，其思雄，崛起特为鼻祖。”然其刻意避熟求生，不得不押险韵，用奇字，过多地把散文的句法用之于诗，在《山石》、《南山》等长篇古风中，虽然取得了很大的成功，而在近体诗中，则往往功力有余，而韵味不足。

秋　字[1]

淮南悲木落[2]，而我亦伤秋。
况与故人别，那堪羁宦愁。
荣华今异路，风雨昔同忧。
莫以宜春远[3]，江山多胜游。

✣ 注释

[1] 秋字：即愁字。宋吴文英《唐多令·惜别》：“何处合成愁，离人心上秋。”言“心”上着“秋”字即为“愁”。此诗当作于元和十四年(819)秋韩愈由潮州刺史改授袁州刺史时。　[2]“淮南”句：汉淮南王刘安有“凡见叶落而知岁暮，故叶落而长年悲”之句，此用其意。　[3] 宜春：县名，唐袁州郡治所在，今属江西。因境内有温泉，景色长年明媚如春，出美酒，饮之宜人，因而得名。下文所说的“胜游”，当指此。

✤ 今译

汉刘安曾说看到落叶就惆怅，我如今面对秋的萧瑟也悲伤。
何况又要与老朋友分道扬镳，怎能忍受旅途寂寞宦游他乡。
你我走的是荣华各异的道路，过去几经风雨我俩都很沮丧。
不要因为这宜春离京城太远，那里的名山胜水任我们徜徉。

✤ 评析

韩愈因上表谏迎佛骨，被贬为潮州刺史。到潮州后，上表自陈“忧惶惭悸，死亡无日”，宪宗览表，欲复用愈，因对宰臣说：韩愈“所谏佛骨事，大是爱我，我岂不知？然愈为人臣，不当言人主事佛乃年促也”。乃改授袁州刺史。事见《旧唐书·韩愈传》。这首诗当是改授袁州时告别友人之作。首联以“木落”、“伤秋”起兴，点明时令，扣紧题目。“而”字乃散文句法。颔联以流水对的形式，抒发其惜别之意、羁宦之愁，感情真挚，语意流转，是进一步阐明“伤秋”的道理。颈联上句是“抚今”，下句是“思昔”，今虽获罪远谪，荣辱各异；昔则风雨同舟，忧患与共。以极大的概括力，包举了两人深厚的交谊和个人坎坷的遭遇。哀感备至，完全从肺腑中流出。尾联故作旷达，转悲为喜，转忧为乐。言宜春离京虽远，而名山胜水甚多，可以恣游览，任徜徉，骋吾目，乐吾生。语似旷达，心实酸苦，是善于立言者。

左迁至蓝关示侄孙湘[1]

一封朝奏九重天[2]，夕贬潮阳路八千[3]。
欲为圣明除弊事[4]，肯将衰朽惜残年[5]。
云横秦岭家何在[6]？雪拥蓝关马不前。
知汝远来应有意，好收吾骨瘴江边[7]。

✤ 注释

[1] 韩愈于元和十四年(819)正月，上书谏迎佛骨，书中历举前代信佛的帝王“乱亡

相继，运祚不长”的历史教训，以为明证，因而触怒了宪宗，欲处以极刑，幸得宰相裴度、崔群等力争，才贬为潮州刺史。这首诗是他南行途中所作。左迁：犹言降职，古人贵右贱左，故云。蓝关：即蓝田关，又称峣关，在今陕西蓝田县南。侄孙湘：韩湘，字北渚，愈侄韩老成的长子，长庆三年进士。 [2] 九重天：指王宫、朝廷。 [3] 潮阳：唐郡名。治所在今广东省潮州市。潮阳距长安约八千里。 [4] “欲为”句：韩愈《论佛骨表》云：百姓“焚顶烧指，百十为群；解衣散钱，自朝至暮”。“若不即加禁遏，更历诸寺，必有断指脔身以为供养者。伤风败俗，传笑四方，非细事也”。除弊事：革除这些弊端。 [5] 肯：岂肯。惜残年：爱惜自己的余年。这时韩愈五十二岁。 [6] 秦岭：《读史方舆纪要》：“蓝田县：秦岭在县东南，即南山别出之岭。凡入商洛、汉中者，必越岭而后达。”南山，即陕西境内的终南山。 [7] 瘴江：泛指岭南瘴气弥漫的江河。此当指潮州的梅江、韩江。

✤ 今译

早上把奏章呈上金銮宝殿，晚间被贬到潮阳路远八千。
本想替圣朝革除一些弊政，岂敢为个人爱惜衰朽残年？
云横秦岭我的家现在哪里，雪拥蓝关连马也畏缩不前。
知你远道而来是情义深重，好好收拾残骸在瘴江之边。

✤ 评析

这首诗把深沉的感情和悲壮的景象融为一体，极沉郁顿挫、凄恻苍凉之致。沉郁指其感情的深厚抑郁，顿挫指其笔势的纵横开阖。前四句开门见山，点出其被贬之由。“朝奏”、“夕贬”，极言其快；“欲为”、“肯将”，力辩其冤。一腔郁结不平之气，充溢在字里行间。而又一气直下，浑灏流转，既有“文”的笔法，又有“诗”的形象。后四句即景抒情，沉痛感人。云横而家不见，雪拥而马不前，凄楚之至，悲愤之至。西望长安之意，收拾残骸之托，如见其人，如闻其声，令人不忍卒读。

早春呈水部张十八员外[1]

天街小雨润如酥[2]，草色遥看近却无。

最是一年春好处，绝胜烟柳满皇都[3]。

✤ 注释

[1] 水部张十八员外：张籍曾任水部员外郎，在兄弟辈中排行十八，故称。水部：掌管水道的有关事宜，唐时为工部四司之一。 [2] 天街：京城的街道。润如酥：润滑得像油一样，松软得像奶酪一样。 [3] 绝胜：远远超过。皇都：京城。

✤ 今译

阵阵春雨使得长安的街道润滑如酥，远看那草色已泛绿近看却又像是无。
正是一年当中春光明媚的大好时节，远远超过那春满京城时的花红柳绿。

✤ 评析

这首小诗，写早春小雨的长安景色。细雨如酥，草色泛绿，给人们带来了早春的信息，无疑是一年春光中最好的季节，若到繁花似锦，垂柳笼烟，春色满园，红杏出墙，春就要走下坡路了，那还有什么稀罕？诗人在欣赏自然景物的同时，悟出了一条颠扑不破的真理。特别是“草色遥看近却无”，观察之细腻，状物之奇妙，历来为世人所叹赏。胡仔《苕溪渔隐丛话后集》说：“‘天街小雨润如酥，草色遥看近却无。最是一年春好处，绝胜烟柳满皇都。’此退之《早春》诗也。‘荷尽已无擎雨盖，菊残犹有傲霜枝。一年好景君须记，最是橙黄橘绿时。’此子瞻《初冬》诗也。两诗意颇同而词殊，皆曲尽其妙。”一写早春，以“草色”之有无，状难状之景，如在目前；一写初冬，以“荷尽无盖”、“菊残有枝”烘托“橙黄橘绿”的初冬景色，都能从寻常的客观事物中，刻画入微，创造出新的意境，所以为妙。

湘中酬张十一功曹[1]

休垂绝徼千行泪[2]，共泛清湘一叶舟[3]。
今日岭猿兼越鸟[4]，可怜同听不知愁。

✤ 注释

[1] 张十一：即张署。署排行第十一。贞元元年(805)八月，顺宗因病传位给宪宗李纯，实行大赦，韩愈改官江陵（今属湖北）府法曹参军，张署改官江陵府功曹参军，两人在赴任前共泛湘江，韩愈因作此诗以赠之。功曹：官名。唐制：地方行政机构中，郡设曹，州设司。当时州、郡并存，曹、司也可以并称。江陵府功曹参军，即荆州司功参军。 [2] 绝徼：绝远的边境。北方称塞，南方称徼，皆至险绝远之地。 [3] 清湘：澄清的湘江。 [4] 岭猿越鸟：五岭的猿啼，百越的鸟鸣，声皆哀怨，足以勾起迁客的愁思。

✤ 今译

不要因为远谪南荒而眼泪双流，暂且在这澄澈的湘江共泛一舟。
如今不管岭猿还是越鸟的哀叫，都勾不起听惯了的迁客的乡愁。

✤ 评析

贞元十九年(803)，关中旱饥，死者相枕藉，韩愈与张署上书请宽民徭，减田赋，遭到京兆尹李实的谗间，被贬为连州阳山（今属广东）令。二十一年(805)二月，获赦南还，待命郴州，因作是诗，以抒发其悲愤之感。诗的前半幅，上句是安慰张署，也是自我宽释；下句是写同泛清湘，共抒闲愁。表面是宽解语，是慰藉语，言贬"绝徼"休要垂泪，泛"清湘"尚可消愁，实际上是辛酸语，是悲愤语。言贬"绝徼"非其罪也，泛"清湘"聊以解忧。后半幅以"不知愁"来写愁。岭猿越鸟，鸣声哀怨，最易勾起迁客的愁思，但诗人一谗于李实，远谪阳山；再抑于湖南观察使杨凭，久不能内调。听惯了岭猿越鸟的哀鸣，渐渐地麻木起来，所以"同听"而"不知愁"，用意更深一层，命笔更进一层，是化寻常为奇崛的表现手法。

题木居士[1]

火透波穿不计春[2]，根如头面干如身。
偶然题作木居士，便有无穷求福人。

✤ 注释

[1] 木居士：木制的神像。唐时湖南耒阳地方有“木居士庙”，贞元二十一年(805)二月，韩愈由郴州赴湖北任江陵府法曹参军，路过此间，有感于心，因作此诗。 [2] 火透波穿：雷击雨打。不计春：不知经过了多少年。

✤ 今译

雷击雨打不知经过了多少春，老树的根像人头干像人的身。
偶然被人说是诚则灵的偶像，便有数不清的来此求福的人。

✤ 评析

这是一首讽刺诗。它有着极其丰富的含蕴，能给人以无穷的启迪。就其浅层的意义而言，是讽刺那些愚夫愚妇，他们把无知的木偶，看作有求必应的神，焚香礼拜，祈寿求福，把虔诚的可笑的场面，跟冥顽的无知的朽木，形成极不协调的戏剧冲突，给人以荒唐、滑稽的感觉，收到了很好的讽刺效果。就其深层的意义而言，则是木被人封为偶像，又从而加以神化，使之由无知的朽木，一变而为“佛法无边”的神，一些投机钻营的小人，急于求福，忙于避祸，不问神的来历，神的灵验与否，便焚香礼拜，叩头求佑，视为自己的保护神，岂不滑稽可笑？宋黄彻《䂬溪诗话》卷二说得好：“退之云：‘偶然题作木居士，便有无穷求福人。’可谓切中时病。凡世之趋附权势，以图身利者，岂问其人贤否，果能为国为民哉！及其败也，相推入祸门而已。聋俗无知，谄祭非鬼，无异也。”就是从这种深层次的立意进行评说的。

游太平公主山庄[1]

公主当年欲占春[2]，故将台榭压城闉[3]。
欲知前面花多少，直到南山不属人[4]。

✤ 注释

[1] 太平公主：唐高宗的少女，武则天所生，因参与除掉张易之、张昌宗之乱有功，权震天下，势压朝廷。她的庄园，北起长安城脚，南至终南山麓，先天二年(713)，她野心勃勃，企图控制政权，谋杀唐明皇，事败被杀。其庄园被朝廷分赐给宁、申、岐、薛四王。事见《旧唐书·外戚传》、《新唐书·诸公主传》。 [2] 占春：占领春光。春，一切美好事物的总称。 [3] 压城闉：压倒京城的城墙。闉：古代城门外层的曲城。 [4] 南山：即终南山，在长安城南五十里。

✤ 今译

公主当年想要占尽春光，故叫舞台歌榭高压城墙。
要知她家的花木有多少，直到南山没有别人田庄。

✤ 评析

这是借太平公主气焰熏天，炙手可热的无比权势、无比豪华，来讽刺那些贪得无厌、擅作威福的人。诗的前两句，是写太平公主野心勃勃的本性，豪华气派的生活。“欲占春”，实际上是要把一切美好的事物都据为己有；“压城闉”，实际上是要压倒“九五之尊”的天子，一个“占”字，一个“压”字，便把太平公主骄横、贪婪的本性，刻画了出来。诗的后两句，以问答的形式，表现公主山庄的花木之多，山庄之广，“不属人”是历史，“已属人”是现实，明夸暗讽，字挟风霜，收到了极大的讽刺效果。明人陆时雍在《诗镜总论》中说：“读柳子厚诗，知其人无与偶；读韩昌黎诗，知其诗世莫能容。”这首诗尖锐泼辣，有着明显的现实性和针对性，当是“世莫能容”的一例。

张　籍

张籍(766—830)，字文昌，原籍吴郡(今江苏省苏州市)，寄居和州(今安徽省和县)。贞元十四年(798)进士，初任太常寺太祝，后因韩愈的推荐，任国子博士，迁水部郎中、主客郎中、国子司业，世称张水部或张司业。

他是韩愈的学生，但他的诗歌创作并不走韩愈的道路，韩氏以奇字险韵为能，而他却以浅近平易为高。他与白居易、元稹、王建等皆喜乐府，与王建所作并称“张王乐府”。社会的黑暗、政治的腐败、官吏的贪婪、人民的疾苦，都在他的诗歌中得到了全面而深刻的反映。白居易在《读张籍古乐府》一诗中说：“张君何为者，业文三十春。尤工乐府诗，举代少其伦。为诗意如何？六义互铺陈。风雅比兴外，未尝著空文。”宋王安石在《题张司业集》中也说他的诗“看似寻常最奇崛，成如容易却艰辛”。分别从他诗歌的内容和风格上给予了很高的评价。后人对他的乐府诗，往往喜与元、白、王建并提或加以比较，如宋魏泰《临汉隐居诗话》云：“唐人亦多为乐府，若张籍、王建、元稹、白居易以此得名。”张戒《岁寒堂诗话》卷上云：“张司业诗与元、白一律，专以道人心中事为工。但白才多而意切，张思深而语精。”周紫芝《竹坡诗话》云：“唐人作乐府诗者甚多，当以张文昌为第一。”曾季貍《艇斋诗话》云：“唐人乐府，惟张籍、王建古质。”许顗《彦周诗话》云：“张籍、王建，乐府、宫词皆杰出。”说明宋人在唐人乐府中是以张籍、王建为首选的。元人又将张籍和王建进行比较研究说：“乐府篇法，张籍第一，王建近体次之。”这是范德机在《木天禁语》中的评说。吴师道《吴礼部诗话》说得更加具体：“(王)建乐府固仿文昌，然文昌姿态横生，化俗为雅，建则从俗而已。”明人胡震亨《唐音癸签》卷七又对张、王乐府的用俗，作出了肯定的评价：“文章穷于用古，矫而用俗，如《史》、《汉》后六朝史之方言俗语是也。(张)籍、(王)建诗之用俗亦然。……凡俗言俗事入诗，较用古尤难。知两家诗体，大费铸合在。”

他最喜欢杜诗，唐冯贽《云仙杂记》说：“张籍取杜诗一帙，焚取灰烬，副以膏蜜，频饮之曰：‘令吾肝肠，从此改易。’”这虽然是小说家的话，不足征信，但他的诗的确也像杜甫一样，以悲天悯人的怀抱，写国难民穷的悲愤，如《征妇怨》的“夫死战场子在腹，妾身虽存如昼烛”，《野老歌》的“西江贾客珠百斛，船中养犬常食肉”。都是揭露现实、鞭挞罪恶的作品。所以当时一些著名的诗人如刘禹锡、白居易、元稹、王建、贾岛、孟郊、于鹄等都对他和他的诗很赞赏。

他的性情耿介，不肯依附权贵，相传当时炙手可热的平卢淄青节度使李师道曾以重币卑礼去拉拢他，被他以“还君明珠双泪垂，恨不相逢未嫁时”(《节妇吟》)巧妙地拒绝了。即使对他的老师韩愈，也多所责讽，说韩氏“尚驳杂无实之说”，“为博塞之戏，与人竞财”，是有“累于令德”的(《上韩昌黎书》)。

夜到渔家[1]

渔家在江口，潮水入柴扉[2]。
行客欲投宿，主人犹未归。
竹深村路远，月出钓船稀。
遥见寻沙岸，春风动草衣[3]。

✣ 注释

[1] 题一作《宿渔家》。 [2] 柴扉：用柴做的门，极言其简陋。也指贫寒的家

园。 [3] 草衣：结草为衣。即蓑衣。《世说·政事》“贾充初定律令”注引王隐《晋书》：“（郑冲）清心寡欲，喜论经史，草衣缊袍，不以为忧。”

✤ 今译

僻静的江口有一个渔家，潮水漫到了那柴门之下。
疲倦的行人想就近投宿，主人的船还没有往回划。
竹林中有通向前村的路，月亮下已很少垂钓的艖。
远远地看到他收帆寻岸，春风吹得他的蓑衣哗哗。

✤ 评析

这首诗以极其通俗的语言，描绘了一个渔家生活的侧面。简陋的柴扉，靠近僻静的江口，潮水一涨，便漫进屋里来了。不言渔家的穷困，而悲天悯人之怀，已洋溢在楮墨之中。三、四句是流水对，上句写行客，下句写主人。一个欲宿，一个未归。而羁旅行役之苦，辛勤劳作之迹，尽在不言之中。五、六句写行客在渔家门口所看到的景色：竹林深处，有一条通向远村的小路；月亮高悬，垂钓的渔船已经很少。仍是承“主人犹未归”而来，前后呼应，互为补充，而行客焦急的心情如绘，是景语，也是情语。情在景中，景因情设，所以为妙。结尾两句，写行客在焦急中，蓦见渔人寻岸靠船，身上的蓑衣在春风中飘动，形象极其生动，语调亦甚轻快，投宿的愿望就要成为现实了，一下解决了“今夜不知何处宿”的苦恼，诗人的欣喜之情，完全在这寥寥十字中，生动地体现了出来。

秋　思

洛阳城里见秋风[1]，欲作家书意万重。
复恐匆匆说不尽，行人临发又开封[2]。

✤ 注释

[1] “洛阳”句：《晋书·张翰传》：张翰为官洛阳，“因见秋风起，乃思关中菰

菜、莼羹、鲈鱼脍，曰：'人生贵得适志，何能羁宦数千里，以要名爵乎？'遂命驾而归"。此暗用其事，籍亦吴人，亦官洛阳，用事甚切。 [2] 行人：远行在外的人，此指捎信的使者。临发：临到要出发的时候。

✤ 今译

客居洛阳忽见秋风又起，想修家书引起万重心事。
生怕忙中内容有些遗漏，使者临走我又打开封皮。

✤ 评析

这首诗利用"行人临发又开封"的一个神经质的、戏剧性的动作，十分真切而细腻地刻画出一个久客他乡的游子的内心活动。本来因秋风而思家，因思家而修书，乃是生活中司空见惯的小事，但诗人撇开修书的内容，而突出发书时的一个细节，并把这个"又开封"的细节跟"复恐匆匆说不尽"的心理联系起来，就使得这个平凡的生活素材，更富于诗情，更富于戏剧性，也更加典型化，从而取得了语言精练、含蕴丰富的艺术效果。宋人张戒说他的诗"专以道得人心中事为工"(《岁寒堂诗话》)，清人沈德潜说这首诗"亦复人人胸臆语，与'马上相逢无纸笔'一首同妙"(《唐诗别裁》)。正是这"心中事"和"胸臆语"，才引起了读者的强烈共鸣。

凉州词[1]

边城暮雨雁飞低，芦笋初生渐欲齐。
无数铃声遥过碛[2]，应驮白练到安西[3]。

✤ 注释

[1] 凉州：唐时辖境在今甘肃永昌以东、天祝以西一带。公元 8 世纪后期至 9 世纪中期为吐蕃所占。凉州词是写西北边境风土人情的乐曲。杜牧《河湟》：

“唯有凉州歌舞曲，流传天下乐闲人。” [2] 铃声：骆驼是沙漠中的交通工具，出发时颈上常悬着金属制成的铃铛。碛：大沙漠。 [3] 白练：白色的丝织品。安西：唐代六大都护府之一，辖龟兹、焉耆、于阗、疏勒等地。贞元六年(790)以后，辖境尽为吐蕃所有。

✤ 今译

北雁在边城的暮雨中低飞，芦笋发出了新芽快要长齐。
驼铃不断地从沙漠边传出，想必是驮着白练运到安西。

✤ 评析

这首诗表面上是描写西北边塞的自然风光：暮雨霏霏，北雁低飞，芦笋遍地，渐欲长齐，把边城荒凉萧瑟的气氛一下烘托了出来。实际上是景中寓情，意在言外，寄托了诗人对西北边陲沦于吐蕃的无比忧愤。这阴沉的气候，萧瑟的景象，给人一种历史的沉重感和现实的压抑感，正是诗人此时此地所萌发出来的感情。诗的结尾两句，画龙点睛似的把诗人的忧愤心理表达了出来：无数的铃声，不断从沙漠那边传了过来，让读者从听觉中产生具体的视觉形象；驮着白练，运到安西，是从前面产生的视觉形象转变为意觉。诗人这么巧妙地运用美学上的“通感”手法，把听觉、视觉和意觉三者沟通起来。而又用一个“应”字，说明沿着“丝绸之路”本来应该把白练运到安西去的，可是安西都护府这样一个广阔的地域早已为吐蕃所控制，驼队再也不能到那里去了。这就是此诗所要表达的思想。

蛮　中[1]

铜柱南边毒草春[2]，行人几日到金麟[3]。
玉环穿耳谁家女，自抱琵琶迎海神[4]。

✤ 注释

[1] 蛮中：泛指南方少数民族聚居的地区。 [2] 铜柱：《水经注·温水》："昔马文渊(援)立两铜柱于林邑岸北，山川移易，铜柱今复在海中。"林邑，即占城，亦称占婆，在今越南中南部。 [3] 行人：当指王建。建曾远赴岭南幕府从事。其《南中》诗有"野市依蛮姓，山村逐水名"之句。金麟：一作"金邻"，南方古地名。见左思《吴都赋》。 [4] 海神：大海之神。南方少数民族迎海神时，边歌边舞，并以弦管乐伴奏，故曰"自抱琵琶"。

✤ 今译

南荒的毒草迎来了明媚的早春，奉使的行人几时才能到达金麟。

谁家的少女把玉环戴在双耳上，各自边唱边舞前去迎接那海神。

✤ 评析

这是描写西南地区的风土人情的。那里瘴气弥漫，恶草丛生，春天就是这么降临人间的。那里的少女，把玉环穿在耳上，自抱琵琶，跳起迎神的歌舞，生活的情调就是这么有趣的。诗人前一诗写塞北的风光，这一诗写蛮中的民俗，题材新颖，笔调流畅，寓意深邃，语言平淡，开辟了唐人七绝的新境界。清人田雯在《古欢堂集》中评张籍的诗说："名言妙句，侧见横生，浅淡精洁之至。"的确抓住了诗人诗歌艺术的特色。按此诗当作于王建远赴岭南幕府从事时。建《寄分司张郎中》诗云："一别京华年岁久，卷中多见岭南诗。"又《江馆对雨》诗云："草馆门临广州路，夜听蛮语小江边。"又《南中》诗云："天南多鸟声，州县半无城。……瘴烟沙上起，阴火雨中生。"均与此诗相应。

王　建

王建，字仲初，颍川（今河南许昌）人。大历十年（775）进士，《郡斋读书志》《直斋书录解题》《唐才子传》皆主此说，但今人多否定王建曾第进士。官昭应（今陕西临潼）县令，迁太府寺丞、秘书丞、侍御史，太和二年（828）出为陕州司马。晚年退居咸阳原上，境况贫困。他曾在《自伤》诗中说："衰门海内几多人，满眼公卿总不亲。四授官职元七品，再经婚娶尚单身。……"说明他仕途的偃蹇、生活的困屯。

诗人曾以《宫词百首》，赢得"特妙前古"的美誉，但也差点断送了他的性命。原来枢密使王守澄跟他有同宗之谊，常将宫闱秘事作为幕后新闻透露给他，他便据以写作《宫词》。后因故与王守澄发生了矛盾，守澄因威吓他说："吾弟所作《宫词》，内廷深邃，何由知之？明当上奏。"他便写了一首诗，一面向王守澄道歉，一面也明确地回敬他说："不是当家频向说，九重争得外人知？"守澄看了，害怕自己受到株连，便不敢以此相要挟了。事见范摅《云溪友议》卷下。其实他的诗真正有价值的还是他的乐府。清人毛先舒在《诗辩坻》中说："中唐乐府，人称张、王。"王士祯在《戏仿元遗山论诗绝句三十二首》之九说："草堂（杜甫）乐府擅惊奇，杜老哀时托兴微。元、白、张、王皆古意，不曾辛苦学妃豨。"不学妃豨，就是不去刻板地模仿古乐府，而是别开生面，去反映生活，批判现实。贺裳在《载酒园诗话》中，从"张王乐府"之间的异同加以辨析说："文昌（张籍）善为哀婉之音，有娇弦玉指之致；仲初（王建）妙于不含蓄，亦自有晓钟残角之韵。"可谓知言。

新嫁娘[1]

三日入厨下，洗手作羹汤[2]。
未谙姑食性[3]，先遣小姑尝。

✣ 注释

[1] 原诗三首，这里选的是第三首。 [2]“三日”二句：我国古代风俗，婚后第三天，新娘子要亲自下厨，俗叫“过三朝”。羹汤：菜肴的通称。 [3] 未谙：不熟悉。姑：旧时称丈夫的母亲。食性：犹言口味。

✣ 今译

婚后三天便下到了厨房，洗净素手试做一次羹汤。
只因不晓得婆婆的口味，先请小姑出来尝它一尝。

✣ 评析

诗人纯用白描的手法，通过一个个的细节，细腻地刻画出新娘的内心活动。洗手、作羹、请小姑去尝，说明这个新妇既审慎，又伶俐，她非常重视给人造成的第一个印象，希望自己的烹饪手艺，能够得到婆婆的赞许。这是封建礼教压抑下扭曲了的性格，但诗人写得很逼真，很传神。在寥寥二十个字中，人物性格，呼之欲出。正如沈德潜在《唐诗别裁》中评此诗说：“诗到真处，一字不可移易。”这首诗的妙处便是一个“真”字，情真意真，语真境真，无一不是从内心深处流露出来的真思想，所以能特别感人。

江陵使至汝州[1]

回看巴路在云间[2]，寒食离家麦熟还[3]。

日暮数峰青似染，商人说是汝州山。

✤ 注释

[1] 江陵：唐时府名，治所在今湖北荆州。汝州：地名，在今河南汝州。 [2] 巴路：通向江陵、巴东一带的道路。 [3] 寒食：节气名。旧俗清明前一日或二日为“寒食”，为纪念春秋时晋大夫介之推，这一天不举火。宗懔《荆楚岁时记》：“去冬节一百五日，即有疾风甚雨，谓之寒食，禁火三日。”

✤ 今译

回头来看巴东的道路像在彩云中间，我从寒食离开了家乡直到麦熟才还。暮色笼罩下的几座染得青青的峰峦，商人们指点着说那已经是汝州的山。

✤ 评析

这是诗人出使江陵回到汝州途中所写的纪行诗。诗中没有出现任何欣喜的字眼，而那种欣喜之情，却在轻快的语调、流利的旋律中表现得淋漓尽致。回望巴路，高出云端，极言道路之艰险。而诗人能够履险如夷，平安归来，自然是值得欣慰的事。寒食离家，麦熟才还，极言离家之久。而眼前家乡在望，很快就可以结束羁旅行役之苦，自然又是值得欣慰的事。三、四句别出心裁，对于自己将要到家的喜悦心情，不着一字，只是淡淡两笔，将途中的所见所闻轻轻托出，便把诗人在特定情况下的心态十分完满地传达了出来，使之更具有艺术感染力。远处数峰，青翠似染，这是诗人当时所见；商人指点，那就是汝州的山，这是诗人当时所闻。诗人巧妙地把这种视觉、听觉和心中的感觉，融合成为一种优美的意境，给读者去玩味，去揣摩，自然有着“挹之不尽”的美感享受。《唐才子传》说他的诗“能感动神思，道人所不能道”，从这首诗中可以得到很好的印证。

十五夜望月[1]

中庭地白树栖鸦[2]，冷露无声湿桂花[3]。

今夜月明人尽望，不知秋思落谁家[4]？

✤ 注释

[1] 诗题一作《十五夜望月寄杜郎中》。杜郎中，名不详。从全诗来看，“十五夜”应指中秋夜。 [2] 中庭：庭院之中。地白：月亮的光辉洒在地上，好像铺了霜、贴了银。树栖鸦：乌鸦栖息在树上。王维有“月出惊山鸟”（《鸟鸣涧》），周邦彦有“月皎惊乌栖不定”（《蝶恋花》）的话，说明鸟类往往受到月色的刺激而惊惶不安。 [3] 桂花：双关桂和月。月的别名是“桂华”、“桂魄”。 [4] 落谁家：一作“在谁家”。谁家：谁，谁人。家：语尾助词。

✤ 今译

院里铺上白霜，树上睡着乌鸦，那无声的冷露，已经湿透桂花。
今夜一轮皓月，人人都在仰望，不知天上秋思，到底洒落谁家？

✤ 评析

这是一首望月怀远的抒情小诗。望月思乡，是寻常不过的诗材，但这首诗“格幽思远”，语淡意浓，别具精神面貌，在同类题材的篇什中，是最具艺术感染力的。诗的第一句，巧妙地把李白的“床前明月光，疑是地上霜”和曹操的“月明星稀，乌鹊南飞，绕树三匝，无枝可依”的句意，一正一反地融合在一起，使人自然地产生思乡和漂泊的遐想，大大丰富了诗的内蕴。第二句双关月中的桂和人间的桂，妙在不着痕迹地把李贺的“玉轮轧露湿团光”和“玉宫桂树花未落”的意境，熔铸在这七个字中。还妙在以上两句，都在写“月”，但字面上却不着一个“月”字，而凝想之深，伫望之久，都在“栖鸦”和“湿桂”中传达了出来。第三、四句在炼意上更见工夫。直到这里才点出了“月”，也才点出了“秋思”。却又不直接、不正面去抒发“秋思”的感情，而是用疑问的语气，曲折地传达自己内心的活动；明明是说自己的“秋思”最苦、最深，却又推说“不知”谁家的“秋思”最深、最苦。这种不结之结，令人感到悠然神远。

宫　词[1]

树头树底觅残红[2]，一片西飞一片东。
自是桃花贪结子[3]，却教人恨五更风。

✣ 注释

[1] 宫词：王建写了《宫词》一百首，都是描写宫女的生活和情趣的。清翁方纲《石洲诗话》说："其词之妙，自在委曲深挚中别有顿挫，如仅以就事直写观之，浅矣。"是对王建宫词的较有分量的评论。　[2] 残红：落花。　[3] 结子：谓植物结果。

✣ 今译

我在树上树下去寻觅残红，一片在西来一片又落在东。
本来是那桃花自己要挂果，错教人去埋怨那五更的风。

✣ 评析

这是写宫人见落花而自伤迟暮，见结子而自伤薄命的心态。诗的上半幅写枝头已无残红，地上尽是落花，说明春光已老，花事已残，一种"今年花落颜色改，明年花开复谁在"的感伤，一种"花开堪折直须折，莫待无花空折枝"的凄惶，不禁油然而生，于是同病相怜，到处去觅残红，这自然是怜花、惜花。但当她看到花有"结子"的自由，它可以"嫁与春风不用媒"，一种"自恨不如桃李树，春来犹得嫁东风"的伤感，又在脑子里萌发出来。于是又由怜花、惜花，转而为羡花、妒花。它为了"贪结子"而自甘凋谢，是自己错怪了"五更风"啊。《唐诗品汇》引谢叠山评此诗说："说到落花，气象便萧条，独此诗从落花说归结子，便有生意。"亦岂知伤心人别有怀抱哉！

贾　岛

贾岛(779—843),字阆仙,一作浪仙,自称碣石山人,范阳(今北京市)人。曾经做过和尚,法名无本。还俗后,屡应进士试,不第。开成中,任遂州长江主簿,官终普州司仓参军,世称贾长江,有《贾长江集》。因得到韩愈的奖掖,张籍、姚合的揄扬,而诗名大振。他和孟郊的交谊最深,世称"郊岛",苏轼有"郊寒岛瘦"的评说。又和姚合齐名,世称"姚贾"。他是一位苦吟诗人,"两句三年得,一吟双泪流",是他自道其诗歌创作的艰苦体验。《新唐书》本传说:"当其苦吟,虽逢公卿贵人,不之觉也。"相传他"跨驴张盖,横截天街。时秋风厉,黄叶可扫。岛忽吟曰'落叶满长安',求联句不可得,因唐突大京兆刘栖楚,被系一夕而释之"。事见《唐摭言》。又传他"骑驴赋诗,吟得'鸟宿池边树,僧敲月下门'之句,初拟用'推'字,又思改'敲'字,在驴上引手作推敲之势,不觉冲撞京尹韩愈。愈询其故,岛具言所以。愈立马良久思之,谓岛曰:'敲字佳矣。'遂并辔共论诗道"。事见何光远《鉴戒录》卷八。两次唐突,虽然结果不同,但他"身心无别念,馀习在诗章"(《送天台僧》)的苦吟精神则是一致的。关于他的诗,毁誉亦极不一致。陆时雍在《诗镜总论》中说:"贾岛衲气终身不除,语虽佳,其气韵自枯寂耳。"李东阳在《麓堂诗话》中说:"齐己、湛然辈,略有唐调。其真有所得者,惟无本(贾岛)为多,岂不以读书故耶?"一个说他"衲气不除",一个说他在"僧诗"中"真有所得",自然与审美趣味有关。不管对他的评价如何,他的诗对后来的影响却是非常深远的。晚唐诗人李峒就十分崇拜贾岛,他在《题晰上人贾岛诗卷》说:"贾生诗卷惠休装,百叶莲花万里香。供得年年吟不足，长须字字顶司仓。”司仓，指贾岛，因为岛曾任过普州司仓参军。南宋的“四灵”和“江湖”诗派，也宗法贾岛，号为“唐宗”，“四灵”中的赵师秀还把贾岛和姚合的诗选编为《二妙集》。

题李凝幽居[1]

闲居少邻并[2]，草径入荒园。
鸟宿池边树，僧敲月下门。
过桥分野色，移石动云根[3]。
暂去还来此，幽期不负言[4]。

✤ 注释

[1] 李凝：隐士，作者的朋友。凝，一作欵，一作馀。幽居：幽静的居处，隐士所居。 [2] 邻并：邻居，朋侣。 [3] 云根：石头，古人认为云生石上，故以石为云根。《公羊传·僖公三十一年》：“（云）触石而出，肤寸而合。” [4] 幽期：隐居的约会，秘密的约会。

✤ 今译

闲居很少有邻里前来寒暄，杂草丛生的小路直通荒园。
小鸟儿稳睡在那池边的树，老和尚轻敲着这月下的门。
过了桥便有着不同的景色，移动石又怕动摇云气的根。
我暂时离开这里还要再来，隐居在此的密约决不食言。

✤ 评析

这是一首题壁的诗。诗人着眼于一个“幽”字，用十分经济的笔墨，描绘出一幅幽静而又优美的图画：那房子的四周，没有别的人家，一条杂草丛生的小路，直达已经荒芜的小园，这就是李凝隐居的地方。颔联是千古传诵的名句，是经过他和韩愈共同推敲出来的炼字炼句的典型。想来这是诗人访问李凝不遇，在门前徘徊时所见到的景象，这个敲门的僧，也许就是诗人自己。"敲"字之所以较"推"字为优，仍当从"幽"字来体验，四野静寂，一月当空，敲门的声音，更增强了幽静的感觉。王维的"空山不见人，但闻人语响"（《鹿柴》），"人语响"，好像打破了静寂，实际上却更加强了幽静的感觉，这和"鸟鸣山更幽"同一个道理。颈联仍是写幽静的环境，是归途中的所见所感。过了桥，便是另一种景色，不那么幽寂了；越过石，又像云气在那里浮动，从而进一步净化了李凝的幽居。尾联抒情，是诗人在这自然幽深的环境中，萌发了对隐逸生活的向往，想起了过去和李凝曾经有过隐居此间的"幽期"，于是再申前约，再表决心，巧妙地托出了诗的主旨。

忆江上吴处士[1]

闽国扬帆去[2]，蟾蜍亏复圆[3]。
秋风生渭水，落叶满长安[4]。
此地聚会夕，当时雷雨寒。
兰桡殊未返[5]，消息海云端。

✤ 注释

[1] 处士：隐居不仕的人。 [2] 闽国：指福建。因为福建是古民族闽族聚居的地方，闽江又是福建最大的河流。所以简称福建为闽。 [3] 蟾蜍：蛤蟆。这里是作为"月"的代称。《后汉书·天文志》注："羿请不死之药于西王母，姮娥窃之以奔月，是为蟾蜍。" [4] "秋风"二句：生：一作"吹"。渭水：即渭河，是黄河的主要支流，流经陕西，横贯渭水平原，是关中的漕运要道。这一联是贾岛诗中的名句，常为后世诗人所化用，如宋周邦彦《齐天乐》的"渭水西风，长安乱叶，空忆诗情宛转"。元白朴《梧桐雨》杂剧中的"伤心故园，西风渭水，落日长安"。 [5] 兰桡：用木兰树做的桨，代指精美的船。屈原《九歌·湘君》"桂棹兮兰枻"，兰枻，即兰桨。

✣ 今译

你扬起白帆去那遥远的福建，好几回我看到月亮缺了又圆。
眼见秋风吹皱了粼粼的渭水，哪堪落叶又堆满了京城长安。
应当还记得我俩在这里聚会，忽然一阵大雷雨送来了轻寒。
你坐的那船儿还没有打回转，我渴望消息来自大海的那边。

✣ 评析

全诗扣紧题中的"忆"字，层层写出回忆的深情，谋篇布局，极有特色。首联忆友人又离别之久：扬帆一去，几度月圆，开篇就是至情洋溢，真实感人。颔联进一步回忆友人自春徂秋、消息断绝的情景。秋风萧瑟，落叶纷飞，长安已经是深秋了，当时我们在渭水送别的时候，还是春风料峭、绿叶成荫的季节呀！这一联是上挽"蟾蜍亏复圆"，下带"当时雷雨寒"，暗地里点明时间跨距之长。苏绛在贾岛的墓志铭中说"孤绝之句，记在人口"，这一联就是"记在人口"的警句。颈联回忆昔日聚会时的情景，以流水对的形式，点明聚会长安，雷雨送寒，正是春夏的气象。情景如绘，历历在目，令人倍感真切。结联抒发忆念的深切情怀。兰桡未返，消息未通，只好遥望海云，寄托相思。诗中把题中的"忆"字，自始至终放在注意的中心，给人以脉络分明、针线细密的感觉。

剑　客[1]

十年磨一剑，霜刃未曾试[2]。
今日把示君[3]，谁为不平事？

✣ 注释

[1] 诗题一作《述剑》。 [2] 霜刃：剑刃如霜，既很白，又闪着寒光。 [3] 把示君：拿给你看。把：拿着。

✤ 今译

花了十年工夫磨了宝剑一把，白刃闪着寒光没有试它一下。

今天我第一次拿出来给你看，为问哪一个有啥不平的事吗？

✤ 评析

这是一首托物言志的诗。它是以“剑客”自喻，而以“剑”喻自己的才力。诗人没有花费笔墨去描写自己的内美和修能，去叙述自己的理想和抱负，而是着力去刻画“剑”和“剑客”的形象，并巧妙地把自己的才能和理想寄寓在精心刻画的鲜明形象中。“十年磨一剑”，表明“十年辛苦不寻常”，也表明这“一剑能当百万师”。寥寥五字，便把此剑来之不易，此剑绝非凡器的价值，完善地表达了出来。“霜刃不曾试”，说明宝剑急于破匣而出，跃跃欲试，择君用世之心，昭然若揭。最后两句，是充满信心的自白，一种“重然诺，共死生”的豪气，流露在舌底笔端。只要你识得货，我就能为你铲除“不平”的事，其急于自试、自用之情，已经尽在言外。

访隐者不遇

松下问童子[1]，言师采药去[2]。

只在此山中，云深不知处。

✤ 注释

[1] 松下：在松林之下。童子：未成年的人。《诗·卫风·芄兰》：“芄兰之支，童子佩觿。” [2] 言：声称，告诉。

✤ 今译

我在松下向一个孩童讨教，说老师早已上山采药去了。

想必就在前面这一座山中，云雾太深不知到哪里去找。

✤ 评析

这是一首抒情的诗，也是一幅写景的画。说它是诗，是因为它通过问答的形式，塑造了活泼的童子和高洁的隐士两个生动的形象；说它是画，是因为它画出了青松、白云和深山，而且有颜色、动静、远近、高低的立体造型。特别是它那寓浓于淡、删繁就简的艺术技巧，使人叹为观止。第一句便省略了“问”的内容，而从第二句的答话中，把“问”的内容补充出来；第三句又删掉了“采药在何处”的问讯，而通过童子的答词表明“只在此山中”；接着又略去了“能够找到么”的问语，又从童子的答词“云深不知处”中补充出来。这种寓问于答、以答包问的表现手法，是异常高明的。

李　贺

李贺(790—816)，字长吉，昌谷(今河南宜阳)人。他虽然是唐代的宗室，但到他出生以后，家境便中落了。当他二十一岁去参加进士考试时，因为他的父亲名叫晋肃，“晋”与“进”谐音，与他“争名”的人便以“避讳”为由，攻击他不该参加进士考试。韩愈爱惜他的才华，为之写了一篇《讳辩》，力斥其妄，也没有能改变他的命运。少年失意，郁郁寡欢，只活了二十七岁就死了。

他是一个天才，从小就热爱诗歌，据说他“恒从小奚奴，骑距驴，背一古破锦囊，遇有所得，即书投囊中。及暮归，太夫人使婢受囊出之，见所书多，辄曰：‘是儿要当呕出心乃已耳。’”(李商隐《李长吉传》)他七岁便能诗，名动京师，韩愈、皇甫湜不信，亲自前去试探，使贺当面赋诗，他“欣然操觚染翰”，挥笔写下了《高轩过》，二公看了大惊，自是诗名益振。他善于熔铸词采，驰骋想象，运用神话传说，创造出恢奇诡谲的意境，璀璨鲜明的形象，受《楚辞》的影响很深，他自己尝说“咽咽学楚辞”(《伤心行》)，“楚辞系肘后”(《赠陈商》)，杜牧在《李长吉歌诗叙》中也说：“云烟绵联，不足为其态也；水之迢迢，不足为其情也；春之盎盎，不足为其和也；秋之明洁，不足为其格也；风樯阵马，不足为其勇也；瓦棺篆鼎，不足为其古也；时花美女，不足为其色也；荒国陊殿，梗莽丘垅，不足为其怨恨悲愁也；鲸呿鳌掷，牛鬼蛇神，不足为其虚荒诞幻也。盖《骚》之苗裔，理虽未及，辞或过之。”自是后人评他的诗歌，往往跟《楚辞》联系起来。姚文燮《昌谷集注序》说：“唐才人皆《诗》，而(李)白与(李)贺独《骚》。”沈德潜《说诗晬语》也说他的诗“每近《天问》、《招魂》,《楚辞》之苗裔也”。了解李贺诗歌艺术的渊源,对于深入理解他的诗歌艺术是有帮助的。

人们看到他诗歌的幽旨奇趣,精构巧思,和那“未经人道过”的语言,“未经人辟过”的蹊径,便视之为“鬼才”。第一个以“鬼才”称呼李贺的是宋祁。《文献通考》说:“宋景文诸公在馆,尝评唐人诗云:‘太白仙才,长吉鬼才。’”钱易《南部新书》也说:“李白为天才绝,白居易为人才绝,李贺为鬼才绝。”严羽《沧浪诗话·诗评》说:“人言‘太白仙才,长吉鬼才’,不然。太白天仙之词,长吉鬼仙之词耳。”清人施补华在《岘佣说诗》中又进一步说他的诗有“鬼气”:“李长吉七古虽幽僻多鬼气,其源实自《离骚》来。哀艳荒诞之语,殊不可废,惜成章者少耳。”这就是他的诗歌来源和艺术特点,学者不可不知。

示　弟[1]

别弟三年后,还家一日馀。
醁醽今夕酒[2],湘帙去时书[3]。
病骨犹能在,人间底事无?
何须问牛马[4],抛掷任枭卢[5]。

✤ 注 释

[1] 此诗当作于诗人在应河南府试后,受到韩愈、皇甫湜之鼓励,毅然入京赴礼部试,终以父名晋肃,遭到别人的排挤,不第而归的时候。其《仁和里杂叙皇甫湜》诗:“洛风送马入长关,阖扇未开逢猰犬。”就是抒发当时的愤懑心情的。
[2] 醁醽:美酒。亦作“绿酃”、“酃醁”。据说衡阳县东二十里有酃湖,其水湛然绿色,取以酿酒,味极甘美,叫作“酃绿”。《抱朴子·嘉遯》:“藜藿嘉于八珍,寒泉旨于醽醁。” [3] 湘帙:竹编的黄色书套。 [4] 问牛马:意谓毁誉随人,不加

计较。语出《庄子·天道》:“昔者,子呼我牛也,而谓之牛;呼我马也,而谓之马。” [5] 枭卢:我国古代赌具上的名色,赌时得枭为负,得卢为胜。

✤ 今译

离别老弟已经三年,回到家园还只一天。
今晚你备办了美酒,破书只有过去几卷。
病骨尚能活着回来,人间何事可以言宣?
不须计较别人毁誉,一赌管它是福是愆。

✤ 评析

李贺的诗,往往波谲云诡,绝去翰墨蹊径。正如清方世举在《兰丛诗话》中所说的:李贺诗“造语有似子书者,有似《汉书·律历志》者”。几于无篇不奇,无韵不险,但他的许多近体诗,却是语言平淡,感情真挚,完全是另外一种风格,这首诗就是很好的例子。首联以“三年”之长反衬“一日”之短,时间的巨大反差,给人的感觉神经以极大的刺激,大大加强了“聚少离多”的伤感情怀。次联以“今夕酒”表弟弟之深情,以“去时书”表自己之落寞,乐中含悲,喜中带恨,把诗人当时的复杂心态曲折地传达了出来。三联首句是庆幸自己一把瘦骨居然能够活着回来;次句是痛恨污浊的人间,什么样的鬼蜮伎俩都能施展出来。既悲凉,又愤激;是伤心之语,又是不平之鸣。尾联是悲愤之余,故作旷达之语,毁誉由人,吉凶听天,不须问,也说不清,将悲愤之情推到新的高潮。

南　园[1]

小树开朝径,长茸湿夜烟[2]。
柳花惊雪浦[3],麦雨涨溪田[4]。
古刹疏钟度,遥岚破月悬[5]。
沙头敲石火[6],烧竹照渔船。

✤ 注释

[1] 南园：李贺旧居昌谷之南，疑今三乡镇之南寨村，即其旧址。地紧靠连昌宫遗址，是昌河、洛河合流处之间。今当地居民仍呼其地为“南园”。“南园”是由十三首诗组成的大型组诗。这里选的是第十三首，前十二首皆为七绝，这一首是五律。 [2] 长茸：纤细柔软的嫩草。 [3] 雪浦：铺满白沙的浅滩；一说，飞满柳絮的沙滩。 [4] 麦雨：麦收时节的雨。谚云：“麦收三月雨，还要去年墒。” [5] 遥岚：远处的烟雾，远山中的雾气。 [6] 石火：击石所发的火星。

✤ 今译

随着朝阳的升起照亮了林荫的小路，纤细柔软的嫩草沾满了夜间的清露。
惊看着铺满了柳絮的白皑皑的沙滩，小溪两岸的田垄静静地流淌着麦雨。
一阵阵稀疏的钟声从那古刹中传出，半轮淡淡的缺月高挂在远处的烟树。
谁在滩头击着石块发出了星星之火，燃起了枯竹照耀着暗中的渔舟渔父。

✤ 评析

这是一首描写南园从早到晚的自然风光的诗。诗中洋溢着诗人热爱林泉，向往自然的生活情趣。首联写朝景：晓树雾散，长草露垂，一下抓住了春朝的特有景色，是一幅旖旎动人的风景画。次联写昼景：雪浦飞絮，溪田流水，一句摹色，一句写声，是写景，但景中有人。第三联写暮景：古刹钟声，遥岚月色，景与情惬，人与物合，是自然之景，也是心中之景。尾联写夜景：击石烧竹，渔火独明，是写渔人的悠然自得，也是对比自己一落尘网，便在龌龊的社会中生活，窒息得令人喘不过气来。

咏　竹[1]

斫取清光写楚辞[2]，腻香春粉黑离离[3]。
无情有恨何人见[4]，露压烟啼千万枝。

✤ 注释

[1] 原题《昌谷北园新笋四首》，除第一首是咏笋外，余皆咏竹，因题作《咏竹》。这是组诗的第二首。 [2] 斫取清光：刮去竹上的青皮。写楚辞：写忧国忧民的骚体诗。诗人为“骚之苗裔”，经常学习屈原的作品，所谓“《楚辞》系肘后”，就是诗人的自白。 [3] 腻香春粉：形容新竹的清香和白粉。黑离离：形容笔酣墨饱的字迹。李贺《南园》诗有“舍南有竹堪书字”之句。 [4] 无情有恨：言竹本无情，诗却有恨。何人见：哪一个知道，哪一个理会。见：知晓，理解。诗词中习用语。

✤ 今译

刮去青皮我在竹上写着楚辞，清香白粉配上笔酣墨饱的字。
诗中的哀怨哪一个能够理会，只作寻常的露压烟笼千万枝。

✤ 评析

这是一首以竹自况的诗，写得含蓄委婉，诗味隽永。感叹刮竹写恨，知音无人。正如姚文燮所谓“芳姿点染，外无眷爱之情，内多沉郁之恨”。一眼看透了诗人的内心苦闷。清人王琦在《李长吉诗歌汇解》中说得好：“自谓楚辞者，乃李长吉自作之辞，莫错认屈、宋所作《楚辞》解。”这是我们应该理解的一个难点。又有人说：“无情有恨”，不宜用于咏竹。明杨慎在《升庵诗话》卷三中告诉我们：“或疑‘无情有恨’，不可咏竹，非也。竹亦自妩媚。孟东野诗云：‘竹婵娟，笼晓烟。’左太冲《吴都赋》咏竹云：‘婵娟檀栾，玉润碧鲜。’合而观之，始知长吉之诗之工也。”这是我们应该理解的第二个难点。正因为这一句巧妙地将物我融为一体，耐人寻味，所以后人往往用其成句为诗。如陆龟蒙《白莲》诗：“素蘤多蒙别艳欺，此花端合在瑶池。无情有恨何人见，月晓风清欲堕时。”就是从李贺诗中偷了最脍炙人口的一句。

南园十三首之一

花枝草蔓眼中开，小白长红越女腮[1]。
可怜日暮嫣香落[2]，嫁与春风不用媒[3]。

✤ 注释

[1]越女腮：越国美女西施的脸颊。这是以花来比美女。 [2]嫣香落：美丽而清香的落花。 [3]“嫁与”句：慨叹不能掌握自己的命运。后来的诗人多用其意，造成新的意境。如晚唐韩偓《寄恨》的“死恨物情无会处，莲花不肯嫁春风”，宋张先《一丛花令》的“沉恨细思，不如桃杏，犹解嫁东风”，贺铸《踏莎行》的“当年不肯嫁春风，无端却被秋风误”，都是从李贺这句诗脱化出来的。张先还因此博得“桃杏嫁春风郎中”的美誉。

✤ 今译

杂花蔓草都已经在眼前盛开，那小白长红的就像西施的腮。
可爱的美丽的花朵日暮一落，嫁给那春风不用别人去做媒。

✤ 评析

这是一首托物抒怀的诗。前两句是写眼中的花草，迎着春风盛开在枝头岸边，那小白的、长红的花朵，艳丽得像美人的香腮，句中洋溢着惜花、惜春的情怀。三、四句忽由惜花、惜春变为妒花、伤春，由眼中的花草转为心中的哀怨。言花在快要凋谢的时候，犹能抓住时机，找到自己的归宿，实现自己的价值，而自己却只能任人摆布，不得掌握自己的命运，何处是自己的归宿，亦不得而知。其言之哀，恨之深，怨之切，都在言外表现出来。细按诗意，当作于赴试不第、失意而归的时候。

南园十三首之五

男儿何不带吴钩[1]，收取关山五十州[2]。
请君暂上凌烟阁[3]，若个书生万户侯[4]？

✤ 注释

[1]吴钩：宝刀名。宋沈括《梦溪笔谈》卷十九“器用”：“吴钩，刀名也。刃

弯，今南蛮用之，谓之葛党刀。”[2]“收取”句：指当时唐代未能控制的地区。《通鉴·唐纪》元和七年(812)李绛反对李吉甫“天下太平”之谎言，对宪宗说：“今法令所不能制者，河南北五十余州；犬戎腥膻，近接泾陇，烽火屡惊。”[3]凌烟阁：唐太宗贞观十七年建。《大唐新语》云：“太宗图画太原倡议及秦府功臣赵公长孙无忌……等二十四人于凌烟阁。太宗亲为之赞，褚遂良题阁，阎立本画。”[4]若个：哪个。万户侯：食邑万户的侯爵。《史记·李广传》：“如令子当高帝时，万户侯岂足道哉？”

✣ 今译

大丈夫为什么不身带吴钩，收回那政令不及的五十州。
请你到凌烟阁去看它一下，哪个书生曾经封过万户侯。

✣ 评析

这首诗表达了诗人要弃文习武、削平藩镇的豪情壮志，也寄寓了诗人的身世之感和不遇之叹，写得气壮河山，势吞胡羯，而又透露出拘束辕下，不得一展骥足之感，因而容易拨动知识分子的心弦，引起心底的共鸣。全诗由两个设问的句式组成，一、二句是泛问，也是自责。句中用了感情色彩极其强烈的“何不”二字，加重了反诘的语气，完美地传达了诗人请缨杀敌、立功万里的雄心。诗人本来是“名动京师”的异才，只以“父讳”的封建礼教，不能参加进士考试，其愤懑的情怀，见于他的《开愁歌华下作》云：“我当二十不称意，一心愁谢如枯兰。”文既不能进取，武或可以得志，可见这只是一种书生意气，并非诗人的本心。所以在三、四句的设问中，又否定了封侯万里、图形凌烟的想法，“若个书生万户侯”，分明是牢骚语，是不平语，是为千古书生所作的不平之鸣。通过前后两个设问，便把诗人的复杂情怀和矛盾心理，委婉曲折地表达了出来。这就是此诗的艺术特点。

南园十三首之六

寻章摘句老雕虫[1]，晓月当帘挂玉弓[2]。
不见年年辽海上[3]，文章何处哭秋风[4]？

✤ 注释

[1]“寻章”句：表示轻视辞章。《三国志·吴书·孙权传》裴松之注：“不效书生，寻章摘句而已。”扬雄《法言》：“或问：‘吾子少而好赋？’曰：‘然，童子雕虫篆刻，壮夫不为也。’” [2] 玉弓：下弦的月亮。 [3] 辽海：辽东半岛，前临渤海，故曰辽海。从唐宪宗元和四年(809)到七年，这一带的割据势力多次发动兵变，朝廷派兵讨伐，屡战屡败。 [4] 哭秋风：言写作悲秋的诗文是无益的。

✤ 今译

寻章摘句原是雕虫小技，书生终夜勤劳攻读不止。
不见战火纷飞的辽东湾，即令作赋悲秋又有何益？

✤ 评析

这首小诗抒发了读书无用的愤懑之情。诗的前半幅描绘了自己“下帷攻苦”的生活经历：寻章摘句，俾夜作昼，老死于故纸堆中，这种“壮夫不为”的雕虫小技，自然是无法实现自己的人生价值的。这是反语正说，其中充满了自负、自豪之感。下半幅将“辽海”的战火与书斋的生活联系起来，形成强烈的对比，似断实续，若即若离，对自己的价值观，做了貌似否定、实仍执着的反诘。报国已没有战场，作赋尚可以悲秋，措辞何等含蓄，韵味何等深沉！王琦评这首诗云：“夫书生之辈，无间朝暮。当晓月当帘之候，犹用力不歇，可谓勤矣。无奈边埸之上，不尚文辞，即有才如宋玉，能赋悲秋，亦何处用之。念及此，能无动投笔之思，而驰逐于鞍马之间耶？”这一段话，可以帮助我们了解此诗的立意。但王琦对于此诗的反话正说、反思不悔的深层用意，似尚未搔着痒处。

崔 护

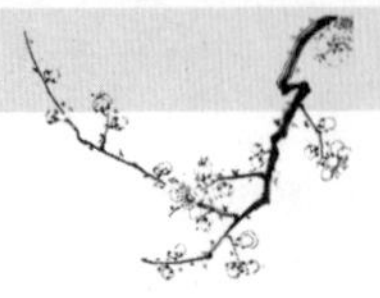

崔护（？—831），字殷功，蓝田（今属陕西）人。贞元十二年（796）进士，官至岭南节度使。

题都城南庄[1]

去年今日此门中，人面桃花相映红[2]。
人面只今何处去，桃花依旧笑春风[3]。

✣ 注释

[1] 唐孟棨《本事诗·情感》言这首诗的背景是："博陵崔护，姿质甚美，而孤洁寡合。举进士下第。清明日，独游都城南，得居人庄。一亩之宫，而花木丛萃，寂若无人。扣门久之，有女子自门隙窥之，问曰：'谁耶？'曰：'寻春独行，酒渴求饮。'女入，以杯水至，开门设床（凳）命坐，独倚小楼斜柯伫立，而意属殊厚，妖姿媚态，绰有馀妍。崔以言挑之，不对，目注者久之。崔辞去，送至门，如不胜情而入。崔亦眷盼而归，嗣后绝不复至。及来岁清明忽思之，情不可抑，径往寻之。门墙如故，而已锁扃之。因题诗于左扉曰：'去年今日此门中，人面桃花相映红。人面不知何处去，桃花依旧笑春风。'后数日，偶至都城南，复往寻之，闻其中有哭声，扣门问之，有老父出，曰：'君非崔护耶？'曰：'是也。'又哭曰：'君杀吾女！'护惊起，莫知所答。老父曰：'吾女笄年知书，未适人。自去年以来，尝恍惚若有所失。比日，与之出，及归，见左扉有字，读之，入门而病，遂绝食数日而死。吾老矣，此女所以不嫁者，将求君子以托吾身。今不幸而殒，得非君杀之耶？'又特大哭，崔亦感恸，请入哭之。尚俨然在床。崔举其首，枕其股，哭而祝曰：'某在斯！某在斯！'须臾开目，半日复活矣。父大喜，遂以女归之。"元人白朴、尚仲贤均以此为题材，衍为杂剧《崔护谒浆》，明人孟称舜又将其改编为杂剧《桃花人面》。 [2]"人面"句：形容美人之面鲜红若桃

花。庾信《春赋》:“面共桃而竞红。”后唐韦庄《女冠子》:“依旧桃花面。”都是以桃花来比喻人面。 [3] 笑春风:在春风中开放。笑:唐时口语称花开为笑。

✤ 今译

记得去年今日在这个门中,人面和桃花相互争艳斗红。

如今那红润的面庞在哪里?桃花依旧开放在这春风中。

✤ 评析

这是一首富于戏剧性的抒情小诗,写一个萍水相逢的爱情故事。它在群众中广泛流传,并在诗词中反复地被运用,因而有着深远的影响。全诗以“人面”、“桃花”为线索,通过“去年”与“今日”的对比,把诗人“惊艳”与“寻芳”的生活体验,曲折含蓄地表达了出来。诗的前半幅是叙事兼写景,写寻春惊艳的往事,是甜蜜的回忆。那光彩照人的面庞,和桃花一样的红艳,含蓄地传达了男主人心动神摇的心态,女主人公含情不语的神情。是一幅“惊艳图”,也是一首言情诗。后半幅是抒情兼叙事,写寻芳不遇的怅惘,还是那个季节,还是那个场面,但却是桃花依旧,人面已杳。美好的回忆和冷酷的现实,猛烈地撞击着男主人公的心扉,一种物是人非的感慨,一种抚今思昔的怅惘,便完全表达于文字之外了。

薛　涛

薛涛(770—832),字洪度,一作宏度,原籍长安,后随其父郧宦游西蜀,寓居成都。幼聪慧,晓音律。一日,父坐亭中,指着井梧对她说:"庭除一古桐,耸干入云中。"令涛续之,涛应声曰:"枝迎南北鸟,叶送往来风。"其父听了,为之愀然不乐,知其将来必不能贞。不久,父卒。其母含辛茹苦,养涛及笄,善行书,工词翰,辩慧巧黠,有题花咏月之才。加以天生丽质,妙善酬酢,遂为当时的权豪名流所倾倒。韦皋任剑南、西川节度使时,闻其名,被召侍酒赋诗,僚佐多士,为之震惊。韦曾打算奏请朝廷授以校书郎。自后,蜀中因称妓女为"校书"。其后她曾历事韦皋、高崇文、武元衡、李德裕、王播以至段文昌、杜元颖等凡十四镇。她暮年屏居浣花溪,着女冠服,创吟诗楼,游息其上。及卒,段文昌为她作了墓志铭。《全唐诗》收其诗一卷,共八十九首。

她的诗不仅以词采清丽见长,而且在闲吟微讽之中,时寓忧时警世之意,具有一定的思想深度。王建《寄蜀中薛涛校书》诗云:"万里桥边女校书,枇杷花里闭门居。扫眉才子知多少,管领春风总不如。"元稹《寄赠薛涛》的七律中间两联云:"言语巧偷鹦鹉舌,文章分得凤凰毛。纷纷词客皆停笔,个个公侯欲梦刀。"说明这位"校书诗人"是如何为当时的诗坛所倾倒了。唐张为在《诗人主客图》中把她列入"清奇雅正主"的"升堂"八人之一,明杨慎在《升庵诗话》中认为她的《赴边有怀》诗,"有讽谕而不露,得诗人之妙。使李白见之,亦当叩首,元、白之流,纷纷停笔,不亦宜乎?"这些虽不免有些溢美,但却说明她的诗歌创作达到了很高的艺术水平。

历数我国的名妓，没有一个像薛涛那样，生前名满天下，广交时贤，与当时的著名诗人元稹、白居易、刘禹锡、张籍、王建、吴武陵、杜牧、张祜、严绶等竞相唱和，并为大家所倾倒。死后芳名不朽，前往凭吊者，至今络绎不绝。留下了薛涛墓、薛涛井、吟诗楼、望江楼等遗迹，供后人题咏；还有薛涛笺、薛涛酒等为骚人逸士所沿用，所品尝。明人陈与郊还将她的事迹敷衍为传奇《鹦鹉洲》。

筹边楼[1]

平临云鸟八窗秋，壮压西川四十州[2]。
诸将莫贪羌族马[3]，最高层处见边头[4]。

✤ 注释

[1] 筹边楼：在成都西郊，是太和四年（830）李德裕任剑南西川节度使时所建。据《通鉴·唐纪》载："德裕至镇，作筹边楼，图蜀地形，南入南诏，西达吐蕃，日召老于军旅、习边事者，虽走卒蛮夷无所间，访以山川、城邑、道路险易、广狭、远近。未逾月，皆若身尝涉历。"可见李德裕建楼之目的，在于加强国防，安定边境。 [2] 四十州：《旧唐书·地理志》："天宝元年（742），改益州为蜀郡……督剑南三十八郡。"《新唐书·地理志》："剑南道……为府一，督护府一，州三十八郡。"这里说的"四十州"，盖举其成数而言。 [3] 羌族：是当时对西方民族的通称，这里指的是吐蕃。 [4] 见边头：看到边地的烽火。李德裕镇蜀时，曾经收复被吐蕃占领的维州城，西川一直都很安定。至太和六年（832），李调任离蜀，边境战事又起。

✤ 今译

八方的秋色展现在高与云齐的楼，它的雄壮直可压倒西蜀的四十州。
将军们不要贪图那产自吐蕃的马，登上最高层便可看到烽火满边头。

✤ 评 析

这是诗人抚时感事、忧边忧国之作。在这短小的篇幅中，有描写，有议论，有感慨，气象开阔，笔势跌宕，不愧是一首令人感奋的好诗。首两句写楼中所见，极言楼的巍峨，地的险要。平临云鸟，势压西川，说明它是全蜀的心脏，西川的制高点。隐寓诗人对李德裕筹边有方、制敌有术的赞美。第三句从往事转到现实，讽谕边将目光短浅，贪图小利，轻易挑起边衅。暗寓今昔对比之意，深刻地揭示出边帅是否得人，关系到国家的安危这样一个真理。第四句是慨叹边地的严峻形势，外族的势力已经逼近边头了。可谓有胆有识，有情有文，寓今昔之感、盛衰之叹于景物的描写和边事的慨叹之中。婉而多讽，含而不露，极顿挫吞吐之妙。有人说她"工绝句，少雌声"，从这首小诗中可以得到很好的印证。

送友人

水国蒹葭夜有霜[1]，月寒山色共苍苍[2]。
谁言千里自今夕[3]，离梦杳如关塞长[4]。

✤ 注 释

[1] "水国"句：点明送友人的季节和别后的思念之情。《诗・秦风・蒹葭》："蒹葭苍苍，白露为霜。所谓伊人，在水一方。"此用其意。蒹葭：芦苇之类的水草。 [2] 苍苍：指天。《庄子・逍遥游》："天之苍苍，其正色邪?"又蔡琰《胡笳十八拍》十六："泣血仰头兮诉苍苍，胡为生我兮独罹此殃。"以天之颜色为深青，故云。一说，即指深青之色。 [3] "谁言"句：此化用谢庄《月赋》的"隔千里兮共明月"和孟郊《古别离》的"别后惟所思，天涯共明月"语意。 [4] "离梦"句：此化用李白《长相思》的"天长地远魂飞苦，梦魂不到关山难"句意。关塞：关外的要塞。

✤ 今 译

水乡的芦苇经不起深秋的严霜，这冷月和秋山同样是青青苍苍。

哪一个说从今晚起就相隔千里，梦魂的幽杳也像关塞一样的长。

✤ 评析

这是一首传诵人口的送别诗。善于旧曲翻新，不着痕迹；而又另造新境，无限蕴藉。《唐才子传》说她的诗“词意不苟，情尽笔墨”，绝非泛泛之谈。诗的前两句，以蒹葭、夜霜、寒月、山色，点明送别的季节是深秋。妙在寓情于景，把“蒹葭伊人”的怀远之情，隐藏在别浦的景色中，涵蕴深厚，耐人玩味。诗的后两句，是翻新前人的成句，构成新的意境，不着痕迹，若出心裁，而又缠绵悱恻，一唱三叹，怪底《宣和书谱・行书》中说她“词翰一出，则人争传以为玩”。

柳宗元

柳宗元(773—819),字子厚,河东(今山西永济)人。贞元九年(793)进士,又中博学宏词科,授集贤殿正字。调蓝田尉,拜监察御史。他是一位政治家,也是一位杰出的诗人,曾和刘禹锡等参加"永贞革新"的政治运动,失败后,被贬为永州司马,后调柳州刺史,卒于柳州。世称"柳柳州"或"柳河东"。

柳宗元的散文与韩愈齐名,世称"韩柳",他的山水田园诗与韦应物齐名,世称"韦柳",苏轼在《书黄子思诗集后》评他的诗说:"发纤秾于简古,寄至味于淡泊。"他的反映现实的诗与刘禹锡齐名,世称"刘柳"。《新唐书》本传说他"既窜斥,地又荒疠,因自放山泽间,其堙厄感郁,一寓诸文"。因为他在诗歌方面,既有"外枯而中膏,似淡而实美"(苏东坡《题跋·评韩柳诗》)的一面,又有"堙厄感郁"、反映现实的一面,所以世之论者,以为唐代最伟大的诗人,"前有李、杜,后有韩、柳"。杨慎在《升庵诗话》卷十一中说:"晚唐唯韩、柳为大家。韩、柳之外,元、白皆自成家。"说明韩、柳不仅散文是唐代的冠冕,诗歌也是唐代的大家。在韩、柳的诗歌成就方面,论者亦多扬柳抑韩。如宋范晞文在《对床夜话》中引刘克庄的话说:"唐文人皆能诗,柳尤高,韩尚非本色。"明李东阳在《麓堂诗话》中说:"昔人论诗,谓'韩不如柳,苏不如黄'。"明王世贞在《艺苑卮言》卷四中甚至说:"韩退之于诗本无所解,宋人呼为大家,直是势力他语。"这些评论,显然是从传统诗歌的审美标准出发的,对韩愈改革诗风、建立诗派的深刻意义尚没有认识,宋张戒在《岁寒堂诗话》卷上中说得比较公允:"柳柳州诗字字如珠玉,精则精矣,然不若退之之变态百出也。使退之收敛而为子厚则易，使子厚开拓而为退之则难。意味可学，而才气则不可强也。”我认为张戒的评论是独具只眼的。从传统的诗艺而言，柳诗是“字字珠玉”，从改革的角度而言，韩诗是“变态百出”。明乎此，则扬柳抑韩或者扬韩抑柳，皆不得其正。

登柳州城楼寄漳汀封连四州刺史[1]

城上高楼接大荒[2]，海天愁思正茫茫[3]。
惊风乱飐芙蓉水[4]，密雨斜侵薜荔墙[5]。
岭树重遮千里目[6]，江流曲似九回肠[7]。
共来百越文身地[8]，犹自音书滞一乡。

✤ 注释

[1] 此诗作于唐宪宗元和十年(815)夏。时柳宗元等在“永贞革新”失败后，分别被贬为边远地区的州司马，史称为“八司马事件”，至是奉诏入京，准备重新起用，终因阻挠的势力太大，仍被分发到边远的州郡去做刺史。漳州(今属福建)刺史是韩泰，汀州(今福建长汀)刺史是韩晔，封州(今广东封开)刺史是陈谏，连州(今广东连州)刺史是刘禹锡。 [2] 大荒：极其荒远辽阔的地方。 [3] 海天愁思：言愁思像海之深天之大。此寓“永贞革新”失败，多次受到打击的悲愤心情。茫茫：无边无际。 [4] 惊风：突起的狂风。飐：吹动。芙蓉：荷花的别名。屈原《离骚》：“制芰荷以为衣兮，集芙蓉以为裳。”此暗喻高洁的人格。 [5] 薜荔：一种蔓生的常绿植物，四时不凋。它的藤蔓往往附于岩石和墙壁上，俗名“风不动”、“爬壁虎”。《离骚》：“掔木根以结茝兮，贯薜荔之落蕊。”此亦暗寓美好的事物。 [6] 岭：指柳州附近的重峦叠嶂。千里目：远望的目光。亦寓“浮云蔽日，谗人蔽明”之意。 [7] 江：指柳州城南的柳江。它发源于贵州省独山县，东南经广西入红水河。柳州城在柳江与龙江的会合处。九回肠：郁结难解的愁肠。司马迁《报任安书》：“肠一日而九回。” [8] 百越：也称“百粤”，泛指我国南方的少数民族。《文选·过秦论》李善注引《汉书音义》：“百越非一种，若今言百蛮

也。”文身：在肢体上刺画花纹，这是我国古代南方少数民族的一种风俗。《淮南子·原道》：“九嶷之南，陆事寡而水事众。于是民人被发文身，以象鳞虫。”高诱注：“文身，刻画其体，内默（纳墨）其中，为蛟龙之状以入水，蛇龙不害也。”

✤ 今译

登上城楼我的视线通向遥远的南荒，愁思无边无际像这大海和苍天一样。
突起的狂风乱吹着荷花覆盖的池水，密集的骤雨斜侵着薜荔爬满的古墙。
岭树重重叠叠遮断了我千里的视线，江流曲曲弯弯好比我那九折的回肠。
我们一同被斥逐到南荒的文身之地，至今仍然是音信难通各在天的一方。

✤ 评析

这是一首写离情别意的抒情小诗，情景交融，比兴兼用，具有强大的艺术感染力。首联扣紧题中的“登”字，写登上城楼时的第一印象，高高的城楼，远接辽阔的荒野，从而引起像海一样深、天一样大的愁思。这愁思不仅是个人的得失，而是关系到国家的盛衰，所以有“茫茫”之感。起笔振拔，足以笼罩全篇。颔联写登楼所见的近景、小景，只见那芙蓉和薜荔在“惊风”、“密雨”中所受到的摧残，隐喻自己以高洁之品德，遭到无端的打击。景中有情，情中见志，而又不着痕迹，密合无垠。颈联写登楼所见的远景、大景，以岭树遮目、江流回肠，形象地表达了诡佞蔽明、友谊深厚的思想感情。对仗之工整，比拟之恰巧，可谓绝妙。尾联抒感，远斥百越，音书不通，抑郁之情，见于言外。而以“共来”照应题中的“漳、汀、封、连四州刺史”，以“犹自”上承“岭树重遮千里目”，益觉脉络分明，结构谨严，收到了转折顿挫的艺术效果。

别舍弟宗一[1]

零落残红倍黯然[2]，双垂别泪越江边[3]。
一身去国六千里，万死投荒十二年[4]。
桂岭瘴来云似墨[5]，洞庭春尽水如天[6]。
欲知此后相思梦，长在荆门郢树烟[7]。

✤ 注释

[1] 唐宪宗元和十一年(816)的春天,柳宗元的堂弟宗一从柳州到江陵(今属湖北)去,诗人写了这首情深意悲的诗给他送别。 [2] 零落残红:凋谢的残花。点明送别正值暮春季节。倍黯然:加倍的沮丧。江淹《别赋》:"黯然魂消者,惟别而已矣。" [3] 越江:粤江。这里指柳江。柳州古属百越之地,故称"越江"。这里点明送别的地点。 [4]"一身"二句:写自己在"永贞革新"失败的坎坷历程。去国:离开京都。六千里:《旧唐书·地理志》:"柳州至京师水陆相乘五千四百七十里。"这里是举其成数而言。投荒:流放到荒远的地方。十二年:诗人从永贞元年(805)九月被贬为永州司马,至元和十一年(816)春末写这首诗恰好是十二个年头。 [5] 桂岭:山名。在今广西贺州东北百余里,岭之南有桂岭墟。一说,桂岭即五岭山脉萌渚岭的别称。二者都是岭南进入湖南的通道。 [6] 洞庭:湖名,在今湖南的北部岳阳,是柳宗一赴江陵的必经之地。 [7] 荆门:山名。在今湖北宜都西北,长江南岸。郢:春秋时的楚都,故址在今湖北荆州。

✤ 今译

凋谢飘零的落花使我更加黯然,咱俩双垂别泪滴在这柳江之边。
一身离开那京城到这六千里外,万死流放到南荒已经十有二年。
桂岭的瘴气使得天空像泼了墨,洞庭的湖水到了暮春就碧如天。
要想知道我们今后的相思之梦,总离不开那荆门的水郢树的烟。

✤ 评析

这是一首用满腔孤愤和万斛离愁写出来的送别诗,具有感人、动人的强大艺术力量。首联点明送别的时间是暮春,地点是越江,而以心情黯然、别泪双垂,来表达自己的依依惜别之情。三、四句写得尤其沉痛。作者一生的不幸遭遇,都包含在这十四个字中。尤妙在诗人善于用具体的数字来强化自己的思想感情,是实写而非虚拟,是真事而非杜撰,如此天造地设,铢两悉称,是对偶中的难得佳句,所以不少的诗人都去模仿它,苏东坡的"七千里外二毛人,十八滩头一叶身",黄山谷的"五更归梦三千里,一日思亲十二时",以及《对床夜话》卷五中所引的僧诗"七千里外一家住,十二峰前独自行",都是从这里脱胎出来的。五、六句一写自己所在之地，那是瘴气弥漫，生活堪忧；一写宗一所往之处，那是风波险恶，前途堪虞。惜别之情，眷念之心，溢于言表。最后一结，言近意远，情真语挚，将别后殷勤思念的心情，通过形象化的语言传达出来，增强了诗的艺术效果。但对于末句的“烟”字，颇有不同的见解。宋周紫芝在《竹坡诗话》中说：“梦中安能见‘郢树烟’？‘烟’字只当用‘边’字。”清马位在《秋窗随笔》中又提出异议说：“既云梦中，则梦境迷离，何处不可到，甚言相思之情耳。一改‘边’字，肤浅无味。”我以为诗人用“烟”字，主要是避韵复，但“烟”字与“梦”字相应，亦自神远。正不必以“边”字平凡、肤浅，为贤者辩解也。

江　雪[1]

千山鸟飞绝，万径人踪灭。
孤舟蓑笠翁[2]，独钓寒江雪。

✤ 注释

[1] 这是一首五言古绝，押的是仄声韵，大约作于诗人被谪为永州司马期间，是柳宗元的代表作之一。　[2] 蓑笠翁：披蓑戴笠的渔翁。这个被美化了的形象，实际上是诗人自己的写照。

✤ 今译

千山万壑的鸟躲起来了，小径大路的人看不到了。
孤舟上披蓑戴笠的渔翁，独自在大雪纷飞下垂钓。

✤ 评析

诗的题目是“江雪”，描写的景象也都是雪。山上是雪，路上是雪，江岸上是雪，渔舟上是雪，甚至那渔翁的蓑衣和斗笠上也都覆盖着雪，但字面上一直到最后一句的末了才出现了“江雪”二字。妙在它展现在读者面前的却是一幅银装大地、鸟绝寒林的静寂境界。它以“千山”、“万径”之大，反衬“孤舟”、“独钓”之小，以“鸟飞绝”、“人踪灭”形容万籁俱寂，满目凄清，仿佛是用放大了多少倍的特写镜头，来摄“寒江独钓”的背景；用缩小了多少倍的远镜头来摄“寒江独钓”的主人，这样便把最寻常的事物，描写成最不寻常的景象；在极端幽静冷僻的境界中，又微微透露一点空灵生动的契机。这显然是诗人主观世界的幻景，是诗人政治革新失败后郁结苦闷的投影，是诗人超然物外、孤芳自赏的性格的象征。

零陵早春[1]

问春从此去，几日到秦原[2]。
凭寄还乡梦，殷勤入故园。

✣ 注释

[1] 零陵：地名。今湖南省永州市。诗人于贞元元年（805）被贬为永州司马，谪居此间十年。 [2] 秦原：关中平原，指陕西的秦川，唐代都城长安的所在地。

✣ 今译

为问春啊你离开这里，几时才能够到达长安。
托你为我捎个还乡梦，仔细地送到我的家园。

✣ 评析

题目是写“早春”，诗人却不肯多费笔墨，去描绘春的信息、春的明媚、春的勃勃生机，而是把一颗乡心、一片痴情，托春之神给他捎到故园，妙想天开，出人意表，看似不合常情，不合常理，实则是至情至性的流露，所以感人至深。情到至真，语到至真，便有天地间之至文，这是一条诗歌创作的规律。《唐才子传》卷五说他“工诗，语意深切，发纤秾于简古，寄至味于淡薄，非余子所及也”。这首诗，语言至朴而有至味，感情至痴而有真趣，确实非他人所能企及。

柳州二月榕叶尽落偶题[1]

宦情羁思共凄凄[2]，春半如秋意转迷。
山城雨过百花尽，榕叶满庭莺乱啼。

✤ 注释

[1] 柳州：地名，今属广西。诗人于永贞元年（805）九月被贬为永州司马，至元和十年（816）改为柳州刺史。这是诗人到柳州后所作。 [2] 宦情羁思：宦游的心情，羁旅的情怀。

✤ 今译

游宦和羁旅都是一样的凄其，春分时便含着秋意我更着迷。
山城的繁花在风雨中零落殆尽，满院堆满了榕叶黄莺不住地啼。

✤ 评析

这是一首抒情的诗。句句是写景，又句句是抒情，情在景中，景以情生。诚如清沈德潜在《唐诗别裁》中说的："柳州诗长于哀怨，得《骚》之馀意。"这首诗所抒的情就是"哀怨"，但却深藏景中，含而不露，所谓"哀而不伤，怨而不怒"的风人之旨，就是它的艺术特色。诗的前半幅写北人南窜的郁结心情。"宦情"和"羁思"本来是两回事，但在被斥逐者的心中，却没有什么区别。诗人在这里着一"共"字，就把二者等同起来了。"春"和"秋"是各异的。春之明媚，逗人喜爱；秋之萧瑟，令人悲愁，但在逐客的眼中，却是景愈媚而心愈悲，诗人在这里着一"如"字，又把两者等同起来了。这里明明是诗人把自己的主观色彩注入客观景物中去了。诗的后半幅是进一步抒发"春半如秋"的郁结之情，诗人通过"雨过"、"花尽"、"叶落"、"莺啼"等具体景象，把自己感觉到的"殊方风物"、"南国情调"淋漓尽致地传达了出来，不言乡愁而缕缕乡思自见，不言别意而脉脉离愁如绘。

与浩初上人同看山寄京华亲故[1]

海畔尖山似剑铓，秋来处处割愁肠[2]。
若为化得身千亿，散向峰头望故乡[3]。

✤ 注释

[1] 浩初上人：即浩初和尚。上人：僧人的敬称。他是潭州（今湖南长沙）人，龙安海禅师的弟子，能诗善奕，与柳宗元、刘禹锡的交情甚笃，曾到柳州访柳，连州访刘。 [2]“海畔”二句：苏轼《东坡题跋·书柳子厚诗》：“仆自东武适文登，并海行数日，道旁诸峰，真若剑铓，诵柳子厚诗，知海山多尔耶？”又轼有《白鹤峰新居欲成夜过西邻翟秀才》诗，“割愁还有剑铓山”，即化用此二句之句意。 [3]“若为”二句：若为：怎能。化身千亿：《无量义经·说法品第二》谓佛“能以一身，示百千万亿那由他无量无数恒河沙身”。这就是诗人此句所本。

✤ 今译

海畔的山峰尖锐得像宝剑的锋铓，到了秋天处处都在割逐客的愁肠。
怎么才能使一身化作千百亿的我，分散到各个峰头凝望遥远的故乡。

✤ 评析

这首构思奇特的抒情小诗，把埋藏在心底的抑郁不平之气，沉着痛快地倾吐出来，撞击着人们的心扉，产生了巨大的艺术感染力。诗的第一、二句，以剑的锋铓喻海畔的尖山，又联想到自己的“愁肠”正是它割断的。这是诗人“看山”的独特感受，是诗人遥望京华而无法归去的愁苦感情。诗的三、四句，进一步想入非非，竟欲化身千亿，共望故乡，其情之深，其望之切，通过这样的形象得到了很好的表现。宋代爱国诗人陆游《梅花》绝句的“何方可化身千亿，一树梅花一放翁”，就是从这里脱胎出来的，说明它的影响非常深远。

刘禹锡

刘禹锡(772—842),字梦得,中山无极(今属河北)人。贞元七年(791)进士,又中博学宏词科,官监察御史。与柳宗元一起参加"永贞革新"活动,失败后,被贬为朗州司马,改调连州、夔州、和州刺史。后入朝为主客郎中,以太子宾客分司东都,故世称为"刘宾客"。官终检校礼部尚书。

他与柳宗元的交谊极深,世称"刘柳",又与白居易唱和甚多,世称"刘白"。白居易对于他的诗才和诗艺,极为赞佩,他说:"彭城刘梦得,诗豪者也。其锋森然,少敢当者。"(《刘白唱和集解》)从此刘禹锡便赢得了"诗豪"的美誉。他的诗歌成就是多方面的,各体皆备,风调自然。周履靖在《骚坛秘语》中说他"祖风骚,宗盛唐"。管世铭在《读雪山房唐诗抄》中说他"无体不备,蔚为大家,绝句中之山海也"。的确,长期的贬谪生活,使他有机会广泛地接触社会,锻炼了意志,提高了思想,创作了许多的不朽名篇。七绝是他创作中很负盛名的一种体制,宋严羽在《沧浪诗话·诗评》中说:"大历以后,刘梦得之绝句",是其"所深取"的。尤其是他仿民歌的《竹枝词》,在唐诗中别开生面。清翁方纲在《石洲诗话》中说:"刘宾客之能事,全在《竹枝词》。"说也奇怪,刘禹锡在诗歌方面有许多创新,但他却强调"作诗押韵,需要有出处";"为诗用僻字,须要有来处"(《韵语阳秋》卷五引)。相传《六经》中没有"糕"字,他便不敢在诗歌中运用,所以宋祁在《九日题糕》中嘲笑他说:"刘郎不敢题糕字,辜负诗家一代豪。"

蜀先主庙[1]

天下英雄气[2]，千秋尚凛然[3]。
势分三足鼎[4]，业复五铢钱[5]。
得相能开国[6]，生儿不象贤[7]。
凄凉蜀故伎，来舞魏宫前[8]。

✤ 注释

[1] 蜀先主庙：庙在夔州，治所在今重庆奉节东。刘备死后被称为"蜀先主"。诗当作于诗人任夔州刺史时。 [2] 天下英雄：暗用《三国志·蜀书·先主传》曹操对刘备说"天下英雄，惟使君与操耳"的典。 [3] 凛然：庄严肃穆，令人敬畏的样子。 [4] 三足鼎：形容三分天下，像鼎之三足并立对峙。此言刘备在汉末转战南北，历经万难，终于形成与曹操、孙权三分天下之势。 [5]"业复"句：汉武帝于元狩五年（前118）制五铢钱，王莽代汉时被废弃。东汉初，光武帝又恢复了五铢钱。汉末童谣有"黄牛白腹，五铢当复"的话。这里用以喻刘备复兴汉室。[6]"得相"句：言刘备得诸葛亮为相，终于在手无尺寸之地的困境中，割据益州，开国称帝。 [7]"生儿"句：此指阿斗刘禅愚昧暗弱，不能守成，终于降魏丧国。象贤：效法先贤。《仪礼·士冠礼》："继世以立诸侯，象贤也。"《注》："象：法也。" [8]"凄凉"二句：《三国志·蜀书·后主传》裴注引《汉晋春秋》云：刘禅降魏后，被封为安乐县公，一天，"司马文王（昭）与禅宴，为之作故蜀伎。旁人皆为之感怆，而禅喜笑自若"。"他日，昭问曰：'颇思蜀否？'后主曰：'此间乐，不思蜀。'"

✤ 今译

天下英雄的气象，至今还那样凛然。
成了三分的态势，复了五铢的汉钱。
择的丞相能开国，生的儿子不像贤。
可怜蜀国的女伶，舞蹈在魏宫之前。

✤ 评析

这是诗人传诵众口的一首咏古的五律。前四句盛赞先主的业绩，后四句极诋后主的昏庸。通过这么强烈的对比，道出了古今盛衰兴亡的一条真理——得人者昌，失人者亡。先主之所以手无尺寸，地无立锥，而能在群雄角逐中，逐渐形成三分天下的态势，恢复汉家的基业，就是因为他三顾茅庐，得到诸葛亮做他的丞相，正如他自己所说的："孤之有孔明，如鱼之有水也。"鱼有了水，便可以"跃于渊"，"游于海"，无往而不自得。反过来，后主之所以不能守成，终于失国，固然由于他的昏庸不肖，做了"安乐县公"，还"喜笑自若"，"乐不思蜀"，但更重要的原因，是他"疏贤臣而亲小人"，是他"惑阉宦而远君子"。诗人这四十字的史诗，足抵一篇"蜀汉兴亡论"。精警超迈，不同凡响。是咏古，更是论今。唐代后期的君主，昏庸荒唐，有几个不像阿斗刘禅！

西塞山怀古[1]

王濬楼船下益州[2]，金陵王气黯然收[3]。
千寻铁锁沉江底[4]，一片降幡出石头[5]。
人世几回伤往事，山形依旧枕寒流[6]。
今逢四海为家日[7]，故垒萧萧芦荻秋[8]。

✤ 注释

[1] 西塞山：在今湖北大冶东面的长江岸边。《水经注·江水》："江之右岸有黄石山，水经其北，即黄石矶也。……山连延江侧，东山偏高，谓之西塞。东对黄公九矶，所谓九圻者也。"三国时，西塞山是东吴的江防要地。题一作《金陵怀古》。诗当作于长庆四年(824)诗人由夔州刺史调任和州刺史，途经西塞山时所作。 [2]"王濬"句：《晋书·王濬传》："武帝谋伐吴，诏濬修舟舰。濬乃作大船连舫，方百二十步，受二千馀人。以木为城，起楼橹，开四出门，其上皆得驰马来往。"益州：州治在今四川成都。太康元年(280)正月，晋益州刺史王濬从成都出

发，沿江东下伐吴。 [3]“金陵”句：《太平御览》卷一七〇引《金陵图》云：“昔楚威王见此有王气，因埋金以镇之，故曰金陵。秦并天下，望气者言江东有天子气，凿地断连冈，因改金陵为秣陵。” [4] 千寻铁锁：《晋书·王濬传》：“吴人于江险碛要害之处，并以铁锁横截之。又作铁椎，长丈馀，暗置江中，以逆距船。先是，羊祜获吴间谍，具知情状。濬乃作大筏数十，亦方百馀步。缚草为人，披甲持杖，令善水者，以筏先行。筏遇铁椎，椎辄著筏去。又作火炬，长十馀丈，大数十围，灌以麻油，在筏前。遇锁燃炬烧之。须臾，融液断绝，于是船无所碍。” [5]“一片”句：《王濬传》：“濬自发蜀，兵不血刃，攻无坚城，夏口、武昌，无相支抗，于是顺流鼓棹，径造三山。”“濬入于石头，皓乃备亡国之礼，素车白马，肉袒面缚，衔璧牵羊，大夫衰服，士舆榇，造于垒门。”石头：城名，在今江苏南京城西的清凉山。《三国志·吴书·孙权传》：“建安十六年（211），（孙）权治秣陵。明年，城石头，改秣陵为建业。” [6] 山形：指西塞山的形势。寒流：指长江。 [7] 四海为家：指全国统一，政令由一个朝廷发布。《荀子·议兵》：“四海之内若一家。”《史记·高祖本纪》：“天子以四海为家。” [8]“故垒”句：言往日的军事堡垒，如今已荒废在萧瑟的芦荻之中。《元和郡县志》卷二十五：“贺若弼垒在（上元）县北二十里。……韩擒虎垒在（上元）县西四里，隋平陈树碑。”

✤ 今译

王濬的楼船从益州东下武昌，金陵的王气便显得黯淡无光。
千寻的铁锁很快便沉到江底，一片降幡在那石头城上飘荡。
人世间经历多少兴亡的往事，西塞山依旧枕着那万里长江。
如今欣逢大一统的太平盛世，昔日的战垒早在芦荻中埋藏。

✤ 评析

这是一首有名的咏史诗，写西晋破灭东吴的往事。前四句，诗人以极其经济的笔墨，极其概括的手法，写西晋进攻的路线，是从益州沿长江东下；东吴防守的方式，是以千寻铁链横截江流；战争的结局，是吴主孙皓打着降幡，面缚衔璧，肉袒牵羊，从石头城出来，直抵王濬的军门投降。在这寥寥二十八字中，充分表现出王濬的智勇双全，孙皓的昏庸无能，而且深刻揭示出“兴废由人事，山川空地形”(刘禹锡《金陵怀古》)的历史规律。这就把客观的吊古咏史,深化为具有现实意义的以古讽今了。后四句,是进一步抒发由此而引起的无穷感慨。仍是以极其省净的语言,在“几回伤往”中,概括了六朝的兴废;在“山形依旧”中,指明了山川险要的不足恃;“四海一家”,表面上是歌颂当前的太平盛世;而“故垒萧萧”,实质上又揭示了六朝由盛到衰的历史往事。曲折含蓄,沉着感慨。清人屈复在《唐诗成法》中评此诗说:“前四句止就一事言,五句以‘几回’二字括过六代,繁简得宜,此法甚妙。”方世举在《兰丛诗话》中说得更加具体:“前半幅专叙孙吴,五句以七字总括东晋、宋、齐、梁、陈五代,局阵开拓,乃不紧迫。六句始落到西塞山,‘依旧’二字,有高峰堕石之捷速。七句落到怀古,‘今逢’二字有居安思危之遥深。八句‘芦荻’是即时景,仍用‘故垒’,终不脱题,此抟结一片之法也。至于前半一气呵成,具有山川形势,制胜谋略,因前验后,兴废皆然。下只以‘几回’二字轻轻兜转,何其神妙!”

酬乐天扬州初逢席上见赠[1]

巴山楚水凄凉地[2],二十三年弃置身[3]。
怀旧空吟闻笛赋[4],到乡翻似烂柯人[5]。
沉舟侧畔千帆过,病树前头万木春[6]。
今日听君歌一曲[7],暂凭杯酒长精神。

✣ 注释

[1] 唐敬宗宝历二年(826),刘禹锡罢和州(治所在今安徽省和县)刺史,白居易罢苏州刺史,两人在赴洛阳途中,相会于扬州,白有《醉赠刘二十八使君》之作,诗人因以此诗作答。 [2] 巴山楚水:诗人先后被贬至朗州、连州、夔州、和州等地,夔州属古巴子国,余皆属楚,故曰“凄凉地”。 [3] 二十三年:诗人于永贞元年(805)九月被贬到大和元年(827)春天,共历二十三个年头。白居易《醉赠刘二十八使君》诗有“亦知合被才名折,二十三年折太多”之句。弃置:废弃不用。 [4] 闻笛赋:晋向秀在友人嵇康、吕安被害后,一次途经山阳(今河南焦

作）嵇康的旧居，听到邻人吹笛，其声悲凄，于是作了一篇《思旧赋》。这里是借用这个典故，表达其对被贬被害友人的怀念。 [5] 烂柯人：借晋人王质的事以自比。《述异记》：晋人王质入山砍柴，见两童子下棋，因在旁边观看，棋局未终，而斧柄已烂。回到家里，才晓得已经历了百年，同辈人均已死去。 [6] "沉舟"二句：沉舟、病树，诗人自况。千帆过、万木春，借喻新贵们的仕途得意。 [7] 歌一曲：指白居易在席上所作《醉赠刘二十八使君》的诗。

✤ 今译

巴山楚水是我长期生活的凄凉地，二十三年来一直在做着待罪之臣。
怀念老友我空自吟着那思旧的赋，回到故乡我真像是一个隔世的人。
沉舟侧畔眼看千帆竞发乘风而过，病树前头但见千山万木斗艳争春。
今天听了你赠我的歌曲十分高兴，暂且凭着这杯清酒振作一下精神。

✤ 评析

这是一首赠答唱和的抒情诗，内容全是针对白居易的赠诗而发的。白诗有"亦知合被才名折，二十三年折太多"之句，一面赞叹刘禹锡的诗名才气，一面又同情诗人的不幸遭遇，写得情真意切，十分感人。刘便有"巴山楚水凄凉地，二十三年弃置身"之句，直抒胸臆，把郁积在胸中的不平之气倾泻出来，写得真率坦诚，非常贴切。白诗有"诗称国手徒为尔，命压人头不奈何"之句，继续赞美刘禹锡的诗歌，哀叹刘禹锡的命运，写得沉痛真切，情深似海；刘便有"怀旧空吟闻笛赋，到乡翻似烂柯人"之句，来表达怀念革新志士的被害或死去，形容自己远谪荒州、回到洛阳的惆怅心情，写得哀婉动人，悲愤难平。白诗有"举眼风光长寂寞，满朝官职独蹉跎"之句，以讽刺人才凋零，新贵得意，刘便有"沉舟侧畔千帆过，病树前头万木春"，来象征自己及其战友们的不幸，满朝新贵的争权夺利。这是嬉笑怒骂之笔，写得十分含蓄，十分形象。白诗有"为我引杯添酒饮，与君把箸击盘歌"之句，刘便有"今日听君歌一曲，暂凭杯酒长精神"，表示自己虽然不断遭到打击，还要抖擞精神，继续战斗。句句是酬答原唱，句句又是抒发胸中的不平。心潮起伏，诗意曲折，慰藉中见真情，沉郁中寓豪放，是赠答诗中最具有代表性的优秀作品。

石头城[1]

山围故国周遭在[2]，潮打空城寂寞回[3]。
淮水东边旧时月[4]，夜深还过女墙来[5]。

✤ 注释

[1] 这是《金陵五题》的第一首，这个组诗写于唐敬宗宝历二年（826）。诗人路过金陵，目睹金陵的残破，国势的日衰，抚今思昔，写了这个传诵千古的组诗。[2] 山：指金陵周围的钟山、鸡鸣山、幕府山、狮子山等。故国：旧都，指六代建都于此的金陵。周遭：周围。 [3] 潮：指长江的潮水。唐时，长江流经石头城下，后来逐渐西移。 [4] 淮水：指秦淮河。旧时月：指曾经照见六代繁华的明月。[5] 女墙：城墙上呈凹凸形的矮墙。

✤ 今译

围绕着故都的青山依然存在，潮水拍打着空城寂寞地折回。
曾经照过六代繁华的秦淮月，在夜深时悄悄地爬过女墙来。

✤ 评析

这首咏史诗，不写人事兴废，只写青山依旧，潮水自来，而六代繁华，都随流水东去的微意，充分表现在字里行间；没有正面抨击时政，而借古讽今之意，尽见于弦外之音。意象极巧，感慨殊深，雄壮中蕴含着落寞，荒凉中隐寓着忧患，含蕴极其深厚，笔致极其委婉，是唐人绝句的珍品。相传白居易见了这首诗，大加赞赏说："吾知后之诗人，不复措词矣。"果然后人写金陵的，很少能创立新的意境，而不得不化用诗人的成句，如宋周邦彦《西河・金陵》的"山围故国绕清江，髻鬟对起。怒潮寂寞打孤城，风樯遥度天际"，"夜深月过女墙来，赏心东望淮水"。元萨都剌《百字令・登石头城》的"指点六朝形胜地，唯有青山如壁"，"伤心千古，秦淮一片明月"。就都是从这首诗脱胎出来的。

乌衣巷[1]

朱雀桥边野草花[2]，乌衣巷口夕阳斜。
旧时王谢堂前燕[3]，飞入寻常百姓家[4]。

✤ 注释

[1] 这是《金陵五题》的第二首。乌衣巷，故址在今江苏南京秦淮河南面。东晋以来，这里成为王导、谢安两大家族聚居的地方。 [2] 朱雀桥：秦淮河上的桥名，在乌衣巷附近，面对金陵的朱雀门。当时是车水马龙的繁华地段，建于东晋咸康二年（336）。 [3] 王谢：王，指东晋的开国元勋王导；谢，指使东晋转危为安的“淝水之战”的主帅谢安。 [4] 寻常百姓：普通的老百姓。

✤ 今译

朱雀桥边几丛野草正开着花，乌衣巷口一轮落日已经西斜。
从前栖息在王谢堂前的燕子，如今已飞到普通的百姓人家。

✤ 评析

这是诗人咏古的名篇。它通过“野草花”、“夕阳斜”的景物描写，巧妙地寄寓了历史的变迁和士族的兴衰之感。特别是他写曾经栖息在王、谢华堂之上的燕子，如今飞入了寻常百姓之家，给当时那些炙手可热的权贵们泼了一瓢冷水。这种冷嘲热讽，具有强烈的艺术魅力，给人一种蕴藉含蓄的美感享受。后来这种飞燕改换门庭的形象，被广泛地运用在诗、词、曲中，成了家喻户晓的典故。如唐孙元宴《咏乌衣巷》的“乌衣巷在人何在，回首令人忆谢家”。宋周邦彦《西河·金陵》的“酒旗戏鼓甚处市？想依稀，王谢邻里。燕子不知何世，入寻常巷陌人家相对，如说兴亡斜阳里”。元赵善庆《中吕·山坡羊·燕子》的“语喃喃，忙劫劫，春风堂上寻王谢，巷陌乌衣夕阳斜。兴，多见些；亡，都尽说”。哪一个不是拾其牙慧，袭其意境？难怪白居易读了刘禹锡这首诗,便"掉头苦吟,叹赏良久"啊。

再游玄都观[1]

百亩庭中半是苔,桃花净尽菜花开。
种桃道士归何处[2],前度刘郎今又来[3]。

✣ 注释

[1] 玄都观:原名通道观,旧址在长安崇宁坊。诗前原有作者小序云:"予贞元二十一年(805)为屯田员外郎时,此观未有花。是岁出牧连州,寻贬朗州司马。居十年,召至京师。人人皆言有道士手植仙桃满观,如红霞,遂有前篇(指《元和十年自朗州至京戏赠看花诸君子》),以志一时之事。旋又出牧。今十有四年,复为主客郎中,重游玄都观,荡然无复一树,惟兔葵燕麦动摇于春风中耳。因再题二十八字,以俟后游。时大和二年(828)三月。"从序文中可知诗人所写的"前篇",曾以"玄都观里桃千树,尽是刘郎去后栽",讽刺满朝的新贵。再度被贬,一直过了十四年,才又回京供职。诗人以更大的轻蔑和嘲笑,向打击他的权贵们挑战,写了这首传诵千古的诗。 [2] 种桃道士:喻打击"永贞革新"的守旧势力。 [3] 刘郎:诗人自称。

✣ 今译

百亩宽的庭院一半长满了青苔,桃花荡然无存那菜花却已盛开。
不知种桃的道士如今到了哪里,前次看花的刘郎依旧安然再来。

✣ 评析

这首诗是"前篇"的续篇,表面上是写玄都观里桃花的盛衰,实际上是用比的手法,以"桃花净尽"喻新贵的失宠,以"种桃道士"喻打击革新运动的守旧势力。如果拿"前篇"对照来读,就能更加清晰地领会诗人的意图。映入诗人眼帘的是一幅萧索荒凉的景象:百亩庭院,半是青苔,桃花净尽,菜花盛开,说明昔日贵游之地，已经无人来游赏了；昔日色如红霞的桃花，已经被盛开的菜花所取代了。这与“前篇”的“紫陌红尘拂面来，无人不道看花回”，形成强烈的对比。“十四年”在历史长河中不过短暂的一瞬，而世事沧桑，人间变化，竟然恍若隔世，谁能料得到呢？言下既有无穷的感慨，更有无穷的慰藉。后半幅以“道士”和“刘郎”对比，曾经种得“玄都观里桃千树”的道士，如今不知到哪里去了；“尽是刘郎去后栽”的桃花，也已荡然无存了；而那个一去“十有四年”的刘郎，却又安然无恙地回到京师来了。这是诗人对政敌的极大的轻蔑、极大的嘲讽，表现了诗人倔强的性格和战斗的精神。

竹枝词[1]

杨柳青青江水平，闻郎江上唱歌声[2]。
东边日出西边雨，道是无晴还有晴[3]。

✤ 注释

[1] 竹枝词：是巴、渝一带民歌的一种。唱时以笛、鼓伴奏，边歌边舞，内容多咏当地风俗及男女恋情，富有生活气息。顾况、白居易对这种优美的民间歌曲，均有仿作。刘禹锡任夔州刺史时，遂依声作词，作了不少的《竹枝词》。他在一个大型的组诗前说：“四方之歌，异音而同乐。岁正月，予来建平（今重庆巫山），里中儿联歌竹枝，吹短笛击鼓以赴节。歌者扬袂睢舞，以曲多为贤。聆其音，中黄钟之羽。其卒章激讦如吴声。虽伧伫不可分，而含音宛转，有淇澳之艳音。昔屈原居沅、湘间，其民迎神，词多鄙陋，乃作为《九歌》。到于今，荆楚鼓舞之，故予亦作《竹枝》九篇，俾善歌者扬之，附于末，后之聆巴歈，知变风之自焉。”这是《竹枝词二首》中的第一首。 [2] 唱歌：一作“踏歌”。踏歌是一种民间歌调，边走边唱，以脚步为节拍。李白《赠汪伦》：“李白乘舟将欲行，忽闻岸上踏歌声。”桃花潭在安徽泾县，说明在唐代踏歌流行的地域很广。 [3] “道是”句：谐音双关。“晴”谐“情”音，“无晴”、“有晴”即“无情”、“有情”。“还有晴”一作“却有晴”。

✤ 今译

江边的杨柳垂青水与岸平，忽然听到你在江上的歌声。
东边出了太阳西边下了雨，要说它没有晴来却有点晴。

✤ 评析

这是一首模拟民歌的作品，描写一个少女初恋时的内心活动。她对自己的心上人有些捉摸不定，像是有意，又像是无情；像发出了爱的信息，又像爱在虚无缥缈之中。内心深处交织着一种矛盾复杂的感情。诗人通过民歌中惯用的谐音双关的手法，巧妙地把这种感情细腻地表达了出来。第一句柳色垂青，江水泛绿，正是春光明媚的季节，写景中隐寓"怀春"之意。第二句写闻歌。西南地区的民歌特别发展，青年男女往往通过"唱歌"或"对歌"来传达爱情的信息。这江边传来的歌声，自然点燃了这位少女的爱情之火，也加强了她的日渐滋长着的希望。但她总觉得对方没有明确的表示，还是阴晴不定，难以捉摸，说它晴吗，西边还下着雨；说它雨么，东方又出了太阳。比喻之妙，谐音之妙，真正达到了妙不可言的地步。写到这里，戛然而止，令人回味无穷。

竹枝词九首之七

瞿塘嘈嘈十二滩[1]，人言道路古来难。
长恨人心不如水，等闲平地起波澜[2]。

✤ 注释

[1] 瞿塘：峡名，长江三峡之一，两岸连山，滩多流急。峡口的滟滪堆，是瞿塘峡中最险的石滩。李肇《国史补》下云："滟滪大如马，瞿塘不可下；滟滪大如牛，瞿塘不可留；滟滪大如襆，瞿塘不可触。"嘈嘈：形容急流下滩的水声。十二滩：极言险滩之多，并非实数。俗云："瞿塘天下险。" [2] 等闲平地：普通的平坦的

地段。等闲：寻常，普通；这里作平白地、无端地讲。

✤ 今译

瞿塘的惊涛骇浪流过了多少的险滩，人们常说这一带水程自古都很艰难。
我老是觉得人心的险恶超过了江水，平白无故在平地上掀起巨大的波澜。

✤ 评析

这是一首政治抒情诗。抒发了诗人在“永贞革新”失败后，不断遭到居心险恶的政敌们的无情打击，他们污白为黑，蜚语伤人，使之两次被放，在边远恶州栖迟达二十三年之久，一种郁结在心头的不平之气，被眼前惊涛拍岸、怪石临江的瞿塘景色所触发，不禁由瞿塘之险联想到世情之险、人心之险。但这有形的瞿塘之险，尚可以根据水情，避开礁石，使之化险为夷；而无形的人心之险，往往“等闲平地”掀起波澜，令人防不胜防，避无可避，从而堕入他们所设的陷阱之中。这是诗人经过二十三年的痛苦经历，二十三年的生活体验，所得到的深刻教训。“长恨人心不如水，等闲平地起波澜”，命意多么的精警，比喻多么的巧妙，它使抽象的真理具体化，人际的关系形象化，故能给人以巨大的撞击、深刻的感受。《唐诗品汇》卷五十一引黄山谷云：“刘梦得《竹枝词》，辞意高妙，元和间，诚可独步。道风俗而不俚，追古昔而不愧，比之子美夔州歌，所谓同工而异曲也。”从以上两首《竹枝词》中，益信山谷评语之不诬。

元　稹

元稹(779—831),字微之,洛阳(今属河南)人。十五岁举明经,授校书郎。后因登才识兼茂明于体用科,名列第一,除左拾遗,历监察御史。与宦官及守旧官僚做过斗争,被贬为江陵士曹参军,又转而依附宦官,与裴度在长庆二年(822)同时拜相,为时论所不满,出为同州刺史,转越州,兼浙东观察使,最后以暴疾卒于武昌军节度使任所。有《元氏长庆集》。

元稹与白居易齐名,世称"元白"。晚唐黄滔《答陈磻隐论诗书》:"大唐前有李、杜,后有元、白,信若沧溟无际,华岳干天。"《旧唐书·元稹传》亦说他"工为诗,善状咏风态物色,当时言诗者称元白焉"。明胡震亨《唐音癸签》卷七引陈绎曾的话说:"白诗祖乐府,务欲为风化之用,元与白同志。"说明他们有着共同的诗歌理论,共同的创作倾向,强调诗歌要为政治服务,为教化服务,形成具有自己特色的诗歌,世称"元和体"。他和白居易唱和最多、感情最深,诚如元辛文房在《唐才子传》中说:"微之与白乐天最密,虽骨肉未至。爱慕之情,可欺(欽)金石;千里之交,若合符契;唱和之多,无逾二公者。"交情密到什么程度、唱和多到什么程度呢?白居易在《祭元微之文》中说"死生契阔者三十载,歌诗唱和者九百章",便是最好的说明。他们之间,一直还流传着这样一个故事:身为御史的元稹,到梓潼去勘察大狱,白与一些名流游赏慈恩寺,小酌花下,为诗以寄元云:"花时同醉破春愁,醉折花枝作酒筹。忽忆故人天际去,计程今日到梁州。"果然元稹是那一天到达梁州的。更奇怪的是元稹于同一天也在梦里与白同游慈恩寺,并寄以诗云：“梦君同绕曲江头，也向慈恩院里游。驿吏唤人排马去，忽惊身在古梁州。”真所谓“千里神交，若合符契”了。事见唐孟棨《本事诗·征异第五》。

三遣悲怀[1]

(一)

谢公最小偏怜女[2]，自嫁黔娄百事乖[3]。
顾我无衣搜荩箧[4]，泥他沽酒拔金钗[5]。
野蔬充膳甘长藿[6]，落叶添薪仰古槐。
今日俸钱过十万[7]，与君营奠复营斋[8]。

(二)

昔日戏言身后事，今朝皆到眼前来[9]。
衣裳已施行看尽[10]，针线犹存未忍开。
尚想旧情怜婢仆，也曾因梦送钱财。
诚知此恨人人有，贫贱夫妻百事哀。

(三)

闲坐悲君亦自悲，百年都是几多时[11]。
邓攸无子寻知命[12]，潘岳悼亡犹费词[13]。
同穴窅冥何所望[14]，他生缘会更难期。
惟将终夜长开眼[15]，报答平生未展眉[16]。

✤ 注释

[1] 三遣悲怀：是元稹悼念其妻韦丛所作的三首七律。丛，字蕙丛，太子少保韦夏卿的幼女。二十岁时嫁与元稹，七年后逝世，年二十七岁。韩愈有《监察御史元

君妻京兆韦氏夫人墓志铭》。此诗当作于元和六年(811)左右,时元稹任监察御史分务东台。 [2] 谢公:指东晋谢安,他最喜欢他的侄女谢道韫。偏怜:偏爱。此以谢安比其岳父韦夏卿,以谢道韫比其妻韦丛。 [3] 黔娄:春秋时齐国的贫士。元稹出身寒微,婚后,又以得罪宦官,被贬为河南县尉。故以黔娄自喻。 [4] 荩箧:草编的箱子。荩:草名。 [5] 泥他:软缠着他。泥:柔言索取东西。 [6] 甘长藿:以吃枝蔓很长的豆科植物为甘。藿:豆叶。 [7] 俸钱过十万:极言待遇甚高。时诗人任监察御史,官五品。《唐会要·内外官料钱上》"五品月俸九千二百文",年俸则为十一万零四百。故云。 [8] 营奠营斋:备办祭品,延请僧来超度亡灵。 [9] 皆到:一作"都到"。 [10] 行看尽:看来将要施舍完了。行:将。 [11] "百年"句:言即使活到百年,又有多长的时间。这里是以"百年"喻短促的人生。 [12] "邓攸"句:邓攸:字伯道,西晋末年做过河东太守,在兵乱中为了全力保护其侄而丢掉了自己的儿子,后来竟没有子嗣。当时人们为他抱不平说:"天道无知,使伯道无儿。"见《晋书·邓攸传》。寻知命:不久便到了知命之年。《论语·为政》:"五十而知天命。"据白居易《元公墓志铭》:元稹五十岁时,后妻裴氏生一子,名道护。 [13] "潘岳"句:岳字安仁,西晋诗人。其妻死后,曾作《悼亡诗》三首,为世所传诵。费词:多余的话,浪费笔墨。 [14] 同穴:指夫妻合葬。《诗·王风·大车》:"穀则异室,死则同穴。"窅冥:深暗貌。 [15] 长开眼:言辗转反侧,不能成寐。无妻曰鳏。《释名·释亲属》:"鳏,昆也;昆,明也。愁悒不寐,目恒鳏鳏然明也。其字从鱼,鱼目恒不闭者也。"义当取此。 [16] 未展眉:言从未开过颜。形容其妻生活在贫困中,心情抑郁,从来没有开心过。

✤ 今译

(一)

你是谢公最偏爱的那个小女,嫁了我这寒士百事都不称怀。
为我寻觅衣服你曾翻箱倒箧,缠着你去沽酒只好当了金钗。
豆叶当饭你却吃得又甜又美,落叶添薪全靠院里那株古槐。
今天我的俸钱已经超过十万,给你备了祭礼又为超度施斋。

(二)

过去我俩曾经戏说身后的事,如今都已变成了眼前的现实。
你的衣裳看看快要被我施光,你的针线依旧放在那个包里。

想起你的恩情便怜你的旧婢，我在梦中还把钱财送给了你。
生离死别的恨事哪一个没有，贫贱的夫妻凡事都勾起悲思。

（三）

闲坐斋中为你悲也为自己悲，即使活到百年又有多少日时。
邓攸没有儿子很快年过半百，潘岳写了悼亡也是浪费文词。
死要同穴已成了杳茫的希望，缘结来生看起来也难订后期。
只好整夜张着那不闭的双眼，报答你生平从未舒展的两眉。

✤ 评析

这个组诗，妙在交织地把穷通和存亡两条线索，通过生活的片段和难忘的往事，塑造出死者的贤淑形象，表达了生者的沉痛哀思，具有断肠销魂的艺术魅力，因而成为古今悼亡诗中的绝唱。

第一首写婚后的艰苦生活。一、二句以婚前的娇贵和婚后的困顿，形成强烈的对比，为树立死者的美好形象做好铺垫。中间两联，是具体而形象地叙述婚后的“百事乖”。看到我没有应对宾客的衣服，便翻箱倒箧去找；我缠着她要去买酒，她便拔下金钗去换钱；用野蔬当饭，她也吃得很香；拿落叶当柴，她也拾得很欢。一个生长在富贵人家的少女，能够如此安守清贫，一个贤妻的形象便栩栩如生地被塑造了出来。结语仍是以穷通对比，今日虽有优厚的俸钱，而爱妻已不能分享，语弥淡而情转浓，话愈浅而意更深。语语出自肺腑，字字流露真情，故能感人至深。

第二首由生前的“百事乖”转到死后的“百事哀”，通过记忆犹新的往事、悲痛欲绝的回忆，把夫妻间的真实感情，淋漓尽致地表达了出来。首两句从生前的“戏言”，到眼前的现实，寓沉痛于美好的回忆之中，感人至深。中间两联，从寻常的生活琐事中，抒发极不寻常的夫妻感情，叙事传神，抒情逼真，在在足以引起人们的共鸣。衣裳施尽，针线犹存，念旧怜婢，因梦送钱，睹物思人之感，抚今思昔之情，跃然纸上，其中蕴藏了多少痴情，多少至性。末尾以极其质朴的语言，把死别的痛苦、贫贱的生活，熔铸在十四字中，读之令人嗒然若丧，爽然若失。

第三首着重写“自悲”。前两首是“悲君”，缠绵婉转，悲痛欲绝。这一首则是从现在写到将来，从今世写到他生，极为自然，也极为沉痛。首联从妻子的早逝，想到人生的有限，围绕“自悲”二字，把人人心中所有、人人口中所无的感情，生动而形象地表达了出来。次联以邓攸无子和潘岳悼亡自喻，表面上是故作旷达，骨子里却又透露出无子、丧妻的悲哀。颈联以同穴无望，他生难卜，表达出自己更加深沉的哀思。尾联以“长开眼”来报答其妻的平生“未展眉”，痴绝哀绝，愈转愈悲。是一首流露着真情至性的优秀悼亡诗。

行　宫[1]

寥落古行宫[2]，宫花寂寞红[3]。
白头宫女在[4]，闲坐说玄宗[5]。

✤ 注释

[1] 行宫：京城以外供帝出行时所住的宫殿。近人高步瀛《唐宋诗举要》卷八云：“白乐天《新乐府》有《上阳白发人》，此诗白头宫女，即上阳宫女也。上阳宫在洛阳为离宫，故曰行宫。” [2] 寥落：寂寞冷落，萧条凄凉。 [3] 寂寞红：形容花的无声无息，也说明花的冷落孤独，无人欣赏。这里是用以烘托宫女的寂寞心境的。 [4] 白头宫女：年老的宫女。白居易《上阳白发人》：“上阳人，红颜暗老白发新。绿衣使者守宫门，一闭上阳多少春。明皇末岁初选入，入时十六今六十。同时采择百余人，零落年深残此身。” [5] 玄宗：即唐明皇李隆基，公元712—756年在位。曾任姚崇、宋璟、韩休、张说、张九龄为相，形成开元之治。后来任用小人李林甫、杨国忠为相，自己也在治国成绩面前骄傲自满，奢侈淫逸，终于酿成“安史之乱”，唐王朝从此一蹶不振，逐渐走向衰亡。

✤ 今译

萧条冷落的上阳行宫，红花开在寂寞的宫中。
白头宫女在那里闲话，数说着当年的唐玄宗。

✤ 评析

这首宫怨的抒情小诗，只用了寥寥二十个字，便把行宫的寥落、宫女的辛酸、唐室的盛衰，一一勾画了出来。它的前三句，连用三个“宫”字，读来音调铿锵，加强了音律的效果。又用“白发”来映衬红花，增添了画面的绚丽色彩。尤其是“说玄宗”三字更妙，究竟所言何事，诗中没有明说，便戛然而止。把那些言外之意、弦外之音，留给读者去回味，去联想，去补充，从而大大地扩大了诗的艺术容量。宋洪迈《容斋随笔》卷二《古行宫诗》云：“白乐天《长恨歌》、《上阳人》歌，元微之《连昌宫词》，道开元间宫禁事，最为深切矣。然微之有《行宫》一绝句云（略）语少意足，有无穷之味。”明瞿佑《归田诗话》亦说：“《长恨歌》一百二十句，读者不厌其长；微之《行宫词》才四句，读者不觉其短，文章之妙也。”

菊　花

秋丛绕舍似陶家[1]，遍绕篱边日渐斜。
不是花中偏爱菊，此花开尽更无花[2]。

✤ 注释

[1]“秋丛”句：晋陶渊明最爱菊，院中遍种菊花。其《饮酒》诗云：“采菊东篱下，悠然见南山。”又南朝宋檀道鸾《续晋阳秋》载：“晋陶渊明好酒而不能常得。九月九日于宅边东篱下菊丛中摘菊盈把，坐于其侧。未几，江州刺史王弘命白衣人送酒至，即便就酌，酣饮而归。”秋丛：即一丛丛的秋菊。　[2]“此花”句：百花中菊最后凋，梅最早开。故云。

✤ 今译

围绕院子种上一丛丛的秋菊就像陶家，
每天傍着篱边兜着圈子直到红日西斜。
不是因为我在百花丛中对菊有啥偏爱，
只缘这菊花开完以后便没有别的好花。

✤ 评析

咏菊是最寻常的题材，但诗人一不描绘菊的形色，二不歌颂菊的傲霜性格，三不写菊酒、菊枕的风俗习惯，而是以极其通俗的语言，别出心裁，发掘极不寻常的诗意，以“此花开尽更无花”来表达自己对秋菊情有独钟的原因。首两句写自己爱菊的情状：栽菊绕舍，赏菊着迷，流连忘返，乐此不疲。妙在“似陶家”三字，突出了自己的隐逸之趣、高洁之致，占尽了风光和地位，而又那么委婉，那么自然。末两句写自己爱菊的缘由：菊花开尽，百花寂寞，不言后凋，而傲霜之姿自见；不言惜花，而偏爱之情毕出。对花是这种态度，对人也是这种态度，对万事万物也是这种态度。所以它的题蕴甚深，含义甚富，给人的启迪也甚多。

闻乐天授江州司马[1]

残灯无焰影幢幢[2]，此夕闻君谪九江[3]。
垂死病中惊坐起[4]，暗风吹雨入寒窗。

✤ 注释

[1] 元和十年(815)，白居易上书请捕刺杀宰相武元衡的凶手，得罪了权贵，被贬为江州司马。这时诗人以得罪宦官刘士元，亦被贬为通州(今四川达州)司马。这首诗就是元稹在通州听到白居易被贬的消息而写的。乐天：即白居易。江州：即今江西九江。 [2] 幢幢：摇曳不定的样子。《三国志·魏书·管辂传》：“有飘风高三尺馀，从申上来，在庭中幢幢回转，息以复起，良久乃止。” [3] 九江：地名。隋大业中设九江郡，唐改为江州，即今江西省之九江市。 [4]“垂死”句：白居易闻元稹于元和五年(810)以得罪宦官，被贬为江陵士曹参军，写了“枕上忽惊起，颠倒着衣裳”之句，诗人便以“惊坐起”三字回报白居易。垂死：接近死亡，将死。

✤ 今译

摇曳不定的残灯已经没有火焰，这天夜里听说你谪到浔阳江边。

我在垂死的病中一惊坐了起来，阴风挟着细雨吹进寒冷的窗前。

✤ 评析

这首诗是写好友被贬，消息传来，突然触发起来的一种“惊变”的感情。别林斯基在《论文学》中说：“有一些事件，有一些境遇……在一瞬间集中了那么多的生活，一个世纪也用不完。”这诗中的“垂死病中惊坐起”，无疑集中了丰富的生活，接近感情的高潮，因而最能表现人物内心的世界。它状出了诗人在那一刹那间震惊之巨，感慨之深，从而完美地表达了两人同荣辱、共生死的真挚友谊。末句以虚写实，不浪费笔墨，不具体地去写“惊”的内涵，而是以景结情，把“惊”的内涵通过凄清的景物透露出来，使之藏而不露、挹而难尽，从而扩大了诗的内涵，提高了诗的表现力，让读者从容地去领悟，回味诗中的惋惜之情、愤懑之慨。

白居易

白居易(772—846),字乐天,晚号香山居士,原籍太原,曾祖白温始迁居下邽(今陕西渭南)。相传他幼便颖悟,生六七月,便识“之”、“无”二字。贞元十六年(800)进士,授秘书省校书郎。在此之前,他曾观光上国,袖诗一编,投谒著作郎顾况,况睹姓名,即谑之曰:“长安米贵,居大不易。”及披卷至“离离原上草,一岁一枯荣。野火烧不尽,春风吹又生”,乃叹曰:“有句如此,居亦何难? 老夫前言,特戏之耳。”事见《唐摭言》、《唐语林》及《幽闲鼓吹》等。元和元年(806),又中才识兼茂明于体用科,授周至尉,累官至翰林学士、左拾遗及左赞善大夫。元和十年(810)六月,上书请捕刺杀宰相武元衡之贼以雪国耻,被贬为江州司马。久之,除主客郎中,知制诰,转中书舍人。长庆二年(822)七月除杭州刺史,宝历元年(825)三月除苏州刺史。文宗大和二年(828),迁刑部侍郎,接着以太子宾客分司东都。会昌二年(842)以刑部尚书致仕。世称白香山。

白氏主张“文章合为时而著,歌诗合为事而作”(《与元九书》),强调要继承《诗经》以来的现实主义传统,他所作的讽喻诗《秦中吟》和《新乐府》就是这种诗歌理论的实践。他的代表作《长恨歌》和《琵琶行》,奠定了他在唐代诗歌中的崇高地位。他在《与元九书》中说:“今仆之诗,人所爱者,悉不过杂律诗与《长恨歌》已下耳。”唐宣宗在悼念他的诗中也说:“童子解吟《长恨曲》,胡儿能唱《琵琶篇》。”清赵翼在《瓯北诗话》卷四中说:“盖其得名在《长恨歌》一篇。其事本易传,以易传之事,为绝妙之词,有声有情,可歌可泣,文人学士既叹为不可及,妇人女子亦喜闻而乐诵之,是以不胫而走,传遍天下。”

他的诗歌，深入浅出，雅俗共赏，相传“白乐天每作诗，令一老妪解之。问曰：‘解否？’妪曰解，则录之；不解，则又易之。”（见《冷斋夜话》卷一）所以他的诗能够得到广泛而迅速的流传。元稹在《白氏长庆集序》中说：“自有篇章以来，未有流传如是之广者。”他自己在《与元九书》中也说：“自长安抵江西，三四千里，凡乡校、佛寺、逆旅、行舟之中，往往有题仆诗者；士庶、僧徒、孀妇、处女之口，每每有咏仆诗者。”他的诗不仅在国内受到人们的喜爱，在国外也争相抄写和贩卖。《新唐书》本传说：“鸡林（今韩国）行贾，以白诗售于国相，率篇易一金。”这就是“鸡林声价”的来源。元王若虚《滹南诗话》云：“乐天之诗，情致曲尽，入人肝胆，随物赋形，所在充满，殆与元气相侔。至长韵大篇，动数百千言，而顺适惬当，句句如一，无争张牵强之态，此岂捻断吟须、悲鸣口吻者之所能至哉？而世或以浅易轻之，盖不足与言矣。”清赵翼在《瓯北诗话》中也说：白居易的笔“快如并剪，锐如昆刀，无不达之隐，无稍晦之词，工夫又锻炼至洁，看似平易，其实精纯，刘梦得所谓‘郢人斤斫无痕迹，仙人衣裳弃刀尺’者，此古体所以独绝也”。

赋得古原草送别[1]

离离原上草[2]，一岁一枯荣。
野火烧不尽，春风吹又生。
远芳侵古道，晴翠接荒城[3]。
又送王孙去，萋萋满别情[4]。

✤ 注释

[1] 赋得：科举试士诗的一体。考官以古人诗句或各种事物为题，使作五言律诗

或排律，题前加“赋得”二字，被称为“试帖诗”。唐以前分韵赋诗，也叫“赋得”。[2] 离离：柔长的样子。一说犹言“历历”，分列成行的样子。 [3]“远芳”二句：此从《饮马长城窟》的“青青河畔草，绵绵思远道”的句意中化出。“芳”和“翠”均指草。春草一望无际，故曰“远芳”；草地在阳光照耀下放映出青翠的眼色，故曰“晴翠”。“古道”和“荒城”，都是野草滋生之处，也是行人的去处。 [4]“又送”二句：《楚辞·招隐士》：“王孙游兮不归，芳草生兮萋萋。”王孙：这里泛指行人。萋萋：春草茂盛貌。

✤ 今译

原野上的青草长得多么茂盛，它一年一度枯萎又一度繁荣。
熊熊的野火从没有把它烧尽，微微的和风吹得它回黄转青。
远处的芳草长满了荒凉古道，晴天的翠绿连接着僻静乡村。
又要送别那远离故乡的游子，茂密的芳草似乎也含着离情。

✤ 评析

这诗是诗人十六岁时的少作，也是他名震京华的成名之作。诗是咏物而兼送别，故以野草的顽强生命力喻所送之人，又以《楚辞·招隐士》的成句，表示送别的愁思。构思新颖，想象丰富，脉络分明，转折自然，自是唐诗中的佳构。首联点题，并把草的春荣秋枯的特性表达出来。颔联以流水对的形式，状写野草的顽强生命力。它不怕冬天的野火来烧，只要春天的和风一吹，它又长出嫩芽，绿遍天涯，写得形象鲜明，生气蓬勃，既以喻人，又以自喻，自然深沉，一直受到时人和后世的赞赏。颈联是工对，与上联相映成趣，错落有致。“远芳”写春草遥看如茵，一望无际；“晴翠”写春草在阳光的沐浴下，千里尽绿。进一步描绘野草的蓬勃生长的势头。尾联点明“送别”，仍然是围绕“萋萋芳草”来写的。从而更加显得题无剩义，句有余妍。这种不可磨灭的革命力量和百折不挠的斗争精神，一直被人们赋予新的意义，融化到不同体裁的文艺作品中。

除苏州刺史别洛城东花[1]

乱雪千花落[2]，新丝两鬓生。

老除吴郡守[3]，春别洛阳城。
江上今重去[4]，城东更一行。
别花何用伴，劝酒有残莺[5]。

✤ 注释

[1] 宝历元年(825)三月四日，白居易由太子左庶子分司东都除苏州刺史，五月五日到任，这诗是他赴任前所作。洛城东花：洛阳城东的桃李花。诗人《洛城东花下作》有“更待城东桃李发”之句，故知“洛城东花”为桃李花。 [2]“乱雪”句：形容花落如雪。诗人《洛城东花下作》自注：“旧诗云：‘洛阳城东面，今来花如雪。’” [3] 吴郡：即苏州。吴郡守：指苏州刺史。时诗人已五十三岁。 [4]“江上”句：长庆二年(822)七月，白居易除杭州刺史。苏、杭皆在江南，故曰“重去”。 [5] 残莺：春去、花落，莺亦将老，故曰“残莺”。晋处士戴颙春日携斗酒，往树下听黄鹂，曰：“此俗耳针砭，诗肠鼓吹。”此暗用其意。

✤ 今译

千朵落花像大雪似的纷飞，两鬓新长着那白发一丝丝。
不想老了还当苏州的刺史，春来又要告别洛阳的花枝。
如今我是第二次去到江上，只得到城东向那桃李告辞。
告别花枝自不用邀人做伴，老去的黄莺会劝我饮一卮。

✤ 评析

此诗写诗人被任命为苏州刺史时的心情，在感慨中微露孤介之气，告别时隐含依恋之情，不向亲知告别，而向桃李辞行，则诗人对于洛阳的一草一木具有深厚的感情，尽在不言之中了。首联一句点明时令，一句形容老境，对仗工整，感慨遥深，并为下联做了铺垫。颔联以极浅近的语言，写最深沉的感慨，若不经意，实甚锤炼，所谓“成如容易实艰辛”也。颈联以“江上重去”、“城东一行”，抒发其无可奈何的情思。率易中有锤冶，疏放中见缜密，是白居易诗歌的独特风格。尾联别出新意，出人意表。别花无伴，劝酒有莺，疏狂之态、傲岸之气，充溢于字里行间。融情于景，余味无穷。

秋雨夜眠[1]

凉冷三秋夜[2]，安闲一老翁。
卧迟灯灭后，睡美雨声中。
灰宿温瓶火[3]，香添暖被笼。
晓晴寒未起，霜叶满阶红。

✤ 注释

[1]此诗约作于大和六年(832)秋，诗人任河南尹时。他目睹当时的政治混乱，不愿卷入党争的漩涡，加上挚友元稹已经谢世，心情显得特别寂寞。于是退居洛下，以诗酒自娱，禅悦自释，这首诗正好反映了诗人此时的心境。 [2] 三秋：秋季的第三个月，即农历九月。唐王勃《滕王阁序》："时维九月，序属三秋。" [3] 温瓶：古人用以取暖的陶瓶。

✤ 今译

三秋深夜凉意显得特别浓，屋里坐着一个安闲的老翁。
直到灯灭以后才迟迟去睡，睡得很香在淅沥的雨声中。
暖瓶的火已经化作了灰烬，还要添香再温暖它几分钟。
晓来天已放晴我畏寒懒起，只见那满阶落叶一片通红。

✤ 评析

这是诗人的自画像，他孤寂闲适，疏狂懒散，秋雨美睡，晓寒懒起，过着自由散漫的安闲生活。首联扣紧题中的"秋"字，并把自己的主观感情色彩，涂抹在他生活的自然环境中，使人感到凄凉寒冷，凛乎其不可久留。颔联成功地画出“安闲一老翁”的生动形象，他卧得很迟，睡得很美，淅沥的秋雨，仿佛成了他的催眠曲。它不仅扣紧了题中的“雨”字和“眠”字，而且突出了“老翁”齐荣辱、无好恶的精神状态。颈联继续从“睡”的角度给“老翁”的形象施彩加须，使他那散诞的个性得到充分的发挥。温瓶的炭火已经化灰，暖被的薰香还要增添，拥衾高卧，与世无争，这就是他的心态，这就是他的情趣。尾联以晓寒未起，状“老翁”之疏慵；以落叶满阶，状“秋雨”之急骤，既与“凉冷三秋夜”相呼应，又为“安闲一老翁”继续刻画，生动逼真，富有生活气息。

自河南久经丧乱，关内阻饥，兄弟离散，各在一处。因望月有感，聊书所怀。寄上浮梁大兄、於潜七兄、乌江十五兄，兼示符离及下邽弟妹[1]

时难年荒世业空[2]，弟兄羁旅各西东。
田园寥落干戈后，骨肉流离道路中。
吊影分为千里雁[3]，辞根散作九秋蓬[4]。
共看明月应垂泪，一夜乡心五处同[5]。

✤ 注释

[1] 此诗约作于唐德宗贞元十六年(800)秋。贞元十五年春，宣武(治所在开封)节度使董晋死后，其部下举兵叛乱；接着彰义军(治所在汝南)节度使吴少诚又叛乱。朝廷曾派遣十六道兵马去平叛，河南境内一再沦为战乱中心。这就是题中所说的“河南久经丧乱”。当时南方的漕运，主要经过河南，输送关内，由于河南沦为战乱中心，漕运不通，使得“关内阻饥”。浮梁大兄：白居易的大哥幼文于贞元十三年(797)起任浮梁县(今江西景德镇)主簿。於潜(今浙江临安附近)七兄，乌江(今安徽马鞍山)十五兄，皆诗人堂兄，时分别任县尉或主簿。符离：今安徽宿州。

下邽：今陕西渭南。 [2] 世业：祖先遗留下来的产业。 [3]“吊影”句：古人以“雁行”、“雁序”比喻兄弟。此亦以离群孤雁、羁旅千里自喻。 [4]“辞根”句：以断蓬离开根株，比喻兄弟飘零四方。九秋：秋季九十天。三国魏曹植《七启》：“九秋之夕，为欢未央。”这里泛指秋天。 [5] 乡心：怀念故乡的心情。五处：指浮梁的大兄、於潜的七兄、乌江的十五兄，以及符离、下邽的弟妹，都在望月思乡。

✤ 今译

祖业在时乱年荒中早已耗空，弟兄们漂泊在外又各自西东。
田园在连年战乱中日益寥落，骨肉在流离道路中更加困穷。
离群千里的孤雁只形影相吊，辞根九秋的断蓬恨飘转随风。
共同望着这轮明月应当流泪，一夜来怀乡的心情五处皆同。

✤ 评析

这首笔锋带着强烈感情色彩的抒情诗，通过通俗的语言、形象的比喻、朴素的诉说、深沉的感慨，把亲身经历的乱离之苦，完美地传达给读者，从而引起读者深切的共鸣，是这首诗所达到的不易企及的艺术境界。清刘熙载《艺概·诗概》说：“常语易，奇语难，此诗之初关也；奇语易，常语难，此诗之重关也。香山用常得奇，此境良非易到。”又说：“诗能于易处见工，便觉亲切有味。白香山、陆放翁擅场在此。”这首诗之所以能够脍炙人口，正是因为他善于用寻常语，写寻常事，而又浅中有深，平中有奇，因而耐人寻味。诗的前半幅，纯用家常絮语，倾诉身经目睹的离乱之苦，世业耗空，弟兄离散，田园寥落，骨肉流离，不用一字文饰，便把“时难年荒”的典型环境艺术地概括了出来。它是白居易的亲身感受，也是那个时代的人的共同感受。“吊影”一联，以离群孤雁、辞根断蓬作比，形象地描绘了羁旅之愁和流离之苦，一向为人所称道。尾联更以“一夜乡心”，“五处垂泪”，把“望月思乡”的感情推向高潮，真可谓“状难写之情如在目前”，从而达到了“真、善、美”的艺术境界，不断为后世诗人所袭用、所模仿。

欲与元八卜邻先有是赠[1]

平生心迹最相亲，欲隐墙东不为身[2]。
明月好同三径夜[3]，绿杨宜作两家春[4]。
每因暂出犹思伴，岂得安居不择邻[5]？
可独终身数相见[6]，子孙长作隔墙人。

✤ 注释

[1] 元八：即元宗简，字居敬，排行第八，河南人，曾举进士，历官御史府尚书郎、京兆少尹。有《元少尹文集》，白居易曾为之作序。此诗约作于元和十年(815)春，时诗人在长安任太子左赞善大夫。诗人另有《和元八侍御升平新居四绝句》，自注云："时方与元八卜邻。" [2] 墙东：喻隐者的居处。《后汉书·逢萌传》记当时谚语云："避世墙东王君公。"此以比喻元八及诗人自己。 [3] 三径：亦指隐士所居。赵岐《三辅决录》："蒋诩舍中，竹下开三径。"陶潜《归去来辞》："三径就荒。"此用其事。 [4]"绿杨"句：《南史·陆慧晓传》："慧晓与张融并宅，其间有池，池上有二株杨柳。"后人因以用作结邻的典故。 [5] 岂得：怎能。择邻：挑选好的邻居。用孟母择邻的故事。三国魏何晏《景福殿赋》："嘉班妾之辞辇，伟孟母之择邻。" [6] 可独：何止。

✤ 今译

无论心态还是形迹我们都最相亲，欲过闲适隐逸的生活绝不是为身。
在三径中共同欣赏着碧空的明月，让两家人分享着绿杨绘成的早春。
往往为暂时的出游还得挑个好伴，怎能在长期安居中不去选择善邻。
何止是我一生能够与你频频相见，就是子孙们也要永远做隔墙的人。

✤ 评析

这是一首情真意切的好诗。前半幅写卜邻的美好愿望：他们之间是心迹相亲，志趣相投，只想过隐逸的生活，不愿做功名的奴隶。这是卜邻的基本条件。接着便驰骋想象的翅膀，为结邻以后描绘出一幅理想的充满诗意的境界：皓月当空，隔墙共赏；绿杨拂水，两家同春。景色是那样的宜人，友情是那样的深厚，令人为之神往。而且分用两典，不着痕迹，不知者若自其口出，知之者益觉其深厚，此"明月"一联，所以成为千古的名句，奥妙就在这里。后半幅写卜邻的必要性。始以极其浅近的语言，阐明暂出犹欲挑伴、安居岂不择邻的深刻道理；末以不仅彼此可以形影相随，朝夕相见，即使两家的子孙亦可以隔墙相望，有无相通。情寓理中，意余言外，所以能感人、能动人。

放言五首之三[1]

赠君一法决狐疑[2]，不用钻龟与祝蓍[3]。
试玉要烧三日满[4]，辨材须待七年期[5]。
周公恐惧流言日[6]，王莽谦恭下士时[7]。
向使当初身便死[8]，一生真伪有谁知？

✣ 注释

[1] 这是一首政治抒情诗，是拥有七律五首的大型组诗。诗前有序云："元九在江陵时，有《放言》长句诗五首，韵高而体律，意古而词新。予每咏之，甚觉有味；虽前辈深于诗者，未有此作，唯李欣有云：'济水自清河自浊，周公大圣接舆狂。'斯句近之矣。予出佐浔阳，未届所任，舟中多暇，江上独吟，因缀五篇，以续其意耳。"据此可知，此诗作于元和十年(815)诗人被贬为江州司马的赴任途中。[2] 狐疑：犹豫不决。俗传狐性多疑，因以之代迟疑、犹豫。屈原《离骚》："心犹豫而狐疑兮，欲自适而不可。" [3] 钻龟、祝蓍：古人占卜吉凶的两种方法。一是灼钻龟壳，观其裂纹之纵横以定吉凶；一是取蓍草之茎摇之，察其奇偶以定祸福。 [4] "试玉"句：作者自注："真玉烧三日不热。"《淮南子・俶真》："钟山之玉，炊以炉炭，三日三夜而色不变。"这是此语所本。 [5] "辨材"句：作者自注：

“豫章木，生七年而后知。”《史记·司马相如传》：“其北则有阴林巨树、楩柟豫章。”《正义》云：“豫，今之枕木也；章，今之樟木也。二木生至七年，枕樟乃可分辨。” [6]“周公”句：周公，名旦，武王之弟，成王之叔。武王死，成王幼，周公摄政，管叔、蔡叔、霍叔制造流言，说“公将不利于孺子”，周公为之避居于东，不便过问政事。后来成王悔悟，迎还周公，三叔惧而叛变，成王命周公东征，消除反叛势力，国家始转危为安。事见《尚书·金縢》及《史记·周本纪》等。 [7]“王莽”句：《汉书·王莽传》：“（莽）爵位益尊，节操愈谦。散舆马衣裘，振施宾客，家无所馀。收赡名士，交结将相卿大夫甚众……欲令名誉过前人，遂克己不倦。”后来独揽朝政，篡汉自立，说明他的“谦恭下士”完全是伪装。“下士”一作“未篡”。[8]向使：如果，假若。

✤ 今译

赠给你一句话让你解除迟疑，用不着再钻龟祝蓍去占凶吉。
看是不是真玉要烧它三天整，辨别是啥木材要待它七年期。
周公害怕三叔散布流言之日，王莽伪装谦恭结交名士之时。
假使他们两人当初都已死了，一生的真伪又有哪一个得知！

✤ 评析

这是一首富于理趣的好诗，它以极通俗的语言，极鲜明的形象，说明一个最深刻的道理，也抒发了自己最沉郁的悲愤。无论什么人和什么事，都要让时间去考验，让历史去做结论。是美玉要经得三日烧，是良材要等待七年期，这是从正面说明：事物的真伪优劣只有通过时间的考验，才能作出符合它的本质的结论。接着又指出，周公蒙受流言之日，王莽伪装谦恭之时，曾经有不少的人被这种假象所迷惑，然而假的毕竟是假的，流言改变不了事实，伪装掩盖不了本质，历史证明，周公是千古圣人，王莽是一代元凶。元稹和宦官作斗争而获罪，白居易请捕刺杀宰相的凶手而被贬，是真玉，是良材，是蒙受流言蜚语的周公，也只有历史才能做出正确的结论。这种因小见大、由表及里的表现手法，把抽象的理论，变为具体的形象，使人易于了解，乐于接受；并从他那满怀悲愤的呐喊中，感受到一种骨鲠在喉、不吐不快的理论勇气和诗人激情。

钱塘湖春行[1]

孤山寺北贾亭西[2]，水面初平云脚低[3]。
几处早莺争暖树[4]，谁家新燕啄春泥。
乱花渐欲迷人眼，浅草才能没马蹄。
最爱湖东行不足[5]，绿杨阴里白沙堤[6]。

✤ 注释

[1] 此诗作于长庆三或四年(823—824)诗人任杭州刺史时。钱塘湖，即西湖之别名。咸淳《临安志》卷三十三："西湖在郡西，旧名钱塘湖。" [2] 孤山寺：孤山，在西湖的后湖与外湖之间，孤峰独秀，山上有孤山寺，陈文帝天嘉(560—566)初年所建。贾亭：一名贾公亭。《唐语林》卷六："贞元中，贾全为杭州(刺史)，于西湖造亭，为贾公亭；未五六十年，废。" [3] 云脚：低垂的云气，出现在雨前或雨后，因其垂直出现在水面上，故称"云脚"。 [4] 暖树：早春时节向阳的树。 [5] 行不足：游不够，形容游兴正浓，流连忘返。 [6] 白沙堤：即白堤，又名断桥堤。在西湖的东部，唐以前便有。西湖三面环山，白堤和苏堤(苏东坡任杭州刺史时所修)横贯其中，把湖面划成里湖、外湖和后湖三个部分。白堤在湖东一带，后人误为白居易所筑。白氏所筑，在钱塘门之北，早已荒废。人民为了纪念他，便把白沙堤改为白公堤。

✤ 今译

游了孤山寺又到贾亭西，湖水与岸平雨后云脚低。
早春的雏莺争栖向阳树，谁家的新燕往来衔春泥。
杂花盛开叫人目迷心荡，嫩草丛生恰好遮住马蹄。
最是湖东的景色看不厌，绿杨荫里笼罩着白沙堤。

✤ 评析

这首写景的诗，妙在扣紧题中的"春"字和"行"字，春是早春，句句写的是西湖早春的风光；行是漫行，语语写的是漫行中所见的动态。诗的前六句是明写春，暗写行；诗的后两句是明写行，暗写春。从孤山到贾亭，自然暗藏着一个“行”字。而春湖新涨，初与岸平；春雨刚歇，云气低垂，又是漫行中所见到的动态。而中间两联的“几处早莺”争栖“暖树”，“谁家新燕”啄来“春泥”，“乱花迷眼”、“浅草没蹄”，更是明写景春之景，暗写漫行中所见到的禽鸟花草的动态。“几处”自非“处处”，“谁家”亦非“家家”，而是在漫行中所见到的某几处，某一家。乱花而“渐欲”迷人眼，浅草而“才能”没马蹄，既是细腻地描写了早春之景，又是鲜明地报告春意将闹，都是动态美，而不是静态美，作者漫步其间，左顾右盼的神情，便跃然纸上。后两句点明“行”字，而以绿杨成荫、白堤如画，暗寓明媚的春光、迷人的春景，给人以极大的美感享受。清方东树在《续昭昧詹言》中说得好，此诗“象中有兴，有人在，不比死句”。

与梦得沽酒闲饮且约后期[1]

少时犹不忧生计，老后谁能惜酒钱？
共把十千沽一斗[2]，相看七十欠三年[3]。
闲征雅令穷经史[4]，醉听清吟胜管弦。
更待菊黄家酿熟，共君一醉一陶然[5]。

✤ 注释

[1] 唐文宗开成四年（839），诗人与刘禹锡同在洛阳，刘任太子宾客分司，白任太子少傅，均是闲职，故多暇日。诗当作于此时。梦得：即刘禹锡，详见本书作者小传。 [2] 十千一斗：极言酒价之昂。曹植《名都篇》：“我归宴平乐，美酒斗十千。”唐人诗中多类似此种诗句者，如王维《少年行》的“新丰美酒斗十千”，李白《行路难》的“金樽清酒斗十千”，《将进酒》的“斗酒十千恣欢乐”等。 [3]“相看”句：诗人与刘禹锡都生于唐代宗大历七年（772），至唐文宗开成四年（839），各六十七岁，故曰“七十欠三年”。 [4] 雅令：风雅的酒令。穷经史：全是从经史中引用的典故。自唐以来，士大夫宴集，盛行酒令，规定从经书、史书或诗词中引出一句话来作为酒令，不能者罚。 [5] 陶然：欣喜和乐的样子。

✤ 今译

年轻时尚不担心生活的压力，老了谁还去吝惜这几个酒钱。
都要拿出十千钱来买一斗酒，看看我俩快到七十只欠三年。
闲来行个酒令也都来自经史，醉了听你清吟却像胜过管弦。
等到菊花黄家酿熟那个时候，和你痛饮一场乐得共舞联翩。

✤ 评析

这首诗写的是“闲饮”，抒的却是悲愤，在散诞的生活中，蕴藏着严肃的身世之感。语浅意深，言近旨远，看来毫不着意，实则大费经营，在炼意炼格上，显示出一种炉火纯青的艺术功力。诗的前半幅，表面上是抒发豪情，实质上却流露出压抑之感和困顿之情。原来“不忧生计”是“少时”，“爱惜酒钱”是“老后”，“十千一斗”看来是豪举，而且是争着解囊，但这种豪举，是建立在“七十欠三年”的严酷现实之上的，是建立在“人生难得几回醉”的凄凉心境之上的。这是含着眼泪的微笑，忍着痛苦的狂歌。后半幅扣紧题中的“闲饮”和“后约”，细腻地描绘了未醉时如何行酒令，助雅兴；已醉后如何听清吟，胜管弦。看来兴犹未尽，于是再约后期，悬想在菊黄酒熟以后，再醉一场，再乐一次。它不仅表达了两人之间的深厚友谊，也表达了“去日无多，为欢几何”的深沉悲哀。

问刘十九[1]

绿蚁新醅酒[2]，红泥小火炉。
晚来天欲雪，能饮一杯无[3]？

✤ 注释

[1] 刘十九：名不详，从诗人《刘十九同宿》的“唯共嵩阳刘处士”一语中，知道他是一个处士，嵩阳（今河南登封）人。诗作于元和十二年（817）诗人任江州

司马时，则刘十九乃诗人在江州时所结识的朋友。 [2] 绿蚁：没有过滤的酒，面上浮起的绿色泡沫，其细如蚁，故曰“绿蚁”。后又以“绿蚁”代酒。南齐谢朓《在郡卧病呈江尚书》诗：“嘉鲂聊可荐，绿蚁方独持。” [3] 无：表疑问的助词，与“否”、“么”同义。

✤ 今译

浮着绿色泡沫的新酿酒，红色泥土筑成的小火炉。
看来到晚天公就要下雪，你能够过来干它一杯无？

✤ 评析

这是一首“招饮”的小诗。“酒”和“友”似乎是一对孪生姊妹，有酒无友，则独酌无亲；有友无酒，则相对无欢。所以李白在《月下独酌》中不胜感慨地说：“花间一壶酒，独酌无相亲。”杜甫在《对雪》中也不无惆怅地说：“无人竭浮蚁，有待至昏鸦。”或者是因酒怀人，或者是有约不至，从而产生离群索居的寂寞之感。

这首小诗写得真挚朴素，简练含蓄，富有诱惑力。酒是新醅的，面上浮着“绿蚁”；炉是炽热的，筑时用的红泥。设备之高雅，色彩之明丽，已经令人神往了；加上晚来欲雪，寒意袭人，能够借酒驱寒气，煮酒论英雄，不是更加快意么？诗人在列举“招饮”的三个条件之后，只淡淡地问对方一句：“能饮一杯无？”便戛然而止，留下广阔的联想余地，给读者去想象，去寻味，因而极富包孕，饶有余韵。

邯郸冬至夜思家[1]

邯郸驿里逢冬至，抱膝灯前影伴身。
想得家中夜深坐，还应说着远行人[2]。

✤ 注释

[1] 邯郸驿：驿站名，在今河北邯郸境内。冬至：二十四节气之一，每年的公历十二月二十一日、二十二日或二十三日为冬至。《史记·律书》："日冬至则一阴下藏，一阳上舒。"唐人对冬至极为重视，朝廷放假，民间互贺，衣新食肥，团聚尽欢。 [2] 远行人：远游在外的人。此诗人自指。

✤ 今译

在邯郸驿里碰上冬至佳节，灯前抱膝只有那孤影伴身。

想到家里的人在夜深围坐，也应说到我这个远游的人。

✤ 评析

敖陶孙《诗评》说："白乐天如山东父老课农桑，言言皆实。"这首思家的抒情诗，就以朴实无华的语言，叙述其在邯郸驿中碰上冬至佳节，举目无亲，形影相吊的寂寞心境，以"灯前"点明题中之"夜"，带出身外之"影"，更以"抱膝"形容枯坐驿中的百感交集、万籁无声的孤独情景，而"思家"之情毕见于言外。三、四两句，诗人并未在其渲染的氛围中，刻画自己思家的种种心态，而是想到家里的人在"夜深"围坐的时候，如何念叨着他这个远游的人。这和王维《九月九日忆山东兄弟》的"遥知兄弟登高处，遍插茱萸少一人"，杜甫《月夜》的"遥怜小儿女，未解忆长安"，有异曲同工之妙。而范晞文《对床夜语》卷三却说："乐天'想得家中夜深坐，还应说着远行人'，语颇直，不如王建'家中见月望我归，正是道上思家时'，有曲折之致。"不知曲折是美，率直也是美，关键在于真情至性，白氏以直率的语言，状出难言之情；王氏以曲折的手法，表达羁旅之感。两者都是发自肺腑，正不必有所抑扬也。

暮江吟[1]

一道残阳铺水中，半江瑟瑟半江红[2]。

可怜九月初三夜[3]，露似真珠月似弓[4]。

✤ 注释

[1] 此诗约作于长庆二年(822)秋，诗人赴杭州刺史任的途中，表现出离开牛李党争漩涡后的轻松心情。 [2] 瑟瑟：深碧色。诗人惯于用“瑟瑟”来形容碧色，如《出府归吾庐》的“嵩碧伊瑟瑟”，《重修香山寺》的“中流瑟瑟波”，《蔷薇》的“瑟瑟餍金匡”等，都是形容碧色。 [3] 可怜：可爱。 [4]“露似”句：此本江淹《别赋》的“秋露如珠，秋月如圭”。这里易“圭”为“弓”，是形容农历初三的月牙。真珠：通作“珍珠”。

✤ 今译

一道残阳平铺在江水之中，江面上一半碧绿一半儿红。
可爱的是这九月初三夜哟，这露像珍珠啊那月儿似弓。

✤ 评析

这是一首江边即景的小诗。写的是红日西沉到皓月东升这一段时间的江景。前两句是诗人笔端所摄取的暮景：一个“铺”字，形象地勾绘出“残阳”接近地平线的景象，反射出来的是半江深碧，半江浅红。明杨慎《升庵诗话》卷三说得好：“言残阳铺水，半江之碧，如瑟瑟之色；半江红，日所映也。可谓工致入画。”后两句是诗人笔下所摄的夜景：露圆似珠，月弯如弓，原是最寻常的景物，但诗人把自己的欢愉情怀，倾注在这寻常的客观景物上，便有了灵气，有了神韵，给了人以不寻常的美感。所谓“夕阳芳草寻常物，解用都为绝妙辞”，就是这个道理。

白云泉[1]

天平山上白云泉[2]，云自无心水自闲。
何必奔冲山下去，更添波澜向人间。

✤ 注释

[1] 白云泉：在苏州市西二十里的天平山，宋范成大《吴郡志》卷十五称之为“吴中第一泉”。此诗约作于宝应元年(825)五月后至宝应二年(826)九月前，诗人任苏州刺史时。 [2] 天平山：山名，在江苏苏州城西。《吴郡志》卷十五说：“此山在吴中最为[illegible]崒高耸，一峰端正特立。”宋朱长文《吴郡图经续记》说此山“巍然特出，群峰拱揖”，自白居易“题以绝句”后，“名遂显于世”。

✤ 今译

天平山的半腰有一道白云泉，云自无心哟水自那样的悠闲。
何必奔腾汹涌冲向那山下去，又要添些波澜在这人世之间。

✤ 评析

这是一首写景寓志的诗。言近旨远，意在象外，全是用象征的手法，使“云”和“泉”人格化，以喻自己暮年的恬淡心境。清田雯《古欢堂集杂著》卷二：“乐天极清浅可爱，往往以眼前事为见道语，皆他人所未发。”又说：“香山山峙云行，水流花开，似以作绝句为乐事者。”这首诗清新自然，随手拈来，皆成妙谛，大有“山峙云行，水流花开”的超然意境，转换之妙，尤在第三句，“何必奔冲山下去”，真是“以眼前事为见道语”，兴发于此而义归于彼，把诗人目棘时艰、心厌宦游的心情完全烘托了出来，寄托遥深，理趣盎然，是见道语，更是讥世语；是自释语，亦是反思语。

刘　皂

刘皂，唐德宗贞元间人。从《旅次朔方》诗看，当为咸阳人。《全唐诗》存其五首。

旅次朔方[1]

客舍并州已十霜[2]，归心日夜忆咸阳[3]。
无端更渡桑乾水[4]，却望并州是故乡。

✤ 注 释

[1] 此诗一作贾岛诗，题作《渡桑乾》。今据令狐楚所选《御览诗》作刘皂诗。令狐楚是贾岛的先辈，且与贾有交往，当不至把贾岛的著作权给了刘皂。况贾为范阳人，未到过朔方，也未曾在并州久住，与诗意不符。李嘉言《贾岛年谱》对此已做了详细的考订，今从李说。朔方：指山西朔州，即马邑，在桑乾河西北三十里处。 [2] 舍：居住。并州：今山西省太原市。十霜：十年。 [3] 咸阳：在今陕西省西安市境内，代指长安。 [4] 桑乾水：水名。源出山西宁武县管涔山，东经河北入海。又渡桑乾水，指离开并州，更西向朔方。

✤ 今 译

客居并州已经十霜，归心日夜想着咸阳。
无端又渡桑乾西去，反把并州当作故乡。

✤ 评 析

这首诗是用透过一层的写法，通过空间的跨距并州与咸阳，时间的跨距

“十霜”的前后，交织地写出诗人生活经历中的两度内心矛盾：第一次是身在并州，心系咸阳；第二次是北渡桑乾，回望并州，以突出自己的思乡之情。明王世懋《艺圃撷余》在批评谢枋得注此诗后说：“此岛（当作‘皂’）自思乡作，何曾与并州有情？其意恨久客并州，远隔故乡，今非惟不能归，反北渡桑乾，还望并州，又是故乡矣。并州且不得住，何况得归咸阳，此岛（皂）意也。”这评语是符合此诗的本意的。留滞异地，思念故乡，本是人之常情。这诗透过一层，写出欲归未能，反要转徙到更远的地方去，于是把本来的异乡，看作自己的故乡，这就大大地加强了诗的感染力，从而成为家喻户晓的名篇。

张　祜

张祜(785？—852)，字承吉，清河(今属河北)人。生活在贞元、元和、长庆间，以诗名重于当时。深得令狐楚的赏识，亲自起草荐表，并令祜录新旧诗三百篇随表进献。时君以问元稹，对曰："祜雕虫小巧，壮夫不为。或奖励之，恐变陛下风教。"(事见《全唐诗话》卷四)从此他便落魄江湖，一生没有做过官。他平居以侠客自命，写过《侠客传》以见志，尝与进士崔涯以侠士互相推许。具有讽刺意味的是，他竟被一个"装束甚武，腰剑手囊"，冒充侠客的骗子，以"豕首"假冒人头，以"赴汤蹈火，誓无所惮"的诺言，骗走了他的全部行囊。见《太平广记·诡诈》引《桂苑丛谈·崔张自称侠》条。《儒林外史》中"张铁臂虚设人头会"的那个故事，就是以此为原型的。还有一个具有讽刺意味的是，他和徐凝同时以诗谒白居易于杭州，白每扬徐而抑张，杜牧为之打抱不平，故意抬高其声价说："谁人得似张公子，千首诗轻万户侯"，"如何故国三千里，虚唱歌词满六宫"。(《全唐诗话》卷三)而张为在他的《诗人主客图》中，硬把张祜拉进"广大教化主"白居易一派，并把他为"入室"的三人之一。晚年爱丹阳曲阿山水，筑室隐居，死于大中年间，有《张承吉文集》行世。

宫　词[1]

故国三千里[2]，深宫二十年。

一声何满子[3]，双泪落君前。

✤ 注释

[1] 题一作《何满子》,原作三首,这是第一首。此诗在当时颇负盛名,赢得许多诗人的赏识。杜牧《酬张祜处士见寄长句四韵》:"可怜故国三千里,虚唱歌词满六宫。"郑谷《高蟾先辈以诗笔相示抒成寄酬》:"张生故国三千里,知者惟应杜紫微(牧)。" [2] 故国:指宫女的故乡。封建王朝,都要向全国各地选采美女,作为妃嫔,一入宫中,便被深闭。 [3] 何满子:舞曲名。白居易《听歌六绝句》之五自注云:"开元中,沧州有歌者何满子,临刑,进此曲以赎死,上竟不免。"苏鹗《杜阳杂编》载:"文宗时,宫人沈翠翘为帝舞《何满子》,调辞风态,率皆宛畅。"宋王灼《碧鸡漫志》卷四:"何满子,白乐天诗云:'世传满子是人名,临就刑时曲始成。一曲四词歌八叠,从头便是断肠声。'元微之《何满子歌》云:'……婴刑系在囹圄间,下调哀音歌愤懑。'"可见它是一支哀怨愤懑的歌舞曲。

✤ 今译

距离故乡远隔三千里,幽闭深宫也已二十年。
为你唱它一曲何满子,两行清泪落到你面前。

✤ 评析

寥寥二十个字,把宫人远离故国、深闭宫中的哀怨,艺术地概括了出来,具有强烈的艺术感染力。前半幅写进宫后的幽怨:以"三千里"表空间的距离,以"二十年"表时间的距离。把宫人的千愁万恨浓缩在两句话、十个字中,言简而意丰,语浅而怨深,使人深切地感到她命运的悲惨,身世的凄凉。后半幅写得宠时的悲愁:以"一声"表歌的艺术魅力,以"双泪"表人的长期压抑。虽有机会进见献歌,而那与亲人分离,与外界隔绝的幽愤,不禁油然而生。诗中没有一个虚字,故意简而句健;篇中没有一句无数字,故具体而深刻。据说这首诗传入宫中,产生了极大的影响。《全唐诗话》卷四说:"张祜所作《宫词》,传入宫禁。武帝疾笃,目孟才人曰:'吾即不讳,妃何为哉?'才人指笙囊泣曰:'请以此缢。'上恻然。复曰:'妾尝艺歌,请对歌一曲,以泄其愤。'上许。乃歌'一声《何满子》',气亟立殒。祜曾作《孟才人叹》,诗云:'偶因歌态咏娇颦,传唱宫中二十春。却为一声《何满子》,下泉须吊旧才人。'"这一悲剧故事,正好说明张祜此诗具有震撼人心的艺术力量。

题金陵渡[1]

金陵津渡小山楼[2]，一宿行人自可愁[3]。
潮落夜江斜月里，两三星火是瓜州[4]。

✤ 注释

[1] 金陵渡：南京过江的渡口。金陵，南京的别称。 [2] 津渡：渡口。小山楼：诗人寄宿处。 [3] 可愁：甚愁，很愁。可，加重语气的助词，与可恨、可怜之"可"同。 [4] 瓜州：一作瓜洲、瓜埠、瓜村，扬子江中的一个砂碛，淤成瓜字形，后来逐渐形成村镇，今属江苏省南京市六合区，隔岸正对金陵，非镇江对岸之瓜州。

✤ 今译

南京渡口有一个小山楼，行人住它一晚也要发愁。
月光斜照下的潮水落了，远处两三星火是那瓜州。

✤ 评析

这是写夜泊江边的景色。诗的前两句，既是点题，又是写住在这里的第一个印象，它带给"行人"的是"愁"，当然没有"江山如画"的美感，更没有"宾至如归"的快感，而是在无可奈何的时候，暂时寄居在这无可奈何的地方。第三句是对"愁"的深入描写，诗人夜不成寐，伫立在这个小山楼上，看到天边的冷月西斜，江上的寒潮初落。这一"斜"一"落"，既说明时间之晚，又说明心情之恶。第四句忽然开朗，心情为之一快，在那朦胧的月色中，远处闪烁着两三点星星之火，诗人不禁脱口而出，那不是繁华美丽的瓜州么？这首诗的机杼与张继的《枫桥夜泊》略同，两者都是围绕一个"愁"字展开，但一是视觉，一是听觉；一是远景，一是近景。

朱庆馀

朱庆馀，名可久，以字行。越州（今浙江绍兴）人。宝历二年（826）进士，官秘书省校书郎。曾客游边塞，在仕途上很不得意，与张籍、贾岛、姚合、章孝标、顾非熊、僧无可等交游，是张籍最赏识的后辈诗人之一。诗的风格，也和张籍略近。《全唐诗》录其诗二卷。

闺意呈张水部[1]

洞房昨夜停红烛[2]，待晓堂前拜舅姑[3]。
妆罢低声问夫婿，画眉深浅入时无[4]？

✤ 注释

[1] 题一作《近试上张水部》。张水部，即张籍。籍于长庆四年（824）至大和二年（828）任水部郎中，朱于宝应二年（826）年登进士第。说明这首诗是诗人在将近考试之前写的。借闺房情事隐喻考试。范摅《云溪友议》卷十二云："朱庆馀校书既遇水部郎中张籍，知音。遍索庆馀新制篇什数通，吟改后，只留二十六章，水部置于怀抱而推赞之。清列以张公重名，无不缮录讽咏，遂登科第。朱君尚为谦退，作《闺意》一篇以献张公，公明其进退，亦和焉。诗曰：'越女新妆出镜心，自知明艳更沉吟。齐纨未足人间贵，一曲菱歌抵万金。'朱公才学，因张公一诗，名流海内矣。" [2] 洞房：深邃的卧室，后用作新房的专称。停红烛：让红烛点着，通夜不灭。 [3] 舅姑：丈夫的父母。古代的礼俗，婚后第二天，新娘要一早起身，拜见公婆。此以"舅姑"喻主考官。 [4] 画眉：《汉书·张敞传》记敞为妻画眉，一时传为佳话。后遂以"画眉"形容"闺房之乐"。深浅：浓淡。入时无：合不合时尚。此以喻文章是否符合要求。

✤ 今译

洞房的红烛昨夜一直亮着，天刚破晓就去拜见我公婆。
梳洗完了悄悄地问着夫婿，画眉的浓淡你看还合适么？

✤ 评析

以男女关系喻君臣、师生之义，是我国古典诗歌的传统表现手法。这首诗生动地描绘了一位新嫁娘的娇怯情态，天一破晓，就去参拜舅姑；妆一梳成，就去询问夫婿，生怕画眉的浓淡不合时尚，得不到舅姑的爱怜。寄意全在言外，并不是诗人代新嫁娘立言，而是诗人自比新娘，以新郎喻水部，以舅姑喻主考官，在临近考试时，担心自己的作品不符合主考官的要求，去征求张籍的意见。比喻贴切，形象生动，是一首构思特妙的好诗。宋洪迈《容斋随笔》卷四云："细玩此章，原不谈量女之容貌，而其华艳韶好，体态温柔，风流蕴藉，非第一人不能当也。欧阳公所谓：'状难写之景，如在目前；含不尽之意，见于言外，然后为工。'斯之谓也。"这评析是非常细腻而深刻的。

宫　词[1]

寂寂花时闭院门[2]，美人相并立琼轩[3]。
含情欲说宫中事，鹦鹉前头不敢言[4]。

✤ 注释

[1] 宫词：一作《宫中词》。 [2] 花时：美好的春天。 [3] 琼轩：装饰得很华丽的长廊。 [4] "鹦鹉"句：鹦鹉学舌，宫人怕被鹦鹉说了出去，惹起麻烦。说明宫人不仅没有人身自由，连言论自由也没有。

✤ 今译

在这美好的春天也寂寞地关了门房，两位美人肩并着肩站在华丽的长廊。

含着深情想要聊一聊宫禁里的秘密，那学舌的鹦鹉在前面哪敢一吐衷肠。

✤ 评析

这首宫词，不是写宫女被剥夺了青春的幽怨，也不是写宫女被遗弃后的哀怨，而是开拓一个新的重大的主题，揭露宫禁是一个罗网密布的恐怖世界，那里耳目众多，没有说话的自由。她们的一言一行，都在严密的监视之下，随时都有可能招致天外飞来的横祸。这简直是人间的地狱、人间的悲剧。它的艺术价值，也正在这里。整首诗，是一幅无声的图画：在明媚的春天，繁花似锦，而宫门深闭，倍感寂寞。美人并肩，凭轩伫立；而脉脉含情，欲说还休。其所以相对两默默，不敢发一言，不是有什么难言之隐，而是有学舌的鹦鹉在前头，怕它泄漏出去，招致更大的不幸。这是前此写宫词的未辟之境，未写之意，但却是封建时代宫廷生活的严酷现实，因而具有典型意义。

雍　陶

雍陶(805—?),字国钧,成都(今属四川)人。大和八年(834)进士,历任侍御史、国子毛诗博士。大中八年(854)出任简州(今四川简阳)刺史,尝自比谢宣城(朓)、柳吴兴(恽),颇恃才自傲,虽亲党亦疏薄,《云溪友议》卷上、《唐诗纪事》卷五均载其舅云安刘敬之罢举归三峡,责陶与之不通音问云:“山近衡阳虽少雁,水连巴蜀岂无鱼?”陶得书愧赧,才与之通音问不绝。他的诗在当时颇负盛名,与张籍、王建、贾岛、姚合、白居易、徐凝、章孝标、殷尧藩、刘得仁、姚鹄等关系密切,均有诗词唱酬,并得到许多诗人的赞誉。如贾岛《送雍陶及第归成都宁亲》云:“不惟诗著籍,兼又赋知名。”殷尧藩《酬雍陶秀才二首》云:“兴来聊赋咏,清婉逼阴(铿)何(逊)。”刘得仁《赠雍陶博士》云:“腹是群书笥,官为六义师。”说明他在时人的眼中是上逼阴何,才兼诗赋,学为腹笥的。的确,他的律诗,语言精练,对仗工整,淡语中往往有深致。他曾多次越秦岭,穿三峡,到过塞北及鲁、闽、湘、鄂等地,足迹遍及大半个中国,因而诗中多游览写景之作。《全唐诗》存其诗一卷。

到蜀后记途中经历[1]

剑峰重叠雪云漫[2],忆昨来时处处难。
大散岭头春足雨[3],褒斜谷里夏犹寒[4]。
蜀门去国三千里[5],巴路登山八十盘[6]。
自到成都烧酒熟[7],不思身更入长安。

✤ 注释

[1] 此当系诗人晚年还蜀时的作品,《云溪友议》、《唐诗纪事》均说诗人得到其舅刘敬之的“山近衡阳虽少雁,水连巴蜀岂无鱼”的诗后,“方有狐首之思”。此诗记述了诗人归蜀途中的艰险历程,历历如绘。 [2] 剑峰：言山峰尖锐,远望似剑。从长安到成都,要翻越秦岭,岭上积雪,连绵不断。 [3] 大散岭：在陕西宝鸡市西南,以大散关而得名。 [4] 褒斜谷：又叫斜谷,是陕西终南山的山谷,从眉县西南到汉中市北长四百余里,山高水险,入夏犹寒。 [5] 蜀门：指剑门关,在四川省剑阁县北大小剑山之间。李白《上皇西巡南京歌》:“剑阁重关蜀北门。”国：指唐代都城长安。从长安到四川约三千里。姚合《送雍陶游蜀》:“春色三千里,愁人意未开。”李商隐《赴职梓潼留别》也说:“京华庸蜀三千里。” [6] 巴：四川的别称。八十盘：形容山路的盘旋曲折。李白《蜀道难》:“青泥何盘盘,百步九折萦岩峦。”白居易《长恨歌》:“云栈萦纡登剑阁。” [7] 烧酒：唐代四川生产的一种美酒。白居易《荔枝楼对酒》:“荔枝新熟鸡冠色,烧酒初开琥珀香。”说明这种酒色如琥珀,香味充溢。

✤ 今译

重叠的山峰像剑一样积雪望不到边,回忆我昨天来的时候处处都很作难。
大散岭上每到春来雨儿老是下不够,褒斜谷里就是夏天也感到寒冷不堪。
四川的北门离开长安大约有三千里,巴蜀的山路攀登上去足足有八十盘。
自从到了成都恰好是烧酒已经酿熟,我也不想这一生再一次去宦游长安。

✤ 评析

这首诗极写蜀道的艰险,暗寓宦海的风波。前六句写景,写回蜀途中的艰险历程。“忆昨来时处处难”,是这六句的中心,一切景物都是从“忆”字生发出来,从“难”字涂抹开去,那山峰似剑,云海积雪,大散岭上的春雨,褒斜谷里的夏寒,那遥远的距离,那曲折的山路,哪一处不令人魂悸魄动?哪一处不令人胁息长叹?而这些都不是写当时的感受,而是写过后的回忆,真不知当时如何排除万难,到达目的地的。化现实为回忆,从而大大地增强了艺术的想象力和艺术的感染力。最后两句是抒情,写自己经过长期的宦游生活，已经对险恶的官场感到厌倦，有了成都的烧酒，便不想长安的富贵了。正如他在《蜀路倦行因有所感》的诗中说："蹇步不惟伤旅思，此中兼见宦途情。"蜀道的艰险，宦途的艰难，多么相似啊。

题君山[1]

烟波不动影沉沉[2]，碧色全无翠色深[3]。
疑是水仙梳洗处[4]，一螺青黛镜中心[5]。

✤ 注释

[1] 君山：又叫湘山、洞庭山。在湖南省洞庭湖中。《山海经·中山经》："洞庭之山，……帝之二女居之。"即舜之二妃娥皇、女英居住的地方，所以叫作"君山"。 [2] 沉沉：形容君山的倒影颜色很深。 [3] 碧色：指湖水的颜色。翠色：指君山的颜色。唐张又新《孤屿》诗："碧水逶迤浮翠巘。"就是用"碧"来形容水、用"翠"来形容山的。 [4] 水仙：水中的女神，此指湘妃。相传帝尧之女、帝舜之妃死后成为湘水女神。疑：一作"应"。 [5] 一螺青黛：一青螺黛的倒文。古代一种制成螺形的黛墨，妇女画眉所用。这里用以喻君山。镜：喻洞庭湖平如镜、明如镜。

✤ 今译

君山的倒影在风平浪静中显得碧青，近处的水色很淡而远处的山色很深。应是湘水女神朝来梳妆打扮的所在，一个螺黛浮现在那澄澈透明的湖心。

✤ 评析

这是一首写景的诗。诗人把美丽的湖光山态和神话传说熔铸在一起，使诗显得更加绮丽，更加富有浪漫色彩。诗的前半幅写望中之景：水波不兴，倒影尽碧，在薄雾的笼罩下，远处的山色反而浓于近处的水色。一幅水容山态的图画，就这么生动地呈现在读者的眼帘。后半幅用形象的比喻和美丽的传说，把君山比作一个螺黛，洞庭湖比作一面镜子。而这螺黛、这镜面，或者就是湘水女神梳洗的工具吧！这样的奇特想象，顿时给君山涂上一层神秘而绚丽的色彩，把读者带进一个光怪陆离的世界。与这类似的比喻，在我国古典诗词中还可以找出很多的例子，如刘禹锡《望洞庭》的“遥望洞庭山水翠，白银盘里一青螺”，皮日休《缥缈峰》的“似将青螺髻，撒在明月中”，宋黄庭坚《雨中登岳阳楼望君山》的“满川烟雨独凭栏，绾结湘娥十二鬟”，都是以“青螺”比喻山色，只有黄山谷直接把君山说成湘娥绾结的“十二鬟”。承传之迹，宛然可寻，而各有风致，各有神韵，在因袭中有所创新，所以可贵。

李　涉

李涉，自号清溪子，洛阳人。宪宗时官太子通事舍人，后贬为陕州司仓参军。文宗时，召为太子博士，复以事流放南方，浪迹桂林。诗以七绝擅长，浅而有致。《全唐诗》录存其诗一卷。

再宿武关[1]

远别秦城万里游[2]，乱山高下入商州[3]。
关门不锁寒溪水，一夜潺湲送客愁[4]。

✤ 注 释

[1] 武关：关名，在今陕西商洛东。为秦时南面的重要关口，故又称“南关”。题一作《从秦城回再题武关》。诗当作于大和年间，诗人第二次被流放时。[2] 秦城：在今陕西省陇县境内。这里借指长安。 [3] 商州：州名，治所在今陕西商洛，因境内的商山而得名。商山又名商阪、楚山、地肺山，旧有“七盘十二绕”之称，故以“乱山高下”来形容其道路的艰险。 [4] 潺湲：水声。送：这里是“输送”的意思。言溪水载着离愁别恨，向东而去，连武关的关门也锁不住它。

✤ 今 译

告别秦城去做万里的远游，经过无数的乱山走出商州。
关门没有锁住这寒溪的水，一夜水声向孤客输送离愁。

✤ 评 析

这是一首借景抒情的诗。诗的前半幅，写再经武关的情景：再别秦城，万里远游，是眼前的现实；乱山高下，道路曲折，是心中的想象。这是写重峦叠嶂的山，九曲十盘的路；也是写坎坷不平的人生、风波险恶的官场，一种羁旅愁苦之感，在景物的描写中自然流露了出来。后半幅写夜宿武关的心情：诗人别出心裁，巧设比喻，言武关之险，可以挡住千军万马，而锁不住一溪寒水，让它在一夜间断断续续把千愁万恨送到孤客的枕边来。不言诗人如何辗转反侧，夜不成寐，而把那种“剪不断，理还乱”的离愁，生动地表达了出来，具有更加感人的艺术力量。

井栏砂宿遇夜客[1]

暮雨潇潇江上村[2]，绿林豪客夜知闻[3]。
他时不用逃名姓，世上如今半是君。

✤ 注释

[1] 井栏砂：村名，在今安徽山口（皖水入长江的渡口）。《唐诗纪事》卷四十六载：“涉尝过九江，至皖口，遇盗，问：‘何人？’从者曰：‘李博士（按涉曾任太学博士）也。’其豪酋曰：‘若是李涉博士，不用剽夺，久闻诗名，愿题一篇足矣。’涉赠一绝。”就是这首诗。说明李涉的诗名很大，在民间拥有很多的读者。夜客：强盗的代称。[2] 潇潇：雨声。江上村：即诗人夜宿的井栏砂。 [3] 绿林豪客：指反抗官府或抢劫财物的人。西汉末，王匡、王凤等人聚于绿林山中（今湖北当阳东北），众至七八千人，揭举义旗，号称下江兵。后因以“绿林”代指强盗或义兵。

✤ 今译

暮雨声中我投宿在江上的小村，不想那绿林豪杰已打听得分明。
以后你们也用不着去改名换姓，如今这世界上大多数都是你们。

✤ 评析

这是一首流传得很广的叙事诗，作者以幽默的语气、轻松的笔调，来叙述这场有惊无害的奇遇，脱口而出，饶有韵味。诗的前半幅，交待出事的地点和气氛：那是一个风雨交作的夜，一个避远荒凉的村，为绿林好汉提供了作案的自然环境。但他们却不是面目可憎、语言无味的暴徒，而是尊重知识、向往风雅的侠士，职业与情趣的反差，构成了耐人玩味的幽默。后半幅是即事书感，信手拈来，揭露了现实生活中的一个严肃主题：盗贼横行，官匪不分，挂着为民的招牌，干着害民的勾当，比比皆是，不用逃名，寓鞭挞现实于诙谐之中。

陈 陶

陈陶(812? —885?),字嵩伯,剑浦(今福建南平)人。大中年间,游学长安,颇负壮怀,耻于干求,尝为诗云:“中原不是无麟凤,自是皇家结网疏。”晚号“三教布衣”。诗尚平淡,无一点尘俗之气。隐居不仕,但与当时的诗人仍有交往。所以他死后,方干、杜荀鹤、曹松等,都有哭他的诗。《全唐诗》录存其诗二卷。

陇西行[1]

誓扫匈奴不顾身[2],五千貂锦丧胡尘[3]。
可怜无定河边骨[4],犹是春闺梦里人。

✤ 注释

[1] 陇西行:古乐府《相和歌辞·瑟调曲》的旧题,内容多写边塞战争。原诗四首,这是第二首。 [2] 匈奴:中国古代北方的民族之一,秦、汉时期,曾一度强大,多次入侵中原。这里借指唐代西北边境的吐蕃、突厥。 [3] 貂锦:汉代羽林军的服饰。貂,指以貂尾为饰的冠;锦,指以锦做的袍。后因以“貂锦”代将士。刘禹锡《和白侍郎送令狐相公镇太原》:“天兵十万貂锦衣。” [4] 无定河:源出今内蒙古自治区鄂尔多斯境内,东南流经陕西的横山、榆林、米脂、绥德、清涧等地,入黄河。因急水挟沙,河床的深浅不定,故名。

✤ 今译

誓死要横扫那疯狂入侵的敌人,五千将士死于保卫边防的战争。
可怜无定河边已经枯朽的白骨,依然是那春闺梦中思念的亲人。

✤ 评析

这首诗一面歌颂边防将士视死如归、奋不顾身的英雄气概和牺牲精神；一面又以绮丽哀艳的笔调，写无定河边的白骨，依然是春闺梦里的情人。哀乐相形，虚实相衬，产生了强烈的悲剧效果，所以为人们所传诵。诗的前半幅，叙述了一个悲壮的战斗场面：诗人以饱满的热情，歌颂了"誓扫匈奴不顾身"的边防将士，他们在一次反侵略的战争中，全部壮烈牺牲。这是以精练的语言，写严酷的现实。后半幅以深切的同情，写少妇的悲剧：白骨已朽，春梦犹萦；希望早已破灭，梦魂犹见亲人。这才是真正的悲剧，才能真正赢得读者的一掬同情之泪。王世贞《艺苑卮言》卷四云："'可怜无定河边骨，犹是春闺梦里人。'用意工妙至此，可谓绝唱矣。惜为前二句所累，筋骨毕露，令人厌憎。"其实如果没有前两句的铺垫，则全诗的悲剧色彩不浓；没有前两句的严酷现实，则无法突出后两句的哀感顽艳；不把美好的东西撕破给人看，就无法赢得读者加倍的同情。这也是显而易见的。

许　浑

许浑(791？—858?)，字用晦，润州丹阳(今属江苏)人。少时读书很刻苦，但在科场中屡试屡北，直到大中六年(832)才中进士，历任当涂、太平县令，累迁监察御史、虞部员外郎，出为郢州、睦州刺史。后因病辞官，隐居润州的丁卯涧，因名其集为《丁卯集》，世亦称之为“许丁卯”。他的集中没有一首古诗，五、七言律几占百分之九十，余则为绝句。内容多登临怀古之作，殊少社会内容，但它格调豪丽，句法圆熟，深得诗界的好评。韦庄《题许浑诗卷》说：“江南才子许浑诗，字字清新句句奇。十斛明珠量不尽，惠休虚作碧云词。”宋范晞文《对床夜话》说：“用物而不为物所赘，写情而不为情所牵，李、杜之后，当学者许浑而已。”陆游《跋许用晦丁卯集》说：“在大中以后，亦可称杰作。”清田雯《古欢堂集杂著》卷三说：“声律之熟，无如浑者”，七言拗句“亦自挺拔，兼有风致”。说明许浑的诗字句清新，声律圆熟，善于用物写情，是大中以后的杰作。但也有不少的人对他的诗多所贬抑，宋陈后山就有“近世无高学，举俗爱许浑”的话。葛立方《韵语阳秋》卷一说：许浑的诗往往句意重出，前后互见，“盖其源不长，其流不远，则波澜不至于汪洋浩渺”。明杨慎《升庵诗话》也说：“唐诗至许浑，浅陋极矣，而俗喜传之，至今不废。”这里透露一个消息，不管许浑的诗如何“浅陋”，如何缺乏渊源，但“举俗”都爱它、传它，而且“至今不废”，说明他的诗歌艺术还是富有吸引力的。

秋日赴阙题潼关驿楼[1]

红叶晚萧萧[2]，长亭酒一瓢[3]。

残云归太华[4]，疏雨过中条[5]。
树色随山迥，河声入海遥。
帝乡明日到[6]，犹自梦渔樵[7]。

✤ 注释

[1] 题一作《行次潼关逢魏扶东归》。赴阙：犹言进京。阙：宫门前的望楼。潼关：在今陕西潼关县境，当秦、晋、豫三省要冲，是进入长安的咽喉要镇。诗或作于大中三年(849)拜监察御史，诗人由润州司马进京赴任时。 [2] 萧萧：摇动的样子。屈原《九歌·山鬼》："风飒飒兮木萧萧。" [3] 长亭：驿亭。唐时三十里一驿，驿有驿亭，供行人休息。 [4] 太华：即华山。因为山的西南有少华，故称之为太华。华，读去声。 [5] 中条：山名，在今山西永济，地当太行山与华山之间，山形狭长，故称"中条"。此联与诗人《秋霁潼关驿亭》之颔联完全相同，此即葛立方在《韵语阳秋》所批评的。 [6] 帝乡：皇帝所在的地方，即京城。 [7] 梦渔樵：意指向往隐居的生活。表现了诗人在出仕与归隐上的思想矛盾。

✤ 今译

山中的红叶在飘摇，驿亭干了这酒一瓢。
残云都飞向了太华，疏雨已洒到这中条。
树色离山越远越淡，河声向海愈听愈遥。
京城明天就要到了，可我还向往着渔樵。

✤ 评析

这是一首记游写景的诗。在写景中既透露了羁旅行役的苦况；又抒发了出仕与归隐的思想矛盾；还把赴阙拜官的喜悦之情，渗进在他所描绘的雄浑壮阔的景色中，因而富于包孕，饶有韵致。起联挺拔，足以笼盖全篇。"红叶萧萧"，在即景中透露悲凉之意；"瓢酒自酌"，于即事中传出羁旅之悲。为结联做好了铺垫，使之悠游自然，含蓄得体。中间两联，以欢悦之情，写壮阔之景：太华归云，中条洒雨，树色越远越淡，河声愈听愈遥。使远景带动态，近景有声色，通过云、雨、色、声，化实为虚，化静为动，诗境出现一种飞动的意趣。结联以到帝乡和梦渔樵相对照，含蓄地表达自己不慕荣利、向往渔樵的高尚情怀，既为自己占了地位，又为诗歌增了韵味。

金陵怀古[1]

玉树歌残王气终[2]，景阳兵合戍楼空[3]。
松楸远近千官冢[4]，禾黍高低六代宫[5]。
石燕拂云晴亦雨[6]，江豚吹浪夜还风[7]。
英雄一去豪华尽，惟有青山似洛中[8]。

✤ 注释

[1] 金陵：南京的旧称。东吴、东晋和南朝的宋、齐、梁、陈都在这里建都。[2] 玉树：即乐曲《玉树后庭花》，陈后主所作，人们一直把它看作亡国的“靡靡之音”。《旧唐书·音乐志》引杜淹的话说：“前代兴亡，实由于乐。陈将亡也，为《玉树后庭花》；齐将亡也，而为《伴侣曲》。行路闻之，莫不悲泣，所谓亡国之音也。” [3] 景阳：楼名，陈后主所建。《六朝事迹》：景阳宫中有井，隋克台城，陈后主与张丽华、孔贵妃躲入井中，成了隋军的俘虏。兵合：隋兵合围。句一作“景阳钟动曙楼空”。 [4] 松楸：坟墓上栽的树。 [5] 禾黍：《诗·王风·黍离》小序云：周大夫行役过故宗庙宫室，看见到处长着禾黍，感伤王都颠覆，作《黍离》之诗。六代宫：即六朝的宫殿。[6] 石燕：《湘中记》：“零陵有石燕，得风雨则飞翔，风雨止还为石。” [7] 江豚：《南越志》：“江豚如猪，居水中，每于浪间跳跃，风辄起。” [8] “惟有”句：李白《金陵三首》之三：“苑方秦地少，山似洛阳多。”王琦注引《景定建康志》：“洛阳山四周，伊、洛、瀍、涧在中；建康亦四山围，秦淮、直渎在中。”

✤ 今译

玉树还没唱完王气已终，隋兵一经合围景阳便空。

远近的松楸是千官的墓，高低的禾黍是六代的宫。
石燕起舞晴空也要下雨，江豚掀浪黑夜就刮着风。
英雄一去豪华转眼皆尽，只有青山依然翠似洛中。

✤ 评 析

这是一首吊古伤今的史诗。它在选择典型史事，采取表现手法方面，既见功力，又具特色。陈是南朝的最后一个小朝廷，陈的覆灭，标志着六代繁华已经烟消云散，所以诗人选择了陈的两个典型史例作为诗的发端，一是“亡国之音”《后庭花》，一是亡国之辱景阳井。这些历史的笑柄，在民间广泛流传，因而最易抓住读者的注意力。颔联写金陵的衰败景象：那远远近近的松楸，是曾经叱咤风云的官员们的坟墓；那高高低低的禾黍，是曾经豪华壮丽的王宫。是非成败，转眼皆空，是吊古，也是诫今。颈联化实为虚，以江上的风云晴雨变化喻时代政权的转移，寄兴深远，感喟无穷。尾联英雄一去，豪华尽空；江山依旧，形胜如昔，而盛衰兴亡，如此不同，是对开国英雄的怀念，对丧国君主的嘲讽，委婉自然，含蕴深厚，读之令人无限低回、无限惆怅。

咸阳城西楼晚眺[1]

一上高楼万里愁，蒹葭杨柳似汀洲[2]。
溪云初起日沉阁[3]，山雨欲来风满楼[4]。
鸟下绿芜秦苑夕，蝉鸣黄叶汉宫秋[5]。
行人莫问当年事[6]，故国东来渭水流[7]。

✤ 注 释

[1] 题一作《咸阳城东楼》。咸阳：秦、汉的都城。在唐代隔渭河与长安相望，旧址在今陕西咸阳东窑店。 [2] 蒹葭：常见的水草。蒹：荻。葭：芦苇。汀洲：水中的小洲。 [3]“溪云”句：作者自注：“南近磻溪，西命慈福寺阁。”日沉

阁：夕阳隐没于慈福寺阁的后面。 [4]“山雨”句：形象地描绘出暴风雨来临前的征兆。山：指咸阳城北的九嵕山。 [5]“鸟下”二句：谓秦汉宫苑，已经满目凄凉。《旧唐书·地理志》：“秦之咸阳，汉之长安也。隋开皇二年，自汉长安故城东南移二十里置新都，今京师是也。”《太平寰宇记》：“（长安）隔渭水对秦咸阳宫，汉于其地筑未央宫。”可见“秦苑”即“汉宫”，两句为互文。绿芜：长满绿草的荒原。 [6]行人：作者自指。当年事：前朝的事，即秦汉兴亡的往事。当年：一本正作“前朝”。 [7]“故国”句：一作“渭水寒声昼夜流”。

✤ 今译

一上高楼便引起万里的乡愁，那黄苇绿杨恰似江南的汀洲。
溪上刚升起云夕阳便沉了阁，山雨快要来了狂风就撼着楼。
鸟儿觅食的草地是秦的禁苑，蝉儿悲鸣的老树是汉的王宫。
行人切不要打听前朝的往事，如今只有渭水依旧向着东流。

✤ 评析

这是一首写景的诗，但却寓情于景，寄感于景，既包孕了现实的政治生活，也慨叹了前代的沧桑历史，形象大于思维，从这首诗中可以领悟其中的妙谛。诗的首联，与李商隐的《安定城楼》“迢递高城百尺楼，绿杨枝外尽汀洲”，不但形似，而且心同，皆以“杨柳”、“汀洲”，勾起愁思。此联之妙，一是用了极小的“一”和极大“万”，使之在巨大的反差中，加强读者的感觉印象；二是暗用两个怀人伤别的典故：蒹葭秋水、杨柳河桥，为诗人的“万里愁”，平添了无穷的感慨。颔联是含蕴极丰的名句，云起日沉，雨来风满，是诗人登楼所见之景，更是诗人从政所历之境，它形象地描绘了暴风雨将至的前兆，也巧妙地象征着政治风云突变的形势。所以至今人们常以“山雨欲来风满楼”，喻政治形势的突变。颈联仍是写景，但由大景远景转为小景近景，鸟下绿芜，蝉鸣黄叶，而分别缀之以“秦苑夕”、“汉宫秋”，秦苑即汉宫之旧址，汉宫亦秦苑之互文，而兴亡之感，见于言外。尾联以“渭水东流”之不变，对比“秦苑”、“汉宫”之代兴，将“万里”之空间，“万古”之时间，浓缩在寥寥十四字中，而又殷勤寄语“行人”，莫问兴亡的往事，凭吊之意，慨叹之情，又递进一层了。

谢亭送别[1]

劳歌一曲解行舟[2]，红叶青山水急流。
日暮酒醒人已远，满天风雨下西楼。

✤ 注释

[1] 谢亭：亭名。在安徽宣城北二里之新亭。南齐谢朓有《新亭渚别范零陵云》诗，为后人所传诵，因名送别之亭为谢亭。梁元帝《玄览赋》："经谢亭而畅饮，想彦伯之高风。" [2] 劳歌：送别的歌。骆宾王《送吴七游蜀诗》："劳歌徒欲奏，赠别竟无言。"

✤ 今译

送别的骊歌一唱你就解缆行舟，满眼的红叶青山碧水飞速东流。
日斜了酒醒了行人也已走远了，我才冒着满天的风雨步下西楼。

✤ 评析

这是一首送别的诗。前半幅以明丽的秋景，写送别友人时在江边所见到的景色：那红叶，那青山，那碧水，组成一幅色彩缤纷的秋景，大有"秋日胜春朝"之感，这是以"乐境"衬别绪，以增强其艺术感染力。后半幅写暗淡的暮景：日暮了，酒醒了，人去了，天也变了，那红的叶、青的山、碧的水，都在眼前消失了，剩下来的是暗淡的暮色、凄迷的风雨、酒醒以后的惆怅，于是只好茫然地默然地在这种孤独怅惘的氛围中步下西楼。这种不直接抒写离愁，而是借景抒情，把自己那种百无聊赖的情怀，通过景物的声色表达出来，使之更具感染力。明高棅《唐诗品汇》引谢枋得评此诗说："醉中送别，见红叶青山景象可爱，必不瞻望涕泣矣。日暮行人已远，不能无惜别之怀，兼之满天风雨，离思又当何如耶？"道出了这首诗在前后景象的变化中，获得统一的艺术效果的巧妙构思。

杜 牧

杜牧(803—852),字牧之,京兆万年(今属陕西西安)人。宰相杜佑之孙。大和二年(828)进士,为弘文馆校书郎。后又举贤良方正科,曾参沈传师江西观察使、牛僧孺淮南节度使、崔郸宣歙观察使幕府,历监察御史、膳部、比部及司勋员外郎等台省职务。人因称之为“杜司勋”。出任黄州、池州、睦州、湖州刺史,官终中书舍人。因其别墅在樊川,故世称杜樊川。

杜牧工诗,与李商隐齐名,人称“小李杜”,以别于李白、杜甫。他不仅在诗歌创作方面,继李白、王昌龄之后把七绝这一诗歌形式推向了新的高峰,而且在诗歌理论建设方面,也做出过卓越的贡献。他主张“凡为文以意为主,以气为辅,以辞色章句为之兵卫。未有主强盛而辅不飘逸者,兵卫不华赫而庄严者”。接着又论证了立意、遣词、布局的辩证关系说:“意全胜者,辞愈朴而文愈高;意不胜者,辞愈华而文愈鄙。”(《答庄充书》)这一具有积极意义的文学见解,在晚唐文学中起到了很好的作用。历代诗人对他的诗都作出了很高的评价。宋陈振孙《直斋书录解题》卷一六:“杜紫微(牧)才高,俊迈不羁,其诗豪而艳,有气概,非晚唐人所能及。”敖陶孙《诗评》:“杜牧之如铜丸走坂,骏马注坡。”明杨慎《升庵诗话》卷五:“律诗至晚唐,李义山而下,惟杜牧之为最。宋人评其诗豪而艳,宕而丽,于律诗中特寓拗峭,以矫时弊,信然。”胡震亨《唐音癸签》卷十:唐人绝句“擅场则王江宁(昌龄),骖乘则李彰明(白),偏美则刘中山(禹锡),遗响则杜樊川(牧)”。清翁方纲《石洲诗话》也说:“小杜之才,自王右丞(维)后未见其比,其笔力回斡处，亦与王龙标（昌龄）、李东川（李白）相视而笑。”刘熙载《艺概·诗概》卷二：“杜樊川诗雄姿英发，李樊南（商隐）诗深情绵邈。”可见他的律绝诗，在晚唐诗人中是有崇高地位的。

他不拘小谨，敢论大事，有关他的“风流韵事”很多。相传他在牛僧孺幕府任书记时，经常出入青楼，醉酒狎妓，牛常派人在暗中保护他。及他擢任侍御史，牛设宴中堂，为之饯行，并讽以检点行止，必能一帆风顺。他却自护其短说：“某幸常自检守，不至贻尊忧耳。”牛笑而不答，即命侍儿取一小书簏，打开一看，全是街卒检举其风流韵事的密报。杜牧感愧交集，泣拜致谢。又传他曾在湖州以重币聘一少女曰：“吾不十年，必守此郡。十年不来，乃从汝所适可也。”后以偃蹇仕途，未能如愿，等到出任湖州刺史时，所聘之女，已从人三载，生二子矣。牧因赋诗以自伤云：“自是寻春去已迟，不须惆怅怨芳时。狂风落尽深红色，绿叶成阴子满枝。”（以上均见《太平广记·妇女》引《唐阙史》）。

早　雁[1]

金河秋半虏弦开[2]，云外惊飞四散哀。
仙掌月明孤影过[3]，长门灯暗数声来[4]。
须知胡骑纷纷在，岂逐春风一一回[5]？
莫厌潇湘少人处[6]，水多菰米岸莓苔[7]。

✤ 注释

[1] 早雁：此以早雁喻兵乱中的流亡者。武宗会昌二年（841）八月，回纥南侵，大肆掳掠。诗中的“虏弦”、“胡骑”，当指回纥。因八月尚未到深秋，故以“早雁”命题。　[2] 金河：在今内蒙古自治区呼和浩特市南。秋半：八月是秋季当

中的一个月，故云。虏弦开：《汉书·晁错传》颜师古注引苏林曰："秋气至，胶可折，弓弩可用，匈奴常以为候而出军。"此指回纥南侵。 [3] 仙掌：陕西太华山东峰曰仙人掌。又，西汉长安建章宫内设承露盘，下有铜铸仙人伸掌捧托。也叫仙人掌。 [4] 长门：汉宫名。汉武帝时，陈皇后失宠后幽居之地。这里是借指长安一带。 [5]"须知"二句：雁是候鸟，秋日南飞，春日北返。此言雁到了春天，尚能飞回北方，而在胡骑蹂躏之下的难民已无家可归了。 [6] 潇湘：清深的湘水。这里泛指湖南地区。 [7] 菰米：又名雕胡米。菰：草本植物，生浅水中，秋季结实，叫作菰米。莓：苔的别名。菰和莓都是鸟类的食物。

✤ 今译

金河的狂胡到秋来把弓弦拉开，云外的早雁吓得四散叫声悲哀。
离群的雁影月明之夜经过仙掌，几声哀鸣从长门那边传了过来。
须知胡人的铁蹄还在到处乱窜，哪能随着春风一个个安然北回？
不要厌倦清澈的湘江人烟稀少，水上多的是菰米岸边长着莓苔。

✤ 评析

这是一首托物寓意、伤时忧民的诗歌。通篇运用比兴象征的手法，以大雁的四散惊飞，喻边民的逃亡四方。情辞婉丽，气韵跌宕，风华掩映，笔势流走，体现了小杜诗歌的艺术特色。首联以弦响雁惊，离群哀鸣，喻边民在受到胡骑袭击之后的惊惶状态。颔联以影过仙掌、声传长门的惊雁，喻流亡关中的边民，穷苦无告，哀叹中微露讥讽之意。颈联以春来雁回，反衬胡骑尚在，边民无家可归。以流水对的形式，两句一意贯串，层层递进，情致深婉，对边民表示深切的同情。尾联以水多菰米、岸多莓苔，劝慰流亡的边民，暂时寄居下来，更深一层表现了诗人对流亡者的同情和体贴。全诗富有想象力，把政治内容和艺术形象做了很好的结合，调高韵响，语悲情深，给读者留下了深刻的印象。杜甫《归雁》二首之二："欲雪归胡地，先花别楚云。却过清渭影，高起洞庭群。塞北春阴暮，江南日色曛。伤弓流落羽，行断不堪闻。"立意构思，遣词造句，似与此诗同一机杼，或为此诗所取法。

题宣州开元寺水阁[1]

六朝文物草连空，天淡云闲今古同[2]。
鸟去鸟来山色里，人歌人哭水声中[3]。
深秋帘幕千家雨，落日楼台一笛风[4]。
惆怅无因见范蠡，参差烟树五湖东[5]。

✤ 注释

[1] 此诗作于开成三年(838)诗人任宣州团练判官时。题下原注："阁下宛溪，夹溪居人。"宛溪，发源宣城东南峄山，流绕城东，至县西北，与勾溪合。宣州：治所在今安徽宣城。开元寺：原名永安，建于东晋，唐开元中改此名。 [2] "六朝"二句：言六朝繁华已成陈迹，而山川风景之胜，古今不殊。六朝：指吴、东晋、宋、齐、梁、陈。 [3] 人歌人哭：从歌到哭是人生由生到死的过程。言宛溪人世代在这里居住。典出《礼记·檀弓下》："晋献文子成室，晋大夫发焉。张老曰：'美哉轮(高大)焉，美哉奂(众多)焉！歌于斯，哭于斯，聚国族于斯。'" [4] 一笛风：风中飘来一缕笛声。形容笛声袅袅，风力微微。 [5] "惆怅"二句：言东望五湖，追慕范蠡的高风。范蠡：春秋时越国的大夫。《史记·越世家》："范蠡事越王勾践，既苦身勠力，与勾践深谋二十馀年，竟灭吴，报会稽之耻。……还返国，范蠡以为大名之下，难以久居；且勾践为人可与同患，难于处安。……乃装其轻宝珠玉，自与其私徒属浮海以行，终不返。"《吴越春秋·勾践伐吴外传》："(范蠡)乃乘扁舟，出三江，入五湖，人莫知其所适。"此用其事。五湖：太湖的别名。一说，五湖，即太湖及其附近的阳湖、洮湖、射湖、贵湖四个小湖的合称。

✤ 今译

六朝的文物早已碧草连空，那天淡云闲倒也古今相同。
鸟儿来去在朦胧的山色里，人们歌哭在潺湲的水声中。
千家帘幕在深秋中洒着雨，一缕笛声从楼台边带着风。
可惜我没有缘分见到范蠡，在那烟树高低的五湖之东。

✤ 评析

这首诗吊古伤今，寄托了诗人的身世之感。起联融情于景，以“今古同”勾起今昔之感，以下的情景、情理，都由此生发出去。八年前，诗人曾在此参沈传师幕，诚如诗人自己所说：“我初到此未三十，”“重游鬓白事皆改。”六朝的文物，埋没在荒烟蔓草之中，已经成了陈迹，与他的“鬓白事改”不正是相同么？一种人事变化、世情翻覆的伤感，自然油然而生。颔联是今昔之感的进一步抒发，鸟儿在山色有无中飞来飞去，人们在水声潺湲中且歌且哭，是“今古同”，是眼前的景象，也是历史的重复。颈联寓情于景，情景无垠。家家在深秋时节挂着帘幕，可见这里是秋雨连绵；声声的暮笛从楼台那边随风飘来，说明那里积淀着深厚的音乐文化，这也是“今古同”，它既是即目所见、即耳所闻；也是从古如斯，至今未改。这种不变的自然景象，流传的文化现象，正好与易变的鬓发、易逝的年华，形成强烈的对比，从而加深了诗人“人生易老天难老”的感叹。尾联宕开一笔，放眼五湖，追慕范蠡，尽情去享受山水之美，表达了诗人对官场生活的厌倦，仍与首句“六朝文物草连空”意脉相连，遥相呼应。

九日齐山登高[1]

江涵秋影雁初飞[2]，与客携壶上翠微[3]。
尘世难逢开口笑[4]，菊花须插满头归[5]。
但将酩酊酬佳节[6]，不用登临叹落晖[7]。
古往今来只如此，牛山何必泪沾衣[8]。

✤ 注释

[1] 九日：旧历九月九日重阳节。齐山：在今安徽省池州市贵池区。贵池，唐时叫秋浦，是池州的州治。诗人于会昌四年(844)任池州刺史，诗当作于此时。[2] 江涵：空中一切景色都映入秋天澄清的江水里，故曰“涵”。 [3] 客：指张祜。翠微：山坡的代称。远远望去，山坡上隐约呈现一片缥青，故曰“翠微”。齐山上有翠微亭，是诗人任池州刺史时所建，今为风景名胜区。 [4]“尘世”句：

《庄子·盗跖》:“人上寿百岁,中寿八十,下寿六下,除病瘐死丧忧患,其中开口而笑者,一月之中不过四五日而已。”此用其意。 [5]“菊花”句:古人重九日有插菊饮酒之俗。《辇下岁时记》:“九日宫掖间争插菊花,民俗尤甚。” [6]“但将”句:《艺文类聚》卷四引《续晋阳秋》:“陶潜九月九日无酒,宅边菊丛中摘菊盈把,坐其侧,久望,见白衣至,乃王宏送酒也。即便就酌,醉而后归。”此用其事。酩酊:醉得稀里糊涂。 [7]落晖:傍晚的太阳。象征迟暮的人生。 [8]“牛山”句:《晏子春秋·谏上》:“(齐)景公游于牛山,北临其国城而流涕曰:‘若何滂沱去此而死乎?’艾孔、梁丘据皆从而泣。”牛山:在今山东省淄博市东。

✤ 今译

江水中映着北雁的影子开始南飞,我同客人携着酒壶漫步走上翠微。
尘世之间难得碰上几回开心的笑,定要把菊花插得满头才兴尽而归。
只有喝得酩酊大醉方可不负佳节,不要在登高时感叹着落日的余晖。
古往今来都要遵循这自然的规律,何必像景公登牛山那样泪流沾衣。

✤ 评析

这是一首结伴登高、即景抒情的诗。全诗寓抑郁于旷达,寄悲愤于豪放,感情跌宕,悲喜交错,具有感人至深的艺术魅力。首联点明登高的自然景象是“江涵秋影”、北雁南飞;登高的具体情况是“与客携壶”、登上翠微。是乐景,是快意,是一种兴奋的感觉。颔联是对客人张祜的安慰,是从乐景转到哀叹。开心的欢笑,难得几回;佳节的欢聚,应当尽兴。既是对张祜的遭遇表示深切的同情,更是对黄钟的毁弃,表示愤愤不平。颈联是进一步安慰客人,要他喝得酩酊大醉以酬答佳节,要他不要有迟暮之感以欢娱晚景,语愈豪爽而情愈悲切,因而感人益深。尾联是对自己的进一步宽解,对客人的进一步安慰。诗人由齐山的登高,联想到牛山的堕泪;以“古往今来”的自然规律,劝慰客人乐天知命、随遇而安。以情结景,更饶韵味,更耐咀嚼。

河 湟[1]

元载相公曾借箸[2],宪宗皇帝亦留神[3]。

旋见衣冠就东市[4]，忽遗弓剑不西巡[5]。
牧羊驱马虽戎服[6]，白发丹心尽汉臣。
唯有凉州歌舞曲[7]，流传天下乐闲人。

✤ 注释

[1] 河湟：湟水与黄河合流处的一带地方，是唐肃宗以来吐蕃侵占的河西、陇右之地。湟水，源出青海，东流入甘肃与黄河汇合。 [2]“元载”句：载字公辅，代宗时，任中书侍郎、同中书门下平章事，加银青光禄大夫，封许昌县子。他曾于大历八年(772)指画于代宗前说：“原州当西塞之口，接陇山之固，草肥水甘，旧垒存焉。”而吐蕃弃之不居，请移京西军戍原州，足以断西戎之胫，并图其地形以献。见《旧唐书・元载传》。借箸：筹划。《史记・留侯世家》：“臣请借前箸为大王筹之。”箸：筷子。 [3]“宪宗”句：宪宗，李纯，顺宗长子。曾命灵武节度使杜叔良败吐蕃于定远城，朔方将史敬奉败吐蕃于瓠芦河。史称“宪宗刚明果断，自初即位，慨然发愤，志平僭叛，能用忠谋，不惑群议，卒收成功”。见《旧唐书・宪宗纪赞》。留神：留意边事。 [4]“旋见”句：大历十二年(777)，元载以“纳受赃私，贸鬻官秩”，纵使“凶妻”、“暴子”横行不法，诏敕自杀。衣冠就东市：用西汉晁错的故事。汉景帝时，晁错任御史大夫，主张削弱藩属以巩固中央政权，吴楚七国发动叛乱，景帝误听袁盎的谗言，仓促间下令诛错，错“衣朝衣，就东市”。见《史记・晁错传》、《汉书・景帝纪》。 [5]“忽遗”句：指宪宗为宦官陈弘志所杀，年仅四十三岁，不及西征。遗弓剑：《史记》的《五帝纪》及《封禅书》，均言黄帝骑龙仙去，小臣攀附欲上，致堕帝弓。又《水经注・河水》：“阳周县桥山上有黄帝冢。帝崩，惟弓剑存焉。”后遂以“遗弓剑”代指帝王之死。 [6] 戎服：此指戎狄的服装，亦叫“胡服”。 [7] 凉州歌舞曲：晋末西凉传入中原，杂以羌族的乐声，叫凉州曲。唐天宝间，西凉府都督郭知运将其进献于朝廷。

✤ 今译

宰相元载曾经制定过筹边的计划，宪宗皇帝也曾为西北边事费过神。
可是不久就看到元载被杀于东市，宪宗也忽然死去没有来得及西巡。
百姓们虽然穿着胡服在那里放牧，每个人是一片忠心做汉朝的臣民。
只有那混杂着外族音乐的歌舞曲，到处流传把欢乐送给那有闲的人。

✤ 评 析

这是一首爱国主义的赞歌，诗人对抵御外侮、收复失地表现了极大的关注。诗的前半幅，写元载筹边的良策未被采用，反而被杀。一则以张良的借箸前筹，比喻元载为代宗出谋划策；以晁错的被戮东市，比喻元载的诏令自杀。字里行间流露出无限惋惜之情和推崇之意。又以黄帝的遗弓堕剑，比喻宪宗的猝然而死。对宪宗的留心边事，亦给予了高度的评价。这里仅就收复河湟失地而言，并未对元载和宪宗做全面的历史评价。连用三个典故，不着一字议论，而诗人对于时事的忧伤和感叹，已在笔端流露出来的感情色彩中得到完美的表现。后半幅以百姓的丹心为国与统治者的醉心歌舞，形成强烈的对比，寓讽刺于幽默之中，出忧郁于旷达之内，大大地加强了艺术的感染力量。

润　州[1]

向吴亭东千里秋[2]，放歌曾作昔年游。
青苔寺里无马迹，绿水桥边多酒楼。
大抵南朝皆旷达[3]，可怜东晋最风流[4]。
月明更想桓伊在[5]，一笛闻吹出塞愁。

✤ 注 释

[1] 润州：今江苏镇江。原作二首，这里选的是第一首。　[2] 向吴亭：在丹阳县南。唐陆龟蒙有“秋来懒上向吴亭”的诗句。　[3] 大抵：大略。南朝：宋、齐、梁、陈。那时知识分子的风尚是酷好清淡，崇尚老庄，狂放自适，不拘礼法，谓之“旷达”。《晋书·裴頠传》：“奉身散其廉操，谓之旷达。”　[4] 可怜：可爱，可羡。风流：指言谈举止，皆有雅致。《晋书·王献之传》：“(献之)高迈不羁，闲居终日，容止不怠，风流为一时之冠。”《晋书·王濛传》：“(濛)与沛国刘惔齐名，时人以惔方荀奉倩，濛比袁曜卿。凡称风流者，举濛、惔为宗焉。”《南齐书·王俭传》：“江左风流宰相，惟有谢安。”以上当是此诗的根据。　[5] 桓伊：东晋人，字叔夏，小字野王，历任淮南太守、豫州刺史，

曾与谢玄大破前秦苻坚于淝水，稳定了东晋的偏安局面。善吹笛，有“尽一时之妙，为江左第一”之誉。《世说》：王子猷出都，闻桓伊善吹笛，遇桓于途，使人谓之曰：“闻君善吹笛，试为我一奏。”桓即下车踞胡床，为作三调。弄毕而去，不交一言。出塞愁：《晋书·刘隗传》：隗子畴，避乱坞壁，群胡欲害之。畴无惧色，援笳而吹之，为出塞、入塞之声，以动其游客之思，于是群胡皆垂泣而去之。此用其事。

✤ 今译

向吴亭的东面是一望无际的秋，忆往昔我曾经在这里放歌遨游。
如今古寺长满了青苔没有游客，架在绿水的桥畔建了许多酒楼。
大略南朝的文人都很旷达狂放，可爱东晋的佳士最为高雅风流。
在这朦胧的月下更加想起桓伊，一曲笛声便可驱散游子的客愁。

✤ 评析

这是诗人再次游览镇江时所写的诗。诗人摄今昔于一瞬，冶情景于一炉，浑然一体，挥洒自如，极尽跌宕回环、排遣敷衍之能事。首联从眼前的一片清秋景色，勾起旧地重游的无限感慨，一景一情，自然沟通，有行云流水之妙。颔联继续写眼中之景，而以古寺的荒凉，酒楼的繁华，形成强烈的对比，暗寓今昔之感。而寺无马迹，桥多酒楼，透露出诗人对高雅文化的衰落、世俗文化的繁荣，表示忧虑和困扰，并为颈联的南朝旷达、东晋风流一联，准备铺垫和过渡，巧妙地把他们的生活情趣与眼前的酒绿灯红对立起来，以进一步倾吐自己的忧患意识。尾联仍表现了诗人对高雅文化的向往，桓伊的笛、刘畴的笳，可以驱散游子的客愁，唤起美好的情怀。不尽之尽，不结之结，更加引起读者的无限遐想。

过华清宫[1]

长安回望绣成堆[2]，山顶千门次第开[3]。
一骑红尘妃子笑[4]，无人知是荔枝来。

✤ 注释

[1] 华清宫：故址在今陕西临潼南骊山北麓，是唐明皇、杨贵妃的游乐之地。原作三首，这是选的第一首。 [2] 绣成堆：言从长安回望骊山，只见林木、花卉、华宇，宛如一堆锦绣。《陕西通志》卷八引《名山考》："东绣岭在骊山右，当时林木、花卉之盛，类锦绣然，故名。" [3] 山顶千门：《长安志》卷十五："温汤在（临潼）县南一百五十步，……天宝六年改为华清宫，骊山上下，益治汤井为池，台殿环列山谷，明皇岁幸焉。"《资治通鉴》卷二四五胡三省注："汉武帝起建章宫，度为千门万户。"后遂称"宫门"为"千门"。 [4] 一骑红尘：马奔驰时扬起的尘土。红尘：旧指京都街道或近郊道路的尘土。《新唐书·杨贵妃传》："妃嗜荔枝，必欲生致之，乃置骑传送，走数千里，味未变，已至京师。"李肇《国史补》卷上："杨贵妃生于蜀，好食荔枝。南海所生，尤胜蜀者，故每岁飞驰以进。然方暑而熟，经宿则败，后人皆不知之。"

✤ 今译

回头远望骊山直像锦绣一堆，那山顶的重重宫门依次打开。
奔马扬起尘埃妃子一见便笑，无人知是运送新鲜荔枝到来。

✤ 评析

这是一首咏史的诗。措词微婉，而讽意显然。构思布局，尤为精妙。首句抓住题中的"过"字，从长安"回望"的角度来刻画骊山之美，林木葱郁，花卉艳丽，简直是"绣成堆"，是实写。以下是悬想，运送鲜荔的情景，诗人当然无法看到。为了迎接荔枝的到来，那山顶上重重叠叠的宫门，依次逐渐打开了。这是第一个悬想。宫外，一骑驿马，奔驰而来，扬起十丈红尘；宫内，一位美人，迎着扬起的尘埃，嫣然一笑。这是第二个悬想。诗人精心设计的这些悬想，无一不引起读者的疑问，宫门何事而开？驿骑何事而奔？妃子何事而笑？无疑应该是什么军国大事，而揭开谜底，却原来是为了满足妃子的口腹之欲，以博得她一时的欢心。"妃子笑"三字，尤有深意存焉。夏桀为了赢得妹喜的笑，不惜裂缯以顺其意；周幽为了赢得褒姒的笑，不惜点起烽火骗取诸侯前来"勤王"。此皆亡国之君的荒唐行为。而明皇亦不惜践踏人民的禾黍，用驿骑传送新鲜荔枝，以博得杨贵妃的一笑，其讽刺之意，不尽见于言外么？

赤　壁[1]

折戟沉沙铁未销[2]，自将磨洗认前朝[3]。

东风不与周郎便，铜雀春深锁二乔[4]。

✤ 注释

[1] 赤壁：在今湖北省赤壁市西北。《元和郡县志》："鄂州蒲圻县赤壁山，在县西一百二十里，北临大江，其北岸即乌林，与赤壁相对，即周瑜用黄盖策，焚曹公舟船败走处。"按此诗当作于诗人任黄州刺史（842—844）时。　[2] 折戟沉沙：折断的戟，沉埋在沙石中。　[3] 将：拿起。认前朝：确认是三国赤壁之战的遗物。　[4]"东风"二句：言周瑜只因东风大起，偶然成功，否则连他的妻子也要被俘虏的。《三国志·吴书·周瑜传》："瑜时年二十四，吴中皆呼为周郎。"又："乔公两女，皆国色也。策自纳大乔，瑜纳小乔。"后人称作"二乔"。汉献帝建安十三年（208），曹操领兵进攻东吴。权遣周瑜与程普迎战于赤壁。瑜部将黄盖曰："操军方连船舰，首尾相接，可烧而走也。"《注》引《江表传》曰："至战日，盖先取轻利舰十舫，载燥荻枯柴积其中，灌以鱼膏，赤幔复之，建旌旗龙幡于舰上，时东南风急，因以十舰最著前，中江举帆，去北军二里馀，同时发火，火烈风猛，往船如箭，飞埃絶烂，烧尽北船，延及岸边营砦。北军大坏，曹公退走。"铜雀：台名，曹操所建，在今河北省临漳县西。《水经注·浊漳水》："邺西三台，中曰铜雀台，高十丈，有屋百一间。"曹操的姬妾歌妓都住在里面，是曹操暮年的行乐处。

✤ 今译

断了的戈戟在沙土中沉埋，拿去磨洗确是赤壁的战灰。

要是东风不给周郎以便利，二乔也要被锁在那铜雀台。

✤ 评析

这首吊古的诗，十分含蓄地讥刺周瑜的胜利是十分偶然的事，隐寓"时无英雄，遂使竖子成名”的慨叹。诗的前半幅是实写，是由一节出土的铁戟，引起诗人对历史的反思。那深埋在沙土中的断戟，经过一番磨洗之后，被确认是赤壁之战的遗物，对于一位精研兵法、通晓政事的人来说，自然会想起赤壁之战的历史意义，风云人物的历史作用，于是对导演赤壁之战的主角周瑜，做出自己的历史评价，这就是诗的后半幅的议论。诗人认为周瑜之所以能够以少胜多，以劣败优，关键在于火攻；而火攻之所以能获得全胜，关键又在于恰巧遇到强劲的东风。而东风的有无，有着极大的偶然性。如果那时没有强劲的东风，胜利者将不是周瑜而是曹操，结局将不是鼎足三分，而是天下一统，那么“二乔”将会成为曹操的胜利品而被锁闭在铜雀台中。诗人用这种极其形象的语言，对重大的历史事件做出了严肃的评价，赢得了读者由衷的赞赏，而宋许颉《彦周诗话》却说：“杜牧之《赤壁》诗，折戟沉沙云云……孙氏霸业，系此一战，社稷存亡、生灵涂炭都不问，只恐捉了二乔，可见措大不识好恶。”这真是村学究论史说诗，完全是门外汉的话。《四库提要》说得好：“（许颉）讥杜牧《赤壁》诗为不说社稷存亡，唯说二乔，不知大乔乃孙策妇，小乔为周瑜妇，二人入魏，则吴亡可知。此诗人不欲质言，故变其词耳。”何文焕《历代诗话考索》也说：“牧之之意，正谓幸而成功，几乎国家不保。”从诗人的立意来说，这些评论自然是确切的；从诗的艺术处理来说，是从反面突出正面，以美人陪衬英雄，以形象的语言评价严肃的历史，并取得了极大的成功，正是这首诗传诵千古、脍炙人口的原因。

泊秦淮[1]

烟笼寒水月笼沙，夜泊秦淮近酒家。
商女不知亡国恨[2]，隔江犹唱后庭花[3]。

✤ 注释

[1] 秦淮：即秦淮河，源出江苏省南京市溧水区东北，经南京流入长江。相传秦始皇时，望气者言金陵有天子气，因凿钟山，以断地脉，而通淮水，故名“秦淮”。　[2] 商女：指以歌唱为生的乐伎。秦淮河横贯金陵城，两岸酒家林立。

言商女但知唱歌为客人侑觞，不知所唱的乃是“亡国之音”。 [3] 后庭花：乐曲名，即《玉树后庭花》，陈后主所作。《隋书·五行志》：“祯明初(587)，后主作新歌，词甚哀怨，令后宫美人习而歌之。其词曰：‘玉树后庭花，花开不复久。’时人以为歌谶，此其不久兆也。”参见许浑《金陵怀古》诗注。

✤ 今译

烟雾笼罩着寒水月色笼罩着白沙，夜来泊舟秦淮靠近那繁华的酒家。
歌女们哪里知道奏的是亡国之曲，隔着江儿依然唱着那玉树后庭花。

✤ 评析

这是一首即景抒情的小诗。全诗以柔丽的笔触，写辛辣的讽刺，无限沉痛，无限感慨，使人从酒绿灯红、偎红倚翠的颓废生活中清醒过来，重温历史上因纵情声色而招致亡国的惨痛教训。诗的前两句是创造环境气氛，点明题中的核心字眼，妙在连用两个“笼”字，将烟、水、月、沙绾合在一起，形成一幅朦胧淡雅的图画，以极大的艺术魅力吸引着广大的读者。后两句发感慨，意脉清晰，过渡自然，因“酒家”而引出“商女”，因“商女”而引出“亡国之音”的《后庭花》，丝丝入扣，环环相连，构思的细腻精巧，堪称绝妙。尤令人击节不置的，是明贬“商女”，只知以歌侑酒，不知亡国之恨；实刺权贵，只知寻欢作乐，不顾国家的兴亡，生民的痛苦。正是对晚唐现实的辛辣讽刺，有着深刻的现实意义。

题乌江亭[1]

胜败兵家事不期[2]，包羞忍耻是男儿[3]。
江东子弟多才俊，卷土重来未可知[4]。

✤ 注释

[1] 乌江亭：即今安徽和县的乌江浦。《史记·项羽本纪》“于是项羽乃欲东渡乌

江”。《正义》引《括地志》云：“乌江亭即和州乌江县是也。” [2] 兵家：一作“由来”。事不：一作“不可”。期：必的意思。 [3] 包羞忍耻：容忍羞辱的宽大胸怀。亦作“忍辱含垢”。《后汉书·列女传·曹世叔妻》：“忍辱含垢，常若畏惧。”男儿：大丈夫。[4] “江东子弟”二句：《史记·项羽本纪》：“于是项王乃欲东渡乌江。乌江亭长舣船待，谓项王曰：‘江东虽小，地方千里，众数十万人，亦足王也。愿大王急渡。今独臣有船，汉军至，无以渡。’项王笑曰：‘天之亡我，我何渡为？且籍与八千子弟渡江而西，今无一人还，纵江东父老怜而王我，我何面目见之？纵彼不言，籍独不愧于心乎？’”卷土重来：形容失败后集中所有的力量反扑过来。

✤ 今译

军事家在胜败上难以预期，能够容忍羞辱才算是男儿。
江东的子弟大都很有才气，聚集兵力再来分个高与低。

✤ 评析

这首咏史的诗纯用议论，不落恒蹊，明是批评项羽胸怀不广，不能“包羞忍耻”，像勾践之栖于会稽，韩信之出于胯下；实际上是借题发挥，鼓励人们百折不挠，知难而上，在失败中看到胜利，在黑暗中看到光明。这就是它的真正艺术价值。王安石惯于做翻案文章，提出与杜牧针锋相对的意见说：“百战疲劳壮士哀，中原一败势难回。江东子弟今虽在，肯与君王卷土来？”（《乌江亭》）也是一气呵成，纯用议论，持之有故，言之成理，令人首肯。对照来读，足以启发人们的智慧。但胡仔在《苕溪渔隐丛话》根据王安石的诗意，批评杜牧《题乌江亭》的诗“好异而畔于理”，他说：“项氏以八千人渡江，败亡之馀，无一还者，其失人心为甚，谁肯复附之？其不能卷土重来，决矣。”不知王氏以诗论史，作翻案文章，能给人以清新之感；而胡氏以史评诗，忽视诗有别裁，就未免胶柱鼓瑟了。

寄扬州韩绰判官[1]

青山隐隐水迢迢[2]，秋尽江南草未凋[3]。
二十四桥明月夜[4]，玉人何处教吹箫[5]？

✤ 注 释

[1] 韩绰：生平不详，诗人另有《哭韩绰》诗。判官：节度使的僚属，当是韩绰在淮南节度使府所担任的职务。诗人于大和七年（833）在扬州，为节度使掌书记，可能在这时结识韩绰的。 [2] 迢迢：远貌。一作“遥遥”。 [3] 草未凋：一作“草木凋”，一作“岸草凋”，以作“草未凋”为胜。江南气暖，故云。 [4] 二十四桥：唐时扬州繁华，城内有二十四桥。宋沈括《梦溪笔谈·补笔谈》卷三云：“扬州在唐时最为富盛，旧城南北十五里一百一十步，东西七里三十步，可纪者有二十四桥。”随即一一步纪其名称。后又转为一桥的专名。清李斗《扬州画舫录》卷十五：“二十四桥即吴家砖桥，一名红药桥，在熙春台后。” [5] 玉人：美人，指扬州的歌妓。相传古代有二十四位美人吹箫于红药桥上，因有此句。

✤ 今 译

远处的青山隐隐碧水迢迢，秋天过了江南的草还未凋。

二十四桥在朦胧的月色下，谁使美人在那儿吹着玉箫？

✤ 评 析

这是别后寄给友人的一首小诗，在清丽俊爽的画面中，微露调侃的意思，益见亲昵的深情，重温香艳的生活，因而能给人以很好的美感享受。开篇两句，是诗人回忆中的扬州山水，言外洋溢着美好的情怀。远处的青山，隐约可见；天际的碧水，迢遥东流；江南秋尽，草木犹绿，是对扬州的眷恋，更是对寄居在扬州的友人的眷恋。所以是景语，也是情语。结尾两句，是对友人的善意调侃，也是对自己在扬州狎游生活的回味。“十年一觉扬州梦，赢得青楼薄幸名”，一种自得、自嘲、自悔的复杂感情，交织在对友人的调笑中。因而使人感到蕴藏特别深厚，立意特别婉曲，特别是诗人巧妙地把二十四位美人吹箫于桥上的美丽传说，与韩绰的风流韵事有机地结合起来，给人一种亦真亦幻、亦实亦虚的感觉，情趣韵味，迥异寻常。

赠　别

多情却似总无情[1]，唯觉樽前笑不成。

蜡烛有心还惜别[2]，替人垂泪到天明。

✤ 注释

[1]“多情”句：与刘禹锡《竹枝词》的“道是无晴（情）却有晴（情）”，温庭筠《过分水岭》的“溪水无情似有情”，同一机杼。三者皆自《古歌》“无情尚不离，有情安可别”化出。 [2]“蜡烛”句：从陈后主“思君如夜烛，垂泪著鸡鸣”的诗句中化出，而更具韵味。

✤ 今译

越是多情越像是毫无情，只觉得别筵上强笑不成。
蜡烛反而有心和人惜别，替我流着眼泪直到天明。

✤ 评析

这是诗人赠给歌女的一首惜别诗。缠绵悱恻，蕴藉风流，道出了离别时的真情实感，收到了“写难写之情，不啻口出”的艺术效果。诗的前两句是叙事，叙述了在别筵上凄然相对、默然无语的情状。明是“多情”，却从“无情”着眼；明是泣别，却从“笑”字入手，这种看似矛盾的心态描写，反而显得更加真实，更加深情。后两句是借物抒情，把蜡烛人格化，把它说成是“有心惜别”、“替人垂泪”，而且一直垂“到天明”。这样把客观的景物抹上浓厚的感情色彩，使人油然产生“物犹如此，人何以堪”的感情共鸣，于是诗人的一腔哀怨、万般离愁，便得到了充分的表现。这就是此诗获得巨大成功的诀窍。

清　明[1]

清明时节雨纷纷，路上行人欲断魂[2]。
借问酒家何处有，牧童遥指杏花村[3]。

✣ 注释

[1] 清明：节气名，在公历的四月五日或六日，旧有踏青扫墓的习俗。《淮南子·天文》："春分后十五日，斗指乙为清明。" [2] 行人：行役之人，奔波在外的人。断魂：销魂，形容精神的萎靡或内心的哀伤，就是"黯然销魂"的意思。 [3] 杏花村：杏花深处的一个村庄，并非实指。自杜牧此诗后，因以"杏花村"泛指卖酒之家。明高启《禽言和张水部》："提壶芦，趣沽酒，杏花村中媪家有。"

✣ 今译

清明时节的雨啊下个不停，路上奔波的人真像丧了魂。
借问一声什么地方有酒卖，牧童指着杏花深处的山村。

✣ 评析

这是一首家喻户晓的好诗，但今本《樊川诗集》中却没有，始见于明人谢榛的《四溟诗话》卷一。这首诗纯用白话，没有一个难字，不用一个典故，写得清新生动，意趣盎然，可以入画，可以入乐，境界极其优美，音律极其和谐。第一句是"起"，交待时令和气象，"雨纷纷"三字，为下句创造气氛，做好铺垫。第二句是"承"，在漫长的路上，绘出了一个"独行踽踽"、"黯然消魂"的"行人"，画面上平添了一层暗淡的色彩。第三句是"转"，用呼问的方式，转出"借酒浇愁"的新意，使诗的意境得到了升华。第四句是"合"，点出呼问的对象，妙在答案不用语言，而用行动，"遥指"二字，既能化静为动，又能以形传神。写到这里，便戛然而止，留下充分的余地，让读者根据自己的生活经验去玩味，去补充，使诗的余音可以绕梁，诗的高潮可以持久，收到了"有余不尽"的最佳艺术效果。而谢榛在《四溟诗话》卷一中评此诗说："此作宛然入画，但气格不高。或易之曰：'酒家何处是，江上杏花村。'此有盛唐调。予拟之曰：'日斜人策马，酒肆杏花西。'不用问答，情景自见。"我以为或人之诗，虽省净精炼，但缺乏形象；谢氏所拟，竭蹶之状，斧凿之痕，毕见于字里行间，远不及杜牧的清新自然，着壁成画。

温庭筠

温庭筠(812—870?),本名岐,字飞卿,太原祁(今山西太原市西南)人。少颖悟,“能逐弦吹之音,为侧艳之词”(《旧唐书》本传)。“每入试,押‘官’韵作赋,凡八叉手而八韵成,时号‘温八吟’或‘温八叉’。”(《全唐诗话》)其才思的敏捷,是很少有人能够企及的。但其貌“甚陋”,号“温钟馗”,与他的才名很不相称。最喜鼓琴吹笛,据说他是“有丝即弹,有孔即吹”的。他曾在开成、大中间,应进士举,没有登第,但他却“以文为货”,在考场上为人捉刀(《唐摭言》卷十一)。他性情傲慢,对统治阶级的上层人物每多不敬。相传他曾在一家旅店,顶撞了化装微行的唐宣宗,被贬为方城尉,并在贬黜他的“制辞”中说:“尔既德行无取,文章何以称焉?徒负不羁之才,罕有适时之用。”(《全唐诗话》)又传宰相令狐绹向他请教一个典故的出处,对曰:“事出《南华》,非僻书也。或冀相公燮理之暇,时宜览古。”于是宰相气急败坏,控告他“有才无行”。他曾为此写了一首诗云:“因知此恨人多积,悔读《南华》第二篇。”(《唐诗纪事》)可见《旧唐书》本传说他“士行尘杂,不修边幅”,《全唐诗话》说他“士行玷缺,缙绅薄之”,固然由于他行为放荡,好作冶游蒱戏,也是依据最高统治者的“制辞”和宰相的奏议写的,不免有些夸大。他的诗设色浓丽、词藻繁密,与李商隐齐名,世号“温李”。他的词风秾丽,与韦庄齐名,世称“温韦”,开“花间词派”的先声。著有《温飞卿诗集》,明曾益为之作注,清顾予咸、顾嗣立父子为之补注。

商山早行[1]

晨起动征铎[2]，客行悲故乡。
鸡声茅店月，人迹板桥霜[3]。
槲叶落山路，枳花明驿墙[4]。
因思杜陵梦，凫雁满回塘[5]。

✤ 注释

[1] 商山：在今陕西商洛东南，又名楚山、地肺山，汉初“四皓”隐居之处。此诗当为作者于大中末离开长安途经商山时所作。 [2] 动征铎：指动身时车行铃响。铎：大铃。 [3] “鸡声”二句：写旅客被鸡声唤起，赶忙走上征途，茅店上空还悬着残月，板桥上的寒霜还留下行人的足迹。似与顾况《过山农家》的“板桥人渡泉声，茅檐日午鸡鸣”构思构图都很相似。 [4] “槲叶”二句：写回望驿站时所见到的破晓时的景色。槲叶落满了山路，白色的枳花在迷蒙的晓色中显得特别分明。槲树、枳树，是商、洛一带最常见的树木。前者为阔叶树，早春落叶，枳树早春开白花。 [5] “因思”二句：言诗人回忆在长安时的景象。杜陵：在长安城南，诗人在长安时寓居于此。回塘：曲折的池塘。

✤ 今译

早起赶路一阵蹄声铃响，行役途中不禁想念故乡。
鸡声喔喔茅店尚悬残月，人迹行行板桥印着晚霜。
槲叶落满了春山的荒径，枳花照亮了驿站的矮墙。
夜来梦中回到故园杜曲，凫雁扑腾在曲折的池塘。

✤ 评析

这首诗十分形象地描写了“早行”之景，典型地抒发了“早行”之情，千百年来一直得到人们的喜爱。其中的“鸡声茅店月，人迹板桥霜”一联，是脍炙人口的名句。这两句诗，妙在善于选词，工于状景，诗人只选了鸡声、茅店、人迹、板桥、霜、月六种事物，十个字，经过他的精心组织，高度锤炼，连一个动词、形容词及其他状词都不用，便把一幅商山早行图生动而形象地勾勒了出来。欧阳修对这两句话十分赞赏，曾经加以模仿，写了“鸟声茅店雨，野色板桥春”的诗句，并在《六一诗话》中说：“‘状难写之景，含不尽之意，何者为然？’（梅）圣俞曰：‘作者得于心，览者会以意，殆难指陈以言也。虽然，亦可略道其仿佛：若严维“柳塘春水漫，花坞夕阳迟”（《酬刘员外见寄》），则天容时态，融和殆荡，岂不如在目前乎？又若温庭筠“鸡声茅店月，人迹板桥霜”，贾岛“怪禽啼旷野，落日恐行人”（《暮过山村》），则道路辛苦，羁旅愁思，岂不见于言外乎？’”明李东阳在《麓堂诗话》中进一步加以分析说：“人但知其能道羁旅野况于言意之表，不知二句中不用一二闲字，只提缀紧关物色字样，而音韵铿锵，意象具足，始为难得。若强排硬叠，不论其字面之清浊，音韵之谐舛，而曰我能写景用事，岂可哉？”欧阳修从它善状“道路辛苦，羁旅愁思”的情状给予高度的评价，李东阳又从“不用闲字”、“音韵铿锵”、“意象具足”等方面加以肯定，都是从艺术规律上提出的深刻见解。

处士卢岵山居[1]

西溪问樵客[2]，遥识主人家[3]。
古树老连石，急泉清露沙。
千峰随雨暗，一径入云斜。
日暮鸟飞散[4]，满山荞麦花[5]。

✤ 注释

[1] 题一作《题卢处士居》。卢岵：生平不详，诗人另有《送卢处士游吴越》诗。 [2] 西溪：西边的小溪。樵客：樵夫，砍柴的人。 [3] 主人家：一作“楚人家”，可见卢岵为楚人。 [4] 鸟飞散：一作“飞鸦集”。 [5] 满山：一作“满庭”。荞麦：高一二尺，赤茎，开小白花，所结的实有小角，可食。一名乌麦。

✤ 今译

我在西边小溪问了樵夫的话，远远地望去那就是主人的家。
只见古树的老根紧缠着麻石，湍急澄澈的泉水露出了白沙。
一霎阵雨千峰随即显得幽暗，一条小路曲折地直通到云霞。
不觉夕阳西下倦鸟也已飞散，漫山遍野都是白色的荞麦花。

✤ 评析

本来这首诗是题卢处士的山居，但诗人并没有正面去描绘卢处士山居的景色，而是通过诗人沿途看到的风物，烘托出卢处士的幽雅高洁、安贫乐道的情操，同时也流露出诗人对他的景仰之情和爱慕之意。诗以呼问开篇，而将“樵客”的应对，通过问者的“遥识”，形象地传达了出来，与杜牧《清明》“牧童遥指杏花村”的“遥指”有异曲同工之妙。以下六句，皆诗人往访时的沿途所见。“古树”一联写近景。树根连石，清泉露沙，幽静荒僻之状，见于言外。“千峰”一联写远景。峰随雨暗，径入云斜，则卢岵的山居在峰峦重叠之间，峻岭高岩之上，不言可知。“日暮”一联写卢岵山居的外景。倦鸟归林，荞麦满山，既说明了处士有鱼鸟之乐，甘淡泊之食，又说明了诗人流连忘返，有着深厚的林泉之趣。

送人东归[1]

荒戍落黄叶[2]，浩然离故关[3]。
高风汉阳渡[4]，初日郢门山[5]。
江上几人在，天涯孤棹还。
何当重相见，尊酒慰离颜[6]。

✤ 注释

[1] 东归：一作“东游”，观“天涯孤棹还”句，似以作“归”为是。诗当作于大中十三年(859)贬隋县县尉以后，咸通三年(862)诗人离江陵东下之前。 [2] 荒

戍：荒废的旧垒。落黄叶：指秋季木落。汉武帝《秋风辞》："草木黄落兮雁南归。" [3] 浩然：形容归志。《孟子·公孙丑下》："予然后浩然有归志。"《注》："浩然，心浩浩有远志也。"故关：古代的关塞。此指函谷关。庾信有"函谷故关前"的诗句。 [4] 汉阳渡：长江的渡口，在今湖北省武汉市。此与下句为互文。即"高风初日汉阳渡，初日高风郢门山"。"高风"即秋风，既修饰"汉阳渡"，也修饰"郢门山"；"初日"即晓日，亦同时修饰"汉阳渡"和"郢门山"。 [5] 郢门山：即荆门山。《三楚记》："荆门山在大江之南，与虎牙相对，即郢门山。" [6] "何当"二句：言重聚难以预期。何当：犹言何时。离颜：离人的愁颜。

✤ 今译

黄叶落满了那荒废的旧垒，你怀着远大理想离开故关。

萧瑟的秋风吹冷了汉阳渡，温和的晓日照亮了荆门山。

万里长江有几个英雄还在，一叶孤舟哟从天那边飞还。

什么时候才能再一次见面，薄酒一杯慰解离人的愁颜。

✤ 评析

这首送别的诗，起调最高，以荒废的旧垒、脱落的黄叶，点明地点与时令，更以浩然的壮志相衬托，则所送之人，自然壮怀激烈，气宇轩昂，尽在不言之中了。中间皆写长江流经湖北境内的山川，或以互文见义，或以壮语自豪。高风初日，同时修饰古渡与名山；几人孤棹，表示千古英雄，浪淘不尽。言在耳目之内，心怀古今之士，意丰言简，语浅情深。尾联是设想，是言重见难期，微露惜别之意。题中的"送人"，至此才正式点明。这叫"蜻蜓点水"，一霎即逝，而余韵悠然，耐人寻味。诗人在深秋送别，却无悲秋之意，伤别之情。盖诗人所送的，乃"浩然离故关"的豪士，如以柔情软语来写离愁，抒别恨，则与此人的襟怀不合，志趣不符，就谈不上切人切事了。

过陈琳墓[1]

曾于青史见遗文[2]，今日飘蓬过此坟[3]。

词客有灵应识我[4]，霸才无主始怜君[5]。
石麟埋没藏春草[6]，铜雀荒凉对暮云[7]。
莫怪临风倍惆怅，欲将书剑学从军[8]。

✤ 注释

[1] 陈琳：字孔璋，汉末广陵（今江苏扬州）人。工诗赋，为“建安七子”之一。初为何进主簿，后避难冀州，为袁绍掌书记。后归曹操，为司空军谋祭酒，典记室，军国文书，多出其手。墓在今江苏宝应。 [2] 青史：古以竹简记事，故称史籍为青史。此指《三国志》。《三国志·王粲传》附有陈琳事迹。 [3] 飘蓬：一作“飘零”，指自己漂泊无定的行踪。《玉泉子》：“温庭筠有词赋盛名，初从乡里举，客游江淮间。扬子留后姚勖厚遗之。庭筠年少，其所得钱帛，多为狎邪所费。勖大怒，笞且逐之。”此诗当是漂泊江淮时所作。 [4] 词客：犹言诗人、文士。指陈琳，也是自指。意谓陈琳是词人，自己也以词赋负盛名，故曰“应识我”。清纪昀评此句云：“‘应’字极兀傲。” [5] 霸才：自指，也指陈琳。意谓自己有王霸之才而不遇英主，而陈琳也只是先后依附袁绍、曹操，做些文字工作，并不能使之大展才华，故曰“始怜君”。纪昀评此联曰：“此一联有异代同心之感，实则彼此互文。”一说，“始怜君”是“才羡慕你”的意思。 [6] 石麟：墓道前的麒麟。春草：一作“秋草”。 [7] 铜雀：台名，曹操所建。详见杜牧《赤壁》诗注。曹操临终前给家属的遗令有“汝等时时登铜雀台，望吾西陵墓田”之语，此暗用其事。 [8] 欲将句：意谓准备拿起书和剑，以陈琳为榜样去从军。将：拿着，携带。学：指学习陈琳。王粲《从军诗》：“从军有苦乐，但问所从谁。”此用其意。

✤ 今译

曾经在史册上读到你的遗文，今日在流浪中经过你的荒坟。
词人如果有灵就应当知道我，霸才不遇英主才开始羡慕君。
墓道上的石麟埋没在春草里，荒凉的铜雀空对着日暮的云。
莫怪我临风加倍地感到惆怅，准备收拾书剑学习你去从军。

✤ 评析

这首咏怀古迹的作品，表面上是凭吊古人，实际上是自抒怀抱，是借古人的酒杯,浇自己胸中的块垒。即景生情,因人及我,观古今于一瞬,融人我于一体,而又不即不离,大有"萧条异代不同时"之感。首联提挈有力,足以领起下文,覆盖全篇。读遗文于青史之上,过荒坟于流浪之时,一赞陈琳之多才,一叹自己之不遇,人我对举,善占地位。颔联是互文,也是一篇的警策。纪昀说得好:"'应'字极兀傲,'始'字极沉痛,通篇此二语为骨。""应识我",是言自己的才华堪与陈琳比肩,显得多么自负;"始怜君",是说自己的遭遇比陈琳更坏,又显得多么的自伤。这两句含蕴极其丰富,感情极其复杂。"我"中有"君","君"中有"我",君应识我,我亦怜君,同是千古的"恨人",也是异代的"知音",沉郁顿挫,不减杜陵咏怀古迹之什。颈联上句实写,石麟埋没于春草之中,是即目所见,也是承上句的"词客"而来,不胜哀感之至。下句是虚拟,铜雀笼罩在暗淡的暮云之下,是心之所想,也是紧承上文的"无主"而来。陈琳遇曹操而得主,那么铜雀荒凉,自然标志着重才的盛世已经一去不返,感喟之深,不言自喻。尾联以收拾书剑,准备从军,而又临风凭吊,倍觉惆怅,进一步把生不逢辰的伤感,推向新的高潮。言外之意,是说陈琳从军得遇曹操,自己从军能遇英主么?时代不同,遭遇各异,这是意料中的事,怎能不"临风倍惆怅"呢?

经五丈原[1]

铁马云雕共绝尘[2],柳营高压汉宫春[3]。
天清杀气屯关右[4],夜半妖星照渭滨[5]。
下国卧龙空寤主[6],中原得鹿不由人[7]。
象床宝帐无言语[8],从此谯周是老臣[9]。

✤ **注释**

[1] 五丈原:在今陕西省岐山县南三十里的渭水南岸。诸葛亮于蜀后主建兴十二年(234)春,领兵伐魏,屯兵于此,与司马懿军对峙于渭南,两军相持百余日,八月,诸葛亮病死于军中。 [2] 铁马云雕:喻威武雄壮的军队。铁马:犹铁

骑。云雕：指云旗和雕旗。云旗上画虎，雕旗上画鸷。共绝尘：一齐飞速前进。“共”一作“久”。 [3] 柳营：即细柳营。西汉名将周亚夫屯军细柳，军纪非常严明，文帝劳军，至其营曰：“嗟夫，此真将军矣！”这是以周亚夫的驻军比诸葛亮的驻军。高压汉宫春：言西汉的宫廷受到很大的压力。此以“汉宫”喻魏国。宫，一作“营”。 [4] 天清：一作“天晴”。关右：指函谷关以西地区。《汉书·地理志》：“雍州在函谷关西，一名关右。”雍州，唐时辖境相当于今陕西秦岭以北，乾县以东，铜川以南，渭南以西地区。 [5] 妖星：《三国志·蜀书·诸葛亮传》引《晋阳秋》：“有星赤而芒角，自东北西南流，投于亮营，三投再还，往大还小，俄而亮卒。” [6] 下国：古代以中原的诸侯国为上国，与西南的楚、蜀相对。故以蜀国为“下国”。卧龙：指诸葛亮。《三国志·蜀书·诸葛亮传》：“徐庶谓先主曰：‘诸葛孔明，卧龙也。’”寤主：开导国君。寤：一作“误”。 [7] 中原得鹿：比喻群雄争夺中原得到胜利的一方。《史记·淮阴侯传》：“秦失其鹿，天下共逐之，于是高材疾足者先得焉。”《文选》班彪《王命论》：“游说之士，至比天下于逐鹿。”注引《六韬》：“取天下若逐野鹿；得鹿，天下共分其肉。”得鹿：一作“逐鹿”。不由人：一作“不因人”。 [8] 象床宝帐：祠庙中神龛内的陈设。宝帐：一作“锦帐”，此言武侯祠。 [9] 谯周：字允南。诸葛亮死后，谯周为后主所宠信。魏将邓艾攻蜀时，谯周极力主张投降，终于亡了国。

✤ 今译

一支铁军拥着旌旗飞速前进，柳营的军威压倒对峙的魏军。
战争的气氛晴天笼罩着关右，灾难的妖星半夜飞投到渭滨。
西蜀的卧龙白白地开导君主，中原的得鹿往往也并不由人。
你坐在象床宝帐里默无一语，从此谯周便成了西蜀的老臣。

✤ 评析

这是诗人咏史的名篇之一，对诸葛亮的“出师未捷身先死”，表示无限的惋惜。诗的前半幅，以强烈的感情色彩，描绘了想象中的诸葛亮率领的北伐军的声威。它旌拥万夫，气压三军，杀气冲天，军威空前，严重地威胁着魏军的安全，要不是妖星降临，诸葛亮猝死，则胜负兴亡之数，是不可知的。言外，倾注了诗人对诸葛亮的景仰之情。后半幅以史家之笔，发史家之论：卧龙痡主是白费力气，中原得鹿是天命攸归，不是以人的意志为转移的，也不是一个人的才智所能左右的。这种“不以成败论英雄”的历史观，是对诸葛亮的“功盖三分国”的充分肯定。又以谯周的投降，对比诸葛亮的北伐；以樵周的“误主”，对比诸葛亮的“痡主”，进一步表达了对诸葛亮的惋惜和景仰。

苏武庙[1]

苏武魂销汉使前[2]，古祠高树两茫然[3]。
云边雁断胡天月[4]，陇上羊归塞草烟[5]。
回日楼台非甲帐[6]，去时冠剑是丁年[7]。
茂陵不见封侯印[8]，空向秋波哭逝川[9]。

✤ 注释

[1] 苏武：字子卿，西汉的民族英雄。汉武帝天汉二年（前 100），派他出使匈奴，被匈奴扣留逼降，苏武不屈，被流放到北海（今贝加尔湖）牧羊，对他说：“羝乳（生羊羔），乃归。”生活极苦，渴则饮雪，饥则吞毡。经历十九年才回到长安，拜为典属国。事迹见《汉书・李广苏建传》。 [2] 魂销：形容感情十分激切，好像要失去知觉的样子。汉使：汉昭帝即位后，匈奴与汉和亲。汉朝派了使者去匈奴，要求匈奴放回苏武，匈奴诡称苏武已死；第二次再派汉使到匈奴，说天子在上林打猎，得雁足传书，是苏武的亲笔信，匈奴不得已，乃让苏武与汉使见面，并放回苏武等十人。事见《汉书・李广苏建传》。 [3] 茫然：年代久远的样子。李白《蜀道难》：“蚕丛及鱼凫，开国何茫然。”说的是蚕丛和鱼凫，开国的年代都很久远。这里是说苏武的祠和树都已年代杳远。 [4] “云边”句：言苏武在匈奴十九年，音讯隔绝，对故国的眷念之情。雁断胡天：匈奴与汉，断绝往来，音讯隔绝。 [5] “陇上”句：形容苏武幽禁匈奴，牧羊塞上的孤苦生活。陇上：丘陇之上。 [6] 甲帐：最好的帐幕。《汉武故事》：载武帝“以琉璃、珠玉、明月、夜光错杂天下珍宝为甲帐，其次为乙帐。甲以居神，乙以自居”。这句是说苏武回国时，武帝已死，已不是“甲乙帐”的时代了。 [7] 丁年：壮年。苏武四十二岁出使匈奴，正是壮年。李

陵《答苏武书》云:“丁年奉使,皓首而归。” [8]茂陵:汉武帝的陵墓,在今陕西兴平东北。不见封侯印:汉宣帝以苏武“著节老臣”,赐爵关内侯,食邑三百户。其时武帝早已去世,故曰“不见”。 [9]哭逝川:哀叹时间像川水流逝,不可复返。语出《论语·子罕》:“子在川上曰:逝者如斯夫,不舍昼夜。”

✤ 今译

苏武十分激动在汉使面前,古祠和高树年代都很悠远。
胡天早已不见南飞的北雁,陇上羊归常带苍茫的暮烟。
回到汉朝不见从前的甲帐,出使匈奴正是强壮的丁年。
武帝未能看到你封侯的印,空对秋水叹着东流的逝川。

✤ 评析

这也是一首吊古的名作。诗人完全站在苏武的立场,设身处地想到苏武历尽艰辛初次见到汉使时的神态;回到汉朝后想起在匈奴十九年的辛酸;以及所见所闻而产生的人事变化和个人的迟暮之感;特别是他在封侯受赏时,对武帝所怀的深厚感情。通过这些心理活动的细腻描写,一个民族英雄和爱国志士的形象,便有血有肉地呈现在读者的面前。其中的“回日楼台非甲帐,去时冠剑是丁年”一联,历来为诗评家所称道,认为构思之妙,属对之巧,无一字不工,无一字不响,是唐人七律中的巧对。清沈德潜评此联说:“五六与‘此日六军同驻马’(按:此为李商隐《马嵬》诗,下联为‘当年七夕笑牵牛’。)一联,俱属逆挽法,律诗得此,化板滞为跳脱矣。”可谓艺术鉴赏的真知灼见。

蔡中郎坟[1]

古坟零落野花春,闻说中郎有后身[2]。
今日爱才非昔日,莫抛心力作词人。

✤ 注释

[1] 蔡中郎：即汉末著名的文学家蔡邕。邕字伯喈，陈留（今属河南）人。仕至左中郎将，故世呼为“蔡中郎”。坟在毗陵（今江苏常州）尚宜乡的互村。[2]“闻说”句：商芸《小说》：“张衡死日，蔡邕母始怀孕，二人才貌甚相类，人云邕是张衡后身。”此用其事。

✤ 今译

荒凉的古坟被野花点缀成春，听说你中郎就是张衡的后身。
今日爱惜人才哪能比得往日，不要枉费心力去做什么词人。

✤ 评析

这首吊古咏怀的诗，妙在用模糊的语言和意蕴，去表现自己的某种自负和某种愤慨。有的表面上看来很直率，很尖刻，但却说得十分活泛，可以作出各种不同的理解。如“闻说中郎有后身”，既可以理解为蔡邕是张衡的后身，又可以理解为蔡琰（文姬）继承了其父蔡邕的文学才能。其实诗人在句中有意选择一个“有”字，就隐然以蔡邕的后身自许，这是何等的自负，又是何等的巧妙！又如结尾两句，以蔡邕活动的汉末，反衬自己所处的唐末，蔡邕犹能仕至左中郎将，参加熹平石经的校写工作；而自己却不过是一个国子助教，被视为“德行无取，文章何称”的浪漫文人。所以诗人有“今日爱才非昔日”的愤激语，但“莫抛心力作词人”，就模糊其词了。是对蔡邕瘐死狱中的同情呢？还是对一般怀才不遇的知识分子的劝勉呢？或者是对自己的警戒呢？这个“莫抛心力”的主语，就值得我们去推敲，去玩味。

过分水岭[1]

溪水无情似有情，入山三日得同行。
岭头便是分头处，惜别潺湲一夜声[2]。

✤ 注释

[1] 分水岭：在今陕西略阳东南的嶓冢山。《通志》："分水岭在汉中府（今陕西省汉中市）略阳县东南八十里，岭下水分东西流。" [2] 潺湲：水声。《史记·河渠书》汉武帝《瓠子歌》："河汤汤兮激潺湲，北渡污兮浚流难。"

✤ 今译

溪水无情啊像是有情，三天的山路与我同行。
到了岭头哟便要分手，一夜潺湲都是惜别声。

✤ 评析

这首旅游纪行的小诗，构思新颖，想象奇特，善于从平凡的景象中发现诗的美，善于捕捉转瞬即逝的感情火花，并赋它一种真挚而动人的情操，使之人格化。诗的前半幅，说那条溪水伴着他走了三天，没有因为山路的蜿蜒曲折而须臾离开过他，自然是"有情"的了。下半幅便从这个"有情"生发开去，进一步写溪水在要和他"分头"的时候，如何与他依依"惜别"，潺湲的水声，流了一夜，像是在和他喁喁话别，倾诉心中的离情别绪，于是"溪水"成了"有情"的人，自己也成了溪水的莫逆之交了。诗人不说自己如何留恋着那条"溪水"，而说"溪水"如何在眷恋自己，就使得诗意更新、更深、更具有艺术感染力。

李群玉

李群玉，字文山，澧州（今湖南省澧县）人。明袁中道《澧游记》云："仙眠洲上有亭，即诗人李群玉水竹居。"诗人《仙明洲口号》诗有"长爱沙洲水竹居"之句，今澧县尚有仙眠洲、水竹居、读书台等遗址。诗人少负才名，工诗、擅书，又善吹笙，文采倾动一时。诗人李频《江上送从兄群玉校书东游》诗赞美他说："逍遥蓬阁吏，才子复诗流。"卢肇送李群玉诗的断句云："妙吹应谐凤，工书定得鹅。"他曾赴京应举，不第。又曾"徒步负琴"，向朝廷进献各体诗三百首，宣宗赞美他是"吐妍词于丽则，动清律于风骚"。加上令狐绹、裴休先后推荐他是"佳句流传于众口，芳声籍甚于一时"，才得到一个弘文馆校书郎的冷官，不久，即请假弃官而归。他的诗歌，既没有写重大的题材，又没有反映社会的动荡和人民的疾苦，而是在登山临水、怀人送归的篇什中，隐藏着一种压抑的感情，表现着一种强烈的向往，并善于用具体的事物或形象的语言，表达出深挚的感情，从而带来了他诗歌风格上的清越悲凉、沉郁顿挫的色彩，奠定了他在《诗人主客图》中"博解宏拔主"的"上入室"地位。他和杜牧、李频、方干、卢肇、段成式等诗人都有诗歌唱酬，著有《李文山集》。

黄陵庙[1]

小姑洲北浦云边[2]，二女啼妆自俨然[3]。
野庙向江春寂寂，古碑无字草芊芊[4]。
风回日暮吹芳芷[5]，月落山深哭杜鹃[6]。

犹似含颦望巡狩[7]，九疑如黛隔湘川[8]。

✤ 注释

[1] 黄陵庙：在今湖南湘阴北四十里的洞庭湖边，是当地人民奉祀湘水女神即传说中帝舜二妃娥皇、女英的祠庙。 [2] 小姑洲：一作“小孤洲”、“小袁洲”，黄陵庙南的洲名。浦：水边。 [3]二女：指娥皇、女英。相传帝舜南巡，死于苍梧之野，娥皇、女英追踪到湘水边，举身赴水而死。啼妆：塑像的悲剧神态。俨然：活像，栩栩如生。 [4] 草芊芊：草茂盛貌。 [5]“风回”句：屈原《九歌·湘夫人》：“沅有芷兮澧有兰，思公子兮未敢言。”芷兰，香草。屈赋中作为美好的象征。风回日暮：一作“东风近暮”。 [6]“月落”句：古代神话传说杜鹃乃蜀望帝的魂魄所化。杜甫《杜鹃行》：“君不见蜀天子，化作杜鹃似老乌。”又说：“四月五月偏号呼，其声哀痛口流血。”这里是写黄陵庙周围环境的凄清寂寞，并以喻帝舜的魂魄。月落：一作“日暮”。 [7] 含颦：因怨愁而攒眉，意即愁眉不展。巡狩：皇帝出外巡行。《史记·五帝本纪》：舜“南巡狩，崩于苍梧之野，葬于江南九疑”。 [8] 九疑：山名，亦名苍梧山，在湖南宁远。《水经注》说它“山有九峰，形状相似，游者疑焉，故曰九疑山”。黛：女子画眉时所用的青黛色的石粉。言从黄陵庙远望九疑，像凝聚着一片青翠的颜色。

✤ 今译

小姑洲的北面云水那边，二妃的悲态哟依旧俨然。
野庙对着湘江春犹寂寂，古碑磨了篆刻草自芊芊。
旋风在夕阳下吹着香草，斜月笼罩深山啼着杜鹃。
仍像愁眉不展遥望虞舜，九疑一片青翠远隔湘川。

✤ 评析

写湘灵的悲怨，是我国古代诗歌中最常见的题材，但此诗以黄陵庙的荒凉寂寞，隐寓诗人的命途坎坷、人世变迁之感，便觉情深语新，不同凡响。首联点明黄陵庙所在的地点和位置，并以二妃的悲剧神态活灵活现，引起事隔千年、恨满三湘的遐思。“野庙向江春寂寂”一联，笔端带着强烈的感情色彩，勾画出古庙的荒凉破败，春来依然寂寂，野草早已芊芊，这是眼前的实景，也是诗人的感受。无论在着色和属对上，都是经过精心设计的。“风回日暮吹芳芷”一联，就地取材，融眼前的景物、美丽的传说于一炉。“澧兰沅芷”，“望月啼鹃”，不仅辞采艳丽，而且用典自然贴切，有着深厚的文化积淀和历史反思，从而加强了艺术的感染力。结联以“含颦”写二妃之悲怨，遥与“啼妆俨然”相呼应；以“如黛”写九疑之景色，又与“野庙向江”相勾连，把二妃恨重如山、心坚似铁的形象写活了。似情结又似景结，似意尽又似未尽，余韵绕梁，令人神往。

引水行[1]

一条寒玉走秋泉[2]，引出深萝洞口烟。
十里暗流声不断[3]，行人头上过潺湲。

✤ 注释

[1] 引水行：用竹筒、木枧、石槽引水，以解决缺水的困难，是古代劳动人民利用自然、改造自然的创举，但却在千姿百态的唐诗中很少得到反映，此诗与杜甫《引水》的“白帝城西万竹蟠，接筒引水喉不干”，同样是饱含着热情，歌颂劳动人民的首创精神的。 [2] 寒玉：形容碧玉似的竹筒。秋泉：清冷的泉水。 [3] 暗流：在竹筒中不断流淌着的泉水，只能闻其声而不能见其形，故曰“暗流”。

✤ 今译

一条碧玉似的竹筒流淌着清泉，那布满藤萝的洞口笼罩着寒烟。
长达十里的暗流一直流淌不断，行人的头上响起了细细的潺湲。

✤ 评析

这首诗题材新颖，构思奇妙，以饱满的热情，歌颂了劳动人民改造自然的斗争，与李白《秋浦歌》的“炉火照天地”，堪称唐代诗歌中此类题材的双壁。诗的一、二句，以艺术的语言、生动的形象、恰切的比喻，描绘了以竹筒引水出洞的奇观。着一"走"字和"引"字，便把清泉的动态状出来了；着一"寒"字和"烟"字，便把清泉的冷冽表现出来了。诗人以"寒玉"形容幽冷的竹筒，既见其色的青碧，又觉其质的清冷，更以与"秋泉"之"秋"相映带，与"深萝"之"深"相衬托，从而增加了诗意，给人以幽静清冷的感受。三、四句以无限欣悦之情，写出了诗人在山行途中，听到十里不断的泉声，看到高悬头上的潺湲，一种新奇之感，不禁油然而生，不言美而美在其中了。

方　干

方干，字雄飞，新定（今浙江淳安）人。死后他的学生私谥为“玄英先生”，是一个“官无一寸禄，名传千万里”的苦吟诗人。他常常以作诗的艰苦自勉和自豪：“才吟五字句，又白几茎髭”（《赠喻凫》），“吟成五字句，用破一生心”（《感怀》），“万虑全离方寸内，一生多在五言中”（《赠式上人》）。说明他是十分严肃地对待诗歌创作的。

他曾经学诗于徐凝，见赏于姚合，跟李频、喻凫、章碣、陈陶、戴叔伦及齐己等都有唱和，在当时享有很高的声誉。咸通中，他曾经参加过一次进士考试，没有得志，便隐居会稽，渔于鉴湖，再没有参加文场和官场的角逐了。人们对于他的诗歌艺术，一直有着不同的评价。他的好友孙郃赞美他的诗说：“广明、中和中为律诗，江之南未有及之者。”又说：“其秀也，仙蕊于常花；其鸣也，灵鼍于众响。”另一个好友王赞也赞美他的诗说：“丽不芬葩，苦不癯棘，当其得志，倏与神会。”（以上所引，分别见于《方玄英先生传》及《玄英先生诗集序》）说明他的诗名在当时是很高的。但宋葛立方在《韵语阳秋》卷二中评他的诗说：“造语皆工，得句皆奇，但韵格不高。”明杨慎在《升庵诗话》卷十一中也对他的苦吟加以讥讽说：“余尝笑之，彼之视诗道也狭矣。《三百篇》皆民间士女所作，何尝拈须？今不读书而徒事苦吟，拈断筋骨亦何益哉？”

旅次洋州寓居郝氏林亭[1]

举目纵然非我有[2]，思量似在故山时。

鹤盘远势投孤屿，蝉曳残声过别枝。
凉月照窗欹枕倦[3]，澄泉绕石泛觞迟[4]。
青云未得平行去[5]，梦到江南身旅羁。

✤ 注释

[1] 洋州：今陕西省洋县，在汉水北岸，风景颇似江南，故云“思量似在故山时”。郝氏：不详。 [2]“举目”句：此化用王粲《登楼赋》的“虽信美而非吾土兮，曾何足以少留”的语意。 [3] 欹枕：斜靠在枕头上。 [4] 澄泉：清澈的泉水。泛觞：流觞，即在水边饮酒。古人在朋友宴会时，常以酒杯浮在水面，漂到谁的面前停止了，就该谁喝。这是饮酒时的一种游戏。 [5] 青云：高位。平行：平步。

✤ 今译

抬头一望纵然一切都非我所有，仔细打量起来风景却很像故乡。
鹤蓄足了力量向着那小岛扑去，蝉拖着余音向着别的树枝飞翔。
凉月照进窗中我斜靠着那倦枕，清泉绕着岩石慢慢地举起流觞。
只可惜我未能顺利地青云直上，梦里到了江南而身却滞留北方。

✤ 评析

这是诗人旅居洋州时触景生情所写的一首思念故乡的诗。诗的起句，突兀挺拔，略无痕迹地化用王粲《登楼赋》的句意，又反其意而用之，引出“思量似在故山时”，自然顺畅，毫不费力，而眷恋“故山”之情，毕见于字里行间。“鹤盘远势”一联，是当时即目所见，也是当时触景生情。鹤投孤屿，蝉过别枝，正是诗人羁旅他乡、寄人篱下的投影。所以宋尤袤《全唐诗话》卷五评此联说：“齐梁以来，未有之句也。”其所以做出如此之高的评价，是因为诗人用了一个“盘”字和“曳”字，捕捉了鹤和蝉的飞动之势；用了一个“投”字和“过”字，流露了诗人的漂泊之感。“凉月照窗”通过“欹”字和“倦”字的描绘，把诗人的倦游之情、孤独之感，逼真地表现了出来；却又出人意料地把愁苦的场面转为欢乐的气氛，清泉绕石，流水泛觞，自然是多么地惬意，多么地称心，而又用一个“迟”字，把自己的“向隅”之情透露了出来，极尽曲折跳跃之能事，既出情，又传神。尾联与首联遥相呼应，脉络分明，结构谨严，未能平步青云，依然羁旅他乡，一往情深，百无聊赖，虽略嫌直率，而不失真诚，所以能感人动人。

题君山[1]

曾于方外见麻姑[2]，闻说君山自古无。
元是昆仑山顶石[3]，海风吹落洞庭湖[4]。

✤ 注释

[1] 君山：一名湘山、洞庭山，在湖南岳阳的洞庭湖中，相传是湘君（湘水之神）曾游之处，所以叫“君山”。《水经注·湘水》：“是山湘君之所游处，故曰君山矣。” [2] 方外：神仙居住的地方。屈原《远游》：“览方外之荒忽兮，沛罔象而自浮。”麻姑：传说中的仙女。晋葛洪《神仙传》：东汉桓帝时，仙人王远（方平）降于蔡经家，召麻姑至，年十八九，甚美，自云：“接待以来，已见东海三为桑田，向到蓬莱，水又浅于往者会时略半也，岂将复还为陵陆乎？” [3] 昆仑：中国神话传说中的一座神山，为天帝和神人所居。屈原《天问》：“昆仑县圃，其尻（地址）安在？增城九重，其高几里？四方之门，其谁从焉？”《淮南子·墬形》云：“昆仑之邱，或上倍之，是谓凉风之山，登之而不死；或上倍之，是谓悬圃，登之乃灵，能使风雨；或上倍之，乃维上天，登之乃神，是谓太帝之居。”又说：昆仑之山“中有增城九重，其高万一千里百一十四步二尺六寸”。《水经·河水注》：“昆仑之山三级：下曰樊桐，一名板桐；二曰玄圃，一名阆风；上曰层城，一名天庭，是为大帝所。”这就赋予了昆仑以非常浓厚的神秘色彩，它是通天的梯子，它是诸神的住所，它那里有不死之药，等等。 [4] 海风：巨风，飓风。洞庭湖：在湖南的北部，长江的南岸，湘、资、沅、澧均汇于此，经岳阳市的城陵矶入长江。

✤ 今译

我曾在神仙聚居的地方见到麻姑，听到她说那君山在远古本来就无。

原来它是昆仑山顶上的一块巨石，被飓风刮到了那八百里的洞庭湖。

✤ 评析

唐人写君山的诗很多，大多是从它的山光水色来描绘它的风景如画，其中最著名的如刘禹锡《望洞庭》的“遥望洞庭山水色，白银盘里一青螺”，雍陶《题君山》的“疑是水仙梳洗处，一螺青黛镜中心”，设喻巧妙，给人以极大的美感愉悦。方干这首《题君山》的诗，完全摆脱了“模山范水”的传统框架，通过奇特的想象，神化君山的来历，从虚处着笔，题外落墨，把君山说成本非人间所有，而是从昆仑的最高层增城飞来，这就给君山抹上一层神秘的色彩：它幽美、神奇，它充满着灵气，它是天帝的宠儿，它超尘脱俗，一尘不染，拥有天下之至美。这就引导读者驰骋想象的翅膀，把一切自然的美、人工的美，都给了这个神化了的君山。诗的妙处，正在这个“超以象外”的表现手法中。

赵　嘏

赵嘏，字承祐，一作承祜，山阳（今江苏淮安）人，会昌二年（842）进士，官渭南（今属陕西）尉，因名其集为《渭南集》。他的诗富于文采，饶有兴味。特别是他的七言律诗，写得圆熟秀丽，警句甚多。《唐摭言·知己》云："杜紫微（牧）览赵渭南（嘏）卷《早秋》诗云：'残星几点雁横塞，长笛一声人倚楼。'吟咏不已，因目嘏为'赵倚楼'。"宋葛立方《韵语阳秋》卷四亦云："赵嘏《长安秋望》诗，（略）当时人读之，以为佳作，遂有'赵倚楼'之目。又有《长安月夜与友人话归故山》诗云：'杨柳风多潮未落，蒹葭霜在雁初飞。'亦不减'倚楼'之句。"说明他的七言律诗，无论在当时和后世都得到了很高的评价。以一篇一句之佳，而骤得大名，唐代除赵嘏以外，恐怕只有郑谷以咏鹧鸪诗而被称为"郑鹧鸪"了。但他也因七律而仕途坎坷，终生不得意。《唐诗纪事》卷五六："宣宗索嘏诗，首卷《题秦皇》云：'徒知六国随斤斧，莫有群儒定是非。'上不悦。"《唐才子传》卷七亦云："宣宗雅知其名，因问宰相：'赵嘏诗人，曾为好官否，可取其诗进来。'读其卷首题秦诗云（略），上不悦，事寝。"此与孟浩然以"不才明主弃，多病故人疏"而开罪唐明皇，事颇相类。正因为如此，所以他虽然"出入馆阁，如亲属"，与令狐楚、牛僧孺、沈传师、王起四家父子都有比较密切的来往，而官只做到了渭南尉。

长安秋望[1]

云物凄清拂曙流[2]，汉家宫阙动高秋[3]。

残星几点雁横塞，长笛一声人倚楼。

紫艳半开篱菊静[4]，红衣落尽渚莲愁[5]。
鲈鱼正美不归去[6]，空戴南冠学楚囚[7]。

✤ 注释

[1] 此诗人羁留长安、思念故乡之作。题一作《长安晚秋》。 [2] 云物：犹言云气。拂曙：拂晓。流：浮动。 [3] 汉家宫阙：喻指唐代的宫殿。动高秋：呈现出深秋的景象。 [4] 紫艳：紫色的菊花。篱菊：篱边的菊。此暗用陶渊明"采菊东篱下"之意，为下文的归隐思想作伏线。 [5] 红衣：红莲的花瓣。渚莲：水边的莲花。 [6]"鲈鱼"句：《晋书·张翰传》："翰因见秋风起，乃思吴中菰菜、莼羹、鲈鱼脍，曰：'人生贵得适志，何能羁宦数千里以邀名爵乎？'遂命驾而归。"张翰吴人，诗人亦吴人；张翰见秋风起而思归，诗人亦因长安晚秋而思家。 [7]"空戴"句：《左传》成公九年："晋侯观于军府，见钟仪，问之曰：'南冠而絷者，谁也？'有司对曰：'郑人所献楚囚也。'"后来因以"南冠"、"楚囚"作为囚徒的代称。

✤ 今译

凄清的云气在拂晓时飘浮，宫殿周围的景色已似深秋。
眼中几点残星北雁出了塞，耳畔一声长笛孤客倚着楼。
半开的紫菊显得那么幽静，尽落的红莲似带几分忧愁。
正当鲈鱼鲜美却不肯归去，白白戴着南冠去学那楚囚。

✤ 评析

这首诗所写的景物是从拂晓到天明的一段时间，随着时间的推移，着色有明暗之分，视点有远近之别；特别是它寓情于景，情景无垠。篱菊塞雁，本是深秋的寻常景物，又是归隐和思乡的寻常典故，诗人把它组织在一个载体里，便给了读者以明确的信息，从而提高了诗的暗示性和感染力。首联写拂晓的长安秋景，以"凄清"表诗人的主观感情；以"高秋"涵题旨的全部内容，为全诗定下了基调。颔联是脍炙人口的名句，寥落的辰星，南飞的雁阵，哀怨的长笛，倚楼的倦客，构筑了一幅幅动人的图画，它是诗人眼中所见的晓景，也是诗人心中所想的哀景。情与景合，浑然一体。颈联写天明以后所见到的景物，色彩由暗到明，景物由大到小，视点由仰观到俯察，无不是经之营之，匠心独运。而又能移情于景，拟物作人，赋予菊的品格以“静”，形容莲的感情以“愁”。尾联连用两典，切地切人，较为完善地传达了诗人的思乡之情和归隐之志。而范晞文在《对床夜话》中说他的七言：“间类许浑，但不全耳。”吴师道在《吴礼部诗话》中也说：“赵嘏多警句，能为律诗，盖小才也。”这些评论，从这首诗来看，不一定符合诗人的实际。

江楼感旧

独上江楼思渺然[1]，月光如水水如天。
同来望月人何处，风景依稀似去年[2]。

✤ 注释

[1] 思渺然：想得很多很远的样子。渺：长远。 [2] 依稀：仿佛，模模糊糊地。南朝宋谢灵运《行田登海口盘屿山》：“依稀采菱歌，仿佛含嚬容。”

✤ 今译

独自登上江楼我想得很远，月亮清明得像水水又像天。
同来望月的人漂泊在哪里？这里的风景恍惚还像去年。

✤ 评析

这是一首饶有韵味，给读者留下许多悬想的小诗，诗人好像故意在“卖弄关子”，第一句明明写了自己独上江楼，思绪万千，却又不去交待“思”的内容，而去写“月光如水水如天”的江空夜景；明明写了“同来望月”的人，如今漂泊何处，却又不透露“同来”的人的任何蛛丝马迹，让读者在他提供的广阔空间里，根据自己的生活经验去想象、去补充，从而大大地丰富了诗的艺术内涵，给读者以“有余不尽”的美感享受，又巧妙地运用叠字回环的艺术技巧，把江空月夜的景色，跟自己迷茫寂静的感情融化在一起；还运用“遥相呼应”的手法，将“同来”与“独上”联系起来，很好地传达了诗人“物是人非”的今昔之感，从而有力地撞击着读者的心扉，引起长期的共鸣。到底“同来望月”的人为谁呢？据《唐摭言·杂记》：“嘏尝家于浙西，有美姬，嘏甚溺惑。洎计偕，以其母所阻，遂不携去，会中元为鹤林之游，浙帅窥之，遂为其人奄有。”《唐才子传》卷七亦有类似记载，从诗中所流露出来的缕缕柔情来看，殆为这一“美姬”而作欤？录之以俟来者。

马　戴

马戴，字虞臣，曲阳（今江苏东海）人。会昌四年（844）进士，曾参太原幕府任掌书记，贬龙阳（今湖南汉寿）尉，官至国子博士。他与项斯、赵嘏同榜，与贾岛、许棠交谊甚笃，以及与姚合、顾非熊、殷尧藩、李廓、僧无可等均有唱酬。他长于五律，清微婉约，有较高的艺术水平。宋严羽《沧浪诗话》说："马戴在晚唐诸人之上。"元辛文房《唐才子传》也说："戴诗壮丽，在晚唐诸公之上。优游不迫，沉着痛快，两不相伤，佳作也。"明钟惺《诗归》说："晚唐诗有极妙而与盛唐人远者，有不妙而气脉神韵与盛唐人近者。'不必妙'三字甚难到，亦难言，妙不足以拟之矣。唯马戴犹存此意，然皆近体耳。"清翁方纲《石洲诗话》还说："马戴五律，又在许丁卯（浑）之上，直可与盛唐诸贤侪伍。"从这些评论中，可以略窥诗人在诗歌艺术方面的造诣了。

落日怅望

孤云与归鸟，千里片时间。
念我何留滞[1]，辞家久未还。
微阳下乔木[2]，远烧入秋山[3]。
临水不敢照，恐惊平昔颜[4]。

✤ 注释

[1] 念我：犹言怜我。　[2] 微阳：犹言残阳、夕阳。言照射在乔木上的落日

余晖逐渐减弱，故曰“微”。诗人习用“微阳”一词，如《楚江怀古》的“微阳下楚丘”。 [3]“远烧”句：一作“远色隐秋山”。远烧：远处的夕照，白居易《秋思》：“夕照红于烧，晴空碧胜蓝。” [4]“临水”二句：梁简文帝诗云：“昔类红莲草，自玩渌水边；今如白华树，还悲明镜前。”李益《过五原胡儿饮马泉》：“莫遣行人照容鬓，恐惊憔悴入华年。”郑谷《辇下冬暮咏怀》：“十年春泪催衰飒，羞向清流照鬓毛。”与诗人这两句诗，都是同一构思，同一机杼，而或言“悲”，或言“惊”，或言“恐”，或言“羞”，便觉其叹老之程度不同，足见其创新之迹。

✤ 今译

那一片孤云啊几只归鸟，远飞千里只需一刹那间。
可怜我这么留滞在北国，辞别家乡长期未能回还。
挂在高树上的斜阳要落，远处的红霞也躲进秋山。
面临一湾清水不敢去照，只怕已不是昔日的容颜。

✤ 评析

明谢榛在《四溟诗话》卷一中说：“景多则堆垛，情多则暗弱，大家无此失矣。”这首诗之所以能够赢得读者，就在于它情景分写，情景交融，而又无堆垛暗弱之失。首联以“云”和“鸟”起兴，以“千里”、“片时”之巨大反差，撞击着读者的心灵，以见其不如“云”之自在，“鸟”之自由。既扣紧题中的“怅望”，又状出游子的心声。这是诗人在“落日”所见到的景物。接着是写由景物触发而产生的思乡之情。留滞北国，长期未还，既不若“云”之飘浮，又不如“鸟”之投林，乡思别愁，自在言内。颈联仍是扣紧“落日”来写景：挂在乔木上的斜阳，光线已逐渐微弱；出现在远处的红霞，也已躲进了秋山。这就加重了游子思归的感情，情也就融入景中了。尾联又由写景转到抒情，因恐失去旧颜，而不敢临水照影，着一“惊”字，而“美人迟暮”之感全出。所以沈德潜评此诗说：“意格俱好，在晚唐中可云轩鹤立鸡群矣。”我以为“意好”在于景真、情真，情因景生，景以情活；“格好”在于笔健神完，语虽浅近，意极深厚，正如谢榛在《四溟诗话》中说他的诗“虽瘦而健，虽粗而雅”一样。

李　频

李频，字德新，睦州寿昌（今属浙江）人。少秀悟，多记览，与同里方干相师友。时姚合以诗名于时，他不远千里前去拜访，希望能得到姚合对他的诗作出品题，姚合一见，大加奖掖，并爱其标格，把女儿嫁给了他。唐宣宗大中八年（855）进士，调校书郎，为南陵主簿，迁武功令，赈饥民，戢豪右，修水利，甚得人民群众的拥护。懿宗嘉奖他，擢侍御使，迁都官员外郎。后自请为建州（今福建建瓯）刺史，至则颁布条教，以礼治下，建州赖以安定。不久，卒于官，父老为立庙于黎山（在今福建将乐），岁时祭祀。后人因名其集为《建州刺史集》或《黎岳集》。

他的诗五律较多，诗风与刘长卿相近。宋严羽《沧浪诗话·诗评》说："李频不全是晚唐，间有似刘随州（长卿）处。"《唐才子传》卷七亦说："频诗虽出晚年（指晚唐），体制多与刘随州相抗，《骚》严《风》谨，惨惨逼人。"他和李群玉、许浑、刘驾、张乔、许棠、薛能、喻坦之等诗人，均有唱酬，又与钱起、顾况并称"一时巨擘"。

湖口送友人[1]

中流欲暮见湘烟[2]，岸苇无穷接楚田[3]。
去雁远冲云梦雪[4]，离人独上洞庭船。
风波尽日依山转，星汉通霄向水悬[5]。
零落梅花过残腊[6]，故园归去又新年。

✤ 注释

[1] 湖口：湘江流入洞庭的渡口。湖：指洞庭湖。题一作《湘口送友人》、《湘中送友人》，此据《才调集》和《唐诗纪事》的诗题。 [2] 中流：江心。湘烟：笼罩在湘江上的雾气。 [3] 岸苇：岸边的芦苇。一作"苇岸"。楚田：荆楚地区的广阔原野。湘江流域春秋战国时为楚地，故云"楚田"。 [4] 云梦：泽名，在洞庭湖以北的湘、鄂境内，早已淤塞，今湖南的益阳、湘阴以北，湖北的江陵、安陆以南的广大地区都是古云梦泽。 [5] 星汉：银河。向水悬：言银河倒映水中的景象。 [6]"零落"句：一作"回首羡君偏有我"。残腊：年终，将尽的腊月。

✤ 今译

我在暮色中看到笼罩着江心的淡烟，望不到边的芦苇紧接着广阔的田原。
北雁冲着云梦的大雪向着远方飞去，离人独自登上那烟波浩渺的洞庭船。
船儿随着山势整天在那风浪中行转，碧空的银河像高高地挂在万顷琼田。
梅花已经零落标志着一年又要完了，当你回到故乡的时候算来已到新年。

✤ 评析

这首送别友人的诗，有七句是写景，写景的七句诗中，有四句不离"湖口"，然而我们并不觉得它堆垛臃肿，是因为它句句在写景，又句句在写人；句句是景语，又句句是情语。那江上的暮霭、岸畔的芦苇、广阔的原野、飘零的孤雁，都是以"湖口"为中心，从不同的视角，描绘出一幅幅的动人景色，或近或远，或静或动，令人目不暇接，只"离人独上洞庭船"一句，不但点明了"送友人"的题意，而且让所有的景语都变成了情语。以下由眼前景转到心中景，由写实转为虚拟，是由"洞庭船"引发出来的想象，一叶孤舟在浩瀚的风波中航行，一派银河倒映在万顷琼田之中，既是写友人在舟中所见的景物，又是对友人前途充满风险的担心。最后一联，以情结景，上句以"零落梅花"喻自己的寂寞孤凄；下句以"新年"与"残腊"相映衬，一以表示对友人回家团聚的羡慕与祝福；一以表明自己漂泊他乡，度过"残腊"的无限惆怅。真情实感，溢于言外。

李商隐

李商隐(813—858),字义山,号玉谿生,怀州河内(今河南沁阳)人。他生活在藩镇作乱、宦官专政、朋党倾轧的大动乱时代。早年受知于令狐楚,令与其子令狐绹一起学习,并教他作四六文。开成二年(837)登进士后,入泾源节度使王茂元幕,并与其女儿结婚。令狐楚与王茂元是政敌,党于令狐的人认为商隐投靠王茂元,是背恩无行,都出来排挤他。令狐绹又长期执政,以故李商隐长期受到压抑。这位晚唐诗坛的明星在朋党倾轧的夹缝里,只在几个大官那里做过幕僚,最后被剑南节度使柳仲郢辟为判官、检校工部员外郎,不久,便客死于荥阳。著有《玉谿生诗集》。

他绝不是一个"放利偷合"的无行文人,而是一个敢作敢为、敢于同宦官势力做坚决斗争的大丈夫。下面两个事例,便足以说明这一点。一是"耿介嫉恶"的刘蕡,曾经"切论黄门太横,将危宗社",主张改革朝政,被宦官仇士良斥为"疯汉",贬为柳州司户。诗人敢于犯难,写了满怀悲愤的《赠刘蕡》诗。及刘蕡抑郁去世,他又接连写了四首哭刘蕡的诗,至今读到他的"路有论冤谪,言皆在中兴","上帝深宫闭九阍,巫咸不下问衔冤"的诗句,犹能激起人们对宦官势力的痛恨,对刘蕡被贬的深切同情。二是太和九年(835)的"甘露之变"中,宦官仇士良等幽禁文宗,杀了宰相王涯等。大家都噤若寒蝉,生怕惹火上身。不少平时洁身自好、受到人们尊敬的人,也迫于形势,去依附宦官势力。白居易虽然写了《九年十一月二十一日感事而作》的诗,却只是庆幸自己没有卷入这个政治漩涡而"白首同归"。只有诗人不顾危险,写了义正词严声讨宦官的《有感》和《重有感》的光辉诗篇，对宦官势力提出了严重的抗议。这难道是“诡薄无行”的人所能做得到的么？

李商隐在诗歌发展史上的卓越贡献，是他那构思精巧、唱叹多情的七言律诗。七律在杜甫手里已极尽变化之能事，达到了很高的艺术境界。但这种形式并没有引起诗人们的足够重视，白居易公开声称律诗“非平生所尚”，元稹在《上令狐相公诗启》中甚至流露出轻蔑的口气说：“律诗卑庳，格力不扬。”直到诗人出来，创作了一百二十首秾丽精致的七言律诗，才把这种形式推到了极致。正如清袁枚在《随园诗话》中所说的：“七律始于盛唐，如国家缔造之初，宫室初备，故不过树立架子，创建规模；而其中之洞房曲室，网户罘罳，尚未齐备。至中、晚而始备，至宋、元而愈出愈奇。”诗人正是在盛唐的“规模”上，把七律这种形式发展完善起来的。所以世之论者，往往把他作为杜甫的真正传人。清薛雪在《一瓢诗话》中说：“有唐一代诗人，唯李玉谿直入浣花（杜甫）之室。”施补华在《岘佣说诗》中也说：“义山七律，得于少陵者深，故秾丽之中时带沉郁，如《重有感》、《筹笔驿》等篇，气足神完，直登其堂而入其室矣。”他的诗歌对后世的影响也很大，《四库总目提要》说宋初西昆体的诗，“宗法唐李商隐，词取妍华而不乏兴象”。《风月堂诗话》还说：“黄鲁直（庭坚）独用昆体工夫，而造老杜浑全之境，禅家所谓更高一着。”说明宋初的西昆体和黄山谷都是宗法李商隐的。

晚　晴[1]

深居俯夹城[2]，春去夏犹清[3]。
天意怜幽草[4]，人间重晚晴[5]。
并添高阁迥[6]，微注小窗明[7]。

越鸟巢干后[8]，归飞体更轻。

✤ 注释

[1] 这首诗描写初夏晚晴的景色，暗寓身世之感。当作于诗人参桂林总管郑亚幕时，约在大中初(847—848)。 [2] 深居：幽居。夹城：瓮城，即城门外的月城。 [3]“春去”句：言时当初夏，天气清和。语本魏曹丕《槐赋》：“伊暮春之既替，即首夏之初期。天清和而温润，气恬淡以安治。”清：清和。 [4]“天意”句：言天若有意爱怜幽草，使之雨后复苏。幽草：青青的草。 [5]“人间”句：言云开气爽，忽放晚晴，尤为人间所珍重。晚晴：晚照。 [6]“并添”句：言从高阁上眺望应当看得更远。并：合。高阁：即诗人“深居”之处。迥：远。 [7]“微注”句：言晚晴将夕阳的余晖注入小窗，显得更加明亮。微注：注入很小的光线。 [8] 越鸟：桂林古为百越之地，故以“越”修饰鸟。巢干表现“晴”，鸟归表现“晚”。此为诗人的心情写照，既写出晴，又写出喜晴。

✤ 今译

我幽居在城门外的月城，春天去了夏天犹觉清新。
上天好像有意垂怜青草，人间却在加倍珍重晚晴。
从高阁上眺望视线更远，残照射进小窗益增光明。
这儿的鸟巢被吹干以后，飞掠晴空的鸟毛羽更轻。

✤ 评析

这首写景的小诗，融入了诗人在“晚晴”中的独特感受，表现出处在逆境中的积极的人生态度，而又情景无垠，不着痕迹，所以为妙。首联从环境和时令两个方面，抒发诗人在“晚晴”中的独特感受：独居城外，久雨初晴，伫立在晚风中，顿觉天清气爽，精神为之一振。一种欣悦之情，流注在诗人的笔端。颔联以“幽草”自喻，寄托了诗人的身世之感；以“晚晴”喻人生，暗寓着“夕阳无限好，只是近黄昏”(《乐游原》)的感叹。既有对美丽暮景的无限喜悦，亦有对短促暮景的黯然神伤，但却更多地表现出乐观的态度。可谓融情融理于景，达到了“自然高妙”的境界。颈联细腻优美，疏中见密，形象真切，情与境偕。登阁远眺，喜得广阔的视野；注窗余晖，带来些小的光明。仍是写阴暗中的光明，写艰苦中的乐趣，是对“重晚晴”的进一步深化。尾联以越鸟巢干，体态轻盈、自由自在地掠过晴空，写诗人的欢愉之情，妙在以“归飞”切“晚”，以“巢干”切“晴”，始终围绕着题目来立意、写景，是那样的自然浑成，毫无斧凿痕迹。

蝉

本以高难饱，徒劳恨费声[1]。
五更疏欲断[2]，一树碧无情[3]。
薄宦梗犹泛[4]，故园芜已平[5]。
烦君最相警[6]，我亦举家清[7]。

✤ 注释

[1]“本以”二句：言以清高自处，本来难免于饥饿，如因此而抱枝哀鸣，只是“徒劳”而已。高：清高。 [2]“五更”句：言蝉鸣到五更，已经力竭声疏，难以为继了。此句承上文的“声”字。 [3]“一树”句：言蝉栖身树上，哀鸣不已，而所栖之树却无动于衷，依然自“碧”。此作者以蝉自比，而以“树”比他所期望的加以援手的人。这是承上文的“恨”字。 [4]“薄宦”句：《战国策·齐策》：“桃梗谓土偶人曰：‘子，西岸之土也，铤（捏）子以为人，至岁八月，降雨下，淄水至，则汝残矣。’土偶曰：‘不然。吾，西岸之土地；吾残，则复西岸也。今子，东园之桃梗也，刻削子以为人，降雨下，淄水至，流子而去，则子漂漂者将何如耳。’”薄宦：小官。梗：树枝，此指桃枝。诗人在这里是以“梗泛”形容自己漂泊不定的宦游生活。 [5]故园：故乡。芜：荒芜。陶渊明《归去来辞》：“田园将芜胡不归。”隋卢师道《听鸣蝉篇》：“故乡已超忽，空庭正芜没。”此暗用其意。 [6]烦君：麻烦你。君：指蝉。警：警告，敲起警钟。 [7]举家：全家。清：清贫，清廉。

✤ 今译

本来因为自命清高难得一饱，向人诉说不平也是白费了劲。

你整夜哀鸣已到了声嘶力竭，那高树笼翠却好像毫不动情。
薄宦的生涯如同泛泛的桃梗，故乡的田园早已经杂草丛生。
多谢你为了我来把警钟敲响，我的全家也像你一样的清贫。

✤ 评析

这首咏物的诗，曾经被朱彝尊誉为“咏物最上乘”之作。咏物诗有两个要点：一要“体物为妙，功在密附”；一要“寄托深远，传神为上”。这首诗妙在以蝉自况，不粘不脱，句句是咏寒蝉，句句又是写自己，写得情景交融，物我一体。首联以蝉的栖高树，饮清露，却又抱枝哀鸣，似诉自己的愤懑不平，隐喻自己的清高，得不到有力者的支援，只能过着清贫的生活。着一“饱”字和“恨”字，不仅把蝉人格化了，而且透露了自己寄托的深意。颔联是神来之笔，上句对蝉的“五更疏欲断”倾注了极大的同情，下句对树的“碧无情”又流露出不满之意。蝉叫得“疏欲断”，而树却无动于衷，依然翠绿自若，并不因之而憔悴，这种责难当然是无理的；但这种无理，却因为诗的寄托，即有力者不肯加以援手，而显得有理有情。后半幅由咏物转到抒情，转到写自己，发感慨。表面上似乎与咏蝉无关，而意脉上却有着密切的联系。“薄宦”与“难饱”相呼应，“相警”与“费声”相承接。“君”、“我”对举，首尾关合，以蝉之有情而“相警”反衬树之无情而“自碧”，把蝉、树、我的关系，通过景、情、理的描写，而进一步融为一体。这便是此诗的不可及处。

重有感[1]

玉帐牙旗得上游，安危须共主君忧[2]。
窦融表已来关右[3]，陶侃军宜次石头[4]。
岂有蛟龙长失水[5]，更无鹰隼与高秋[6]。
昼号夜哭兼幽显[7]，早晚星关雪涕收[8]。

✤ 注释

[1] 大和九年(835)十一月，宰相李训、凤翔节度使郑注，在唐文宗的授意下

密谋诛灭宦官，先在左金吾厅内埋伏兵甲，使人奏称后院石榴上发现甘露，然后由文宗遣宦官仇士良等去验看，于是趁机将他们杀死。不料兵甲隐藏不密，被宦官看出破绽。他们先下手将皇帝劫往后宫，然后率禁兵出来屠杀朝臣，李、郑被杀，连未曾预谋的宰相王涯也遭到族灭。造成“流血千门，僵尸万计”的惨祸。史称“甘露之变”。开成元年(836)二、三月间，昭义军节度使刘从谏两次上表，力辩王涯等无辜被杀，指斥宦官“擅领甲兵，恣行剽劫”，表示要“誓以死清君侧”。诗人有感于此，曾经写过《有感二首》，叙述事件的真相，抒发自己的愤慨，所以题作《重有感》，诗中主张昭义军节度使向长安进军，清除宦官，恢复皇帝的自由，这在当时是一种大胆的正义的呼声。 [2]“玉帐”二句：言节度使有军威实力，得到有利的形势，能够威慑宦官，与君主分忧。玉帐：主帅所居的豪华的军帐。牙旗：用象牙装饰起来的军旗。得上游：得到有利的形势。 [3]窦融：东汉初任凉州牧，他知道汉光武将讨伐隗嚣，便上表陈列山川形势，并询问出兵日期，准备效力。关右：函谷关以西，即窦融的辖地。此以窦融比昭义军节度使刘从谏。 [4]陶侃：东晋人，在他任荆州刺史时，苏峻谋反，他和温峤、庾亮等会师石头城下，杀了苏峻。此希望刘从谏能像陶侃一样，联合其他节度使合力讨逆，进军京师。 [5]蛟龙失水：比喻皇帝为宦官所制。古以龙为君象。长：一作“愁”。 [6]“更无”句：言武臣们应该像鹰隼击杀鸟雀一样来诛戮宦官。典出《左传》文公十八年：“见无礼于其君者，诛之，如鹰隼之逐鸟雀也。”与：犹举。 [7]幽：指鬼神。显：指人。此言宦官的擅权，已经引起神人的共愤。 [8]早晚：很快，短期内。星关：犹言天门，指皇帝所居。雪涕收：掉着眼泪收复它。

✤ 今译

住在帅营指挥军旗占据了上游，在危险的关头应当为君主分忧。
窦融准备效力的奏表已来关右，陶侃讨逆的联军理宜屯驻石头。
哪里会有蛟龙长时间失去了水，难道真的没有鹰隼飞扬在高秋。
无论是鬼神还是百姓都很悲愤，不用多久便要洒泪光复这龙楼。

✤ 评析

这首政治抒情诗，风格的沉郁，用典的精切，前后的照应，虚字的锤炼，都与杜甫的《诸将五首》有着明显的继承关系。首联是说昭义军节度使刘从谏，手握重兵，占据有力的地形，在危险的关头应该站出来为君主分忧。义正词严，立言十分得体。颔联连用两个典故，既通过窦融上表，愿为光武效命，从而肯定了刘从谏上疏“誓清君侧”的壮语；又通过陶侃的联络友军，共诛叛逆，提出了殷切的希望和建议。含蓄委婉，不卑不亢，极合自己的身份。颈联连用两个比喻，以“蛟龙失水”喻文宗的受制于宦官，而以“岂有”二字表示强烈的义愤；以“鹰隼搏秋”喻猛将打击宦官，而以“更无”二字，隐寓心头的不满。清纪昀评此联说“‘岂有’、‘更无’，开合相应。上句言无受制之理，下句解释受制之故”，是很恰当的。尾联以神人之所共愤，预言早晚一定要收复被宦官控制的宫阙，有期望，有愤慨，既有坚定的信心，又有朦胧的担忧，细腻地传达了诗人的真挚而强烈的感情。钱木庵评此诗说：“用意精严，立论婉挚，少陵又何加焉！”钱龙惕说：“义山诗感情激烈，有不同于众论者。”（以上均引自《玉谿生诗集笺注》）通过二钱的评论，我们能进一步了解这首诗的价值。

哭刘蕡[1]

上帝深宫闭九阍[2]，巫咸不下问衔冤[3]。
黄陵别后春涛隔[4]，湓浦书来秋雨翻[5]。
只有安仁能作诔[6]，何曾宋玉解招魂[7]。
平生风义兼师友[8]，不敢同君哭寝门[9]。

✤ 注释

[1] 刘蕡：字去华，幽州昌平（今属北京市）人。宝历二年（826）进士。性刚直，疾恶如仇。大和二年（828）策试贤良方正。他论宦官专政，将危及国本，词意激切，名动一时。令狐楚在兴元，牛僧孺在襄阳，皆辟居幕府。后授秘书郎。为宦官所诬陷，会昌元年（841）春，贬柳州司户参军。会昌二年，死于任所。诗人和他在令狐楚幕中结识，交谊甚深。刘死后，诗人有哀悼他的诗四首。这是其中的一首。 [2] 九阍：九重宫门，犹言九关，天帝所居。也用来比喻帝王的宫

门。 [3] 巫咸：古代的神巫名。《离骚》："巫咸将夕降兮。"王逸注："巫咸，古神巫也，当殷中宗之世。"此以"巫咸不下问衔冤"，隐刺刘蕡被诬，朝廷不察真相。 [4] "黄陵"句：会昌元年春，刘蕡赴柳州贬所，路过潭州（今长沙市）。时诗人应湖南观察使、潭州刺史杨嗣复之邀，来到湖南，与刘蕡相遇，赠诗为别。诗人《哭刘司户蕡》诗有云："去年相送地，春雪满黄陵。"黄陵：在今湖南湘阴县境，古帝舜之二妃娥皇、女英庙所在地。 [5] 湓浦：又名湓口，在今江西九江城西。刘蕡虽贬于柳州，实死于江西。时诗人在长安，听到噩耗后，写了这首悼诗。 [6] 安仁：即西晋的潘岳，他擅长写作哀诔之文。 [7] 宋玉：楚人，据说是屈原的弟子，所作《招魂》一篇，王逸认为是招屈原之魂的。此言没有人真正解招死者之魂，悲死者不能复生。 [8] "平生"句：论平生的交往，我们是朋友；论风格与道德，死者实际上是我学习的榜样，所以说"兼师友"。风义：风骨道德。 [9] "不敢"句：《礼记·檀弓上》："师，吾哭诸寝；朋友，吾哭诸寝门之外。"此言对死者尊之如师，不敢自居于同列之中而哭于寝门之外。

✤ 今译

上帝深深地闭上了九重的天门，巫咸也不肯来到人间察问冤情。
去春在黄陵握别以后山川远隔，今秋从湓浦寄来讣告大雨倾盆。
只有潘岳那样的能手才配作诔，何曾看到宋玉招回了屈原的魂。
我俩平生的交情兼有师友之义，不敢把你作为朋友在寝外哭灵。

✤ 评析

这首悼念友人的诗篇，字字沉郁，其同情、悲愤与崇敬之情，远远超越了一己之私，具有强烈的政治批判色彩。姚培谦说得好："盖直为天下恸，而非止哀我私也。"正是这首诗的思想价值所在。首联以强烈的感情，把批判的矛头直指高高在上、不察下情的"上帝"，气盛言宜，足以笼盖全篇。颔联融叙事、写景、抒情为一体，从忆往到抚今，充分表达了生离死别的悲恸感情。而"春涛隔"和"秋雨翻"两词，既贴切地点明了"握别"和"闻耗"的时间，又形象地描绘了诗人当时的感情波涛和心理动态。语少意多，情深旨远，沉郁之中有秾丽之美，厚重之中有流走之态，所以为妙。后半幅转为直接抒情，以只有潘岳才配作诔，便是宋玉也无法招魂，表达了诗人悲恸欲绝、无可奈何的悲愤心情。接着道义兼师友，不敢以朋友自居，亦非泛泛之语，而是出自内心的崇敬心情。《旧唐书》本传说令狐楚、牛僧孺待如师友。《新唐书》本传说他们皆以师礼待之，可见刘蕡在当时的声望是很高的。那么诗人这句话就更有它的依据和分量了。

安定城楼[1]

迢递高城百尺楼[2]，绿杨枝外尽汀洲[3]。
贾生年少虚垂涕[4]，王粲春来更远游[5]。
永忆江湖归白发，欲回天地入扁舟[6]。
不知腐鼠成滋味，猜意鹓雏竟未休[7]。

✤ 注释

[1] 安定：郡名，即泾州(今甘肃省泾川县北)，是泾原节度使的治所。开成三年(836)诗人赴泾原节度使王茂元幕，并与其女结婚。婚后应博学鸿词科考试，不中，仍居泾原，郁郁不得意，这是他的登楼感怀之作。 [2] 迢递：高貌。 [3] 汀洲：水边的沙洲。汀：水边平地。此指泾州东面的美女湫。《太平广记》："泾州东有美女湫，广袤数里，莫测其深浅。" [4] "贾生"句：贾生，即贾谊。《汉书·贾谊传》："于是天子议以谊任公卿之位，绛、灌、东阳侯、冯敬之属尽害之，曰：'洛阳之人，年少初学，专欲擅权，纷乱诸事。'于是天子后亦疏之。"汉文帝六年(前174)，贾谊上疏陈政事，开头即曰："臣窃惟今之时势，可为痛哭者一，可为流涕者二，可为长太息者六。"此以贾谊的不被重用，喻自己的应试不第。 [5] 王粲句：王粲，字仲宣，山阳高平(今山东邹城)人。东汉末，北方大乱，他十七岁时从长安避乱到荆州，投奔荆州刺史刘表，他曾登当阳(今属湖北)城楼，作了一篇《登楼赋》，中有"虽信美而非吾土兮，曾何足以少留"之句。此以王粲之投奔刘表，喻自己之入王茂元幕。 [6]"永忆"二句：这两句是言志。意思是我常常想要做一番惊天动地的大事业，到白发苍苍时便归隐江湖。"忆江湖"是思隐；"回

天地”是要旋乾转坤。“入扁舟”暗用范蠡功成名就之后，驾扁舟游于五湖的故事。 [7]“不知”二句：《庄子·秋水》：“惠施相梁，庄子往见之。或谓惠子曰：‘庄子来，欲代子相。’于是惠子恐，搜于国中，三日三夜。庄子往见之，曰：‘南方有鸟，其名为鹓雏，子知之乎？夫鹓雏发于南海而飞于北海，非梧桐不止，非练实不食，非醴泉不饮。于是鸱得腐鼠，鹓雏过之，仰而视之曰：‘吓。’今子欲以子之梁而吓我耶？”庄子在这则寓言中，以“鹓雏”（凤凰）自比，以“鸱”（鹞属）比惠子，以“腐鼠”比梁国的相位。诗人在这里则是以应博学鸿词科的考试以及与王氏的婚姻关系比之“腐鼠”，以令狐绹及其党人比之“鸱”，而以自己的志在千里比之“鹓雏”。猜意：猜疑。

✣ 今译

我登上巍峨的百尺高楼，看到绿杨枝外一片汀洲。
青年的贾谊白淌着眼泪，高才的王粲也枉作远游。
常想建立丰功伟绩之后，归隐江湖驾着一叶扁舟。
从来不把腐鼠当作美味，可那鸱鸮总是猜疑不休。

✣ 评析

这首即景抒情的诗，以意境深沉，格律工整，用典贴切，形象鲜明，而成为诗人七律的代表作之一。它的前半幅，写登楼的所见所感，以贾谊的见嫉于绛、灌，喻自己的被排于朋党；以王粲的投奔刘表，喻自己的入幕泾原。用典之切，取喻之确，既见功力，又见才气。后半幅更开异境，于低回哀叹中突然振起，发为嫉世愤俗之浩叹，跌宕顿挫，深得杜律的三昧。“永忆江湖”，表林泉之高韵；“欲回天地”，说平生之理想。而又委婉地表示浮扁舟、游江湖，必须在旋乾转坤、功成名遂之时，足见其年少气盛，抱负不凡。宋《蔡宽夫诗话》：“王荆公（安石）晚年亦喜称义山诗，以为唐人知学老杜而得其樊篱，惟义山一人而已。”每读“永忆江湖归白发，欲回天地入扁舟”句，以为“虽老杜无以过也”。何义门亦说：“此二句亦是王荆公一生心事，故酷爱之。”（见《玉谿生诗集笺注》）清查慎行也说：“王半山（安石）最赏此联，细味之，大有杜意。”（见《查初白十二种诗评》）说明这一联，乃一篇之警策。因为它既刻画了知识分子清高的一面，又表达了知识分子积极用世的一面。结联以庄子的寓言，来表达自己的光明磊落，朋党的猜疑嫉妒，极尽调侃奚落的能事。写得极有气魄，极富才情，极饶韵味。

筹笔驿[1]

鱼鸟犹疑畏简书[2]，风云长为护储胥[3]。
徒令上将挥神笔[4]，终见降王走传车[5]。
管乐有才真不忝[6]，关张无命欲何如[7]？
他年锦里经祠庙[8]，梁父吟成恨有馀[9]。

✤ 注释

[1] 筹笔驿：在绵州绵谷县(今四川广元)北九十里。诸葛亮出兵伐魏，曾驻此筹划军事。 [2]“鱼鸟”句：言诸葛亮军纪严明，鱼鸟犹然畏其禁令。鱼鸟：一作“猿鸟”。简书：指军中的文书命令。语出《诗·小雅·出车》：“王事多难，不遑启居。岂不怀归？畏此简书。” [3] 储胥：藩篱一类的东西，即军中的壁垒。《文选》扬雄《长杨赋》：“木雍枪累，以为储胥。”韦昭注：“储胥，蕃落之类。” [4] 上将：指诸葛亮。挥神笔：指筹划军事，草拟文书，运笔如神。 [5] 降王：指后主刘禅。魏景元四年(263)，邓艾伐蜀，至城北，后主舆榇诣军门，艾解缚焚榇，后主举家东迁至洛阳。传车：驿站所备长途旅行的车子。 [6] 管乐：战国时齐国的管仲，燕国的乐毅。《三国志·蜀书·诸葛亮传》：“亮每自比于管仲、乐毅，时人莫之许也。惟博陵崔州平、颍川徐庶元直与亮友善，谓为信然。”不忝：无愧。 [7] 关张：蜀汉的大将关羽、张飞，号称“万人敌”。关羽镇荆州，为吴所败，遇害，刘备因此大举伐吴，令飞率兵万人自阆中会江州，临发，飞又为其帐下部将张达、范彊所刺杀，持其首顺流而奔孙权。故曰“无命”。 [8] 他年：犹言昔年。锦里：在成都城南，有诸葛武侯祠。三年前，诗人作有《武侯庙古柏》诗。 [9] 梁父吟：乐府旧曲名，亦作“梁甫吟”。《蜀志·诸葛亮传》：“亮躬耕陇亩，好为《梁父吟》。”

✤ 今译

鱼鸟也像害怕你的军令，风云永远在护卫着行营。
空劳上将辛勤筹划国事，终见降王传车送到洛城。
才华真正无愧于那管乐，只可怜关张都死于非命。
往年曾拜谒锦里的祠庙，遗恨都凝结在那梁父吟。

✤ 评析

这首吊古咏史的诗，全是议论，用事抒感，始终没有离开一个“恨”字，首联以鱼鸟畏其法令，风云护其营垒，极言诸葛亮的军威和军纪，足以慑服强敌和驾驭部属，足以光复汉室，建立霸业；而后主暗弱，终于亡国，这是一“恨”。中间两联以上将的筹划国事，指挥若定，管乐的才智自比，可以图王图霸，而降王不足与谋，关张又中途遇害，这是二“恨”。尾联以往年经过祠庙，重读诸葛亮的《梁父吟》，犹觉遗恨无穷，这是三“恨”。范元实《诗眼》说：“‘简书’盖军中法令约束，言号令严明，虽千百年之后，‘鱼鸟’犹畏之。‘储胥’盖军中藩篱，言忠义贯神明，‘风云’犹为护其壁垒也。读此二句，使人凛然复见孔明风烈。至于‘管乐’云云，属对亲切，又自有议论，他人不及也。”何焯也说：“议论固高，尤在抑扬顿挫处，使人一唱三叹，转有馀味。”（以上二说均引自《玉谿生诗集笺注》）范说对全诗作了高度的概括，可以帮助我们理解诗的内容；何说从抑扬顿挫立论，可以帮助我们了解诗的艺术特点。

隋　宫[1]

紫泉宫殿锁烟霞[2]，欲取芜城作帝家[3]。
玉玺不缘归日角[4]，锦帆应是到天涯[5]。
于今腐草无萤火[6]，终古垂杨有暮鸦[7]。
地下若逢陈后主，岂宜重问后庭花[8]？

✤ 注释

[1] 隋宫：隋炀帝在江都所建的宫苑。大业元年(605)，炀帝开凿了大运河通济渠，从洛阳可以乘船直达江都(今江苏扬州)，沿途筑离宫四十余所，江都宫尤为壮丽。炀帝三次南游江都，他乘坐的龙舟高达四十五尺，长二百尺，上有楼台四层，伴游的达二十万人，夹岸骑兵护送，旌旗蔽天，沿途百姓负担沉重的供应，成为极大的灾难。 [2] 紫泉宫殿：指长安的宫殿。紫泉：即紫渊，避唐高祖李渊的讳，改“渊”为“泉”。司马相如《上林赋》：“丹水更其南，紫渊经其北。”锁烟霞：为烟霞所封锁，意谓闭置不用。 [3] 芜城：指扬州。鲍照作《芜城赋》，写扬州乱后的荒芜景象，称之为“芜城”。帝家：帝王之家。言炀帝欲以江都为家。 [4]“玉玺”句：言传国之玺如果不到唐高祖手里。玉玺：皇帝所用的玉印。不缘：不因。日角：指帝王之相。《旧唐书·唐俭传》：“明公(唐高祖)日角龙庭，李氏又在图牒，天下属望，指麾可取。”又《旧唐书·高祖纪》：“武德元年(618)五月，(隋恭帝)奉皇帝玺绶于高祖。” [5]“锦帆”句：言隋炀帝的龙舟就会游遍天涯海角。锦帆：用文锦做的船帆，指隋炀帝所乘的龙舟。《隋书·食货志》：“大业元年造龙舟、凤艒、黄龙、赤舰、楼船、篾船幸江都，舳舻相接二百馀里。”《开河记》：“锦帆过处，香闻十里。” [6]“于今”句：言萤火已被搜尽，如今腐草已不产萤了。《隋书·炀帝纪》：“帝于景华宫征求萤火，得数斛，夜出游山，放之，光遍岩谷。”扬州有放萤院，相传是炀帝放萤之处。腐草无萤火：古人认为萤是腐草化的。晋崔豹《古今注·鱼虫》：“萤火，一名耀夜，一名景天，一名熠耀，一名丹鸟，一名夜光，一名宵烛。腐草为之，食蚊蚋。” [7]“终古”句：言隋堤已经寂寞荒凉，垂杨上只有暮鸦在栖息了。隋炀帝开运河，沿河筑堤，堤旁植柳，后人谓之“隋堤”。白居易《隋堤柳》云：“大业年中炀天子，种柳成行夹流水。西自黄河东至淮，绿荫一千三百里。” [8]“地下”二句：《隋遗录》载，炀帝在江都，尝游吴公宅鸡台，恍惚与陈后主相遇，因请张丽华为舞《玉树后庭花》，丽华徐起，为舞一曲。后主问帝曰：“龙舟之游乐乎？始谓殿下致治在尧、舜之上，今日复此逸游，曩时何见罪之深耶？”帝忽寤，叱之，恍然不见。陈后主：陈叔宝。隋文帝开皇九年(589)，隋灭陈，陈叔宝投降。后庭花：即《玉树后庭花》，舞曲名，陈后主所制。

✤ 今译

长安的壮丽宫殿深锁着烟霞，想将那江都的宫苑作为帝家。

要是传国的玉印不归唐高祖，扬着锦帆的龙舟便到了天涯。
今天的腐草已经化不了萤火，堤畔的垂杨永远只栖着暮鸦。
你在地下倘若碰上了陈后主，难道还应问起那玉树后庭花？

✤ 评析

这首咏史的诗有着深刻的历史意义和现实意义。它措辞深婉，托讽微妙，章法极严，对法极活，诚如何焯所说的："前半展拓得开，后半发挥得足，真大手笔。"（见《玉谿生诗集笺注》）首联以紫泉宫殿锁于烟霞之中，又在"芜城"建立一个新的帝王之家，既点了题，又揭露了隋炀帝只顾自己享乐，完全不恤民力的腐朽本质，为全诗定下了基调。颔联以流水对的形式，虚拟推想的表现手法，指出要不是传国的玉玺落到唐高祖手中，隋炀帝的龙舟可能要游遍天涯海角，以进一步揭露隋炀帝的穷奢极欲。正如何焯所说的那样："着此一联，直说出狂王抵死不悟，方见江都之祸，非偶然不幸。后半讽刺有力。"颈联用隋炀帝两个荒唐的故事，即"夜游放萤"和"开河植柳"来发今昔之感，寄讽刺之意。"腐草无萤"，言在隋炀帝的搜捕下，萤火早已绝了种，这自然是夸张之辞；"垂杨有鸦"，言在隋炀帝亡国以后，隋堤已逐渐荒凉，堤上的垂杨只有暮鸦在那里栖息了。这自然是讽刺的话。上句言"无"，下句说"有"，对照见意，工巧而富于变化。清方东树在《昭昧詹言》中评此联说："兴在象外，活极妙极，可谓绝作。"恰好说出了它深婉的命意，灵活的用笔。尾联巧妙地运用民间的传说，反诘的语气，把隋炀帝梦遇陈后主，并被其奚落的故事，加以渲染，加以讽谕，让后来的统治者不要重蹈他们的覆车，有问无答，余味无穷，同时使诗的主题也得到进一步的升华。

马　嵬[1]

海外徒闻更九州[2]，他生未卜此生休[3]。
空闻虎旅传宵柝[4]，无复鸡人报晓筹[5]。
此日六军同驻马[6]，当时七夕笑牵牛[7]。
如何四纪为天子[8]，不及卢家有莫愁[9]。

✤ 注释

[1]马嵬：即马嵬驿，在陕西省兴平市西。《旧唐书·后妃上·玄宗杨贵妃》："安禄山叛，潼关失守，（妃）从幸至马嵬，禁军大将陈玄礼密启太子，诛国忠父子。既而四军不散，玄宗遣力士宣问，对曰：'贼本尚在。'盖指贵妃也。力士复奏，帝不获已，与妃诀，遂缢死于佛室，时年三十八，瘗于驿西道侧。" [2]"海外"句：白白听说海外还有一个九州。相传杨妃死后，唐明皇派遣方士到海外的仙山去找她的魂魄。方士会到她时，她授以钿盒金钗，叫他们复命玄宗，坚订他生婚姻之约。九州：中国的代称。《史记·邹衍传》："中国者，于天下八十一分居其一分，中国名曰赤县神州。中国外如赤县神州者九，所谓九州也。" [3]"他生"句：言来生的情况不得而知，但今生的婚姻关系已经完了。陈鸿《长恨传》：唐明皇派方士在海外仙山的"玉妃太真院"见到了杨妃。"方士将行，请当时一事不为他人闻者为验。玉妃茫然退立，若有所思，徐而言曰：'昔天宝十载，侍辇避暑骊山宫。牵牛、织女相见之夕，夜始半，休侍卫于东西厢，独侍上。因仰天叹牛、女事，密相誓心，愿世世为夫妇。言毕，执手各呜咽，此独君王知之耳。'使者还奏，皇心震荡。" [4]虎旅：警卫唐明皇入蜀的禁兵。宵柝：军中夜间巡逻时的刁斗声。柝：即刁斗，金属制成，故亦称"金柝"。 [5]鸡人：宫中负责报时的人。自汉以来，宫中例不畜鸡，有专人候于朱雀门外，到了鸡叫的时候，向宫中报晓。晓筹：清晨的更筹。筹：更筹，古代夜间报更的牌子。南朝梁庾肩吾《奉和春夜应令》诗："烧香知夜漏，刻烛验更筹。" [6]"此日"句：此指马嵬坡禁军哗变的事。白居易《长恨歌》："六军不发可奈何，宛转蛾眉马前死。" [7]"当时"句：指明皇与杨妃七月七日在长生殿密约生生世世为夫妇的事。白居易《长恨歌》："七月七日长生殿，夜半无人私语时。在天愿为比翼鸟，在地愿为连理枝。" [8]四纪：古人把岁星十二年行天一周叫作一纪。玄宗在位四十五年（712—756），将近四纪，此举其成数而言。 [9]"不及"句：意谓不及民间夫妇，可以白头偕老。莫愁：古代洛阳女子，嫁为卢家妇。南朝乐府歌辞《河中之水歌》："莫愁十三能织绮，十四采桑南陌头，十五嫁为卢家妇，十六生儿字阿侯。"说明莫愁婚后的生活是非常幸福的。恰好与杨妃的"长恨"，形成十分强烈的对照。

✤ 今译

白白听说海外还有一个九州，来生不知如何今生婚约已休。

只听见禁军传来夜间的刁斗，再看不到鸡人按时来报更筹。
可恨今天六军在此哗变驻马，犹记当年七夕我俩笑语牵牛。
为什么当了四十五年的天子，反而不及卢家能够庇护莫愁。

✤ 评析

这首咏马嵬事变的诗，把讽刺的矛头直指唐明皇，极有识见。使事之妙，属对之工，倒叙逆挽，变化灵活，在唐人七律中亦不多见。首联破空而来，把“他生约”与“今生恨”加以对比，婉而多讽，极有韵味。中间两联，都是由“此生休”生发出来的，是历叙马嵬事变的悲剧经过。“虎旅传柝”而冠之以“空闻”，“鸡人报筹”而饰之以“无复”，则今昔异其苦乐的悲哀，溢于言外；“六军同驻马”、“七夕笑牵牛”，亦是哀乐对照，结撰益奇，正如沈德潜在《唐诗别裁》卷十五中评此联说：“五、六语逆挽法，若顺说便平。”尾联以民间夫妇与天子伉俪相对比，又以冷峻的诘问出之，讽刺更见强烈。《诗眼》说：“义山‘海外’二句，语极亲切，不用愁、怨、堕泪等字，而闻者为之深悲。‘空闻’二句，如亲扈明皇，写出当时物色意味也。‘此日’二句益奇。末联则又其浅近者。”冯浩对于末联的评论，又提出不同的意见说：“起句破空而来，最是妙境。……次联写事甚警；三联排宕；结句人多讥其浅近轻薄，不知却极沉痛。”我认为这些评论，对于帮助我们了解此诗的艺术成就，是很有益的。

无　题[1]

来是空言去绝踪，月斜楼上五更钟[2]。
梦为远别啼难唤，书被催成墨未浓[3]。
蜡照半笼金翡翠[4]，麝熏微度绣芙蓉[5]。
刘郎已恨蓬山远，更隔蓬山一万重[6]。

✤ 注释

[1] 无题：宋陆游《老学庵笔记》卷八：“唐人诗中有曰《无题》者，率杯酒狭邪

之语，以其不可指言，故谓之‘无题’，非真无题也。”李商隐写了十七首《无题》诗，以篇首二字为题的还不在其内。由于这些《无题》诗，意境要妙，托兴深微，往往旨归难求，成了聚讼纷纭的无头公案。有人说它是爱情生活的秘密记录，有人说它是君臣遭际的哀怨申诉，也有人说它是求援呼友的干谒请托。各执一是，难以确求。这首《无题》诗，清冯浩在《笺注》中便认为是“恨令狐之不省陈情也”。自然是穿凿的。 [2]“来是”二句：写积思成梦，梦中的情语，终归幻灭，所看到的只有斜月，听到的只有钟声，故曰“空言”、“绝踪”。 [3]“梦为”二句：一述梦中的情事，因“远别”而悲啼，而呼唤。一忆美好的往事，红袖遮灯，翠蛾催书，娇态如画，跃然纸上。 [4]蜡照：烛光。金翡翠：指被。言被上的图形是金线绣成的翡翠鸟。 [5]麝熏：熏炉中的麝香。微度：微弱地飘溢出来。绣芙蓉：指绣有芙蓉的衣裙。 [6]“刘郎”二句：刘郎，指东汉时的刘晨。传说刘晨、阮肇于汉献帝永平年间同入天台山采药，遇见两位仙女，结成眷属，被留半年，回家后子孙已过七代。重入天台访女，已踪迹杳然矣。见南朝宋刘义庆《幽明录》。蓬山：即蓬莱山，神话中的海外三山之一。这里泛指仙山。

✤ 今译

来的时候是空言去的时候杳无踪，高楼中看到的是斜月听到的是钟。
在梦里因为远别而不断悲啼呼唤，犹记得你催着我作字连墨也未浓。
半笼烛光照在绣着翡翠的锦被上，熏炉上微微透出麝香的绣花衣裙。
刘郎已恨那海外的仙山隔得太远，我俩却更隔着那座仙山有一万重。

✤ 评析

这首艳丽的爱情诗，是写由别而思、由思而梦、由梦而醒的全过程，写得缠绵悱恻，迷离惝恍，或实或虚，亦真亦幻，给人以朦胧美的感受。首联是倒叙，从梦醒后的所见所闻写起。一觉醒来，但见朦胧的斜月、凄凉的晓钟，而梦中的伊人已踪迹杳然，一种空虚、孤寂的感觉笼罩心头，不言愁，不说恨，而愁恨在其中矣。颔联写梦中的虚幻情景，既有别离的痛苦，又有甜蜜的回忆，为“远别”而悲啼呼唤，是痛苦的梦境；为“催书”而红袖伴灯，是美妙的追溯。这样的细节描写，富有生活气息，给人以真实传神的美感。颈联是实境与幻觉的交融，富有暗示性。人去了，只剩下一床绣有翡翠的锦被，这是实境；人虽已去，恍惚还可以闻到那衣裙上的香气，这是幻觉。通过“金翡翠”和“绣芙蓉”这象征着爱情生活的事物，把人去楼空的怅惘之情，推到了新的高潮。尾联以情结景，把美丽的传说和孤寂的心事，融合成一个仙凡路隔、永无会期的感叹，足以引起读者的无限同情。

无　题[1]

相见时难别亦难[2]，东风无力百花残[3]。
春蚕到死丝方尽，蜡炬成灰泪始干[4]。
晓镜但愁云鬓改[5]，夜吟应觉月光寒。
蓬山此去无多路[6]，青鸟殷勤为探看[7]。

✤ 注释

[1] 这是一首描写失恋后的惆怅的诗，因涉及爱情的秘密，不便明言，故以《无题》名篇。 [2]“相见”句：言相见无缘、相别难分。古有“别易会难”之说，曹丕《燕歌行》之二云“别日何易会日难”，此变其意而用之。 [3]“东风”句：言相别在暮春季节，更觉难堪。东风软，百花残，既点明时令，又烘托诗中主人翁的心情。 [4]“春蚕”二句：以蚕丝象征情丝，以烛泪象征别泪。“丝”与“思”谐音。言春蚕吐丝，丝尽而身死；蜡炬流泪，泪尽而身亦烬。 [5] 云鬓：青年女子的润泽而丰满的头发。改：谓青春的容颜逐渐消失。 [6] 蓬山：即蓬莱仙山。指对方的住处。 [7] 青鸟：信使的代称。《山海经·大荒西经》及《汉武故事》都说“青鸟”，“西王母所使也”。

✤ 今译

相见时难别也很为难，况当东风无力百花残。
春蚕到死丝才吐得尽，蜡炬成灰泪才流得干。
晓来对镜只愁容颜改，夜间吟诗应感月光寒。
这里到蓬山没有多远，请你殷勤为我去探看。

✤ 评析

这首诗写失恋后的心情，极为细腻深刻，语言形象，对仗巧妙，给人以很好的美感享受。首联言相晤为难，相别亦难，何况正当风软花残的暮春季节，更加重了“黯然魂消”的感情。句中重复两个“难”字，无论在感情色彩和音乐旋律上都加强了感人的力量。颔联以两个形象的比喻，形容自己的缠绵之情、爱慕之意，至死不渝。而又以“丝”谐“思”，以“烛泪”喻“别泪”，文情并茂，意象俱佳，成为脍炙人口的名句。颈联设身处地，想到对方在晓来对镜的时候，只愁岁不我与，青春的容颜逐渐消失，从而失去了悦己者的爱慕，这是一层意思。随即又设想对方想到自己在夜阑月斜的时候，敲韵赋诗，寄愁托恨，应当感到寒意袭人。这又是一层意思。曲折委婉，感人至深。结联以美丽的传说中的“青鸟”作为自己的信使，要它到对方居住的“蓬山”去“殷勤探看”，既不说明“探看”的具体内容，又不透露“探看”的真正目的，给读者留下广阔的想象空间，从而大大地丰富了它的艺术内涵。

锦　瑟[1]

锦瑟无端五十弦[2]，一弦一柱思华年[3]。
庄生晓梦迷蝴蝶[4]，望帝春心托杜鹃[5]。
沧海月明珠有泪[6]，蓝田日暖玉生烟[7]。
此情可待成追忆，只是当时已惘然[8]。

✤ 注释

[1] 此以篇首二字命题，不是咏“锦瑟”。用诗的开篇二字作题目，是从《诗经》开始的传统习惯，实际上等于“无题”。这首诗的中心思想是什么？自宋以来众说纷纭。或以为是爱情诗，或以为悼亡诗，或以为咏物诗，皆扞格难通，当是诗人晚年回忆过去、自伤身世的抒情诗。　[2] 锦瑟：装饰华丽的瑟，犹言“宝琴”、“瑶琴”。瑟是一种乐器，传说古瑟本有五十根弦，后来一般只有二十五弦。无

端：平白无故。 [3] 柱：弦上的小枕木，每一根弦上都有一个小枕木。华年：青年，盛年。诗人写这首诗的时候年近五十，因瑟的弦柱之数而引起联想，触发年华易逝的伤感。 [4]“庄生”句：《庄子·齐物论》有一则寓言故事说，庄周曾经梦见自己变为蝴蝶，觉得自己真是一只活生生的蝴蝶；梦醒了，又觉得自己还是原来的庄周。这句诗是说回忆往事，惝恍迷离，像是一场春梦。 [5]“望帝”句：《华阳国志》载，周末蜀国的君主名叫杜宇，号称望帝，相传他死了以后，魂魄化为杜鹃，鸣声凄哀。春心：伤春之心。《楚辞·招魂》：“目极千里兮伤春心。”这句是说回忆往事，不胜伤感。 [6]“沧海”句：古人有海里的蚌珠与月亮相感应的传说，月满则珠圆，月亏则珠缺。《大戴礼记》：“蜯蛤龟珠，与月盛虚。”珠有泪：古有“鲛人泣珠”的传说，言南海之外，有一种能织绡的“鲛人”，哭泣时眼泪变成珍珠。这句话的意思是追忆往事，不禁为之泣下。 [7] 蓝田：山名，在今陕西省蓝田县东南，是有名的产玉之地。唐司空图《与极浦书》引戴叔伦的话说：“诗家之景如蓝田日暖、良玉生烟，可望而不可置于眉睫间也。”这句话的意思是说回忆往事，有如烟散。 [8]“此情”二句：言这些往事不必等到回忆，在当时就已经很惆怅了。可待：岂待。惘然：失意的样子。

✤ 今译

锦瑟你为什么要有五十根弦，那一柱又一弦让我联想往年。
我一生的踪迹如同一场蝶梦，我万斛的泪水像是泣血杜鹃。
像鲛人泣珠洒满月夜的沧海，像蓝田良玉放射出耀眼云烟。
这些情景难道还要追忆才有，在当时我早就感到有些惘然。

✤ 评析

这是诗人最有名的一首准无题诗，也是旨趣难求、众说纷纭的一首朦胧诗。人人爱其辞藻之华丽，音律之优美；人人又很难将其诗中的含蕴说得明白透彻，成为大家的共识。这也许就是人们所说的“诗无达诂”吧。我以为这首抒情诗，是以“锦瑟”起兴，感叹五十之年，忽焉已过，而事功无成，壮志难酬，回首往事，如梦如烟，可泣可诉，不禁悲从中来，感慨万分，便是这首诗所表达的思想感情。中间两联，纯用比喻和象征的手法，写事如“蝶梦”，恨若“杜鹃”，生本多情，事已如烟。写得一语百情，一波三折，哀感顽艳，极尽低回缠绵之能事。末联以诘问始，以感叹终，声声唱叹，字字深沉，在无限的抑郁怅惘中，总束全诗，感染于人者至深且大。

贾　生[1]

宣室求贤访逐臣[2]，贾生才调更无伦[3]。

可怜夜半虚前席[4]，不问苍生问鬼神[5]。

✤ 注释

[1] 贾生：贾谊。这首诗讽刺汉文帝表面上虽然欣赏贾谊的才气，实质上却并不想发挥贾谊的作用。 [2] 宣室：西汉未央宫前的正殿。逐臣：指贾谊。贾谊曾经做过汉文帝的大中大夫，后被大臣绛、灌之属谗毁，被贬为长沙王太傅。《史记·屈原贾生列传》："后岁馀，贾生征见，孝文帝方受釐，坐宣室。上因感鬼神事，而问鬼神之本。贾生因具道所以然之状。至夜半，文帝前席。既罢，曰：'吾久不见贾生，自以为过之，今不及也。'居顷之，拜贾生为梁王太傅。" [3] 才调：才气。无伦：无比，无与伦比。 [4] 虚前席：白白地向前移动。《汉书·贾谊传》："不自知膝之前于席。"师古注："渐迫谊，听说其言也。"《名义考》："坐则居中；避逊不敢当，则却就后席；喜悦不自觉，则促进前席。"说明"前席"是听得入神时的一种不自觉的动作。 [5] 苍生：百姓。此句讥文帝不问国计民生的大事，而问事涉荒唐无稽的鬼神。

✤ 今译

朝廷为了求贤去访问逐臣，贾生的才气再无人与比伦。

可惜夜半白白地移到前席，不问国计民生却去问鬼神。

✤ 评析

这是一首借古讽今的史诗。其着眼点，不止于感慨个人的遭际，而在于讽刺封建统治者不能真正发挥人才的作用；不止于哀叹贾谊的被谗遭贬，也含有诗人自己怀才不遇的悲愤。而又能寓抑于扬，寄慨于讽，寓大议论于小篇幅之中，一唱三叹，韵味深长。前两句从正面着笔，是欲抑先扬。“求贤”而下访“逐臣”，“逐臣”又确系“才调无伦”，则汉文帝的求贤若渴，知人善任，尽在不言之中了。后两句以深婉的讽刺、沉痛的感叹，揭露汉文帝的虚心垂询，凝神倾听，乃至“夜半前席”，全是在演戏，全是演给别人看的。诗人在“可怜”之后着一“虚”字，又通过“问”与“不问”的对照，则前两句所“扬”的，就变成“抑”了。只有议论，没有判断，让读者自己去作结论，就更显出抑扬吞吐之妙了。

夜雨寄北[1]

君问归期未有期，巴山夜雨涨秋池[2]。
何当共剪西窗烛[3]，却话巴山夜雨时。

✤ 注释

[1] 题一作《秋雨寄内》，冯浩《玉谿生年谱》将此诗系于大中二年(848)，时作者旅游于巴蜀之间。有人认为诗人之妻王氏卒于其赴蜀之前，此后并未续娶，当是寄怀长安友人之作，亦可通。 [2] 巴山：巴蜀地区的山。这里指的是巴东。此句以“秋雨涨池”的萧瑟景象，烘托其彻夜无眠的羁旅愁思。 [3] 何当：何时。剪烛：剪掉烛花，使之更亮。这二句是说不知何日能够深夜对谈，追述今夜的客中情况。

✤ 今译

你来信问我的归期我可说不准，淅沥的巴山夜雨涨得沼满池盈。
哪一天才能在西窗下剪烛相对，回头来追忆那今夜的雨中情景。

✤ 评析

这首诗通过叠字叠词所形成的回环音节，将“巴山夜雨”的眼前现实与未来的憧憬绾合在一起，打破了时间和空间的距离，映衬成趣，跌宕有致，化眼前的悲哀为未来的欢乐，在深婉曲折中，益觉情深意真，语淡悲切，因而更具感人的艺术魅力。诗的前两句，通过一问一答的情语、“巴山夜雨”的秋景，把羁旅之愁和思归之心诉说了出来，不言愁、不言恨，而愁恨自深。后二句构思奇绝，不写今日之愁苦，而预想他日追忆今日情景时的欢乐，是深一层的写法。清桂馥在《札朴》卷六中说得好：“眼前景翻作后日怀想，此意更深。”徐德泓在《李义山诗疏》中也说：“翻从他日而话今宵，则此时羁情，不写而自深矣。”这些评论，道出了诗人艺术创新的特点。

曹　松

曹松，字梦徵，舒州（今安徽潜山）人。早年栖居洪都西山，过着穷困的生活。后依建州刺史李频。可惜李频不久便病死在任所，身后也很萧条，他也只好流落江湖，到处碰壁，不仅没有捞到一官半职，就连一个进士也到七十多岁才弄到手。与他同榜的王希羽、刘象、柯崇、郑希颜等，也都年过古稀，时人讥之为“五老榜”。他的诗学贾岛，工于铸字炼句，把许多精力都花在字句的推敲上。“平生五字句，一夕满头丝”（《崇义里言怀》），“忍苦待知音，无时省废吟”（《金陵道中寄》），就是他自道其为诗的艰苦历程。《全唐诗》录存其诗二卷。

已亥岁[1]

泽国江山入战图[2]，生民何计乐樵苏[3]！
凭君莫话封侯事[4]，一将功成万骨枯。

✤ 注释

[1] 已亥：即唐僖宗乾符六年（879）。这年淮南节度使高骈，以镇压黄巢起义军有功，进位检校太尉、同平章事。诗中的“一将”，指的便是高骈。 [2] 泽国：水乡。这里指江淮一带。战图：战争地区。 [3] 乐樵苏：犹言安居乐业。伐薪为“樵”，刈草为“苏”。 [4] 凭君：请你。封侯事：指建立战功的业绩。

✤ 今译

江淮一带也沦为战争的地区，老百姓有什么办法去把口糊。
请你不要问取得封侯的伟绩，一将功成要付出万人的头颅。

✤ 评析

这是一首讽刺诗。讽刺的对象是那些靠战争起家、以杀戮为能事的将军们。这首诗虽然有具体的讽刺对象，但因为它具有很强的典型性，其意义远远超出了诗的本身的含义，而成为一种普遍的规律。全诗纯是议论，但都词约而义丰，语浅而辞丽，而且对比强烈，反差极大，往往能够震撼人们的心弦，如“樵苏”与“封侯”，“一将”与“万骨”，都令人触目惊心，魂悸魄动。“一将功成万骨枯”，是血的呼唤，是生命的叫喊，既有现实性，又有典型意义。世界上哪一座“凯旋门”，哪一座“纪功碑”，不是成千上万的白骨垒起来的！略后于诗人的张蠙也写了意义相近的两句诗：“可怜白骨攒孤冢，尽为将军觅战功。”(《吊万人冢》)化一句为两句，概括性大减，感情色彩也远逊，两相对照，上下床之别是显而易见的。

章　碣

章碣，诗人章孝标的儿子，桐庐（今属浙江）人。乾符间举进士，但后来流落江湖，不知所终。试想唐末那个军阀割据、宦官专权的黑暗时代，如何能够容忍“尘土十分归举子，乾坤大半属偷儿”（《癸卯岁毗陵登高会中贻同志》）那样愤激的诗，让他公开骂军阀，骂宦官，盗窃神器，践踏纪纲？这自然要引起当权者的愤恨，使他无法在偌大的中国找到一块立足地的。

章碣有异才，又有创新精神，尝为变体诗，在当时颇有影响。宋严羽《沧浪诗话·诗体》中说：“有律诗上下句双用韵者，第一句，第三、五、七句押一仄韵；第二句，第四、六、八句押一平韵。唐章碣有此体，不足为法，漫列于此，以备其体耳。”《蔡宽夫诗话》说：“唐末有章碣者，乃以八句诗平侧（仄）各有一韵，如‘东南路尽吴江畔，正是穷愁暮雨天。鸥鹭不嫌斜雨岸，波涛欺得逆风船。偶逢岛寺停帆看，深羡渔翁下钓眠。今古若论英达算，鸱夷高兴固无边。’自号变体，此尤可怪者也。”其实这是诗人在诗歌形式方面所作的大胆尝试，却被后之论者以“不足为法”和“尤可怪者”加以抹杀，只有他的诗友方干给以肯定的评价说：“织锦虽云用旧机，投梭起样更新奇。”（《赠进士章碣》）“旧机”指的是七律的形式，但却尝试着用“变体”来写，即在八句之中，奇句押仄韵，偶句押平韵，自然是“起样更新奇”了。

焚书坑[1]

竹帛烟消帝业虚[2]，关河空锁祖龙居[3]。

坑灰未冷山东乱[4]，刘项原来不读书[5]。

✤ 注释

[1] 焚书坑：又名坑儒谷，传说是当年秦始皇焚书坑儒之处。旧址在今陕西临潼东南的骊山上。 [2] 竹帛：指书籍。秦尚无纸，书写则用竹简或布帛。许慎《说文解字叙》："著于竹帛谓之书。"《史记·秦始皇本纪》："臣（李斯）请史官，非《秦纪》皆烧之；非博士官所职，天下敢有藏诗、书、百家语者，悉诣守尉杂烧之。有敢偶语诗书者弃市；以古非今者族；吏见知不举，与同罪。令下三十日不烧，黥为城旦。"帝业虚：建立子孙帝王万世之业的愿望落了空。贾谊《过秦论》："天下已定，秦王之心，自以为关中之固，金城千里，子孙帝王万世之业也。" [3] 关河：指函谷关和黄河。祖龙：指秦始皇。"祖"与"始"同义；"龙"，古以为君王之象。《史记·秦始皇本纪》："三十六年秋，使者从关东夜过华阴平舒道，有人持璧遮使者。……因言曰：'今年祖龙死。'使者问其故，因忽不见。" [4] 坑灰未冷：从焚书坑儒到陈涉首义，中间仅隔四年。山东：指华山以东地区。 [5] 刘项：刘邦和项羽。他们是推翻秦朝的主力。项羽曾经说过："书足以纪姓名而已。"刘邦也说过："乃公马上而得之，安事诗书？"而且不喜欢读书人，见有戴儒冠来的，"解其冠，溲溺其中"。事见《史记》的《项羽本纪》、《高祖本纪》和《陆贾传》。

✤ 今译

焚书的烟火刚熄帝业已空，函谷黄河依旧护卫着秦宫。
坑灰还未冷山东就已大乱，刘邦项羽原来不是读书种。

✤ 评析

这首诗是借秦始皇的"焚书坑儒"，来讽刺晚唐统治者压制人才、排挤和打击知识分子的。明谢榛在《四溟诗话》中说"咏史诗宜明白断案"，并以这首诗为例加以说明。不知此诗构思极其巧妙，造语极其幽默，对秦始皇来说，是"明白断案"；对晚唐的统治者来说，则是含蓄的讽刺。诗的前两句是叙事，在叙事中，有明白的判断，有冷隽的讽刺。着一"虚"字，而"万世之业"的梦想全落了空；着一"空"字，而"表里山河"的险固全不可靠。这已是"婉而多讽”了。后两句是发感慨，在感叹中极尽揶揄调侃之能事。你秦始皇不是要“焚书坑儒”实行愚民政策么？坑灰还没有冷，山东的农民就纷纷“揭竿而起”了；推翻你嬴氏政权的，原来并不是读书的人！这种夸张的口吻、辛辣的讽刺，是对晚唐统治者压制人才、打击知识分子的含蓄抨击。

罗隐

罗隐(833—910),本名横,字昭谏,自号江东生,新城(今浙江富阳)人。少英敏,善属文,诗笔尤俊拔,与同姓邺、虬齐名,时人号为"三罗"。乾符间应进士试,累试不第。后投奔镇海军节度使钱镠,得到钱的赏识,表奏为钱塘令,迁著作郎,辟掌书记。著有《罗昭谏集》。

他的性格简傲,好讥讽公卿,多触犯忌讳。所作《谗书》等小品文,都是刺世嫉邪之作,鲁迅曾给予很高的评价。诗亦尖新冷隽,多所讽谕,又因坎坷不得志,不免有牢骚语,他赠钟陵才妓云英的诗云:"钟陵醉别十馀春,重见云英掌上身。我未成名君未嫁,可能俱是不如人。"就是一例。

魏城逢故人[1]

一年两度锦城游[2],前值东风后值秋。
芳草有情皆碍马[3],好云无处不遮楼。
山牵别恨和肠断,水带离声入梦流。
今日因君试回首[4],淡烟乔木隔绵州[5]。

✤ 注释

[1] 题一作《绵谷回寄蔡氏昆仲》。魏城:唐县名,属剑南道的绵州府,今四川的绵阳、梓潼间有魏城镇,在绵阳东北六十里。故人:当系"蔡氏昆仲",是诗人在成都时的旧游。 [2] 锦城:成都的别称。 [3]"芳草"句:言芳草像"有情"似的,阻拦他的马,不让离开。 [4] 试回首:一作"回首望"。 [5] 隔绵州:魏

城在绵州东北，成都在绵州西南，由魏城望成都，中间隔着绵州。意谓成都不可望，是透过一层的写法。绵州：州名。唐时辖境相当于今四川罗江上游以东，潼河以西，江油、绵阳间的涪江流域。

✤ 今译

一年之内两次到锦城来游，前一次是春天后一次是秋。
芳草像是有情拦住我的马，好云真是无处不遮盖着楼。
青山惹起了别恨和肠同断，碧水带着那离声共梦东流。
今天因为送别你回头试望，高树笼罩着淡烟远隔绵州。

✤ 评析

这是一首写离情别绪的抒情诗。首联以无限欣慰之情，直叙一年之内两度锦城之游的时令：前值明媚的春天，后值天高气爽的深秋。有意重叠两个“值”字，把内心的喜悦更好地表达了出来。颔联紧承“前值东风后值秋”，一句写春，一句写秋。不说自己迷恋锦城的春秋佳日，而说“芳草”如何“有情”时时绊着马蹄，“好云”如何有意处处遮着楼台。把“芳草”与“好云”人格化，并以之比喻“故人”的深情厚意，给人以美感的享受和丰富的想象，是唐诗中的名句。颈联以“山牵别恨”、“水带离声”进一步深化上文所写的离情别绪，并把自己的主观感情抹在锦城的山和水上，而以“和肠断”、“入梦流”，融物我于一体，冶情景于一炉，形象新颖，韵味悠长。末联以景结情。远树朦胧，淡烟迷茫，山川阻隔，成都已望而不见了。无限惜别之意，流于笔端，自然神余言外，韵味无穷。

秦韬玉

秦韬玉，字仲明，一字中明，京兆（今陕西西安）人。少有词藻，工吟咏，以“女娲罗裙长百尺，搭在湘江作山色”和“岚光楚岫和空碧，秋染湘江到底清”之句，而知名于时，号为绝唱。然屡应进士试，皆为有司斥落。后从僖宗避乱到四川，与宦官田令孜交往甚密，被任为神策判官。中和二年（882）特赐进士及第。《全唐诗》录存其诗一卷，共三十六首。

贫　女[1]

蓬门未识绮罗香[2]，拟托良媒益自伤[3]。
谁爱风流高格调[4]，共怜时世俭梳妆[5]。
敢将十指夸针巧，不把双眉斗画长[6]。
苦恨年年压金线[7]，为他人作嫁衣裳。

✤ 注释

[1] 这首诗是借贫女之口来诉说诗人的抑郁心情的，有可能是他在田令孜幕中做幕僚时的生活感受。 [2] 蓬门：用蓬草编排起来的门户，意谓出身于贫苦之家。绮罗香：指富贵妇女的衣饰。 [3]“拟托”句：写贫女内心的痛苦和矛盾。想找个好媒人说亲事，可一想到世人只重门阀不重人品，因而更加感到伤悲。益：更加。 [4] 风流：举止潇洒，意态端正。高格调：高雅的格调和品位。意谓胸襟气度不凡。 [5] 时世：当代。俭梳妆：俭，通“险”，怪异的意思。意即奇形怪状的穿着打扮。《唐会要》卷三十一记大和六年（832）年敕：“妇人高髻险妆，去眉开额，甚乖风俗，颇坏常仪，费用金钱，过为首饰，并请禁断。” [6]“敢

将”二句：意谓不在人前夸耀自己的刺绣很好，也不愿画着长眉与别人争美。斗：争，比。针：一作“纤”，一作“偏”。 [7] 苦恨：一作“每恨”。压：一种刺绣的方法，按指叫压。金线：黄色的丝线。

✤ 今译

生长在贫苦的家庭从未穿罗佩香，想托良媒把亲来说反而更加悲伤。
谁喜欢举止端庄格调高雅的贫女，都爱上穿着奇形怪状的流行服装。
我岂敢夸耀十指很巧刺绣又很妙，不愿把双眉画得很细和别人争长。
苦恨自己年年压着金线辛勤刺绣，全都是代替别人去做嫁时的衣裳。

✤ 评析

这首诗是通过一个贫女的自白，寄托一个贫士的怀瑾握瑜，不为世用的哀怨。正如清沈德潜在《唐诗别裁》中评此诗说：“语语为贫士写照。”俞陛云在《诗境浅说》中也说：“此篇语语皆贫女自伤，而实为贫士不遇者写牢愁抑塞之怀。”语意双关，言在此而意在彼，而又如此真切自然，所以为世人所传诵。首联写贫女出身贫寒，不识“绮罗”，欲托“良媒”说亲，又觉得无媒自托，反而更加悲伤。把贫女的矛盾心态，写得声口毕肖。中间两联，写自己之所以及笄未嫁，一是世风人心不爱“高格调”，而爱“俭梳妆”；一是她不愿在别人面前夸耀自己的心灵手巧，更不愿把自己打扮得妖里妖气，和别人去斗奇争艳。这就把自己的人格和品位，活脱脱地表现了出来。尾联突出地表现了贫女的心头“苦恨”，她年复一年压着金线去刺花绣朵，但都是“为人作嫁”，自己什么也没有得到，悲愤之情，溢于言表。这首诗，我以为处处闪着诗人自己的影子。他想由科举出身（良媒），而屡被有司所斥落，不得已去投奔宦官田令孜（非良媒），在那里年年做文字工作（压金线），都成了别人争媚取宠的东西（嫁衣裳）。足见是借“贫女”倾诉自己的不幸遭遇。

崔　塗

崔塗，字礼山，桐庐（今属浙江）人。工诗，写景状怀，深造理窟。光启四年（888）进士。壮岁避地巴蜀，穷年羁旅，诗多乱离漂泊之思，无晚唐浮浅气息。

巴山道中除夜书怀[1]

迢递三巴路[2]，羁愁万里身。
乱山残雪夜，孤烛异乡人[3]。
渐与骨肉远，转于僮仆亲[4]。
那堪正漂泊，明日岁华新。

✤ 注释

[1] 诗亦见《孟浩然集》。然诗中所写的羁旅愁苦，浪迹天涯，与孟的身世不相吻合，当是崔诗无疑。　[2] 迢递：遥远的样子。三巴：今四川东部地带。《华阳国志》卷一："建安六年，（刘）璋乃改永宁为巴郡，以固陵为巴东，徙羲为巴西太守。"　[3] 人：一作"春"。　[4]"渐与"二句：此与王维《宿郑州》的"孤客亲僮仆"同意。骨肉：至亲。《吕氏春秋・精通》："父母之于子也，子之于父母也……此之谓骨肉之亲。"

✤ 今译

走不完的三巴路，愁无奈的万里身。
寒夜残雪乱山里，客舍蜡烛异乡人。
与骨肉一天天远，和僮仆一步步亲。
正难堪长期漂泊，到明朝又是新春。

✤ 评析

这首客中除夕书感的抒情诗，情真语挚，完全从肺腑中流出，真能竦动人意。首联以工对的形式，抒发其“三巴路”的“迢递”，“万里身”的“羁危”之感，为全篇定下基调。颔联上句承“三巴路”，以“乱山”、“残雪”、“寒夜”状出旅途的荒凉危苦；下句承“万里身”，以“孤烛”、“异乡”、“行人”刻画内心的忧愁苦闷，无一虚词，而流走自然，所以沈德潜在《唐诗别裁》卷十二中赞美它说：“颔联名俊。”“渐与骨肉远，转于僮仆亲”，将王维《宿郑州》的“孤客亲僮仆”衍为十字，繁简各尽其妙，韵味各极其致，正不宜以繁简定优劣也。结尾点明除夜，不唯说出羁危愁苦的原因，且留无尽之意于言外，遂使寻常语变为警策句。

春　夕[1]

水流花谢两无情，送尽东风过楚城[2]。
蝴蝶梦中家万里[3]，杜鹃枝上月三更[4]。
故园书动经年绝[5]，华发春唯满镜生[6]。
自是不归归便得，五湖烟景有谁争[7]。

✤ 注释

[1] 题一作《春夕旅怀》。当是诗人羁旅湘鄂时所作。　[2] 楚城：楚地的城邑。诗人留滞湘鄂多年，作有《湘中秋怀迁客》、《鹦鹉洲即事》、《夷陵夜泊》等篇什。其《江行晚望》有云：“孤舟三楚去，万里独吟行。”“十年来复去，不觉二毛生。”可与此诗相表里。　[3] 蝴蝶梦：喻幻境。典出《庄子·齐物》，详见李商隐《锦瑟》诗注。　[4] 杜鹃：一作“子规”。鸟名，鸣声甚哀，声似“不如归去”。故诗文中多用为思归或劝归之词。　[5] 故园：故乡。动：动辄，每每。　[6] 华发：白发。《墨子·修身》：“华发堕颠而犹弗舍者，其唯圣人乎！”　[7]“五湖”句：暗用范蠡归隐五湖的典故。这里是诗人指其家乡浙江桐庐一带的大好风光。

✤ 今译

水自东流花自凋谢都是无情，我送走了东风又来到了楚城。
梦里回到家中哪怕远隔万里，枝头听到杜鹃看来月已三更。
故乡的音信每每经年也不到，镜里的白发往往逢春便丛生。
要是我能够回去回去就好了，五湖的好风光有谁来和我争。

✤ 评析

这首写乡思客愁的诗，通过情和景的互相烘托，虚和实的互相映衬，形成一种幽深凄婉的境界，给人以哀感顽艳的美的享受。首联将流水、落花、东风都人格化，而责水之流、花之落是无情，赞东风的始终相伴是有意，自是别有会心，别出心裁。“蝴蝶梦中”一联，《唐才子传》将其列为篇中的“警策”，并赞赏它是“意味俱远”。因为“蝶梦”是虚，“鹃啼”是实；梦归是喜，梦醒更悲；虚实相错，悲喜相衬，所以更有深度，更有层次。以下四句，直接抒情，而以“乡音经年”、“华发满镜”，诉说羁旅之苦；以欲归未得，辜负五湖风光，传达自己无可奈何的心情，语愈淡而心愈苦。

杜荀鹤

杜荀鹤(846—907),字彦之,号九华山人,石埭(今属安徽)人。大顺二年(891)进士。田頵镇宣州,辟为从事。入梁,得到朱温的赏识,授翰林学士,旬日便卒。有《唐风集》行世。宋计有功的《唐诗纪事》、周必大的《二老堂诗话》、元辛文房的《唐才子传》,都说他是杜牧的妾怀孕以后嫁给杜筠所生的。周必大还为此写过一首诗说:“千古风流杜牧之,诗才犹及杜筠儿。向来稍喜《唐风集》,今悟樊川(杜牧)是父师。”此事之真伪,历来聚讼纷纭,尚难定论。

他在诗歌史上的贡献,在理论上主张诗歌应该起到“正得失”、“移风俗”、“关时务”、“含教化”的作用,反对追求辞藻的绮丽、音韵的工巧。在实践中,他以朴素的语言,写重大的题材;以激切的心情,写平民的困苦,陈义甚高,命意甚深,平中见奇,易中寓巧,给人以深切的感受。诚如其友顾云在《杜荀鹤文集序》中所说的:“其雅丽清省激越之句,能使贪吏廉,邪臣正,父慈子孝,兄良弟悌,人伦之纪备矣。其壮语大言,则决起逸发,可以左揽工部(杜甫)袂,右拍翰林(李白)肩,吞贾(岛)喻(凫)八九于胸中,曾不芥蒂。”虽不免溢美,亦足以见其诗歌的审美价值了。

春宫怨

早被婵娟误[1],欲妆临镜慵。

承恩不在貌[2],教妾若为容[3]。

风暖鸟声碎，日高花影重。
年年越溪女[4]，相忆采芙蓉[5]。

✤ 注释

[1] 婵娟：美好的容态。意谓自己早就被美丽的容态所误。与于濆《宫怨》的"今日在长门，从来不如丑"，是语异而心同。 [2] 承恩：获得恩宠。 [3] 若为容：如何去打扮自己。《诗·卫风·伯兮》："岂无膏沐，谁适为容？" [4] 越溪女：指西施浣纱时的女伴。越溪：即若耶溪，在今浙江的绍兴，是西施当年浣纱的地方。王维《西施咏》："朝为越溪女，暮作吴宫妃。"这里代指宫女的家乡，并非实指。 [5] 芙蓉：莲花。

✤ 今译

早就被这美好的容态耽误了，想打扮一下对镜又心懒意慵。
获得恩宠并不完全在于姿色，教我到底如何去为自己美容。
温暖的风吹得鸟儿叽叽喳喳，高悬的日照得花影密密重重。
想起年年在越溪浣纱的女伴，应当记得我们一起采过芙蓉。

✤ 评析

这首诗是借宫女凄凉苦闷的生活，寄托诗人怀才不遇的怅惘。首联拈出一个"误"字，便把幽闭宫中的宫女的苦闷托了出来，益之以对镜梳洗，心懒意慵的情态，就更加形神兼备了。三、四句以流水对的形式，道出了千古宫怨诗的主旨，也寄托了百代贫士的不遇之感。五、六两句，以鸟声、花影的美妙，反衬宫女心中的寂寥。宋胡仔《苕溪渔隐丛话·前集》卷二十三："谚云：杜诗（指杜荀鹤的诗）三百首，唯在一联中。'风暖鸟声碎，日高花影重'是也。"说明这一联是诗人饮誉诗坛的名句。尾联以宫女的口吻，代浣纱的女伴设想，以为曾经在一起"采芙蓉"的人，如今已做了宫妃，不知入宫见嫉，反不如民间妇女的生活自由啊。这何止是宫女的悲愤，同时也是诗人的自况。

送人游吴[1]

君到姑苏见[2]，人家尽枕河。
古宫闲地少[3]，水港小桥多。
夜市卖菱藕，春船载绮罗[4]。
遥知未眠月，乡思在渔歌[5]。

✤ 注释

[1] 吴：也叫勾吴，古国名，拥有今江苏全境及浙、皖的一部分，建都于吴（今江苏苏州）。后因以代指江苏的苏州。 [2] 姑苏：今江苏省苏州市，因城外的姑苏山而得名。唐时的苏州，又叫吴郡。 [3] 古宫：犹言古都。苏州在春秋时为吴国的都城。吴王阖闾及夫差在这里筑有豪华的宫殿。 [4] 绮罗：指贵家子弟，身着绮罗的人。 [5]“乡思”句：言听到渔船上的歌声，一定会勾起乡思。

✤ 今译

你到了苏州就会看见，那里的人家都靠着河。
古都房屋栉比闲地少，水港星罗棋布小桥多。
繁华的夜市多卖菱藕，游春的兰舟满载绮罗。
遥知你在未眠的月夜，勾动乡思的是那渔歌。

✤ 评析

这是一首送人东游苏州的诗，它描绘了一幅令人陶醉的美好风光，使人未历其境便已神往。诗人另有一首《送友游吴越》的五绝，也是以亲切的口吻、朴素的语言，生动而形象地把吴越的风光介绍给友人。中间两联是：“有园多种橘，无水不生莲。夜市桥边火，春风寺外船。”也是把江南水乡的特产和风光，突出地表现了出来。那旖旎的风光、荡漾的游船、参差的荷花、繁华的夜市，无不充满诗情和画意。是一首风景诗，也是一幅风俗画。是那样的清新，那样的秀逸，令人有着无限的美感享受。是送别诗中的别开生面之作。

山中寡妇[1]

夫因兵死守蓬茅[2]，麻苎衣衫鬓发焦[3]。
桑柘废来犹纳税[4]，田园荒后尚征苗[5]。
时挑野菜和根煮，旋斫生柴带叶烧[6]。
任是深山更深处，也应无计避征徭[7]。

✤ 注释

[1] 题一作《时世行》。 [2] 蓬茅：茅屋，即用茅草编盖起来的房子。 [3] 麻苎：即苎麻，可以纺织成布。焦：枯黄。 [4] 柘：落叶乔木，叶厚而尖，可以饲蚕。纳税：缴纳丝织品。 [5] 后：一作"尽"。征苗：征收田赋。唐代实行"租庸调"的税收制度。租，指田赋。庸，指劳役。调，指缴纳丝绸或棉麻。 [6] 旋斫：现砍。旋：同"现"。 [7] 征徭：赋税和劳役。

✤ 今译

丈夫死于战祸我只好死守蓬茅，穿着麻做的衣衫头发也已枯焦。
栽的桑柘已经死光了还要缴税，耕的田地已经全荒了也要征苗。
每日去拣些野菜连根煮了来吃，临时去砍点生柴带着青叶来烧。
听凭你躲进哪个深山的最深处，也无法躲脱官府要收的税与徭。

✤ 评析

这诗通过"山中寡妇"的典型形象，揭露了唐末统治阶级残酷压榨老百姓的暴行。并将当时社会的尖锐矛盾加以典型化，集中表现于一句一联之中，具有震撼人心的艺术力量。用七律写新乐府，是杜荀鹤的首创精神。首联从“蓬茅”、“衣衫”、“鬓发”三个方面，活画出丈夫死于战祸的寡妇形象。她孤苦伶仃，鬓发焦黄，形容憔悴，住在一间茅棚里。通过肖像的描写，把人物饱经忧患的内心苦闷揭示了出来。中间两联，一写猛如虎的苛政；一写贫如洗的生活。桑柘砍光了，还要缴丝；田园荒尽了，还要收租。这种不顾人民死活的苛捐杂税，怎不教人发指？吃的是连根的野菜，烧的是带叶的生柴，这种民不聊生的痛苦情景，怎不教人齿冷？结尾以深沉的感慨，发出“无计避征徭”的浩叹，把这个寡妇的痛苦遭遇，变为老百姓的共同命运，从而使诗的主题得到了升华，使诗所反映的社会矛盾更具有典型的意义。

乱后逢村叟[1]

经乱衰翁居破村，村中何事不伤魂[2]。
因供寨木无桑柘[3]，为点乡兵绝子孙[4]。
还似平宁征赋税[5]，未尝州县略安存[6]。
至今鸡犬皆星散[7]，日落前山独倚门。

✤ 注释

[1] 题一作《时世行》。 [2]“经乱”二句：一作“八十老翁住破村，村中牢落不堪论”。 [3] 寨木：修筑营寨的木料。言为了供应修筑营寨的木料，桑柘都砍光了。 [4] 点乡兵：指名派遣民夫去当兵。言壮丁都被拉去当兵了，人家都断了香火。 [5] 平宁：太平时代。 [6] 安存：安抚存恤。存：慰问，慰劳。 [7] 星散：零星散失，不知去向。

✤ 今译

老翁在战后住进了破村，村子里无事不令人伤心。
因提供寨木砍光了桑柘，为拉尽壮丁断绝了子孙。
还像平时那样征收赋税，州县从未下来安抚百姓。
到如今连鸡犬都已星散，面对前山落日独倚柴门。

✤ 评析

这首诗通过村叟的不幸遭遇，把唐末农村的破败景象勾勒了出来，具有极大的典型性。因为诗的每一句话，都有着强烈的感情色彩，都反映了广大民众的悲惨生活，因而具有感人至深的艺术力量。诗的首联，开门见山，直接点题，无限悲愤地喊出了“村中何事不伤魂”的呼声。以下的诗情都是由这一句话生发出来的。中间两联，具体描绘村中令人“伤魂”的典型事例，像投枪匕首一样刺向唐末统治者的心脏。为提供修建营寨的木料，而砍光了桑柘；为提供战争的炮灰，而断绝了子孙；简直目不忍睹，耳不忍闻。谁不为这样的悲剧氛围而感到窒息？然而唐末腐朽的统治者，根本不顾人民的死活，仍旧照样征收赋税，地方官吏却从来没有对老百姓加以安抚和慰问。诗人对这种现象没有加以任何评论，而字里行间所流露出来的强烈感情，生活场景所描绘出来的社会苦难，却足以拨动每一个人的心弦。末联以沉默作抗争，倚门无语，面对前山的落日，表达了老翁那种“时日曷丧”的悲愤感情。诗人那种不顾时讳，敢于为人民的痛苦而呐喊的精神，是值得学习的；对社会现象的洞察力，也是他的同辈诗人所不及的。

陆龟蒙

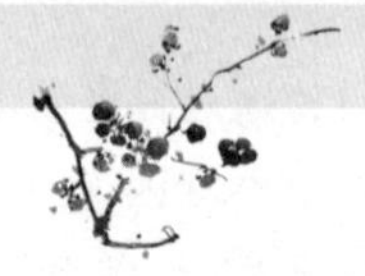

陆龟蒙，字鲁望，吴郡长洲（今江苏苏州）人。与皮日休在诗坛上同享盛名，世称“皮陆”。与春秋时的范蠡、晋代的张翰同享盛名，世称“吴中三高”。他除了一度在湖州、苏州刺史那里当过幕僚外，一直隐居在松江甫里，以吟诗饮酒为生涯，世称“甫里先生”。自号天随子、江湖散人。著有《甫里集》。

他虽然隐居江湖，却没有忘怀世事，而是忧念民生，对社会上的黑暗现象，进行过有力的讽刺与鞭挞。他的《笠泽丛书》里的那些小品文，全是愤激与抗争之谈，得到鲁迅的推崇。他的古体诗，多摹仿韩愈那种艰涩的句法，明胡震亨在《唐音癸签》中批评他是“多学为累，苦欲以赋料为诗”。但他的近体诗却受到温、李的影响，并发展了温、李诗中清新流利的一面，而自有其面目。皮日休序其诗云：“近代称温飞卿、李义山为之最，以陆生参之，乌知其孰先孰后也。”可以知其在晚唐诗坛中的地位了。

和袭美春夕酒醒[1]

几年无事傍江湖，醉倒黄公旧酒垆[2]。
觉后不知明月上，满身花影倩人扶。

✤ 注释

[1] 袭美：皮日休的字。皮为湖北襄阳人，尝隐居鹿门山，自号醉吟先生，咸

通八年(878)进士,与陆龟蒙唱和最多。后来在苏州参加了黄巢的起义部队,被任命为翰林学士。黄巢兵败,不知所终。 [2] 黄公旧酒垆:《世说新语·伤逝》:王戎经过黄公酒垆,对其徒属说:"吾昔与嵇叔夜、阮嗣宗共饮于此垆。竹林之游,亦预其末。……今日视此虽近,邈若山河。"垆:酒肆。

✤ 今译

几年来我闲散在江湖,醉倒在黄公的旧酒垆。
醒后不晓得明月已上,满身的花影要人来扶。

✤ 评析

这是一首闲适诗,把醉酒的乐趣和神态,写得兴致勃勃,情韵悠悠,给人以潇洒自如、悠然自得的生活感染。前两句是叙事,叙述自己闲散的条件是无所事事,浪迹江湖;闲散的生活是来往酒垆,酩酊大醉。既勾勒出自己的狂放生活,更标榜了自己的清高襟怀。后两句紧承"醉倒"而来,既写醉时的糊涂,又写醒后的洒脱,是传神的妙笔。它后来被广泛地运用在词曲中,说明是很受人喜爱的。原因是诗人以清新自然的笔致,写潇洒闲适的情趣,把花与月、影与人融为一体,在充满诗情的画面中,一个高人逸士的形象,跃然纸上,情态盎然,具有很高的艺术欣赏价值。

新　沙[1]

渤澥声中涨小堤[2],官家知后海鸥知[3]。
蓬莱有路教人到[4],应亦年年税紫芝[5]。

✤ 注释

[1] 新沙:新淤积起来的沙地。 [2] 渤澥:即渤海。《汉书·司马相如传·子虚赋》:"浮渤澥,游孟诸。"《初学记》:"按东海之别有渤澥,故东海共称渤海,

又通谓之沧海。”声：这里指海潮声。 [3] 官家：对皇帝的称呼。《晋书·石季龙载记》：“官家难称，吾欲行冒顿之事，卿从我乎？”《通鉴》“晋成帝咸康三年”注：“称天子为官家，始见于此。”也作“朝廷”解：白居易《喜罢郡》诗：“自此光阴为己有，从前日月属官家。” [4] 蓬莱：神话中的海外三神山之一。 [5] 紫芝：神话中的仙草，一种紫色的灵芝。

✤ 今译

渤海的大潮淤积出一片沙堤，被朝廷发现它以后海鸥才知。

如有一条道路通到蓬莱仙岛，也应年年去向仙人征收紫芝。

✤ 评析

这首诗以奇特的想象、极度的夸张、尖锐的讽刺，深刻地揭露了晚唐的朝廷无孔不入的残酷剥削。诗的首联从朝廷对海边新淤沙地的征税说起，通过夸张的手法，以“官家”与“海鸥”对比，在发现“新沙”的快慢迟早上，深刻地揭露了“官家”的贪婪嘴脸和手段。次联以幽默的口吻、新奇的设想，把“官家”敲骨吸髓的严峻事实淋漓尽致地揭示出来。昔陶渊明曾经幻想有一个没有赋税的世外桃源，诗人却说如果蓬莱仙岛有路可通，“官家”也将毫不例外地向仙人去征收“紫芝”的税，表面上像是荒唐之语、谬悠之辞；实质上却是生活的真实、历史的真实，因而具有震撼人心的艺术力量。

钱 珝

钱珝，字瑞文，吴兴（今属浙江）人。钱起的曾孙。广明元年（880）进士。因宰相王溥的推荐，乾宁二年（895）以尚书郎掌诰命，进中书舍人。后王溥因事得罪，珝亦被贬为抚州司马。他工诗善文，但作品多散佚，《全唐诗》仅录其诗一卷。《江行一百首》是他的主要作品，读之如展万里长江画卷于掌中，即被收入其曾祖父钱起的诗集中。宋人鲍钦止、葛立方、蔡宽夫，明人胡震亨均做了辨正。

未展芭蕉

冷烛无烟绿蜡干，芳心犹卷怯春寒[1]。
一缄书札藏何事[2]，会被东风暗拆看。

✤ 注释

[1]"冷烛"二句：从形状和色泽上设喻，以"冷烛"、"绿蜡"比喻未展的芭蕉，以"芳心"比喻卷成烛状的蕉心。《红楼梦》第十八回《天伦乐宝玉呈才藻》中薛宝钗嘲笑贾宝玉道："唐朝韩翊咏芭蕉诗头一句：'冷烛无烟绿蜡干。'都忘了么？"又把钱珝的著作权给了韩翊了。 [2]一缄书札：古人的书札大都作卷筒形，与未展的芭蕉叶相似，故以书札比喻未展的芭蕉。一缄：即一封。

✤ 今译

一支无烟的绿色蜡烛烛泪已干，卷在叶子里的芳心还害怕春寒。
一封信里到底隐藏着什么秘密，会有一天被东风暗自拆开来看。

✤ 评析

这是一首咏物诗。诗中是否另有寄托，可以见仁见智，但那丰富的联想、形象的比喻、自然的理趣，抒写了前人诗中未曾有过的境界，则是无可置疑的。诗的前半幅，从芭蕉卷成的筒状，联想成一支绿色的蜡烛，这是以物拟物，但却由常人见到烛就联想到“热”和“红”，却被诗人联想到“冷”和“绿”了。又从未展芭蕉的最里一层的“蕉心”，联想成隐藏在美人内心深处的“芳心”，这是以人拟物。从而使物与人浑然一体，好像一位亭亭玉立的绿衣女郎，在春寒料峭的天气里，把自己用绿色的服饰包装起来，让那颗从未向人袒露过的“芳心”，暂时埋藏在内心的深处。诗的后半幅，从上句的“芳心”联想到用以倾吐情愫的“书札”，并且指出不管那位绿衣女郎是否愿意公开自己内心的秘密，也会像未展的芭蕉一样，只要东风一吹，便会遵循自然的规律，由未展而尽展。通过“藏何事”的设问和“暗拆看”的遐想，未展芭蕉与绿衣女郎便合二为一了，从而展示了新的意境，抒发了美的情思。

韦　庄

韦庄(836—910),字端己,杜陵(今陕西西安)人。他生活在唐帝国由衰弱到灭亡的时代,饱经乱离漂泊之苦,唐昭宗乾宁元年(894)方中进士,时已五十九岁。在这以前,他的生活很穷困,常常“数米而炊,称薪而爨”。后来为西川节度使王建掌书记。唐亡,王建称帝,国号蜀,进左散骑常侍,判中书门下事。“凡开国制度、号令、刑政、礼乐,皆由庄所定。”(见《十国春秋·韦庄传》)

《秦妇吟》是他写的一首长篇叙事诗。它通过一个少妇的自述,展示出她在黄巢起义军进城时的所见所闻。诗中虽然揭露了官军残害人民的行为,也对义军有所诋毁。在我国古典叙事诗中有着较大的影响,因而有“秦妇吟秀才”之称。特别是那抒情意味很浓的小诗,清新流走,包蕴丰富,而意境淡远,一直受到人们的赞赏。明杨慎说他有的诗“乃晚唐之绝唱,可与盛唐峥嵘”。清贺裳也说他的诗“飘逸,有轻燕受风之致”。

他是诗人,更是词家。其词与温庭筠齐名,号称“温韦”,是“花间词派”的代表作家。

台　城[1]

江雨霏霏江草齐,六朝如梦鸟空啼[2]。

无情最是台城柳,依旧烟笼十里堤。

✤ 注释

[1] 台城：亦叫苑城，在今南京市鸡鸣山南，本为三国时吴国的后苑城，东晋成帝时改建之后，一直是六朝的政治中心和经济中心，也是六朝的上层统治者荒淫享乐的场所。 [2] 六朝如梦：从东吴到陈，六个短促的王朝像梦境一般地走向灭亡。

✤ 今译

江上的细雨纷飞江边的绿草长齐，六朝像梦似的过去只有鸟儿在啼。
最没有感情的怕要算台城的杨柳，淡淡的烟霭依旧笼罩着十里长堤。

✤ 评析

这是一首凭吊六朝遗迹的诗。但诗人采取烘云托月的手法，把自己的哀愁，渗透到霏霏的江雨、萋萋的江草、断续的鸟啼、凄迷的烟柳中去，形成深厚的历史感和强烈的现实感交织而成的悲剧氛围。让读者从这荒凉寂寞的画面中，从迂缓低沉的旋律中，去体察作者的深层底蕴。并以景物的“依旧”，反衬六朝繁华的“如梦”；以烟柳的“无情”，反衬诗人的多感，从而暗示出六朝的悲剧，又在一幕一幕地重演，一个腐朽的王朝又将化为一场春梦。人们将来在凭吊它的历史陈迹时，也会像我们今天凭吊六朝的历史陈迹一样。一种世事沧桑、人生如梦的悲叹，也会情不自禁地从心底深处发出来。这就是此诗所要表达的丰富的内涵。

陪金陵府相中堂夜宴[1]

满耳笙歌满眼花，满楼珠翠胜吴娃[2]。
因知海上神仙窟，只是人间富贵家。
绣户夜攒红烛市，舞衣晴曳碧天霞。
却愁宴罢青蛾散[3]，扬子江头月半斜[4]。

✤ 注释

[1] 金陵府相：指坐镇润州的镇海军节度使同平章事周宝。金陵：此指润州，即今江苏镇江。唐人习称镇江为金陵。李德裕《鼓吹赋序》“余往岁剖符金陵”，即指他任浙西观察使，驻节润州的事。府相：因周宝有“同平章事”（宰相）的官衔，故称。中堂：大厅。 [2] 吴娃：美好的少女。《文选》左思《吴都赋》：“幸乎馆娃之宫。”刘良注：“吴俗谓好女为娃。” [3] 青蛾：年轻貌美的女子。曹松《夜饮》：“席上未知帘幕晓，青蛾低语指东方。”青蛾原本指妇女用青黛画的蛾眉，因以代指青年妇女。 [4] 扬子江：此指镇江附近的长江水域。

✤ 今译

满耳是美妙的音乐满眼是美妙的花，满楼盛装的少女胜过那美丽的吴娃。
这才晓得那无限美好的天上神仙窟，也不过像这无比豪华的人间富贵家。
绣幕里夜间闪烁着的红烛就像闹市，白天里拖着的舞裙活像天空的彩霞。
担心是宴会罢了美女也随之而星散，管它扬子江头那一轮皓月是否西斜。

✤ 评析

这首诗，句句是夸耀周宝府中的豪华生活，又句句是讽刺唐末上层人物的腐朽本质。墨光所射，正是绘出当时那些权豪势要之家穷奢极欲的生活图景。诗的开篇二句，连用三个“满”字，突出一个“胜”字，便暗示出这种糜烂的生活，已经超过了曾经招致亡国之祸的吴王夫差。中间两联，具体描绘那种灯红酒绿、花团锦簇的豪华场面。三、四句是概写，是总的印象，而又倒过来说，取得了语新意奇的艺术效果。正如沈德潜在《唐诗别裁》卷十六中评此联说：“只是说人间富贵，几如海上神仙，一用倒说，顿然换境。”五、六句是细写，是现实生活的摄影。“夜攒红烛”、“晴曳碧霞”，既揭露了以周宝为代表的上层社会的日日宴会，夜夜笙歌；也揭露了他们“华灯碍月”、“红烛彻霄”，“珠翠满堂”、“琼裾曳风”的糜烂生活，而晚唐之腐朽本质，便在言外表现出来了。结尾二句，微露讽意，是点睛之笔。晚唐的统治者不“愁”摇摇欲坠的政权，而“愁”、“青蛾”随着“宴罢”而星散；不知扬子江头，月已半斜，大势已去，为欢几何！其伤时忧国的深意，尽在“却愁”二字中传达了出来。

郑　谷

郑谷(851—910)，字守愚，袁州(今江西宜春)人。他幼而颖悟，七岁能诗，诗人马戴“尝抚顶叹勉，谓他日必垂名”。(见《云台编自序》)司空图亦“拊谷背曰：‘当为一代风骚主也。’”(见《唐诗纪事》卷七)光启八年(887)中第八名进士，官至都官郎中，人称为“郑都官”。又因他曾赋得《鹧鸪》诗的“雨昏青草湖边过，花落黄陵庙里啼”之句而得名，被时人呼为“郑鹧鸪”。但诗只求形似，缺乏寄托，故李东阳在《麓堂诗话》中贬之曰：“郑谷《鹧鸪》诗二联，皆学究之高者。至于起结，则不成语矣。”又诗僧齐己携其《早梅》谒谷，谷指其“前村风雪里，昨夜数枝开”曰：“数枝非早也，不如一枝则佳。”(见陶岳《五代史补》卷三)时人又呼之为“一字师”。

他的诗平易浅近，巧丽明快，给人一种明秀清新的美感享受。祖无择在为他作的《墓志铭》中说：“当时正人，咸称其善，尤工五、七言诗，为薛能、李频所知。有《云台编》与《外集》凡四百篇行焉。士大夫家及委巷间，教儿童咸以公(郑谷)诗，与六甲相先后，盖取其词意清婉明白，不俚不野故然。”宋欧阳修在《六一诗话》中亦说：“郑谷诗名盛于唐末，集号《云台编》。其诗极有意思，亦多佳句，但其格不甚高。以其易晓，人家多以教小儿，余为儿时犹诵之。”的确，他的诗歌在抒情性、形象性、音乐性方面，是很有特色的。

中　年[1]

漠漠秦云淡淡天，新年景象入中年。

情多最恨花无语，愁破方知酒有权[2]。
苔色满墙寻故第[3]，雨声一夜忆春田[4]。
衰迟自喜添诗学[5]，更把前题改数联。

✤ 注释

[1] 中年：古人以三四十岁为中年。首联言“入中年”则当为刚进三十之年；言“秦云”则知诗人此时在长安。是诗当作于广明元年（880）春。《晋书·王羲之传》：谢安尝谓羲之曰：“中年以来，伤于哀乐。”这诗正是诗人进入中年时感于哀乐而作。[2] 酒有权：酒有破除愁闷的力量。曹操《短歌行》有“何以解忧？惟有杜康”，韩愈《赠郑兵曹》诗有“杯行到君莫停手，破除万事无过酒”之句，所以说“酒有权”。[3] 故第：旧家第宅。 [4] 春田：指家乡的耕田。 [5] 添诗学：增加了写诗评诗的著作。《唐才子传》卷九说诗人撰有“《国风正诀》一卷，分六门，摭诗联，注其比象君臣贤否、国家治乱之意”。《苕溪渔隐丛话》后集卷三四：又载诗人与齐己、黄损“共定《今体诗格》”。《十国春秋·南唐·黄损传》还说《今体诗格》一书“为湖海骚人所宗”。一说“诗学”即写诗的水平，亦“老去渐于诗律细”的意思。

✤ 今译

无边的云层弥漫着长安淡淡的天，这新年的景象使我感到已是中年。
多情的人最恼恨的是那花不解语，破除了愁闷才晓得酒掌握着大权。
访问那旧家的第宅只见苔痕满壁，听了一夜的寒雨想起了故乡的田。
自喜衰老的时候提高了诗的工力，再一次把以前的诗篇删改了几联。

✤ 评析

中年，是人生中感受哀乐最为深切的时期，或者因为他的理想没有成为现实；或者因为他的才华没有受到重视；或者浪迹江湖，欲归未得；或者蒿目国事，回天无力。忧从中来，百感交集，于是情不自禁，发而为诗。这首诗，正是诗人羁旅长安时所抒发的“美人迟暮”之感。首联以云层漠漠，天容淡淡，把长安的早春天气描绘了出来。从而勾起诗人的韶华易逝，不觉便步入了中年的伤感。接着以“花无语”象征自己的盛年不遇，“酒有权”表达自己的愁重如山。形象概括，含蓄蕴藉，把自己埋藏在心底的万千思绪烘托了出来。到底诗人在“愁”什么呢？“苔封故第”，使诗人产生人事沧桑的悲思；“雨涨春田”，使诗人产生倦游归隐的情趣。上句是写客观景物的变化所引起的愁思，下句是写主观感情的波动所引起的忧伤。两者都是中年人最典型的思想活动。最后两句是诗人的自解、自慰，借酒消愁，以诗排闷，是古代知识分子的两种最常见又最无奈的遣怀手段，“自喜”实际上是“自悲”，是在无可奈何之时，借删改旧诗来排除心中的苦闷而已。

淮上与友人别[1]

扬子江头杨柳春，杨花愁杀渡江人。
数声风笛离亭晚[2]，君向潇湘我向秦[3]。

✤ 注释

[1] 淮上：指江苏的扬州。 [2] 风笛：风中传来的笛声。离亭：即驿亭。因古人常在这里送别，故有此称。 [3] “君向”句：言此地一别，各奔前程。此与顾况的《送李秀才入京》：“君向长安余适越，独登秦望望秦川。”李商隐的《赠赵协律皙》：“不堪岁暮相逢地，我欲西征君又东。”构思完全相同，但韵味更胜。潇湘：指湖南一带。秦：指陕西的长安。

✤ 今译

扬子江头的杨柳绘出了早春，漂泊的杨花愁杀了渡江的人。
从风中传来几声离亭的玉笛，你要南下三湘我要北上三秦。

✤ 评析

这是一首送别的诗。它以抒情的语言，疏疏几笔，就勾画出了杨柳青青、杨花飘飘的画面，并从杨柳依依中流露出惜别之情；从杨花漂泊中寄寓着萍踪不定之感，加上有意的重复，让“扬子”、“杨柳”、“杨花”等同音的字，出现在临近的音距中，形成一种回环往复、余韵悠然的音乐美。结句以“君”、“我”对举，“向”字重叠，加强了咏叹的情味，言虽尽而意不尽。宋葛立方在《韵语阳秋》中说：“郑谷诗，在一句内好用二字重叠。”大概正是为了增加这种回环往复的音乐美而采取的手法。又他这两句诗，虽与顾况、李商隐的诗句命意和结构都极相似，但顾用在发端，李虽用在结尾，而“西”与“东”又过于笼统，且无重叠字，所以韵味略逊。正如清贺裳在《诗筏》中评此诗说：“诗有极寻常语，作发句无味，倒用作结方妙者，如郑谷《淮上别友人》（略）盖题中正意只‘君向潇湘我向秦’七字而已，若开头便说，则浅直无味，此却倒用作结，悠然情深，觉尚有数十句在后未竟者。”

司空图

司空图(837—908),字表圣,河中虞乡(今山西永济)人。咸通十年(869)举进士,时已三十三岁。同年中有鄙薄者谤之曰“司徒空”,意谓“此司徒空得一名也”。主考官王凝因召一榜门生开筵,宣言于众曰:“某叨忝文柄,今年榜帖,全为司空先辈一人而已。”由是声采益振。并辟为宣歙观察使幕府,不久,拜殿中侍御史,擢礼部员外郎,官至中书舍人,知制诰。图家本居中条山王官谷,那里有他先人的田庐,遂于光启三年(887)隐居于此,并筑亭曰“休休”,作《记》以见志曰:“休,美也,既休而美具。故量才,一宜休;揣分,二宜休;耄而聩,三宜休。又少也惰,长也率,老也迂,三者非济时用,则又宜休。”因自号为“知非子”、“耐辱居士”,著有《司空表圣集》。

司空图论诗,强调“韵外之致”、“味外之旨”,推重王维、韦应物的诗是“澄淡精致”、“趣味澄敻”。而且总结了王维、韦应物一派的诗歌艺术为《二十四诗品》,完全用形象的比喻来代替思辨的理论,并通过各种不同风格的形象化的描绘,以启发人们进行形象的思维活动,领悟诗歌的意境美。后来严羽的“妙悟说”,王士祯的“神韵说”以至王国维的“境界说”,都或隐或显地打上了他的诗歌理论的印记。他自己的创作实践,也跟他所倡导的诗歌理论相一致。

退　栖[1]

宦游萧索为无能,移住中条最上层[2]。

得剑乍如添健仆[3]，亡书久似失良朋。
燕昭不是空怜马[4]，支遁何妨亦爱鹰[5]。
自此致身绳检外[6]，肯教世路日兢兢[7]。

✤ 注释

[1] 在唐末农民大起义的浪涛中，诗人认为世乱已极，事不可为，乃于光启三年归隐于中条山的王官谷，筑休休亭，过着消极退隐、赋诗品花的闲适生活。诗当作于此时。 [2] 中条：山名，在今山西永济市东南。 [3]“得剑”句：《唐才子传》卷八：“(图)初以风雨夜得古宝剑，惨淡精灵，尝佩出入。” [4]“燕昭”句：《战国策·燕策一》：昭王欲得贤士，郭隗对他说：古代有个君主花了五百金买了一副千里马的骨头。因此不到一年，就买到三匹千里马。您如果真想罗致天下的贤士，就请先用我吧。昭王于是重用郭隗，并尊之为师。果然，乐毅等一批智能之士，从各地来到了燕国。孔融《论盛孝章书》：“燕君市骏马之骨，非欲以骋道里，乃当以招绝足也。”此用其意。 [5]“支遁”句：支遁，字道林，人称支公或林公，是东晋有名的和尚，他喜欢养鹰和养马，但却不放不骑。人问其故，他说“爱其神骏”。见《世说新语·言语》。 [6] 绳检：拘束制约的意思。 [7] 兢兢：小心谨慎的样子。

✤ 今译

浮沉官场不胜抑郁是因为无能，辞官归隐移居到中条的最高层。
偶尔得口宝剑好像添了个健仆，不幸丢了好书很久像失了良朋。
昭王买副骏骨不徒是为了爱马，支遁不好骑射也不妨碍他爱鹰。
从此我生活在官场的羁绊之外，岂肯在崎岖的世路上战战兢兢。

✤ 评析

这是诗人在归隐王官谷后，自抒其闲适幽静之趣。别看他为了“致身绳检外”，而感到自由自在，无拘无束，有一种欣然自得的快意，其实他的内心并不是那么平静的。尽管他一再声称“侬家自有麒麟阁，第一功名是赏诗”(《力疾山下吴村看杏花》)，“此身闲得易为家，业是吟诗与看花”(《闲夜二首》之一)。但"赏诗"、"吟诗"、"看花"跟"爱剑"、"怜马"、"好鹰"是有矛盾的。这诗的首尾两联,说他"宦游萧索(抑郁)",迂拙"无能",所以要隐居到中条山的最上层王官谷去,从此摆脱约束,不要担心世路的风险而战战兢兢了。中间两联,却又透露出他爱剑爱书、怜马好鹰的心情,而且爱得那样的执着,并进一步指出"不是空怜"、"何妨亦爱",则诗人对于唐王朝的摇摇欲坠,对于农民起义军的蓬勃发展,并不是泰然处之的。难怪他听到哀帝被杀要扼腕呕血而死了。

来　鹄

来鹄，一作来鹏，一说鹄、鹏系两人。豫章（今江西南昌）人。咸通间参加过进士考试，但没有考中。于是隐居山林，往来于湖南、湖北、江西、安徽一带。《全唐诗》收录其诗二十九首，其中七言绝句就有二十首。这二十首七绝中，咏物之作又超过一半。大都寓意深远，言在此而意在彼，具有较高的艺术水平和较深的社会意义。《唐才子传》卷八说他“自伤年长，家贫不达，颇亦忿忿，故多寓意讥讪”。从其咏物诗来看，确实“多寓意讥讪”。

云

千形万象竟还空[1]，映水藏山片复重[2]。
无限旱苗枯欲尽，悠悠闲处作奇峰。

✤ 注释

[1] 竟还空：言只见流云作态，却又没有下雨，终竟落了空。　[2] 片复重：时而出现云朵，时而出现云丛。

✤ 今译

千姿百态的云彩终于落了空，水底映出云朵山顶飘过云丛。
许多的禾苗都已枯黄快死了，它还悠闲地化作一座座奇峰。

✤ 评析

这首咏物诗，表面上是写云的形状与变化，它千姿百态，映水藏山，或像片片的飞絮，或像重重的大浪，或化作奇形怪状的山峰，这些都是人们所熟悉的自然景观。然而当人们怀着极大的希望，求它普降甘霖，来救活那些“枯欲尽”的“旱苗”时，它却悠然自在，无动于衷，陶醉在自己变化万千的广大神通中。这哪里是在写“云”？而是以高度的概括力，通过“云”的形象讽喻那些不负责任的、大言惑众的官僚们的本质特征。他们故作姿态，向老百姓说假话、许空愿，以骗取群众的信任。其实他们心中从来就不关心民众的疾苦，从来也没有想过要把自己的许诺变为现实。这种人在现实生活中，我们也“似曾相识”过。

薛 媛

薛媛，晚唐濠梁（今安徽凤阳）人，善书画，妙属文，其夫南楚材旅游陈、颍（今河南的周口、许昌），颍守爱其风采，欲以女妻之。楚材以受知感恩，便答应了。遂遣家童归取琴书。媛觉察其意，便对镜自画肖像，附以五律一首寄给他。楚材得像及诗，甚惭，终使夫妇团圆。事见《云溪友议》及《唐诗纪事》。

写真寄外

欲下丹青笔[1]，先拈宝镜寒。
已惊颜索寞[2]，渐觉鬓凋残。
泪眼描将易[3]，愁肠写出难。
恐君浑忘却[4]，时展画图看。

✤ 注释

[1] 丹青：绘画用的颜色。《汉书·苏武传》："虽古竹帛所载，丹青所画，何以过子卿？"子卿，苏武的表字。 [2] 索寞：沮丧，没有生气。南朝宋鲍照《行路难》之九："今日见我颜色衰，意中索寞与先异。" [3] 描将易：容易描画。将：助词，无义。 [4] 浑：完全，全部。如"浑身"、"浑家"。杜荀鹤《蚕妇》："年年道我蚕辛苦，底事浑身是苎麻？"戎昱《苦哉行》："身为最小女，偏得浑家怜。"

✤ 今译

想拿起画笔来绘个像，先拿起宝镜来心已寒。

已惊容貌全没有生气，渐觉鬓毛也开始凋残。
流泪的眼睛描来很易，伤心的愁肠画出却难。
恐怕你完全忘记了我，时时打开画图看一看。

✤ 评析

这首抒情诗，在刻画人物心理活动方面，既细腻，又形象；在表达感情的方式上，既委婉，又真挚，自怨自艾，如泣如诉，因而具有深切感人的艺术力量。诗一开始，就展示了作者的矛盾心理，画笔未下，宝镜先拈，素手方出，内心已寒。透过这一"寒"字，而作者内心的痛苦，就在言外传达了出来。接着从"寒"字引发出无限的愁惆，在"宝镜"中蓦地发现自己的容颜索寞，鬓毛凋残，着一"已"字和"渐"字，不仅点明了时间的先后，而且状出了内心活动的层次。"泪眼描将易"一联，是脍炙人口的名句，一"易"一"难"，互相对比，真切地刻画出怀念丈夫的深情。为你消得人憔悴，为你消得鬓毛残，这内心的痛苦和折磨，能够在画面上表现出来么？这就是"怨而不怒"。尾联微露"写真寄外"的真实目的，而又含蓄其辞，希望不要"忘却"自己，希望时时拿起"画图"来看看，以唤起往日的恩情，叮咛之意，悱恻之情，跃然纸上，如闻其声，如见其人。

陈玉兰

陈玉兰，吴（今江苏苏州）人。诗人王驾之妻。《全唐诗》录其诗一首。

寄　夫

夫戍边关妾在吴[1]，西风吹妾妾忧夫。
一行书信千行泪，寒到君边衣到无[2]？

✤ 注释

[1]"夫戍"句：王驾无戍守边关之事，但郑谷《送进士王驾归蒲州》诗有"度塞风沙归路远"之句，疑王归蒲州（今山西永济），陈留吴中，姑以征夫、征妇拟之耳。戍：戍守，屯扎。 [2] 无：否，未，相当于现代汉语中的"吗"。

✤ 今译

你戍守在边关我留在吴，西风吹冷了我我忧着夫。
一封短信浸渍了千行泪，不知寒到身边衣到了无？

✤ 评析

这首抒情的小诗，通俗浅近，以独白的方式，娓娓道来，如话家常，而句句出自肺腑，真切感人。它有两个最显著的艺术特点：一是构思的巧妙。西风吹来，当她蓦然感到凉意时，首先想到的不是自己，而是远戍边关的丈夫，因为"胡天八月即飞雪"，边关比吴地冷得更早。于是她给丈夫寄去寒衣。这样，寒衣和寒风在女主人公的想象中，分明是在途中赛跑。她希望寒衣比寒风跑得更快，却又担心寒风跑在寒衣的前头，可能寒衣未到，边关早已飞雪了。如此曲折传情，倾诉衷曲，自然感人动人。二是造语方面的巧妙。句中的叠字，如二句重“妾”字，三句重“行”字，四句重“到”字，在邻近的音距中，重叠字的反复出现，造成回环往复的音乐美，使人感到特别悦耳。尤其是句中的对比鲜明，反差强烈，首句的“边关”与“吴”，是远近的对比；次句的“妾”与“夫”，是彼此的对举，“吹”在妾身，“忧”在夫寒，可谓体贴入微，口吻逼真。三句的“书信”与“泪”，是情感的写真，益以“一行”与“千行”的强烈反差，更足以撞击人的心扉。结句的“寒”与“衣”，是虚拟中的对比，是希望与担心的矛盾，而又以温情相对，温语相问，生动地表现了女主人公的内心活动。通过念夫、忧夫、寄寒衣与夫等一系列的心理刻画，一个善于关心人、体贴人的少妇形象，便栩栩如生地展现在读者眼前了。

贯 休

贯休(832—912),俗姓姜,字德隐,婺州兰溪(今属浙江)人,七岁出家,日读经书千字,过目不忘。既精释典,亦擅诗文,兼工书画,尤长草书,时人谓之"姜体"。他曾在给吴王钱镠的贺诗中,有"满堂花醉三千客,一剑霜寒十四州"之句,钱甚爱之,但有称帝野心,要他把"十四州"改为"四十州",他冷冷地答道:"州亦难添,诗亦难改,余孤云野鹤,何天而不可飞?"遂拂袖而去(《全唐诗话》卷六、《唐诗纪事》卷七五)。后又到荆南去投奔成中令汭,汭希望他能授以书法,休勃然曰:"此事须登坛而授,安得草草而言?"汭大怒,将他递解到黔中(《北梦琐言》卷二〇、《唐诗纪事》卷七五)。昭宗天复间,又以诗投王建,有"一瓶一钵垂垂老,千水千山得得来"之句,时人呼为"得得和尚"。及王建僭位,要他吟诵自己的新作,时权贵们皆在座,他想趁机讽刺一下那些权贵们,乃朗吟他的《公子行》云:"锦衣鲜华手擎鹘,闲行气貌多轻忽。稼穑艰难总不知,三皇五帝为何物?"建大加赞赏,赐号"禅月大师",而那些权贵们却很怨恨他(《蜀梼杌》卷上、《唐诗纪事》卷七五)。从这三个故事来看,他不愧是一位不畏权势、铮铮铁骨的诗僧。

他的诗多讥切时事,而又能摆脱一切束缚,表现出一种突兀傲岸的精神,元辛文房《唐才子传》卷十说他是"僧中之一豪","天赋敏速之才,笔吐猛锐之气"。明杨慎在《升庵诗话》中说他的诗"中多佳句,超出晚唐"。我以为是符合他诗歌艺术的实际的。

题某公宅

宅成天下借图看，始笑平生眼力悭[1]。
地占百湾多是水，楼无一面不当山[2]。
荷深似入苕溪路[3]，石怪疑行雁荡间[4]。
只恐中原方鼎沸[5]，天心未遣主人闲。

✤ 注释

[1] 眼力悭：眼光狭隘，没有见过世面。悭：吝。 [2] 当山：面山，对着山。 [3] 苕溪：又名苕水，在浙江省，源于天目山，有东苕、西苕，汇于太湖。到了秋天，两岸苕花，其白如雪。此以苕花比白莲。 [4] 雁荡：山名，现位于浙江省温州市境内，山有百余峰，怪石林立，飞瀑千丈，绝顶有湖，秋雁常在此留宿，故有"雁荡"之名，是著名的风景区。 [5] 鼎沸：形容时势纷扰，如鼎中沸腾的开水。《汉书·霍光传》："今群下鼎沸，社稷将倾。"这里是指唐末藩镇割据，战祸频仍的混乱情况。

✤ 今译

别墅筑成天下都来借图样看，这才暗笑平生的眼光真太悭。
地方占着百湾周围都是流水，楼阁没有一面不是对着青山。
荷花盈池好像走进了苕溪路，怪石当途恍惚漫步在雁荡间。
只恐怕中原的战祸连年不断，老天爷心里不想让主人安闲。

✤ 评析

这首诗通过对"某公"别墅的描写，深刻地讽刺了那种不顾国计民生、只图个人享受的达官贵人。中间具体地描绘这座别墅，门绕碧水，面对青山，白荷盈池，怪石当路，环境是那样的清幽，设计是那样的精美，以致天下的人，都来借图取样，自然要暗笑自己眼界狭小，没有见过世面了。结句一转，笔力千钧，尖锐地指出在“中原鼎沸”的形势下，老天爷恐怕不会让别墅的主人在他所经营的安乐窝中，悠闲自在地享受清福吧！真是暮鼓晨钟，发人深省。这一画龙点睛之笔，是他思想深邃的表现，也是他诗艺娴熟的表现。

齐 己

齐己(864—943?),俗姓胡,名得生,潭州益阳(今属湖南)人。父母早丧,七岁便为大沩山寺放牧,常取竹枝画牛背为小诗,人咸异之。与郑谷、曹松、方干、陆龟蒙为诗友,唱和甚多。先后在衡岳东林、江陵龙兴寺传经布道,自号"衡岳沙门"。著有《白莲集》。

他以诗自负,志在继承风骚,恢复淳风。其《咏怀寄知己》诗云:"自知清兴来无尽,谁道淳风去不还?三百正声传世后,五千真理在人间。"正因为他把自己的诗歌看作"正声",看作"真理",而且一定能够流传后世,所以他一直没有放弃诗歌这个武器,"馀生岂必虚抛掷,未死何妨乐咏吟"(《遣怀》),"一千首出悲哀外,五十年消雪月中"(《吟兴自述》)。这是他执着于诗歌创作的自白。他不趋时,不干谒,不肯向权贵折腰。《宣和书谱》卷十一说他"操行自高,未始妄谒侯门以冀知遇,人颇称之"。他自己也自豪地宣称:"未尝将一字,容易谒诸侯。"(《自题》)这就是他特立独行的品格。他是隐于诗、隐于禅的高人逸士,自称是"话通时事少,诗着野趣多"(《渚宫英问诗》十五首之一),"时事懒言多忌讳,野吟无主若纵横"(《偶题》),但他的性格不允许他不谈"时事",不允许他不关心国计民生,"诸侯行教化,下国自耕桑"(《村居寄怀》),言外之意是"诸侯"不行教化,所以"下国"才无法安心"耕桑";"国犹多聚盗,天似不容贤"(《乱中闻郑谷吴延保下世》),意思是国多盗贼乃天不容贤的结果。对现实生活观察的敏锐、揭露的深刻,正是他的诗歌价值高出一般人的原因。《四库全书总目提要》卷一五一云:"唐代缁流,能诗者众,其有集传于今者,唯皎然、贯休及齐己。

皎然清而弱，贯休豪而粗，齐己……风格独遒。”清贺贻荪在《诗筏》中也说：“唐释子以诗传者数十家，然自皎然外，应推无可、清塞、齐己、贯休数人为最，以此数人诗无钵盂气也。”

早梅

万木冻欲折，孤根暖独回。
前村深雪里，昨夜一枝开[1]。
风递幽香出，禽窥素艳来[2]。
明年如应律[3]，先发望春台[4]。

✤ 注释

[1]“昨夜”句：《唐才子传》卷九：齐己以此诗求教于郑谷，郑谷读后说：“‘数枝’非早也，未若‘一枝’佳。”齐己深为佩服，便将“数枝”改为“一枝”，并称郑谷为“一字师”。 [2] 素艳：白色的花瓣。杜甫《丁香》诗：“细叶带浮毛，疏枝披素艳。”[3] 应律：适应节候。《礼・月令》中，“律中大簇”注：“律，候气之管，以铜为之。”[4] 望春台：台名。唐初建于长安城东的龙首山，亦称望春楼。这里代指京城。

✤ 今译

很多的树木都冻坏了，只有梅根迎得春意回。
那前村的皑皑白雪里，昨夜有一枝忽然先开。
微风传来清幽的香气，冻禽偷看着白的花来。
明年如也能应时开放，最先要开向那望春台。

✤ 评析

这首咏物诗，是以梅花傲雪报春的品性，寄托自己的高尚情操的。首联以夸张的手法，对偶的形式，把报春的梅花与冻折的万木置于同一个“风欺雪压”的自然环境中，以突出梅花不畏风雪、独迎春归的品质，既扣紧题旨，又寄寓怀抱，定下了全诗的基调。颔联以流水对的形式，描绘了一幅迎雪独放的早梅图。“一枝”先开于皑皑的风雪之中，斗雪挺立，迎风摇曳，不仅突出了题中的“早”字，而且给人以丰富的美感享受。颈联具体描绘在风雪里“一枝”独放的早梅风韵，从“香”和“色”两个方面着笔，以“递”表风送梅花的“幽香”，以“窥”传鸟惊美花之“素艳”，真可谓传神之笔。尾联是诗人的期望，是虚拟，也是诗人对知识分子大都埋没在林泉深处的慨叹！他希望它不开在“风雪里”，而希望它开在“望春台”，从而把个人的怀才不遇，扩大到整个“士”阶层的不遇，这就加深了主题，丰富了内涵，提高了诗的美学价值。

登祝融峰[1]

猿鸟共不到[2]，我来身欲浮。
四边空碧落[3]，绝顶正清秋。
宇宙知何极？华夷见细流[4]。
坛西独立久[5]，斜日转神州[6]。

✤ 注释

[1] 祝融峰：南岳衡山的最高峰，在今湖南省衡阳市南岳区内。 [2] 猿鸟句：极言山之高。李白《蜀道难》：“黄鹤之飞尚不得过，猿猱欲度愁攀援。”这里是化用其意。[3] 碧落：天空。白居易《长恨歌》：“上穷碧落下黄泉，两处茫茫皆不见。” [4]“华夷”句：言从高处下视，只见大地上满布着涓涓的细流。按南岳东南有湘江，西北有涓水，脚下有九条小溪呈散射状注入湘江，故云“见细流”。华：中国。夷：中国以外的地方，即大地之意。 [5] 坛西：祝融峰上有青玉坛。 [6] 神州：中国的代称。

✤ 今译

猿猴和禽鸟都攀缘不到，登上绝顶我好像在飘浮。

那四围的碧空一望无际，这孤峰的绝顶已是清秋。
宇宙的边沿到底在哪里？俯视大地只见涓涓细流。
独身站在青玉坛的西面，一直看到斜阳转出神州。

✤ 评析

这首写景的诗，以开豁的胸襟，雄浑的笔致，鲜明的形象，描绘出一种高远的境界，把登上祝融峰极目远眺的愉悦惊奇之情，淋漓尽致地传达了出来，给人以亲历其境之感。全诗从“高”字着眼，句句都是从不同的视角来写祝融峰的“高”的。首联写刚登上峰顶时的感觉：猿攀不上，鸟飞不过，自身欲浮，都是概言峰之高。次联一句写所见，仰视碧空，一望无际；一句写所感，绝顶凌空，薄有凉意，仍是极状其“高”。第三联一句是虚似，一句是实写。登上绝顶，而知“宇宙”之大，那么它到底有没有边呢？这是诗人发出的惊问，是虚拟。俯视山下，只见汹涌的江河，都成了潺湲的细流，这是诗人俯视大地的体察，是实写。仍是写峰之“高”。结联写自己为峰之“高”、景之奇所征服，以致独立坛面，直到斜日西沉，而仍不愿意离开，从而把读者带到了这个令人神往的地方。

王　驾

王驾，字大用，自号守素先生，蒲中（今山西永济）人。大顺元年(890)进士，授校书郎，仕至礼部员外郎。与郑谷、司空图为诗友。司空图在《与台丞书》中盛赞其“于诗颇工，于道颇固”，又在《与王驾评诗书》中盛赞其“五言所得，长于思与境偕，乃诗家之所尚者”。《全唐诗》录存其诗六首。

社　日[1]

鹅湖山下稻粱肥[2]，豚栅鸡栖半掩扉[3]。
桑柘影斜春社散[4]，家家扶得醉人归。

✤ 注释

[1] 社日：祭祀社神（土地神）的日子。汉以后分为春社和秋社，分别在立春和立秋后第五个戊日举行。宗懔《荆楚岁时记》：“社日，四邻并结综会社，牲醪，为屋于树下，先祭神，然后享其胙（祭祀的肉）。” [2] 鹅湖山：又名荷湖山，在江西铅山县北，晋末有龚氏蓄鹅于此，因名鹅湖山。 [3]“豚栅”句：言从半掩的门扉中可以看到院子里饲养的家畜。半掩扉：门户半开着，是时和年丰、夜不闭户的太平景象。 [4] 桑柘影斜：谓太阳西斜，树影在地。柘：桑科植物，可以饲蚕。

✤ 今译

鹅湖山下的稻粱长得多肥，家畜满院人家都半掩着扉。
桑柘的影儿横斜春社已散，家家扶着一个个的醉人归。

✤ 评析

这首写社日的节令诗，没有浪费笔墨去写社日的热闹场面，却把镜头去摄取村中的民情风俗和社散以后的太平景象。清沈德潜在《唐诗别裁》卷二十中说得好："极村朴中传出太平风景。"诗的前半幅，以极其村朴的语言，写极其寻常的景物，稻粱肥，鸡豚欢，这是农村中习见的景象，但通过"半掩扉"三字，这些景物便平中见奇了。它不但告诉我们，鹅湖山下的村民都去赶社了；而且告诉我们，那里的民风淳厚，不用闭户；那里的生产很好，丰收在望。一幅家给人足、俗厚风淳的太平景象，便浮现在人们的眼前。后半幅，诗人也不去写社日的高潮，而去写社散的尾声。通过"家家扶得醉人归"这样一个细节的描写，便把节日的喜庆气氛、村民的兴高采烈，饶有兴味地烘托了出来。由于诗人善于以简御繁，以少总多，以平见奇，以朴见巧，故能以最简短的笔墨，表最丰富的内容。

韩　偓

韩偓(842—923),字致光,一作致尧,小字冬郎,自号玉樵山人。京兆万年(今陕西西安)人。童年工诗,曾得到他的姨父李商隐的赞赏,说他:“十岁裁诗走马成,冷灰残烛动离情。桐花万里丹山路,雏凤清于老凤声。”“老凤”,指他的父亲韩瞻,意思是说他的诗比他父亲的还好(见《唐诗纪事》卷六十五)。唐昭宗龙纪元年(889)进士,历任翰林学士、兵部侍郎等要职。因不肯阿附朱全忠,受到排挤,贬为濮州(今河南濮阳)司马。后携家入闽,依王审知,定居南安,卒葬葵山。

韩偓的诗,轻快流畅,能以新鲜的色调,描绘出诗意盎然的画面。这也是他所追求的艺术境界,所谓“景状入诗兼入画”(《冬日》),“入意云山输画匠”(《格卑》),正好说明他是自觉地要求以画入诗,融情于景的。但他的《香奁集》,却经常受到别人的指责,严羽认为“韩偓之诗,皆裙裾脂粉之语”(《沧浪诗话》)。许颛认为“韩偓《香奁集》丽而无骨”(《许彦周诗话》)。吴师道也说他的诗“过于纤巧,淫靡特甚”(《吴礼部诗话》)。但他自己却很自负,认为是“以绮丽得意者”(《香奁集自序》),宋诗人李端叔也很喜欢他的诗,说是“咀五色之灵芝,香生九窍;咽三危之瑞露,美动七情”(见《许彦周诗话》)。明代的钟惺也说他的诗“细而慧,所以艳”,还说“即情艳亦自有妙理”(《诗归》卷三十六评语)。平心而论,韩氏的“香奁体”诗,并不都是淫辞媟语,而是对人体美的一种挖掘,对人性美的一种探索,写出了他大胆的追求和细心的体验,切不可用道学家的眼光去否定它。

残春旅舍

旅舍残春宿雨晴，恍然心地忆咸京[1]。
树头蜂抱花须落，池面风吹柳絮行。
禅伏诗魔归净域[2]，酒冲愁阵出奇兵[3]。
两梁免被尘埃污[4]，拂拭朝簪待眼明[5]。

✤ 注释

[1] 咸京：指长安。 [2] 诗魔：喻诗兴不能自制，像入了魔似的。白居易《醉吟》："酒狂又引诗魔发，日午悲吟到日西。"净域：即净土，佛家语，谓无浊无垢之地。 [3]"酒冲"句：言酒能消愁，如兵破阵。唐彦谦《无题》："忆别悠悠岁月长，酒兵无计敌愁肠。"郑谷《中年》："情多最恨花无语，愁破方知酒有权。"均以酒如奇兵，可破愁阵；亦有愁阵重重，无计克敌者。 [4] 两梁：冠名。汉代的服制："秩千石，冠两梁。"因诗人曾任兵部侍郎，故云。 [5] 朝簪：上朝时约发的簪子。犹言朝服、朝冠。

✤ 今译

在旅舍里看到残春的宿雨刚晴，内心里隐隐约约地想起了咸京。
树头的游蜂伏在花心落蕊满地，池面的和风吹起柳絮漫天飞行。
禅力制服了诗魔使之归于净土，清酒冲破了愁阵像是一支奇兵。
我的冠冕还没有被尘土所污染，擦拭了朝簪等待着那天放光明。

✤ 评析

这是诗人避地闽中，怀念唐王朝而作。首联开门见山，点明题目，标出诗意。在那"宿雨"初晴的"残春"季节，诗人独自在旅舍里恍惚想起了长安。"忆咸京"是这首诗的核心和灵魂，下文都是从这里生发出来的。颔联是一幅饶有诗情画意的春景图，游蜂翻飞于枝头，柳絮飘落于池面。隐“红”于花，隐“白”于絮，而颜色鲜明；着“抱”与“吹”，而化静为动。体物入微，命笔精细，是以乐境写哀。颈联由乐境转入哀感，在低回往复中，有激昂慷慨之思，不仅以词彩富艳称胜。本欲写诗以抒愤，又因悟得禅理而消释；幸而有酒可消愁，使内心的郁积得以宽解。一种感伤身世、系心离乱的感情，奔赴笔端，使读者受到深刻的感染。最后两句，是诗人的自我表白，也是诗人的最大愿望。表白的是自己尚能保持洁白，没有受到尘埃的污染；愿望的是擦拭朝簪，静待唐王朝的复兴。哀感顽艳，沉郁顿挫，使人想见其风骨的凛冽。

春　尽

惜春连日醉昏昏，醒后衣裳见酒痕。
细水浮花归别涧[1]，断云含雨入孤村[2]。
人闲亦有芳时恨[3]，地迥难招自古魂[4]。
惭愧流莺相厚意，清晨犹为到西园。

✤ 注释

[1]“细水”句：此与刘长卿《送严士元》“细雨湿衣看不见，闲花落地听无声”，取象相似，造境相近。浮花：一作“漾花”。 [2] 断云：片云，片断的云彩。 [3] 芳时恨：春归时所引起的愁思。芳时：春时。 [4] 地迥：偏远的地方。难招自古魂：言难以招致古来流落此地的精灵。招魂：祈祷死者复生的一种宗教仪式。此用《楚辞・招魂》“魂兮归来，何远为些”的句意。

✤ 今译

惜别春光我连日来喝得醉昏昏，醒来以后看到衣裳上还有酒痕。
涓涓的细流飘着落花到了别涧，朵朵的湿云含着雨意飞向孤村。
人到闲时反易引起伤春的怅惘，地处偏远很难招致古代的骚魂。
自愧对不起这流莺相待的厚意，一大清早还为我又飞到了西园。

✤ 评析

这首诗抒发了诗人异地依人的苦闷心情，融情于景，寄兴深微，律对整饬，笔致浑厚，具有较强的感染力。正如邵祖平在《韩偓诗旨表微》中所说的："七纵八横，头头是道，最能动人心脾。"诗一开端，便把"惜春"和"醉酒"加以夸张的渲染，连日来醉得昏天黑地，衣裳上沾满了酒痕，一个孤独苦闷的潦倒形象，跃然纸上。颔联以"细水浮花"、"断云含雨"，象征自己萍踪无定，漂泊依人，既表现了暮春的典型景象，又烘托了诗人的悲凉心情。颈联由景入情。人闲而闲愁容易引发，地偏而游魂更难召回，对生活体察的深细，感情表达的曲折，真是不易企及。这后一句实际上表达了他客居无友，欲引古人为伴而不可得的苦闷。末联以"流莺"为友，并使之人格化，感激它的多情，肯来殷勤探访，进一步渲染了诗人寂寞孤独的悲愤心情。

张　泌

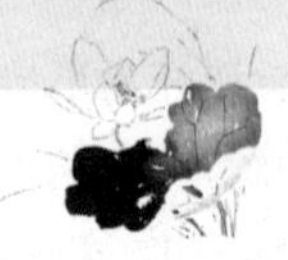

张泌，字子澄，淮南（今江苏扬州市）人。在南唐做过句容（今属江苏）县尉，官至中书舍人。《全唐诗》收录其诗一卷，共十九首。他还是有名的词人。

洞庭阻风

空江浩荡景萧然[1]，尽日菰蒲泊钓船[2]。
青草浪高三月渡[3]，绿杨花扑一溪烟。
情多莫举伤春目，愁极兼无买酒钱。
犹有渔人数家在，不成村落夕阳边。

✤ 注释

[1] 浩荡：水势汹涌，一望无际的样子。萧然：寂寞、冷落。　[2] 菰蒲：水生植物。菰：茭白。蒲：小草，二者皆生长于浅水处。言船因阻风泊于港汊，故整天只看到菰蒲。　[3] 青草：湖名，原与洞庭相接，所以有"重湖"之称，今已淤塞。白居易《送客之湖南》："帆开青草湖中去，衣湿黄梅雨里行。"

✤ 今译

水势汹涌的空江景象多么萧然，整天看到泊在菰蒲深处的渔船。
三月里的青草湖浪高水急难渡，小溪边的绿杨飞絮扑向那朝烟。
多情的人不要抬起伤春的望眼，愁到了极点可又没有买酒的钱。
幸好还有几户打鱼的人家在此，形不成一个村落分散在夕阳边。

✤ 评析

这首诗写阻风洞庭湖时所产生的愁苦之情。诗人以诗家之眼、画家之笔，图绘出“空江”、“孤村”的萧条景象，并把自己羁旅的愁苦融合在景物之中，因而饶有诗情画意，耐人玩味。首联写阻风时的所见：空江浩荡，菰蒲丛生，几只渔船停泊在那儿，这景象是十分“萧然”的。“青草浪高三月渡，绿杨花扑一溪烟”，一壮阔，一清丽，既状色，又绘形，藏声于“浪”，寓意于“花”，浪高而声宏，花扑而春尽，因而成为脍炙人口的名句。以下转入抒情，欲留春暂住而春不住，欲借酒消愁而买酒无钱，其情至深，其愁至苦，其寂寞孤独之感愈不可耐，从而把诗人的迟暮之感，羁旅之愁充分地表现了出来。结句宕开一笔，以自慰自解，犹有“渔人数家”，不为无侣；但却稀稀疏疏，“不成村落”，欲解胸中之寂寞，反增眼前之萧索，既与首句的“景萧然”相呼应，又与颈联的“伤春目”相映带，布局谨严，脉络条贯，不愧为晚唐的佳作。

寄　人

别梦依依到谢家[1]，小廊回合曲阑斜[2]。
多情只有春庭月，犹为离人照落花。

✤ 注释

[1] 依依：隐约。谢家：谢娘家或谢娥家的缩语。谢娘、谢娥，皆唐代的名妓。唐代诗词中习用，如白居易《代谢好答崔员外》：“青娥小谢娘，白发老崔郎。”唐彦谦《离鸾》诗：“庭前佳树名栀子，试结同心寄谢娘。”韦庄《浣溪沙》：“惆怅梦馀山月斜，孤灯照壁背窗纱，小楼高阁谢娘家。”又韦庄《落花》诗：“西子去时遗笑靥，谢娥行处落金钿。”后因以谢娘、谢娥代意中人。 [2] 小廊：小小的过道。回合：回环交错。言小小的过道曲折回环。

✤ 今译

别后有梦隐隐约约地到了谢家，过道和阑干是那样的曲折横斜。

多情只有春来庭院上那轮明月，犹为我这离人照着满地的落花。

✤ 评析

这是一首寄给情人的小诗，缠绵悱恻，凄艳动人。前两句写梦境。“依依”两字，用陶渊明《归田园居》的“暧暧远人村，依依墟里烟”的词意，状出了隐约迷离的景况。诗人不去摄取别的景物，而去摄取“小廊回合”、“曲阑横斜”这么极其寻常的建筑物。因为它富有暗示性，使人容易联想到小廊携手，窃窃私语，曲阑并肩，深深拜月的情景。这就把美好的回忆，痛苦的离愁，统统包含在这寥寥的七字之中了。后两句写实景，是醒后所见。那多情的明月，不照双飞之燕，而照飘零之花，盖“落花”可以象征美人的迟暮，韶光的流失，一切美好事物的风流云散，则“为离人”的，适足以使“离人”更加伤感，这是深入一层的写法，可以收到更加动人的艺术效果。

翁　宏

翁宏，字大举，桂州（今广西桂林）人。《全唐诗》录存其诗三首。与当时的逸士廖融等为诗友。

春　残

又是春残也，如何出翠帏[1]。
落花人独立，微雨燕双飞[2]。
寓目魂将断，经年梦亦非。
那堪向愁夕，萧飒暮蝉辉[3]。

✤ 注释

[1] 如何：那堪，不堪。翠帏：绿色的门帘，华美的门帘。 [2]“落花”二句：以“人”与“燕”对举，以“独立”与“双飞”对比，以烘托思妇的孤独凄凉之感。宋晏几道在《临江仙》一词中，袭用此二句，被谭献在《谭评词辨》卷一中誉为“名句千古，不能有二”。 [3] 萧飒：寂寥凄凉的样子。

✤ 今译

又到了暮春的季节，真不想走出这绣帘。
人呀独立在落花里，燕哟双飞在微雨间。
景物到眼魂都要断，离别经年梦也无缘。
最难过是天快晚了，独自听凄凉的暮蝉。

✤ 评析

这是一首写少女怀春的诗。细腻地刻画了这位女主人公的心理活动，不假雕饰，一路道来，层层深入，凄恻动人。首联起得突兀，着一“又”字，便省去了“正是去年今日”的离别情节。她不愿看到“春残”的景物，以免勾起那“别是一般滋味”的离愁，所以她不愿走出这“翠帏”。不愿走出这“翠帏”，却又走到了这惹愁牵恨的明媚春光之中，是要“云间托雁”，还是“天际识舟”？诗人没有去写，却写出了女主人公所见到的更加难堪的景象：“落花人独立，微雨燕双飞。”使她自然想起命薄如花，容易凋零；人不如燕，未能双飞。通过“人”与“燕”的对比，“独立”与“双飞”的反衬，把思妇内心的愁苦推到了极点，从而成为脍炙人口的名句。接着由写景转到抒情，过渡极其自然，天衣无缝。“寓目”而使之“魂断”的，不正是凋零的“落花”、双飞的春燕么？那么，现实的生活既无欢聚之望，虚幻的梦境当有会晤之期啊。可是离别经年，连梦也新来不做，这就使得她更加忧思难解了。然而最使她难堪的，还是天欲昏时，蝉正鸣时，那夜色的黯淡，蝉声的凄清，真叫人难以为怀啊。以景结情，别有韵致。

谭用之

谭用之，字藏用，善为诗而官不达。《新唐书·艺文志》载其有诗一卷，《全唐诗》亦录其诗一卷。以七言律著称，语言工丽，刻画细腻，是其艺术特色。

秋宿湘江遇雨[1]

湘上阴云锁梦魂，江边深夜舞刘琨[2]。
秋风万里芙蓉国[3]，暮雨千家薜荔村[4]。
乡思不堪悲橘柚[5]，旅游谁肯重王孙[6]？
渔人相见不相问，长笛一声归岛门[7]。

✣ 注释

[1] 湘江：湖南境内的四大水系之一，发源于广西兴安的海阳山，流经永州、衡阳、株洲、长沙、岳阳而入洞庭。 [2] 舞刘琨：《晋书·祖逖传》："（逖）与司空刘琨，俱为司州主簿，情好绸缪，共被同寝。中夜，闻荒鸡鸣，蹴琨觉曰：'此非恶声也。'因起舞。"后以比喻爱国志士的奋发之情。 [3] 芙蓉国：指湖南，盖源于此诗。芙蓉：此指木莲，亦叫木芙蓉、地芙蓉，其花八九月始开，经霜不落，故亦名拒霜。是湘江沿岸、湖南境内习见的植物。 [4] 薜荔村：薜荔丛生的村落。薜荔，是一种蔓生的常绿的草本植物。《楚辞·离骚》："贯薜荔之落蕊。"注："薜荔，香草也，缘木而生。"柳宗元《登柳州城楼寄漳汀封连四州刺史》："惊风乱飐芙蓉水，密雨斜侵薜荔墙。"说明薜荔可以缘墙而生，南方人家多用以装饰和保护墙壁。 [5]"乡思"句：屈原有《橘颂》，赞美橘生南国，"独立不迁"，"深固难徙"。以比喻自己坚强的意志和高尚的情操。《淮南子》亦说"橘生有乡"。橘柚，是南方的特产，湖南的产量尤多。悲橘柚：赞叹橘柚。悲：叹美之辞。这里

是暗用以上的典故，以喻自己的情志。 [6]重王孙：重视怀才不遇的隐士。《楚辞·招隐士》："王孙游兮不归，春草生兮萋萋。""王孙兮归来，山中兮不可以久留。"是以王孙喻隐士，这里是诗人自比。 [7]"渔人"二句：《楚辞·渔父》："屈原既放，游于江潭，行吟泽畔，颜色憔悴，形容枯槁。渔父见而问之曰：'子非三闾大夫与？何故至于斯？'"此暗用其事，而又表明自己的遭遇比屈原更加可哀，连渔父也"相见不相问"了。

✤ 今译

湘江上空的阴云压抑着我的梦魂，我投宿在江边深夜起来学习刘琨。
万里秋风吹拂着遍地芙蓉的原野，千家暮雨洗涤着满墙薜荔的山村。
思乡的心情使我忍不住赞叹橘柚，羁旅在他乡有谁来慰问一下王孙。
渔人看到了我连招呼也不打一下，自家吹着长笛走进了小岛的柴门。

✤ 评析

这是一首即景抒情的诗。以沉郁的笔触、工丽的辞藻，抒发了诗人浪迹江湖、漂泊他乡的羁旅之感。首联巧妙地点明了题中的"宿"和"雨"，妙在不直接写明，而以"梦魂"隐"宿"，以"阴云"藏"雨"；尤妙在不言阻雨湘上的苦闷，以致夜不成寐，而言"深夜舞刘琨"，则格更高，调更响，抱负不凡的雄心，毕见于言外了。颔联以夸张的手法，顺手拈出湖南典型的物产——芙蓉和薜荔，并以"万里"、"千家"加以渲染，一幅壮阔而又清丽的山水图画便展现在我们的面前，从此"芙蓉国"便成为湖南的代词了。颈联由景入情，以"悲橘柚"喻自己"独立不迁"、"深固难徙"的志节和情操，用典不露痕迹；以"重王孙"传达自己隐逸山林、知音难遇的苦闷，用典也很自然，给人以深厚典重的美感享受。尾联补足"谁肯重王孙"的语意，言屈原放逐，还有渔父问讯；自己羁旅他乡，连渔人也"相见不相问"了。那么，他那"世溷浊而莫余知兮"的苦闷，就更加无可告语了。全诗到此戛然而止，留有广阔的空间让人去想象、去补充，收到了"余音绕梁"的艺术效果。